三國志 諜報戰 첩보전

1. 정군산 암투

허무(阿蕪) 지음 | 홍민경 옮김

三國志 첩보전 諜報戰

1. 정군산 암투

허무(何慕) 지음 | 홍민경 옮김

살림

위·촉·오 삼국시대의 세력도(2세기 말~3세기 중반)

『삼국지 첩보전』 제1권

적벽대전·정군산 전투·형주 전투·화공 등 『삼국지』에 등장하는 가장 유명한 전쟁을 배경으로 삼국 간의 숨 막히는 첩보전을 다루게 될 『삼국지 첩보전』 전 4권 중 제1권으로, 정군산 전투(219년)의 첩보 전을 다루고 있다.

건안 24년, 정군산에서 위나라와 촉나라가 맞붙는다. 이때 위나라 조정에서 '한선(寒蟬)'이라는 첩자가 나타난다. 그가 위나라의 군사기밀을 누설하는 바람에 전세가 갑자기 역전되어 정군산 전투에서 위나 라가 패하고 만다. 하지만 '한선'에 대해서는 아무것도 밝혀진 것이 없다. 세 나라 모두 자국에 유리하 도록 한선을 조종하려고 하지만, 그럴수록 이들은 한선의 손바닥 위 장기돌이 되어간다.

한편 위나라 진주조 소속 가일은 한선의 도움으로 목숨을 구하게 되는데……

삼국 첩보 기구

위 魏

진주조(進奏曹)

수장[主官]: 조비(曹丕)

동조연(東曹掾): 사마의(司馬懿)

서조연(西曹掾): 장제(蔣濟)

응양교위(鷹揚校尉): 가일(賈逸)

소신교위(昭信校尉): 전천(田川)

촉 蜀

군의사(軍議司)

수장[主官]: 제갈량(諸葛亮) · 법정(法正)

좌도호(左都護): 이회(李恢)

우도호(右都護): 비의(費禕)

오 吳

해번영(解煩營)

수장[主官]: 손상향(孫尙香)

좌부독(左部督): 호종(胡綜)

우부독(右部督): 서상(徐詳)

I. 정군산 암투

앞이야기

◆

짙은 안개에 휩싸인 정군산

입을 굳게 다문 하후연(夏侯淵) 장군의 얼굴에 어두운 그림자가 옅게 드리워졌다.

저 멀리 산등성이 위로 새까맣게 운집해 있는 촉나라 병사들이 진형을 바꾸며 다음 공격을 준비 중이었다. 지난 수십 년 동안 천하의 전장을 누벼왔던 그의 아성이 이곳에서 무너지려 하고 있었다.

북소리가 울려 퍼지자 세 번째 화살 비가 하늘을 덮으며 날아왔다. 화살은 호위병들이 구축한 방패 진 위로 폭우처럼 거세게 쏟아져 내렸다. 매복을 심어둔 촉군(蜀軍)은 고지대를 점령하면서 아군보다 훨씬 유리한 사정거리를 확보했다. 휘하의 교위(校尉)들이 일찌감치 궁수를 모아 반격을 해봤지만, 이들이 쏘아 올린 화살은 적진 30보 앞에 떨어졌다. 안일하게 생각했던 급습 작전은 가만히 앉아서 당하는 것 외에는 달리 빠져나갈 구멍이 없었다.

도대체 어떻게 된 일이지? 첩보에 의하면 촉군은 고작 만 명 정도라고 하지 않았던가? 유비(劉備)가 본진을 이끌고 장합(張郃)을 치러 갔으니, 이곳 군영은 텅 비어 있어야 마땅했다. 그런데 지금 촉군의 전투력은 일찌감치 공격을 예상하고 준비라도 한 것처럼 너무나 완벽했다.

곁에 있던 편장(偏將: 대장군을 보좌하는 장수)이 쓴웃음을 지었다.

"장군, 첩보가 완전히 빗나간 것 같습니다."

하후연은 조인(曹仁: 조조의 사촌 아우)의 집안 아우뻘 되는 그의 말에 서릿발처럼 냉랭한 반응을 보였다.

"두려운가?"

편장이 결연한 표정으로 대답했다.

"아닙니다!"

하후연이 서슬 퍼런 목소리로 명을 내렸다.

"철갑방패 부대 5백 명을 이끌고 돌격해 적진을 교란시켜라!"

그 순간 편장이 놀란 눈을 치켜떴지만, 그는 이내 어금니를 꽉 깨물며 대답했다.

"명을 따르겠습니다!"

그는 뒤돌아 나가며 큰 소리로 후방의 철갑방패 부대를 집결시켰고, 화살이 비처럼 쏟아지는 가운데 대오를 정비했다. 그 와중에 날아온 쇠뇌살에 맞아 쓰러지는 병사들이 속출했다. 하지만 병사들은 도백(都伯: 하급 무관직)의 강압에 못 이겨 방패 진의 대오를 벗어날 수 없었다. 나지막한 호각 소리에 맞춰 방패 부대는 바위가 굴러가듯 천천히 적진을 향해 나아갔다. 거대하고 육중한 철갑방패 위로 쏟아지는 화살이 '통, 통' 소리를 내며 바닥으로 떨어졌다.

그러나 하후연의 얼굴에서는 기뻐하는 기색을 찾아볼 수 없었다. 그는 그저 묵묵히 때를 기다릴 뿐이었다.

한참 후, 서촉(西蜀) 군영에서 명령을 알리는 붉은 깃발이 나부꼈다. 곧이어 촉나라 사투리가 섞인 구호에 맞춰 상노(床弩: 여러 개의 화살을 발사할 수 있는

_{장치)} 몇십 대가 앞으로 이동했다.

하후연이 고개를 돌려 아들 하후영(夏侯榮)에게 명을 내렸다.

"철기(鐵騎) 부대를 이끌고 돌격하라!"

하후영이 절도 있게 고개를 끄덕였다. 앞서 전진한 철갑방패 부대 병사 5백 명은 촉군의 상노 공격을 이끌어내기 위해 던진 미끼에 불과했다. 상노의 공격력이 제아무리 엄청나다 해도, 다시 발사하려면 화살을 장착하기까지 꽤 긴 시간이 걸렸다. 이 정도 시간이면 기병대가 3백 보를 돌진하고도 남았다.

그가 숨죽인 목소리로 명령을 전하자, 기병대가 일사불란하게 집결했다.

상노의 활시위를 떠난 화살이 허공을 가르고 날아가 철갑방패 부대의 방어진에 내리꽂혔다. 탕, 탕, 탕! 철갑방패 쪼개지는 소리가 사방에서 들려왔다. 번개처럼 날아간 화살이 방패 진을 뚫고 선두 대열은 물론 그 뒤에 있던 위나라 병사까지 관통하며 그대로 날아왔다. 곧이어 빛 덩어리처럼 번쩍이는 화살이 방패 방어벽의 빈틈을 찾아내 파고들기 시작했다. 화살이 '슉' 소리를 내며 무리 속으로 날아들기 무섭게, 비명이 동시다발적으로 일어났다.

하후영이 말에 올라타며 외쳤다.

"다들 나를 따라 돌진하라!"

기병들이 깨진 방어진을 뛰쳐나와 산비탈 위로 빠르게 집결했다. 그들은 쐐기 모양의 진(陣)을 만들어 산등성이에 있는 촉군을 향해 곧바로 돌진했다. 기병이 촉나라 진영의 선두 부대를 혼란에 빠뜨리기만 하면 촉군의 지리적 우세도 더 이상 의미가 없어진다. 하후연이 다시 고개를 들고 꼿꼿하게 허리를 곧추세우며 산등성이에 늘어서 있는 촉군을 응시했다. 그는 단숨에 산등성이로 돌진만 하면 승리를 거머쥘 수 있을 거라고 여전히 확신했다.

"저기! 백모(白眊) 부대다!"

여기저기서 웅성거리는 소리가 들려왔다.

먼 곳을 응시하던 하후연의 시야에 긴 창을 들고 산등성이 위로 겹겹이 늘어선 병사들이 들어왔다. 그들은 모두 철제 갑옷을 입고 투구 양옆에 하얀색 끈을 매고 있었다. 손에 쥔 장창(長槍)은 길이가 두 장(丈)은 족히 되어 보였고 창끝이 한 척(尺)이나 될 만큼 길고 날카로웠으며, 딱 봐도 최상의 강철로 만든 무기였다.

"백모 정예 부대라……."

하후연의 입속에서 이 말이 맴돌았다. 그는 죽을 각오로 돌진하는 기마 부대를 바라보며 처음으로 얼굴에 측은한 마음을 드러냈다. 백모 부대는 백전 노병들로 이루어진 유비 휘하의 정예 부대로, 조조(曹操)의 친위 기병 호표기(虎豹騎)에 버금갔다. 일반 기병으로 그들을 상대해 이기는 일은 거의 불가능에 가까웠다.

기병이 순식간에 공격해 들어갔지만, 백모 부대는 이미 다섯 겹으로 대오를 정렬하고 방어진을 펼쳤다. 기병들의 공격과 함성에도 촉군 진영은 조금도 위축되는 기색이 없었다. 양군이 다섯 걸음 정도 사이를 두고 대치했을 때쯤, 긴 창이 섬광을 번쩍이며 순차적으로 아군을 향해 날아들어 말과 사람을 연이어 쓰러뜨렸다.

기병 수백 명 중 적진을 뚫고 들어간 자는 단 한 명도 없었다.

"영아……."

하후연의 목소리가 흔들리고 낯빛이 어두워졌다. 그는 병사와 말이 피를 흘리며 쓰러져가는 처참한 광경에서 눈을 떼지 못했다.

정군산(定軍山)에 매복해 공격을 감행한 촉군은 지리적 이점을 손에 넣었을 뿐 아니라, 우리의 무기와 병력 배치는 물론 적진을 돌파하는 전법까지 완벽하게 파악하고 있었다. 이것이 바로 누군가 군사 기밀을 유출했다고 하후연이 확신하는 대목이었다. 촉군이 군영을 비워둔 것은 미끼에 불과했다. 그들이 진짜 유인해 죽이려 한 사람은 바로 하후연이었다.

배신한 자가 누굴까? 장합? 서황(徐晃)? 아니면 조식(曹植)?

한 차례 포성이 울리자 백모 부대가 핏빛 장창을 세우고 서서히 본진으로 물러섰다. 산등성이 위로 나타난 붉은색 전투복 차림의 촉군은 마치 떼로 몰려 있는 불개미 집단처럼 보였다. 저들이 정녕 다 합쳐봐야 고작 만여 명밖에 되지 않는다던 촉군이 맞는단 말인가? 대충 어림잡아도 3만 명은 넘어 보였다. 북소리가 우렁차게 울려 퍼지자 칼과 방패가 하늘과 땅을 덮으며 능선을 넘어 몰려왔다.

곁에서 부장(副將)의 다급해진 목소리가 들려왔다. 하후연은 그를 한번 쳐다본 후 아무 말 없이 다시 고개를 돌려 밀물처럼 몰려오는 촉군을 바라보았다.

부장이 쩌렁쩌렁한 목소리로 진격을 알리며 기병을 이끌고 앞으로 돌격했다.

하후연은 고삐를 단단히 틀어쥔 채, 그들의 뒤를 따르지 않았다. 그는 마치 남의 일처럼 전투 상황을 냉정한 눈으로 지켜볼 뿐이었다. 높은 곳에서 몰려 내려오는 촉군은 마치 날카로운 한 자루의 칼처럼 위나라 병사들을 사정없이 베어 죽였다. 이와 동시에 우회와 분산 전략으로 산을 포위해 들어가며 물샐틈없이 위나라 군대를 에워쌌다. 지금 붉은 전투복의 촉군은 산을 다 태워버릴 듯 활활 타오르는 불꽃처럼 푸른색 전투복의 위군(魏軍)을 맹렬히 집어삼켰다.

하후연은 하늘을 올려다보며 긴 탄식을 쏟아내다 이내 두 눈을 감아버렸다.

한참 지난 것 같은데 고작 한순간에 불과한 시간이 흘러가고, 전장을 가득 채웠던 끔찍한 비명 대신 무거운 적막이 깔렸다. 하후연이 다시 눈을 떴을 때 그의 곁에는 고작 몇 명의 친위병만 남아 있었고, 눈앞이 온통 시체 더미로 가득했다. 그 순간에도 촉군은 일사불란하게 전진하고 있었다.

그는 말 위에 앉아 서서히 거리를 좁혀 오는 촉군을 싸늘한 눈빛으로 바라봤다.

촉나라 장수 황충(黃忠)이 말을 몰고 앞으로 나와 채찍을 들어 하후연을 가리키며 소리쳤다.

"정서장군(征西將軍) 하후연이 아니시오? 이제 곧 죽을 몸인데 수인사는 해서 뭐 하겠소!"

하후연의 가라앉은 목소리에 분노가 담겼다.

"황충, 늙은 필부 주제에 감히 나를 상대하겠다는 것이냐?"

황충이 눈을 치켜떴다.

"감히 나를 능멸하는 것이냐?"

하후연이 노기충천하여 큰 소리로 호통을 치며 말을 몰고 앞으로 돌진했다.

"내 비록 패했다 해도 네놈의 목만은 내 손으로 잘라주마!"

하후연은 말 위로 몸을 낮추며 질주했다. 그는 단철로 만든 긴 창을 비스듬하게 뒤쪽으로 숨긴 채, 빠른 속도로 달려오는 황충에게서 한시도 눈을 떼지 않았다. 두 사람의 말이 몇십 걸음을 사이에 두고 맞닥뜨렸을 때쯤, 하후연은 왼쪽 갈비뼈 부근에 갑작스러운 통증을 느꼈다. 고개를 숙여보니 긴 창끝이 갈비뼈 부근을 뚫고 나와 있었다.

그 창의 주인은 말을 몰고 따라와 그의 곁을 수행하던 친위병이었다. 하후연은 그를 너무나도 잘 알았다. 수년 전에 남다른 용맹과 결단성이 마음에 들어 자신의 곁으로 불러들였던 인물이었다. 바로 그가 이 절체절명의 순간에 실수가 되어 그를 찔렀다.

"네놈이?"

하후연이 분노를 뿜어내며 오른손으로 단철 장창을 들어 올렸다.

"주인을 배신한 네놈의 최후를 알고 있겠지!"

친위병은 자신을 겨냥한 장창을 피하지 않고 소리쳤다.

"한선(寒蟬: 가을 매미)의 명을 받들어 위군의 대장군 하후연의 목을 쳐라!"

그 말이 떨어지기 무섭게 단철 장창이 이미 친위병의 가슴을 뚫고 지나갔다. 그와 동시에 하후연은 그 말에 뒤통수를 얻어맞은 듯 엄청난 충격에 휩싸였다. 한선? 어떻게 그런 일이!

귓가로 말발굽 소리가 갑자기 요란하게 들려오고, 황충이 이미 코앞까지 와 있었다. 하후연은 가까스로 창을 뽑아내고 공격을 감행했지만 황충의 삼정도(三停刀)가 하후연의 창끝을 거둬냈고, 다음 순간 왼쪽 옆으로 스윽 베이는 소리가 들려왔다.

하후연의 표정이 순간적으로 경직되었다. 그의 눈앞이 빙빙 도는가 싶더니 어느새 세상이 온통 암흑으로 변해갔다.

제1장

◆

첩자 명단

밤은 깊어가는데 세찬 빗줄기는 그칠 기미를 보이지 않고, 세자의 처소에는 아직까지 등불이 환히 밝혀져 있었다.

조비(曹丕: 조조의 맏아들)는 뒷짐을 진 채 문 앞에 서서, 천지를 분간할 수 없을 정도로 둘러쳐진 비의 장막을 바라보며 깊은 상념에 잠겼다. 비는 하늘에 구멍이라도 뚫린 듯 하루 종일 억수같이 퍼부었는데도 여전히 잦아들 기미를 보이지 않았다. 초목과 꽃이 온종일 강한 빗줄기에 시달리며 이리저리 쓰러지고 꺾인 탓에 정원이 온통 쑥대밭으로 변해버렸다.

조비는 한숨을 내쉬었다.

"황하(黃河) 제방이 무너지면서, 기근에 시달리던 10여만 명의 양안(兩岸) 백성이 삶의 터전마저 잃고 떠돌고 있네. 기주(冀州)에는 민란이 일어나 도적들이 점령한 현(縣)이 벌써 세 곳이나 되지. 그런데 이 중차대한 두 개의 사안 말고도 우리가 해결해야 할 크고 작은 현안들이 저 뒤 탁자 위에 백 건이 넘게 쌓여 있네. 장제(蔣濟), 나라고 어찌 한선을 찾아내고 싶지 않겠나? 하나 지금 상황에서 고작 첩자 하나 잡는 게 이렇게까지 중요하단 말인가?"

장제는 아무런 대답도 하지 않았다. 그는 조비와 오랜 세월을 함께했고, 그의 질문에 일일이 대답할 필요가 없다는 것쯤은 이미 경험으로 체득하고 있었다. 그가 겪어본 바로는, 이런 반문은 대답을 원해서가 아니라 그저 자신의 입장을 드러내고자 하는 것에 가까웠다. 이로써 조비가 한선을 철저히 색출해내는 일에 전혀 연연하지 않는다는 것을 알아챌 수 있었다.

금년 정월에 벌어진 정군산 전투에서 하후연 장군과 익주자사(益州刺史) 조옹(趙顒)이 목숨을 잃었고, 서촉의 황충이 기곡(箕谷)을 포함해 현과 성 10여 곳을 점령했다. 위왕(魏王)은 진노하여 세자 조비에게 감국(監國: 황제나 왕이 수도를 비울 때 태자 등이 대신 국사를 처리하는 제도)을 명하고, 자신이 직접 40만 대군을 이끌고 장안(長安)을 출발해 한중(漢中)으로 지원을 나갔다.

그러나 위나라 군대가 정군산 전투에서 패한 가장 큰 원인은 바로 첩자 한선 때문이었다. 그는 군사 기밀을 빼내 서촉으로 유출했고, 그 바람에 위군은 기선을 제압당하고 말았다. 베일에 싸인 첩자 한선이 활동한 세월이 일이십 년은 족히 되어가는데, 아직까지 그의 실체를 본 사람이 단 한 명도 없었다. 전담 기구 진주조(進奏曹)를 설치해 지난 10여 년 동안 정보를 수집하고 첩자를 색출하며 그 뒤를 캐왔지만, 책임자가 몇 차례 바뀌는 동안 아무런 진전도 이루지 못했다.

"양군이 교전 중이라 군사 정보가 시도 때도 없이 변하게 마련이지. 그걸 제때 알아내고 전달하려면, 제아무리 날고 기는 한선이라도 군대 안에 있지 않으면 불가능하네."

조비는 자신의 입장을 이미 정한 듯 보였다.

"하나 부왕께서 군대 내부와 허도(許都: 후한 말년의 수도)를 동시에 철저히 조사하라고 한 이상, 자네들 진주조는 그냥 하는 시늉만 하고……."

문 밖에서 임치후(臨淄侯) 조식(曹植: 조조의 셋째 아들)의 방문을 알리는 소리가 들려오는 것과 동시에 조비는 입을 다물었다.

조비는 살짝 놀란 기색을 드러내다 이내 미소를 띠며 잰걸음으로 대전을 걸어 나갔다. 쏟아져 내리는 빗줄기가 금세 그의 옷을 적셨다. 빗물이 옷섶을 따라 끊어진 실처럼 뚝뚝 떨어져 내리니, 그의 모습이 유난히 더 초췌해 보였다.

선향(線香) 한 대를 피워 꺼질 정도의 시간이 지나고 난 후, 가림벽을 돌아 나오는 화려하고 커다란 유지 우산이 눈에 들어왔다. 조식은 말끔한 차림새로 여러 명의 호위를 받으며 걸어 들어오고 있었다. 그는 빗속에서 자신을 기다리는 형의 모습은 안중에도 없는 듯 아무런 표정도 없이 조비의 곁을 그냥 스쳐 지나갔다.

조비는 부자연스러워진 미소를 거두고는 살짝 굳은 표정으로 그의 뒤를 따라 대전 안으로 걸어 들어갔다. 조식은 대전 안으로 들어서기 무섭게 당연한 듯 상석으로 가 앉았고, 조비는 그런 모습을 보자 저절로 눈살이 찌푸려졌다. 하지만 조비는 불쾌한 표정을 얼른 거두고 웃는 낯으로 그를 맞았다.

"자건(子建: 조식의 자字), 어쩐 일로 이 빗속에 여기까지 찾아온 것이냐?"

"아이쿠, 형님! 어찌 그리 비 맞은 생쥐 꼴이 되신 것입니까? 이곳 수하들은 다들 뭐 하길래, 이렇게 비가 쏟아지는데 우산 하나 받쳐주는 것들이 없답니까?"

조식은 일부러 더 놀라고 화난 척을 했다.

조비는 옆자리에 앉으며 말했다.

"나는 괜찮으니 염려할 것 없다. 무슨 급한 일로 왔는지, 어서 말해보려무나."

"제가 세자도 아닌 임치후 주제에 무슨 급한 일이랄 게 있겠습니까?"

조식이 히죽거리며 대답했다.

"듣자 하니 첩자 한선이 방해를 해서 정군산 전투에서 대패했다고 하더군요. 진주조라는 게 그런 첩자를 색출해내라고 만든 전담 부서 아닙니까? 평상시에는 천하무적처럼 그리 기세등등하더니, 어찌 열흘이 다 되어가는데 조금의 진전도 없단 말입니까?"

조비가 말했다.

"너도 봐서 알겠지만, 그래서 지금 진주조를 주관하는 장 대인을 이리 모셔 온 게 아니겠느냐? 좀 전까지 그 일을 논의하던 중이었다."

"이제야 논의한단 말입니까?"

조식은 기가 막힌 듯 헛웃음을 터뜨렸다.

"형님의 대처가 느려도 너무 느리다고 생각지 않으십니까? 만약 저라면 지금쯤 실마리를 잡고도 남았을 겁니다."

조비는 여전히 웃는 낯으로 아우를 대했다.

"솔직히 지금 이 일을 어찌 해결해야 할지 정말 모르겠구나. 혹시 좋은 묘책이라도 있는 것이냐?"

"감국을 해야 할 사람은 제가 아니라 형님이십니다. 세자는 형님이시고, 그 자리에 앉은 이상 마땅히 세자로서의 책임을 지셔야지요. 어찌 약한 소리를 하며 자신의 능력만 탓하신단 말입니까?"

조비는 연신 고개를 끄덕였다.

"그렇지. 네 말이 맞다. 부왕의 과분한 총애를 받아 세자 자리에 봉해진 후로 온종일 정무에 바쁘다 보니 내 몸과 마음이 많이 지친 듯하구나. 가끔 현실에서 벗어나 도망치고 싶은 생각이 들기도 한단다. 다 내 탓이니 정신을 차려야겠지. 암, 그럴 것이다."

"이런, 하루 종일 정무로 바쁘다 하셨습니까? 아마도 제 관저에 배정된 예산을 삭감하느라 그리 바빴던 모양입니다? 이번 달 예산이 2할이나 줄었던데, 제가 세자께 뭘 꽤나 밉보인 게 있나 봅니다?"

조비가 당황한 기색을 드러내며 얼른 해명했다.

"자건, 어찌 그런 오해를 하는 것이냐? 너뿐 아니라 조씨 가문의 모든 자제에게 나가는 돈을 일률적으로 삭감한 것이니, 너무 마음 상해하지 말 거라. 지금 황하 제방이 무너졌고, 기주에 민란까지 일어난 데다, 부왕의 40만 대군도 지원해야 하는지라……."

"세자부의 예산은 얼마나 삭감하셨습니까?"

조식이 비아냥거리듯 물었다.

"3할이다. 어디 조씨 가문뿐이겠느냐? 한나라 황제에게 나가던 지출도 무려 5할이나 삭감해야 했다."

"하! 지금 나를 그 꼭두각시 같은 놈이랑 비교하는 겁니까?"

"아니, 내 말은……."

조비는 순간 말문이 막혀버렸다.

"지금 내 집안에서 일하는 종복이 3백여 명이고, 거느린 가희와 무희의 수만 해도 오륙십 명이나 됩니다. 설마 그 아리따운 여인네들을 굶겨 죽이려고 작정이라도 하신 겁니까?"

조비가 난감한 표정으로 조식의 마음을 달랬다.

"이 형이 거기까지 미처 생각을 못 했구나. 그럼 이렇게 하자꾸나. 내 잠시 후 종정(宗正: 왕족의 일을 도맡아 처리하는 벼슬 이름)에게 명해 다시 사정을 살피고 변통을 해주도록 하면 어떻겠느냐?"

조식이 조롱하듯 헛웃음을 뱉어냈다.

"참으로 이해가 안 갑니다. 황하 제방이 무너지고, 기주에 민란이 일어나고, 부왕께서 친히 전쟁터로 나간 것은 저도 다 알고 있는 사실입니다. 하나 그곳에 필요한 돈과 식량이 내 식솔 4백여 명의 허리띠를 졸라맨다고 해결될 문제로 보이십니까? 설사 내가 세자가 아니라 후야(侯爺: 후작을 가진 사람을 부르는 호칭)에 불과하다 해도, 내 집안에서 식솔이 굶어 죽어난다고 안 좋은 소문이라도 퍼지면 조씨 가문과 이 나라에 득이 될 것이 없겠지요. 세자, 안 그렇습니까?"

그는 할 말을 다 한 듯 자리에서 일어나 문으로 향했고, 시종이 얼른 큰 우산을 펼치며 그의 뒤를 따랐다. 조비는 정전 밖까지 조식을 배웅하며 그 뒷모습을 향해 공수(拱手: 두 손을 모아 포개어 잡는 자세)를 하고 안으로 돌아왔다. 그의 표정은 평상시와 별반 차이가 없었다. 그는 한쪽에서 고개를 숙이고 서 있는 장제를 보며 미소를 보였다.

"내 아우 성정이 원래 저렇다네. 부왕께서 나를 세자에 봉하신 후 계속 저리도 나를 못마땅해하고 있지. 오늘 밤에 장 대인에게 부끄러운 꼴을 보인 것 같네."

장제가 나지막하게 말했다.

"그럴 리가요? 세자 전하께서 나랏일을 위해 밤낮없이 애쓰시는 것도 모자라 종실까지 돌보셔야 하니, 그 어려움을 소인이 어찌 헤아릴 수 있겠나이까?"

조비가 손을 내저으며 말했다.

"이런 쓸데없는 이야기는 이제 그만두세. 한선 사안을 어찌 처리하면 좋겠는가?"

"세자 전하의 말씀이 옳습니다. 한선은 전방에 잠복해 있는 것이 확실합니다. 정욱(程昱) 대인이 군의 내부 조사를 철저히 하고 있는 이상, 진주조 쪽은 관례에 따라 공무를 처리하는 것이 좋을 듯하옵니다."

조비가 한참을 망설이다 입을 열었다.

"한선을 색출하는 일은 부왕의 뜻이고, 세자로서 내가 할 일은 당연히 부왕의 근심을 덜어드리는 것이겠지. 설사 한선이 허도에 잠복해 있을 가능성이 단 1할이라 해도, 우리는 10할의 힘을 총동원해 조사해야 하네."

그가 장제를 보며 물었다.

"자네 수하 중에 요 몇 년 허도에서 멀리 떨어져 지냈고 일 처리가 똑부러지는 사람이 있는가?"

"물론입니다. 진주조의 석양도위(石陽都尉) 가일(賈逸)이 그간 어려운 사건도 여러 차례 해결했을 만큼 주도면밀하고 능력이 뛰어납니다."

"가일이라⋯⋯."

조비의 입가에 희미한 미소가 그어졌다.

"생각이 나는군. 그의 부친이 부정부패에 연루돼 참수당했지. 그때 그 일을 처리한 자가 사마의(司馬懿)였을 거네."

장제가 고개를 끄덕였다.

"딱이군. 그를 허도로 불러들여 한선 사안을 전담시키게."

조비가 잠시 뜸을 들이다 뒤쪽에 있는 탁자 위에서 목간(木簡: 글을 적은 나뭇조각) 두루마리를 집어 들어 장제에게 건넸다.

"위풍(魏諷)이 진자(陳柘)를 탄핵하는 상주를 올렸네. 내 이미 회신을 보냈으니, 이것을 가일에게 넘겨 처리하도록 하게."

허도에서 진주조 건물은 있는 듯 없는 듯 존재감을 드러내지 못했다. 고작 6척 너비의 그곳 대문은 자칫 한눈을 팔면 모르고 그냥 지나칠 만큼 눈에 띄지도 않았다. 진주조의 문을 들어서면 자그마한 뜰이 나오고, 동서 양방향으로 각각 다섯 칸짜리 곁채, 즉 서상방(西廂房)과 동상방(東廂房)이 있다. 두 곁채에서 각기 세 명의 서좌(書佐: 관리의 보좌역)가 2교대로 일을 한다. 이들은 천하의 정보를 모두 취합해 정리하고, 그중 비교적 중요한 사안을 골라내 북쪽에 있는 정방(正房)에 올렸다. 동상방에는 동조연(東曹掾) 사마의, 서상방에는 서조연(西曹掾) 장제를 앉혔다. 원래 진주조를 주관하던 진군(陳群)이 정군산 전투에서 패한 일로 파면된 후, 지금은 이 두 대인이 각자 담당 업무를 처리하며 세자 조비에게 직접 예속돼 있다.

이 시각 서상방 안에서 가일은 긴 탁자 위에 펼쳐져 있는 군사 기밀을 읽으며 미간을 찌푸렸다.

초봄이 되었는데도 밤이 깊어지면 찬 기운이 뼛속까지 파고들었지만, 가일은 전혀 개의치 않았다. 어두침침한 기름불 아래서 그의 안색은 기밀 문서 위에 적힌 글자를 따라 개었다 흐리기를 반복했다. 그가 마지막 한 글자까지 놓치지 않고 다 읽고 났을 때쯤, 기름등은 거의 꺼져가기 일보 직전이었다. 가일은 자리에서 일어나 거의 다 타버린 심지를 새것으로 갈아 넣은 후 다시 앉아 문서를 읽어 내려갔다.

정군산 전투가 끝난 후 벌써 한 달이 흘렀다. 이 한 달 동안 진주조는 세부적인 조사에 들어갔고, 이 기밀 문서를 완성할 수 있었다.

목간을 엮어 만든 이 두루마리 하나가 흡사 천근만근이나 되는 것처럼 무겁게 느껴졌다.

기밀 문서에는 정군산 전투의 과정이 상세히 기록되어 있었다. 장합과 하후연은 각각 동위(東圍)와 남위(南圍)에 주둔하며 그곳을 지켰다. 유비는 어두운 밤을 틈타 동위를 공격했고, 장합의 군대는 상황이 급박해지자 하후연에게 지원을 요청했다. 하후연은 병력을 분산시켜 장합을 지원하면서, 자신은 적을 발본색원하기 위해 촉나라 군영을 공격했다. 하지만 산중턱에서 촉군의 완강한 저항에 부딪혔고, 그곳에서 황충의 손에 죽고 말았다.

사지에서 도망쳐 돌아온 병사의 말을 종합해보면 하후연은 적군의 매복에 속수무책으로 당했고, 결국 황충과 대결하다 죽음을 맞았다. 본래 두 사람의 실력만 놓고 보자면 승부는 이미 정해져 있는 것이나 다름없었다. 하지만 하후연은 친위병의 암수에 당해 제대로 싸워보지도 못한 채 황충의 칼날에 목이 베이고 말았다. 그런데 하후연의 늑골을 찌른 그 친위병은 죽기 전에 한선의 명을 받들라고 외쳤다.

한선.

한선이라면 진주조에서 일하는 사람들에게 매우 익숙한 이름이었다. 당초 진주조를 설치한 목적 역시 군사 기밀을 정탐하고 첩자를 색출해내기 위해서였다. 건안(建安) 3년 이래로 진주조는 이미 적잖은 공로를 세웠다. 멀리 갈 것도 없이 작년 정월에만 해도 김의(金褘)와 태의령(太醫令) 길본(吉本), 소부(少府) 경기(耿紀), 사직(司直) 위황(韋晃) 등이 비밀리에 반란을 모의한 사건을 밝혀냈다. 그런데 길본의 몸에서 한선의 영패(令牌)가 발견되면서, 그 주모자가 한선이라는 것이 알려졌다. 한선이 아직 살아 있다는 것이 확인되는 순간이었다. 길본은 그저 꼭두각시에 불과했다.

하후연을 찌른 친위병은 동군(東郡) 사람이었다. 그는 일찍이 부모를 잃고 9년 전에 징병에 응해 군대에 들어왔다. 하지만 지금까지 착실하게 군 생활을 했기 때문에 누구도 이상한 점을 눈치 채지 못했다. 그가 정말 한선의 사람이라면 그야말로 아무도 모르게 9년 동안 적진에 잠복해 있었던 셈이다. 한선이 하후연 곁에 있는 친위병을 하나하나 알아보고 매수하는 어리석은 짓을 할 리 없었다. 9년의 시간이었다. 단지 한선의 사람이라는 이유로 이렇게 긴 시간을 참고 견뎌낼 수 있단 말인가?

하후연을 찌른 친위병 같은 인물이 군대에 또 몇 명이나 잠복해 있는 것일까?

가일은 한숨을 내쉬며 피곤한 듯 관자놀이를 문질렀다.

도대체 누가 한선이란 말인가? 서촉은 위군의 군사 배치, 전략, 거점의 허와 실을 빠짐없이 꿰뚫고 있었다. 그런데 이 정보들은 권력의 핵심층이 아니면 절대 알 수 없는 것이었다. 이미 죽은 하후연과 익주자사 조옹은 더 거론할 필요가 없고, 이제 남은 사람은 서황과 장합이었다. 설마 이 두 사람 중에 한선이 있는 것일까? 서황·장합은 모두 투항한 장수들이었다. 마치 사통한 남녀처럼, 한 번 배신했던 사람은 영원히 그 의심의 굴레에서 벗어나기 힘들다. 다만 이 두 사람은 하후연이 패배한 후 흩어진 병사를 다시 모아 한수(漢水)에 진을 치고 유비의 공격을 막아냈다. 이들 덕에 위왕의 지원군은 귀한 시간을 벌 수 있었다. 만약 두 사람 중 한 명이 한선이라면 어째서 유비가 파죽지세로 쳐들어오도록 그냥 두지 않았는가?

가일은 고개를 가로저으며 다시 기밀 문서를 집어 들었다.

한선 말고도 진주조가 골머리를 썩고 있는 적수가 둘 더 있었다. 서촉의 군의사(軍議司)와 동오(東吳)의 해번영(解煩營)이다. 당초 군의사의 총사령관은 양양(襄陽)의 명사 방통(龐統)이었다. 하지만 방통이 낙봉파(落鳳坡)에서 죽은 후 유비가 그 자리를 법정(法正)에게 맡겼다. 법정은 고작 6년 만에 군의사를 진두지휘하여 익주의 위(魏)·오(吳) 첩자를 숙청했을 뿐 아니라 시야를 천하로 확대했다. 이번에 정군산에서 황충이 하후연을 대파한 것도 법정의 뛰어난 계책에 힘입은 바 크다는 소문이 돌고 있었다. 법정은 이미 천하에 그 이름을 떨쳤고, 위왕조차 "세상의 간웅(奸雄)이 거의 내 손에 들어왔건만, 오직 법정만 얻지를 못했구나!"라고 한탄했을 정도였다. 동오의 해번영은 손상향(孫尚香)이 초대 도독(都督)을 맡아 일했고, 8년 동안 위·촉과의 교전에서 승패를 나눠 가졌다. 실력으로 봤을 때 결코 쉽게 볼 존재가 아니었다.

실내의 빛이 점점 어슴푸레해지자 가일은 아예 기름등의 불을 불어서 꺼버리고 방문을 열었다. 서리(書吏) 몇 명이 양측 곁채에서 등을 밝히고 바쁘게 오가며 일하고 있었다. 가일이 무심한 듯 동상방으로 시선을 돌렸다. 그곳 사마의의 방문과 창문은 굳게 잠긴 채 빛줄기 하나 새어 나오지 않았다. 그는 가일의 부친을 죽인 원수였다. 이런 이유 때문에 가일의 마음속에는 그를 향한 깊은 원한과 증오가 자리 잡고 있었다.

사마의는 일 처리가 지나칠 정도로 신중하고 조심스러웠다. 보통 이런 사람은 마음의 벽이 높고 경계심이 많아 허점을 찾아보기 어렵다. 하물며 사마의는 늑대가 뒤를 돌아보는 것 같은 관상을 가지고 있었다. 예전에 관상가 허소(許邵)는 이런 관상을 가진 자는 모두 황제 자리를 마음에 품고 산다고 했다. 그래서 위왕 역시 그의 능력을 높이 사면서도 경계의 끈을 놓지 않았다.

그렇다면 사마의가 첩자일까? 가일은 불현듯 이런 생각이 떠올랐다. 이번 정군산 전투만 본다면 그의 혐의점은 거의 없다. 그러나 지금까지 한선이 등장했던 여러 번의 상황을 종합해봤을 때, 가장 의심 가는 인물이 바로 사마의였다. 물론 정군산 전투가 치러지던 시기에 그는 한중에 없었다. 그렇지만 그와 세자 조비의 관계를 보면 그런 군사 기밀 정도야 손쉽게 얻어내고도 남았다.

차가운 밤바람이 불어오자 가일은 자기도 모르게 몸서리를 쳤다. 이런 추정이 사실이라면? 사마의는 세자 조비의 오른팔이나 다름없는 사람이다. 그런 그가 어떻게 유비를 도울 수 있단 말인가? 가일은 고개를 가로저었다. 그는 이런 생각 또한 사마의를 향한 자신의 복수심이 너무 깊은 탓일 거라며 애써 씁쓸한 마음을 지워냈다.

"다 보았는가?"

귓가에 중후한 목소리가 들려왔다. 장제 대인이었다.

"다 봤습니다."

가일이 대답했다.

"대인, 이제 어디서부터 일에 착수하실 생각이십니까?"

"자네 생각은 어떠한가?"

장제가 반문했다.

"표면적으로 보면 우리의 적수는 서촉 군의사가 맞습니다. 하나 근본적으로 따지고 들어가면 우리에게 가장 큰 화근은 한선이지요. 만약 한선의 존재가 없다면 서촉 군의사도 이 정도로 위협적이지 못할 겁니다."

"그 말은, 먼저 한선을 조사하자는 건가?"

"그렇습니다."

"어떻게?"

장제의 표정이 무거웠다.

"작년 정월에 일어난 모반 사건과 이번 정군산 전투에서 의심 가는 사람을 추려내서 연관 고리를 찾아내야지요. 만약 이 두 무리 중에 의심 가는 사람이 있거나, 이 기간 이 두 무리와 왕래한 사람이 있다면 일차적으로 조사해야 한다고 봅니다."

가일이 나지막한 목소리로 말했다.

"음, 틀린 말은 아니지만, 그것이……."

장제가 고개를 가로저었다.

"왜 그러십니까? 추려낼 수 없다는 말씀이십니까?"

"추려낼 수야 있겠지. 다만 연루된 사람이 너무 많네. 지금 진주조에서 정리한 명단만 해도 스물아홉 명인데, 이들 전부에게 이런 일을 할 시간과 능력이 있다고 보면 되네."

장제가 쓴웃음을 지었다.

"스물아홉 명이면 어떻습니까? 모두 잡아다가 심문하면 되지 않습니까?"

가일이 이해할 수 없다는 듯 물었다.

"잡아들인다? 그게 말처럼 쉬운 일이 아니네. 이걸 좀 보게."

장제가 탁자 위에 놓인 목간 두루마리를 가리켰다.

가일이 묵직한 목간을 집어 들고 펼쳐보았다. 정갈한 예서체가 눈에 들어왔고, 첫줄에 쓰인 이름은 조비였다. 그는 심상치 않은 기운을 느낀 듯 미간을 좁히며 계속 읽어나갔다. 두 번째 이름은 조식이었다. 세 번째는 사마의, 네 번째는 하후돈(夏侯惇)……

가일이 난감한 표정을 지으며 목간을 내려놓았다. 이들은 붙잡아 들이는 것은 물론 사람을 붙여 감시하기도 힘든 존재였고, 하물며 그런 일은 진주조가 앞장서서 할 수 있는 것이 아니었다.

"그게 안 된다면, 다른 함정을 만들 수도 있겠지요."

가일이 말했다.

"어떻게 말인가?"

"스물아홉 명에게 각기 다른 가짜 정보를 흘리는 겁니다. 만약 서촉에서 조금이라도 반응을 보인다면……."

"그러기에는 사람이 너무 많네. 만약 네다섯 명만 된다면 해볼 만한 작전이지만, 무려 스물아홉 명이 아닌가? 게다가 하나같이 고위직에 있는 사람들이네. 누군가 옆에서 정보의 진위를 가려내야 한다고 말한다면 그 불똥이 다시 우리에게 튈 걸세. 하물며 진주조가 한 번에 이렇게 많은 사람을 함정으로 몰아넣었다는 걸 위왕이 알게 되면 근심과 우려를 낳을 테고, 결국 문제가 더 커지게 되겠지."

장제가 고개를 가로저었다. 만약 이렇게 해서라도 한선을 찾을 수 있으면 좋겠지만, 그게 아니라면 조정의 중신들을 전부 죄인으로 만드는 셈이 될 것이다.

"대인…… 설마 한중으로 조사하러 가실 생각이십니까?"

가일이 주저하며 물었다.

장제가 웃으며 대답했다.

"한중으로 가서 무엇을 찾아낼 수 있겠는가? 정욱 대인이 군영의 일로 바쁘니 온갖 핑계를 대며 우리를 찬밥 취급할 걸세."

이때 가일이 머릿속으로 대담한 생각을 하나 떠올렸다. 그러고는 이를 꽉 깨물었다.

"제가 생각해둔 것이 하나 더 있기는 한데, 선뜻 말씀드리기가 좀 그렇습니다."

장제의 입가에 옅은 웃음이 떠올랐다.

"우리 둘 사이에 할 말 안 할 말이 뭐가 있다고 그러는가?"

가일이 그의 귓가로 다가가 조심스럽게 말했다.

"한제(漢帝: 한나라 황제)입니다."

"무엄하네!"

장제가 호통을 치며 일갈을 날렸다.

가일이 고개를 숙이며 차분히 그 이유를 설명했다.

"대인, 유비는 몇 년 전만 해도 남에게 의탁해 사는 떠돌이에 불과했습니다. 이름만 황숙(皇叔: 황제의 숙부)으로 불릴 뿐, 병력·돈·식량·기반도 없는 그런 자였지요. 적벽(赤壁)대전이 일어난 후에야 난세를 틈타 형주(荊州)를 점령하고, 서쪽으로 익주를 점령한 거 아닙니까? 그런데 한선이 활동한 지는 이미 10여 년이 되어갑니다. 그렇다면 그가 유비의 첩자일 가능성은 그리 크지 않은 것이지요. 정군산 전투에서 한선이 유비를 도왔다 해도, 직접적으로 연결된 관계는 아닐 겁니다. 대인, 지금 천하에서 위왕이 패하고 유비가 승리하기를 바라는 사람이 또 누가 있겠습니까?"

"지금 감히 천자를 의심하는 건가?"

장제의 목소리가 날카롭게 변했다.

가일이 고개를 들어 장제의 눈빛을 마주했다.

"대인, 제 마음속에 담아둔 천자의 성은 유씨가 아니라 조씨입니다."

장제는 차갑게 그를 쳐다볼 뿐 아무 말이 없었다. 가일은 공수를 한 채 조용히 그 자리에 서 있었다. 장제의 명령 한마디면 언제라도 호분위(虎賁衛)가 뛰어 들어와 그를 잡아갈 수 있는 상황이었다.

그러나 가일은 자신의 대답이 크게 문제될 리 없을 거라고 확신했다. 한제는 일찌감치 꼭두각시가 되었고, 이것은 천하가 다 아는 공공연한 비밀이었다. 단지 이를 직접 거론할 만큼 대담한 사람이 많지 않을 뿐이다. 가일은 권세에 빌붙어 사는 소인배도 아니었고, 한나라 왕조에 충성심조차 남아 있지 않았다. 그는 유생이 아니었기에, 황권 교체와 왕조의 흥망성쇠 따위에 관심도 없었다. 이제는 군주가 신하를 고를 뿐 아니라 신하 역시 군주를 고르는 세상이 되었다. 하물며 군주의 녹을 먹으면 그의 근심을 짊어져야 한다는 관점에서 본다면, 가일이 받는 것은 위왕의 녹봉이니 당연히 위왕을 위해 일해야 옳았다.

피맺힌 깊은 원한을 짊어지고 사는 마당에, 이렇게라도 하지 않으면 또 무엇을 할 수 있단 말인가?

한참 후 장제는 입가에 희미한 미소를 띠고 목간 두루마리 하나를 가일에게 건넸다.

"이걸 좀 보게."

목간을 펼쳐보니 위풍이 올린 상주문이었다. 그는 진자가 위왕을 모욕하고 모반을 꾀했다며 비밀리에 상주문을 올렸다.

"크크, 이 위풍이라는 자는 천하의 명사가 아닙니까? 허도의 형주 파벌 안에서 명망이 꽤나 높다고 알고 있습니다. 그런 자가, 제가 허도를 떠나 있던 3년 동안 어찌 이렇게까지 속물로 변한 것인지 참으로 역겹습니다."

"난세에도 사람은 살아야 하니 그렇겠지. 공융(孔融)·최염(崔琰)처럼 천하를 쥐락펴락 했던 유학자도 모두 위왕의 손에 죽어나가지 않았는가? 괜히 청렴하고 고결한 척해봤자 스스로 죽음을 자초하는 격이니, 많은 사람이 변해가는 것 아니겠는가?"

장제가 말을 이어갔다.

"하나 대세를 제대로 보지 못한 사람 중에는 다시 과거의 영화를 되살릴 수 있다고 생각하는 이도 있다네. 우리가 그들을 좀 도와야 하지 않겠는가? 지금 진자를 죽이면 앞으로 또 다른 백 명의 진자를 죽이는 수고를 덜수 있게 되네."

"죽임으로써 죽음을 막자는 것입니까? 대인, 그걸로 어찌 불씨를 완전히 꺼뜨릴 수 있겠는지요?"

가일이 웃으며 말했다.

"만약 사마의라면 그들이 계획을 세우고 거사를 일으킬 때까지 기다렸다 일망타진을 할 겁니다. 모반을 꺾으면, 불평불만으로 가득 찬 한직의 관료들을 죽이는 것보다 훨씬 큰 공을 세울 수 있습니다."

"됐네."

장제가 고개를 가로저었다.

"황건적의 난이 일어난 후부터 지금까지 천하의 인구가 이미 6할이 줄었으니 살생은 가능한 한 피해야 하네."

가일이 목간을 접으며 말했다.

"제가 언제 움직여야 합니까?"

"지금이네."

장제가 잠시 주저하다 말을 이어갔다.

"세자의 뜻은 진자를 참살한 후 그의 수급을 한제에게 바치는 것이네. 한나라 황실의 기운이 이미 쇠했으니, 스스로 꼭두각시라는 자각을 해야 할 필요가 있겠지."

허도의 새벽녘은 전에 없이 매섭게 추웠다.

입김을 불면 하얀 서리가 뿜어져 나와 적막한 거리로 흩어졌다. 돌길을 걷는 가일의 발걸음이 무거웠다. 그의 오른손은 허리춤에 찬 3척 길이의 칼을 잡고 있었다. 몸에는 철편을 수천 개 엮어 만든 검은색 갑옷을 입고 있어, 걸음을 옮길 때마다 철컥 철컥 소리가 났다. 그의 뒤로 창을 든 호분위 백 명이 새까맣게 따라붙었다. 이들의 일사불란한 움직임 속에서 강한 살기가 전해졌다.

이들이 멈춰 선 곳은 평범한 저택처럼 보였다.

입구에서 하인이 잔뜩 긴장한 모습으로 그들을 맞았다.

"어쩐 일이신지요?"

"이곳이 진자 대인 댁이 맞는가?"

가일이 점잖게 물었다.

"네, 그렇기는 합니다만…… 대인께서는?"

"나는 진주조 응양교위(鷹揚校尉) 가일이네. 세자의 명을 받고 진자 대인을 뵈러 온 것이네."

응양교위 가일…… 들어본 적이 없는 이름이었다. 하기야 요 몇 년 동안 교위·중랑장(中郞將)이 넘쳐났으니, 들어본 적이 없다 해도 전혀 이상할 것이 없었다.

"저희 댁 나리께서 아직 쉬고 계시니, 나중에 다시 오시겠습니까?"

하인에게서 굽실거리는 기색을 찾아볼 수 없었다. 그도 그럴 것이, 자기가 모시는 대인과 비교해봤을 때 교위 관직은 한참 아래였다.

가일의 표정은 느긋했다.

"내가 두 시진 전에 허도에 도착하자마자 장제 대인께서 나를 바로 이리로 보내시지 않았겠나? 장 대인께서 일을 맡기시며, 허도에서 진주조는 이때까지 누구를 기다려본 적이 없다 하셨네."

가일은 얼굴이 파랗게 질린 하인을 밀치고 성큼성큼 안으로 들어가 소리쳤다.

"진자 대인! 진주조 응양교위 가일이 장제 대인의 명을 받들어 특별히 모시러 왔소이다!"

호분위 백 명이 긴 창을 들고 마당까지 몰려 들어와 신속하게 기선을 제압했다. 마당 안에 나와 있던 머슴과 하녀 들은 저항할 생각조차 하지 못한 채 구석에 숨어 벌벌 떨고 있었다. 이런 장면은 허도성 안에서 이미 여러 차례 반복됐다. 권문세가의 일가족이 하루아침에 몰살되는 마당에, 하물며 일개 시랑(侍郞) 나부랭이라면 더 말할 필요도 없었다.

가일은 칼을 뽑아 들고 흔들림 없는 표정으로 느긋하게 마당에 서 있었다. 그는 결코 서두르지 않고 선비를 향한 예를 갖췄다.

차 한 잔 마실 정도의 시간이 흐른 후, 진자가 정갈한 조복을 갖춰 입고 마당으로 걸어 나왔다. 예순이 넘은 그의 머리카락은 하얗게 세어 있었고, 세상 고초를 다 겪은 듯한 얼굴에 세월의 흔적이 묻어났다. 40년 전에 그는 고작 서좌에 불과했다. 그렇게 관직에 발을 들인 그는 황건적의 난과 군웅 할거 등 혼란의 시기를 거치며 지금의 삼방정립(三方鼎立: 세 개의 세력 위·촉·오가 균형을 이루며 대립함) 시대까지 살아왔다. 그는 황제를 모시며 함께 상림원(上林苑)에서 말을 탔고, 사도(司徒)를 따라 성 밖을 떠돌며 들판에서 나물을 캐내 허기를 채우기도 했다. 지금 한나라 황실을 위해 일했던 많은 신하는 깊은 산속에 은거하거나, 더 큰 세력에 빌붙어 살길을 찾아 떠났다. 하지만 그만은 지금까지도 자신의 자리를 지켰다. 그의 마음속에서 적통은 한나라 황실뿐이며, 조조가 천하의 권력을 잡았다 해도 그 마음은 변하지 않았다.

가일은 진자에게서 한동안 시선을 떼지 않았다.

"말장(末將)이 갑옷과 투구를 착용하고 온 터라 예를 갖출 수 없음을 용서하십시오."

진자가 공수를 하며 허리를 숙였다.

"장군께서 이 늙은이가 어디에 필요해서 오셨소?"

가일이 대답했다.

"진 대인, 2월 20일에 어디에 계셨습니까?"

2월 20일이라…… 진자가 미간을 좁히며 생각을 되짚어보았다. 그때라면 위풍의 집에서 열리는 연회에 초대를 받아 갔고, 술이 진탕 취해 누군가의 도움을 받아 집에 돌아왔던 것 같다. 연회 중에 무슨 일이 있었는지 잘 기억이 나지 않았다.

"진 대인, 위왕이 친히 서측 정벌전에 나서고 세자에게 감국을 맡긴 사이 허도는 줄곧 평온하지 않았지요. 최근 들어 하후연 장군까지 한중에서 전사한 탓에, 터무니없는 소문이 돌면서 인심이 흉흉해지고 있습니다. 세자께서는 진 대인의 수급으로 민심을 안정시키고 싶어 하십니다."

한동안 침묵이 이어지고 나서야 진자가 입을 열었다.

"이번에는 무슨 핑계를 대실 것이오?"

"위풍이 진주조에 보고를 올렸습니다. 진 대인이 술을 마신 후 입을 함부로 놀려 위왕을 욕되게 하고 모반을 꾀했다 들었습니다."

"위풍?"

진자가 눈을 치켜떴다.

"그리 명망 높으신 분이 벗을 팔아 영화를 구하셨군요."

"진 대인, 말장은 임무를 수행해야 하니, 더 이상 지체할 수가 없군요. 말장이 대인께서 떠나는 길을 배웅할 수 있도록 허락해주시지요."

진자가 옷자락을 펼쳐 앉으며 한제가 머무는 궁궐을 향해 예를 갖춰 절을 올렸다.

"폐하, 다음 생에 다시 뵙겠사옵니다!"

날카로운 칼날이 번쩍이기 무섭게 수급이 나가떨어졌다.

가일은 칼을 거둔 후 부하 병사가 수급을 나무 상자에 넣는 모습을 지켜봤다. 이때 집 안에서 머리를 풀어헤친 여자가 날카로운 칼을 쥐고 비명을 지르며 가일에게 달려들었다. 그녀는 가일의 근처에 오기도 전에, 옆에 있던 호분위의 창에 찔려 바로 쓰러졌다. 가일은 눈살을 찌푸리며 앞으로 나아가 여자의 얼굴을 확인했다. 피를 흘리며 쓰러진 여자는 열서너 살 되어 보였다. 진자의 딸이 분명했다. 가일은 고개를 내저으며 아이의 목에 손을 대보았다. 맥박이 점점 약해지는 것으로 보아 곧 목숨이 끊어질 것이 분명했다. 아이의 고운 얼굴은 원한으로 일그러졌고, 채 감지 못한 눈은 가일을 노려보며 점점 그 빛을 잃어갔다.

가일이 한숨을 내쉬며 무슨 말을 막 꺼내려는 순간, 서른 정도 되어 보이는 여인이 비명을 지르며 달려 나왔다. 그는 호분위를 제지하며 칼집으로 여인을 쳐 바닥에 쓰러뜨렸다. 짐승만도 못한 놈, 천벌을 받을 놈이라고 소리치는 여인의 갈라지고 쉰 목소리가 귓가에서 계속 맴돌았다.

"나는 명을 받들어 진자를 주살했으니, 그것으로 더는 죄를 묻지 않을 것이오. 이곳에 있는 식솔들은 스스로 살길을 찾아 가능한 한 빨리 허도를 떠나시오!"

가일은 이 말을 남긴 채 뒤돌아서서 문을 향해 걸어갔다.

그는 문을 나서자마자 전혀 생각지도 못한 사람을 보게 되었다. 키가 크고 말랐으며, 허여멀쑥한 얼굴과 가슴까지 내려온 수염이 눈에 띄는 사내였다. 딱 봐도 비범해 보이는 인물이었다.

가일이 의아한 눈빛으로 물었다.

"위풍 대인, 어쩐 일이십니까?"

위풍의 표정이 무척 비통해 보였다.

"진 대인의 시신을 거두러 왔네. 진 대인이 죽었으니, 남은 아내와 자식은 돌봐줄 이도 없이 어찌 살아갈는지……."

장제 대인에게 듣기로 진자는 위풍에게 고발을 당했고, 세자 조비가 일벌백계하라고 명을 내렸다. 그런데 지금 위풍의 표정과 태도는 이 일과 전혀 상관이 없는 사람처럼 보일 정도였다.

가일이 물었다.

"위 대인, 지금 들어가면 진자의 유족에게 어떤 치욕을 당할지 아시지 않습니까?"

고개를 든 위풍의 얼굴에서 한 치의 부끄러움도 찾아볼 수 없었다.

"내 비록 진자와 막역한 사이였으나, 그가 위왕의 과실을 수차례 폭로한 탓에 대의를 위해 소의를 저버릴 수밖에 없었네. 이 모든 것이 내가 벌인 일이니 오해와 지탄을 받아 마땅하나, 하늘을 우러러 한 점 부끄러움이 없다는 것만 알아주게. 그러니 다른 이가 나를 어떻게 말하든 개의치 않을 것이네."

가일은 그의 말에 콧방귀를 뀌었다.

"정 그러시다면 어서 들어가셔서, 방금 남편과 딸을 한꺼번에 잃은 여인을 잘 위로해주시지요."

위풍이 고개를 끄덕였다.

"가 장군, 새 둥지가 엎어졌는데 어찌 그 안에 멀쩡한 알이 남아 있겠나? 진 대인 여식의 죽음 역시 어쩌다 보니 그리된 것일 테니, 내 장군을 탓하지는 않을 것이네."

그는 이 말을 남긴 후 의관을 흐트러뜨리고, 비틀거리는 발걸음으로 대문으로 달려 들어갔다. 곧이어 그의 대성통곡 소리가 문밖까지 들려왔다.

"어찌 이런 일이 있을 수 있단 말이오? 어찌……."

위왕이 권좌에 오른 지 3년이 되지 않아 황궁은 더 쇠락해갔다.

가일은 미소를 지으며 정중하게 예를 갖춰 궁문 앞에 섰다. 그의 손에 들린 것은 진자의 수급이 담긴 나무 상자였다. 핏물은 이미 말라 흘러내리지 않았지만, 바닥에 검붉은 핏자국이 선명했다. 궁문 입구를 지키던 금위(禁衛)들이 잔뜩 굳은 표정으로 긴 창을 뻗어 가일의 앞을 가로막았다. 가일의 등 뒤로 번쩍이는 철갑을 두른 백 명의 호분위가 위용을 드러냈다. 이에 비하면 금위들의 갑옷과 무기는 거지꼴을 면하지 못하고 있었다.

갑옷을 입은 중년의 사내가 궁 안에서 허겁지겁 달려 나왔다. 머리에 쓰고 있는 투구의 끈조차 제대로 묶지 못한 듯, 그가 움직일 때마다 투구가 흔들려 우스꽝스럽기까지 했다.

그는 장락위위(長樂衛尉) 진의(陳禕)였다. 장락위위는 녹봉 2천 섬을 받고 궁 안의 금위를 이끌며 궁문을 지키는 관직이었다. 50년 전만 해도 아주 중요한 관직이라 할 수 있었다. 그러나 지금의 절름발이 위위 대인은 일찌감치 웃음거리로 전락한 지 오래였다. 진의가 어느새 그의 앞으로 다가와 있었다. 그는 가일의 무례한 행동을 탓하기는커녕, 도리어 환한 미소로 그를 맞이했다.

"이보게 아우, 돌아와놓고 왜 기별을 안 한 것인가? 몇 년 못 본 사이에 얼굴이 더 좋아졌군."

그가 손을 비비며 가일의 손에 든 나무 상자에서 눈을 떼지 못했다.

"어젯밤에 도착한 터라, 진 대인에게 인사 올릴 틈이 없었소."

진의도 그가 허도에서 잘 알고 지낸 사람이라, 가일은 그 관계를 쉽게 망가뜨리고 싶지 않았다.

"세자께서 이 물건을 대인을 통해 황제께 전하라 하셨소."

"이것은……."

"진자의 수급이오."

순간 진의의 눈썹이 꿈틀댔다.

"정말 세자의 명령이신가?"

가일은 여전히 미소를 짓고 있었다.

"이…… 이런 거라면 내가 하기 좀 그렇군. 가 대인…… 다른 사람을 불러서 황제께 전하라고 해줄 수 있겠는가?"

"진 대인, 그건 제 권한 밖이오."

진의가 이를 꽉 물며 창백해진 얼굴로 상자를 받아 들었다.

가일이 넌지시 말을 건넸다.

"진 대인, 일을 마치시면, 예전 그곳에서 기다리겠소."

진의가 순간 움찔하며 내키지 않는 듯 고개를 끄덕였다.

길가 주막에서 파는 국밥 냄새가 코를 찌르며 식욕을 확 자극했다. 허도를 떠나 있다 3년 만에 돌아왔어도 거리 풍경은 크게 변하지 않아, 이 주막을 찾는 데 그리 오래 걸리지 않았다. 가일은 쿵쿵 냄새를 맡으며 안으로 걸어 들어갔다.

"나리, 뭘 드시겠습니까?"

주모가 허리를 숙이며 물었다.

"국밥 한 그릇과 고기 한 접시 내주시게."

가일은 주문을 한 후 구석진 자리로 가서 앉았다. 이곳이라면 주막을 구석구석 관찰할 수 있을 뿐 아니라 눈에 잘 띄지도 않았다. 이것은 그의 오래된 습관이었다.

국밥과 고기가 나오자 가일은 양반다리를 하고 앉아 고기를 국밥 위에 얹고 크게 한입 떠먹었다. 지난 3년 동안 먹어보지 못했지만, 그때나 지금이나 그 진한 맛은 변함이 없었다.

"그 소문 들었어? 유현덕(劉玄德: 유비)이 한중을 쳤대. 그래서 위왕이 장안에서 장병 40만 명을 이끌고 직접 출정을 나간 거래!"

"그 유비란 놈이 천복을 타고난 게지. 고작 짚신이나 엮어 팔던 놈이 난세를 만나 동에 번쩍, 서에 번쩍 하며 익주·형주를 차지했으니 말일세. 이러다 설마 한나라 황실이 또 한 번 일어나 옛날의 영화를 되찾는 거 아냐?"

"다시 일어나? 쳇! 그 귀 큰 도적놈이? 무슨 능력으로? 다들 여포(呂布)가 성을 셋 가진 종놈이라고 했지? 유비 그자가 몇 명의 주인을 모시고 또 배반했는지 알기나 하나? 만약 유비가 허도를 치면 이 늙은이는 북쪽으로 떠날 것이네. 유주(幽州)에 가서 얼어 죽는 한이 있어도, 그놈이 거들먹거리는 꼴을 보는 것보다 낫겠지."

"아이쿠, 이보게, 그게 무슨 소린가? 유현덕이야말로 지금 황제께서 인

정하신 황숙이네. 중산정왕(中山靖王)의 후손이자 한나라 황실의 귀족 자제
가 아닌가?"

"목소리 낮추게! 지금이 어느 때인데 유비의 이름을 그리 막 말하는가?
진주조 사람이 듣기라도 하면 그냥 잡혀가서 문초를 당할 걸세."

"진주조가 뭐라고 그리 난리인가? 남의 앞잡이 노릇이나 하는 쥐새끼 같
은 놈들이지. 백성의 입을 막는 것이 흐르는 강물 막는 것보다 더 나쁘다는
말도 모르는가?"

"어이쿠, 자네 죽고 싶어 환장했는가? 진자 대인이 간밤에 진주조의 손
에 죽었다네. 자네도 그 꼴 나고 싶어? 왜, 진주조 문 앞에 가서 그렇게 말
해보지?"

"진자 대인이야말로 정말 억울하게 돌아가셨지. 그 위풍이란 자가 나쁜
놈이야. 자네가 어떤 사람을 집에 초대했는데 그 사람이 술에 취해 귀에 거
슬리는 말을 좀 했다 치자고. 그래서 자네가 곧장 진주조로 가서 고발했더
니 얼마 안 있어 바로 그 사람 목이 날아간 꼴이지. 심지어 진자 대인의 딸
도 그 자리에서 죽임을 당했다더군."

"쳇, 그 딸이 겨우 열네 살이라네. 용모가 뛰어나서 이미 장천(張泉)과 혼
인을 약조했다던데, 정말 안타깝지 뭔가?"

"장천? 그게 누군가?"

"그 사람을 몰라? 그러고도 허도 사람이라 할 수 있는가? 장수(張繡)는 아
는가? 아, 완성(宛城)에서 위왕을 무찌르고 조앙(曹昻: 조조의 첫 부인의 아들)과 전
위(典韋)를 죽인 자가 바로 장수라네. 장천이 바로 그 아들이지."

"그러고 보면 위왕이 정말 대인군자가 맞나 보네. 아들을 죽인 원수가
활개 치고 다니게 그냥 놔두니 말일세. 나라면 일찌감치 그 일가를 몰살시
켰지!"

"쥐뿔도 모르는 소리! 장수가 관도(官渡) 전투에서 앞장서서 위왕에게 투

항했고, 위왕은 세상에 그럴싸하게 보여주기 위해 그를 안 죽인 것뿐이네. 아들을 죽인 원수를 받아들였는데, 세상 누구를 받아들이지 못하겠는가? 지금이야 장천이 멀쩡히 살아 있지만, 천하가 통일되고 나서도 과연 살아 있을 거라 누가 장담하겠어?"

"그렇지도 않아. 위왕은……."

식객들의 의견이 분분한 가운데 가일은 그저 웃으며 앞에 놓인 국밥을 먹는 데만 집중했다. 소인배야 늘 시국에 대해 이러쿵저러쿵 추측하고 깊이 없는 말을 지껄이기 좋아했다. 하지만 그 속에 급소를 찌르는 날카로운 지적이 숨겨져 있기도 하니, 무심코 흘려들을 수만은 없었다. 다만 그들 중 정말 누군가 시국을 꿰뚫어본다 해도, 그는 그저 낙숫물에 불과했다.

지금 한나라 황실은 이미 지는 해와 마찬가지다. 지금의 황제가 환제(桓帝)와 영제(靈帝)보다 좋은 황제라 한들 그게 다 무슨 소용이겠는가? 그는 손안에 권력·돈·병사·식량 중 그 어느 것도 가지고 있지 않은 꼭두각시에 불과한 것을. 황건적(黃巾賊)의 난이 일어난 지 35년이 지났고, 동탁(董卓)부터 조조에 이르기까지 무려 다섯 번의 궁중 반란이 일어났다. 한나라를 돕자고 주장하던 충신과 세도가는 거의 전부 멸족의 화를 당했다. 공융·순욱(荀彧)·최염처럼 한나라 황실을 추앙하던 당대 대학자조차 거의 목숨을 잃었다. 이런 마당에 황실을 구하려는 이가 과연 몇이나 되겠는가?

이 와중에 또 누군가는 유비가 황실을 다시 일으켜 세울 수 있는 유일한 희망이라 여겼다.

가일은 냉소를 지었다. 이 황숙이 정말 조조를 물리친다면 꼭두각시 노릇을 하는 황제 유협(劉協)을 과연 살려둘까? 그는 같은 한나라 종실이었던 유표(劉表)와 유장(劉璋)을 상대할 때조차 한 치의 인정도 남겨두지 않았다. 만약 유비가 허도를 손에 넣으면, 한제가 유표의 아들 유기(劉琦)처럼 아무 이유 없이 돌연 죽음을 맞게 될지도 모를 일이었다. 아마 그 진실은 하늘만

이 알고 있을 것이다.

"가 교위, 여기 국밥 맛이 3년 전만큼이나 좋던가?"

진의가 가일의 맞은편에 앉아 웃으며 물었다.

"자, 취선루(醉仙樓)로 가시죠."

가일이 자리에서 일어섰다.

취선루는 이 국밥집 바로 맞은편에 있었다. 가일은 절름발이 진의를 데리고 위층으로 올라가 별실로 들어갔다.

진의는 오래되고 해진 군복을 정갈하게 정리하며 예를 갖춰 물었다.

"가 교위가 나를 왜 여기로 불렀는지 모르겠군. 무슨 일인가?"

"궁 안의 음식이 형편없다는 걸 내 어찌 모르겠소? 오랜만에 밖에 나와 목구멍의 때나 벗기고 들어가면 좋지 않겠소? 오늘은 내가 사는 것이니, 맘껏 시키시오."

"이런 곳은…… 너무 오랜만이라서…… 아무래도 자네가 시키는 게 낫겠네."

진의가 겸연쩍게 웃으며 대답했다. 그는 가일이 자신을 불러낸 것이 단지 식사 대접을 위해서가 아니라는 것을 잘 알고 있었다. 좀 전의 국밥집과 달리 이곳은 너무 조용했다. 무언가 하기 힘들거나 비밀스러운 말을 나누기에 딱 좋았다.

잠깐 동안의 침묵을 깨고 진의가 말했다.

"참, 나무 상자는 황제 폐하께 잘 전했네."

"폐하의 반응이 어떠셨소?"

"그건…… 나도 모른다네. 나야 상자를 조필(祖弼) 대인에게 건넸고, 그분이 그것을 다시 폐하께 전했네."

"궁 안의 법도와 절차가 그리도 복잡한 것이오?"

"크크, 어쩔 수 없다네. 조필 대인에게 살짝 여쭈어보니, 폐하께서 상자를 보시고도 별 반응이 없으셨다 하더군. 이 정도면 세자께서 만족해하시겠는가?"

진의가 고개를 갸웃거렸다.

"그러시겠지요. 설마 그분이, 폐하께서 어린아이처럼 경기를 일으켰다는 말을 기다리시겠소? 이 일은 들은 대로 전해 올리겠소."

"그럼 안심이네."

진의가 그제야 안도의 한숨을 내쉬었다.

"진 대인, 궁 안의 경비가 빠듯하지 않소? 지금 황후께서 조씨 가문 사람인데, 어째서 재정이 그리 풍족하지 않은지 이해가 잘 가지 않아 그러오."

"황후께서 조씨 일가이기는 하나, 결국 여인의 몸이 아니신가?"

진의가 쓴웃음을 지었다.

"가 교위, 이 궁 안의 일은 자네도 조금은 알고 있을 거라고 보네."

가일이 침묵을 지켰다. 일찍이 위왕이 한제를 허도로 모시고 온 후 자신의 친딸인 조헌(曹憲)·조절(曹節)·조화(曹華)를 한제에게 시집보냈다. 당시 황후는 여전히 복 황후 복수(伏壽)였다. 훗날 복수의 부친 복완(伏完)이 조조를 제거하려다 발각되어 온 집안이 재산을 몰수당하고 참수되었다. 조절은 바로 그다음 해에 황후로 책봉되었다. 황후가 조씨 가문 사람이기는 하나, 위왕처럼 야심으로 똘똘 뭉친 사람에게 조씨 가문의 혈통을 이을 수 없는 딸의 존재는 별로 큰 의미가 없었다. 그가 딸을 궁으로 시집보낸 것 역시 내정을 장악하고 통제하기 위해 연결고리가 필요했기 때문이었다. 조절 역시 부친의 생각에 별로 개의치 않는 듯, 그럴싸하게 황후 역할을 해내고 있었다.

위왕의 원래 의도대로 궁 안의 경비는 줄곧 그다지 넉넉지가 않았다. 언젠가 위왕이 조정에 나갔을 때 한나라 대신이 대담하게 궁의 경비를 증액해야 한다고 제안한 적이 있었다. 그러나 위왕은 그저 웃으며, 지금 힘들고 근심스러운 것이 오히려 훗날 한나라 황실을 살리는 담금질이 될 것이라고 그의 말을 일축해버렸다. 그 후 더 이상 이 일을 거론하는 이가 없었다. 조정 신하들도 위왕이 황실 재정을 옥죄고 있지만 신하의 본분을 거스른 적이 없다는 사실을 누구보다 잘 알고 있었다. 한제가 허도로 온 후 음으로 양으로 여러 차례 모반이 일어나 위왕의 목숨을 위협했다. 그럼에도 위왕은 자신을 죽이기 위해 혈안이 되어 있는 황궁의 꼭두각시를 살려두었다. 다만 그가 영화를 누리는 꼴은 절대 용납하지 않았다. 심지어 누군가는 위왕이야말로 지난 황제 때의 대장군 양기(梁冀), 이번 황제 때의 태사(太師) 동탁과 견줄 만하다고 사사로이 칭찬을 아끼지 않았다. 이런 것만 봐도 위왕은 천자에게 인의(仁義)를 다하고 있는 셈이었다.

음식이 한 상 가득 차려지자, 진의는 김이 모락모락 올라오는 고기를 냉큼 집어 먹다 뜨거운 듯 호들갑을 떨었다.

"누가 뺏어 먹는 것도 아니니 천천히 먹어도 되오, 진 대인. 먹고 싶은 건 얼마든지 시켜줄 테니 맘껏 드시오."

가일이 혀를 끌끌 차며 말했다.

"가 교위에게 우스운 꼴을 보였네."

진의가 민망한 듯 웃어 보였다.

"진 대인, 대인의 봉록으로……."

"에휴, 내 봉록으로는 동생들 돕기도 힘들다네. 다들 이 늙은 형만 보고 사는데, 입에 풀칠만 하며 살게 둘 수는 없지 않은가?"

"그렇게 살기가 힘든데, 왜 다른 관직을 알아보지 않으시오? 허름한 궁전과 거지처럼 살아가는 황실 종친들을 지키는 일로 무슨 영화를 보실 수 있겠소?"

가일이 일부러 더 거침없이 물었다.

진의가 고개를 가로저었다.

"자네가 몰라서 하는 소리네. 관리 사회라는 게 원래 한번 줄을 잘못 서면 다른 줄로 가고 싶어도 그럴 수가 없다네. 지금 자리를 지키고 있는 것도 감지덕지할 일이지. 이러다 위왕이 좀 더 멀리 내다보고 움직인다면 언제 잘릴지도 모를 일이고."

두 사람 사이에 잠시 침묵이 흘렀다.

진의는 솔직하게 속내를 털어놨다. 위왕이 좀 더 멀리 내다본다는 말은 그가 황제 자리를 노린다는 것을 의미했다. 물론 지금의 위왕은 이런 일을 도모할 만큼 실력과 지지를 받고 있다. 그럼에도 그는 이제까지 이 문제를 한 번도 공론화하지 않았다. 지금까지 위왕의 행보만 봐도 적어도 한제를 강제로 퇴위시킬 계획이 없어 보였다. 그래서인지 궁에서 전혀 실권이 없는 이런 관직 따위는 한제가 마음대로 임명하도록 그냥 내버려두었다.

"진 대인, 다른 관직을 찾고 싶다면 제가 기회를 줄 수도 있소."

가일이 웃으며 그의 마음을 떠보았다.

"정말인가?"

진의의 얼굴에 기뻐하는 기색이 떠오르는가 싶더니 이내 사라졌다. 그가 고개를 가로저으며 말했다.

"자네도 알다시피 내 수중에 돈 한 푼이 없다네. 설사 자네가 나를 천거해준다 해도……."

"돈이라니요? 내가 뭐가 아쉬워서 고작 돈 좀 받자고 이런 말을 꺼냈겠소? 대인은 그냥 일 하나만 해주면 되오."

이자라면 크게 써먹을 때가 있을지도 모른다.

"일이라……."

진의가 한참을 주저하다 말했다.

"가 교위, 나도 이제 늙었고, 무슨 일을 하다 자칫 발각이라도 되면 일가가 멸족을 당할 것 아닌가? 나는 할 수 없을 것 같네."

가일이 자신도 모르게 웃음을 터뜨렸다.

"진 대인, 대인이 생각하는 그런 일이라면 내 어찌 감히 대인에게 부탁을 하겠소?"

진의가 안도의 한숨을 몰아쉬었다.

"그럼 되었네."

"대인이 장락위위의 자리에 있으니, 매일 궁을 드나드는 사람을 다 알고 계실 것 아니오? 그 명단만 주면 되오. 매일 누가 몇 시에 들어갔다 언제 나오는지, 또 어디에 가고 누구를 만났는지, 얼마나 머물렀는지 상세하게 기록해서 말이오."

가일의 얼굴에서 어느새 웃음기가 사라졌다.

"그런 거라면 상관없지만…… 매일 해야 하는 것인가?"

"물론이오."

가일이 고개를 끄덕였다.

"실수로 누군가를 빠뜨리게 되면 일을 그르칠 수도 있소."

"내가 이 일을 하면 뭘 줄 텐가?"

진의가 대놓고 대뜸 물었다.

진의의 이런 반응에 가일은 도리어 마음이 놓였다. 누구나 일을 하면 보상을 원하기 마련이었다. 만약 진의가 아무것도 묻지 않고 바로 수락했다면 가일은 그의 진심을 의심했을지도 모른다.

"사실대로 말하자면, 이것은 세자의 뜻이오."

가일이 낯빛 하나 바꾸지 않고 거짓말을 했다.

"기간은 3년. 3년이 지나면 대인을 군수 자리에 앉혀드리겠소."

"군수라……."

진의는 선뜻 확답을 주지 못했다. 지금 천하는 여전히 혼란에 빠져 있었다. 북쪽은 공손씨(公孫氏), 서쪽은 유비, 남쪽은 손권(孫權)이 세력을 잡고 있고, 위왕은 여전히 모든 재정을 군비 지출에 집중하고 있었다. 이런 상황에서 군수의 권력은 이름값도 못 할 만큼 약해졌고 책임져야 할 일만 더 많아졌으니, 딱히 구미가 당길 만한 제안은 아니었다.

"못 하시겠다면 다른 사람을 찾아볼 수밖에요. 그나마 이 허도에서 가장 넘쳐나는 게 사람이니 문제될 것은 없습니다."

가일이 대수롭지 않다는 듯 담담하게 말했다.

과연 진의는 그 밑밥을 덥석 물었다.

"좋네! 내가 하겠네. 여기서 썩는 거보다 군수 자리가 뭐로 보나 더 나을 테지."

"그럼, 그리 알겠소이다."

가일이 호탕하게 웃으며 심부름꾼을 불렀다.

"이보게! 여기 술과 음식을 좀 더 가져다주게!"

"아니네. 나 때문에 그럴 필요 없어. 여기 차려진 것만으로도 충분하네."

진의가 웃으며 그를 말렸다.

"진 대인, 그게 무슨 소리십니까? 3년 후에 군수가 되시면 제가 식사를 대접하고 싶어도 만나뵐 수 없는 분이 되어 있으실지 누가 압니까?"

가일이 너스레를 떨며 웃었다.

3년 후라…… 크크, 3년 후면 자신도 진주조에 계속 남아 있을 거라고 장담하기 어려웠다. 모든 일이 예상외로 순조롭게 풀리고 있었다.

진주조.

"진의를 끌어들인 건 잘한 일이네. 하지만 너무 눈에 띄게 움직여서는 안 되네. 자칫 발각이라도 되면 생각할 필요도 없이 그 패를 버리게. 한제 쪽은 진의를 끄나풀로 심어뒀으니 한실(漢室)의 옛 신하와 형주 파벌들의 동향을 파악하기가 쉬워졌군. 진자를 죽였으니 이제 그들의 반응을 살펴야겠지. 한선이 이 일을 계기로 그들과 접촉할지도 모르네."

"그럴 리가요?"

가일이 장제의 말에 고개를 갸웃했다.

"한선은 수십 년 동안 실마리조차 잡히지 않을 만큼 비범한 놈입니다. 고작 진자를 죽였다고 해서 움직일 리 없겠지요."

"그렇기는 하나, 뭐라도 해봐야 하지 않겠나? 더구나 지금 우리가 할 수 있는 일이라는 게 고작 이것밖에 없으니 답답할 노릇이지."

장제가 한숨을 내쉬며 말을 이어갔다.

"이 일 때문에 세자께서 조식에게 무안을 당하셨다네. 어쩌면 위왕께도 유언비어를 퍼뜨릴 수 있겠지. 아, 세자께서 자네를 도울 여인을 한 명 보내셨다더군. 아마 며칠 안에 당도할 것이네."

"여인요?"

가일은 눈썹을 치켜 올렸다. 그가 아는 한 진주조에는 여인이 맡을 만한 일이 없었다.

"듣자 하니 사연이 좀 있더군."

장제가 아는 바를 들려주었다.

"정군산 전투는 정보 때문에 패했다고 해도 과언이 아니지. 그러니 자연히 진주조가 그 책임에서 벗어날 수 없게 되어버렸네. 세자께서 특별히 자네와 이 여인에게 한선을 조사하라 명하신 이유는 두 사람 다 허도에서 멀리 떨어져 살았고, 사건과 연관 고리가 전혀 없기 때문이네."

"그래도 굳이 여인을 보낼 필요가 있습니까?"

가일은 장제의 말이 끝나지 않았다는 것을 알면서도 감정이 격해져 불만을 드러냈다. 생판 모르는 사람을 붙여놓고 함께 사건을 해결하라는 것은 서로를 감시하라는 무언의 암시이기도 했다.

"이따가 자네 숙부를 좀 찾아뵙도록 하게."

장제가 가일의 질문을 회피하며 말을 돌렸다.

"숙부를요? 그분은 요즘 들어서 정신이 온전치 않다고 들었습니다만……."

장제가 고개를 갸우뚱했다.

"늙기는 하셨으나 정신은 말짱하시네."

장제가 정색을 하고 말했다.

"자네 숙부야말로 신출귀몰한 계책의 대가가 아니신가? 게다가 주도면밀하기가 타의 추종을 불허하니, 그 방면에서 그분을 따를 자가 없을 거네. 그러니 찾아뵙고 한 수 배워 오게나. 나도 지난번 정군산 전투와 관련해서 그분을 찾아뵈었지만 문전박대만 당하고 왔다네. 자네라면 다르겠지."

"알겠습니다."

가일은 무심하게 대답한 후 웃으며 물었다.

"근데 지금 천하에서 가장 똑똑한 사람은 양수(楊修)가 아닙니까?"

"양수라면……."

장제가 고개를 저었다.

"자기 재주만 믿고 오만한 데다 경박하기까지 하지. 그자 때문에 피해를 입은 자가 몇 명인지 모른다네. 그자는 부친 양표(楊彪)만 아니라면 벌써 죽어도 수십 번은 죽었을 것이네. 이번에 위왕께서 친히 한중으로 정벌 나가실 때 그자를 곁에 두신 이유가 뭐겠나? 그자가 허도에 남아 조식과 함께 무슨 일을 꾸밀지 몰라 걱정이 되셨을 것이네."

"무슨 일을 벌이다니요? 세자는 이미 조비로 정해졌고, 위왕께서도 조식에게 점점 소원해지시는 듯한데……."

"머리 좋은 인간들은 늘 자신을 과대평가해서 탈이지. 자기가 나서야 세상이 바로잡힌다고 여기거든."

장제가 말했다.

"항간에 떠도는 소문에 위왕이 조식에게 여전히 기대를 품고 있다고 하니, 판을 뒤집을 기회가 아직 남아 있다고 여기는 거네."

"판을 뒤집어요?"

가일이 피식 웃음을 터뜨렸다.

"그러다 골로 가지 않을까 걱정입니다. 천하제일이라는 양수의 머리도 이제 녹이 슬어 제대로 돌아가지 않나 보네요."

제2장

◆

반간계

    말을 타고 앉아 있던 양수는 머릿속이 터져버릴 것 같았다. 앞으로 사흘 정도만 더 가면 진창산(陳倉山)에 도착할 것이다. 조조가 진창산에 주둔해 군대를 정비할지, 아니면 정군산으로 계속 전진할지 단언하기가 힘들었다. 군사 정보가 이미 새어 나갔다고 하니 이 늙은이가 무작정 남쪽으로 내려갈 리는 없을 듯했다. 유비가 정군산에서 승리하자 조정과 재야가 발칵 뒤집혔고, 다들 유비가 장안으로 곧장 치고 들어올까봐 잔뜩 겁을 집어먹었다. 하지만 양수가 보기에 중무장한 병사들이 장안을 겹겹이 에워싸 물샐틈없이 방어하고 있으니 유비가 함부로 치고 들어올 상황은 아니었다.

    유비의 목표는 양주(涼州)일 가능성이 높았다.

    양주는 한나라 서북부에 있는 지역으로, 토지가 척박하고 인구가 적은 반면에 전략적 요지로 더할 나위 없이 좋은 조건을 갖추고 있었다. 특히 용맹한 이가 많고 좋은 말이 많이 나오는 곳으로 널리 알려져 있기도 했다. 만약 유비가 그곳에서 엄청난 수의 전투마와 기병을 손에 넣고 막강한 기병 부대를 조직한다면 상상조차 할 수 없는 결과를 낳게 될 것이다. 조조도

이 점을 간과할 리 없었다. 그래서 그는 장안에서 40만 군대를 이끌고 위수(渭水)를 따라 서쪽으로 진군하며 북방에서 적의 진격을 막았다.

이 전쟁이 얼마나 오래 지속되고 누구의 승리로 끝날지 아무도 알 수 없었다.

양수는 재채기를 크게 하며 솜저고리의 옷자락을 단단히 여몄다.

"삼월 날씨가 대체 왜 이 모양인지, 원! 양 주부(主簿), 몸이 그리 허약해서 어쩌려 그러는가? 체력을 좀 단련하게. 행군한다는 게 방에 앉아 책 쪼가리 보는 거랑 차원이 다르다는 거 알지 않나? 그러다 몸이라도 축나면 큰일 나네."

허저(許褚)가 장검을 양 어깨에 걸치고 나타나 걸쭉한 목소리로 이렇게 충고했다.

"어허, 누가 이렇게 잔소리가 심하신가?"

양수가 말고삐를 잡아당기면서, 안장 때문에 배기고 쑤시는 엉덩이를 이리저리 움직이며 들썩여보았다.

"망할 놈, 평소에 입도 뻥긋하지 않더니, 오늘은 무슨 바람이 분 건가?"

"적벽에서의 그 일이 생각나서 그러네."

허저가 호탕하게 웃었다.

"주공께서 우리를 대동하고 강동(江東)을 평정하러 가셨는데, 때마침 전염병이 도는 바람에 사람이며 말이며 엄청 죽어나가지 않았는가? 게다가 지난해에 불어닥친 전염병 탓에 또 적잖은 사람이 죽어나갔고, 건안칠자(建安七子: 건안 시기에 활약했던 일곱 명의 문인) 중에서도 다섯 명이 병에 걸려 죽었으니……."

"쯧쯧, 이보게! 전염병으로 죽은 사람이 많겠나, 아니면 전쟁 중에 죽어나간 사람이 많겠나?"

양수가 혀를 차며 물었다.

"당연히 전염병으로 죽은 사람이 많겠지. 전쟁에서 죽어봤자 얼마나 되겠는가? 큰 전투라 해도 몇만 명에 불과할 거네. 하나 전염병이 한번 돌면 그 뭐냐…… 주공께서 늘 하시던 말씀이 있었는데…… 아! 십실구공(十室九空)? 그러니까 열 집 중 아홉 집이 텅텅 빈다고 했네."

"이보게, 전염병이 왜 생긴다고 생각하는가?"

양수가 답답하다는 듯 물었다.

"그야 천재지변이지."

허저가 대답했다.

"그럼 천재지변은 왜 생기는지 아는가?"

"모르네."

허저가 고개를 가로저었다.

양수가 웃으며 하늘을 향해 고개를 들고 큰 소리로 읊조렸다.

"신이 살펴보니 『춘추(春秋)』에서 전대에 이미 일어난 일을 돌아보고 하늘과 인간 세상의 관계를 깊이 있게 분석한 결과가 꽤나 놀라웠습니다. 한 나라가 도에 어긋나는 일을 하려 하면 하늘이 먼저 재해를 내려 그것을 경고하고, 그럼에도 반성하는 빛을 보이지 않으면 기괴한 일을 내려 모두를 두려움에 떨게 합니다. 그럼에도 태도를 바꾸지 않으면 재앙과 멸망이 닥치게 될 것입니다."

양수가 고문의 한 구절을 읊고 나니, 그 순간 사방을 둘러싼 산속 수풀에서 한 무리의 새가 어둠을 가르며 일제히 날아올랐다.

"그게 무슨 소린가?"

허저가 그를 멀뚱멀뚱 쳐다봤다.

"못 알아들었다면 어쩔 수 없고. 세상을 살리려면 너무 똑똑해도 피곤한 법이지. 차라리 모르고 사는 게 더 속 편할 테니, 너무 알려들지 말게."

양수가 탄식을 내뱉었다.

허저는 뭔 소린지 모르겠다는 듯 고개를 갸웃거렸다.

"별 흰소리를 다 들어보겠네. 그런데 양 주부, 그렇게 소리를 크게 질러 대는 것도 군의 기율을 위반한 것이라네."

"크크, 군의 기율이라고 했나? 그 말을 들으니 예전에 주공의 말이 보리 밭을 밟아 망쳐놓은 사건이 떠오르는군. 그때 주공께서 자신의 머리카락을 베어 목 베일 죄를 대신했었지. 앞으로 나도 군법을 위반하면 머리카락으로 내 목숨을 대신해도 되는지 모르겠군. 만약 안 된다면 자네가 내 시신을 잘 거둬주게나."

두 사람이 이런저런 이야기를 나누는 사이, 그들 뒤쪽으로 말 몇 마리가 빠른 속도로 다가왔다. 가장 우두머리로 보이는 사내는 육중한 갑옷을 걸치고 날카로운 얼굴에 눈이 하나 없었다. 그는 양수 옆으로 말을 몰고 와서 남은 한쪽 눈으로 그를 한참 동안 매섭게 노려보다 다시 일행을 이끌고 앞으로 달려갔다.

양수가 코웃음을 치며 말했다.

"저 외눈박이 하후 놈! 성질머리 하고는."

"얼마 전에 족제(族弟)가 죽어 지금 기분이 말이 아닐 것이네."

"저자가 눈을 부릅뜨고 노려봐서 그런가? 기분이 더러워. 병영을 다 세우고 나면 먼저 몸부터 씻어야겠어. 참, 이보게! 오늘 밤에 당직이 아니면 내 막사로 오는 건 어떤가? 편장들 몇이랑 같이 술이나 마시며 노름도 좀 하고 그러세."

"안 될 소리. 며칠 후면 유비와 결전을 벌여야 하는데, 그리 풀어져서 보낼 수야 없지."

허저가 웃으며 거절했다.

"자네 혼자 놀게나. 근데 주공한테 발각되지 않게 조심해야 할 걸세. 요즘 들어 주공께서 자네를 탐탁지 않아 하시네."

"걱정 붙들어 매시게."

양수는 별로 개의치 않는 것처럼 대답했다.

유비는 이미 정군산을 빼앗았고, 한수를 따라 진을 친 채 힘을 비축하고 있었다. 만약 조조가 진창산·사곡관(斜谷關) 일대에 방어진을 친다면 조금은 승산이 있었다. 그러나 지금의 형세로 볼 때 그는 서쪽으로 한수를 건너려 하고 있었다. 전투에 지고 피로에 지친 군대가 사기충천한 촉군을 공격한다면 누가 봐도 승산 없는 싸움이 될 것이다. 일단 전투에 또 패하고 나면 조조가 후퇴할 수 있는 곳은 사곡밖에 없었다. 유비가 양평관(陽平關)에서 군대를 출동시켜 뒤에서부터 포위해 들어오며 기습 공격을 한다면 적벽대전이 또 한 번 재연될지도 모를 일이었다.

패해도 상관은 없다.

다만 패한다면 조조는 군심을 안정시키기 위해 장안에 방어 병력을 겹겹이 배치한 후 허도로 돌아갈 것이 확실했다. 그때가 되면 조식과 모의해 조비 대신 왕위를 계승할 가능성이 아직 남아 있는지 본 후 앞날을 도모해야 한다. 만약 그럴 가능성이 전혀 없다면, 어떻게 해서든 군대를 이끌고 출정 나가는 일에 사활을 걸어야 한다. 왕이 될 수 없다면 막강한 병력이라도 쥐고 있어야 스스로를 지켜낼 수 있기 때문이다. 다들 세자 조비의 성정이 너그럽고 도량이 넓다고 하지만, 왕위 계승 싸움만큼은 지금까지 단 한 번도 밀려본 적이 없을 만큼 냉혹했다.

지금 와서 생각해보니 조식은 제대로 된 선택이 아니었다. 만약 그때 내가 선택한 사람이 조식이 아니라 둘째 아들 조창(曹彰)이었다면……. 양수는 한숨을 내쉬었다. 고개를 숙여 길가의 들풀을 보노라니 저 멀리 허도에 계신 연로한 부친이 떠올랐다. 아마도 여전히 제멋대로 구는 아들을 원망하고 계실 것만 같았다.

묵직한 호각 소리가 앞쪽에서 들려오자 양수는 자신의 막사를 향해 걸어갔다.

사흘 후.

양수는 산비탈에 앉아 골짜기 사이에 빼곡하게 들어선 조조의 군영을 한가로이 바라보다 무료한 듯 하품을 했다. 대군이 이곳까지 와 주둔하고 있고, 서황과 왕평(王平)이 선봉 부대를 이끌고 한수 북쪽 기슭으로 갔으니 며칠 안에 큰 전투가 벌어질지 모른다. 유비가 기선을 제압한 탓에 지금 상황은 위왕에게 결코 유리하지 않았다.

얼마 전부터 진주조 서조연 장제가 한선을 찾아내기 위해 군영으로 사람을 보내려 했지만 계속 거절당하고 있었다. 그가 수차례 서신을 보냈지만, 늙은 여우 정욱이 허락해주지 않았다. 흐흐, 정군산 전투는 한선의 계획대로 정보가 새어 나가면서 전혀 예상치 못한 방향으로 흘러갔고, 결국 패배의 쓴맛을 안겨주었다. 지금 진주조가 군영에 머물며 한선을 조사하겠다고 요구할 자격이 있을까? 더구나 위왕이 진주조 수장 진군의 직위를 박탈했고, 3년 치 봉록을 삭감했지. 지금 진주조의 주요 업무는 장제와 사마의가 맡아 각자 독립적으로 일을 처리하고 있다. 장제는 수차례 밀서를 보내 한중에 들어와 한선을 조사하겠다고 정욱을 귀찮게 하고 있다. 하지만 이 또한 위왕에게 잘 보이기 위해 계산된 행동에 불과했다. 반면에 사마의는 별반 움직임이 없었다. 설마 세자 조비의 편에 서 있으면 근심 걱정이 없으리라고 여기는 것인가?

양수는 고개를 가로저었다. 이런저런 생각을 하다 보니 허도 쪽이 자꾸 신경 쓰였다. 자신이 그곳에 없으니 임치후 조식이 원래 계획된 경로에서 벗어나고 있는 것은 아닌지 걱정이 앞섰다.

그는 바닥에 누워 강아지풀을 하나 뜯어 그 줄기를 하릴없이 질경질경 씹어댔다. 산비탈을 가득 채운 기장 밭이 물결 일듯이 바람에 출렁였다. 지금의 시국도 그 모습처럼 계속해서 변화의 바람을 타고 있었다.

며칠 전에 허도의 진주조가 진자를 죽이고 한실의 옛 신하와 형주 파벌 대신을 감시하기 시작했다는 소식을 전해 들었다. 그런데 양수의 예상을 깨고 그 이후 아무런 움직임이 보이지 않았다. 지난 관례대로라면, 설사 진주조가 아무것도 밝혀내지 못했더라도 이 기회를 빌려 살생부를 펼쳐 들고 위왕에게 반기를 드는 얼간이들을 제거해야 마땅했다. 그런데 이번에는 진자밖에 죽인 자가 없었다. 진주조가 수장 진군이 파면된 후 몸을 사리는 것인가, 아니면 몰래 무언가를 꾸미고 있는 것인가?

허도를 떠나기 전에 그자와 접촉했다. 하지만 그가 과연 믿을 만한 자인지 누구도 장담할 수 없었다. 더구나 조식처럼 자만심이 하늘을 찌르는 이가 그자의 뜻대로 기꺼이 움직여줄지도 의문이었다. 어쨌든 허도에는 골치 아픈 방해 세력이 더 이상 남아 있지 않았다. 위왕이 거느린 다섯 명의 책사 중 곽가(郭嘉)·순욱·순유(荀攸)가 이미 세상을 떠났다. 가후(賈詡)는 집 안에 머물며 바깥세상과 거의 등을 진 채 살고 있고, 정욱은 조조의 출정 길에 따라나섰다. 이제 허도에는 그자의 계획을 방해할 능력이 있는 자가 아무도 없었다.

사마의. 불현듯 이 이름이 그의 머릿속에 떠올랐다. 그 순간 양수의 입꼬리가 올라갔다. 위왕은 세 마리의 말이 하나의 구유에서 먹이를 먹는 꿈을 꾼 후 사마의를 늘 견제하고 의심해왔다. 비록 지금은 그가 세자를 보필하고 있다 하나, 가능한 한 몸을 낮추고 자신의 야심을 감히 드러낼 입장이 아니었다.

어쩌면 그자의 계획이 진짜 성사될 수 있지 않을까?

이때 근처에서 바스락 소리가 들려왔다. 양수는 자리에서 벌떡 일어나 옷에 묻은 흙을 털어내고 허리에 찬 칼을 뽑아 들었다. 기장 밭의 푸른 기장이 양쪽으로 쓰러지더니, 남루한 행색의 늙은 농부가 모습을 드러냈다.

그는 양수를 보자 화들짝 놀라며 털썩 주저앉아 애원했다.

"나리, 목숨만 살려주십시오."

양수는 노인을 향해 칼끝을 겨눴다.

"촉군의 첩자냐?"

"아닙니다요."

늙은 농부가 손사래를 치며 부인했다.

"소인은 그저 농사나 짓는 천것일 뿐이옵니다."

"팔을 뻗어 손바닥을 펼쳐보아라."

양수의 목소리가 위협적이었다.

그의 손바닥은 온통 굳은살로 덮여 거칠었고, 손톱 끝에는 흙이 까맣게 끼어 있었다. 팔뚝은 힘줄이 드러날 만큼 마르고 살집이 하나도 없어 오랫동안 굶주린 듯 보였다. 이것만 봐도 그는 확실히 병사가 아니었다. 만약 병사였다면 오랫동안 칼을 쥐고 있느라 오른쪽 손아귀에 굳은살이 두드러질 수밖에 없었다.

"촉나라 사람이냐?"

양수의 어투가 조금은 누그러졌다.

농부가 고개를 끄덕이며 말했다.

"나리, 소인의 고향은 예주(豫州)이온데, 황건적의 난이 일어났을 때 식구들이 모두 형주로 터전을 옮겨 왔습니다. 그러다 적벽대전이 터지고 나서 또다시 한중으로 오게 되었지요."

"인근 민가에 사는 자들은 이미 다 도망쳐 한 명도 남지 않았거늘, 어찌 혼자만 아직까지 여기 있는 것이냐?"

양수가 물었다.

"소인은…… 그저 이곳에서 농사지은 게 너무 아까워 차마 발길이 떨어지지 않았습니다."

노인은 고개조차 들지 못한 채 대답을 이어갔다.

"지금 대군이 쳐들어와 마을 사람들이 모두 깊은 산으로 도망을 갔지요. 지금껏 고생하며 키운 농작물들을 수확도 못 하고 갔습니다. 전쟁이 끝나고 나면 농작물도 다 시들고 이 밭도 다 망쳐버리겠지요."

"일어나거라."

추수까지 아직 몇 달이나 더 남아 있고, 위군이 이 밭에 물을 대고 비료를 뿌려줄 리 없었다. 아무래도 이 기장 밭의 올해 농사는 가망이 없어 보였다.

"다들 한중의 물자가 풍족하다고 하던데, 그간 저장해둔 곡식이면 먹고 살 걱정은 없지 않겠느냐?"

양수의 물음에 노인이 쓴웃음을 지었다.

"나리, 예전에야 매달 몇 번씩은 고기를 먹을 만큼 사는 게 넉넉했습니다. 하지만 몇 년 사이 전쟁이 자꾸 터지면서 농작물을 제때 수확하지 못하니, 입에 풀칠하기조차 힘들게 되어버렸지요. 소인에게 딸린 입이 여섯인데, 지금 다들 깊은 산속에 숨어 들어가 산나물을 캐 먹으며 근근이 목숨을 이어가고 있습지요. 어린아이들은 제대로 먹지 못해 피골이 상접하고……."

"자네 역시 어서 산으로 들어가 숨는 것이 좋을 듯싶네."

양수가 그의 말을 끊고 충고했다.

"정찰병한테 발각되면 목숨을 부지하기 힘들 것이네."

노인이 잔뜩 겁에 질려 자리에서 주섬주섬 일어났다.

"나리, 이 천것을 살려주신 은혜는 절대 잊지 않겠습니다. 그럼…… 소인은 이만 돌아가보겠사옵니다."

살려준 은혜? 양수는 손에 쥔 장검을 내려다보며 순간 아무 말도 할 수 없었다. 이렇게 사방에서 전쟁이 일어나는 난세에 백성이 가장 두려워하는 존재가 바로 칼을 든 군사들이었다. 전쟁이 터지면 백성은 그야말로 아무 이유 없이 죽어나갔다. 동탁이 정치적 혼란을 틈타 정권을 잡았을 때, 낙양성(洛陽城) 인근에 사는 백성 만여 명을 도적 떼라고 매도하며 몰살하고 그들의 재산을 몰수하지 않았던가?

그는 점점 멀어져가는 노인의 뒷모습을 바라보며 나지막하게 『도덕경(道德經)』에 나오는 구절을 읊었다.

"무기는 상서롭지 못한 것이니, 군자가 쓸 만한 것이 되지 못한다. 부득이 그것을 써야 한다면 탐욕과 집착에서 자유로워야 하며, 이를 으뜸으로 삼아야 한다. 승리하는 것을 찬미하지 말아야 하고, 이를 찬미하는 자는 살인을 즐기는 것과 다르지 않다. 살육을 즐기는 자는 이 세상에서 큰 뜻을 이룰 수 없다. 길한 일에는 왼쪽을 숭상하고 흉한 일에는 오른쪽을 높인다. 그래서 편장군은 왼쪽에 있고 상장군은 오른쪽에 두는 것이다. 이 모든 것이 장례의 격식을 따르기 때문이다. 사람을 많이 죽였으면 슬픈 마음을 가져야 마땅하니, 승리하였다 하여도 장례에 임하듯 예를 갖춰야 할 것이며……"

그의 목소리가 점점 무겁게 가라앉았다. 누구한테 들려주려고 이런 도리를 읊조리고 있는 거지? 설사 들려준다 한들 어느 누가 귀담아듣겠는가? 다른 사람의 눈에 비친 나는 똑똑한 머리만 믿고 나대는 경박하고 방자한 놈이 아니던가?

그는 뒷짐을 지고 서쪽을 바라보았다. 저 멀리 보이는 산 뒤로 해가 넘어가면서 산등성이가 황금빛으로 곱게 물들었다. 천지의 변화에 비하면 인간의 생로병사는 한순간에 불과하고, 모든 인간사는 하늘의 뜻에 달려 있으니 사람으로서 할 일을 다 했다면 그저 겸손하게 그 뜻을 기다려야 한다.

그는 소리 내어 한바탕 크게 웃으며 허리춤에서 술병을 꺼내 벌컥벌컥 몇 모금을 들이켠 후, 산길을 따라 느릿느릿 걸어 내려갔다.

얼마쯤 걸어 내려가니 교위 차림의 군관이 병사 몇 명을 이끌고 급하게 올라오는 모습이 보였다. 양수는 걸음을 멈추고 고개를 갸웃하며 이들을 쳐다봤다. 군관은 몇 걸음 더 걸어오고 나서야 양수를 알아보고 목소리를 낮춰 말했다.

"양 주부 나리, 정 상서께서 급히 찾으십니다."

"정 상서께서?"

양수가 놀라 되물었다.

"무슨 일로 날 찾으시는 건가?"

"오늘 오후에 유비 쪽에서 군의사 사람 하나가 도망쳐 나왔습니다. 위왕께서 정 상서에게 그자의 조사를 위임하셨지요. 상서께서 그자와 한 시진 넘게 밀담을 나누신 후 다급히 나리를 찾아오라 하셨습니다."

"다급히? 뭐가 그리 급하셨을꼬?"

양수가 히죽거리며 물었다.

하지만 교위는 여전히 잔뜩 굳은 표정으로 대답했다.

"정 상서의 말씀을 그대로 전하자면, 살았든 죽었든 무조건 찾아서 데려오라 하셨습니다."

"하, 그 늙은이가 저주를 퍼부어도 유분수지!"

양수가 코를 문지르며 다시 물었다.

"근데 자네들은 내가 여기 있는지 어떻게 안 것인가?"

다들 아무 말이 없었다.

양수가 비웃듯 입술 끝을 치켜 올렸다.

"그 늙은이가 수하들을 시켜 눈에 거슬리는 사람마다 모두 감시꾼들을 붙여놓은 것이냐?"

순간적으로 그의 시선이 대오의 끝자락을 향했다. 한 병사의 손에 피가 뚝뚝 흐르는 무언가가 들려 있었다.

그것은 분명 사람의 머리통이었다. 자세히 보니 좀 전에 그와 이야기를 나눴던 그 늙은 농사꾼의 머리였다.

"지금 양군이 대치하고 있는 비상시국이라, 정욱 대인께서 물샐틈없이 경계를 늦추지 말라 명하셨습니다. 일단 의심이 가면 누구라도 살려두지 말라 하셨지요."

교위가 마치 경고라도 하듯 목소리를 높였다.

양수의 목울대가 몇 차례 꿈틀거렸지만, 그것으로 끝이었다. 그는 아무 표정 없이 교위에게 길을 안내하라고 손짓했다.

호표기 여섯 명이 일사불란하게 서서 막사 밖을 지키고 서 있었다. 모두 왼손에 창을 들고, 오른손을 허리춤에 찬 칼자루 위에 올려놓았다. 갑옷은 햇빛에 반사되어 눈이 부실 지경이었고, 투구 위로 하얀 깃털이 꼿꼿하게 꽂혀 있었다. 마치 명장 관우(關羽)의 청룡언월도(靑龍偃月刀)처럼 위엄과 웅장함이 돋보였다.

양수는 막사 밖에 서서 그들에게 잠깐 시선을 주다, 등 뒤에 서 있는 교위에게 웃으며 말했다.

"저리 무장을 시켜놓고 문 앞에 세워두니 가까이 갈 엄두조차 안 나는구나. 정 상서가 안에서 술 마시고 도박을 한다 한들 누가 감히 들어가 끌어낼 수나 있겠느냐?"

그는 앞으로 걸어가며 호표기 중 한 명의 어깨를 툭툭 치고 말했다.

"아주 잘하고 있구나. 허도로 돌아가면 내 너에게 나의 호위를 맡길 것이니, 함께 도박장에나 가서 실컷 놀아보자꾸나."

그 호표기는 아무 말 없이 손을 뻗어 양수를 막더니, 허리에 찬 패검을 압수했다.

양수는 어쩔 수 없다는 손짓을 하며 투덜거렸다.

"정욱 대인이 갈수록 겁이 많아지시나 보구나. 설마 자객이 나로 변장하고 찾아올까봐 그러느냐?"

장막을 걷어 올리자 수염과 머리카락이 새하얗게 센 정욱이 문을 향해 점잖게 앉아 있었다. 그 옆으로 머리와 얼굴에 온통 흙먼지를 뒤집어쓴 듯한 촉군 병사 한 명이 서 있었다.

양수가 호탕하게 웃으며 말을 걸었다.

"정욱 대인, 급히 저를 찾으셨다 들었습니다."

정욱의 어투는 무척이나 온화했다.

"올해 자네 나이가 어떻게 되는가?"

양수가 순간 당황하며, 일단 아무 의자나 골라 삐딱하게 앉았다.

"갑자기 제 나이가 왜 궁금해지셨습니까? 설마 어르신의 손녀를 제게 시집이라도 보내시려고 그러십니까?"

정욱이 한숨을 내쉬었다.

"이보게, 내가 그러고 싶다 한들 자네가 좋다고 할 사람인가?"

양수가 고개를 크게 끄덕였다.

"그럼요. 역시 제대로 보셨습니다. 예전에 가뭄이 크게 들었을 때 조맹덕(曹孟德: 조조)의 군량이 거의 바닥났지만 다들 속수무책이었죠. 그때 대인께서 고향 땅의 재물과 곡식을 수탈해 군량을 조달했지요. 그런데 들리는 소문에는 그 안에 인육까지 섞여 있었다고 하던데, 사실인지 아닌지 알 길이 없지 뭡니까?"

정욱은 희미하게 미소만 지을 뿐 아무 대답이 없었다.

양수는 허리춤에서 술병을 꺼내 한 모금 들이켰다.

"이런, 진짜였나 보군요. 정욱 대인, 어르신의 손녀가 그리 절세미인이라지요? 그런 미인을 손에 넣지 못하는 것이 안타깝기는 하나, 그 여인이 대인을 닮았으면…… 으흐, 생각만 해도 등골이 오싹해집니다. 첫날밤을 보내고 일어났더니 내 팔이나 다리 같은 게 없어져 있을지도 모르는데, 어찌 혼인을 하겠습니까?"

정욱이 고개를 가로저었다.

"나와 자네 부친 양표는 오랫동안 알고 지낸 사이라 자네를 어릴 때부터 쭉 지켜보았고, 어떤 성격인지도 잘 아네. 그러니 좀 전에 한 말 때문에 자네를 꾸짖지는 않을 생각이네. 우리 같은 늙은이가 살날이 얼마나 더 남았겠는가? 이제 조정에 나가 서 있을 힘도 없을 테지. 양씨 집안에서 자네 부친이 자네에게 거는 기대가 가장 컸고……."

"양씨 집안에서 똑똑한 사람이 저밖에 없으니 당연히 그 기대를 제가 받았던 거겠지요. 안 그렇습니까?"

양수는 삐딱한 시선으로 정욱을 똑바로 쳐다봤다.

"정욱 대인, 괜히 빙빙 돌리지 마시고, 하실 말씀 있으시면 그냥 하십시오. 찔러도 피 한 방울 안 나올 것 같던 평소의 냉혹한 모습과 사뭇 딴판이십니다?"

"이자를 아는가?"

정욱이 옆에 있는 꾀죄죄한 촉나라 병사를 가리키며 물었다.

양수는 눈을 치켜뜨고 병사를 유심히 살폈다. 보통 체격에 생김새도 평범해서 몇 번을 봤다 해도 딱히 기억에 남을 인물은 아니었다.

"모릅니다. 그런데 촉나라 군대에서 도망쳐 나온 배신자가 있다더니, 아마도 이자인가 봅니다?"

그는 술을 한 모금 마시며 경멸의 눈초리를 보냈다.

"전장을 같이 뒹굴던 형제들의 시체를 밟고 혼자 잘살아보자고 도망쳐 나온 것이냐?"

촉군 병사는 아무 말 없이 그저 정욱을 향해 고개만 끄덕일 뿐이었다.

정욱이 입을 열었다.

"자네도 알다시피 정군산 전투에서 한선이 또 나타났네. 대군이 한중으로 떠나기 전에 위왕께서 이미 진주조에 이 일을 철저히 조사하라 엄명하셨지."

"그거라면 저도 알지요. 그자들이 진자를 죽였는데도 한선과 관련된 자들 쪽에서 별다른 움직임이 없다 들었습니다."

정욱이 그의 말 따위에 아랑곳하지 않고 말을 이어갔다.

"이 늙은이는 지금껏 늘 신중했고, 말 한마디도 함부로 내뱉은 적이 없었네. 자네를 찾으러 보낸 자에게 왜 서촉에서 첩자가 도망쳐 나왔다고 전하라 했는지 아는가?"

양수가 건성건성 대답을 했다.

"모릅니다."

"자네에게 생각할 시간을 준 것이네."

"뭘 생각해야 했던 겁니까?"

"이 첩자는 서촉 군의사에 예속된 유우(劉宇)이고, 관직은 전군교위(前軍校尉)네."

정욱이 잠시 뜸을 들이다 말을 이어갔다.

"저자의 말로는 정군산 전투에서 군사 기밀을 누설한 자가 바로 자네라고 했네. 자네가 바로 한선이라고 하더군."

양수는 놀란 눈으로 정욱과 유우를 번갈아 쳐다보다 입꼬리를 올리며 씨익 웃었다.

"젠장, 서촉 놈들은 오간(五間: 손자 병법에서 첩자를 이용하는 다섯 가지 방법)을 참으로 능수능란하게 써먹는단 말이지. 이보십시오, 정욱 대인! 설마 이놈이 한마디 나불거렸다고 내가 한선이라고 믿고 계신 겁니까?"

"이보게, 지금 자네는 일개 주부에 불과하네. 그러니 당연히 군의 중요 전략 회의에 발을 들여놓을 자격조차 없네. 그런데도 서촉이 왜 이렇게 무모하게 자네를 모함한다고 생각하나?"

정욱이 물었다.

"그걸 누가 알겠습니까……."

양수는 갑자기 무슨 생각이 떠오른 듯 말끝을 흐리다 물었다.

"정욱 대인, 방금 말씀하신 것처럼 저는 군의 전략 회의에 참여할 자격조차 없는 신분인데, 이런 제가 어찌 군사 기밀을 알아낸단 말입니까?"

"당신은 임치후 조식의 사람이 아닙니까? 그러니 정군산 전투에서 하후연의 군사 정보를 빼돌린 이가 그쪽 말고 또 누가 있겠습니까?"

유우가 갑자기 끼어들어 입을 열었다. 그의 목소리는 확신에 차 있었다.

한동안 침묵이 흐르고 난 후 양수가 고개를 끄덕였다.

"그것도 설득력이 있군. 서촉 놈들이 왜 나를 겨냥하는지 알다가도 모를 일이지만, 하는 짓거리를 보니 네놈들이 진주조 쪽보다는 그나마 치밀해 보이는구나."

"이보게."

정욱이 한숨을 내쉬었다.

"어서 진실을 말해보게."

"진실요?"

양수가 어이없는 웃음을 터뜨렸다.

"제가 방금 말씀드리지 않았습니까? 설마하니 저자의 말을 믿으시는 겁니까?"

막사 안에 무거운 침묵이 흐른 채, 서로를 향한 날카로운 눈빛만이 허공에서 부딪치며 팽팽하게 맞섰다.

정욱이 홀연히 자리에서 일어나 허리에 찬 패검을 풀어 양수 옆으로 던졌다.

"저자를 죽이게. 양씨 가문에 하나뿐인 적자를 죽일 수야 없으니."

그가 그 말과 함께 등을 돌렸다.

양수는 발밑에 있는 패검을 바라만 볼 뿐 꼼짝도 하지 않았다.

정작 먼저 움직인 자는 유우였다. 하지만 그는 패검을 집으려 움직인 것이 아니었다.

그는 공수를 한 후 눈 깜짝할 사이에 막사 문을 향해 달려 나가 시야에서 사라졌다.

뒤이어 막사 밖에서 외마디 신음 소리와 함께 털썩 쓰러지는 소리가 들렸다. 장막이 걷히고 호표기 두 명이 안으로 들어왔다.

"여기는 괜찮으니 나가보거라."

정욱이 호표기들을 내보냈다.

"이보게, 나 정도 나이가 되면 진상 따위엔 별 관심이 없다네. 자네가 저 자를 죽이게. 자네가 예전에 무슨 짓을 했든 상관하지 않을 것이네. 그러니 앞으로 자네의 본분을 자각하고 자중하게. 그래야 내가 자네 부친 볼 면목이 서지 않겠는가?"

양수는 패검을 주워 손에 들고 만지작거리다 이내 정욱에게 건네며 담담하게 말했다.

"정욱 대인, 이 몸이 지금까지 사람을 죽여본 적이 없으니 그럴 배짱은 없고, 이렇게 하시지요. 대인께서 먼저 저를 가두고 저 서촉 첩자 놈을 위왕에게 넘기십시오. 죽이든 풀어주든 위왕이 결정짓게 말입니다. 그래야 대인도 편해지지 않겠습니까?"

아무 말 없이 양수를 쳐다보던 정욱의 안색이 확 변했다. 그 모습은 마치 늑대가 어둠 속에 숨어 날카로운 송곳니를 드러내는 것처럼 섬뜩했다.

"내 생각을 꿰뚫어 보다니, 과연 천하제일의 모사꾼답구나."

양수가 술병을 들어 입에 가져다 댔다.

"과찬이십니다. 하루 종일 대인을 모시다 보니 저 또한 심안이 트인 것이겠지요? 저놈이 서측의 군의사 소속이든 아니든, 대인이 짜신 이 판도 가히 천하일품이었습니다. 처음에는 배려해주는 척 온정을 베풀다 회유를 하시더니 어느 순간 저 첩자 놈이 끼어들고, 그러다 결국 놀라운 대반전을 보여주시는군요. 흐흐, 그 짧은 시간 참으로 지루하게 에둘러 말하시는 바람에 하마터면 제 머리마저 빙빙 돌아 정신을 잃을 뻔했습니다. 제가 한순간 대인의 말에 홀려 저자를 베어 죽였다면 어찌 되었을까요? 제가 한선이든 아니든 바로 잡아들여 그 죄를 뒤집어씌웠겠지요. 서측을 배신하고 도망쳐 나온 첩자를 제 손으로 죽였습니다. 그리고 그자가 나를 한선이라고 지목했죠. 이런 상황에서 제가 무슨 수로 이 일의 진실을 밝힐 수 있겠습니까? 아마 제 부친께서도 대인이 사사로운 정에 얽매이지 않고 공정하게 일을 처리하셨다고 기뻐하셨을 겁니다."

정욱은 굳은 표정으로 아무 말도 하지 않았다.

양수가 코웃음을 치며 말했다.

"대인, 한 가지 여쭙고 싶은 것이 있습니다."

"말해보게."

"대인께서는 무슨 이유로 제게 이리도 잔인한 수를 쓰신 겁니까? 제가 바로 한선이라고 확신하십니까?"

정욱의 목소리가 얼음장처럼 차가웠다.

"그런 확신은 없네. 이 일은 복잡하게 얽혀 있어 조사조차 쉽지 않지. 하나 한선이 다시 나타났고, 서측 군의사 쪽 사람까지 우리 쪽으로 도망쳐 왔으니 이번 기회에 이 일을 파헤쳐 그 뿌리를 뽑아버릴 생각이네. 지금 서측의 첩자가 자네를 지목했으니 적어도 절반 정도는 그의 말을 믿을 수밖에. 설사 자네를 억울한 죽음으로 몰아넣는다 해도, 그 절반의 확신을 무시할 수야 없겠지."

양수가 호탕하게 웃었다.

"실수로 죽인다 한들 놓아줄 수 없다? 그럼요. 그게 바로 대인이 늘 해오던 방식인데 누가 말리겠습니까? 그런데 애석하게도 이 머리가 대인의 그 꼼수를 알아챘지 뭡니까? 이제 어쩔 수 없이 대인께서는 제가 한선인지 아닌지 밝히는 데 시간을 좀 쓰셔야 할 것 같습니다. 자, 이제 관례에 따라 저를 감옥으로 압송해 가둬야 하는 거 아닙니까? 다만 이런 산속에 감옥으로 쓸 만한 곳이 있기나 할지 모르겠습니다."

"그거라면 이미 동굴 하나를 물색해놨으니, 며칠만 고생하시게."

정욱은 호표기를 향해 앞으로 오라 손짓을 했다.

"서측 군의사 전군교위가 몇 가지 정보를 넘겼네. 그게 사실인지 밝혀낼 수 있다면 동굴에서 그리 오래 머물지 않아도 될 것이네."

도정후(都亭侯)의 자택.

"숙부님, 저 일이옵니다."

"아, 일이?"

가후가 입가에 침을 흘리며 멍하니 가일을 쳐다봤다.

"왔느냐? 밥은 먹었고?"

가일이 한숨을 내쉬었다. 집을 떠난 지 3년 만에 다시 찾아뵌 숙부는 노망이 들어 완전히 정신줄을 놓은 듯 보였다. 사촌 형님이 안 계신 탓에 반시진 동안 혼자서 가후와 이야기를 나눴지만, 그는 가일이 누구인지 전혀 알아보지 못했다.

"숙부님, 석양에 가 있느라 지난 3년 동안 찾아뵙지를 못해 인사차 들렀습니다."

이러니 숙부께서 장제 대인을 만나지 않은 것이구나. 이리 노망이 들었으니 그를 본다 한들 무슨 말을 할 수 있겠는가?

"오냐, 많이 들거라."

가일은 어쩔 수 없이 찻잔을 들어 올렸다. 찻잔 안에 향긋한 향을 내는 찻잎이 떠 있었다. 분명 동오에서 온 귀한 찻잎이리라. 가일은 찻잔을 내려놓고 바닥으로 시선을 향한 채 생각에 잠겼다. 사촌 형님이 아직 안 오시니 이를 어쩐다? 계속 이 늙은이와 있어줘야 하나? 아니면 그만 가는 것이 나을까?

가후는 머릿속에 기이한 계책이 넘쳐났고, 그 모든 계책이 완벽에 가까웠다. 천하를 쥐락펴락했던 냉혹하고 악랄한 책사 가후도 이제 한낱 늙은이에 지나지 않았다. 후부(侯府)에서 숙부를 만나면서 이런 생각이 머릿속에서 떠나지 않았다. 지금의 숙부에게서 예전의 예리한 눈빛과 위엄은 찾아볼 수 없었다. 이제 그는 병색이 완연한 노인에 불과했다. 똑같은 말을 계속 반복하는데도 알아듣지 못했고, 심지어 전혀 상관없는 대답을 하니 대화 자체를 이어가기 힘들었다. 지난날 위왕을 물리쳤던 완성 전투, 원소(袁紹)와 싸워 이겼던 관도 전투, 마초(馬超)를 물리쳤던 동관(潼關) 전투는 사서에 길이 남을 만한 대전(大戰)이었다. 그리고 이 모든 전투에 책사 가후의 활약과 공이 숨겨져 있었다. 지금 한 영웅의 시대가 저물어가고 있지만, 가씨 가문을 통틀어 숙부의 명성을 이을 만한 후손은 나오지 않았다. 그도 곧 서른이 되어가지만 여전히 혁혁한 공을 세우지 못하고 있으니, 이대로라면 복수도 말처럼 쉽지 않을 성싶었다.

그가 또 한 번 마른기침을 했다.

"숙부님, 이번에 진주조에서 한선을 찾아내기 위해 저를 불러들였습니다. 만약 제가 운 좋게 한선을 찾아내면 출셋길이 열리겠지요. 그리되면 아버지를 위해 복수할 기회가 생길 것이고……."

"음, 좋은 기회니 놓치지 말고 잘해보거라. 하나 이 여인이란 것이 때로는 아주 무섭기도 하지."

가일은 고개를 숙인 채 자기 생각에만 빠져 있었다.

"숙부님, 사마의가 아버지를 모함해 효수하고 저잣거리에 내걸었지요. 그때 숙부님이 도와주시지 않았다면 저희 일가가 지금까지 살아남지 못했을 겁니다. 4년 전 어머니께서 돌아가신 후에도 저를 진주조에 천거해주셨지요. 비록 제가 허도에서 멀리 떨어진 석양에 내려가 있었지만, 가씨 가문의 자손으로 누를 끼칠 일은 절대 하지 않았습니다. 석양에서도 군의사·해번영 놈들이랑 싸우느라 잠조차 편하게 자지 못했지요. 하지만 꼬박 3년 동안 시간을 헛되게 보낸 건 아니더군요. 정군산 전투에서 한선이 다시 나타났고, 세자는 허도에 있는 진주조 사람을 믿지 못해 천 리 밖에서 저를 불러들였지요. 숙부님, 이번 일은 저에게 진짜 중요한 기회입니다. 사마의는 이미 너무 높은 곳에 올라가 있고, 세자 조비가 가장 신임하는 중신이 되었습니다. 만약 제가 그자와 어깨를 나란히 할 수 없다면……."

문득 머리 위에서 얕은 숨소리가 들려왔다. 가일이 놀라 고개를 들자, 언제 다가왔는지 숙부가 바로 그의 앞에 서 있었다. 가일이 황급히 자리에서 일어나려 하자 숙부가 흐릿하고 초점 없던 눈빛을 돌연 매섭게 빛내며 두 손으로 그의 어깨를 꽉 잡고 고함을 질렀다.

"한선을 멀리해!"

가일이 깜짝 놀라 손을 뻗어 가후를 부축했다.

"숙부님?"

가후의 눈빛이 순식간에 다시 흐릿해지더니 등을 구부리며 그를 내려다봤다.

"너…… 너 누구냐? 나 배고파."

숙부의 집에서 나오자마자 누군가 그의 뒤를 쫓았다. 허도의 대로변에서 감히 진주조 관복 차림의 자신을 미행하다니, 문득 그 정체가 궁금해졌다. 게다가 그자는 풋내기 티가 확 났다.

한나라 황실의 옛 신하일까? 아니면 형주 파벌 세력? 설마 한선 쪽 사람일까? 지금 허도에서 감히 진주조를 건드릴 만한 세력이라면 분명 이 셋 중 하나였다. 그러나 어느 쪽 사람이든, 미행할 상대가 진주조 사람이라는 것을 알면서도 이런 초짜를 보냈으니 일을 너무 쉽게 생각한 것이 분명했다. 가일은 자신의 뒤를 밟는 자를 한바탕 가지고 놀아주기로 했다.

그는 긴 거리를 걸어가다 멈추기를 반복하며 이리저리 구경을 다녔고, 장사치와 흥정하며 진흙으로 만든 인형을 하나 사기도 했다. 가일이 한가로이 구경을 하며 돌아다니자 그를 미행하던 자의 경계심도 느슨해지기 시작했다. 그렇게 걷다 보니 두 사람은 어느새 후미진 뒷골목으로 들어와 있었다.

가일은 골목 귀퉁이를 돌아 벽에 착 달라붙어 숨을 죽인 채 서 있었다. 그의 손에 쥐고 있던 흙 인형은 이미 가루가 되어 있었다. 뒤따르던 자가 가까이 다가오더니 아무 경계심 없이 모퉁이를 돌았다. 그 순간 가일은 손을 들어 쥐고 있던 흙가루를 그에게 뿌렸다. 그는 반사적으로 방어하려 했지만 가일의 주먹이 그보다 앞섰다.

주먹이 날아드는 묵직한 소리가 들리자 그는 재빨리 손으로 주먹을 막아내며 가일의 복부를 향해 발을 찼다.

내가 너를 얕잡아봤구나.

가일은 코웃음을 치며 다리를 들어 공격을 받아치고 오른손을 구부려 팔꿈치로 그의 턱을 가격했다.

그런 후 가일이 움직임을 멈췄다.

그는 팔짱을 끼고 서서 눈앞의 미행꾼을 쳐다봤다. 그의 눈에, 쪽 입꼬리를 치켜 올리며 낭패한 표정을 짓고 서 있는 미행꾼의 얼굴이 들어왔다.

아직 어린 여인이었다.

그 여인은 가일의 팔꿈치에 정면으로 부딪히는 것은 피했지만, 불행하게도 팔꿈치가 비껴가며 입술을 치고 말았다. 그 바람에 앵두처럼 예쁜 입술이 부풀어 오르더니, 이목구비가 오밀조밀 모여 있는 작은 얼굴이 우스꽝스럽게 변해갔다.

"웃지 말아요!"

그 여인은 너무 창피하고 화가 치밀어 오르는지 무작정 주먹을 휘두르며 덤벼들 태세였다.

가일은 뒤로 두어 발자국 물러서며 재미있다는 듯 웃었다.

"같은 진주조 소속인데, 아무 이유 없이 왜 나를 쫓아온 것이냐?"

여인이 놀란 눈으로 가일을 쳐다봤다.

"제가 진주조 사람인 걸 어찌 아셨습니까?"

가일이 한숨을 내쉬었다.

"진주조의 요패(腰牌: 허리에 차는 나무패)가 보란 듯이 목에 걸려 있는데, 바보가 아닌 이상 어찌 모르겠느냐?"

여인은 짐짓 헛기침을 하며 목에 걸린 진주조 요패를 들어 득의양양하게 가일 앞에서 흔들어 보였다.

"위왕께서 저에게 소신교위(昭信校尉)의 관직을 내려주셨지요. 그쪽은 응양교위라 들었는데, 둘 중에 누가 더 높은 겁니까?"

가일이 기가 막힌 표정을 지었다.

"그것보다, 왜 나를 쫓아온 것이냐?"

여인이 오만한 표정을 지으며 대답했다.

"교위님의 능력을 알아보려고 그런 거죠. 앞으로 우리 둘이 함께 일해야 하는데, 무능력한 짝꿍 때문에 발목이 잡히면 안 되잖아요?"

여인은 그 말을 하고 난 후 입술이 아픈 듯 혀를 내밀어 살짝 핥았다.

가일은 속으로 탄식을 내뱉었다. 이 여인의 나이는 아무리 많아도 고작 열여덟이나 열아홉 정도 되어 보였다. 생긴 것은 예쁘장한데, 능력은……

차마 칭찬은 못 하겠고, 자기 능력을 너무 과신하는, 아직은 풋내기였다. 세자는 어째서 이런 초짜를 나에게 보내 함께 한선을 찾으라 하신 걸까? 이 심각한 사안을, 딱 봐도 모자라 보이는 여인과 함께? 요 몇십 년 동안 여인들도 셀 수 없이 많은 음모에 끼어들어 힘을 보태왔다. 하지만 이렇게 모자라 보이는 여인은 이번이 처음이 아닐까 싶었다.

"저기…… 음, 아직 네 이름을 물어보지 않았구나."

"전천(田川)이옵니다."

여인이 퉁퉁 부은 입술로 기분 좋게 자기 이름을 알려주었다.

"전 교위, 내 선배로서 한 가지 충고를 해주마."

가일이 단도직입적으로 말했다.

"앞으로 여자 복색으로 다니지 말거라. 관복을 입든 병졸처럼 입고 다니든, 네가 여인이라는 것만 들키지 않으면 된다."

"왜죠?"

전천이 눈을 동그랗게 떴다.

"그리고 네 목에 걸린 그 물건은 요패니라. 요패란 말 그대로 허리에 차는 거지 목에 거는 것이 아니다. 앞으로 꼭 명심하거라."

전천이 황당한 눈빛으로 물었다.

"그게 다 진주조의 규정입니까? 유주에서 두 달 넘게 일하는 동안, 왜 아무도 그런 말을 안 해준 거죠?"

"유주에서 두 달 넘게…….."

가일의 눈꺼풀이 살짝 떨렸다. 아무래도 이 멍청이가 유주에서 진주조의 얼굴에 먹칠을 하고 다닌 게 아닐까 싶었다.

그가 화를 누그러뜨리며 말했다.

"자네가 유주에 있었다면 당연히 그곳 진주조 수장이었을 텐데, 누가 감히 그런 말을 했겠느냐? 하나 허도에 온 이상, 자네나 나나 진주조의 일개 관원에 불과하니 모든 것은 규정에 따라야 하네. 알겠는가?"

전천이 잠시 주저하다 어쩔 수 없다는 듯 고개를 끄덕였다.

"그리고 진주조에서 얼마나 오래 일했기에, 아직 어린 나이에 벌써 교위 자리까지 올라간 것이냐?"

자신은 숙부의 추천과 석양에서 여러 차례 세운 큰 공 덕에 전례를 깨고 교위에 발탁될 수 있었다. 그런데 눈앞의 이 여인은 나이도 아직 어리고 어수룩해 보이기까지 하는데, 어떻게 교위가 될 수 있었던 것일까?

"그냥 바로 교위가 된 거예요."

전천이 혀를 내밀어 부은 입술을 핥았다.

"제 부친이 조정에 큰 공을 세우셔서 위왕께서 공을 치하하고 싶다고 하셨어요. 그런데 아버지가 일찍 돌아가시고 대를 이을 아들이 없어서 제게 진주조 교위 자리를 주신 거예요. 왜요? 교위가 높은 관직인가요?"

엉망진창이로구나. 가일은 속으로 탄식을 내뱉었다. 지금까지 엄격한 규정과 잣대로 움직이던 진주조가 언제부터 이리 아무나 들이는 곳이 되었단 말인가?

그런데 위왕은 관직을 내리려면 진주조 말고 다른 곳도 얼마든지 있었을 텐데, 왜 굳이 이곳으로 보낸 거지?

"저기요, 왜 묻는 말에 대답이 없으세요?"

전천이 물었다.

"네 부친의 존함이……."

"전(田) 자, 주(疇) 자세요."

"전주? 위왕이 오환(烏丸)을 평정하는 데 도움을 주었던 전주 말이더냐?"

가일의 표정에 놀란 기색이 어렸다.

"네, 바로 그분이에요. 왜요?"

"그렇다면 내가 실례를 했군. 전주의 자손이었다니, 어쩐지……."

"어쩐지 뭐요?"

"별거 아니네."

가일이 또 눈을 가늘게 떴다.

전주는 당대 명사로 줄곧 유주에 은거했었다. 그곳에서 그는 위왕이 오환을 수복하고 형주를 정벌할 때 도움을 주며 수차례 공을 세웠다. 위왕이 여러 차례 그를 제후로 봉하려 했지만 전주는 극구 사양하며 받지 않았다. 훗날 전주가 일찍 세상을 뜨고 그의 아들마저 죽었기에, 이런 딸이 남아 있을 거라고 생각조차 하지 못했다. 전천이 이렇게 어수룩하고 천방지축인 것도 유주처럼 혼란스러운 땅에서 제대로 가르침을 받지 못하고 자란 탓이 클 것이다.

가일이 한참을 말없이 서 있자 전천이 슬쩍 그의 어깨에 손을 올려놓았다. 그는 그 모습에 기가 막혀 한숨지었다. 이 멍청이는 남녀가 유별하다는 이런 기본적인 도리조차 배우지 못한 것이 분명했다.

"왜 그러느냐?"

"저기…… 돈 좀 빌려주십시오."

전천의 표정에서는 난처한 기색을 찾아볼 수 없었다.

"좀 전에는 교위님의 주먹이 얼마나 센지 시험해보려고 일부러 맞아드린 겁니다. 물론 교위님 주먹이 별로 세지는 않았지만, 어쨌든 이리 찰과상을 입었으니 탕약이라도 사게 돈 좀 주십시오!"

가일은 그의 어깨에 올라와 있는 손을 치우며 무표정하게 동전 몇 닢을 꺼내 그녀에게 건넸다.

"그리고 내 대신 장제 대인께, 오늘은 진주조에 들르지 않을 것이라 전하거라. 나는 처리할 일이 있어 오늘은 보고를 올리지 않을 것이다."

"네."

가일은 마치 자기가 주먹으로 얼굴을 맞기라도 한 것처럼 입안에서 쓱

쓸하고 떫은 맛을 느꼈다.

허도, 성 외곽.

숙부의 그 말은 도대체 무슨 의미였을까? 노망난 노인의 헛소리였을까? 아니면 잠깐 정신이 돌아왔을 때 뱉은 경고의 말이었을까? 한선을…… 멀리해? 그는 순간 오한을 느꼈다. 당시 숙부의 매서운 눈빛이 다시 눈앞에 떠올랐다. 아니, 그만 생각하자. 이제 노망난 늙은이에 불과한데, 그 따위 말을 신경 써서 뭐 하게?

가일은 말고삐를 당기며 눈앞에 끝없이 펼쳐진 들녘을 내려다보았다. 어린 시절 그는 자신의 키보다 높은 갈대밭에서 길을 잃어버린 적이 있었다. 아무리 소리를 질러도 아무도 찾으러 오지 않았고, 이리저리 풀밭을 헤치고 나가봐도 바다처럼 출렁이는 갈대밭에서 벗어날 수 없었다. 그렇게 시간이 흘러 어둠이 내려앉았고, 그도 기진맥진한 채 갈대밭에 쓰러지듯 누워 하늘을 올려다보았다. 그 순간 쓰디쓴 절망이 목구멍까지 타고 올라왔다. 그날 밤 그는 자신이 들개처럼 그곳에서 죽게 될 거라고 생각했다. 다음 날 해가 다시 떠오르고 나서야 그는 자신이 쓰러져 있던 곳이 갈대숲 가장자리에서 고작 10여 발자국 떨어진 곳이라는 사실을 알게 되었다.

바로 코앞에 살길을 두고도 그것을 알아채지 못했으니, 인생은 늘 이렇게 잔혹했다.

저 멀리서 장제가 무장 차림으로 활을 들고 노루를 향해 들녘을 질주했다. 겨울잠에서 깨어나 봄을 기다리던 노루는 머지않아 피투성이가 될 자신의 운명을 모르는 듯했다. 깃이 달린 화살이 슉 소리를 내며 날아가 노루 뿔을 스쳐 지나가며 진흙 바닥에 내리꽂혔고, 놀란 노루는 왼쪽으로 돌아 도망을 치려 했다. 그러자 사냥개 두 마리가 달려들어 노루의 도주로를 가로막았다. 지금 이 순간 저 노루도 그날 밤의 나처럼 절망에 빠져 있지 않을까? 가일은 마음속으로 이런 생각을 하는 자신을 비웃었다. 언제부터 내가 고작 들짐승 한 마리 때문에 이토록 감상적이었지?

그는 활 통에서 활을 하나 꺼내 화살을 장착하고 힘껏 시위를 당겼다.

화살이 시위를 떠나자 저 멀리서 노루의 외마디 비명이 들려왔다.

가일은 활을 다시 통에 넣고 말을 몰아 앞으로 달려갔다. 노루는 입에서 피를 흘리고 숨을 헐떡이며 수풀 속에 쓰러져 있었다. 그가 쏜 화살은 노루의 복부를 관통했고, 상처에서 흘러내린 피가 바닥을 붉게 물들였다.

"이 노루는…… 새끼를 배고 있던 암놈이었군요."

가일이 말했다.

"뭐라?"

장제가 말에서 내려 사냥감을 내려다보았다.

"무슨 말이 하고 싶은 건가?"

가일이 어미 노루의 불룩 튀어나온 배를 보며 억지웃음을 지어 보였다.

"대인이 활을 쏘기 주저하신 이유가……."

"틀렸네. 나는 그렇게까지 자비로운 인간이 아니거든. 오랜만에 사냥을 나왔더니 감을 잃어 그런 것뿐이네."

장제가 고개를 저으며 말했다.

"자네는 사람도 죽여본 사람이, 고작 새끼 밴 짐승 하나 죽인 게 그리 마음이 쓰이는가?"

"그게…… 소인은 그저……."

"하찮은 인정은 버리게."

장제가 담담하게 말했다.

"자네에게 지금 필요한 것은 연민이나 악랄함이 아니라 모든 일에 무감 각해지는 것이네. 지금 허도에서는 파벌 사이 싸움이 치열하니, 자칫 방심하다 뼈도 추리지 못할 테지."

"명심하겠습니다."

가일이 고개를 끄덕였다.

"전천을 만났는가?"

장제가 물었다.

"어떻던가?"

"얼간이 한 명이 들어왔더군요."

가일이 고개를 내저었다.

장제가 웃으며 물었다.

"그럼 그 아이에게 어떤 일을 시킬 생각인가?"

"궁으로 사람을 딸려 보내 출입하는 사람들을 관찰하고 기록해 진의의 명단과 대조할 생각입니다."

가일이 주저하다 다시 입을 열었다.

"대인, 그 얼간이 같은 계집아이를 꼭 제 밑에 두어야 합니까? 보아하니 세상 물정도 모르는 철부지던데, 이런 사안을 맡겨도 되겠습니까?"

"나라에 큰 공을 세운 명망 높은 인사의 자손이 아닌가? 세자께서 직접 내린 명이기도 하니 어쩔 도리가 없네."

장제가 가일의 말문을 막아버렸다.

"알겠습니다."

가일은 체념한 듯 대답했다.

그 순간 어지러운 말발굽 소리가 희미하게 들려왔다. 장제와 가일이 동시에 고개를 들고 먼 곳을 응시했다. 얼마 안 가 지축을 흔드는 듯한 말발굽 소리와 함께 나타난 기마 부대가 뿌연 흙먼지를 일으키며 두 사람과 수십 발자국을 사이에 두고 일제히 멈춰 섰다. 백여 명에 달하는 기병들은 모두 갑옷을 두르고 손에 긴 창을 들고 있었다. 대열의 맨 뒤로 이들과 차림새가 다른 나머지 10여 명이 보였다. 얼핏 봐도 대부분 중무장을 하고 있었다. 이들 사이로 화려한 비단 장포(長袍)를 입은 몇 명이 눈에 띄었다.

"뭐 하는 자들인가?"

대오 앞에 서 있던 도위(都尉)인 듯한 사내가 큰 소리로 물었다.

"댁은 뉘시오?"

장제가 가라앉은 목소리로 반문했다.

"무엄하오! 임치후께서 사냥을 나오셨으니, 당장 길을 비키시게!"

기병 몇 명이 말을 몰고 위협하듯 앞으로 나왔다.

"아, 임치후 나리께서 사냥을 나오신 것이었군요."

가일이 이죽거리며 말했다.

"꽤나 요란스러운 행차라, 위왕께서 돌아오신 줄 알았습니다."

"네 이놈! 어디 앞이라고 감히 그런 불손한 말을 하는 것이냐? 네놈이 그러고도 살기를 바라느냐?"

도위가 노기충천하여 소리를 쳤다.

"소인은 진주조의 장제이옵니다. 소인이 무례를 범했다면 부디 용서하십시오."

장제가 말을 몰고 앞으로 몇 걸음 나가 대오를 향해 공수를 했다.

대오 뒤쪽에 있던 10여 명의 무리 속에서 쑥덕거리는 소리가 들리는가 싶더니, 이내 한바탕 웃음소리가 터져 나왔다. 장제 일행을 두고 자기들끼리 험담을 나눈 것이 분명했다.

"소인은 물러가옵니다!"

장제가 도위를 향해 공수를 한 후, 가일에게 따라오라 손짓하며 말을 몰고 자리를 떴다. 가일은 가까스로 분을 삭이며 그의 뒤를 따라갔다.

등 뒤에서 도위의 우렁찬 목소리가 들려왔다.

"장 대인, 임치후 나리께서 그대들 세자에게 이 말을 전하라 하셨네. 봄을 맞아 사냥 나온 공자들의 흥이 깨지지 않게, 집 안에서 키우는 사냥개를 함부로 풀어놓지 말라 하시네!"

장제는 고개조차 돌리지 않고 대답했다.

"나리께 아뢰옵니다! 소인이 나리의 말씀을 한 글자도 빠뜨리지 않고 세자께 전하겠나이다!"

등 뒤에서 시끄러운 웃음소리가 들려왔지만, 장제는 아랑곳하지 않고 말을 재촉해 그곳을 떠났다.

가일이 얼른 그 뒤를 따라붙으며 격해진 목소리로 물었다.

"대인, 그 말을 정말 세자께 전하실 생각이십니까?"

"내가 그리 한가해 보이느냐?"

장제가 가일을 힐끗 쳐다보았다.

"설사 내가 세자께 그대로 전한다고 해도, 그분 역시 그저 웃어넘기실 것이다."

"지금의 이런 상황은 조식의 오해로 빚어진 것이 분명합니다."

가일이 나름 추측을 해보았다.

"조식은 양수와 마찬가지로 세상에서 자기가 가장 잘난 줄 알고 남들을 깔보죠. 세자 자리다툼에서 밀려난 후 마음을 다스리지 못해 위왕과 세자에게 늘 불평을 늘어놓는 게 일이라고 들었습니다. 그러니 오늘 저희가 사냥을 나와 우연히 맞닥뜨렸을 뿐인데도, 세자 쪽에서 감시를 붙였다고 생각하는 것 같습니다."

"상관없다. 우리는 맡은 일만 잘하면 그만이야. 때로는 피하고 보는 것이 상책이지. 괜히 문제를 일으킬 필요도 없고, 나중 일을 짐작해 지레 겁먹을 필요도 없는 것일세."

장제가 대수롭지 않다는 듯 말했다.

"대인, 오늘 조식의 의장(儀仗)이 도가 지나치지 않습니까?"

가일이 물었다.

"사냥에 백 명의 대오가 따르는 건 제후왕에게 허용된 의장이고, 후야는 많아야 50명 아닙니까?"

"자꾸 나쁜 쪽으로만 생각하지 말게. 우리는 진주조 사람이니, 그런 문제는 간여하지 않는 것이 좋네."

장제가 충고했다.

"저희가 아니더라도 누군가는 나서야 할 문제입니다."

가일이 불만 섞인 목소리로 말했다.

"진의 쪽은 어떻던가?"

장제가 화제를 바꿨다.

"뒷조사를 해봤는데, 별문제는 없었습니다. 제가 네 개 궁문마다 밖에 사람을 심어두었습니다. 이들이 지난 며칠간 기록한 명단을 진의가 제공한 명단과 대조하면, 믿을 만한 자인지 금방 판명이 날 것입니다."

가일이 대답했다.

"금위에 사람을 직접 꽂아두지 못하는 게 답답할 뿐입니다. 그렇게만 할 수 있으면 직접 궁 안의 동태를 감시할 수 있으니, 진의를 끌어들일 필요도 없겠지요. 위왕이 무슨 생각을 하는지 정말 모르겠습니다. 왜 장락위위를 자기 사람으로 심어두지 않는 것입니까?"

"한실의 옛 신하들이 아직 다 죽지 않았네."

장제가 말을 이어갔다.

"지금 군사·정치·재정에 해당되는 모든 권력이 위왕의 손에 들어가 있네. 궁 안에 사는 그분은 그 어떤 풍파도 일으킬 수 없는 허수아비에 불과하나, 죽이는 것보다 남겨두는 편이 아직은 더 나으니 그런 것이겠지. 위왕은 왕망(王莽: 전한을 멸망시키고 신[新]나라를 건국해 황제 노릇을 하다 살해당한 관료)이 아니라 곽광(霍光: 한 무제[武帝]가 죽은 후 실권을 장악한 관료)이 되고 싶은 듯하네."

"그럼 세자는요? 세자는 무엇을 하고 싶어 합니까?"

가일이 흥미롭다는 듯 웃으며 물었다.

"모르지. 하나 세자의 성정으로 말하자면 위왕과 다를 바가 없다네."

"그럼 당초 조식이 세자가 되었더라면 한제는 허수아비 같은 황제 노릇조차 못 하게 될 뻔했습니다?"

가일이 짐짓 그의 처지를 불쌍히 여기며 한숨지었다.

"왜 그리 생각하는가?"

장제가 궁금한 듯 물었다.

"생각해보십시오. 임치후의 신분 주제에 왕의 의장으로 거들먹거리는 자가 왕의 신분이 되면 황제의 의장을 사용해야만 직성이 풀리지 않겠습니까?"

장제가 고개를 가로저었다.

"말이 너무 많군. 허도에서 말이 많으면 오래 살기 힘드네."

가일이 대답했다.

"걱정 마십시오. 대인이 아니면 누구에게도 이런 말을 안 할 것입니다."

그 순간 적막을 깨고 무언가 바람을 가르고 빠르게 지나가는 소리가 들렸다. 두 사람이 동시에 고개를 돌렸다.

"조식이 있는 방향입니다."

가일의 눈이 반짝였다.

말이 떨어지기 무섭게 그 소리가 연이어 들려왔다. 향전(響箭: 소리 나는 화살)이었다. 장제의 안색이 어두워졌다. 보통 위급한 순간이 닥쳤을 때만 향전을 쏴 급박한 상황을 알리게 되어 있다. 눈 깜짝할 사이에 향전 세 개가 발사되었고, 이는 매복의 공격을 의미했다.

"가볼까요?"

가일은 구경거리라도 만난 듯 가보고 싶어 안달이 났다.

하지만 장제는 한숨지으며 고개를 가로저었다.

"이곳은 허도에서 가까워 도적 떼가 나타날 만한 곳이 아니네. 하물며 백여 명의 무사들과 함께 움직이고 있으니, 설사 공격을 받는다 해도 조식의 안전을 지킬 정도는 될 걸세. 우리가 가면 자칫 그 화가 우리에게 미칠 수 있으니, 함부로 움직이지 않는 것이 좋네."

"그럼 모른 체하고 돌아가면 되는 겁니까? 우리가 좀 더 속도를 내 달려왔다면 당연히 향전 쏘아 올리는 소리를 듣지 못했을 테니, 아무도 우리에게 책임을 묻지 못할 테지요."

가일이 웃으며 말했다.

"조식이 습격을 당했으니, 잘못 걸리면 문제가 심각해지네."

장제가 고개를 끄덕였다.

"진주조의 첫 번째 임무는 정군산 전투에서 패하게 만든 한선을 추포하는 것이네. 그러니 이번 일은 간여하지 않는 편이 좋겠네."

"그런데 이 대낮에 도대체 누가 감히 매복을 해가면서 조식을 공격한 걸까요?"

가일이 고개를 갸우뚱거렸다.

"설마……."

"우리와 상관없는 일이네. 허도위(許都尉)에서 알아서 처리하겠지."

장제가 담담하게 말했다.

가일은 그 말에 아랑곳하지 않고 계속 말을 이어갔다.

"만약 조식이 죽었다면 가장 큰 수혜자는 세자십니다. 다시 말해서 조식을 습격한 사람으로 가장 의심을 받을 인물 또한 세자시죠. 너무 민감한 사안이라 허도위의 능력으로 처리할 수 없을 테니, 이 사건이 분명 진주조로 넘어올 겁니다. 그리되면 세자는 이 일을 사마의에게 맡길까요, 아니면 장 대인에게 맡길까요? 사마의가 세자 쪽 사람이라는 것은 허도에서 모르는 사람이 없지요. 세자는 자신의 결백을 주장하기 위해 어쩔 수 없이 이 사안을 대인에게 맡길 수밖에 없을 겁니다. 크크, 대인, 아까 하신 말씀이 어쩜 이리 딱 맞아떨어질 수 있습니까? 괜히 문제를 일으킬 필요도 없고 나중 일을 짐작해 지레 겁먹을 필요도 없으니, 우리는 일단 이곳을 피하고 보는 게 상책인 것 같습니다."

장제가 고삐를 움켜쥐며 말했다.

"가세! 가능한 한 빨리 진주조로 돌아가야겠네!"

가일은 진주조 문 앞에 서 있는 역졸(驛卒)을 발견했다. 허도위에서 이 뜨 거운 감자를 이렇게 빨리 이쪽으로 넘긴 건가? 그는 장제를 힐끗 쳐다보며 말에서 내려 곧장 역졸을 향해 걸어갔다.

역졸은 그의 요패를 보자마자 예를 갖춰 죽간을 건넸다. 죽간을 대충 보아하니 한중에서 보낸 밀서였고, 정욱의 낙관이 찍혀 있었다. 장제 대인에게 보낸 회신인가? 그는 조금은 실망한 눈빛으로 뒤돌아서서 밀서를 장제에게 전했다.

"이상합니다. 정욱은 일전에 이미 진주조의 협조 공문을 거절하지 않았습니까? 이제 와서 밀서를 보낸 이유가 뭘까요?"

장제는 말없이 곧장 문 안으로 들어갔다.

단검으로 봉랍을 가르니, 그 안에서 하얀 비단이 나왔다. 그것을 본 장제의 입가에 희미한 미소가 떠올랐다. 그는 비단 천을 가일에게 건넸다.

"보게."

한선이 잡혔다고? 양수가?

가일이 소리 내어 웃으며 비단 천을 장제에게 다시 넘겼다.

"왜 웃는 건가?"

가일이 장제의 안색을 힐끗 살핀 후 조심스럽게 말을 꺼냈다.

"제가 생각하기에 양수는…… 한선일 리 없습니다. 한선은 머리가 비상하고 일 처리가 범인의 경지를 넘어섰으며, 계략이 주도면밀하고 변화무쌍한 자입니다. 오죽하면 수십 년 동안 숨어 지내면서 단 한 번도 마각을 드러내지 않았겠습니까? 하나 양수는 무슨 일을 하든 떠벌리기 좋아하고 무슨 말이든 뱉고 봐야 직성이 풀리는 자가 아닙니까? 문신과 무장뿐 아니라 여러 파벌 세력들 중 그자를 노리는 자가 한둘이 아닙니다. 그자가 무슨 잘못이라도 저지르는 순간, 다들 벌 떼처럼 몰려들어 끝장을 내려 단단히 벼르고 있지요. 이런 자가 어찌 한선일 수 있겠습니까? 저는 불가능하다고 봅니다."

"그럼 서촉 군의사의 첩자가 왜 그를 물고 늘어지는 것이냐? 무슨 연유로 고작 일개 주부를 모함한단 말이냐?"

가일은 고개를 숙인 채 고심해봤지만 딱히 답을 얻지 못했다.

"글쎄요. 하나 정욱 쪽에서 양수를 한선으로 의심해 옥에 가뒀다면 우리는 어찌해야 합니까? 계속 조사를 진행해야 할까요?"

장제가 웃으며 대답했다.

"정욱? 그가 진주조 사람이더냐?"

"물론 아니지요."

가일도 따라 웃었다.

"그는 그의 일을 할 것이고, 우리는 우리가 조사할 일을 계속하면 된다."

장제가 담담하게 말했다.

"한중…… 그곳은 우리가 걱정할 곳이 아니네."

"하지만…… 정욱이 이 밀서를 보낸 이유가 뭘까요?"

가일이 추측을 해보았다.

"양수가 바로 한선이라고 확신해서? 그럴 리 없습니다. 그 치밀하고 여우 같은 늙은이가 우리도 생각해낸 걸 생각해내지 못할 리 없겠죠."

"그걸 알아채다니, 허도를 떠나 있는 동안 사람 보는 눈이 많이 노련해졌구나."

장제가 웃으며 말했다.

"정욱은 양수가 한선일 리 없다는 걸 알면서도 왜 그를 붙잡아 가두고, 또 왜 그 소식을 우리에게 전했을까? 우리가 이 밀서의 내용을 믿든 안 믿든, 이제 어떻게 해야 하겠는가?"

"이런 중요한 소식은 당연히 세자께…… 보고를 올려야겠지요……."

가일의 눈빛이 무슨 생각이라도 떠오른 듯 반짝였다.

"세자와 임치후 조식은 후계자 자리를 둘러싸고 줄곧 갈등이 깊었지요. 정욱의 손자가 세자 조비 밑에서 일하고 있고, 자신은 파벌과 상관없이 나라를 위해 일할 뿐이라고 말하지만 허도성 안에서 그가 일찌감치 조비의 손을 잡았다는 걸 모르는 사람이 없습니다. 양수는 임치후 조식의 오른팔과도 같은 존재지요. 정욱이 양수를 한선으로 몰아 가두고 우리에게 밀서까지 보냈다는 건, 명목상 정보를 교류하는 것일 뿐 실제로는 조비에게 암시를 하기 위한 장치에 불과합니다. 양수가 이미 그의 손에 들어왔으니 조만간 죄를 뒤집어씌워 죽이겠다는 거죠. 게다가 이 교활한 늙은이가 밀서를 세자 휘하의 사마의가 아닌 우리한테 보냈습니다. 이는 그가 여전히 위왕에게 충성하고 있다는 것을 보여주려는 속셈이 아닐는지요?"

가일이 갑자기 목소리를 낮췄다.

"양수가 붙잡히고 조식이 자객을 만났습니다. 이 두 사건이 거의 동시에 일어난 것이 과연 우연일까요? 대인, 설마 세자가 손을 쓰기 시작한 거 아닐는지요?"

장제가 잠시 고심하다 고개를 가로저었다.

"그럴 리 없네. 위왕이 아직 건재하지 않은가? 지금은 세자가 움직일 적절한 시기가 아니네."

가일이 입을 열려는 순간 문 밖에서 호분위가 아뢰는 소리가 들려왔다.

그가 눈썹을 치켜 올리며 의아한 눈빛으로 장제를 쳐다봤다. 장제의 안색도 어느새 살짝 변해 있었다.

이 시각에 세자가 진주조에 나타났다. 이것이 과연 무슨 의미일까? 곰곰이 그 이유를 따져볼 겨를도 없이 조비가 방 안으로 들어섰다.

두 사람이 앞으로 걸어가 예를 올리려 했다. 그러자 조비가 괜찮다며 손을 내저었다.

"자네가 바로 가일인가?"

조비가 미소를 지으며 물었다.

"자네에 대해서라면 장제에게 많이 들었네. 지난 몇 년간 석양에서 참 많은 사건을 훌륭하게 해결했더군. 젊은 나이에 능력까지 뛰어난 인재를 곁에 두니 내 마음이 놓이네."

가일은 공손하게 머리를 숙여 절을 올렸다.

"세자 전하의 보살핌을 받아 맡은 바 책임을 다했을 뿐이옵니다."

"임치후가 자객을 만난 사건에 대해 어찌 생각하는가?"

가일이 장제를 힐끗 본 후 입을 열었다.

"갑작스러운 일이라 소인도 아직 깊이 생각해보지 못했사옵니다."

"듣자 하니 임치후가 자객의 습격을 당하기 전에 두 사람을 봤고, 무슨 말을 전해달라 했다더군."

조비가 웃으며 말을 이어갔다.

"장제가 나에게 보고를 올리지 않은 걸 보면 분명 좋은 말은 아닐 테지. 내 아우가 세자 자리를 두고 싸우면서 나에 대한 불만이 커졌다네. 자네들이 중간에서 고생이 많군."

"임치후께서 얼마나 다치셨습니까?"

가일이 슬쩍 물어보았다.

"아우가 부상을 당했다면 내가 이리 진주조에 찾아왔겠는가?"

조비가 한숨을 내쉬었다.

"자객이 쏜 화살은 대오를 지키던 무관에게 날아갔네. 지금 내 아우는 세자부에 앉아 사건의 진상을 밝히라고 항의 중이지. 이 사안은 허도위가 감당할 만한 것이 아니니, 어쩔 수 없이 두 사람이 맡아줘야겠네."

"세자의 분부시라면 진주조는 맡은 바 책무를 다할 것이옵니다."

장제가 말을 이어갔다.

"하온데 세자께서 친히 이곳에 왕림하실 만큼 긴요한 일이라도 있으신지요?"

"아, 나는 한제를 알현하러 궁으로 들어가는 길에 잠깐 들른 것뿐이네."

조비가 말을 멈추는 듯하더니 다시 고개를 가로저었다.

"이번 암살 시도 사안이 참으로 기이하지 않은가? 내 아우가 사냥을 하기 위해 백여 명의 무사들을 대동하고 성을 나섰네. 대부분 말타기와 활쏘기의 명수들이지. 자객이 왜 하필 이렇게 불리한 조건과 상황을 감수하며 성 밖 외곽에서 무모하게 암살을 시도했을 것 같은가?"

가일이 깜짝 놀란 표정으로, 당시 임치후의 사냥 행렬이 두 사람과 마주쳤던 상황을 떠올렸다. 그들은 임치후를 둘러싸고 호위하며 일사불란하게 움직여 조식이 어디 있는지 찾아낼 수조차 없었다.

"만약 정말 임치후를 죽이려 했다면 허도성 안 저잣거리 같은 곳이 훨씬 쉬웠을 거네. 그런데도 내 아우님은 그런 걸 따질 생각조차 하지 않고 무조건 세자부로 찾아와 소란을 피우고, 그것도 모자라 한중으로 서신을 보내 부왕께 도움을 청하겠다고 하더군. 지금 한중은 일촉즉발의 전시 상태가 아닌가? 허도에서 이런 일까지 벌어진 걸 알면 부왕의 심려가 클 것이네. 자식으로서 부왕을 뵐 면목이 없네."

조비가 한숨지으며 뒤를 향해 손짓했다.

종자 한 명이 나무 상자를 탁자에 놓으며 조심스럽게 열었다. 안에는 깃이 달린 화살이 들어 있었다. 화살 끝에 적갈색 핏자국이 말라붙어 있고, 화살대 위에 '위(魏)' 자가 새겨져 있었다.

"이것은 자객이 사용한 화살이네. 이 사안을 조사할 때 도움이 될 것 같아 가져왔네. 자, 이제 그만 가봐야겠네. 이곳에 너무 오래 머문 것 같군. 얼른 궁으로 들어가지 않으면 황후께서 제왕의 위엄 운운하며 또 한소리 하실 테지."

조비가 쓴웃음을 지었다.

"이 사안은 너무 서두르지 말고 천천히 신중을 기해 조사하게. 죄를 지은 자는 철저히 색출하되, 무고한 자가 나와서는 아니 될 것이네. 부왕 쪽에 조만간 큰 전투가 벌어질 테니, 허도는 무조건 안정을 유지해야 하네."

장제가 대답했다.

"명심하겠사옵니다."

세자를 문밖까지 배웅하고 들어온 장제는 마당에서 한참을 서 있다가 일에게 물었다.

"가일, 자네가 이 사안을 조사해야 한다면 어찌 처리할 것인가?"

"이 화살이 증거로 들어왔으니 허도성의 위씨 성을 가진 모든 집을 샅샅이 뒤져야겠지요. 만약 똑같이 생긴 모양의 화살을 찾아낸다면, 먼저 그자를 체포해 심문할 것입니다."

"그렇지. 자네 생각대로 처리하게."

가일이 잠시 주저했다.

"하오나 대인, 방금 세자께서 허도는 지금 안정이 최우선이라고 하지 않으셨습니까? 저희가 함부로 수색하고 체포했다가……."

"상관없네. 먼저 화살의 주인을 찾는 것이 중요하네."

장제의 입가에 의미심장한 미소가 걸렸다.

세자비 견락(甄洛)이 정자에 앉아서 붉은빛이 고운 모란꽃을 바라보고 있었다.

그 뒤에서 시중을 들던 시녀가 웃으며 말을 걸었다.

"이 허도성에서 이곳 정원에 핀 모란꽃이 가장 예쁘고 고운 것 같사옵니다. 예전에는 이 모란이 황궁에만 있었다지요? 이곳 정원을 만들 때 전하께서, 낙양에서 이 모란의 씨앗을 가져오라 특별히 명하셨다 들었습니다. 마마, 마음에 드시면 소인이 몇 송이만 화병에 담아 마마의 방에 가져다 놓을까요? 아침저녁으로 볼 때마다 기분이 좋아지실 것이옵니다."

견락이 고개를 가로저었다. 비록 모란이 천하에서 제일가는 향과 색을 머금고 있다 하나, 결국 그 화려함이 도리어 독이 되어 그의 비웃음을 살지 모를 일이었다.

"싫으시옵니까? 마마, 세자께서도 모란을 좋아하시는걸요?"

시녀가 고개를 갸우뚱하며 물었다.

"내가 싫다."

견락이 차갑게 한마디 툭 내뱉은 후 돌 탁자에 놓인 백서(帛書: 비단에 쓴 글)에 시선을 돌렸다. 그 위에 「비추부(悲秋賦)」가 쓰여 있었다. 붓으로 써 내려간 글자체에서 언뜻 쓸쓸함이 느껴지지만, 자세히 들여다보면 자유롭고 호방한 기백이 배어 나왔다. 그야말로 명필이자 명문이었다. 그렇다면 사람은? 견락은 양 볼에 살포시 홍조를 띠더니, 이내 수줍은 표정으로 고개를 가로저었다. 조식…… 그는 예전에 자신을 위해 부(賦)를 한 편 지어주겠다고 약속해놓고 몇 년 동안 아무 소식이 없었다. 설마 신혼을 보낸 후 자신의 존재를 잊어버린 것일까? 아니야, 그럴 리 없어. 분명 그 여인이 마음에 안 든다고 했는걸. 게다가 그는 나에게 이렇게까지 야박하게 굴 사람은 아니야. 그이를 못 본 지 벌써 한 달이 다 되어가네. 대체 뭐 하느라 내 얼굴조차 보러 오지 못하는 거지? 견락은 손에 든 백서를 소중하게 접었다. 무능한 조비에 비하면 조식은 자상하고 재능이 넘쳐났다. 견락은 업성(鄴城)을 함락했을 당시 관저로 쳐들어온 이가 왜 조식이 아니었는지 한스럽기까지 했다.

"뭘 보고 있소?"

등 뒤에서 부드러운 목소리가 들려왔다. 그녀는 굳이 돌아보지 않아도 조비라는 것을 알 수 있었다.

"시를 한 편 보고 있었사옵니다."

견락은 돌아보지도 않고 대답했다.

"누가 쓴 것이오? 좀 전에 보니 꽤나 넋을 잃고 보더이다."

조비가 탁자를 돌아 견락의 맞은편으로 가서 앉았다.

"들어도 모르는 사람의 것이옵니다."

견락이 차갑게 대답했다.

"전하, 한제를 보러 가시는 길이 아니시옵니까? 후원에는 어인 일로 들르셨습니까?"

조비는 대수로울 것 없다는 듯 웃으며 말했다.

"방금 황궁에서 돌아오는 길이오. 절(節)이가 자신을 황궁에 시집보낸 것 때문에 나에게 달려와 한바탕 불만을 쏟아내더군. 궁에서 나오니 괜히 마음이 답답해졌소. 그 아이가 꼭두각시 황제를 모시고 부부로서 예를 갖추며 사는데, 우리는 오랫동안 서로에게 꽤나 무심했던 것 같소. 다 내 탓이겠지. 온종일 정무로 바빠 당신마저 외롭게 했으니."

"그럼 전하의 이(李) 귀인과 음(陰) 귀인은 신경 쓰이지 않으시옵니까?"

조비가 쓴웃음을 지었다.

"부인, 어찌 아직도 그리 어린아이처럼 억지를 부리시오? 그 두 사람을 부인으로 들인 건 부왕의 뜻이었다고 내 누누이 말하지 않았소? 그들 명문세가와 혼인의 연을 맺어야 우리 조씨 가문에 든든한 뒷배가 생기는 것이니 어쩔 수 없는 노릇 아니오?"

"참, 핑계는 좋으시네요."

"그만합시다."

조비는 그런 일로 더 이상 골머리를 앓고 싶지 않았다.

"세자부 안에 촉금(蜀錦: 사천[四川]에서 나는 채색 비단)이 몇 필 남아 있소?"

"왜요? 또 가져다 선심이라도 쓰시게요?"

견락이 냉소를 지었다. 지금 유비가 촉나라 땅을 점령해 촉금을 구하기가 힘들어졌다. 올해 세자부에서도 모두 서른 필밖에 사들이지 못했다. 본래 조비는 견락에게 세 필, 두 귀인에게 두 필을 이미 나눠주었다. 그러나 최근 조비가 촉금으로 계속 선심을 쓰고 다니면서, 지금은 고작 몇 필밖에 남아 있지 않은 상태였다.

"그런 것이 아니오."

조비의 얼굴에 난처한 표정이 살짝 드러났다.

"식이가 혼인한 지 얼마 되지 않아, 촉금 한 필을 제수씨에게 선물로 보낼 생각이라오. 얼마 전에 세자 책봉 문제로 형제 사이에 오해가 좀 쌓인 터라, 기회가 생길 때마다 그 마음을 좀 풀어줘야 할 것 같소."

원래 그에게 보내려던 것이었구나. 견락의 표정이 어느새 누그러졌다.

"전하께서 그리 생각하신다니, 제가 알아서 처리할게요. 다만 두 분이 친형제 사이인데, 촉금 한 필로는 왠지 성의가 부족해 보이네요."

조비가 웃으며 말했다.

"그래서 서량(西涼)에서 보내온 천리마도 한 필 보낼 생각이라오. 잡털이 섞이지 않은 새하얀 말인데, 아우도 무척 마음에 들 것이오. 아우에게 보낼 때 함께 데려가도록 하오."

견락이 고개를 끄덕이며 무슨 말을 하려는 순간, 사마의가 구불구불한 꽃길을 지나 잰걸음으로 다가오는 것이 보였다. 그녀는 눈썹이 절로 찌푸려지며 마음속으로 화가 치밀어 올랐다. 저 늙은이가 어찌 저리 사리 분별을 못 하는 것인지. 아랫사람을 시켜 아뢰지도 않고 세자부의 후원을 저리 함부로 들어오다니, 참으로 안하무인이로구나. 그녀는 조비를 향해 턱짓을 했다.

"보아하니 또 바쁜 일이 생긴 듯하니, 저는 이만 물러가옵니다."

조비가 멋쩍은 표정으로 쳐다보며 말했다.

"그럼 저녁에 함께 식사나 합시다. 그대가 좋아하는 음식으로 만들라 일러두겠소."

하지만 견락은 아무 대답도 하지 않았다.

조비는 견락의 멀어져가는 뒷모습을 말없이 바라본 후 웃음기를 거두고 뒤돌아서서 사마의에게 물었다.

"중달(仲達), 무슨 일인가?"

"장제가 정욱의 밀서를 받았다는데, 한중 쪽에서 양수를 체포했다 하옵니다."

"뭐라?"

조비가 자리에서 일어나며 다그치듯 물었다.

"어떻게 된 일인가?"

"서촉에서 군의사 교위 한 명이 도망쳐 나왔는데, 양수를 한선으로 지목했다고 합니다. 정욱이 이미 그를 가뒀습니다."

조비가 미간을 찌푸렸다.

"그게 말이 되는가? 중달, 자네 생각은 어떠한가?"

"그는 한선이 아닙니다."

사마의가 단언했다.

조비가 잠시 망설이다 입을 열었다.

"양수가 한선이든 아니든 그게 중요한 게 아니네. 문제는 그자가 자존심

강하고 콧대 높은 내 아우의 오른팔이라는 것이지. 부왕께서 아우의 입장을 생각하시지 않고 이리 처리했다는 것은 조식에게 아무 희망이 없다는 것이 아닌가?"

"전하, 제 생각에 양수를 잡아들였다고 해서 위왕께서 조식을 대하는 태도에 큰 변화가 생길 거라 확신하기는 어렵습니다."

"그래?"

조비가 실망의 기색을 조금 내비쳤다.

"그럼…… 우리는 어찌해야 하겠는가? 양수의 죄명을 사실화해야 하는 것인가?"

"절대 아니 되옵니다."

사마의가 정색을 하며 말했다.

"전하, 지금은 국가적으로 많은 일이 벌어지고 있는 시기이고, 허도 또한 시시비비와 논쟁이 끊이지 않는 땅이지요. 전하께서는 모든 일이 살얼음판을 걷는 듯 조심스러울 수밖에 없습니다. 세자 자리를 둘러싼 형제의 싸움이야 하루 이틀 사이에 해결될 문제가 아니니, 절대 함부로 일을 처리하시면 아니 되옵니다. 위왕께서는 주도면밀하신 분이 아니십니까? 만약 저희가 경거망동해서 만에 하나 일이 틀어지면 도리어 도끼로 자기 발등을 찍는 꼴이 될 수 있습니다."

"그도 그렇겠군."

조비가 웃으며 다시 자리에 앉았다.

"중달, 내가 또 생각이 짧았네."

"한중은 여기서 너무 먼 곳입니다. 지금 전하께서 하셔야 할 일은 조식을 철저히 감시하는 것입니다."

조비가 한숨을 내쉬고 고개를 돌려 정원 가득 피어 있는 모란을 보며 말했다.

"부왕께서 이 모란꽃은 꽃 중의 왕이자 부귀와 명예를 상징한다고 하셨지. 하나 내 눈에는 좀 천박해 보이는군."

"전하, 그런 말씀은 하시면 아니 되십니다."

"그럼 언제나 되어야 할 수 있단 말인가?"

"위왕께서 붕어하신 후 전하께서 즉위하시는 바로 그날이지요."

"얼마를 더 기다려야 한단 말인가?"

조비가 고개를 들어 어슴푸레한 잿빛 하늘을 바라보면서 쓴웃음을 지었다.

사람을 잡는 방면에서 진주조의 움직임은 타의 추종을 불허했다. 가일은 성이 위씨인 사람의 거주지를 찾기 위해 허도성 안을 마흔여섯 개 구역으로 나누고는 허도위와 손을 잡고 호분위를 앞세워 전면 수사에 착수했다. 이와 동시에 화공을 시켜 증거로 나온 화살을 모사해 성문 열 곳에 목격자를 찾는 방을 붙였다. 하루 반나절이 되지 않아 그 화살이 위풍의 가택에서 나왔다는 것을 알아냈다.

그리고 얼마 후 위풍이 기루(妓樓)에 갔다는 정보를 입수했다. 호분위 50명이 기루에 쳐들어갔을 때 그는 기생을 옆에 낀 채 술을 마시고 있었다. 임치후 조식이 자객의 공격을 받은 일로 그를 체포하겠다고 하자, 그는 그 자리에서 쓰러졌다. 하지만 호분위를 이끌고 간 도위는 그가 정신을 차릴 틈도 주지 않은 채 곧바로 말에 묶어 진주조로 데려왔다. 가일이 그를 심문했다.

진주조의 취조실은 그리 크지 않았지만, 그 안에 있는 것만으로도 질식해 죽을 것 같은 압박감을 주기에 충분했다. 위풍은 죄수복을 입은 채 부들부들 떨고 서 있었다. 호분위에게 잡혀 이곳으로 끌려온 후 그는 거의 제정신이 아닌 듯 보였다.

가일은 높게 자리 잡은 상석에 앉아 담담하게 그의 죄를 물었다.

"위 대인, 살고 싶다면 자신의 죄를 사실대로 고하십시오."

"모함이네."

위풍이 창백해진 얼굴로 두 손을 격하게 흔들었다.

"이 물건이 대인의 것이 아니라는 것입니까?"

가일은 화살 하나를 위풍 앞으로 던졌다.

"이 화살의 길이는 2척 9촌입니다. 화살촉은 철로 만들어졌고, 길이는 1촌 5분, 폭은 1촌 2분이며 편평하고 예리하게 깎였군요. 화살대는 최상급의 딱딱한 백양나무를 갈아 만들어 광택이 흐르고, 끝단에 가지런하게 깃털을 붙였습니다. 이런 화살은 만들 때 정교한 작업이 필요하고 최상급 재료를 써야 하니, 군에서 쓰는 화살보다 훨씬 등급이 높지요. 보통 왕공·대신들 가문에서나 쓸 법한 화살입니다. 날카로운 화살촉에 말라붙은 적갈색 혈흔이 남아 있고, 화살대에 '위' 자가 선명하게 각인되어 있군요."

"난…… 모르는 물건이네."

위풍이 이마에 맺힌 땀을 닦아내며 기어들어가는 소리로 대답했다.

"진주조가 허도성에 있는 모든 위씨 성의 대가를 샅샅이 뒤졌고, 대인의 가택에서만 똑같은 화살이 나왔지요. 작년 가을 대인과 사마의 대인이 함께 사냥을 갔을 때 대인께서 이 화살을 쓰는 걸 본 사람이 있습니다. 그래도 모른다고 하시겠습니까?"

가일이 위풍을 추궁했다.

"대…… 대인, 목숨만은 살려주시게. 난 정말 억울하네."

위풍이 털썩 무릎을 꿇더니 이마를 연신 바닥에 박으며 억울함을 호소했다.

"일어나십시오!"

가일이 미간을 찌푸렸다. 위풍의 관직이 자신보다 높은데도 살기 위해 비굴하게 무릎을 꿇는 모습을 보니, 같이 나라의 녹을 먹는 입장에서 참으로 부끄럽기까지 했다.

"고맙네……."

위풍이 벌벌 떨며 몸을 일으켜 앉았다.

"어제 어디에 계셨습니까?"

가일이 물었다.

"유위(劉偉) 등 몇몇 대인과 영하(穎河)에서 배를 타고 있었는데, 허도로 돌아오니 날이 저물었네."

위풍이 다급하게 변명을 했다.

"임치후가 자객을 만났을 때 나는 허도에 없었네. 유위는 물론 같이 간 대인들에게 물어보면 알 것이네."

가일이 차가운 미소를 지었다.

"임치후를 암살하는 이 위험한 일을 위 대인이 직접 했을 리가 있겠습니까?"

위풍이 놀란 듯 울먹이며 말했다.

"가 대인, 그리 말하지 마시게. 내가 담이 아무리 크다 한들, 임치후를 암살할 만한 위인이 못 되네. 가 대인, 예전에 내가 대인의 심기를 건드린 일이 있다 해도 넓은 아량으로 용서해주시게. 지금 날 풀어주면 앞으로 반드시 이 은혜를 잊지 않고 갚을 것이니……."

"그만! 됐으니 그만 가도 좋습니다."

가일은 위풍의 태도가 역겨워 짜증스럽게 손을 내저었다.

호분위가 다가와 위풍의 뒷덜미를 잡아채 끌고 나갔다. 몇 걸음 끌려갔을 때쯤 위풍이 돌연 발버둥을 쳤고, '쿵' 소리가 나도록 바닥에 무릎을 꿇으며 기어들어가는 소리로 말했다.

"대인, 솔직히 말하자면, 내 수중에 금은보화가 조금 남아 있다네. 내 하늘에 대고 맹세하건대, 대인이 내게 살길을 열어준다면 황금 백 냥을 사례로 드리겠네."

가일은 웃어야 할지 울어야 할지 기가 막힐 뿐이었다.

"위 대인, 이 일이 대인과 아무 상관이 없다면 진주조가 대인을 억울하게 만들 일은 없을 겁니다."

위풍은 그 말에 정신이 번쩍 드는 듯 바닥에 이마를 박으며 조아렸다.

"대인이야말로 내 생명의 은인이니, 그저 감읍할 따름이네!"

호분위가 위풍을 끌고 가자 장제가 숨겨진 문을 당겨서 열고 취조실로 들어왔다.

"이리 빨리 심문을 끝냈는가?"

"저자가 한 짓이 아닙니다."

"어째서인가?"

"조식을 암살하는 일이 위풍에게 무슨 도움이 되는지 연관성을 찾아낼 수 없습니다. 만약 남의 부탁을 받았다면, 벗을 팔아 영화를 구하는 저 소인배가 그런 일을 했다는 것 자체가 불가사의겠지요. 이익이 없으면 동기도 생기지 않는 법이지요. 하물며 위풍의 인품이 아무리 형편없다 해도, 이런 일에 자기 집안에서나 쓰는 화살을 쓸 만큼 바보는 아니라고 봅니다."

장제가 고개를 끄덕였다.

"위풍 가문의 화살을 손에 넣는 게 어려운 일은 아닐 테지. 마음만 먹으면 위풍이 사냥을 나갔을 때 멀리서 뒤를 쫓다가 짐승을 잡을 때 쏘아 올린 화살을 주워 오면 그만일 테니. 조식을 암살하려던 자가 위풍의 그 화살을 사용했다면 분명 물을 휘저어 판단을 흐리게 하려는 목적일 것이네."

"화살촉에 맹독이 묻은 탓에, 조식 대신 화살을 맞은 무관이 어젯밤 죽었습니다. 이런 시기에 조식이 결사대까지 꾸리고 있을 줄은 몰랐습니다."

"필경 일전에 그 역시 세자 자리를 두고 싸웠으니, 자연히 그의 편에 선

세력이 모여들었겠지."

장제가 대답했다.

"대인, 조식이 자객을 만난 일이 세자부의 그분과 정말 상관이 없는 것입니까?"

가일이 눈을 깜빡거리며 물었다.

"함부로 내뱉지 말게!"

장제가 작은 소리로 호통을 쳤다.

"어째서 계속 그분을 의심하는 것인가?"

"대인, 위풍 가문의 예전 화살은 이 모양이 아니었습니다. 작년 초에 불이 나면서 집 안 물건이 대부분 타버렸죠. 지금 이 모양의 화살은 불이 난 후 새로 만든 것입니다. 화살이 만들어진 후 위풍은 고작 한 번 사냥을 나갔죠. 바로 사마의와 함께 말입니다."

가일이 목소리를 낮췄다.

"만약 사마의가 조식을 암살하려 했다는 게 말이 안 된다면, 그 배후의 세자는 어떨까요?"

장제가 고개를 가로저었다.

"조비는 이미 세자가 되었고, 위왕은 갈수록 조식을 찬밥 취급하고 있네. 조비가 무슨 큰 잘못을 저지르지 않는 이상, 세자 자리는 태산처럼 아주 굳건할 걸세. 그런 분이 조식을 죽여 무슨 득이 있겠는가? 설사 조식이 위협을 가한다 해도 그를 죽이는 건 하책(下策) 중 하책이지. 조식의 죽음으로 위왕의 의심을 받기라도 하면 세자 자리도 보전하기 힘들 것이네. 그렇게 되면 가만히 앉아 득을 보는 사람은 조창이겠지. 사마의가 이 점을 간파 못 했을 리 없네."

"하지만 조식이 죽기 전까지 조비의 세자 자리는 하루도 절대 안전할 수 없습니다. 만약 사마의가 대인의 이런 마음을 이용해 이번 암살 사건을 계획한 거라면, 가장 먼저 의심받을 사람은 늘 혐의 선상에서 가장 먼저 배제되었던……."

장제가 강경하게 그의 말을 끊었다.

"진의 쪽에선 무슨 소식이 없는가?"

가일이 순간 당황하며 장제를 쳐다봤다. 그는 장제가 이 문제에 대해 더이상 거론하기를 원치 않는다는 것을 눈치 챘다.

"명부 기록이 아주 상세하게 되어 있었습니다. 저희 쪽에서 심어둔 정보원이 기록해둔 내용과 모두 일치하고 누락된 자가 한 명도 없었습니다. 그래서 전천에게 정보원을 모두 철수시키라고 일러뒀습니다. 이번 달에 궁문을 출입한 자가 3,567명인데, 그중 관원 혹은 관원과 연관된 사람이 모두 561명이었습니다. 이들 중 97명이 한제를 알현했고, 반 시진이 넘게 이야기를 나눈 자가 32명이었지요. 지금 이들을 모두 감시하고 있습니다."

"32명 중에서 이상한 자를 발견했는가?"

"아직 없습니다."

가일이 난감한 표정을 지었다.

"아직 없다고?"

"몇몇이 뇌물을 받고 유부녀와 사통을 한 잡범이라는 것 외에 별 수확이 없습니다."

가일이 계속 말을 이어갔다.

"한선은 일 처리가 엄청 신중한 인물답게 지금까지 단 한 번도 허점을 노출한 적이 없습니다. 하지만…… 그자도 결국 사람이고, 사람이라면 누구나 실수를 하기 마련이죠. 우리가 계속 그 실체를 깊이 캐내다 보면 반드시 그자를 잡아낼 수 있을 겁니다."

"말로야 그럴 수 있다지만, 우리한테 주어진 시간이 그리 많지 않네."

장제의 눈빛이 날카로워졌다.

"보통 잠복해 있는 첩자는 자신의 안전을 지키기 위해, 필요할 때가 아니라면 몸을 낮추고 있기 마련이네. 그런데 지금 한선은 더 적극적으로 움직이며 우리에게 큰 골칫거리를 안기고 있지. 그자가 왜 이렇게 하는지 생각해봤나?"

"우리의 인력과 정력을 소모하게 만드는 거야 가장 기본적인 목적일 테지요. 좀 더 큰 목적은 분명 세자와 조식 사이의 갈등을 불러일으켜 서로를 의심하고 공격하게 만들고, 결과적으로 허도를 혼란에 빠뜨리는 것이 아니겠습니까?"

"그런 후에는?"

"그 후에는…… 그 후에는……."

가일이 돌연 진저리를 치며 고개를 들어 장제를 쳐다봤다.

"맞네. 정세를 혼란에 빠뜨려야 그 틈을 타 자신이 계획한 일을 진행할 수 있겠지."

장제의 눈빛이 매서워졌다.

"그자가 어떤 계획을 세웠든, 이번 신호탄은 이미 전에 없이 강력한 효과를 일으키고 있네."

제3장

◆

매복과 기습 작전

양수는 목간을 접고, 근심 걱정이 가득한 표정으로 앉아 있는 허저를 바라보면서 그를 비웃고 욕했다.

"망할 놈. 군영을 돌며 경계할 생각은 하지 않고, 이 컴컴한 동굴에는 뭐 하러 온 것이냐? 똥오줌 냄새가 그리 좋으냐?"

"양 주부, 그 서촉 군의사라는 놈이 자네를 한선이라고 모함해 억울한 옥살이를 시킨 것 아닌가? 자네도 참 답답하네. 억울하면 결백을 밝혀야지, 왜 이 동굴에 갇혀서 이런 쓸모없는 목간이나 보고 있는 것인가?"

"망할 뚱보 놈! 이게 어떻게 쓸모없다는 건가? 이게 다 내가 엄청 고생해서 찾아낸 것들이네. 이번 출정에 나설 때 마차 하나를 꽉 채워서 가져온 것들이지. 이 목간들은 위왕이 하비(下邳)를 함락할 때 여포의 집에서 찾아낸 것들이라네. 누가 여포의 딸 여원(呂媛)의 이름을 빌려 썼는지 모르겠지만, 한 시대를 풍미한 영웅이었던 온후(溫侯) 여포를……."

"자네는 어찌 그리 여유를 부리는 것인가?"

허저가 그 목간을 빼앗아 한쪽으로 던져버렸다.

"이제 아예 포기라도 한 것인가? 아니면 자네가 정말 한선인가?"

"내가 정말 한선이라면 어쩔 것인가?"

양수가 정색을 하고 물었다.

"자네……."

허저가 한참을 주저하다 결연한 목소리로 말했다.

"양 주부, 우리 관계가 아무리 돈독하다 해도, 주군을 팔아 부귀영화를 구하려 했다면 내 손으로 직접 자네 목을 칠 것이네!"

양수는 냉혹한 표정으로 한참 동안 침묵을 지키다 돌연 호탕하게 웃어 댔다.

허저의 눈이 휘둥그레졌다.

"지금 웃음이 나오는가? 나 허저는 이제까지 한번 내뱉은 말을 주워 담은 적이 없네!"

양수가 다리를 치며 웃었다.

"망할 놈. 혼자 심각해져서 말하는 꼴이라니. 크크, 방금 자네 모습이 얼마나 웃기던지. 뭐랄까…… 도박장에서 딴 돈을 못 받으면 아마 그 표정이 나오지 않을까 싶네."

허저가 버럭 화를 냈다.

"백면서생 같은 놈. 지금이 어느 때라고, 농이 나오는가? 정말 죽고 싶어 환장이라도 한 것인가?"

"살고 싶네. 하나 내 말이 이제 와서 무슨 소용이 있겠는가?"

양수가 웃음을 거두고 담담하게 말했다.

"이번에 도망쳐 나온 군의사 전군교위 유우라는 작자가 아주 제대로 머리를 굴렸더군."

"어떻게 말인가?"

허저가 의혹에 찬 눈빛으로 물었다.

양수가 다시 목간을 집어 들었다.

"나의 목숨으로 그의 출세를 보장받았지. 임치후를 보좌한 일 탓에 위왕에게 나는 이미 눈엣가시네. 어쩌면 죽일 기회만 노리고 있을지도 모르지. 게다가 저 멀리 허도의 진주조에서는 한선을 찾아내기 위해 혈안이 되어 있고, 그들이 작성한 무슨 스물아홉 명의 명단에 내가 들어 있다더군. 군중에서도 정욱·하후돈을 중심으로 한 책사와 무장들이 나를 탐탁지 않아 하고 있지. 크크, 그러고 보니 다들 나를 죽이고 싶어 안달이 나 있군. 이럴 때 그들에게 좋은 핑계 거리가 생긴다면 당연히 나를 단번에 제거해버리겠지.

그 유우라는 놈이 이 점을 간파한 걸세. 정군산 전투의 패배는 한선이 군사 기밀을 누설했기 때문이고, 그래서 다들 불안에 떨고 있네. 이런 시기에 그자가 딱 맞춰 나타나 큰 선물을 안겨준 셈이지. 이제 희생양만 찾아내 한선을 죽였다고 말한다면 위왕이 군심을 평정하고 자신의 자리를 굳건히 하는 데 도움이 될 것이네. 그런 후에 다시 정보를 자신의 공명을 얻는 데 쓰겠지.

당초 정욱이 나를 급히 찾았네. 그 전군교위가, 내가 오면 한선이 누구인지 말해주겠다고 했다더군. 지금 생각해보니 나를 직접 보고 천하에서 가장 똑똑하다고 소문난 자를 자신의 희생양으로 삼아도 좋을지 간을 보려고 한 거였더군. 만약 그날 내가 누구도 넘보지 못할 만큼의 기백과 지략을 가지고 있었다면 상황은 달라졌겠지. 그런데 우습게도 나는 막사 안에서 정욱과 한참 동안 말씨름이나 하고 있었다네. 비록 내가 정욱은 아니지만, 그자의 그때 심정이 얼마나 통쾌했을지 짐작이 가고도 남네. 한선 문제를 해결하고, 거기다 덤으로 눈엣가시를 제거할 수 있게 됐으니 말일세. 정말 절묘한 한 수였어."

"그래서 주공께서 별다른 증거도 없는 상황에서 자네를 감옥에 집어넣을 수 있었던 건가?"

허저가 그제야 모든 상황이 이해된다는 듯한 표정을 지었다.

"아니네."

양수가 목간을 들고 있던 손을 내려놓으며 말했다.

"이게 무슨 감옥 축에나 들겠는가? 그저 모양새만 갖춰놓은 셈이지."

"지금 말장난할 때인가?"

허저가 흥분해 말했다.

"내 당장 위왕에게 가서 보고를 올릴 것이네. 그 유우라는 자에게 이대로 당할 수 없네!"

"위왕이 아무것도 모를 거라 생각하는가?"

양수가 허탈한 웃음을 지었다.

"정욱이 이런 것까지 생각 안 했을 것 같은가? 하후돈은?"

"위왕과 그들이 그런 걸 다 아는데, 왜 자네를 감옥에 집어넣은 거지?"

허저가 이해가 안 간다는 눈빛으로 물었다.

"기다리고 있는 걸세."

양수가 말했다.

"그 도망쳐 나온 군의사 전군교위의 입에서 나온 다음 정보가 진짜라면 그들은 그 명분으로 나를 죽일 수 있게 되지."

허저가 자리에서 벌떡 일어났다.

"제기랄! 내 당장 가서 그놈의 목을 쳐버리겠네!"

"자네가 그자를 죽이면 내 결백은 누가 증명해줄 수 있겠나?"

양수가 웃으며 말했다.

"자네가 날 위해 해줄 수 있는 일은 따로 있네."

"무슨 일인가? 어서 말해보게."

"술 한 동이와 구운 닭고기를 좀 준비해주게. 가능하면 나를 이 동굴에서 빼내주면 더 좋고. 병영에 가면 죄수를 압송할 때 쓰는 나무 우리 같은 게 있지 않은가? 햇살도 들어오고 사방으로 바람이 통하니, 오줌 냄새가 진동하는 이곳보다야 훨씬 낫겠지. 나무 우리에서 이 목간들을 보는 게 차라리 편할 것 같네."

"가만히 앉아서 죽기를 기다릴 작정인가?"

"그런들 어떠하겠는가? 내 목숨은 위왕의 손에 달린 거지, 자네나 내가 어찌할 수 있는 문제가 아니네. 이왕 죽기를 기다릴 수밖에 없게 된 이상, 좀 더 편하게 죽음을 기다리도록 해줄 수도 있지 않은가?"

양수가 웃으며 말했다.

"그래, 자네라면 위왕의 신임을 받고 있으니, 이 정도쯤은 너끈히 해낼 수 있겠지."

가장 무서운 적은 보통 적의 모습으로 나타나지 않는다. 정욱이 한숨지으며 탁자 뒤에 앉았다. 하루를 정신없이 보낸 뒤라 몸이 이곳저곳 안 쑤시는 곳이 없었다. 그도 이제 나이를 먹어서 그런지 이런 군영 생활이 잘 적응되지 않고 힘에 부쳤다. 사람이 태어나서 아무리 부귀영화를 누리더라도 일흔까지 사는 일이 드물다는데, 그는 이미 일흔다섯 살이었다. 게다가 지금의 건강 상태로 봐서는 앞으로 몇 년은 더 끄떡없이 살 것 같았다. 그는 힘없이 웃으며 기름등을 밝히고 손에 든 목간을 읽어 내려갔다.

목간에는 허도의 소식이 적혀 있었다. 위왕이 자리를 비운 동안 그곳은 바람 잘 날이 없었다. 조식이 자객의 공격을 받았고, 진주조가 위풍을 잡아들인 후 조사가 속도를 내지 못하고 있었다. 장제…… 네놈이 보통 물건은 아니로구나. 이런 일은 진상이 어찌 됐든 항간에 이런저런 소문이 나돌게 마련이었다. 설사 인적·물적 증거가 확실하다 해도, 임치후 조식을 암살하려 한 진짜 흉수를 잡아내는 일은 여전히 많은 사람의 의심을 살 수밖에 없다. 사람들은 사실 따위에 관심이 없다. 그들은 단지 자신의 생각에 맞아

떨어지는 소위 진상이라는 것에만 눈을 돌릴 뿐이다. 이런 때일수록 시간을 끌고 뜨거운 관심이 완전히 사라질 때까지 기다렸다 논란이 되지 않을 만큼의 적당한 답을 들려줘야 한다. 비록 무능하다고 욕을 먹을지언정, 자신을 논란의 소용돌이 속에 휘말리게 하는 것보다 훨씬 나았다.

자신은 늙었고, 젊은 인재들은 점점 두각을 드러내며 자신들의 세상을 만들어갈 준비를 하고 있었다. 당초 5대 책사로 불리던 이들 가운데 곽가·순욱·순유는 모두 죽었고, 가후도 일찌감치 문을 걸어 잠그고 외부와의 왕래를 끊었다. 오로지 정욱만이 여전히 위왕 곁에 남아 천하를 정벌하는 일에 나섰다. 내가 권력에 눈이 멀어 관직에서 물러나지 않는 거라고 말하는 사람도 적지 않지. 어리석은 것들! 출셋길에 오르는 것보다 제때 물러나는 것이 더 어렵다는 사실을 모르는가? 나의 성정이 괴팍하다 보니 천하를 제패하려는 위왕의 원대한 꿈을 위해 많은 사람의 미움을 사기도 했다. 나는 위왕의 충직한 개로 살아왔고, 그가 시키는 일이라면 뒤도 돌아보지 않고 무조건 물고 뜯었다. 후회하느냐고? 정욱은 고개를 흔들었다. 주공은 직접 나서기 힘든 일이 생기면 자신이 키운 개를 시켜 해결했다. 나는 주공의 충직한 개답게 자신의 뿌리에 지나치게 애착을 가져서는 안 된다.

순욱은 수많은 계책을 바치며 위왕의 원대한 패업을 위해 큰 공을 세웠다. 하지만 안타깝게도 그는 한실의 정통성에 대한 집착을 버리지 못했고, 결국 위왕에게 죽임을 당하고 말았다. 위왕의 눈에, 뿌리에 애착을 가지는 개는 더 이상 좋은 개가 아니었다.

개로 살기 위해 한 가지 더 알아야 할 것이 있었다.

설사 어떤 개로 살아야 하는지 안다고 해도, 주인이 갑자기 바뀔 수 있는 돌발 상황에 주의해야 한다.

정욱은 수염을 쓸어내리며 쓴웃음을 지었다. 위왕 역시 사람이었고, 이미 피곤한 기색을 숨기지 못할 나이가 되었다. 설사 그가 위왕을 끝까지 모신다 해도, 조씨 가문의 다음 주인은 누가 될지 촉각을 곤두세울 수밖에 없었다. 정씨 가문의 후손이 계속해서 주군의 충직한 개로 살 수 있을지 걱정이 앞섰다. 세자 자리를 둘러싼 싸움에서 정욱은 줄곧 방관자의 입장을 보이며 표면적으로 끼어들지 않았다.

그러나 암암리에 아랫사람을 시켜 물밑 작업을 쉬지 않았다. 그가 위왕의 곁에 있고 위왕이 죽지만 않는다면 언제라도 바람 부는 방향으로 배를 돌리는 것은 식은 죽 먹기보다 쉬운 일이었다.

심지가 타닥타닥 타 들어가는 소리를 들으며 정욱은 잠시 눈을 붙였다.

음, 내가 살아 있는 한 급류에 휘말려 억지로 물러날 수야 없지.

동굴은 어두컴컴했다. 벽에 매달려 있는 기름등에서 새어 나오는 희미한 불빛만이 양수가 아직 살아 있다는 것을 일깨워주었다.

어둠, 축축한 냉기, 그리고 적막감. 이곳에 갇혀 지낸 지 이미 나흘이 되었는데도 그는 여전히 적응이 되지 않았다. 예전에는 살면서 절대 놓치고 싶지 않은 것들이 없다고 생각했었다. 자신이라면 무소유의 마음으로 멋지게 모든 집착의 끈을 놓을 수 있을 줄 알았다. 그런데 지금 와 보니 그랬던 자신이 얼마나 오만했는지 뼈저리게 느꼈다.

양수는 얼음장처럼 차가운 벽에 등을 기댔다. 그러자 등골을 타고 무언가 스멀스멀 기어가는 느낌이 들었다. 벽에서 새어 나오는 물줄기거나 아니면 동면에서 막 깨어난 독사일지도 모른다. 온몸에서 뻐근한 통증이 전해졌다. 고작 나흘이 지났을 뿐인데, 차갑고 습한 기운이 이미 뼛속 깊이 파고든 것 같았다.

얼마나 더 살 수 있을까? 그는 스스로를 비웃듯 물었다.

어둠 속에서 홀연히 아주 작은 움직임이 전해졌다. 또 밥 먹을 시간이 된 건가? 양수가 늘어지게 하품을 했다.

"양 주부 나리, 저 유우입니다."

유우? 아, 나를 한선이라고 지목한 서촉의 군의사 전군교위?

양수는 미간을 찌푸리면서 왜 왔는지 물었다.

"이미 새벽녘이라 잔재주를 좀 부렸지요. 이곳을 지키는 병사를 잠재우고 몰래 들어왔습니다."

유우가 목소리를 낮춰 말했다.

양수는 아무 대답도 하지 않았다.

"양 주부 나리, 안심하십시오. 뒤따라오는 자를 따돌렸으니, 지금쯤 아마 기장 밭에서 계속 헤매고 있겠지요. 제가 여기 올 거라고 짐작조차 못 할 겁니다."

유우가 계속 말을 이어갔다.

"사실 저는 그저 군의사를 위해 비밀리에 움직이는 자일 뿐입니다. 이곳에 와서 군의사 전군교위로 신분을 속인 것이지요."

"그래? 몸값을 높이기 위해서? 크크, 나름 속셈이 있었겠지."

양수가 허허 웃으며 말했다.

"한데 서촉 쪽에서 우리가 심어놓은 첩자들이 있다는 것을 모르는가? 만약 네놈이 신분을 거짓으로 고했다는 게 발각되면 정욱 대인의 신임을 어찌 얻으려 그러느냐?"

유우가 몇 발자국 앞으로 걸어오자 기름등의 불빛 아래서 그의 형체가 희미하게 드러났다.

"양 주부 나리, 걱정 마십시오. 군의사 쪽에서 제가 도망친 정보를 고의로 흘렸을 겁니다. 그 정보 속에서 저는 분명 전군교위입니다."

양수가 놀란 눈으로 그를 보다 이내 웃음을 터뜨렸다.

"그렇다면 네놈은 적의 첩자를 역이용해 적을 이간질하라고 보낸 이중 첩자로구나?"

유우가 고개를 끄덕였다.

"역시 금방 알아채시는군요."

"고작 주부에 불과한 나를 한선이라고 지목한 이유가 무엇이냐?"

"법정 대인께서 저에게 그리 시키셨습니다."

유우가 말했다.

"우리가 소식을 받았을 때 정욱은 이미 주부 나리를 한선으로 의심하고 있었습니다."

"남의 칼을 빌려서 사람을 죽이려 했다?"

양수의 입가에 억지웃음이 그려졌다.

"조조와 정욱이 너의 말을 믿었다 해도, 나를 죽여 서촉이 얻는 것이 무엇이냐?"

"주부 나리, 저는 나리를 죽이러 온 것이 아니라 살리러 온 것입니다."

한동안 침묵이 흐르고 양수의 낯빛이 점점 어두워졌다.

"네놈은 이중첩자이자 사간(死間: 첩자에게 거짓 정보를 주어 적을 혼란시키는 것)인 것이냐?"

"과연 듣던 대로 머리가 비상하십니다."

"지금 어디서 수작질이냐? 서촉 군의사는 조조의 위나라에서 내가 더 이상 설 곳이 없다고 느낀 것인가? 그래서 네놈을 반역자, 도망자로 만들어 나에게 접근시키고, 나를 선동해 귀 큰 도적놈 유비에게 목숨을 바치게 하려 했느냐?"

양수의 입가에 차가운 미소가 번졌다.

유우가 어두침침한 등불 아래로 가까이 오자 기이한 웃음이 서린 평범한 얼굴이 드러났다.

"양 주부 나리, 나리와 우리 주공의 인연은 이미 8년 전으로 거슬러 올라가옵니다. 제가 어찌 이런 때에 나리를 선동해 모반을 획책할 수 있겠는지요?"

양수는 잠시 침묵하다 돌연 기지개를 켜며 말했다.

"별 시답지 않은 농담을 다 들어보겠군. 지금 자네에 대해 내릴 수 있는 판단은 딱 두 가지뿐이네. 하나는 자네가 정신 나간 서측 군의사 도망병이라는 거지. 또 하나는 자네가 나를 함정으로 몰아넣으러 온 정욱의 사람이라는 거네."

유우는 아무 말 없이 고개를 끄덕이다 입을 열었다.

"양 주부 나리, 사실 저는 이곳에 오기 전에 걱정이 좀 있었습니다. 과연 소문으로 듣던 대로 나리에게 천하제일의 비상한 두뇌가 있는지 말입니다. 그런데 방금 하신 그 몇 마디 답변으로 그런 걱정이 완전히 사라졌습니다."

양수가 코를 후비며 말했다.

"천하제일의 머리라는 평이 거저 얻어지는 것은 아니지. 하나 자네의 허튼소리에 더는 흥미가 생기지 않는군. 정욱 그 늙은이도 이제 나이가 들어서 머리가 나보다 빨리 돌아간다고 볼 수 없지. 그러니 그자에게 붙어 잘해보게. 어쩌면 자네 말을 철석같이 믿고 기도위 같은 직책에 발탁해줄지도 모르니."

유우가 양수에게 엎드려 절을 하며 목소리를 낮춰 말했다.

"막다른 길이 끝은 아니지요."

양수가 순간 눈빛을 바꾸며 주저 없이 나지막한 목소리로 맞받아쳤다.

"절망의 끝에서도 살길이 생기네."

유우가 고개를 들자 어둠 속에서 그의 눈이 반짝였다.

"군의사 무위장군(武衛將軍) 양수 대인께 아뢰옵니다. 유우가 목을 바치러 왔습니다."

이미 현과 성을 두 개나 함락했지만 모두 비어 있었다.

대군은 진군을 멈추고 성 밖에 주둔하며 성안으로 들어가지 않았다. 병사 3만 명은 이번에 출정한 위군의 1할에도 미치지 않는 적은 수였다. 그러나 고작 5만 명의 병사로 적을 맞은 촉군의 입장에서 보면 결코 적은 수가 아니었다. 서황은 긴 탁자 앞에 앉아 척후병이 전해 온 전방의 동태 보고서를 한 장 한 장 읽어 내려갔다. 한수를 건넌 후 촉군의 주력 부대는 코빼기도 보이지 않았고, 이동 중에 적군을 만나 고작 몇 차례의 소소한 전투를 벌였을 뿐이다. 주변 민가에 사는 백성들도 촉군이 철수한 지 꽤 오래되었다고 말했다.

유우의 정보는 사실인 듯했다.

지금 상황을 보면 황충은 저 멀리 성고(城固)에 있고 장비(張飛)와 위연(魏延)은 음평(陰平)에 막 도착한 터라, 전방에는 유비와 법정의 소수 부대만이 남아 있었다. 보아하니 지금 가장 좋은 책략은 바로 간편한 행장으로 돌진하는 것이었다. 부장 왕평은 이미 수차례 전투를 요구하며 기마 부대 3천 명을 이끌고 한중을 곧장 손에 넣으려 했다. 서황이 자신의 무기인 도끼를 들고 막사 밖으로 걸어 나왔다. 이 시각에는 태양이 높이 떠 있고, 날이 맑아 시야가 아주 좋았다. 그는 막사 앞에 서서 마치 한중성이 보이기라도 하는 것처럼 시선을 들어 멀리 내다봤다.

지금 기마병을 이끌고 진격한다면 대략 닷새 후 한중성 아래 도착할 것이다. 유비를 붙잡고 법정의 목을 쳐 정군산에서 당한 치욕을 깨끗이 씻어 낼 수 있다는 것만으로도 엄청난 유혹인 셈이었다.

다만 위왕의 생각은 달랐다.

저 멀리서 철갑을 두른 왕평이 성큼성큼 걸어오더니, 가까이 오기도 전에 쩌렁쩌렁한 목소리로 소리쳤다.

"장군! 이것이 도대체 어찌 된 일입니까?"

"말해보게."

"선봉 부대 3천 명만 본진에 주둔시키고 나머지는 전부 서쪽으로 이동하라는 것이, 대인이 내리신 명입니까?"

왕평이 투구를 벗고는 이마에 흐른 땀을 닦아냈다. 그의 목소리에 분노가 섞여 있었다. 수하 무관으로서 그는 대군의 이동에 대해 전혀 모르고 있었다.

"위왕의 군령이네."

"위왕의 군령요?"

왕평이 이해할 수 없다는 듯 물었다.

"저희가 출정할 때 위왕께서, 선봉에 서서 길을 열고 곧장 한중을 취하라 하지 않았습니까? 지금 한중까지 고작 며칠이면 도달할 거리고 전방을 가로막는 서촉군의 저지도 없습니다. 그런데 왜 곧장 진군을 하지 않고 서쪽으로 돌아 간단 말입니까? 서쪽으로 도는 장비와 위연을 차단해 공격하기 위해서라 해도 지나치게 시기상조지요!"

"자네는 알 필요 없네."

서황의 목소리가 무겁게 가라앉아 있었다. 그는 말이 너무 많은 사람을 별로 좋아하지 않았다.

"전……."

"군령에 따른 대군의 이동이네. 왕평, 지금 당장 출발하게."

서황은 더 이상 한 마디도 하고 싶지 않았다.

왕평은 잠시 생각에 골몰하다 불현듯 고개를 쳐들었다.

"장군, 설마 저희가 한중을 치는 것이 단지 명목에 지나지 않은 것입니까? 지금 서쪽으로 돌아 가는 것은 기산(岐山)을 돌고 강유(江油)를 건너 곧장 성도(成都)를 습격하기 위해서입니까?"

왕평도 평범하고 어리석은 인물은 아니었다.

유우의 정보는 가짜였다. 황충은 성고에 있지 않았고, 성고 근처에서 하룻밤을 보낸 촉군은 천 명 규모의 군대가 밤새 부근을 계속해서 왔다 갔다 한 것에 불과했다. 이런 속임수는 몇십 년 전에 동탁이 이미 쓴 적이 있었다. 그리고 장비와 위연은 위왕이 장안에서 출정할 때부터 바로 낭중(閬中)에서 군대를 일으켜 한중에 증원을 했다. 이때 위왕은 이미 한수에 도착해 있었다. 만약 그들이 백수관(白水關)까지 왔다 해도 너무 늦은 판국이었다. 유비는 정군산 전투의 승리로 이미 자만심이 하늘을 찔렀다. 그는 하후연과 똑같은 실수를 저지르며 상대를 지나치게 얕잡아 봤다. 이번에 위왕은 40만 대군을 이끌고 출정했고, 이는 한중을 탈환하기 위해서가 아니라 유비의 세력을 뿌리째 뽑기 위해서였다. 서쪽으로 진군해 기산으로 들어가는 것은 위험한 작전처럼 보이지만 절묘한 승부수이기도 했다. 유비는 병사들을 매복시키고 나무 그루터기를 지키며 토끼를 기다릴 생각이었지만, 기다리던 토끼는 나타나지 않았다. 대신 그들 앞에 나타난 것은 요충지로 돌진해 들어오는 흉악한 늑대 한 마리였다.

정욱 대인, 나이가 들어서도 그 수가 악랄하기는 여전하군.

서황이 말에 올라타, 기다란 용처럼 늘어선 대오를 내려다보았다. 그의 입가에 차가운 미소가 떠올랐다.

성도, 기다려라. 내가 간다!

날씨가 춥지도 덥지도 않고 딱 좋았다. 오늘 밤 달빛도 아름답기 그지없다. 목간에 쓰인 글씨는 잘 안 보여도 군영의 경치만큼은 한눈에 들어왔다. 호표기 네 명이 매서운 눈빛으로 나무 우리의 사방을 지켰다. 양수가 여러 차례 말을 걸어보았지만 다들 나무 말뚝처럼 꼼짝도 하지 않았고, 교대 시간이 되어야 자기들끼리 몇 마디 주고받을 뿐이었다. 무료해진 양수는 발을 나무 우리의 횡목에 걸치고 기대앉아 닭고기를 뜯으며 술을 벌컥벌컥 마셨다. 주위의 막사가 쥐 죽은 것처럼 조용한 것으로 보아 다들 잠자리에

든 듯했다. 병사들이 열을 지어 불시에 순찰을 돌며 지나갔다. 나무 우리 옆에 놓인 화로에서 가끔 장작 타는 소리가 타닥타닥 들려올 뿐, 모든 것이 이상하리만치 고요했다.

허저에게 물어보니 위왕이 자신의 요구를 들은 후 그저 희미한 미소를 한 번 지었을 뿐이라고 했다. 그 후 이 나무 우리로 옮겨졌고, 원했던 대로 술과 고기를 넣어주었다. 군영을 돌아다니는 익숙한 얼굴들과 몇 마디 농담도 주고받을 수 있었다. 다만 이들이 자신을 보는 눈빛이 기묘했다. 마치 죽은 사람을 보는 것 같았다.

죽음. 별 대수로울 것도 없었다. 특히 지금처럼 난세라면 더더욱.

유우의 신분은 이미 서측에 잠복해 있던 첩자를 통해 사실로 밝혀졌다. 유우가 제공한 정보처럼, 유비는 병력이 부족해 위왕과 정면으로 교전할 계획이 전혀 없었다. 법정의 계책에 따라 황충은 서둘러 성고로 갔고, 동쪽에서부터 에돌아가 위군의 후방을 습격했다. 장비와 위연은 낭중에서 달려와 서쪽에서 검양(劍陽)·안평관(安平關)의 제일선으로 가 포위 공격을 했다. 그러나 유비는 한수 남쪽 기슭 도처에 의병(疑兵: 적의 눈을 속이는 가짜 병사)의 깃발을 세워 위군의 주력 부대를 꼼짝 못하게 만들었다. 당연히 이 모든 것은 유우가 말한 대로였다. 위왕은 어리석지 않았고, 정욱과 하후돈도 눈 뜬 장님이 아니었다. 한수 북쪽 기슭의 서황은 일찌감치 10여 명의 첩자를 파견해 소식의 진위 여부를 검증했다. 유우가 기회는 곧 사라질 거라고 거듭 강조했지만, 위왕은 가는 곳마다 진을 치며 신중한 작전을 고수했다. 이미 하후연을 잃은 터라 대군의 사기도 떨어져 있었다. 이런 때에 다시 무모하게 돌진하다 또 한 번 패하게 되면 전세는 서측 쪽으로 기울어질 수밖에 없다.

오후가 되자 척후병의 보고가 올라왔다. 성고에서 '황(黃)'이라고 쓰인 사령기가 발견되었고, 황충의 부대가 이미 성고에 들어가 북쪽으로 한수를 건널 준비를 하고 있었다. 장비와 위연의 부대는 이제 막 백수관에 도착했고, 유비와 법정도 이미 철수를 했다. 이제 한수 남쪽 기슭에는 몇 개의 빈 성만이 남아 있을 뿐이었다. 위왕은 서황과 왕평에게, 남쪽으로 한수를 건너 상대의 허점을 이용해 한수를 손에 넣으라고 명령했다.

이렇게 되자 유우의 정보를 믿는 사람들이 많아졌고, 자신을 보는 눈빛들이 더 이상해졌다.

아마도 이들은 속으로 내가 죽을 날이 머지않았다고 생각하는 거겠지.

감옥 안에서 나는 냄새는 말로 형용하기 힘들었다. 발·땀·오줌 등 갖가지 냄새가 합쳐져 질식할 것 같은 죽음의 악취를 풍겼다. 전천은 무명천 쪼가리로 코를 막으며 횃불을 들고 안으로 걸어갔다. 가일은 허리에 찬 장검에 손을 올리고 끈적거리는 통로를 걸어 들어가며 익숙한 느낌을 받았다. 진주조에 갓 들어왔을 때 그가 맡은 업무가 바로 용의자를 심문하는 일이어서 늘 감옥을 드나들어야 했다. 3년 후 다시 이곳을 찾으니 왠지 모르게 친근한 느낌마저 들었다. 통로의 양옆으로 검은 나무를 울타리처럼 친 감옥이 쭉 늘어서 있었다. 거의 아무 소리도 들리지 않았고, 죄수들은 모두 어두운 구석에 웅크리고 앉아 이들을 멍하니 바라볼 뿐이었다.

"곧 도착합니다."

앞서 가던 옥졸이 굽실거리며 말했다.

"어찌 이리 안쪽에 가둔 것이냐?"

전천의 목소리가 무명천을 통해 전해져 나왔다.

"크크, 그게…… 대인, 이 감옥의 관행을 아시지 않습니까?"

옥졸이 두루뭉술하게 대답했다.

"뭐라? 저자가 돈을 못 내놓겠다 하더냐?"

가일이 이상하다는 듯 물었다.

"그렇지도 않습니다. 가 대인, 이런 일을 하려면 눈치가 빨라야 합니다. 이 감옥이라는 곳은 돈이 있어도 쓸 수 없을 때가 있습지요."

"어? 그 말은…… 누가 이렇게 하라 시켰다는 것이냐?"

가일은 돌연 이 일이 좀 이상하게 돌아간다는 생각이 들었다. 누군가 위풍을 궁지로 몰아넣고 있는 듯했다.

"솔직히 말씀드리자면, 한나라 황실의 옛 신하와 권문세가들 중 많은 사람이 인편으로 서신을 보내왔습니다. 위 대인을 죽이고 싶어서 말입니다. 위 대인이 우리 진주조의 범인이 아니라면, 크크, 어쩌면 이미 병으로 죽었을지도 모르겠습니다."

"죄인을 죽이고 당할 문초가 두렵지 않느냐?"

전천이 이해할 수 없다는 듯 물었다.

"그래서 눈치가 빨라야 하는 것이지요."

옥졸이 허리를 숙이며 길을 안내했다.

"대인께서는 이 안에서 돌아가는 상황을 잘 모르시는 것 같습니다. 가 대인이라면 아주 잘 알고 계실 겁니다. 크크, 누구나 죽을 수도, 안 죽을 수도 있는 곳이지요. 우리 같은 옥졸은 마음속에 계산이 다 서 있어야 이 일을 할 수 있습니다. 아, 여기입니다, 가 대인."

이곳은 감옥의 거의 끝자락이었다. 짙은 어둠이 모든 빛을 집어삼켜 한 치 앞도 보이지 않았다. 전천은 조심스럽게 손에 든 횃불을 들어 올려 석벽에 매달려 있는 기름등에 불을 붙였다. 옥문의 나무는 긴 시간 습기를 먹고 썩어 자잘한 하얀 버섯이 피어 있고, 석벽 위로 푸른 이끼가 잔뜩 끼어 있었다. 마치 오랫동안 봉인되어 먼지로 꽉 차 있는 묘실을 보는 듯했다.

옥졸이 허리에 찼던 칼로 석벽을 두드리며 말했다.

"이보시오, 위 대인! 진주조의 가 대인께서 오셨습니다."

바닥에 깔린 지푸라기가 바스락 소리를 내는가 싶더니, 검은 그림자가 허겁지겁 앞으로 기어 나왔다. 며칠 안 본 사이에 위풍은 전혀 다른 사람이 되어 있었다. 머리는 산발이고 얼굴에는 땟국물이 흐르며 긴 수염에도 죽 찌꺼기가 덕지덕지 묻어 있었다. 위풍당당하던 명사의 풍모는 그 어디에서도 찾아볼 수 없었다.

"가 대인, 전 대인, 일이 어찌 해결되었는가?"

위풍이 옥문에 매달리며 절박하게 물었다.

"아직 조사 중입니다. 내 미심쩍은 일이 좀 있어 이리 보러 왔습니다."

가일이 말했다.

그가 눈짓을 하자 옥졸이 눈치껏 자리를 피해주었다.

"가 대인, 전 대인, 내 지금껏 강직하게 사리사욕을 취하지 않으며 살아왔고, 사사로운 정에 얽매이지 않고 공정하게 일과 사람을 대하며 살아왔네. 분명 누군가에게 미움을 사 이리 모함을 받은 것이 분명하네. 가 대인이 진상을 철저히 밝혀 제발 나의 억울한 누명을 풀어주게."

참으로…… 재미있는 자로군.

가일이 한쪽 무릎을 꿇고 앉으며 고개를 가로저었다.

"위 대인, 사실 대인도 잘 알고 계실 겁니다. 요 몇 년 동안 진주조의 손에 죽은 자들 중에 억울한 이들이 꽤 많았지요. 어쩌면 대인과 비교도 안 될 만큼 억울한 누명을 쓰고 들어온 자들도 분명 있을 겁니다."

위풍이 나무 창살을 부여잡고 쉬어터진 목소리로 애원했다.

"가 대인, 살려주시게. 내 집안의 식솔만 해도 예순 명이 넘는데, 다 내가 먹여 살려야 할 사람들이라네. 만약 내가……."

가일이 억지로 웃어 보이며 말했다.

"사실 대인이 연루되었다는 증거가 아직 불충분합니다. 일반적인 사건이라면 대인은 이틀 만에 풀려났을 겁니다. 한데 이번 사건은 임치후 조식이 자객의 습격을 당한 일 아닙니까? 사안이 더 커질 수도 있고, 아니면 축소될 수도 있는 그런 사건이지요."

위풍은 깜짝 놀라 벌벌 떨며 물었다.

"가…… 가 대인, 그…… 그게 무슨 말인지 자세히 말해주겠나?"

"사안이 더 커진다는 것은 대인을 희생양으로 삼아 재산을 몰수하고 일가를 몰살시키는 것을 말합니다. 그리되면 가족을 먹여 살릴 걱정 따위는 더 안 해도 되겠지요."

가일이 말을 이어나갔다.

"축소된다는 것은 증거가 부족해 바로 석방되는 것을 말합니다."

위풍이 사색이 되어 기어들어가는 소리로 물었다.

"설마 가 대인이 나를 구해줄 수 있다는 것인가?"

"역시 꽉 막힌 분은 아니시군요."

가일은 가타부타 말을 하지 않았다.

"대인, 내 수중에 아직 황금 50냥이 있네. 가 대인이 내 대신 알아서 필요한 곳에 좀 써주겠는가?"

위풍이 가일을 떠보듯 물었다.

가일이 고개를 갸우뚱거리며 중얼거리듯 말했다.

"황금 50냥이라…… 누군가 황금 백 냥을 가지고 있다고 말하는 것을 들은 기억이 나는데, 설마 내가 잘못 들은 것인가……."

위풍이 이를 꽉 깨물며 말했다.

"대인! 내 재산을 팔면 황금 백 냥은 만들 수 있으니, 제발 목숨만은 살려주게!"

가일이 '푸훕' 소리를 내며 웃음을 터뜨렸다.

"황금 백 냥이면 한 주의 자사(刺史) 자리를 사고도 남을 돈인데, 그걸 쓰시겠다는 겁니까? 위 대인, 내가 그 돈을 받고도 대인을 감옥에 두고 거들떠도 보지 않는다면 어쩌실 겁니까?"

위풍이 간절한 표정으로 말했다.

"대인, 어찌 그리 심한 농을 하는가? 가 대인은 알다시피 조정의 유능한 인재가 아닌가? 신뢰를 중시하고 청렴결백한 대인이 어찌 약속을 저버릴 수 있겠는가?"

"그럼 좋습니다. 나는 약속한 그것을 기다릴 테니, 대인은 나갈 날이나 기다리십시오."

가일이 위풍의 어깨를 툭툭 치며 말했다.

"위 대인, 이렇게 세상 사는 법을 잘 아시다니, 대인은 분명 아주 오래 사실 겁니다."

"대인만 믿겠네."

위풍이 바닥에 온몸이 닿을 만큼 절을 했다.

세자는 어제 이미 위풍을 석방하라고 명을 내렸다.

"진자 한 명을 죽인 것으로 충분하네."

이것이 세자의 말이었다. 그는 조식이 자객의 습격을 받은 사건에 별다른 신경을 쓰지 않는 듯했다. 어쩌면 그는 이 사건을 이렇게 흐지부지 끌고 나갈 생각인지도 몰랐다. 선입견이 이미 생겼으니, 설사 위풍을 죽인다 해도 기이한 소문은 계속 퍼져 나갈 것이다. 그러나 위풍을 죽이지 않으면, 큰 사건에 연루되어 있어도 세자를 따르기만 하면 전과 다름없이 편히 살 수 있다는 무언의 암시를 주기에 충분했다.

사람들은 사건의 배후에 얽힌 진실보다, 무슨 입막음을 하려고 위풍을 죽였는지에 더 관심을 보일 것이다. 그래서 세자는 차라리 그를 이용해 스스로 잘못을 감싸 안는 편이 낫다고 생각했을 것이다.

가일이 고개를 들자 불만 가득한 표정으로 자신을 보고 있는 전천과 눈이 딱 마주쳤다.

"왜 그러느냐? 마음에 걸리는 것이라도 있느냐?"

"대인도 재물을 탐하는 그렇고 그런 관리일 줄은 몰랐습니다!"

전천이 툴툴거리며 말했다.

"뭐라?"

"남의 위급한 처지를 틈타 재물을 탐하는 것은 소인배나 하는 짓이지요! 장 대인께서 대인이 유능하고 일 처리가 깔끔하다고 칭찬하시던데, 이런 사람일 줄 몰랐습니다, 흥!"

가일은 웃는 듯 아닌 듯 애매한 표정으로 그녀를 쳐다봤다.

"각오하십시오! 내 지금 돌아가서 장 대인에게 다 고할 것이니!"

"맘대로 하려무나. 이곳에 오기 전에 내 이미 장 대인께 보고를 올렸고, 대인도 허락하신 일이다."

가일이 대수로울 것 없다는 듯 대꾸했다. 그사이 두 사람은 어느새 입구에 도착해 있었다.

"말 같지도 않은 소리로 누굴 속이려드는 것입니까? 장 대인은 그럴 분이 아니십니다!"

"그렇다면 하나 물어보자."

가일이 몸을 돌리자, 빛이 내려앉아 그의 모습이 어렴풋하게 보였다.

"네 생각에 어떤 게 좋은 사람이고 어떤 게 나쁜 사람이더냐?"

"좋은 사람은 바로…… 좋으면 좋은 사람이고 나쁘면 나쁜 사람인 것이지요!"

전천이 돌계단 아래 서서 눈을 부릅뜨고 말했다.

"대답하기 쉽지 않은 것이냐? 그럼 간단한 질문을 하마. 위풍은 좋은 사람이냐, 아니면 나쁜 사람이냐?"

"좋은 사람…… 아니지, 좋은 사람이라고 말하기도 그렇고, 아마 나쁜 사람일 걸요? 어쨌든 누가 좋은 사람인지 나쁜 사람인지 알려면 사람을 대하는 태도가 아니라 그가 어떤 일을 했는지 봐야죠."

전천은 자신의 대답에 꽤 만족한 듯 보였다.

"그러니 대인이 위풍을 대하는 태도에 문제가 없다 해도, 옳지 않은 일로 사리사욕을 채우려 하니 대인 역시 좋은 사람이라 할 수 없습니다."

"그럼 내가 황금 백 냥을 받아 내가 갖는 게 아니라 진자 부인에게 준다면 어찌 되느냐? 그때는 내가 좋은 사람이냐, 아니면 나쁜 사람이냐?"

가일이 씩 웃으며 그녀를 쳐다봤다. 전천은 모든 일을 너무 단순하게 생각하는 경향이 있었다. 하지만 이해가 안 가는 것도 아니었다. 어릴 때부터 변방에서 자란 여자아이가 세상 이치에 대해 얼마나 알겠는가?

"그건……."

전천이 고개를 흔들며 말했다.

"이 돈은 정당하게 생긴 돈이 아니니, 진자 부인이 받을 리 없습니다."

"돈은 돈일 뿐이다. 누구의 손에 있든 돈의 가치가 달라지지 않지. 돈에 무슨 좋은 돈, 나쁜 돈의 잣대를 가져다 대느냐? 좋은 사람의 돈이 나쁜 사람의 돈보다 더 가치가 있다 할 수 있느냐? 돈을 써서 좋은 일을 할 수 있다면 그 돈은 좋은 사람의 돈이냐, 아니면 나쁜 사람의 돈이냐? 크크, 성인은 아무리 목이 말라도 도둑이 마신 샘물을 마시지 않는다는 것이냐? 만약 도적들이 천하의 샘물에 모두 입을 댔다면, 성인은 가만히 앉아 물도 못 마시고 죽어야 하지 않겠느냐?"

전천은 할 말을 잃은 채 가일을 빤히 쳐다봤다.

가일이 눈을 가늘게 뜨며 말했다.

"세상일은 단순히 흑백으로 나눌 문제가 아니다."

위풍의 약점을 이용해 시도한 거래는 아주 순조롭게 마무리되었다. 감옥에서 나와 진주조에 도착하니, 그새 위씨 집안에서 황금 백 냥을 보내왔다. 보아하니 재산을 내다 팔아 돈을 마련해야 한다는 위풍의 말도 다 엄살이었다. 말이 떨어지기 무섭게 황금 백 냥을 대령하다니, 도대체 위씨 집안에 쌓아둔 돈이 얼마나 많다는 거지? 가일은 처음부터 더 많은 돈을 부르지 못한 게 후회가 되었다.

황금 백 냥은 가일에게도 엄청 큰 돈이었다. 그러나 그는 그 돈을 빼돌릴 마음이 전혀 없었다.

장제 대인은 이 일에 관한 보고를 받은 후 모든 뒤처리를 가일에게 맡겼다. 가일은 이미 돈을 어디에 쓸지 계획이 서 있었다. 30냥은 진의에게 주어 거지처럼 지내는 금위군에게 나눠주도록 했다. 어쨌든 그가 여러 차례 우는소리를 했으니 그곳 사정을 모른 체할 수 없었다. 20냥은 진주조의 서좌와 호분위에게 술값으로 나눠주었다. 나머지 50냥은 진자의 남은 식솔들에게 주기로 했다. 진자가 죽은 후 그들은 고향으로 돌아갈 노잣돈조차 부족해 어려움을 겪고 있다고 들었다.

가일은 상부의 명에 따라 진자를 죽였을 뿐이니, 이 일에 양심의 가책을 느끼지 않았다. 다만 가끔 열서너 살 어린 여자아이의 얼굴이 눈앞에 떠오를 때가 있었다. 가일은 그 소녀보다 더 어린 아이도 죽여본 적이 있었다. 최염 일가를 멸족할 때 가일은 아직 강보에 싸인 갓난아기를 바닥에 던져 죽이는 것을 두 눈으로 똑똑히 지켜보았다. 그때 그는 전혀 동요하지 않았다. 그런데 지금은…….

내 마음이 약해지기라도 한 것인가? 아직 서른도 안 된 나이에 벌써부터 우유부단해지면 벼슬길에서 어찌 살아남을 것이며, 복수는 또 어찌 한단 말인가?

이런 생각을 하다 보니 어느새 진자의 집 앞에 도착해 있었다. 가일이 손에 든 보따리를 살짝 흔들자 안에 있는 황금 50냥이 부딪히며 달그락 소리를 냈다. 그는 미소를 지으며 뒤따라 온 전천에게 문을 두드리라고 눈짓을 보냈다.

얼마 후, 굳게 닫혀 있던 대문이 끼익 소리를 내며 조금 열렸다. 상복을 입고 허리에 삼끈을 맨 진자 부인이 고개를 내밀었다. 그녀는 가일과 전천을 보자 살짝 놀란 기색을 드러냈다.

가일이 보따리를 그녀의 손에 넘기며 말했다.

"가지고 고향으로 돌아가십시오."

그는 그 말을 남긴 채 바로 그곳을 떠났다. 몇 걸음 걸어갔을 때 등 뒤에서 진자 부인이 부르는 소리가 들려왔다.

"가 대인, 기다려주세요! 드릴 말이 있습니다!"

가일이 뒤돌아서서 오른손을 허리에 찬 칼 위에 내려놓으며 물었다.

"부인, 무슨 일이십니까?"

전천이 귓가에 대고 말했다.

"저기요, 과부 집 앞에 시비가 많다고 하잖아요? 여기에 오래 머무르면 안 돼요."

진자 부인이 보따리를 문 뒤에 두고 잰걸음으로 가일 앞까지 걸어왔다.

"가 대인, 제 남편이 사리 분별을 못 해서 스스로 화를 자초한 것을 압니다. 그날 가 대인께서 병사들을 이끌고 오신 것도 왕명을 받들어 공무를 처리한 것이니, 그 어떤 원망도 하지 않을 것입니다."

가일은 이 여인이 대체 무슨 말을 하려는지 촉각을 곤두세우며 눈을 가늘게 떴다.

"딸아이가 죽은 것 또한 가 대인이 의도한 일은 아니었지요. 그날 제가 남편과 딸을 잃고 제정신이 아닌 상황에서 무례를 범한 것이니, 부디 너그러이 용서해주세요."

"그러지요, 부인."

"오늘 가 대인이 이리 고향으로 돌아갈 노잣돈을 주시니 그저 감사할 따름입니다. 그 보답으로 제가 한 가지 밀고를 할까 합니다."

앞으로 더 이상 그녀를 귀찮게 하지 말아달라고 진주조와 거래를 하려는 것인가? 가일이 고개를 가로저었다.

"여비도 생겼으니 가능한 한 빨리 고향으로 가십시오. 허도는 이제 더 이상 부인 일가가 머물 곳이 아닙니다."

"내가 아녀자라서 아무것도 모를 거라 보시나요? 내 밀고가 임치후 조식 암살 미수 사건과 관련이 있다면요?"

진주조.

진자 부인은 며칠 전 진자의 유품을 정리할 때, 숨겨져 있던 작은 나무 상자 하나를 발견했다. 그 나무 상자에 목간 몇 개와 비단에 쓴 문서가 하나 들어 있었는데, 바로 거기에 조식 암살 계획이 적혀 있었다. 자객은 모두 세 명이었다. 그들은 각각 망보기, 작전 투입, 후방 지원으로 역할을 나눴고, 허도 밖에 있는 폐가에서 계속 지내왔다. 다행히 비단 문서에 그곳 위치를 상세히 표시한 지도가 그려져 있었다.

나무 상자에 든 물건으로 추측해보건대, 진자도 이 계획에 동참했을 것으로 보였다. 다만 다른 사람들이 누구인지 알 수 있는 실마리가 하나도 없었다. 지금 유일한 단서는 바로 그들이 머물렀다는 폐가뿐이었다. 조식이 자객의 공격을 받은 후 허도와 그 인근까지 물샐틈없이 경비를 했고, 지나가는 행인들에 대한 단속을 강화했다. 어쩌면 그 세 명이 경거망동하지 못한 채 그 폐가에 숨어 있을지도 모를 일이었다.

"대인, 급습을 하시겠습니까?"

가일이 물었다.

"고작 세 명인데, 나 혼자서도 해치울 수 있어요."

전천이 끼어들었다.

장제는 여전히 말이 없었다.

"기회는 금방 사라져버린다는 거 아시지 않습니까?"

가일이 장제를 채근했다.

장제가 자리에서 일어섰다.

"알겠네. 호분위 백 명을 소집해 함께 그 폐가를 급습하러 가세!"

가일이 벌떡 일어서는데, 입구에서 가늘고 높은 목소리가 들려왔다.

"진주조 응양교위 가일은 교지를 받으시오."

"교지요?"

가일이 몸을 돌려 장제를 힐끗 쳐다보았다. 하지만 그 역시 아무것도 모르는 눈치였다.

잠시 후 교지를 들고 온 태감이 진주조 대문을 들어섰다. 세 사람이 교지를 받들기 위해 일제히 무릎을 꿇었다.

환관이 문턱을 넘어와 천장을 바라보면서 날카로운 목소리로 교지를 전했다.

"건안 24년 춘삼월 계축일, 한나라 황제께서 전하라 말씀하셨습니다. 짐이 듣자 하니 진주조 응양교위 가일이 어느 한쪽으로 치우침 없이 올곧고 덕과 재능을 겸비하였다고 하니 짐은 매우 기쁘도다. 지금 가일은 입궁하여 짐의 물음에 답하라."

"황제께서 저를 찾으신다고요?"

가일은 영문을 모른 채 멀뚱히 환관을 쳐다봤다.

"가 대인, 우리를 따라 입궁하십시오."

교지를 전하러 온 태감이 온화한 표정으로 말했다.

"그게……."

가일은 선뜻 나서지를 못했다.

"전천과 함께 가게. 이쪽 일은 내가 처리할 테니."

장제가 말했다.

한나라 황제는 이미 오래전부터 꼭두각시에 불과했지만, 형식적으로나마 예를 갖추기 위해 부르면 늘 응할 수밖에 없었다.

"저기…… 장 대인이 우리만 입궁시키는 이유가 뭐예요? 자객을 붙잡은 공로를 혼자 독차지하기 위해서 아닐까요?"

전천이 그의 뒤를 따라오며 중얼거렸다.

가일이 발걸음을 멈추고 그녀를 힐끗 쳐다봤다.

전천이 연신 손을 흔들어댔다.

"저기요, 그냥 해본 말이니까, 장 대인에게 절대 말하지 마세요."

가일이 기가 차다는 듯 말했다.

"진주조에서 장 대인이 가장 윗선이고 우리는 모두 그분의 아랫사람이다. 우리 둘이 함께 자객을 잡는다 해도 조정에서 공을 논할 때면 당연히 대인께 가장 큰 공이 돌아가게 되어 있지. 이것이 조직의 규칙인 것을 정녕 모르느냐?"

전천이 입을 실쭉거리며 말했다.

"불공평합니다."

가일은 아무 말도 하지 않았다. 공평은 이미 오래전부터 잊고 지내던 말이었다. 전천은 정말이지 이 진주조와 어울리지 않는 인물이 분명했다. 그런 그녀를 세자가 왜 이곳에 집어넣었는지 도무지 이해가 안 됐다. 전주는 천하에 이름을 날린 명사일지 모르나, 전천은 전혀 아니었다. 토끼 한 마리를 늑대 소굴에 던져놓으면 어떤 결과가 초래될지 세자는 정녕 몰랐단 말인가? 설마…… 세자가 일부러 이렇게 한 걸까?

눈앞에 황궁이 보였다. 낡고 파손된 궁문은 오랫동안 수리조차 하지 않은 모양새였다. 입구에 허름한 갑옷 차림의 궁위 몇 명이 무표정하게 궁문을 지켰다.

"여기가 황궁이에요? 어쩜 이렇게 허름해요?"

전천이 믿기 힘들다는 듯 눈을 동그랗게 떴다.

가일이 웃으며 그녀의 머리를 톡톡 쳤다.

"밖에서 기다리고 있거라."

전천이 그의 소매를 당기며 말했다.

"가 대인, 나…… 나도 같이 들어가면 안 돼요?"

"들어가서 뭐 하려고 그러느냐?"

"아직 황상을 뵌 적이 한 번도 없어서……."

"쳇, 황상이 뭐 볼 게 있다고."

가일이 소매를 뿌리치며 성큼성큼 궁문을 향해 걸어갔다. 그때 궁문 옆에 서 있는 진의가 눈에 들어왔다.

가일이 곁눈질로 그를 보며 모른 체 지나갔다. 진의는 한제의 주변에 심어놓은 정탐꾼이었으니 당연히 아는 체를 할 수 없었다.

"저는 여기서 무료하게 대인이 나오기만 기다려야 하나요?"

등 뒤에서 전천의 외치는 소리가 들려왔다.

가일은 아무 말 없이 고개를 숙인 채 궁문으로 들어갔다.

"황상께서 소인을 부르셨다 들었습니다. 어인 일이신지요?"

가일이 대전 왼쪽 면에서 무릎을 꿇고 상석에 있는 유협을 보며 물었다.

"가 애경(愛卿), 임치후가 상순(上旬)에 허도성 밖에서 자객의 습격을 받았다 들었네. 부상 정도가 어떠한가?"

황상은 높은 곳에 앉아 있어 자세히 보기 힘들었지만, 그에게서 기력이나 활기가 별로 느껴지지 않았다.

"황상께 아뢰옵니다. 임치후는 무사하고, 그의 호위병이 자객의 칼에 맞아 부상을 당했을 뿐이옵니다. 이 또한 더 이상 치료를 받지 않아도 될 만 큰 회복되었다 하옵니다."

가일은 왠지 곤혹스러웠다. 천자가 이 일에 대해 묻고자 한다면 당연히 책임자인 장제를 불러들여야 이치에 맞는 일이다. 천자가 그를 직접 소환할 이유가 전혀 없었다.

"짐이 궁에만 있다 보니 소식에 밝지 못하네. 그래서 잘 모르는 일이 너무 많지."

유협은 마치 자신을 비웃는 듯 보였다.

"그 자객은 잡아들였는가?"

가일이 대답했다.

"일격에 성공을 거두지 못하자 혼란을 틈타 도망을 쳤습니다. 호위들은 임치후의 안위가 걱정되어 그 즉시 쫓지 못했지요. 지금 진주조가 나서서 이 사건을 조사 중에 있습니다."

"가 애경, 사건의 윤곽이 잡혔는가?"

윤곽? 지금 혐의가 가장 큰 자는 바로 유협의 충신들이었다. 가일은 고개를 들어 유협을 바라볼 뿐 아무 대답도 하지 않았다.

"위왕은 한나라를 위해 밤낮으로 애쓰고 있거늘 그의 아들을 해치려는 자가 나타나다니, 짐은 심히 마음이 아프네."

유협이 마른기침을 한 번 하고 다시 말을 꺼냈다.

"가 애경, 진주조가 이 일을 철저히 조사해주게. 누구든 이 일에 연루된 자는 엄히 처벌해 일벌백계하도록 하게."

"삼가 분부를 받들겠나이다."

가일은 그저 형식적으로 대답할 뿐이었다. 오늘 한제가 나를 불러들여 이런 의례적인 말만 하는 것을 보니, 자신을 위해 여지를 남겨두고 싶은 거겠지. 앞으로 조사 과정에서 이 일이 한실 옛 신하들의 소행이라고 밝혀지면 유협 같은 꼭두각시 황상은 그 자리에서 완전히 밀려나게 될 테니까. 사실 한제는 이런 일을 걱정할 필요조차 없을지도 모르겠군. 만약 위왕이 그의 자리를 노렸다면 일찌감치 구실을 만들어 쫓아냈을 테지.

"아! 가 애경, 궁중의 재정 상황이 최근 들어 악화되었다고 들었네. 대군이 정벌을 나간 탓인가?"

유협의 목소리가 낮게 가라앉아 있었다.

천자 자리에 앉아서도 의식주에 드는 비용을 걱정하며 재정을 끌어모아야 하다니, 안타까운 생각이 들기도 했다. 위왕이 서쪽으로 정벌을 나가느라 꽤 많은 식량과 돈이 빠져나간 것도 사실이었다. 그러나 한제가 바보도 아니거늘, 대군의 출정에 드는 비용을 어떻게 궁핍한 궁에서 빼내 지출할 수 있겠는가?

그러나 아무리 입에 발린 말이라도 황상의 물음에 대답을 해야 했다. 가일이 목소리에 힘을 주어 대답했다.

"폐하께 아뢰옵니다. 옛 사람이 이르길, 병마를 출동시키기 전에 군량과 마초를 먼저 보낸다 했지요. 위왕께서 40만 대군을 모두 이끌고 출정을 했으니, 필요한 자금과 군량도 실로 적지 않을 것이옵니다. 지금 황궁뿐 아니라 허도성 안 전체가 곤궁한 편이옵니다. 이는 세자께서 고의로 소홀히 처리하는 것이 결코 아님을 아뢰옵니다. 신이 돌아간 후 궁의 실정을 세자께 상세히 아뢰면 분명 정상을 참작해 살피실 것이옵니다."

"그럼 가 애경이 수고해주게."

가일이 해결해줄 수 없는 문제이다 보니, 대답은 점점 더 형식적으로 변해갔다.

잠깐 동안의 침묵이 흐르고 유협이 또 물었다.

"가 애경, 한중의 전황은 어떠한가?"

가일이 고개를 숙이고 잠시 멈칫하다 대답했다.

"신은 모르옵니다."

오늘 유협의 모습은 선뜻 이해가 가지 않았다. 왠지 할 말이 없는데도 자꾸 할 말을 찾으며 시간을 끄는 느낌이 들었다. 최근 들어 처리할 일이 많아 정신없이 바쁘다 보니, 가일은 황제와 앉아 이런 일상적인 대화를 나눌 기분이 전혀 아니었다.

"가 애경, 짐은 위왕이 걱정이네. 일전에 서측 첩자가 군사 기밀을 염탐해 아군이 위험에 처할 뻔했다는 말을 들었네. 자네는 진주조 관원이니, 이 일을 철저히 조사하게."

한제는 좀 전의 대답이 만족스럽지 않은 듯했다.

"폐하의 가르침을 명심해 최선을 다하겠나이다."

궁에서 나오자 날이 이미 저물어 있었다. 가일은 궁문 밖에 잠시 서서 전천을 기다렸지만, 그녀는 코빼기도 보이지 않았다. 그는 고개를 가로저으며 뒤돌아 갈 길을 갔다. 궁에서 한제와 별 의미 없는 말을 억지로 주고받으며 거의 두 시진을 흘려보내느라 배에서 연신 꼬르륵 소리가 났다. 가일은 고개를 가로저으며 한숨을 내쉬었다. 식사를 하고 가라고 붙잡지 않은 게 그나마 다행이었다.

허도에서 이렇게 긴 시간 한선을 조사했는데도 수사에 전혀 진전이 없었다. 비록 위왕이나 세자가 책임을 묻지는 않았지만, 자신이 무능하게 느껴지는 것은 어쩔 수 없었다. 가일은 마음먹은 대로 일이 풀리지 않아 더 답답했다. 아무리 교활한 적도 결국 허점을 드러내고 꼬리를 밟히는 경우가 대부분이었다. 그런데 한선은 상상 이상으로 강적이었다. 물론 한중에 가서 직접 수사할 수 없는 것도 객관적 원인 중 하나였다. 하지만 수십 년 동안 허도에 잠복해 있던 첩자가 단서 하나 남기지 않는 것도 굉장히 이례적이었다. 더구나 한선은 진주조의 압박을 받고 있는 상황에서도 또 한 번 임치후 조식 암살을 시도하며 진주조의 수사력을 비웃었다.

내가 지나치게 무능한 탓일까? 가일은 쓴웃음이 나왔다. 이번에 진자의 미망인으로부터 의외의 정보를 듣지 못했다면…… 진자의 미망인을 떠올리자 불현듯 어떤 생각이 그의 머릿속을 스치고 지나갔다. 가일은 미간을 찌푸리며 한 가지 생각을 떠올리기 위해 애를 썼다. 지금 이 상황이 예전에도 있었던 것처럼, 기묘한 느낌이 그를 휘감았다. 마치 토끼 한 마리가 사냥꾼 앞을 스쳐 지나가는 듯한 그런 느낌이었다.

진자의 미망인…… 한제의 부름…… 돌연 눈이 번쩍 뜨이며 그의 낯빛이 무겁게 가라앉았다. 어쩌면…… 가일은 궤짝 안에서 두꺼운 목간 꾸러미를 꺼냈다. 그것은 예전에 진주조가 한실의 옛 신하를 감시했던 일지 목록이었다.

가일은 진자의 이름을 찾아내는 순간 자리에서 벌떡 일어났다. 그는 뒤쪽에 쭉 늘어서 있는 나무 선반으로 걸어가 목간 몇 개를 골라 빼냈다. 그는 어슴푸레한 기름등 불빛에 의지해 그 목간들을 빠른 속도로 훑어 내려갔다. 어느 순간, 한 줄의 작은 글자가 그의 눈에 확 들어왔다. 건안 21년 8월 7일, 진자와 장천의 집안이 혼인으로 맺어지려 했으나 진자의 딸이 아직 어려 시집을 가지 못했다. 장천이 진자에게 성 서쪽에 있는 집을 한 채 선물했다.

가일은 진자 부인의 비단 문서를 다시 가져와 펼쳐보았다. 지도 위에 그려진 그 집이 허도성 서쪽에 덩그러니 표시되어 있었다.

그 순간 가일은 등골이 오싹해졌다. 그는 불길한 예감에 휩싸이며 벌떡 일어나 밖으로 뛰쳐나가 소리쳤다.

"여봐라!"

도위 몇 명이 황급히 달려왔다.

"당장 호분위 2백 명을 소집하고 일각(一刻) 후 나와 함께 출발한다!"

"자네는 이 지도를 가지고 당장 말을 몰아 세자부로 가게. 가서 진주조가 성 서쪽에 있는 이 저택에 임치후를 암살하려던 악인이 있음을 알아냈고, 내가 이미 병사를 이끌고 그리 갔노라 전하게!"

"자네는 호분위 30명을 데리고 당장 진자의 집으로 가서 남녀노소를 막론하고 모든 식솔을 잡아들이게! 만약 저항하는 자가 있다면, 진자 부인을 제외한 모두를 죽여도 무방하네!"

"자네는 남은 호분위 50명을 데리고 진주조를 지키고 잡인의 출입을 철저히 금하게!"

가일은 단숨에 모든 분부를 내린 후, 말에 올라타 각자의 길로 내달리는 도위들을 지켜보았다. 가일은 그제야 다시 방으로 돌아가 민첩하게 관복을 벗고 명광개(明光鎧: 금박을 입힌 철제 갑옷)로 갈아입었다.

그가 진주조를 나오자 호분위 2백 명이 이미 집결해 있었다. 창이 즐비하게 늘어서 있고, 투구 위에 달린 붉은 술이 어둠 속에서 바람에 휘날리며 핏빛 물결을 일으켰다.

희망은 아직 남아 있다. 가일은 서쪽의 깜깜한 하늘을 바라보며 혼잣말을 했다.

길 양옆으로 밀이 가득 심겨 있었다. 이삭이 팬 지 얼마 안 돼 아직 물을 대지 않은 상태였다. 가일은 호분위 2백 명과 좁은 길을 따라 이동하느라 속도를 내기 힘들었다. 날이 저물어 어둠이 완전히 내려앉았지만, 진자의 그 저택까지 아직 10여 리가 더 남아 있었다.

가일은 속이 타 들어갔지만, 말의 속도를 늦추고 휘하의 호분위를 따라 이동할 수밖에 없었다. 호분위는 모두 완전 무장한 보병이었다. 다만 성을 지키고 진지를 철수하는 데 꼭 필요한 핵심 역량이다 보니, 기습 공격과 후방 지원에 그다지 적합하지 않았다. 호표기와 함께 이동했다면 더할 나위 없이 좋았겠지만, 그들은 위왕의 정예 부대였다. 가일은 이런 비현실적인 생각을 하며 고개를 가로저었다. 호표기는 고작 3천 명에 불과했지만, 지금까지 이들을 지휘했던 인물은 모두 조씨 가문의 장군들이었다. 그중 2천 명이 위왕을 따라 서쪽으로 정벌전에 나섰고, 나머지 천 명이 허도를 지켰다. 노양후(魯陽侯) 조우(曹宇)가 직접 이들을 지휘하고 있어, 부득이한 경우가 아니라면 절대 움직일 수 없었다.

진자 부인의 이름이 뭐라 했더라? 최…… 뭐였지? 아, 최정(崔靜)! 위왕이 죽인 최염의 막내 여식이었지. 이들 한실의 옛 신하는 모두 복잡한 인척 관계망에 얽혀 한데 묶여 있었다. 누구도 자신이 언제 그 관계망으로 떨어져 들어가 그들의 사냥감이 될지 알 수 없었다.

어쩌면 진자는 임치후 암살 음모에 정말 참여했을지도 모른다. 하지만 그가 자신의 집에서 그 음모를 꾀할 만큼 어리석은 짓을 할 리 없었다. 더구나 바보가 아닌 이상, 상세하지도 않은 계획서를 만들고 암살 계획을 도모한 장소까지 표시된 지도를 그려둘 리 없었다. 이것은 함정이었다. 임치후 암살 시도가 실패한 후 새롭게 판을 짠 함정이었다. 이 함정 배후의 사냥꾼은 절대 최정일 리 없다. 그녀가 단지 남편을 죽인 자에게 복수하기 위해 함정을 팠다고 결론지을 만큼 간단한 사안이 절대 아니었다.

내가 눈앞의 이익과 공에 눈이 멀어 잠시 판단력을 잃고 있었구나. 사냥꾼은 정군산 전투의 군사 기밀을 누설한 자이자 임치후 조식을 암살하려 했던 그자가 분명하다. 이 함정은 임치후를 공격한 후 그가 짠 또 하나의 판이었다. 그리고 이번 목표물은 바로 진주조였다.

끓는 물을 퍼내는 것보다 아예 솥 밑의 장작을 꺼내는 게 낫다고 했다. 계속 상대를 속이며 이리저리 숨느니, 자신을 추적 조사하는 진주조를 뒤집어엎는 편이 나았다. 한선은 시기를 제대로 잡았다. 설사 내가 황금을 전하러 가지 않았다 해도, 최정은 어떻게든 핑계를 만들어 나를 만나려 했겠지. 그때도 나는 그 목간과 지도를 보며 쾌재를 불렀을 테고, 한제의 갑작스러운 부름에 응해 궁으로 들어갔을 것이다. 그사이 장제는 군대를 이끌고 그 저택으로 출발하고……

끔찍한 생각이 가일의 머릿속을 스쳐 지나가며 그의 입이 떡 벌어졌다.

한선이 어떻게 나와 한제의 만남까지 계산에 넣을 수 있었지? 한제를 알현하는 일은…… 가일의 눈앞에, 이런저런 말을 끄집어내며 무의미하게 시간을 끌던 한제의 모습이 불현듯 떠올랐다. 그 순간 그의 가슴이 선득해지며 등골이 오싹해졌다. 만약 이 일도 한선이 혼자 계획한 거라면 그의 목표는 오로지 장제 대인이란 말인가?

가일이 말머리를 돌려 행군 중인 대오를 향해 큰 소리로 외쳤다.

"횃불을 끄고 산개 대형(散開隊形: 부대원을 넓게 벌려서 만든 전투 대형)으로 적을 경계하라!"

명이 떨어지기 무섭게, 날카로운 파열음을 내며 어두운 하늘을 가르고 날아오는 화살 소리가 들려왔다. 바로 뒤이어 메뚜기 떼 같은 화살 비가 쏟아져 내리고, 순식간에 호분위 10여 명이 화살에 맞아 쓰러졌다.

"횃불을 끄고 몸을 낮추며 한데 집결하라!"

횃불이 하나둘씩 꺼지고 사방에서 서로의 갑옷이 스치고 부딪히는 소리가 들리는 가운데 호분위들이 신속하게 집결해 진을 쳤다.

괜찮을 것이다. 매복에 당했다 해도 크게 문제될 리 없다. 여기는 허도성 외곽에 있는 경기(京畿) 땅이고, 이곳에 매복해 있다 해도 적의 수가 절대 많을 수 없다. 진만 잘 치고 있으면 호분위보다 두 배 이상의 적도 문제될 리 없다.

비처럼 쏟아져 내린 화살이 원형 진을 친 병사들의 방패 위로 '텅, 텅' 소리를 내며 튕겨져 나갔다. 뒤이어 말을 탄 기병 한 명이 밀밭에서 뛰쳐나와 손에 든 여러 개의 횃불을 호분위 쪽으로 던지려 했다. 하지만 그보다 앞서 호분위가 쏘아 올린 화살이 그 기병을 향해 일제히 날아갔다. 결국 기병은 고슴도치처럼 온몸에 화살이 꽂힌 채 백여 걸음 떨어진 곳에 쓰러졌다.

저 멀리서 말발굽 소리가 희미하게 들려왔다. 말을 탄 병사들이 호분위가 펼친 진을 향해 거침없이 몰려오고 있었다. 궁수들이 소리 나는 방향으로 빠르게 이동하며 활시위를 당겼다. 말발굽 소리가 점점 더 가까워지자 궁수들이 어둠을 향해 화살을 쏘아 올렸다. 세 개의 대열이 연이어 쏘아 올린 화살이 바람을 가르며 날아갔고, 말 울음소리와 사람의 비명이 뒤섞여 어둠 속에 들려왔다. 뒤이어 짧은 창 10여 개를 투척하자 진영 밖에서 들려오던 소리가 일순간에 멈췄다.

잠시 아무런 움직임이 없는 것으로 보아 매복 공격한 적이 손쓸 방도가 없는 듯했다.

가일은 어둠 속에서 안도의 한숨을 내쉬었다. 이제 대오를 집결시켜 진을 치기만 하면, 세 배 이상의 병력으로도 치기 힘든 난공불락이 만들어질 것이다. 한선은 고작 진주조의 수장을 죽이는 데 만족할 리 없었다. 그가 원하는 것은 진주조에 커다란 타격을 입히는 것이고, 그러기 위해 치명적인 일격이 필요했다. 나와 장제 대인이 죽고 나면 사마의는 민감한 신분을 이유로 수사권을 인계받기 힘들어진다. 어쩔 수 없이 세자가 다시 관원을 선발해 처음부터 새로 시작할 수밖에 없다. 이렇게 되면 수사는 다시 원점에서 출발해야 하고, 그사이 한선은 시간을 벌며 다음 행동에 착수할 것이다.

진형 밖에서 아무런 움직임이 들리지 않으니, 매복한 적이 철수했는지 알 길이 없었다. 가일은 동태를 살피러 병사를 보내고 싶은 마음을 꾹 참았다. 보병이 진형을 떠나는 순간 전투력이 크게 약해질 수 있다. 매복해 있는 적의 수가 얼마인지 확실하지 않은 상황에서 그렇게 하는 것 자체가 죽으러 가라는 것과 다를 바 없었다.

기다리자. 기다리다 보면 근방에 순찰대가 지나갈 수도 있고, 좀 전에 쏘아 올린 향전(響箭)이 누군가를 일깨웠을 수도 있을 것이다. 날이 밝은 후 매복해 있던 적이 눈치껏 물러나주기를 바라보자.

갑자기 이상한 냄새가 나는 것 같아 가일은 숨을 깊이 들이마셔보았다. 이상한 낌새를 챈 그가 진형 밖 밀밭을 보며 혼잣말처럼 중얼거렸다.

"골치 아프게 생겼군."

멀지 않은 곳에서 언뜻 붉은빛이 희미하게 보였다. 얼마 후 사방에서 타닥타닥 소리가 들려오더니 불길이 푸른 밀밭을 삼키기 시작했다. 짙은 연기가 피어오르고 불길이 밀밭을 휩쓸며 몰려왔다.

"밀을 베어라!"

가일이 소리쳤다.

호분위 몇십 명이 일제히 진영 밖으로 튀어나와 칼을 휘두르며 주위에 있는 밀의 줄기를 쳐내기 시작했다. 불길이 덮치기 전에 둥그런 모양의 격리 지대를 만들 수 있을 만큼 밀을 베어낸다면 2백 명에 달하는 이 호분위의 목숨도 지킬 수 있을 것이다. 그러나 호분위들은 생각만큼 속도를 내지 못했다. 칼날이 날카로워도 낮에 비해 제대로 힘을 쓰기 힘들었다. 화살을 쏘아 올리는 소리가 들리는가 싶더니, 이내 진영 주위로 화살이 비처럼 쏟아져 내려왔다. 살상력은 크지 않았지만, 밀을 베는 호분위의 작업은 엎친 데 덮친 격으로 더 속도를 내지 못했다. 연기가 갈수록 더 짙어지는 것으로 봐서 적이 젖은 장작에 불을 붙이거나 밀밭에 물을 뿌린 것이 분명했다. 병사들은 밀을 베며 고작 세 걸음 정도를 전진했을 뿐이고, 다섯 걸음 밖의 사람 형체조차 알아보기 힘들었다. 가일은 소매로 코를 가려봤지만 연신 나오는 기침을 막기에 역부족이었다. 이렇게 가면 큰불에 타 죽거나 연기에 질식해 죽을 수밖에 없었다.

어둠 속에 잠복해 있는 적이 과연 몇 명일까? 불길이 얼마나 넓게 퍼져 있는 걸까? 주위에 또 다른 병력이나 무기를 배치해 놨을까? 병력을 집결시켜 공격을 감행해야 할까, 아니면 이곳을 지키며 지원군을 기다려야 할까? 선택의 기로에서 가일은 주저하지 않았다. 그는 주저하는 것이 잘못된 선택을 하는 것보다 더 위험하다는 사실을 잘 알고 있었다. 그가 자리에서 일어나 소리쳤다.

"모두 집결해 파군(破軍)의 진을 짜고 북쪽으로 돌진하라!"

호분위는 가일을 중심으로 신속하게 집결했다. 칼과 방패를 든 병사와 긴 창을 든 병사들이 서로 교차해 선봉을 맡았고, 궁수들이 그 뒤에 바싹 붙어 날카로운 송곳 모양의 진형으로 북쪽을 향해 돌진했다. 앞으로 10여 장 정도 뛰어가자 뜨거운 화염이 일렁이는 물결처럼 정면으로 몰려와 전진을 가로막았다. 가일의 갑옷도 순식간에 뜨겁게 달궈졌다. 눈썹이 말려 올려가고 얼굴도 화상을 입은 듯 빨갛게 익어 통증이 느껴질 정도였다. 죽기 살기로 이를 악물고 다시 백 보를 더 뛰어가니, 앞쪽에서 알 수 없는 묵직한 소리가 전해져 왔다. 가일이 몸을 곧추세우고 짙은 연기가 나는 곳을 바라보았다. 그 순간 밭갈이 소 몇십 마리가 미친 듯이 달려오고 있었다.

화우진(火牛陣: 소의 꼬리에 불을 붙여 적진을 향해 돌진하는 전법)이다!

가일이 화급하게 소리쳤다.

"피해라! 피해!"

미친 듯이 달려오는 소들의 몸통에 기름을 칠한 듯 푸른 화염이 마치 독사처럼 솟구쳐 올랐다. 선봉에 서 있던 보병들은 미처 피할 틈도 없이, 달려드는 소 떼와 충돌하며 이리저리 나가떨어졌다. 상황이 이렇다 보니 뒤쪽에 있던 호분위들도 어쩔 수 없이 사방으로 흩어져야 했다. 가일은 불붙은 소들 사이의 빈틈을 이용해 이리저리 피하며 화우진의 위력을 일단 피하고 봤다. 주변을 훑어보니 고작 몇십 명의 병사들밖에 남아 있지 않았다. 그는 쉰 목소리로 고함을 지르며 다시 병사들을 집결시켰다.

이상한 일이었다. 화우진이 끝나고 난 후 적진에서 아무런 움직임이 없었다. 화살을 쏘아 올리지도, 아군을 향해 돌진해 오지도 않았다. 가일은 깊은 고민에 잠겼다. 연기가 아직 짙게 피어오르고 있으니 일단 불바다를 빠져나가는 게 급선무였다. 연기 속에서 비틀거리며 한참을 뛰었을 때, 갑자기 눈앞이 확 트이고 시원한 바람이 뜨거운 열기를 식혀주었다. 고개를 돌려 멀리 내다보니 횃불의 행렬이 짙은 연기를 따라 뒤로 빠지고 있었다. 가일은 목구멍이 불에 데기라도 한 것처럼 바싹 마르고 따끔한 느낌이 들었다. 화염 속에서 맨살이 그대로 드러나 있었던 피부는 심한 통증으로 고통스러웠고, 양손에는 수포가 가득했다. 저 멀리서 묵직한 호각 소리가 들려오는 듯했다. 가일은 큰 소리로 명을 전하려 했지만, 무슨 일인지 아무리 애를 써도 목소리가 나오지 않았다. 그는 어쩔 수 없이 장검으로 방패를 치며 불바다에서 살아 나온 호분위들에게 다시 집결하라고 명을 내렸다.

고작 60여 명이 남아 있을 뿐이었다. 가일은 휘하의 호분위를 보며 비통한 마음이 솟구쳐 올랐다. 누가 이번 매복을 계획하고 지휘했는지 모르지만, 상당히 성공을 거둔 셈이었다. 먼 곳에서 호각 소리가 또 한 번 들려왔다. 적이 다시 한번 공격을 감행하려는 신호음이었다. 장제 대인 쪽은 지금 상황이 어떤지 알 길이 없었다.

말발굽 소리가 점점 가까워지고, 가일이 절망적으로 손에 든 칼을 움켜잡았다.

"진주조 사람들인가?"

기병이 화살의 사정거리 밖에 멈춰서 소리쳤다.

"우리는 진주조 호분위다!"

가일의 옆에 있던 궁수가 대신 대답했다.

"너희들은 어디서 온 놈들이냐? 대군이 곧 당도할 것이니, 당장 무기를 내려놓고 항복하라!"

"우리는 세자 휘하의 호표기요. 당신들을 지원하기 위해 왔소!"

말 한 마리가 뒤쪽에서 천천히 걸어 나왔다.

"나는 호표기 좌중랑장 노양후 조우다. 진주조 응양교위 가일 대인은 무사한가?"

매우 익숙한 목소리였다. 노양후 조우가 맞다.

가일은 가슴을 짓누르던 무거운 돌덩이가 내려앉는 느낌을 받았다. 그는 휘청휘청 앞으로 걸어가 한쪽 무릎을 꿇고 앉아 갈라지고 쉰 목소리로 예를 올렸다.

"소인 가일…… 후야를 뵈옵니다."

제4장

◆

치밀한 첩보전

오는 내내 이상하리만치 운이 좋았다. 성채(城寨)를 피해 온 덕에 그곳을 지키고 있는 촉군 부대와 부딪칠 일도 없었다. 간혹 맞닥뜨린 유격 기마병들도 흩어져 있던 순찰대가 별문제 없이 해결했다. 부대는 이미 목적지까지 4분의 1 정도를 행군했고, 기산을 넘기만 하면 유비가 성도를 구하려 해도 손쓸 틈이 없을 것이다.

일이 순조롭게 진행될수록 경계를 더 철저히 하고 모든 일에 신중을 기해야 한다. 그러지 않으면 지금까지 쌓은 공이 한순간에 무너질 수 있다. 서황은 이 이치를 누구보다 잘 알고 있었다. 최근 며칠 동안 그는 병사와 말에게 하무를 물리고 오로지 좁은 산길만을 골라 다니라고 부대에 엄명을 내렸다. 길을 가다 땔감을 구하러 온 사람을 보게 되면 무조건 붙잡아 대군과 함께 이동하라는 명도 함께 내려졌다.

이 정도로 조심을 하다 보니 절대 촉군에게 발각될 리가 없었다.

서황은 도끼를 들고 말에 올라타 천천히 앞으로 걸어갔다. 산길이 좁고 울퉁불퉁해 행군하기가 결코 쉽지 않았다. 고작 두 사람이 나란히 걸을 정도의 폭밖에 되지 않았다. 결국 부대의 대형은 좁고 길게 이어질 수밖에 없었다. 고개를 들어 양옆을 바라보니, 온통 험준하게 깎인 절벽 위로 관목이 울창했다. 이곳은 매복하기에 더할 나위 없이 좋은 곳이었다. 갑자기 이런 생각이 떠오르자 서황은 왠지 기분이 찝찝해지기 시작했다. 그럴 리 없을 것이다. 선봉에 있는 왕평도 아무런 이상을 발견하지 못했다고 전해 왔다. 왕평이 마음에 들지는 않지만, 그의 능력만큼은 의심의 여지가 없지 않은가? 하늘이 점점 어두워지고, 이 협곡을 빠져나가려면 아직 1, 2리는 더 남아 있었다. 서황이 옆에 있는 도백에게 말했다.

"빠른 속도로 전진하라 명을 전하게!"

도백이 대오를 벗어나 높은 바위 위로 뛰어 올라가더니 입가에 두 손을 대고 큰 소리로 외쳤다.

"장군의 명이다……"

날카로운 소리가 허공을 가르며 도백의 뒷말을 모조리 삼켜버렸다. 그는 목구멍이 막히기라도 한 듯 아무 말도 내뱉지 못한 채 허둥지둥 바위에서 뛰어 내려왔다.

"급습이다!"

누군가 목청을 높여 소리쳤다. 행군 중이던 부대는 즉각 걸음을 멈췄고, 사병들은 서로 등을 기댄 채 양옆의 가파른 절벽 위를 올려다봤다.

촉군이 분명 대군은 아닐 것이다. 많아봐야 유격대 정도의 규모겠지. 서황은 말에서 뛰어내리며 소리쳤다.

"당황하지 마라! 전령이다! 궁수는 공격을 준비하라!"

절벽 양옆에서 작은 돌멩이 굴러 떨어지는 소리가 들려오자 서황은 불현듯 불길한 예감에 휩싸여 위를 올려다보았다. 그 순간 절벽 위에 죽 늘어선 커다란 돌덩어리가 그의 눈에 들어왔다. 뒤이어 심한 촉나라 사투리와 함께 돌덩어리가 아래로 굴러 떨어졌다. 협곡에 있던 적잖은 병사들이 피할 틈도 없이 그 거대한 돌에 맞아 깔려 죽어갔다. 사방으로 피와 살이 튀고 말의 울부짖음과 병사들 비명이 뒤섞여, 협곡 안은 그야말로 아비규환이 따로 없었다. 서황은 파랗게 질린 얼굴로 말에 뛰어올라 앞으로 미친 듯이 질주했다.

이것은 절대 유격대 정도의 규모가 아니었다. 이렇게 많은 낙석을 배치하려면 적어도 3천 명 정도의 부대가 필요했다. 왕평의 선봉 부대는 뭐 하는 자들이기에 촉군이 바로 코앞에서 마수를 펼치게 한단 말인가! 그의 표정이 분노로 벌겋게 달아올랐다. 그의 준마는 번개처럼 빠른 속도로 절벽에서 굴러 떨어지는 거대한 돌을 피해가며 앞길을 가로막는 병사들을 그대로 밟고 질주했다. 잠깐 동안이었지만 낙석이 멈췄다. 살아남은 병사들은 시체 더미 속에서 두려움에 떨 뿐 꼼짝도 하지 못했다. 그들은 미친 듯이 질주하면서 지나가는 서황을 초점 없는 눈동자로 그저 바라만 볼 뿐이었다.

"뛰어! 어서!"

서황이 말 위에서 목이 터져라 소리를 질렀다.

늦었다.

양쪽 절벽 위를 가득 채운 사람의 그림자가 나타났다. 그들은 손에 활을 잡고 매서운 눈빛으로 아래를 내려다보고 있었다. 호령 소리와 함께 검은 빛의 화살이 하늘을 덮으며 쏟아져 내렸다. 협곡에서 비명이 터져 나오며 수많은 병사가 바닥에 쓰러졌다. 그중 다리에 화살을 맞은 병사들은 도망치지도 못한 채 뒤이어 쏟아진 화살에 결국 목숨을 잃고 말았다. 서황이 타고 있던 말이 갑자기 앞다리를 휘청하더니 바닥에 털썩 주저앉았다. 그는 그 틈을 타 얼른 말에서 뛰어내렸고, 몇 바퀴 바닥을 구른 후 그 반동으로 일어설 수 있었다. 몸에 걸친 명광개에 여러 발의 화살이 꽂혀 있었다. 최상급의 철로 만든 갑옷이 없었다면 그 역시 피를 흘리며 쓰러졌을 것이다.

그는 방패 두 개로 몸의 양옆을 막고 앞으로 달려 나갔다. 협곡에서 매복의 공격을 받으면 퇴로는 사라진다. 살고자 한다면 무조건 협곡을 뚫고 나가는 수밖에 없었다. 비처럼 쏟아지는 화살이 방패에 부딪히며 텅텅 소리를 냈다. 그 엄청난 힘에 손과 팔이 마비될 지경이었다. 협곡에 있는 병사들은 여전히 낫에 베인 보릿대처럼 픽픽 쓰러져나갔다. 서황이 나아가는 곳마다 온통 붉은 피로 물들었다.

이것은 전투가 아니라 살육이었다.

앞쪽의 절벽은 서서히 흙으로 덮인 비탈길로 변해갔고, 화살의 공격도 이미 멈췄다. 촉나라 병사들이 비탈을 따라 미끄러져 내려오며, 정신줄을 놓은 위나라 병사들을 향해 돌진해 왔다. 칼이 춤을 추듯 쉴 새 없이 움직이는 사이 사람의 머리가 잘려나가 바닥에 뒹굴고, 병사들은 제대로 된 저항조차 해보지 못한 채 순식간에 궤멸했다. 서황은 도끼를 좌우로 휘두르며 오로지 앞을 가로막는 적의 목을 치고 무조건 전진했다. 촉군 교위로 보이는 군관 한 명이 멀리서 긴 창을 뻗어 서황을 가리키자, 곁에 있던 병사들이 밀물처럼 몰려들었다.

이곳만 뚫고 나가면 살 수 있다! 서황이 포효하며 도끼를 휘두르자 앞에 있던 촉군 세 명이 그대로 날아가버렸다.

등에 통증이 느껴지고 칼이 겨드랑이 아래로 파고들었다. 서황은 이를 악물며 반대편 손으로 그 칼날을 잡고 촉나라 병사와 함께 앞으로 던져버렸다.

전투를 지켜보던 촉군 교위는 갑자기 시커먼 물체가 날아오자 몸을 뒤로 젖혀 간신히 위기를 모면했다. 바로 그 순간 묵직하게 부딪히는 소리와 함께 비명이 귓가에 끊이지 않았다.

앞을 보니 서황이 촉나라 병사의 시체를 발판 삼아 뛰어오르더니 온몸에 힘을 실어 도끼를 찍어 내리는 것이 보였다.

'쩡' 소리와 함께 불꽃이 사방으로 튀었다.

촉군 교위는 두 다리에 힘이 풀린 듯 주저앉았다. 서황은 좀 전의 기세를 몰아 촉나라 병사를 향해 도끼를 휘둘렀고, 그와 동시에 두 명이 네 토막으로 잘려나갔다.

"저자를 쫓아라!"

촉군 교위가 소리쳤다.

"장군, 말……."

위나라 기병이 전투마 한 필을 끌고 서황 곁으로 달려왔다. 그가 말을 끝내기도 전에 어디선가 날아온 창이 그의 몸을 관통했다.

서황은 말에 올라탄 뒤 도끼를 휘둘러, 날아드는 창을 이리저리 쳐내며 앞으로 질주했다.

몇십 장(丈) 정도 달려나갔을 뿐인데 협곡 입구가 보였다. 앞쪽으로 연기가 피어오르고 위나라 깃발이 휘날리고 있었다. 왕평의 부대인가? 서황은 두 발로 말의 배를 차며 더 속도를 내 달려갔다.

왕평이었다.

왕평은 창을 들고 말에 올라탄 채 대오의 선두에 서 있었다. 그는 서황이 가까이 다가오자 서늘한 눈빛으로 돌연 서황을 향해 창을 겨누며 이렇게 소리쳤다.

"포위하라! 주공의 명이니, 서황을 죽이는 자에게는 상금 만 냥을 내릴 것이다!"

10여 명의 기병이 말을 몰고 달려나가 위나라 깃발을 쓰러뜨리고 촉나라 깃발을 높이 치켜들었다.

서황의 포효와 함께 도끼 날이 번쩍이더니 주위가 온통 핏빛으로 물들어갔다. 그를 향해 돌진해 가던 촉군 기병은 두 동강이 난 채 말 아래로 떨어졌다.

왕평이 다시 명을 내렸다.

"장모진(長矛陣: 긴 창으로 대오를 짜는 진형)!"

긴 창을 든 수십 명의 병사가 초승달 모양으로 에워싸며 적을 향해 창을 겨눴다. 서황은 말 등을 짚고 훌쩍 뛰어올랐다. 그는 아래로 뛰어내려 도끼를 휘두르며 돌진했다. 그가 지나는 곳마다 긴 창이 잘려나갔다. 도끼의 날이 스쳐 지나가는 순간 창을 든 서촉 병사 두 명이 처참한 모습으로 쓰러졌다.

뒤이어 뒤쪽으로 따라붙은 서촉 병사가 빈틈을 노려 창을 내리 찍으며 포효했다.

서황은 미처 피하지 못한 채 아랫다리를 찔리고 말았다. 그는 창대를 부여잡으며 도끼를 휘둘렀다.

"꺼져!"

서황이 고함을 치는 순간 도끼날이 번쩍이더니 적의 몸과 머리가 따로 떨어져나갔다.

서황은 한쪽 무릎을 꿇고 크게 거친 숨을 몰아쉬며 매섭게 호통을 쳤다.

"왕평, 네놈이 바로 주공을 배신한 소인배로구나!"

왕평이 호탕하게 웃으며 그의 말을 정정했다.

"서공명(徐公明: 서황)! 나 왕평은 서촉 군의사 비장군(裨將軍)이고, 내가 모시는 주공은 한실의 황숙 유현덕이시다!"

연환계(連環計: 여러 계책의 고리를 교묘하게 연결하여 적진에 첩자를 보내 서로를 견제하게 하고 역량을 약화시키는 것)! 서촉 군의사 전군교위 유우는 이 연환계의 첫 번째 고리에 불과하고, 그 윗대가리가 이 왕평이었구나!

뒤에서 말 울음소리가 들려오자 왕평의 눈빛이 살짝 흔들렸다.

그 소리의 정체는 바로 위군에 남아 있던 호표기였다. 비록 30여 명 정도에 불과했지만, 그 수만으로도 이곳을 피바다로 만들 수 있는 막강한 위력을 가진 정예 부대였다.

"장창진(長槍陣)으로 포위하라!"

왕평이 가라앉은 목소리로 일갈했다.

긴 창 백여 개가 서서히 서황을 압박해 들어갔다.

서황이 일어나 도끼를 들고 소리 높여 외쳤다.

"천하제일 호표기가 나가신다!"

그의 뒤로 어느새 질주해 온 호표기 30여 명이 한목소리로 외쳤다.

"천하제일 호표기가 나가신다!"

비록 수는 적었지만, 협곡이 떠나갈 것처럼 쩌렁쩌렁 울려 퍼졌다.

"장군, 말에 오르십시오!"

호표기 한 명이 손을 뻗어 서황을 말 위로 끌어올렸다. 그리고 자신은 말 등에서 훌쩍 뛰어올라 칼을 들고 촉군의 장창진을 향해 낙하했다. 서황은 죽을힘을 다해 고삐를 잡아당기며 말을 멈춰 세웠다. 앞쪽으로 달려나가던 호표기 10여 명이 연이어 말 위로 뛰어올라 말을 탄 호표기들과 함께 장창진을 뚫고 들어갔다.

말과 사람의 비명이 뒤섞여 아비규환을 이루고, 무기가 서로 부딪히는 소리가 고막을 찢을 듯했다. 전속력으로 질주하던 전투마들은 전부 긴 창이 몸을 관통해 죽어갔다. 그러나 적진으로 뛰어든 호표기들은 끝까지 살아남아 칼을 휘둘렀고, 이들의 칼이 사방을 휘저을 때마다 마치 호수에 던진 돌이 파문을 일으키듯 적들이 쓰러져나갔다.

장창진이 흔들리고 있었다.

서황이 말 위에서 도끼를 들어 올려 전진을 명령했다.

그 순간 그의 뒤에 있던 호표기 10여 명이 말을 몰고 앞으로 돌진했다.

"저들을 막아라!"

왕평이 소리쳤다.

"천하무적 호표기가 나가신다!"

고막을 찢을 듯한 함성이 협곡에 메아리쳤다. 호표기 10여 명이 날카로운 비수로 장창진을 거침없이 뚫고 지나갔다.

서황은 차가운 공기를 들이마시며 전투마를 재촉했다.

날은 이미 어두워졌고, 달빛은 처량했다. 세상의 모든 것이 흑과 백으로 변해버린 것 같은 밤이었다. 바람 소리, 심장 뛰는 소리, 말발굽 소리, 심지어 숨 쉬는 소리조차 이상하리만치 또렷하게 머릿속에 각인되었다. 그의 눈에 바람에 휘날리는 말갈기가 보였다. 그리고 호표기 투구에 달린 붉은 술이 휘날리는 모습과 개미 떼처럼 새까맣게 몰려오는 촉나라 병사들이 보였다.

이길 수 없는 전투였다.

하지만 그는 알고 있었다.

이 전투가 영원히 기억되리라는 것을.

"영웅이 되려 하느냐?"

"아닙니다. 저는 한낱 자객일 뿐입니다."

"무슨 차이가 있느냐?"

"영웅은 대대손손 이름을 날리지만 자객은 금세 잊힙니다."

"그런데도 기꺼이 하려 하느냐?"

"그런 건 상관없습니다. 저는 역사에 이름을 남길 운명이 아닙니다. 백년이 지난 후에 촉한(蜀漢)과 조위(曹魏) 둘 중 어느 쪽이 흥성하든, 저는 그저 아침 이슬 한 방울에 불과하지요. 마치 세상에 존재하지 않았던 것처럼 말입니다."

"어쩌면, 우리 모두 그러하니라."

"아뇨, 저와 대인은 가는 길이 다릅니다. 제가 이리 사는 것은 대인 같은 분이 이름을 떨치도록 돕기 위해서입니다."

"이름을 떨쳐? 헛된 명성이 나에게 무슨 의미가 있겠느냐?"

"양덕조(楊德祖: 양수) 나리, 이 기회를 꼭 잡아서, 대인은 후세에 길이 남을 영웅이 되십시오. 그리고 이 하잘것없는 이름은 마음에 담아두지 않으셔도 됩니다."

"나는 영웅이 되고 싶다."

양수가 쓸쓸하게 웃었다.

"그러나 다른 사람 눈에 비친 나는 아마도 혼자 잘난 체하는 쓸모없는 인간일 뿐이겠지."

유우가 미간을 살짝 찡그리며 뒤돌아 걸어갔다.

"영웅이든 하찮은 인간이든, 양덕조 나리, 대인은 최소한 사람들의 기억에 남게 될 겁니다."

양수는 나무 우리에 기대어, 홀로 걸어가는 유우의 쓸쓸한 뒷모습을 바라보며 술을 한 모금 들이켰다.

"영웅? 영웅이 되기 위한 대가가 무엇인지, 왜 물어보지 않는 것이냐?"

뒤로 돌아 밤하늘의 밝은 달을 바라보며 그가 혼잣말을 했다.

"가치가 있을까?"

자유의 느낌은 실로 오랜만이었다.

양수는 나무 우리에서 걸어 나오며 고개를 들어 하늘을 올려다봤다. 눈이 시릴 만큼 태양 빛이 강렬했다.

"어찌 된 일인가? 위왕이 나를 내보내 좀 돌아다니게 하라던가? 아니면 곧장 끌고 가 내 목을 치라고 하셨나?"

그가 이죽거리며 허저를 쳐다봤다.

허저가 고개를 내저으며 말했다.

"양 주부…… 그 서측 첩자가 정욱 대인을 암살……."

"뭐?"

양수의 낯빛이 확 바뀌었다.

"서측 첩자? 누구를 말하는 건가?"

"유우 말일세. 서측 군의사 전군교위 유우 있잖은가?"

허저의 얼굴에 수심이 가득했다.

"그자가 거의 모든 사람을 속이더니, 바로 어젯밤 연회에서 정욱 대인을 암살하려고 했다네."

"그랬군."

양수는 살짝 허탈해졌다.

"정욱 대인이 미리 방비를 했기 망정이지, 큰일 날 뻔했네. 다행히 갑옷을 입은 덕에 생명에는 지장이 없으시네. 근데 그 유우라는 자가 어찌나 손발이 빠르고 매섭던지, 책사 두 명을 연이어 죽이지 않았겠나? 호표기가 뛰어들어 와서야 붙잡을 수 있었다네."

"어찌 되었는가?"

"당연히 뼈도 못 추릴 만큼 난도질을 당해 죽었네. 위왕이 연회에 없었으니 망정이지, 하마터면……."

허저가 근심 걱정이 가득한 얼굴로 말했다.

"위왕이 연회에 갔다 한들 무슨 상관인가? 자네 같은 거구가 떡하니 버티고 있는데?"

양수가 호탕하게 웃으며 말했다.

"걱정도 참 팔자네."

"그러게 말일세."

허저가 머리를 긁적이며 커다란 입을 벌려 씩 웃었다.

"그들이 유우가 첩자라는 것을 알고 난 후 얼마 만에야 나의 억울함을 알아채던가?"

양수가 물었다.

"꼬박 하룻밤이 지나고 나서? 그 늙은이가 사건이 터지고 나서 너무 놀라 다음 날이 되어서야 생각이 떠올랐다고 하던가?"

"그게 아니었네."

허저가 탄복한 듯 말했다.

"알고 보니 정욱 대인은 그자가 첩자라는 것을 일찌감치 눈치 채고 계셨지 뭔가? 자네를 가둔 것도 우리가 그자의 계책에 말려든 것처럼 보여주기 위해 어쩔 수 없이 꾸민 일이었더군. 그 유우라는 작자가 한중이 텅 비어 있다고 거짓 정보를 흘리지 않았나? 그래서 정 대인이 위왕에게 이 사실을 알려, 서황과 왕평이 3만 병력을 이끌고 한중을 급습하는 것처럼 꾸민 것이지. 사실 그들은 기산을 돌고 강유를 건너 성도를 칠 계획이었네. 만약 서황이 일을 순조롭게 처리했다면 금년 가을쯤 익주를 수복하고 유비를 제거할 수 있었겠지."

"결과는 어찌 되었나?"

"젠장, 서촉의 계책이 한 수 위일 줄 누가 알았겠나? 그자들이 왕평을 매수해 답중(沓中) 인근에 매복해 있다 아군을 공격했네. 3만 장병들이 전부 몰살당했고, 서황만 중상을 입고 돌아왔네."

"하, 다들 자기 좋은 쪽으로만 주판을 튕겼으니 결과가 어찌 될지 누가 알았겠는가?"

양수가 콧구멍을 후비며 말했다.

"어쨌든 드디어 나를 풀어주었군. 이보게, 사람을 모아서 판도 벌이고 술도 좀 마시며 오늘 한번 거하게 놀아보세!"

"나는 됐네."

허저가 연신 손을 내저었다.

"술은 얼마든지 대줄 수 있지만, 올 사람이 없을 거네. 위왕이 외눈박이 하후돈을 순영관(巡營官)으로 임명하셨거든. 감히 자네와 함께 미친 짓을 할 자가 없을 거네."

"그 외눈박이 놈이 뭐 대수라고."

양수가 툴툴거리며 말했다.

"이곳 30만 대군 중 하후돈을 무서워하지 않는 자는 아마 자네밖에 없을 거네."

허저가 멀지 않은 곳에 있는 막사를 가리키며 말했다.

"자네 막사는 내가 사람을 시켜 치워놓았네. 며칠 동안 나무 우리에서 지내느라 힘들었을 테니, 자네는 들어가서 좀 쉬게. 나는 모레 군량 단속이 있어서 빨리 가서 준비를 해야 하네. 놀고 싶어도 성도를 함락할 때까지 좀 기다리게."

"그럼 자네도 몸조심하게."

양수가 손을 흔들며 인사를 했다. 그는 나무 우리에서 가지고 나온 술병을 들고 곧장 자신의 막사로 걸어 들어갔다.

막사 안에 들어서니 당장 필요한 물건이 갖추어져 있었다. 저 덩치 큰 놈이 살찌고 둔하기는 해도 마음 씀씀이는 아주 세심하다니까. 그는 신발을 벗어 던지고 세상 편한 자세로 앉아 탁자에 놓인 술통을 멍하니 바라봤다. 그는 술통을 열고 술병에 가득 채워 넣었다. 오랜 시간 알고 지냈다고 해서 서로 흉허물 없는 사이가 되는 것은 아니었다. 어떤 사람은 몇십 년을 알고 지냈는데도 마냥 싫고, 또 어떤 사람은 단 한 번 봤을 뿐인데도 자신의 목숨을 바쳤다.

술은 있는데 사람은 가고 없구나. 술을 마주하고 노래한들 다 무슨 소용인가?

그가 술을 땅에 뿌렸다.

"영웅, 잘 가시게."

"······형주에 있는 관우의 움직임이 최근 들어 수상하다고 들었습니다. 후께서는 이 기회를 빌려 위왕께 전쟁을 청하시어 용맹한 장수와 정예 부대를 이끌고 친히 번성(樊城)으로 가시는 것이······."

양수는 목간에 글을 써 내려갔다. 이것은 한중에 온 후 조식에게 세 번째로 쓰는 서신이었다. 선봉으로 나선 서황이 대패해 돌아왔다. 자신의 목숨은 간신히 건져 돌아왔을지 몰라도, 병사 3만 명 중 고작 몇백 명만이 도망쳐 나왔을 뿐이었다. 서촉의 첩자 유우는 죽었고, 그의 모함을 받아 투옥되었던 자신은 도리어 정욱의 신임을 받고 있었다. 아직 위왕의 최측근 책사 자격은 없지만 적어도 전략 회의에 참여할 수 있게 되었다. 물론 아무도 그의 의견을 듣지 않지만 말이다.

서촉에는 인재가 넘쳐났다. 당초 정군산에서 황충이 하후연을 죽인 사건은 요행이 아니었다. 만약 요행이었다면 유우의 반간계나 기산에 매복해 서황을 공격한 연환계의 성공은 무엇으로 설명할 수 있겠는가? 전쟁에서 어느 한쪽 편에만 연이어 나타나는 기적은 있을 수 없다. 승부는 결국 실력에 의해 결정된다. 군영 분위기는 이미 전에 없이 긴장감이 감돌았다. 지금 거의 모든 사람이 유비를, 원소의 뒤를 이을 가장 강력한 적으로 보고 있었다. 이 한중 전투가 어쩌면 예상처럼 쉽게 풀리지 않을 듯싶었다.

허도도 그리 평온한 상황은 아니었다. 임치후 조식이 자객의 공격을 받았고, 진주조가 매복의 공격을 당했다는 소식이 연이어 들려왔다. 군심이 어수선해지고 온갖 추측이 암암리에 나돌기 시작했다. 게다가 위왕은 아무 말도 듣지 못한 것처럼, 조식을 위로하는 서신 한 줄 쓸 마음조차 없어 보였다. 딱 봐도 세자 조비에게 그 일을 전적으로 맡긴 것이 확실했다.

양수는 서신을 다 쓴 후 입으로 바람을 불어 먹물 자국을 말리고 목간을 둘둘 말아 천으로 싸맸다. 이 서신에 감춰야 할 내용이 담겨 있지 않으니 봉랍은 따로 할 필요가 없었다. 게다가 지금 군영에 오가는 서신은 대부분 병조종사(兵曹從事)의 검열을 거쳐야 했고, 양수에게 밀서를 보낼 특권도 없었다.

양수는 기지개를 켜며 밖에 있는 병사를 불러들였다. 그는 천에 싼 목간을 건넨 후 탁자 위에 놓인 목간 하나를 되는대로 집어 들었다. 그것은 동군 진(陳)씨 집안에서 보내온 정혼 파기 서신이었다. 그 늙은이는 장황하게 이리저리 돌려가며 쓸데없는 소리를 잔뜩 늘어놓더니, 마지막에 가서야 더 좋은 짝을 찾기 바란다며 가식적인 말로 서신을 마무리했다. 양수는 하찮은 글이 마음에 안 드는 듯 목간을 한쪽으로 집어던졌다.

혼인. 양수는 원래 혼인할 생각조차 없었다. 지금 자신의 처지가 점점 기울자 여자 쪽에서 먼저 정혼 파기를 요구하고 나서주니 이보다 더 반가울 수 없었다. 최소한 부친에게 한소리 들을 일은 없을 것이다.

술을 한 모금 벌컥 마신 후 양수는 옆에 잔뜩 쌓여 있는 목간 중 하나를 또 뽑아 들었다. 음, 이건 좀 흥미롭군. 누군가 쓴 광무제(光武帝)의 비사(秘事) 같은데?

"양 주부 나리, 이 서신은 봉랍을 하셔야 하지 않겠는지요?"

막사 안으로 역졸 한 명이 들어왔다.

"필요 없다."

양수는 고개조차 들지 않고 대답했다.

"아무래도 하시는 것이 나을 듯하옵니다. 병조종사께서 서신을 검열하신 후, 더 쓸 게 생각나시면 바로 제게 알려주십시오. 제가 써 넣겠습니다."

양수가 미간을 찌푸리며 고개를 들어 역졸을 쳐다봤다. 자신과 이런 말을 나눌 수 있는 신분이 아닌데도 이상하리만치 말이 많았다.

"그래서?"

"그리하면 서신에 무엇을 썼는지 병조종사께서 절대 아실 수 없을 겁니다. 나리의 서신이 어디로 보내지는지는 더더욱 모를 테지요."

까무잡잡한 피부의 키가 작고 몸집이 뚱뚱한 역졸이 의미심장한 웃음을 지었다.

"너는……."

양수가 물었다.

"소인은 역졸 관준(關俊)이옵니다."

그가 비위를 맞추듯 물었다.

"양 주부 나리, 남쪽으로 뭘 좀 써서 보내야 하지 않을까요?"

"남쪽?"

양수가 코를 비비며 물었다.

"나와 그 짚신 장수가 무슨 할 말이 있겠느냐?"

"유우가 어떻게 죽었는지 좀 말씀해주십시오."

관준이 자리에 털썩 앉더니 술병을 들고 한 모금 들이켰다.

"좋은 술이로군요."

양수는 더 이상 상관하지 않고 마치 옆에 아무도 없는 것처럼 누워버리고 말았다.

잠시 후 양수가 아무 반응이 없자 관준이 목소리를 낮춰 말했다.

"막다른 길이 끝은 아닙니다."

양수가 고개를 내저으며 욕설을 내뱉었다.

"제기랄, 법정은 도대체 첩자를 몇 명이나 심어놓은 것이냐?"

조우를 배웅하며 조비는 수염을 쓸어내렸다. 피곤이 온몸을 무겁게 짓누르는 듯했다.

진주조가 매복의 공격을 받아 호분위 3백 명 중 고작 백여 명이 살아남왔다. 가일은 가벼운 부상을 당했고 장제는 무사했다. 그동안 사건의 경과를 지켜보며 조비는 깊은 무력감에 빠져들었다. 앞서 그를 정신없게 만들었던 자질구레한 정무는 그저 바쁘고 초조한 느낌만 주었을 뿐이었다. 그런데 조식이 암살 위협을 받고 진주조가 기습 공격을 당한 일련의 사건은 그를 공포에 휩싸이게 했다. 가까운 곳에서 느껴지는 이런 위기감은 그의 권위에 도전장을 내밀었다. 이런 일이 거듭 발생하게 놔둔다면 부왕께서 나를 어떻게 생각하실까? 내게 세자 자리를 감당할 능력이 없다고 느끼실지 모른다.

귓가에 다급한 발자국 소리가 들려왔다. 조비가 그 소리에 놀라 고개를 드니, 사마의가 성큼성큼 걸어 들어오는 것이 보였다.

"중달, 무슨 일인가?"

내시의 통보도 거치지 않고 곧장 내실로 들어온 것만 봐도 무언가 심상치 않았다.

사마의는 내실로 들어오자마자 몸을 돌려 문을 걸어 잠그고 나지막한 목소리로 말했다.

"전하, 찾아낸 게 좀 있습니다."

부왕이 당초 진주조를 동조연과 서조연으로 분리시킨 이유는 진주조의 수장 한 사람에게 권력이 집중되는 것을 막기 위해서였다. 또한 지금처럼 한쪽이 타격을 받아 잠시 마비 상태에 빠지더라도 다른 한쪽이 그 역할을 대신할 수 있으니 훨씬 효율적이었다.

"궁에 있는 그자더냐?"

조비가 한숨지었다.

"적어도 관련은 있습니다."

사마의가 고개를 숙이며 말했다.

"응양교위 가일이 진자의 집을 찾아갔을 때 거짓 정보를 얻었지요. 그런데 진주조로 돌아오자마자 바로 궁에 있는 그분이 가일을 궁으로 불러들였습니다. 참으로 기막힌 우연이 아닌지요?"

"어쩌면 그냥 우연의 일치일 수도 있지 않겠는가?"

"가일에게 들으니, 그를 알현한 두 시진 동안 그저 소소한 물음에 대한 답이 오고갔을 뿐이라 하옵니다. 더구나 진자의 처는 이미 목을 매어 자살을 했습니다. 노양후 조우의 호표기가 전투 벌어졌던 장소를 샅샅이 훑어보았지만, 적군의 시체를 단 한 구도 찾지 못했다고 하옵니다. 그곳에 남아 있던 건 고작 불에 탄 무기가 전부였습니다."

"매복한 자들이, 조우가 성에서 지원 나왔을 때 바로 그 소식을 전해 들은 게 확실하네. 그래서 바로 그곳을 떠날 수 있었던 것이겠지."

"일격에 치명타를 입힐 수 있는 순간에 그대로 철수한 것으로 보아 전투에 연연하지도, 공을 탐하지도 않았습니다. 쉬운 상대가 아닙니다."

사마의의 목소리가 무겁게 가라앉았다. 고난에 굴하지 않고 전진할 수 있는 사람은 많다. 하지만 절호의 기회를 눈앞에 두고 자제할 수 있는 사람은 흔하지 않았다.

"궁에 있는 그 사람에 대한 확신은 몇 할인가?"

"8할입니다. 그의 수락과 지원이 없었다면 한실의 옛 신하들 중 그런 배포를 가진 자가 없습니다."

"중달, 그가 황위에 오른 지 얼마나 되었지?"

조비가 냉담하게 물었다.

"29년 하고도 넉 달입니다."

"그렇다면……."

"전하, 위왕께서 동의하지 않으실 겁니다. 한제는 위왕의 보살핌을 받고 있습니다. 비록 꼭두각시에 불과하나, 위왕이 그를 본인 손으로 끌어내리는 일은 없을 겁니다."

사마의의 목소리가 가라앉아 있었다.

천자를 끼고 천하를 호령한다.

당초 수도를 허창(許昌)으로 옮기고 헌제(獻帝)를 옹립할 때만 해도 위왕은 이것이 자신의 뜻을 이루게 해줄 최고의 계책이라고 여겼다. 그런데 나중에 보니 손에 쥔 것이 다름 아닌 계륵이었다. 지난 20여 년 동안 여포·원술(袁術)·원소·손권 같은 군벌과 유표·유장·유비 같은 한실 종친 중 누구 하나 그 천자의 호령을 듣는 자가 없었다. 결국 위왕은 천자만 끼고 있을 뿐, 천하를 호령하고자 했던 원래 뜻은 이루지 못했다. 일찍이 한제는 조서를 내려 위왕을 대장군에 봉하고 원소를 태위(太尉)로 삼았다. 그러자 원소는 관직 서열이 위왕보다 아래라는 이유로 교지를 전하는 환관 앞에서 심한 욕설을 퍼부었다. 심지어 군대를 일으켜 황제의 측근에 있는 간신을 다 쓸어버리겠다고 협박까지 했다. 당시 위왕은 장수(張繡)를 무찌르기 위해 벼르고 있던 차였다. 그는 앞뒤로 가해질 적의 공격을 피하기 위해 어쩔 수 없이 대장군의 관직을 원소에게 넘겨주고 그보다 한 등급 아래인 사공(司空)이 되었다.

각 지역의 제후들은 모두 위왕을 두고, 관직만 승상일 뿐 사실은 한나라의 도적이라고 욕을 퍼부었다. 엎친 데 덮친 격으로 꼭두각시 황제는 한술더 떠, 옥대에 밀지를 숨겨 전하거나 궁중 정변을 도모하는 등 사건·사고를 끊임없이 일으켰다. 조조는 한제를 폐위시키고 싶어도, 지금까지 쌓아온 '한나라 황실을 보좌하는 충신'이라는 닳아빠진 명예가 하루아침에 무너질까 두려웠다. 더 끔찍한 것은 정당한 명분이 생긴 제후들의 질책과 공격이었다. 그는 자신을 위해 세운 패방(牌坊: 공덕을 기리기 위해 문짝 없이 층층으로 지은 대문 모양의 건축물)을 자기 손으로 허물어뜨릴 수 없었다.

조비가 잠시 침묵하다 물었다.

"아무래도 장제에게 이 일들을 조사하라고 해야겠네. 아, 부왕께서 조창에게 20만 대군을 이끌고 한중으로 오라 명하셨다 들었네. 이 일을 어찌 보는가?"

"전하, 지나친 걱정이십니다."

사마의가 머리를 숙였다.

"아, 왜 그리 생각하는가?"

조비의 눈에 한기가 스쳐 지나갔다.

"언릉후(鄢陵侯) 조창은 오환을 정벌하고 선비국(鮮卑國)의 왕 가비능(軻比能)을 항복시켰지요. 그 덕에 북방에는 이미 전쟁이 사라졌습니다. 지금 조창을 한중으로 불러들였다는 건 당연히 유비를 치기 위해서지요. 조창은 용맹하고 무공이 뛰어나 위왕의 인정을 받고 있습니다. 하지만 위왕도 그가 장군의 재목에 불과하다는 것을 잘 알고 계십니다. 그러니 조창에 대해 지나친 기대를 할 리 없지요."

"그럼 조식은 어떤가?"

"그는 문객이자 시인, 그 이상도 이하도 아닙니다. 위왕의 입장에서 굳이 그 순서를 따져보자면 조창보다도 못할 겁니다."

"본인만 그렇게 생각하지 않으니, 안타까울 뿐이네."

조비가 고개를 내저었다.

"조식이 최근 들어 너무 기고만장해졌더군. 그의 최측근이었던 책사 양수가 부왕의 명으로 한중에서 감옥살이를 하고 있다지? 그를 보내버릴 기회가 있겠는가?"

"전하, 허도와 한중은 너무나도 먼 거리입니다. 서로 소식을 주고받는 데 거의 열흘이나 걸리지요. 설사 우리 쪽에서 함정을 제대로 만든다 해도, 그쪽에 가면 상황이 또 어떻게 바뀌어 있을지 누구도 예측하기 힘듭니다."

"양덕조는 말과 행동이 가볍고 제멋대로지만, 나름 뛰어난 능력이 있네."

"전하, 걱정하지 마십시오. 위왕에게는 정욱이 있지 않습니까?"

사마의가 나지막이 말했다.

"정욱만 있다면 양수는 허도로 돌아올 수 없을 것입니다."

조비가 고개를 가로젓는가 싶더니 이내 또 끄덕거렸다. 그가 입을 열려는 순간, 대전 밖에서 시위의 우렁찬 목소리가 들려왔다.

"전하, 한중에서 급한 군사 보고가 올라왔사옵니다!"

"올리라 하라."

철로 만든 묵직한 함이 올라왔다. 조비가 허리춤에서 구리 열쇠를 꺼내 함의 열쇠 구멍에 끼워 넣었다. 왼쪽으로 두 바퀴, 오른쪽으로 세 바퀴를 돌리자 안에서 딸깍 소리가 나며 뚜껑이 열렸다. 조비는 함에서 죽통을 하나 꺼내 들었다. 죽통의 한쪽 끝에 봉랍한 무늬가 전혀 손상되지 않았다. 조비는 봉랍을 찔러 깨뜨리고 안에 든 작은 비단 서신을 펼쳐 들었다. 그 위에 쓰인 위왕의 익숙한 필적이 눈에 들어왔다.

"왕평이 모반해 도망을 쳤고, 서황이 중상을 입었으며, 아군이 한중에서 3만 병사를 잃었다. 이 소식이 허도에 전해지면 분명 민심이 동요할 터이니, 변란을 방지하기 위해 미리 대책을 세워놓아야 할 것이다. 또한 근래 들어 형주의 관우 쪽 움직임이 심상치 않구나. 번성의 우금(于禁)이 여러 차례 위급함을 알려 왔기에, 조인에게 군비를 정비하라 명했다. 가까운 시일에 번성으로 보내 병력을 증원할 계획이니라."

조비는 서신을 말아 기름등 가까이 가져다 대 불을 붙인 후 재가 될 때까지 지켜보았다.

"한중에서 첫 전투에 패하면서 병력 손실만 3만 명이 났네. 서황은 부상을 당했고 왕평은 촉에 투항을 했다는군. 부왕께서 내게 허도의 혼란을 막을 대책을 마련하라 하셨네."

조비가 사마의에게 서신 내용을 알려주었다.

"하나 허도는 이미 동요하기 시작했고, 부왕께서 돌아오기 전에 우리는 반드시 이 모든 것을 잠재워야 하네. 무엇보다 조식이 문제를 못 일으키게 해야 할 걸세."

"조식의 곁에 있는 자들 중 양수를 빼면 다 쓸모가 없습니다. 정의(丁儀)·정이(丁廙)는 자리만 차지하고 있을 뿐 별 수완이 없는 자들이옵니다. 전하께서는 수중에 진주조를 쥐고 있고 노양후 조우가 거느리고 있는 호표기가 있으니, 조식은 걱정하실 필요조차 없습니다."

사마의가 고개를 들어 조비를 쳐다봤다.

"전하께서 지금 걱정하셔야 할 자는 따로 있습니다."

조비의 미간이 좁혀졌다.

"중달, 지금 장제가 조사 중인 한선을 말하는 것인가?"

"한선이 울면 천하가 꿈틀거린다고 했습니다. 진주조 서조연만으로는 그자를 대적할 수 없을 겁니다."

사마의가 고개를 숙였다.

"소인이 전하의 시름을 덜어드리고자 합니다."

조비의 침묵이 이어졌다.

"그럴 필요까지 있겠는가?"

"정군산 전투에서 군사 기밀이 새어 나갔고, 임치후 조식이 자객의 공격을 당했으며, 진주조가 매복의 습격을 받았습니다. 단 석 달 동안 한선이 무려 세 가지 사건을 연달아 일으킨 겁니다. 이 세 가지 사건은 언뜻 보면 연계점이 없습니다. 하지만 그 속을 자세히 들여다보면, 고의든 아니든 똑같이 한 가지 공통점이 있더군요."

사마의의 목소리가 조심스럽게 변했다.

"뭐라?"

조비가 선뜻 이해가 안 가는 듯 말했다.

"그게 무엇인가?"

사마의가 고개를 들어 조비의 눈을 마주 보며 말했다.

"전하의 무능함이 도드라져 보이게 만드는 것이지요."

허도의 한 도박장에 기이한 도박꾼이 나타났다.

그는 도박장에서 꼬박 닷새 동안 도박을 했다. 날이 밝으면 나타나서 저
포(樗蒲: 나무로 만든 주사위를 던져서 승부를 다투는 놀이)만 하고, 할 때마다 판돈이 컸
다. 그는 매번 승부에 상관없이 도박판이 끝나면 곧바로 일어나 자리를 떴
다. 그런데 그가 가고 나면 항상 허도위의 하수인들이 들이닥쳐 하루 종일
도망자를 수색하며 영업을 방해했다. 대머리 주인장의 인내심에도 한계가
왔다. 그는 자신이 무슨 잘못을 했기에 이런 일이 자꾸 생기는지 고심하다,
잘 아는 서리를 찾아가 돈을 써서라도 해결해보려 애를 썼다. 하지만 서리
는 바늘로 찔러도 피 한 방울 안 나올 것처럼 매몰차게 그의 돈을 거절했
고, 도대체 무슨 일인지 도무지 발설하지 않았다. 그는 어쩔 수 없이 곽홍
(郭鴻)을 찾아가 도움을 청할 수밖에 없었다.

대머리 주인장의 눈에 곽홍은 사람이 아니라 신이었다. 천하에 곽홍이
해결하지 못할 일이 없었다. 곽홍의 관직이 높거나 돈이 많아서 그런 것은
아니었다. 그는 누구나 칭찬해 마지않는 협객이었다. 그는 사람됨이 점잖
지만 일 처리만큼은 칼 같았다. 크게 베풀되 보답을 바라지 않고, 신뢰를
무엇보다 중시했다. 이것이 누구나 공감하는 그에 대한 평가였다. 특히 그
는 자신이 할 수 있는 일이라면 지금까지 한 번도 거절해본 적이 없었다.
베풀기를 좋아하는 사람은 감사의 마음을 갖게 할 뿐이지만, 의협심을 가
지고 남을 돕는 사람은 확실히 자신을 믿고 복종하게 만드는 힘을 가지고
있었다. 건안 21년에 술에 잔뜩 취한 유생이 떠들썩하게 소란을 피우며 술
집에서 곽홍을 욕하고 험담했다. 그리고 얼마쯤 지나 얼굴에 숯 칠을 한 검
객이 술집으로 뛰어 들어와 이 유생의 목을 베어버렸다. 일은 여기서 끝나

지 않았다. 그날 오후에 이 술집에 서슬 퍼런 칼을 든 여섯 사람이 더 몰려왔다. 먼저 온 몇 명은 운이 좋아 시체에 난도질을 몇 번 더 할 수 있었다. 하지만 뒤에 온 몇 명은 시체를 이미 관아에서 가져간 뒤라 어쩔 수 없이 유생이 사용했던 탁자에 칼을 휘두르며 분풀이를 할 수밖에 없었다.

그래서 곽홍이 자기가 나서겠다고 약속했을 때 대머리 주인장은 안도의 한숨을 내쉬었다. 엿새째 되는 날 그 이상한 도박꾼이 다시 나타났고, 도박장 안은 텅 비어 있었다. 오로지 곽홍만이 그곳에 앉아 조용히 그를 기다리고 있었다.

"가 교위."

곽홍이 탁자 위에 은자 넉 냥을 올려놓았다.

"가 교위가 이 도박장에서 도박을 아홉 번 했다 들었소. 이것은 교위가 이곳에서 잃은 돈이오. 이 곽가가 오늘 대머리 주인장을 대신해 교위께 돌려드리리다."

가일은 자리에 앉으며 곽홍 앞에 놓인 은자를 하나하나 집어 들었다. 그의 동작은 이 상황을 별로 개의치 않는 듯 느긋했다. 가일이 돈을 모두 소맷자락에 넣고 나자 곽홍이 황금 덩어리 하나를 꺼내며 말했다.

"가 교위, 이 곽가가 인정만 넘치고 가진 것 없는 빈털터리라오. 이 황금은 어제 한 친구가 감사의 선물로 준 것인데, 가 교위에게 드리리다. 가 교위와 이곳 주인장 사이에 무슨 악감정이 있는지 모르겠지만, 나는 모든 걸 떠나서 가 교위와 적이 되고 싶지 않소."

가일이 웃었다.

"곽 대협, 사실 나와 주인장 사이에 악감정 따위가 뭐가 있겠는가? 내가 찾고자 했던 사람은 자네였네."

"나를 말이오?"

곽홍이 미간을 좁혔다.

"굳이 이렇게까지 할 필요가 있었소?"

"곽 대협은 천하를 자유로이 떠도는 이가 아닌가?"

가일이 담담하게 말했다.

"내 곰곰이 궁리를 해보다, 직접 찾아 나서느니 자네가 나를 찾으러 오게 하는 편이 나을 것 같았네."

"가 교위, 나에게 시킬 일이라도 있는 것이오?"

"시키다니, 가당치도 않네. 그저 우리 진주조의 일로 곽 대협의 도움이 필요하네."

가일이 두 동강이 난 요도(腰刀: 허리에 차는 칼)를 꺼내 곽홍 앞에 내놓았다.

"이것을 아는가?"

곽홍이 칼을 들어 무릎에 걸쳐놓고 자세히 살펴보았다. 칼자루는 이미 잘려나갔고, 남은 것은 3척 길이의 칼날뿐이었다. 칼의 표면이 검게 변해 있어 아무리 닦아봐도 원래의 모양으로 돌아가지 않았다. 불에 탄 것이 분명했다.

"모르오."

곽홍이 고개를 가로저었다.

"그럼 좀 살펴봐주게."

가일은 아무 표정이 없었다.

곽홍은 한참 동안 칼을 이리저리 들여다보다 말했다.

"며칠 전에 진주조가 성 서쪽에서 매복의 공격을 받았다 들었소. 혹시 이 것이 그때 매복했던 자들이 남겨놓은 것이오?"

"그렇네. 장작사(將作司) 쪽에서 샅샅이 뒤져 조사해보니, 정식 통로를 거쳐 만들어진 무기가 아니더군. 그래서 우리 진주조가 이리 대협을 찾은 것이네."

"진주조의 밀정이 천하에 퍼져 있지 않소? 그런 진주조가 찾아내지 못한 것을 이 곽가가 어찌 찾아낼 수 있단 말이오?"

"고양이에게는 고양이만 아는 길이 있고 개에게는 개만 아는 길이 있으니, 뭐든 그 일에 맞는 사람을 써야겠지. 진주조는 대협의 능력을 믿네."

곽홍이 한참을 침묵하다 입을 열었다.

"진주조를 실망시킬까 두려워 그러오."

가일이 고개를 저었다.

"곽 대협, 지금까지 진주조를 실망시켰던 사람은 아무도 없었네. 이 일을 할 능력이 없는 건가, 아니면 감히 할 수 없는 것인가? 그것도 아니라면 하고 싶지 않은 것인가?"

곽홍의 시선이 가일을 지나 벽 위에 나 있는 환기창에 가 닿았다.

"가 교위, 요즘 허도에 이런 소문이 돌고 있는 것을 아시오? 며칠 전 진주조가 성 서쪽에서 화룡(火龍)의 공격을 당해 병력의 절반을 잃었는데, 그게 바로 고조(高祖)의 계시라는 소문 말이오. 한나라는 불의 덕을 숭상하니, 이 큰불을 한나라 황실이 다시 한번 번성할 거라는 계시로 본 것이오."

가일이 어이가 없다는 듯 고개를 젖히며 소리 내어 웃었다.

"화룡?"

그는 자신의 오른팔을 툭툭 치며 말했다.

"이 상처는 화살에 맞아 생긴 것이네. 대협도 그 소문을 믿는 것인가?"

"제아무리 유치한 소문도 다 이유가 있어 나는 것이라오. 나는 살인·방화와 같은 일이면 모를까, 그런 큰일에 끼어들 수 없소. 이것이 협객의 불문율이오."

"불문율?"

가일이 가소로운 듯 웃었다.

"곽홍, 아직도 잠에서 덜 깬 것인가? 협객의 세도는 이미 끝났네. 자네가 허도에서 여전히 활개 치고 다닐 수 있는 것도 진주조가 눈을 감아줬기 때문임을 정녕 모른단 말인가? 한 무제가 천하에 이름을 날리던 곽해(郭解)의 일가도 멸족시켰거늘, 우리 진주조가 하찮은 곽홍 하나 건드리지 못할 거라 여기는 것인가?"

곽홍의 이마에 튀어나온 파란 힘줄이 꿈틀거렸다. 그는 관절 마디가 하얗게 드러나 보일 정도로 주먹을 세게 움켜쥐고 아무 말도 하지 않았다.

가일의 말투는 여전히 담담했다.

"왜, 화가 나는가? 지금 내 몸에 상처가 난 걸 보니 자네의 적수가 아니라 생각되나? 그래서 아예 나를 죽이고 도망 다니며 세상을 떠돌 생각이라도 하고 있는가?"

그가 품 안에서 목간 하나를 꺼내 곽홍 앞에 풀썩 던졌다.

"모두 2,114명이네. 아직도 기억하고 있는지 한번 보겠는가?"

곽홍이 목간을 펼치자, 그 위에 깨알만 한 글씨로 수많은 사람의 이름이 빼곡하게 적혀 있었다. 이름 뒤에는 나이·성별·거주지가 상세하게 표기되어 있었다. 어떤 이름은 기억이 나고, 또 어떤 이름은 기억이 나지 않았다. 그러나 곽홍은 이것이 무엇인지 너무나 잘 알고 있었다. 그는 목이 타들어가고 심장이 조여 오는 것만 같았다. 지금 이 순간 그의 분노와 자존심 따위는 하나도 중요하지 않았다. 그의 주먹이 서서히 펴지고 낯빛도 점차 부드러워졌다.

"이들 중에서 참 많은 사람이 기꺼이 당신을 위해 죽어줄 테지. 곽 대협이 지금 내게 답을 줄 수 있다면 진주조가 그들을 도와줄 수 있을지도 모르겠네."

곽홍이 고개를 들고 말했다.

"가 교위, 안 본 사이 성격이 많이 변한 거 같소."

"사람은 누구나 변하네. 자신의 어리석은 연민 때문에 2백 명이 넘는 사람의 목숨을 황천길로 보냈다면 대협도 변했을 테지."

곽홍이 다시 한번 그 부러진 칼을 들어 올려 자세히 살펴보았다.

"이 칼 말고 다른 증거는 없소?"

"없네. 모두 불에 타 하나도 남지 않았어."

"쉽지 않겠군. 허도 인근만 해도 개인이 운영하는 대장간이 여섯 곳이 넘으니, 한 달간 말미를 주면……."

"열흘. 열흘 후에 좋은 소식을 기다리지. 그렇지 않으면 그쪽에서 나쁜 소식을 전해 듣게 될 것이네."

"왜 계속 따돌리는 건데요? 요 며칠 도대체 뭐 하신 거냐고요?"

전천이 도박장에서 나오는 가일을 보며 불만 섞인 목소리로 물었다.

"너를 믿을 수가 없구나."

가일이 차갑게 말했다.

"네?"

전천이 어이없다는 듯 그를 노려봤다.

"그날 내가 궁에서 나왔을 때 네가 보이지 않더구나. 어디 갔었느냐?"

"그게, 한참을 기다려도 안 나와서 거리 구경을 갔죠. 성 동쪽에 있는 소요각(逍遙閣)에서 술과 고기도 좀 먹고, 진금기(陳錦記) 쪽으로 가서 물분도 좀 사고 그랬어요. 못 믿겠으면 가서 물어보시든가!"

"진주조에서 이미 조사를 했다. 안 그랬다면 네가 아직 살아 있을 거라 생각하느냐?"

가일이 무심하게 말을 툭 내뱉었다.

전천은 할 말을 잃은 듯, 그저 멍하니 바라만 볼 뿐이었다.

가일이 고개를 저으며 말했다.

"왜? 억울한 것이냐? 이 정도 억울함도 견디지 못하면 앞으로 어떻게 중임을 맡겠느냐? 다른 속셈이 있다 해도, 그렇게 반응이 느려서야 조만간 허점을 드러내겠구나."

전천이 발을 동동거렸다.

"당신이 뭐라고 날 가르치려드는 거죠? 진주조가 매복에게 당한 일이 내 탓인가요? 내가 궁문 밖에서 계속 기다리고 있었으면 그렇게 많은 사람이 안 죽을 수도 있었나요? 지금 자기 기분 안 좋다고 나를 화풀이 대상으로 삼고 있잖아요!"

"그게 어쨌다는 것이냐?"

가일이 차갑게 물었다.

"허도가 변방에 있다 해서 위아래 법도도 없다고 생각하느냐?"

"와…… 해도 너무하네!"

전천은 너무 화가 나니 헛웃음이 나왔다.

"허도에 오기 전까지 중원 사람들은 말을 빙빙 돌려 하길 좋아한다고 생각했는데, 완전 착각이었네요. 말이 무슨 몽둥이도 아니고, 이렇게 대놓고 휘둘러 사람을 팰 줄 몰랐네요!"

"멍청이와 말을 하는데, 돌려 말하면 이해를 할 수 있겠느냐?"

가일도 화를 다스리기 힘들어졌는지, 잠깐 숨을 돌리고 말을 이어갔다.

"진주조에서 가장 먼저 배워야 하는 것이 바로 의심을 받아들이는 것이다. 돌이켜 생각해보면 나 역시 진주조에 갓 들어왔을 때 변두리를 돌며 1년 동안 잡무를 처리했고, 음으로 양으로 얼마나 많은 조사를 받았는지 헤아릴 수조차 없다. 또한 석양으로 파견을 가 3년 동안 도위를 지내며 공을 세웠다. 그러다 우연히 기회가 닿아 비로소 허도에 입성해 교위가 될 수 있었다."

"내가 진주조 사람들처럼 그렇게 머리가 잘 돌아가지는 않아도…… 나도 바보는 아니라고요. 내가 이곳에 들어오자마자 교위가 됐으니, 다들 인정할 수 없다는 거 나도 잘 알아요. 하지만 아무리 그래도, 나를 의심할 줄은 몰랐네요.”

전천이 악에 받쳐 말했다.

“어떻게 위왕이 직접 벼슬자리에 앉힌 사람조차 안 믿을 수 있죠?”

가일이 피식 웃으며 말했다.

“지금 진주조는 두 파로 나뉘어 있다. 하나는 장 대인, 또 하나는 사마의가 수장을 맡고 있지. 비록 두 파가 적은 아니지만 그래도 경쟁 관계인 것만은 확실하다. 진주조 사람은 늘 위험을 감수해야 하는 나날을 보내고 있다. 누가 너를 추천해 이곳에 들어왔든, 환난을 함께한 적도 없고 천성조차알 수 없는 사이에 어찌 신임이라는 두 글자를 거론할 수 있겠느냐?”

“패거리를 짓는 그런 진부한 이야기를 하는 건가요? 진주조 같은 곳에도그런 관행이 있을 줄은 몰랐네요.”

전천이 입술을 깨물었다.

“내가 너무 쉽게 생각한 건가요?”

“만약 진주조가 철 밥그릇이라면 위왕이 안심을 할 수 있겠느냐?”

가일은 어슴푸레한 하늘을 바라보며, 쓸데없이 말을 너무 많이 했다는생각이 들었다.

“이 일은 네 스스로 깨닫는 수밖에 없다.”

“그럼…… 제가 무엇을 해야 저를 동료로 받아주실 겁니까?”

전천이 가일의 뒤를 따라가며 물었다.

“나는 모른다. 내가 말하지 않았느냐? 이건 네 스스로 깨우쳐야 하는 문제라고.”

가일이 몸을 돌려 행인들 속으로 걸어갔다. 전천은 이미 아무 말 없이 가버렸고, 그는 그녀를 굳이 잡지 않았다. 그는 그저 발밑을 뚫어져라 들여다보며, 바람을 타고 신발 사이로 흙먼지가 일어났다 다시 가라앉는 모습에서 눈을 떼지 못했다.

무능.

위왕과 세자가 여전히 죄를 묻지 않았지만, 가일은 치욕스러운 느낌을 지울 수 없었다. 임치후 조식 암살을 시도한 사건은 한선이 임시방편으로 적을 혼란에 빠뜨린 계략에 불과했다. 그렇지만 이번 매복은 적의 기세를 근본적으로 제거하겠다는 강한 의지가 확실했다.

진짜 기가 막힌 사실은, 자신이 조식 암살 시도 사건의 단서를 손에 넣고 자만했지만 그것 또한 한선이 파놓은 함정에 불과했다는 것이다.

무능.

가일의 마음속에 또 한 번 이 두 글자가 떠올랐다.

만약 한선 때문에 위왕과 세자에게 이런 인상을 주었다면 앞으로 출셋길은 여기서 멈춰버릴지도 모른다. 그렇게 되면 어떻게 복수를 할 수 있겠는가?

그는 긴 거리에 서서 쓴웃음을 내뱉었다.

"지금 군사 상황이 위태로우니 아군은 30리 밖까지 후퇴해야 합니다. 양평관 제일선을 따라 방어망을 구축해 촉군의 칼끝을 피해야지요."

배가 불룩하게 나온 책사 한 명이 계책을 내놓았다.

"지금 우리는 3만 명의 병사를 잃은 것에 불과합니다. 아군이 40만 명을 출병시켰으니 아직 37만 명이 남아 있지 않습니까? 그러나 촉군은 모두 합쳐봐야 10만 명이 채 되지 않습니다. 지금 물러나는 것은 시기적으로 너무 빠릅니다."

깡마른 또 다른 책사가 턱수염을 쓸어내리며 말했다.

"말만 40만 대군이지 실상은 다릅니다. 군수품과 식량을 책임지는 보병과 민생을 안정시키기 위해 마을에 주둔해야 하는 병사를 제외하면 전투병은 고작 26만 명뿐이지요. 이 26만 명 중 3만 명이 기산에서 죽었으니 이제 전투에 투입할 수 있는 병사는 고작 23만 명뿐입니다. 그 말은 촉군과의 전투에서 우리 병력이 절대적 우위가 아니라는 겁니다."

"언릉후 조창이 이미 20만 정예 부대를 이끌고 한중으로 출발하지 않았습니까? 그가 도착한다면 아군은 다시 절대적으로 우세해집니다."

"절대적으로 우세해질지는 모르나, 한 가지 고려해야 할 것이……."

양수는 막사 한 구석에 기대앉아 책사들의 와자지껄한 논쟁에 따분함을 느꼈다. 이 전략 회의는 참여할 가치가 전혀 없었다. 여기서 아무리 머리를 짜내 계책을 마련한다 해도 단 하나도 채택될 리 없었다. 이 회의에서 책사들은 전쟁의 모든 상황과 변수를 고려해 계책을 내놓았다. 하지만 이것은 위왕에게 참고용, 그 이상도 이하도 아니었다. 진짜 군령은 위왕과 정욱·하후돈이 출석하는 최고위 군사 전략 비밀 회의에서 결정되었다. 다시 말해서 이 정례 전략 회의는 위왕을 위해 가장 기초적인 정보를 제공하는 모임에 불과했다.

토론이 거의 끝나가는 듯하자, 양수는 기지개를 켜면서 자리에서 일어섰다.

"양 주부, 무슨 고견이라도 있으십니까?"

기록을 담당하는 서좌가 그를 보며 말했다.

"양 주부께서 이 회의에 들어온 게 벌써 세 번째인데, 아직 한 번도 말씀하시는 걸 본 적이 없습니다."

양수가 웃으며 말했다.

"계륵이네."

"계륵요?"

서좌가 알다가도 모르겠다는 표정으로 양수를 쳐다봤다. 그 순간 막사 안에서 끊임없이 논쟁을 펼치던 책사들의 시선이 일제히 양수를 향했다.

"먹을 것은 없는데 버리기는 아까운 것 말이네. 큰 결단을 내려야 하는 순간 주저하면 군심이 동요하는 법이지."

양수가 결론을 내렸다.

"나의 고견은 바로 철군이네."

"철군?"

책사 한 명이 큰 소리로 그의 말을 반복해 말했다.

"우리 40만 대군에게 헛수고를 시키란 말이오?"

"지금 철군하는 것이 또다시 전쟁에 패해 물러나는 것보다 낫다고 보오. 제갈량(諸葛亮)이 후방을 지원하고 법정이 신출귀몰한 계책을 연이어 쏟아 내고 있는 데다, 장비·황충·마초도 험준한 곳을 점거하고 요새를 지키고 있는 상황이오. 게다가 촉군이 연이어 승리를 거두면서 병사들의 사기가 하늘을 찌르고, 한중의 민심이 그들을 향하고 있소. 반면에 우리는 어떻소? 출정을 하기 전에 하후연 장군이 목숨을 잃었고, 첫 번째 전투에서 또 한 번 매복에게 공격을 당했으니, 병사의 사기가 바닥을 치는 것도 너무나 당연하오. 어쩌면 이번 전쟁을 단기간에 승리로 끝낼 수 없을지도 모르겠소. 관우는 이미 형주에서 말에게 여물을 먹이고 무기를 손질하며 전투를 준비 중이고 동오의 손권은 합비(合肥)에서 악전고투 중이니, 시간을 더 오래 끌면 사방에서 적의 공격을 받을 수밖에 없지 않겠소? 그때 가서 퇴각하면 지금보다 훨씬 많은 대가를 치러야 할 것이오."

"지금 철수를 하면서 유비의 추격을 받으면 어찌하오? 그럼 장안 근처에서 적을 막아야 할 것이오."

또 다른 책사가 물었다.

"유비는 추격하지 않을 것이오. 그는 이제 막 한중을 먹은 터라 군현에 속관을 배치해 치안을 강화하는 것이 더 급선무요. 만약 그가 승리에 눈이 멀어 아군을 추격한다면 아군은 양주와 장안의 군사력을 이용해 유비를 포위하고 숨통을 조일 것이오. 후방이 불안정하고 양쪽에서 적이 공격해 들어오면 유비는 단번에 무너지게 되어 있소."

"우리가 지금 철수를 하면 유비가 멋대로 한중을 먹게 하는 것과 뭐가 다릅니까?"

서좌가 불쑥 끼어들었다.

"지금 유비는 이미 한중을 먹어치웠는데, 이곳에서 대치하는 것이 무슨 의미가 있겠나? 아군은 그만 철수한 후 진창 일대의 군사 방어를 강화해야 하네. 더불어 오나라와 연합해 형주의 관우를 협공하는 것이 상책이지."

주위에 있던 책사들이 깊은 고민에 빠져들었다. 양수는 하품을 하다 서좌가 쉼 없이 글을 써 내려가는 모습에 피식 웃음을 터뜨렸다.

"기록할 거 없네. 기록해도 아무 소용이 없을 테니."

서좌가 멍한 표정으로 물었다.

"왜입니까?"

"위왕이 나의 건의를 받아들이지 않을 걸세."

양수가 막사의 문을 걸어 올렸다.

"공을 세우지 못하고 빈손으로 돌아가야 하는데, 그의 체면에 어찌 그런 일을 할 수 있겠는가?"

양수는 자신의 막사로 돌아와 관복을 벗고 목간을 하나 펼쳤다. 그는 또 한 번 조식에게 보낼 서신을 쓸 준비를 했다. 양수는 임치후의 사람됨을 너무나 잘 알고 있었다. 조식은 지난번에 보낸 그 서신을 풀어보지도 않았거나, 설사 봤다 해도 무시했을 것이다. 어떤 일에 대해 몇 번이고 되풀이해서 말을 해야 비로소 조식의 주목을 끌 수 있었다. 만약 조식이 평범한 왕공·대신의 집안에서 태어났다면 그는 후대에 길이 이름을 날릴 시부(詩賦)의 대가가 되었을지도 모른다. 그러나 애석하게도 그는 배척과 암투가 판치는 위왕의 가문에서 태어나 언제 죽을지도 모르는 삶을 살고 있었다.

"양 주부 나리, 부쳐야 할 서신이 있으십니까?"

막사 밖에서 그 까무잡잡하고 뚱뚱한 자의 목소리가 들려왔다.

"들어오너라."

양수가 그를 불러들였다.

관준이 문을 걷어 올리며 얼른 들어왔다. 그는 막사 안에 아무도 없는 것을 확인한 후 곧바로 서안 앞으로 걸어갔다. 그는 서안 위에 놓인 술 주전자를 집어 들고 한입 벌컥 마시며 만족스러운 표정을 지었다.

"가져가거라."

양수가 서신을 쓰며 말했다.

"보아하니 하루 종일 술에 굶주린 듯싶구나."

"아닙니다. 소인은 해야 할 일이 있어, 매일 한 모금씩 마시는 게 고작입니다."

그가 양수의 목간을 들여다보며 말했다.

"글씨를 엄청 잘 쓰십니다. 이번에도 그 공자에게 보내는 것입니까? 근데 그자가 양 주부 나리의 말을 듣기는 하는 것입니까?"

"오지랖이 넓기도 하구나."

양수가 귀찮은 듯 퉁명하게 말했다.

"저리 좀 떨어져 있거라. 네가 불빛을 다 가리고 있다는 생각은 안 드느냐?"

"크크."

관준이 옆으로 자리를 피하며 말했다.

"양 주부 나리, 오늘 책사 모임에서 하신 말씀 정말 죽였습니다."

"오, 눈과 귀가 아주 많구나. 내 일거수일투족을 다 감시하고 다니는 것이냐?"

"그거야 우리 군의사 사람이 어디에나 있으니 그런 것이지요."

관준이 씩 웃으며 말했다.

"지금 허도가 술렁이고 있사옵니다. 임치후가 자객의 공격을 받고 진주조가 매복의 습격을 받은 것이 모두 한선이 벌인 일이라는 소문이 돌고 있지요."

"한선."

양수가 잠시 멈칫했다.

"그의 맹우로서 너희들은 그에 대해 얼마나 알고 있느냐?"

"저희도 아는 바가 별로 없습니다."

관준이 머리를 긁적였다.

"응? 서촉 군의사도 모르는 것이 있느냐?"

양수가 비웃듯 말했다.

"한선은 조위 쪽에서만 활동하고 있으니, 군의사는 서촉에 유리한 첩자를 건드릴 필요가 없습니다."

"그 말은, 진주조가 모두 바보라는 뜻이더냐?"

양수가 말했다.

"군의사는 이제까지 한선에 대해 조사를 해본 적이 없느냐?"

"대다수 군의사 쪽 사람은 한선이 한나라 황실의 옛 신하 혹은 형주 쪽 명사거나, 그것도 아니면 동오 해번영의 첩자라고 여기고 있습니다. 또 누군가는 한선이 바로 한제 유협이라고 말하기도 합니다."

관준이 피식 웃으며 말했다.

"유협?"

양수는 온갖 풍파를 다 겪고도 동요가 전혀 없어 보이는, 무심한 듯 무력해 보이던 그 얼굴이 떠올랐다.

"그럴 리가. 그가 어떻게 그런 위험한 짓을 저지른단 말이냐?"

"한선이 지나치리만큼 비밀스럽게 움직이고 있기 때문에 이런 추측도 가능해진 거지요. 물론 적진에 잠복해 들어간 첩자라면 당연히 자신을 드러내지 않고 일을 하는 것이 원칙입니다. 그런데 한선처럼 그 긴 세월 동안 한 번도 정체를 들키지 않은 경우는 극히 드뭅니다. 그러니 한선의 신분이 특수해서 누구와도 접촉할 수 없는 거라고 추측하는 겁니다."

"그런 이유라면 억지스러운 면이 없지 않구나."

양수가 고개를 가로저었다.

"그렇지요. 그래서 이런 주장을 하는 사람이 그리 많지는 않습니다."

"근데 이상한 건, 아무도 한선을 보지 못했는데도 다들 그의 명을 듣는다는 것이지."

양수가 미간을 찌푸렸다.

"일면식도 없는 사람을 믿는다는 것이 너무 황당하지 않느냐?"

"소문 때문이죠. 한선에 관한 소문이 너무 좋은 탓입니다. 군의사가 너무 늦게 만들어진 탓에 요 몇 년간 한선이 간여하고 이끈 활동밖에 파악한 것이 없습니다. 그런데 건안 13년 적벽대전에서도 한선이 간여했다는 증거를 진주조 쪽에서 찾아냈더군요."

관준이 웃으며 말했다.

"그 후에도 복 황후의 죽음, 동관 전투, 마등(馬騰)이 주살당한 사건 등 이런 일련의 변고가 발생할 때마다 한선이 나타났죠. 사람을 죽이고 구하기도 하면서 점차 인망(人望)을 쌓더니 이제 신망(信望)까지 얻고 있습니다. 근데 한선은 조위 쪽에 그다지 많이 알려지지 않은 것 같습니다. 한나라 황실의 옛 신하들과 형주 파벌 세력을 제외하면, 그 이름을 아는 이를 별로 본적이 없으니까요. 설사 아는 사람이 있다 해도 대수롭지 않게 생각하는 분위기죠. 건안 원년부터 시작해서 크고 작은 모반이 무려 십여 차례나 일어났지만 한 번도 성공한 적이 없으니까요. 조위 고위 관료의 눈에 비친 한선은 그저 멋대로 이리저리 튀어 오르는 벼룩에 불과한 것 같습니다."

"네 말은, 서촉이 한선을 꽤나 좋게 보고 있는 것처럼 들리는구나?"

양수가 서신을 써 내려가던 손길을 멈췄다. 한선과 개인적인 친분은 없지만, 관준의 말이 사실이라면 그가 대단한 인물이 분명했다. 수도 없이 문제를 일으키고도 단 한 번도 꼬리를 밟히지 않는다는 것은 결코 쉬운 일이 아니었다.

"그거야 당연하지요. 아무리 약하고 힘없는 벗이라도 벗은 벗이니까요."

관준이 말했다.

"너희들은 공동의 적을 가지고 있는 것에 불과하다. 일단 조맹덕이 무너지면 그 뒤는 어찌 될지 누가 알겠느냐?"

양수는 다시 고개를 숙인 채 서신을 써 내려갔다.

관준이 가볍게 기침을 하며 화제를 돌렸다.

"양 장군은 우리가 조조를 무너뜨릴 수 있을 거라 생각하십니까?"

"그냥 양 주부라 부르거라."

양수가 그를 힐끗 쳐다보며 말했다.

"너희가 나를 무슨 장군에 봉했다 해도, 여기는 조조의 군영이다. 호칭 하나 때문에 자칫 두 명의 목이 날아갈 수 있다."

"걱정 마십시오. 그건 그렇고, 제 질문에 대답해주실 수 있으십니까?"

관준이 대충 흘려들으며 말했다.

"지난번에 기산에서의 승리는 왕평 덕이었다. 지금은 첩자도 정보도 없는데, 서촉은 어떻게 전쟁을 벌일 작정이더냐? 조조의 병력은 여전히 너희들보다 훨씬 강할 것이다."

"모릅니다. 저는 그저 군영에서 정보를 전달하는 일을 할 뿐, 큰 그림이 어찌 그려지는지 하나도 모릅니다. 하지만 저는 법정 장군에게 여전히 강한 믿음을 가지고 있습니다. 전에 정군산에서 황 장군이 하후연과 맞붙었을 때 그렇게 승리를 거둘 줄 누가 알았겠습니까? 병법에서도 자기를 알고 남을 알면 백전백승이라 하지 않습니까? 적의 습관과 심리를 제대로 알고 있다면 이기지 못할 전쟁은 없습니다."

"배짱 한번 좋구나."

양수가 기지개를 폈다.

"우리 서촉은 반드시 또 승리할 겁니다."

관준이 주먹을 쥔 손으로 가슴을 툭툭 치며 자신감을 내비쳤다.

시전 거리에서 연지와 분을 파는 점포들 중 진금기는 화려한 치장과 규모로 오가는 사람들의 시선을 사로잡았고, 늘 문전성시를 이뤘다. 들자 하니 이곳 점포의 주인은 이름만 대면 알 정도로 잘나가는 집안의 귀부인이었다. 그녀는 남편의 권세와 연줄을 이용해 동오·서촉과 심지어 서역(西域)의 연지와 분을 모두 들여올 수 있었다. 당연히 이 물건들의 값도 이곳에 들여놓는 순간 몇 배로 비싸졌다.

가일은 길 맞은편 건물 기둥에 기대서서 시큰둥한 표정으로 진금기를 드나드는 규수와 귀부인들을 지켜봤다. 솔직히 말해서 전천과 진금기는 전혀 어울리지 않았다. 변방에서 온 선머슴 같은 어린 처자가 뜬금없이 이곳에 분을 사러 왔다는 것이 도무지 이해가 가지 않았다. 그냥 와보고 싶어서 온 것일까? 아니면 되지도 않는 핑계를 댄 것일까?

가일은 패검을 가지런히 하고 어두운 표정으로 곧장 진금기로 걸어 들어갔다.

계산대 앞에 있던 점원이 가일을 힐끗 쳐다보는가 싶더니, 이내 환하게 웃으며 다시 화려한 복색의 여인에게 말을 건넸다. 가일이 묵직한 기침 소리로 주의를 환기시키며 큰 소리로 말했다.

"진주조에서 나왔느니라!"

관리인으로 보이는 중년의 사내가 뒤에서 걸어 나오며 허리를 숙이고 두 손을 모으며 말했다.

"나리, 안으로 들어가 말씀 나누시지요."

가일이 고개를 끄덕인 후 오른손을 패검 위에 올리며 그의 뒤를 따라 방 안으로 들어갔다. 자리에 앉자 가일이 손을 내저어 차를 우리려는 주인을 막았다.

"이곳 점포에 대해서야 익히 들어 알고 있고 장사를 방해할 마음도 없네. 단, 한 가지 묻고 싶은 것이 있어 온 것이니, 대답을 듣고 나면 바로 갈 것 이네."

사내가 당황하지 않고 침착하게 물었다.

"장군, 무엇을 알고 싶으신 것입니까?"

가일이 고이 접은 하얀 비단을 꺼내 탁자 위에 펼쳐놓았다. 그 위에 총기 있어 보이는 소녀의 얼굴이 그려져 있었다. 가일이 사내의 눈을 똑바로 쳐 다보며 물었다.

"이레 전에 이 처자가 이곳에 연지와 분을 사러 온 적이 있는가?"

사내가 비단 천을 쓰윽 보더니 바로 고개를 끄덕였다.

"있습니다."

가일의 입가에 차가운 미소가 떠오르는가 싶더니 이내 '차랑' 소리와 함 께 그의 장검이 사내의 어깨 위에 놓였다.

"잘 생각해보고 대답하게. 본 적이 있나?"

사내는 얼굴색 하나 변하지 않고 차분하게 말했다.

"장군, 소인이 이레 전에 분명 이 처자를 봤습니다."

가일의 목소리가 높아졌다.

"이 진금기에 하루 동안 드나드는 여자가 적어도 백 명은 넘네. 자네가 아무리 눈썰미가 좋다 한들, 이레 전에 왔던 손님을 이 그림 한 번 보고 바 로 알아볼 수 있다는 것인가?"

사내가 고개를 숙이며 말했다.

"장군, 소인이 이 처자를 어떻게 기억 못 하겠습니까? 그때 이곳에 와서 그 난리를 쳤는데 말입니다."

"뭐라? 소상히 말해보게."

"그때 이 처자가 가게에 와서 서역에서 온 금화연지(金花燕支)를 마음에 들어했습니다. 그런데 가격이 너무 비싸다며 계속 깎아달라고 떼를 쓰지 뭡니까? 하지만 이 가게의 물건은 가격이 이미 다 정해져 있어 마음대로 흥정을 할 수 없습니다. 그렇게 서로 말씨름을 하다 결국……."

사내는 눈가에 살짝 비웃음을 내비쳤다.

"그 처자가 진주조의 요패를 8백 냥에 저당 잡히고 며칠 안에 와서 갚겠다고 했지요."

가일이 눈을 치켜뜨고 이를 꽉 깨물며 물었다.

"그렇게 했는가?"

"보아하니 진주조 소속이 확실한 거 같은데 감히 함부로 대할 수 없었습니다. 그래서 그냥 돈을 안 받고 그것을 선물로 드렸지요. 그런데 어찌 된 일인지 그 처자가 그것을 받지 않고 증서를 써주더군요. 미리 물건을 가져가지만 다음 달에 녹을 받으면 바로 남은 금액을 갚으러 오겠다면서요."

사내가 어깨에 놓인 날카로운 칼을 비껴 일어나며 벽장에서 죽간을 하나 꺼냈다.

"이것이 바로 그 처자가 쓴 증서입니다. 이런 일이 있었는데, 그 처자를 어찌 못 알아볼 수 있겠습니까? 장군께서 그 처자의 초상화를 보여주는 순간 알아봤습니다."

죽간에 쓰인 글씨체를 확인해보니 전천이 확실했다. 그는 멋쩍은 표정으로 칼을 다시 칼집에 꽂았다.

"갑자기 들이닥쳐 실례가 많았네."

"별말씀을요."

사내는 여전히 대수로울 거 없다는 표정이었다.

"소인이 감히 하나 여쭤보겠습니다. 진주조가 무슨 일로 그 처자를 조사하시는 겁니까?"

"그쪽과 상관없는 일이네."

가일이 무뚝뚝하게 대답했다.

"이런 상황에서도 격식을 갖추고 놀라는 법이 없으니, 참으로 대단한 기를 가졌군. 어느 부인 댁 사람인가?"

사내가 고개를 숙이며 말했다.

"과찬이십니다. 소인은 사마 대인 밑에서 일을 하다 부상을 당해 이곳에 오게 되었습니다. 사마 대인께서 저를 이곳에 추천해주셔서 그나마 밥벌이를 하며 살게 되었지요."

"사마의……."

가일이 그의 이름을 곱씹으며, 오늘 자신이 경솔한 짓을 했다는 것을 깨달았다. 그는 더 이상 아무 말도 하지 않은 채 8백 냥을 꺼내 그에게 건네고 점포를 나왔다.

가일은 향기에 질식해버릴 것 같은 진금기를 나와 거리를 거닐다 모퉁이를 돌아 골목으로 들어섰다. 그때 무료하게 풀뿌리를 씹고 있는 전천이 눈에 들어왔다. 가일이 턱짓을 하며 그녀를 불렀다.

"따라오거라. 진자의 집으로 다시 갈 것이다."

전천이 고개를 갸우뚱하며 힘껏 숨을 들이마셨다.

"좋은 냄새가…… 진금기에 가셨습니까?"

"그렇다. 가서 네가 그곳에 진짜 갔었는지 알아보았다."

"네? 이미 사람을 시켜 알아봤다고 하지 않으셨습니까?"

전천이 이해할 수 없다는 말투로 물었다.

"그들도 믿을 수 없다. 만에 하나, 너랑 한통속일지도 모르지 않느냐? 그런데 네 말이 사실일 줄은 몰랐구나."

가일이 어이없다는 듯 웃었다.

"네 말이 거짓이었다면 네놈을 보는 순간 바로 진주조로 압송해 갔을 것이다."

"쳇!"

전천이 결국 참지 못하고 욕을 퍼부었다.

"혼자만 옳고 잘난 줄 아는 당신 같은 사람, 정말 재수 없네요. 동료라면 서로를 믿어야 하는 게 아닌가요? 가장 기본적인 믿음조차 없으면서……."

"내가 했던 말 그새 잊었느냐? 난 널 동료로 생각한 적이 없으니, 착각하지 말거라."

가일이 화제를 바꿨다.

"나머지 빚진 돈은 내가 다 갚았으니, 앞으로 요패를 함부로 저당 잡혀 진주조 얼굴에 먹칠하는 짓은 하지 말거라. 그런데 한 가지 의문이 여전히 풀리지를 않는구나. 진금기에 가서 그렇게 비싼 연지를 왜 산 것이냐? 네가 그걸 사용하는 걸 본 적이 없어서 하는 말이다."

"선물했습니다."

전천이 뿌루퉁한 말투로 툭 내뱉었다.

"누가 그렇게 고리타분한 생각을 내놓은 것이냐? 대체 허도가 어떤 곳인지 모르느냐? 그 귀부인들이 매일매일 쓰는 것이 다 진금기의 연지와 분이다. 네가 그것을 선물한다 해서, 과연 누가 귀한 것을 받았다고 기뻐하겠느냐?"

가일이 걸음을 멈추고 미간을 찌푸리며 전천을 쳐다봤다.

전천이 비웃듯 코웃음을 치며 말했다.

"내가 뭐 하러 그런 사람들한테 선물을 해요? 고향에 있는 사촌 동생이 곧 혼인을 한다고 해서 선물로 주려고 산 거라고요."

"흐흠."

가일이 난처해하며 헛기침을 했다.

"그런데 어째서 네 수중에 돈이 궁한 것처럼 보이는 것이냐? 유주 전씨의 집안 형편이 부유하다 들었거늘……."

"그거야 다 옛날 얘기죠."

전천은 더 이상 말하고 싶지 않은 듯 말을 돌렸다.

"진자의 집에는 왜 또 가죠? 진주조 사람들이 이미 수색을 한바탕 하지 않았나요?"

"가보면 안다."

가일은 더 이상 말할 기분이 아니었다. 그 점포 관리인이 사마의의 사람이라는 것을 알게 된 후부터 가일은 전천이 며칠 전 매복 사건과 관계가 없다는 것을 확신했다. 비록 지금의 허도는 여러 세력이 복잡하게 뒤얽혀 아군과 적군을 분간하기조차 힘들지만, 한 가지 확실한 것은 있었다. 그날 밤 매복해 진주조를 습격한 적은 절대 사마의와 연결된 사람이 아니었다. 진주조 동조연이자 세자의 총애를 받는 사마의가 자기 쪽 사람을 공격할 리 없었다. 한나라 황실의 옛 신하, 형주 파벌은 물론 조식의 사람들조차 그를 별로 좋아하지 않았다. 만약 진주조가 이번 습격으로 힘을 잃는다면 그 역시 한쪽 날개를 잃는 꼴이 되고 만다.

그렇다고 전천을 향한 의심이 완전히 사라진 것은 아니었다. 진주조 같은 곳에 위왕이 뜬금없이 여자를 한 명 집어넣었다는 것부터 수상쩍었다. 설사 명사의 후손이라 해도, 이런 인사 배치는 상식적으로 이해할 수 없는 처사였다.

진자가 죽은 지 고작 몇십 일이 지났을 뿐인데, 저택 대문 위로 벌써 먼지가 뽀얗게 끼어 있었다. 심지어 음산한 기운마저 감돌았다. 진주조가 매복의 습격을 받던 그날 진자 부인 최정이 스스로 목을 매 죽었고, 진자의 직계 핏줄은 하나도 남아 있지 않았다. 나무 문 위에 석회로 급매를 알리는 글자가 쓰여 있는 것으로 보아, 친척 중 누군가가 집을 팔려고 내놓은 듯했다. 어느 정도 시간이 지나면 아마도 누군가 이 집을 사러 올 것이다. 집 안을 새로 고치고 옛 주인의 흔적을 지우고 나면 이곳은 여전히 꽤 괜찮은 저택이었다. 다만 진자가 이곳에서 피를 뿌리고 죽고, 최정이 대들보에 목을 매 자살하고, 진자의 딸이 이곳에서 비참하게 죽어간 것을 전혀 개의치 않을 수 있다면 말이다. 어쩌면 이 저택을 사는 사람은 진자가 누구인지조차 모를 수도 있다.

세상일은 시간이 지나면 모두 잊히기 마련이다. 일반 백성은 황실의 정통이 무엇이고 한나라 천하가 무엇인지보다 당장 먹고사는 것이 더 중요했다. 강산과 종묘사직, 백성을 위해 몸을 바친다고 생각하는 사람들의 눈에 그들은 어쩌면 영락없는 바보일지도 모른다.

가일이 가볍게 한숨을 내쉬며 대문을 밀고 들어갔다.

마당에 잡초가 무성했으며, 곳곳이 망가지고 황량했다. 허도위에서 나온 관원 몇 명이 여기저기 흩어져 있다 가일을 보자마자 일제히 예를 올렸다.

"무슨 일인가?"

가일이 물었다. 허도위가 가일에게 이곳에 와달라 청했지만 그 이유를 듣지 못했다.

"대인께 아뢰옵니다. 어젯밤에 저희 쪽 관원 몇 명이 이 구역을 순찰하러 나간 후 돌아오지를 않았습니다. 도위 대인의 명을 받고 저희가 이곳에 조사를 나왔는데, 후원에서 그들이 죽어 있는 것을 발견했습니다."

도백이 마른 입술을 혀로 축이며 말을 이어갔다.

"저희가 이 사실을 도위 대인께 보고 올렸더니, 민감한 사안인 만큼 진주조에 도움을 청하라 하셨습니다."

"너희 도위는 어디 있느냐?"

"도위 대인께서는 몸이 안 좋으셔서 먼저 들어가셨습니다."

가일이 남모르게 욕지거리를 내뱉었다.

"앞장서거라."

도백은 그제야 무거운 짐을 내려놓은 듯 안도의 숨을 내뱉으며 잰걸음으로 길을 안내했다.

진자의 저택이 민감한 곳이라는 데 누구도 이의를 달 수 없었다. 치안을 책임지는 허도위의 입장에서 보면 이 저택은 뜨거운 감자 같은 곳이었다. 그래서 그들은 진주조를 끌어들이고 자신들은 발을 뺄 심산이었다. 가일은 그 비겁한 속내를 알면서도 기꺼이 이 일을 인계받았다. 어차피 진주조는 뜨거운 감자라도 아무 상관이 없었다. 회랑을 지나 후원에 이르자 바닥에 널브러져 있는 시신 네 구가 눈에 들어왔다.

가일이 고개를 돌려 전천을 향해 머리를 끄덕이며 말했다.

"가서 봐야겠다."

전천이 눈을 치켜뜨며 기가 막힌다는 표정으로 화를 냈다.

"죽은 자를 뭐 볼 게 있다고 가서 보기까지 해야 합니까?"

"죽은 자도 우리에게 많은 것을 알려줄 수 있지."

가일이 앞으로 몇 발자국 걸어가더니 몸을 숙여 시신을 자세히 살폈다. 그는 손으로 시신의 이곳저곳을 들추며 뒤적였다.

시신 네 구는 심하게 훼손된 흔적 없이 온전했고, 피를 많이 흘린 것 같지도 않았다. 정황상 네 사람은 제대로 된 저항 한번 해보지 못했고, 비명을 지를 틈조차 없이 삼시간에 비명횡사했을 가능성이 높았다. 네 사람의 몸에 난 상처는 칼자국이었고 모양도 거의 똑같았다. 한 사람의 소행이 분명했다. 가일은 눈썹을 찡그리며 생각에 잠겼다. 단시간에 네 사람을 연이어 죽이려면 굉장히 빠른 몸놀림과 칼 솜씨가 있어야 한다. 적어도 가일은 해낼 수 없는 경지였다. 대놓고 말해서 지금 세상에 무려 네 사람을 이렇게 깔끔하게 처리할 수 있는 검객은 몇 명 되지 않을 것이다. 가일은 머릿속에 검술의 대가로 불리는 몇 명을 떠올렸지만 이내 고개를 가로저었다. 아무 근거 없는 추측은 시간 낭비에 불과했다.

"어때요? 이자들이 뭐를 알려주던가요?"

전천이 옆에서 물었다.

"이들은 묘시(卯時: 오전 5시에서 7시 사이)가 되기 전에 죽었구나."

전천이 황당한 표정으로 가일의 말에 계속 귀를 기울였다.

"상처가 흰색을 띠는 것은 이슬이 맺혀 서리가 되었기 때문이지. 다시 말해서 이들은 묘시에 이슬이 맺혀 서리가 되기 전에 이미 죽은 것이다."

전천이 한쪽 입꼬리를 올리며 물었다.

"그럼 누가 죽였는지도 알아내셨겠네요?"

가일은 아무 말 없이 곁눈질로 시신 한 구를 훑어보다 흠칫 놀란 듯 눈을 치켜떴다. 그 시신의 자세가 조금 괴이했다. 얼굴과 몸은 하늘을 보고 있는데 왼손이 몸 뒤에 눌려 있었다. 가일이 얼른 다가가 시신의 몸을 뒤집으니 주먹을 꽉 움켜쥔 손이 보였다. 그가 간신히 손가락을 펼치자 그 안에서 하얀 비단 쪼가리가 나왔다. 그는 손가락으로 천을 만져보았다. 광택이 흐르고 질감이 부드러운 것이, 최상급의 좋은 비단이었다. 이런 비단은 돈 있는 사람이 아니면 쓸 수 없는 것이었다. 단언컨대 허도위 관원의 것은 절대 아니었다. 그렇다면 이 관원이 홍수의 옷자락을 찢어 움켜쥐고 있었던 것일까?

흰색 비단 천…… 절세의 검객…… 진자의 저택 후원…… 몇 가지 단서가 가일의 머릿속에서 끊임없이 반복되며 점차 한 가지 형체를 만들어내기 시작했다. 가일이 찬 공기를 들이마신 후 음산하게 변해버린 진자의 집 후원을 바라보며 혼잣말을 했다.

"그가 어떻게 여기에 나타난 거지?"

서재 안에 아무도 없었다. 조비는 노양후 조우에게 갔고 한동안 돌아올 리 없었다. 게다가 돌아온다 해도 뭐 어쩌겠는가? 그녀가 서재에 올 때 이미 그와 인사를 나눴으니 대수롭게 생각할 것도 없었다. 견락은 목간과 비단 서신들을 들추며 무언가를 찾고 있었다. 사마상여(司馬相如)의 『상림부(上林賦)』는 이미 찾았고, 양웅(揚雄)의 『장양부(長楊賦)』를 아직 찾지 못했다. 그러나 견락이 진짜 찾으려는 것은 이 두 편의 부가 아니라 바로 조비의 세자 인신(印信: 도장)이었다.

물건을 훔치는 일이 처음이라 견락의 마음이 살짝 긴장되었다. 만약 조비에게 발각되면…… 기껏해야 한바탕 크게 싸우는 게 전부일 것이다. 게다가 이런 다툼이 처음도 아니니 걱정할 필요조차 없었다. 견락은 입을 살짝 오므리며 대수로울 것 없다고 마음을 다잡았다. 어차피 그가 화를 낸다 해도 그의 아우를 따라갈 수 없을 듯싶었다. 언젠가 위왕이 조비와 조식에게 성을 나가 일을 처리하고 들어오라 명을 내린 적이 있었다. 그때 조비는 성문을 지키던 교위가 막아서자 어쩔 수 없이 되돌아왔고, 조식은 그 자리에서 교위를 죽이고 성문을 나갔다.

정말 이해가 안 가. 위왕은 왜 조비 같은 못난이를 세자 자리에 앉히고 문무를 겸비한 조식을 홀대하는 거지? 그런데 조식은 위왕이 여전히 자신에게 기대를 걸고 있다고 했어. 그가 큰일을 성사시키면 세자 자리는 결국 그의 것이 될 거야. 조비의 인신 역시 조식의 것이 되어야 해. 만약 조식이 세자가 되면 어떨까? 그가 나를 훨씬 가깝게 대해줄까? 흥, 그때 가서 조비가 우리 사이를 알아봤자 찍소리도 못 할 거야.

인신…… 인신…… 도대체 어디 둔 거지?

고작 인신 따위를 숨겨둘 필요가 있나? 소심하고 겁 많은 성격은 어쩔 수 없다니까.

견락이 눈살을 찌푸리며 의자에 털썩 앉았다. 반 시진을 찾았는데도 코빼기도 안 보이니 화가 치밀어 올랐다. 그녀는 옷에 묻은 먼지를 털어내며 이곳을 나가고 싶은 충동을 느꼈다. 잠시 주저하던 그녀가 다시 몸을 숙여 서가의 맨 아래쪽 바닥을 더듬어나갔다. 돌연 손가락이 닿은 곳에서 무언가 매끈거리는 느낌이 전해졌다. 자주 열어서 그런가? 견락이 힘껏 안으로 눌러보니 딸깍 소리와 함께 묵직하고 차가운 것이 손 위로 떨어졌다.

옥인(玉印)이었다. 뒤집어 보니 '조자환인(曹子桓印)' 네 글자가 눈에 들어왔다. 찾았다!

견락은 미소를 지으며 몸에 지니고 온 인주갑을 열어 흰색 비단에 조심스럽게 인신을 찍었다.

그녀는 인신을 원래 자리에 돌려놓고 비단 천을 소맷자락에 집어넣었다. 그 순간 그녀는 묘한 성취감을 느꼈다.

조식, 당신이 부탁한 일을 제가 무사히 해냈어요.

그녀는 발그레해진 얼굴로 얼른 서재를 나가 문을 걸어 잠갔다.

허도에서 40여 리 떨어진 대장간.

진주조가 곽홍의 정보를 근거로 이곳에 도착했을 때 안은 텅 비어 있었다. 일전에 진주조가 성 북쪽에서 습격을 당한 사건은 많은 사람의 비웃음거리가 되었다. 이 일 때문에 장제가 관직을 박탈당할 거라고 장담한 사람도 적지 않았다. 그런데 모두의 예상을 뒤엎고 세자 조비는 장제를 처벌하지 않았다. 심지어 호분위 5백 명과 우림기(羽林騎) 백 명을 추가로 배치해주었다.

피 냄새를 맡은 사냥개는 더 광포해진다는 것이 세자의 입장이었다.

어떤 핑계를 대든 세자 밑에서 일하는 것이 확실히 가장 편했다. 허도의 벼슬아치 사이에 이미 이런 공감대가 형성되어 있었다.

"진자의 집에서 무엇을 찾아냈는가?"

장제가 말을 탄 채, 드나드는 호분위를 바라보며 물었다.

"없습니다. 제가 호분위 몇 명을 데리고 그곳을 샅샅이 뒤졌지만 이렇다 할 단서를 찾지 못했습니다."

가일이 한숨지었다.

"이미 누군가 가져간 것 같습니다."

"그자라고 확신하는가?"

"완벽한 확신은 없습니다. 하나 적어도 8할은 그럴 거라 생각합니다."

"백의검객이라……."

장제가 고개를 가로저었다. 백의검객은 사람이 아니라 전설이었다. 백의검객이 어떤 일에 직접 손을 쓰는 경우는 극히 드물었다. 하지만 소문대로라면 서량의 우보(牛輔)가 참수당하고, 강동의 손책(孫策)이 암살당하고, 선비족 가비능이 변사한 사건이 모두 백의검객의 소행이었다. 다만 이렇게 여러 해가 지나도록 백의검객의 진면목을 본 사람이 아무도 없었다. 그가 몇 살인지, 어느 제후의 편에 서 있는지 알려진 게 전혀 없었다.

"그가 아니기를 바라네."

장제가 한숨을 터뜨렸다.

"그렇지 않으면 이 허도의 물이 얼마나 더 혼탁해지겠는가?"

가일은 아무 대답도 하지 않았다. 사실 이 질문은 그가 대답할 수 있는 것이 아니었다.

"우리의 사건 해결 속도가 너무 느리네."

장제가 화제를 바꿨다. 이 대장간은 곽홍이 가일의 부탁을 받은 후 아흐레째 되는 날 찾아낸 곳이었다. 그 부러진 칼은 분명 이곳에서 만들어졌다. 안에 있는 나무 상자에서 똑같은 모양의 칼이 여러 개 발견되었지만 그것을 만든 사람을 찾을 길이 없었다. 아마도 진주조가 들이닥치기 전부터 이미 비워져 있었던 듯했다.

"단서가 하나라도 나올지 모르니 샅샅이 뒤지게."

장제가 말에서 뛰어 내리며 가일에게 지시를 내렸다.

"다들 안으로 들어가 수색하라."

얕은 흙돌담이 둘러쳐진 이곳의 넓이는 몇 묘는 족히 되어 보였다. 북쪽에는 이미 파손된 화로와 천판이 있고, 남쪽에는 널찍한 죽붕(竹棚: 대나무를 이용하여 만든 다락집의 일종)이 있었다. 죽붕 아래로 목탄과 공구가 쌓여 있었다. 이것저것 물건이 꽤 많았지만 어수선하다는 느낌은 전혀 들지 않았다. 일반적으로 방화는 흔적을 없애는 가장 좋은 방법이다.

그러나 이곳의 원래 주인은 그런 짓조차 하지 않았다. 어쩌면 그는 진주조가 여기까지 추격해 올 거라고 생각 못 했을 것이다. 그것도 아니면 큰불을 냈다가 지나치게 일찍 이 대장간이 발각될까봐 걱정이 앞섰을 수도 있다. 어쨌든 이곳의 보존 상태는 상대적으로 온전해, 적어도 빈손으로 돌아갈 일은 없을 듯했다.

"어찌 보는가?"

장제가 물었다.

"병기를 제조하려면 목탄이 많이 들기 때문에 혼자서는 해낼 수 없습니다. 이것이 하나의 단서가 될 것 같습니다. 일꾼들이 이곳에서 먹고 자려면 식자재를 대량으로 구매해야 합니다. 이것 역시 하나의 단서지요. 하지만 사건 해결에 크게 도움이 될 것 같지는 않습니다."

가일의 표정이 살짝 어두워졌다.

"그 두 가지 단서로 추적이야 할 수 있겠지만, 모든 희망을 걸기에는 무리가 있군."

장제가 말했다.

"진의 쪽에도 쓸 만한 소식이 별로 없습니다."

가일이 말했다.

"열세 명 정도 보고가 올라왔지만 진척이 없습니다. 한제가 최근 들어 누군가를 알현할 때마다 주위를 물릴 정도로 조심스러운 태도를 보이고 있다더군요. 진의 쪽 사람이 한제에게 접근할 기회가 원천 봉쇄된 셈입니다."

"그 열세 명 중에 특히 의심스러운 자가 있는가?"

"왕찬(王粲)의 두 아들 왕안(王安)·왕등(王登), 유이(劉廙)의 아우 유위(劉偉), 장수의 아들 장천, 송충(宋忠)의 아들 송계(宋季)……."

"핵심 인물이 없는가?"

장제가 미간을 찌푸렸다.

"지금 보니 다 의심이 갈 만한 인물로 보입니다."

가일이 쓴웃음을 지었다.

"이미 사람을 보내 이 열세 명을 전부 감시하라고 시켰습니다. 어쨌든 지금 진주조에 일손이 부족한 것은 아니니, 한두 명 빠진다고 크게 문제될 것은 없습니다."

장제가 죽붕 안으로 들어가며 말했다.

"조식 쪽은 어떤가?"

"조식요?"

가일이 눈을 치켜뜨며 되물었다.

"그쪽은……."

"이 일에 임치후가 간여했을지도 모른다는 생각이 자꾸 드네. 지난번에 그가 사냥을 나가 자객을 만났을 때 공교롭게도 우리가 거기 있지 않았는가? 그의 성격으로 보건대 당연히 우리를 혐의 선상에 두지 않았겠는가?"

"대인의 뜻은…… 이번에 매복의 습격을 받은 것이 그의 보복일 수도 있다는 것입니까?"

"이것은 그저 나의 추측일 뿐이네."

장제가 말했다.

"아무런 증좌가 없으나 조심해서 나쁠 것이야 없지."

가일이 고개를 끄덕였다.

"대인, 안심하십시오. 제가 조심, 또 조심하며 주위를 살피겠습니다. 또 하나 대인께서 아셔야 할 일이 있습니다."

"무엇인가?"

"저희를 습격한 자들의 공격과 퇴각이 일사불란하고 경계가 삼엄했던 것으로 봐서……."

가일이 말을 멈췄다.

장제는 굳이 그의 뒷말을 들으려 하지 않았다. 진주조 서조연 수장으로서 그는 도적 떼의 습격을 당했다고 보고를 올리며 이 사건을 마무리했다. 하지만 그 역시 너무나 명확히 알고 있었다. 그날 밤 진주조를 공격한 자들은 도적 떼 같은 오합지졸이 절대 아니었다. 가일의 말이 맞다. 그들의 작전 형태를 보건대 흡사…….

"정규 부대인 것 같습니다."

가일이 끝내 자신의 생각을 입 밖으로 냈다.

"한선이 군대에까지 손을 뻗었을 가능성은 크지 않네. 정규 부대를 이동시켜 진주조를 공격하는 것은 더더욱 불가능하지."

장제가 잠시 고심하다 다시 말을 꺼냈다.

"그가 처음부터 군에 소속된 사람이라면 모를까. 자네가 의심하는 것이……."

"제가 허도성과 성 밖 백 리 안에 주둔하는 군대를 모두 조사했습니다. 하지만 우리가 습격을 당한 그날 밤 50명 이상의 정규 부대를 이동시킨 곳이 단 한 군데도 없었습니다."

장제가 안도의 한숨을 내쉬었다.

"다행이군."

"이게 아니라면 또 다른 가능성이 존재합니다. 한나라 황실의 옛 신하와 형주 파벌 세력 중 이들이 사적으로 훈련시킨 장정이 적지 않습니다. 이들이 암암리에 장정들을 조직해 훈련을 시키고 실전에 투입한 건 아닐까요?"

가일이 계속 말을 이어갔다.

"그날 밤 매복해서 우리를 습격했던 자들의 수가 적어도 5백 명 정도 됩니다. 우리 쪽 손실과 비교해봤을 때 그들은 대략 80명 정도 부상을 당했거나 죽었을 겁니다."

"조사했는가?"

"조사 중입니다. 하지만 이것 역시 쉽지 않을 것 같습니다. 한실의 옛 신하와 형주 파벌 세력이 본래 얼마의 병력을 가지고 있었는지 우리가 알 방도가 없습니다. 게다가 이들은 출입 통제가 삼엄해서 병력이 얼마나 줄고 늘었는지 파악하는 것조차 어렵습니다. 설사 그들 중 80명이 죽었다 해도 각자의 집으로 치면 한 집에 많아야 한두 명 정도에 불과하겠지요. 그 한두 명이 줄었다고 해서 티가 확 나는 것도 아니니, 인원수 파악은 거의 불가능하다고 보면 됩니다."

"자네 말대로라면 이런 식의 조사가 무의미한 거로군."

장제가 한숨을 내쉬었다.

확실한 증좌 없이 단지 추측만으로 이렇게 많은 한실의 옛 신하와 형주 파벌 세력을 건드리면 강한 반발과 후폭풍이 일 수밖에 없을 것이다. 게다가 세자 조비는 여전히 안정을 최우선으로 삼고 있어, 정무 처리와 조식의 돌발 행동을 막는 것에 모든 초점을 맞추고 있다. 이런 마당에 진주조가 이렇게 광범위한 수색 작전에 돌입하는 것을 절대 동의할 리 없다.

호분위 한 명이 허겁지겁 두 사람 곁으로 달려와 목소리를 낮추며 보고를 올렸다.

"대인, 이것을 발견했습니다."

장제가 의심스러운 눈초리로 그 물건을 받아 들어 자세히 살펴보았다. 그것은 동으로 만든 동그란 장난감으로, 크기가 손바닥 절반밖에 되지 않았다. 호분위가 미리 먼지를 털어냈는지 그 위에 새겨진 도안이 어렴풋이 보였다. ……매미? 장제의 심장이 덜컥 내려앉았다. 그는 얼른 대야 쪽으로 걸어가 물건을 깨끗이 씻었다. 이것은 정교하게 만들어진 영패로, 나뭇잎이 다 떨어진 마른 나뭇가지 위에 매미 한 마리가 앉아 있는 그림이었다.

"한선이네."

장제가 영패를 가일에게 건넨 후 호분위에게 물었다.

"이 영패를 어디서 찾았느냐?"

"버리고 간 화로 안에서 찾아냈습니다. 안에 옷가지 태운 재와 다 타버린 화살들이 있었습니다."

호분위가 대답했다.

"자네는 일단 물러가고, 이 일을 절대 외부에 누설하지 말게."

장제가 정색을 하며 지시를 내렸다.

"과연 한선이군요."

가일이 탄식을 내뱉었다. 진주조를 공격한 것이 한선일 거라고 짐작은 했지만, 이렇게 반복적으로 당하고 나니 무력감마저 들었다.

"우리가 그자에게 두 번이나 당했군."

장제가 손에 쥔 영패를 자세히 들여다보며 말했다.

"한선…… 정말 쉽지 않은 놈일세."

가일이 말했다.

"대인, 일부러 남기고 간 것은 아닐까요?"

"누군가 한선에게 화를 전가시킨 것이라는 말인가?"

장제가 고개를 가로저었다.

"가능성이 크지 않네. 만약 고의로 보란 듯이 남기고 간 거라면 화로 속에 던져 넣지 않았겠지. 잘못하면 다 타버리거나 우리가 찾아내지 못했을 수도 있네. 하물며 지금 허도성 안에서 한선 말고 누가 감히 이렇게 매복을 심어두고 기습 공격을 할 수 있단 말인가?"

"그럼 소각할 때 완벽하게 처리를 못 한 것이 되는 겁니까? 왜 한선의 영패가 이 대장간에서 나온 것일까요? 한선이 여기에 왔던 걸까요?"

가일이 미간을 찌푸렸다.

"그렇지는 않을 걸세. 경기가 모반을 일으킨 사건에서도 그들 역시 한선의 증표를 가지고 있지 않았는가? 그것만 봐도 증표를 가진 자가 반드시 한선은 아니라는 것이지. 때로는 한선이 영패를 다른 사람에게 넘기고 그의 말이 바로 자신의 의도라는 것을 증명했을 것이네."

장제가 다시 한번 고개를 가로저었다. 아직까지도 진주조는 한선에 대해 아는 바가 너무 적었다.

건안 23년 완성의 후음(侯音)이 반란을 일으켰고, 허도에서 경기가 모반을 꾀했다. 건안 19년 복완이 모반을 일으켰고, 건안 17년 순욱이 조조가 위공(魏公)으로 봉해지는 것을 반대했다. 이런 일을 뒤에서 조종한 자가 바로 한선이었다. 진주조는 설립 초기부터 한선을 추포하는 일에 매달렸지만, 지금까지도 아무런 성과를 내지 못했다. 가장 성공적인 실적은 바로 경기가 모반에 실패한 후 그와 공범이었던 태의령 길본의 몸에서 한선의 영패를 발견한 것이었다. 당시는 민심을 안정시키는 것이 급선무였다. 이런 이유 때문에 진주조는 확실한 증거가 하나도 없는 상황에서 어쩔 수 없이 한선을 이미 참살했다고 보고를 올렸다. 그리고 그 후 한동안 한선도 종적을 감췄고, 서서히 사람들의 뇌리에서 잊히며 이미 죽은 사람이 되어갔다.

"이 일은 잠시 덮어두게."

장제가 마침내 결단을 내렸다.

"조식이 자객의 공격을 받았고, 우리도 매복의 습격을 당했네. 이 두 가지 사건은 분명 어느 정도 연관이 돼 있어. 조식 암살 미수 사건은 흐지부지 끝을 낼 수밖에 없지만, 진주조 사건은 대대적으로 조사를 해도 좋네."

넓찍한 밀밭이 다 타버려 검게 그을려 있고, 그 위로 대두 씨앗을 듬성듬성 뿌렸는지 푸르고 연약한 새싹이 검은 토양을 뚫고 고개를 삐쭉 내밀고 있었다. 그 모습은 마치 한바탕 바람만 불어도 금세 꺾여버릴 것만 같았다. 이곳은 가일이 매복의 습격을 받은 곳이었다. 이미 10여 일이 지나 더 이상 아무런 흔적도 발견할 수 없었다.

전천은 고개를 들어 저 멀리 하늘과 땅이 이어지는 곳을 바라봤다. 온통 끝없이 하얀 하늘 아래로 잿빛 마을의 윤곽이 보이는 듯했다.

"허도…… 변방과 완전히 다른 곳인가?"

그녀가 혼잣말을 했다.

그녀가 손을 펼치자 바람이 손끝을 지나 소맷자락을 스치며 펄럭펄럭 소리를 냈다.

"바람은 어디나 똑같구나."

전천은 작고 오뚝한 코를 찡그렸다.

"풀도 똑같아. 바람이 부는 대로 풀도 따라 움직이네."

그녀가 몸을 숙여, 풀을 태운 재가 뒤섞인 흙을 한 움큼 집어 코 밑에 대고 냄새를 맡더니 이내 바람에 날려버렸다. 몇 년 전 유주에 있을 때만 해도 마음이 울적하면 언제라도 사냥을 하러 나갔다. 드넓은 땅을 달리며 사냥에 온 마음을 쏟다 보면 잠시나마 모든 시름을 잊을 수 있었다. 하지만 지금 그녀는 사냥을 나갈 시간조차 낼 수 없다. 진주조에서 보란 듯이 자리를 잘 잡아야 변방에 있는 일족에게 낯이 설 것 같았다.

유주에서 그녀는 자신의 능력이 특출하다고 착각하며 살았다. 그런데 허도에 와보니 동료들의 인정을 받는 것조차 쉽지 않았다. 물론 서좌나 호분위와는 말도 섞고 농담도 하지만, 가일과 장제는 그녀를 자기 사람으로 보지 않았다. 심지어 도위들조차 공적인 태도로 일관하며 분명히 선을 그었다.

스스로를 탓하고 조심해야 하나? 아니면 다른 사람에게 화풀이를 해야 하나? 전천은 고개를 절레절레 흔들었다. 어릴 때부터 유주에서 자란 탓에 지금 상황을 바꾸려면 자신이 무엇을 어떻게 해야 하는지 너무나 잘 알고 있었다. 한 사람이 조직과 융합하고 한데 어울리기 위해 가장 먼저 해야 하는 일은 바로 자신의 가치를 증명하는 것이었다.

하얀 토끼 한 마리가 검은 땅을 지나 논두렁으로 뛰어가다 고개를 들더니 호기심 어린 눈빛으로 전천을 바라보았다.

전천의 손이 움직이자 빛이 번쩍하는가 싶더니 어느새 토끼의 정수리를 관통하며 땅 위에 박혔다. 전천은 느긋하게 걸어가 칼을 뽑아냈다. 그녀는 칼날에 묻은 피를 토끼의 몸에 닦아냈다. 그녀는 토끼를 집어 들어 익숙하게 배를 가르고 내장을 다 끄집어낸 뒤 가죽을 벗겨냈다.

날씨가 점점 따뜻해지고 있지만 피혁상에게 넘기면 가죽 모자 정도는 만들 수 있겠지. 올해는 쓸 일이 없겠지만, 내년에 쓰면 되지 뭐.

그녀의 얼굴에 미소가 떠올랐다.

사냥터가 변방에서 허도로 바뀌었고, 사냥감도 토끼에서 사람으로 변해버렸다. 모든 게 변한 것 같지만 사실 아무것도 변하지 않았다. 전천은 손에 든 장검으로 땅을 파헤쳐 작은 구덩이를 만든 뒤 껍질을 벗겨낸 토끼를 그 안에 넣고 흙을 덮어주었다.

그녀는 자리에서 일어나 장검을 다시 칼집에 넣은 채 허도 쪽으로 걸어 갔다.

또 양수의 서신이었다.

이번 달만 해도 그의 서신을 이미 세 통이나 받은 터였다. 조식은 세 번째 서신을 열어 대충 훑어보았다. 서신의 내용은 얼마 전에 정의가 한 말과 똑같았다. 두 사람 모두 위왕에게 병력을 요청할 것을 권했다. 그는 나머지 서신 두 통을 다시 찾아와 곁에 있는 시종에게 뜯으라고 시켰다. 그 서신의 내용 역시 세 번째와 똑같았다.

양덕조, 참으로 재미있는 자로다.

음, 양수도 이렇게까지 말하는데 부왕께 군대를 요청해야 할까? 얼마 전부터 조인이 계속 장병들을 선발하고 병기를 배정하고 있다니, 이달 말이면 번성으로 향하겠구나. 그때까지 스무 날 정도가 남아 있다. 서신 한 통을 써서 저 멀리 한중에 계신 부왕께 보낸다 해도 오가는 데 대략 보름 정도가 걸리겠지. 시간적으로 늦지 않겠지만, 별로 마음이 내키지 않는구나. 행군을 하고 전쟁을 치르는 것처럼 고달픈 일이 또 어디 있겠는가? 먹고 입고 쓰는 것을 모두 저 멍청한 병사 놈들이랑 같이 해야 하지 않는가? 더구나 저 멀리 번성까지 가게 되면 견락을 볼 수 없을 것이다.

조식은 흰색 비단 천을 꺼내 들었다. 그 위에 '조자환인'이 아주 선명하게 찍혀 있었다. 이 물건은 견락이 어제 사람을 시켜 보내온 것이었다. 비단에 찍힌 글자가 너무 선명해 그것을 본떠 그대로 도장을 만들어도 될 것 같았다. '조자환인'은 조비의 가장 특별한 인신으로, 이제까지 그 어떤 공문에도 사용한 적이 없었다. 위왕이 군대를 이끌고 장안을 나선 후 조비는 장작대신(將作大臣)에게 솜씨 좋은 장인을 찾아내 이 인신을 만들도록 시켰다. 그리고 인신이 완성된 후 열네 장의 하얀 비단 위에 그 인을 한 번씩 찍었다. 그중 넉 장은 장락위위 진의에게 넘겨 궁문 네 곳에 보관했고, 나머지 열 장은 성문교위 조례(曹禮)에게 보내 허도의 성문 열 곳에 보관했다. 일단 허도에 야간 통행금지 시간이 되면 이 '조자환인'을 지닌 사람만이 궁문과 성문을 통과할 수 있다. 이때 성문사마(城門司馬)가 그들이 보여준 '조자환인'과 흰색 비단 위에 찍힌 인신의 모양이 똑같은지 확인하는 절차를 거친다. 만약 인신 없이 함부로 문을 통과하려는 자가 있다면 그 자리에서 죽여도 무방했다. 그렇기 때문에 견락이 보내온 이 흰색 비단 천은 더 특별할 수밖에 없었다. 흰색 비단에 찍힌 인신의 글자체를 그대로 본떠 인신을 새로 만들면, 앞으로 무슨 일이 생겼을 때 허도와 황궁 안을 거침없이 드나들 수 있게 된다. 조비, 이 멍청한 놈. 사방 성문을 물샐틈없이 지키기만 할 뿐, 자기 인신이 복제될 수 있다는 생각을 전혀 못 하는구나. 하루 종일 정무에 코나 박고 있는 너 같은 얼간이가 자기 집 뒤뜰에 난 불을 어찌 알아채겠느냐?

조식은 흡족한 표정으로 비단 천을 고이 접어 나무 함에 집어넣었다.

눈을 돌리니 또 양수의 서신이 보였다.

아, 하마터면 병력 요청하는 이 일을 잊을 뻔했군.

어찌 해야 좋을까? 요청을 해야 하나, 말아야 하나…….

"나리, 정의 대인과 정이 대인께서 뵙기를 청하옵니다."

문 밖에서 시종이 큰 소리로 이들의 방문을 알렸다.

그래, 일단 부왕께 서신을 보내 병력을 요청하고, 내가 군대를 이끌고 나갈지 말지는 하늘의 뜻에 맡기자.

그는 죽간을 펼치고 붓을 들어 써 내려갔다.

"소자가 황공하옵게도 청을 하나 올립니다. 형주 쪽 관우의 움직임이 심상치 않다 들었기에……."

이런 글은 시부 짓는 일에 비하면 식은 죽 먹기였다. 잠시 후 거침없이 써 내려간 병력 요청 서신이 완성되었다. 조식은 문 앞에 서 있는 시종을 불렀다.

"당장 천리마를 보내 한중에 계신 부왕에게 이 서신을 전하라. 아, 가는 길에 입구에 우두커니 서 있는 두 형제를 보거든, 만약 이 일로 날 찾아온 것이라면 그만 돌아가는 것이 좋겠다고 전하여라."

그 이름을 듣기만 해도 간담이 서늘해진다는 진주조 안에 막상 들어와 보니 배치가 무척이나 단조로웠다. 곽홍은 뒷짐을 지고 서조서(西曹署) 내부를 유심히 둘러보았다. 방은 넓이가 가로 3장(丈), 세로 5장(丈) 정도로 크지 않았다. 벽 쪽으로 서가 몇 개가 놓여 있었는데, 그 위에 목간이 잔뜩 쌓여 있었다. 이 목간들 속에는 무슨 비밀이 기록되어 있을까? 곽홍은 가일이 자기 앞에 툭 던졌던 그 목간을 떠올렸다. 그 목간에는 자신의 모든 제자와 자신이 도와준 적 있는 대부분의 사람이 기록되어 있었다. 그랬다. 그가 명만 내리면 이들은 자신이 할 수 있는 최선을 다해 그에게 보답할 것이다. 이번에 그 부러진 칼의 출처를 조사해준 것도 바로 이들이었다.

협객은 주가(朱家)·곽해 이후로 이미 그 명맥을 제대로 유지하지 못하고 있었다. 비록 아직은 협객이 나서면 동조해주는 사람이 많지만, 이 또한 민간에서만 가능할 뿐이었다. 지난날 곽해와 친교를 맺었던 이는 위청(衛靑) 같은 한나라 조정의 중신이었다. 그러나 지금은 일개 응양교위의 말 한 마디면 그를 사지로 몰아넣고도 남았다. 이제 천하의 흐름은 조정의 고관대작이든 무지렁이 백성이든 너 나 할 것 없이 서로를 속이며 헐뜯고 배척하는 것이 너무나 당연하게 받아들여지는 세상이 되었다. 약속을 천금같이 여기고 정의를 위해 목숨을 초개처럼 버리는 협객은 이들의 눈에 이미 시대의 변화를 거스르는 고지식한 멍청이로 비치고 있었다. 만약 가일이 그 목간 위에 쓰인 사람들을 해칠까 두려워하지 않았다면, 내가 과연 진주조의 호령에 따라 움직였을까? 의롭게 정의를 위해 나 자신을 희생하는 것도 꽤 괜찮은 종착지인 셈이었다.

곽홍은 자기도 의식하지 못한 사이에 이미 서가 앞에 서 있었다.

이 목간들 중 그 명단이 있을까? 그걸 가져가도 진주조에 똑같이 베껴놓은 목간이 또 있는 게 아닐까?

"뭐 하는 것인가? 곽 대협, 진주조의 비밀 문건을 몰래 훔쳐보기라도 하려는 건가?"

등 뒤에서 가일의 목소리가 들려왔다.

곽홍이 고개를 돌리니, 가일이 입구에 서서 어이없는 표정을 짓고 있는 것이 보였다.

"소인은 2,114명의 명단이 적힌 그 목간을 찾고 싶을 뿐이오. 다른 것은 관심도 없소."

곽홍이 솔직하게 자신의 생각을 말했다.

"그거라면 이곳에 둘 리가 없지."

가일이 소맷자락을 뒤로 쳐 넘기며 말했다.

"앉으시게, 곽 대협."

곽홍이 염치 불고하고 왼쪽 상석에 앉았다.

"근데 이곳 서가에는 어떤 것들이 꽂혀 있는 것이오? 그냥 장식용이오?"

"그럴 리가. 이것들은 모두 당대 조정 중신과 권문세가들이 외부에 알리고 싶어 하지 않는 비밀들이네. 이것들 중 어떤 목간은 세상에 알려지는 순간 적잖은 사람들이 패가망신하고 죽게 되겠지."

가일이 희미하게 웃으며 말을 이어갔다.

"곽 대협의 그 목간은 아직 여기에 있을 자격이 없는 듯하네."

곽홍의 표정이 움찔했다.

"가 교위, 그렇게 대놓고 말하다 이 목간들을 누군가 훔쳐 가기라도 하면 어쩌려 그러시오?"

"훔친다? 곽 대협, 진주조에 들어오기 쉽다고 나가는 것까지 쉬울 거라 보는가?"

가일이 웃음기를 거두고 말했다.

"진주조가 생긴 후 16년 동안 총 일곱 명이 물건을 훔치러 들어왔지. 하나 안타깝게도 이들은 모두 영원히 이곳을 벗어나지 못했지. 굳이 한 명을 대자면 곽 대협의 가장 친한 벗이었던, 하북 4정주(庭柱) 한영(韓榮)의 조카 한빈(韓彬)도 그중 한 명이었지."

"한…… 한빈?"

곽홍의 안색이 창백해졌다.

"그가 진주조에서 죽었소?"

"아마 곽 대협의 발아래 묻혀 있을 거네."

가일이 발 밑바닥을 가리키며 말했다.

"누군가의 부탁을 받고 왔든 아니면 발이 제멋대로 여기로 향했든 한빈은 절대 오지 말아야 할 곳에 와버렸고, 절대 해서는 안 될 일을 했네. 곽 대협은 똑같은 잘못을 저지르지 않을 거라고 믿네."

곽홍은 아무 말이 없었다. 그는 한빈의 능력을 누구보다 잘 알고 있었다. 만약 한빈조차 이곳에서 죽었다면 그가 살아 나갈 희망은 전혀 없었다. 진주조…… 예전에는 그저 정보를 정탐하고 떠도는 소문을 상주하는 정도의 일을 하는 곳으로만 알고 있었다. 설마 이 정도로 무시무시하고 막강한 힘을 가지고 있을 줄 상상조차 하지 못했다.

가일이 웃으며 화제를 바꿨다.

"그 대장간은 아주 잘 찾아냈더군. 장제 대인이 만족해하셨네."

"그럼 이번에 나를 다시 부른 건 또 맡길 일이 있어서요?"

곽홍이 어리둥절해하다 이내 냉소를 지었다.

"무예를 배워 세상을 떠돌며 힘없고 억울한 이들을 도와주던 내가 이제 진주조의 개로 살게 될 줄은 몰랐소."

가일의 목소리가 커졌다.

"대협이 이리 빨리 자신의 처지를 간파해주니, 이제야 말이 제대로 통할 것 같네."

곽홍이 가소롭다는 듯 콧방귀를 뀌었다.

가일은 아랑곳하지 않고 목간을 꺼내 그의 앞으로 던졌다.

곽홍이 미간을 찌푸리며 말했다.

"가 교위, 이미 답을 했거늘, 또다시 이런 수작을 부리는 게 비열하다 생각지 않으시오?"

가일은 이미 예상했다는 듯 화조차 내지 않았다.

"곽 대협, 진주조가 이제껏 은혜를 원수로 갚은 적이 없었네. 대협이 진주조를 도와준다면 우리도 대협이 하는 일을 도와줄 것이네. 일단 목간에 뭐라고 쓰였는지부터 좀 보시게."

곽홍이 목간을 집어 들자 빼곡하게 적힌 작은 글자들이 눈에 들어왔다.

건안 24년 4월 초하룻날, 장사(長社)의 장뢰(張雷)가 성에 사는 대부호 소구(蘇句)를 죽음으로 몰아넣고 그의 전답과 집을 빼앗았다. 곽홍이 장뢰를 베어 죽여 그 수급을 성문 위에 걸었다. 건안 24년 4월 16일 형양(榮陽)의 악질 향리 동환(董煥)이 뇌물을 수수하고 법을 어겨 곽홍이 관아에 쳐들어가 그를 참살했다. 건안 24년 4월 23일 곽홍이 낙양을 지나다 가난한 백성들에게 3천 냥을 나눠주고 살길을 열어주었다. 건안 24년 5월 초이렛날……

"이 일들을 누가 한 것이오?"

곽홍이 목간을 자세히 들여다본 후 갈라진 목소리로 물었다.

"당연히 곽 대협이 한 일이지."

가일이 태연하게 말했다.

"곽 대협이 선행 베풀기를 좋아하고 의로운 일에 앞장서니, 그 이름이 사방에 널리 알려져 있더군. 진주조는 그저 기록을 한 것에 불과하네."

"나는 세상을 속여가며 명예나 얻고자 하는 자가 아니오……."

"사람들은 진실 같은 것에 관심이 없네."

가일이 차갑게 말했다.

"곽 대협, 누구나 말은 그렇게 하겠지."

곽홍이 침묵했다.

"나라와 백성을 위하는 것이 바로 대협의 할 일이겠지. 곽 대협이 종묘사직을 위해 충성을 바친다면 묵자(墨子)의 뒤를 이을 최고의 협객이라 불려도 전혀 모자람이 없을 것이네. 다만 지금 천하가 아직 통일되지 않아 도적이 들끓고 있으니 곽 대협이 암암리에 도와줄 일은 많겠지. 하나 대협의 공을 널리 알릴 수는 없을 것이네. 장 대인의 뜻에 따라 진주조는 곽 대협이 간악한 무리들을 벌하는 일에 도움을 주기로 결정했네. 이는 의를 중시하고 재물을 가벼이 보는 대협의 명성을 바로잡는 데 일조할 것이라 보네."

곽홍이 쓴웃음을 지었다. 이제 그는 가일의 의도를 어느 정도 짐작할 수 있었다.

진주조는 그를 장기적으로 이용할 계획을 세웠다. 하지만 사람의 능력에는 한계가 있었다. 한 가지 일을 하면서 동시에 다른 일을 하기 어렵기 때문이다. 협객 곽홍이 아주 오랫동안 허도에 머물면 뜻 있는 사람들의 주의를 끌 수 있게 된다. 만약 누군가가 곽홍을 사칭하며 허도와 멀리 떨어진 곳에서 의로운 일을 한다면 진짜 곽홍이 허도에 있다고 누가 생각이나 하겠는가?

아니, 그게 아닐 수도 있다. 어쩌면 진주조는 무언가를 찾기 위해 나를 내세울 리 없을 것이다. 그렇게 하면 목표가 너무 커질 수밖에 없고, 의를 행하고 있는 '곽홍'의 행적과도 충돌하게 된다. 차라리 나를 앵무새로 삼는 편이 나을지도 모른다. 이리하면 서신 같은 수단을 통해 수하의 제자와 벗들을 진두지휘하며 진주조가 하고 싶으나 할 수 없는 일을 시킬 수 있겠지.

술집, 기생집, 도박장…… 지금까지 진주조가 취약했던 이런 고리들이 전에 없이 강화될 것이다.

"곽 대협, 진주조가 그자를 색출해내면 대협이 하고자 하는 일을 누구도 막지 못할 것이네."

가일이 태연하게 말했다.

"다만 지금 진주조는 대협의 도움이 필요할 뿐이고, 대협이 조정과 사직을 위해 잠시 사사로운 마음을 내려놓아주길 바라네."

곽홍은 눈을 감는 것으로 그의 말을 묵인했다.

가일은 대문을 나서는 곽홍을 눈으로 배웅하며 입가에 미소를 지었다. 한빈은 진주조에 들어온 적이 없으니 이곳에서 죽었을 리도 없었다. 한빈은 4년 전에 동오 땅에서 최후를 맞았다. 곽홍은 이 일에 대해 아는 바가 없었고, 그것을 눈치 챈 가일이 거짓말로 그를 속여 넘겼다. 이곳 강호에서 협객이라 불리는 자들은 약속을 목숨보다 귀히 여기므로, 평범한 수단으로는 이들을 길들일 수 없었다. 이들의 기를 죽이려면 감히 넘볼 수 없는 강한 힘과 잔인한 수단이 필요했다.

곽홍은 이미 그물에 걸린 물고기였다.

그는 홀가분하게 한숨을 내쉬고 자리에 앉았다. 그러나 목간을 꺼내 펼치자 순식간에 기분이 다시 무겁게 가라앉았다. 대장간에서 한선의 영패를 발견한 후 바로 한실의 옛 신하와 형주 파벌 세력의 집안에 소속된 무사와 하인들을 대상으로 조사에 착수했지만 별다른 진척이 없었다. 이미 예상했던 일이었지만, 조사 결과는 예상을 훨씬 벗어나 있었다.

의심이 가는 여든여섯 곳 가운데 무사와 하인의 수를 대조 조사한 곳이 일흔한 곳이었다. 이 일흔한 곳은 무사와 하인의 수에 변화가 전혀 없었다. 다시 말해서 조사를 마친 일흔한 개 가문 중 어느 누구도 그때 진주조 습격에 참여하지 않았다는 것이 증명된 셈이었다.

남은 열다섯 곳은 무사와 하인의 수가 원래부터 많지 않았다. 만약 이들 중에 습격에 참여한 자가 있다면 절대 속일 수 없을 정도로 소규모 병력이 었다. 그렇다면 한실의 옛 신하와 형주 파벌 세력이 이번 습격과 아무 관련이 없다는 결론이 나온다.

이게 사실이라면…….

허도 주위의 정규 부대도 아니고 각 가문에 소속된 개인 병력도 아니라면 대체 누구란 말인가? 허도 인근 어디에 이 정도 규모의 병력이 있단 말인가?

"저기요, 방금 진주조에서 나간 그 사람 말이에요. 비도 안 오는데 삿갓을 쓰고 외투를 걸친 그 사람은 누구죠?"

전천의 목소리가 입구에서 들려왔다.

"협객 곽홍이다."

가일이 대답했다.

"뭐죠? 그자를 매수했나요?"

전천이 걸어 들어왔다.

"쳇…… 이것도 비밀로 해야 하는 건가 보죠?"

"어찌 알았느냐?"

가일이 고개를 들어 그녀를 빤히 쳐다보았다.

"누굴 바보로 알아요? 화창한 날에 삿갓을 쓰고 외투를 걸쳤으니, 자기가 누구인지 알리고 싶지 않은 거겠죠. 게다가 진주조를 드나들었어요. 그게 무슨 말일까요? 곽홍이 진주조에 매수되었다는 거고, 이건 그야말로 극비죠. 안 그런가요?"

"바보는 아니로구나."

"하, 난 바보가 아니라 당신들처럼 그렇게 빙빙 돌려가며 말하고 싶지 않은 것뿐이에요."

전천이 가일의 맞은편에 앉았다.

"알아낸 게 있는데, 들어보실래요?"

가일은 손에 목간을 든 채 아무 말이 없었다.

전천은 그의 대답을 기다리지 않고 먼저 입을 열었다.

"어제 진주조가 습격을 당한 곳에 가서 그곳 현장을 자세히 살펴봤어요."

"응? 진주조에서 이미 사람을 보내 조사를 마친 곳에서 또 무엇을 발견했다는 것이냐?"

"나는 그런 멍청이들과 달라요. 어릴 때부터 변방에서 자라서 흔적을 따라 사냥감을 추적하는 일에 일가견이 있거든요. 초목이 꺾인 흔적, 발자국의 깊이, 말발굽의 방향을 근거로 아주 많은 것을 알아냈어요. 들으면 놀랄걸요?"

"그래? 어제 갔다면 우리가 매복에게 습격당한 지 열흘의 시간이 흐른 뒤다. 그런 곳에서 무엇을 더 알아냈다는 것이냐?"

"중요한 건, 지난 열흘 동안 비가 전혀 안 내렸다는 거죠."

전천이 자신감을 내비쳤다.

"게다가 그곳은 많은 사람이 죽은 곳이기도 하고요. 그런데 그날 이후 진주조 사람 외에 그곳을 찾은 사람이 거의 없어요. 그 덕에 현장 보존이 거의 완벽했다 할 수 있죠."

"그리 말하는 걸 보니, 누가 그 일을 했는지도 짐작해낸 것이냐?"

"그건 아니에요. 하지만 그자들이 진주조를 습격한 후 대부분 허도로 돌아왔다는 건 알아낼 수 있었어요."

"허도성 어디로 갔는지도 알아냈느냐?"

"그건…… 불가능해요."

전천은 살짝 난감해졌다.

"사실 성 외곽 길을 가봤지만 평소 오가는 사람이 많아 추적할 만한 흔적을 찾을 수 없었어요. 하지만 성문교위 조례라면 이상한 점을 발견했을지도 몰라요."

"허도성은 하루에만 수만 명이 드나든다. 이 수만 명 중에 뒤섞여 들어온 사오백 명을 어찌 알아챈단 말이냐? 네가 성문을 지키는 병사들을 너무 과대평가하고 있구나."

가일이 눈썹을 치켜떴다.

"방금 대부분 허도로 돌아왔다 했느냐? 그럼 나머지는 어디로 갔다는 것이냐?"

"북쪽으로 갔어요."

"북쪽?"

가일이 혼잣말처럼 중얼거렸다.

"더 북쪽으로 가면 멀지 않은 곳에 제수(濟水)가 있고, 그곳을 건너면 또 황하가 있지. 왜 북쪽으로 간 것이지? 만약 한실의 옛 신하와 형주 파벌 세력 쪽 사람이라면 동오나 서촉으로 가야 하는 것이 아닌가?"

"내가 보기에 북쪽으로 간 자는 부상을 당한 자들이 확실해요. 허도로 들어온 자는 부상을 당하지 않았을 거예요."

전천이 말했다.

가일이 고개를 끄덕였다.

"네가 쓸모 있을 때가 다 있구나."

그가 잰걸음으로 방문을 향해 걸어가 그 옆에 서 있던 도위에게 지시를 내렸다.

"전령이다. 병주(幷州)·기주·연주(兗州) 일대의 진주조는 부상당한 자들 단속을 더 강화하고 의심되면 즉각 구류하라!"

"이봐요, 허도로 들어온 그자들부터 먼저 조사해야 하는 거 아니에요?"

전천이 물었다.

"조사 중이다."

가일이 짧게 대답했다. 만약 그들이 허도로 다시 돌아왔다면 도대체 어디 숨었단 말인가? 왜 그들을 찾을 수 없는 거지? 그들이 사병(私兵)이 아니라면 도대체 어디서 왔단 말인가?

눈앞이 캄캄한 공간 안에 숨 쉬는 소리만이 희미하게 들릴 뿐이었다.

장천은 한 치의 흐트러짐도 없이 앉아 있었다. 그는 토굴 안에 누가 있는지 모르고 알고 싶지도 않았다. 가끔 누군가의 말소리가 귀에 익을 때도 있고, 어떤 때는 말하는 사람이 누구인지 거의 짐작이 갔다. 하지만 그는 이 귀에 익은 목소리의 주인공들과 이제까지 단 한 번도 밖에서 말을 섞어본 적이 없었다.

그것은 극히 위험한 일이었다.

이 토굴 모임에 나오게 되면 누구나 한 가지 꼭 명심해야 할 일이 있었다. 이 토굴에서 도모한 일은 일가를 멸족시키고 심지어 삼족을 멸할 정도로 위험해서, 황당하다 싶을 정도로 신중을 기해도 전혀 과하지 않다. 이 말을 그에게 해준 사람은 지금 이미 이 세상 사람이 아니었다. 그의 딸과 부인조차. 바로 그의 장인이 될 뻔했던 진자였다.

"진주조가 대장간을 찾아냈소."

중후한 목소리가 들려왔다.

"그들이 기가 막힐 정도로 신속하게 움직이고 있습니다."

"어찌 된 일입니까? 적어도 석 달 동안은 절대 찾아내지 못할 거라 하지 않았습니까?"

또 다른 날카로운 목소리가 들려왔다.

"이럴 줄 알았으면 애당초 그 대장간을 타 태워버렸을 겁니다. 진주조가 거기서 뭐라도 발견했을까 걱정입니다."

쉬고 갈라진 목소리에 근심이 가득했다.

"흠, 그렇게 오랜 시간 철저히 계획한 일이었는데 고작 백여 명 정도밖에 죽이질 못했으니 참으로 허무할 따름입니다."

"조우의 움직임이 너무 빨라 가일을 죽일 틈이 없었다는 건 우리도 이해합니다. 하지만 장제는 어찌 된 겁니까? 고작 호분위 50명만 데리고 온 자를 처리하지 못했다는 겁니까?"

"저희 쪽 사람이 너무 적었습니다."

"너무 적었다니요? 장제의 50명을 공격하는 데 백 명을 썼고, 가일이 이끌고 온 2백 명을 상대하는 데 4백 명을 투입했습니다. 두 배입니다. 두 배를 쓰고도 그자들을 모두 쓸어버리지 못했습니다!"

날카로운 목소리는 냉혹한 느낌마저 주었다.

"전쟁이란 것이 단지 머릿수로만 승부가 갈리는 게 아니지요."

거칠고 투박한 목소리가 말을 이어갔다.

"호분위는 조조군의 정예 부대입니다. 하나같이 시체로 산을 이루고 피로 바다를 이루는 전쟁터를 뚫고 살아남은 자들이지요. 가일뿐 아니라 그 장제도 능력이 뛰어나더이다. 저택 안팎으로 병력을 물샐틈없이 배치하고 네 시진을 버텨냈소. 병법에 이르길 아군이 적군의 열 배 병력이면 포위하고, 다섯 배 병력이면 공격하고, 두 배 병력이면 적을 분리시켜 차례로 공격하라 했지요. 우리는 고작 두 배의 병력이니, 시신을 하나도 남기지 않고 전부 퇴각해 온 것만으로도 꽤 성공적이라 할 수 있습니다."

"제가 보기에 너무 많은 걸 고려한 것 같습니다. 현장에 시신을 절대 남겨둬서는 안 된다니요? 그게 도리어 우리의 손발을 묶어버렸습니다. 이런 지시만 없었다면, 설사 죽는 한이 있어도 그 두 놈의 머리통을 날려버렸을 겁니다!"

"그것은 한선의 요구였습니다. 이번 습격에 참여한 부대는 폐하께서 허도에 남겨둔 마지막 부대였지요. 만약 시신을 남겨두어 정체가 폭로된다면 소를 위해 대를 잃는 것이 아니겠습니까?"

가장 먼저 들렸던 그 중후한 목소리였다.

"사실 장제와 가일을 못 죽여도 진주조의 기세를 크게 한 풀 꺾어놓을 수 있을 거라 예상했습니다. 그런데 조비는 장제를 파면하지 않았고, 심지어 호분위 5백 명과 우림기 백 명까지 추가로 내주었더군요."

장천은 남몰래 탄식을 뱉으며 자신의 생각을 말해야 할 때가 왔다고 느꼈다.

"이번 매복 공격이 너무 경솔했다는 생각을 지울 수 없습니다. 우리의 목적을 달성하지 못했을 뿐 아니라 진주조의 경각심만 더 높이게 만들지 않았습니까? 요즘 들어 여러분 저택 근처에 감시의 눈이 더 늘어났을 겁니다. 지금 그자들이 저희가 키우는 사병 수를 조사하고 있는 것 같습니다."

"상관없습니다. 우리조차 어느 부대가 습격에 참여했는지 모르는 판에, 그자들이 무엇을 알아낼 수 있겠습니까?"

"그러나 이번 습격이 진주조의 감시와 통제를 강화시킨 것만은 확실합니다."

장천이 다시 한번 강조했다.

"제가 이번 집회에 오기 위해 길을 두 번이나 돌고 마차를 세 번 갈아탔습니다. 여기 계신 여러분 중 단 한 명이라도 꼬리를 잡혀 그들의 추적을 따돌리지 못했다면 아마 진주조가 벌써 이곳을 덮쳤을 거고……."

"상관없습니다. 우리의 뒤를 봐주는 이가 따로 있으니, 진주조 사람이 이 근처까지 따라오는 것은 불가능합니다."

중후한 목소리가 다시 토굴 안에 울려 퍼졌다.

"그자들의 움직임이 우리의 대사에 영향을 주지 않기를 바랄 뿐입니다."

누군가 나지막한 목소리로 중얼거렸다.

"그 진주조 얼간이들이 조사를 하든 말든 맘대로 하라 하십시오. 그래봤자 지금까지 쓸 만한 증거를 하나도 찾아내지 못했잖습니까? 우리한테 온 신경을 집중하는 것도 나쁘지 않다고 봅니다. 그래야 한선 쪽에서 일하기 더 편해지지요."

쉬고 갈라진 목소리가 들려왔다.

"맞습니다. 그들은 지금까지 한선이 누구인지조차 못 밝혀냈는데, 더 뭘 할 수 있겠습니까?"

중후한 목소리가 이어졌다.

"하물며 조비에게 가장 골치 아픈 것은 한선도, 우리도 아닌 바로 그의 세자 자리입니다. 필요할 때 우리는 다시 조식을 상대로 일을 꾸며 그의 주의력을 분산시키면 됩니다."

"한중 쪽은 어찌 되어가는지 모르겠습니다."

한 번도 들어본 적이 없는 목소리였다. 새로 들어온 사람인가?

"별다른 일은 없습니다. 현덕(玄德: 유비의 자) 공이 기산에서 한 차례 승리를 거둔 후 양군이 계속 대치중입니다. 조적(曹賊: 조조를 가리킴)이 앞으로 나아갈지 물러설지 주저하고 있는 상태지요."

이 사람 말투에 양주 사투리가 섞여 있었다.

"합비는 어떻습니까?"

그 낯선 목소리가 다시 물었다.

"여몽(呂蒙)·장흠(蔣欽)·손교(孫皎)가 이끄는 동오의 3대 주력군이 유수(濡須)에 집결했고 손권이 직접 합비로 출정을 했으니, 전쟁이 임박했습니다. 장패(臧霸)의 청주군(靑州軍), 여공(呂貢)의 예주군, 배잠(裴潛)의 연주군, 장료(張遼)의 양주군(揚州軍)이 모두 합비로 집결하고 있습니다."

담담하고 차분한 목소리가 잠시 멈추는가 싶더니 다시 들려왔다.

"이대로 간다면 조위의 군사력이 기본적으로 한중과 합비에 집중되니, 중간에 전략적 빈틈이 생기게 됩니다."

"형주를 말하는 겁니까?"

장천이 자기도 모르게 말을 받아쳤다.

"맞습니다."

차분한 목소리가 이어졌다.

"현재 우금이 고립된 채 번성을 지키고 있으나, 용맹한 관운장(關雲長: 관우)을 당해내지 못할 것입니다."

"만약 관운장이 번성을 치고 중도에서 돌진해 들어오면 우리에게 엄청난 호기로 작용할 겁니다."

중후한 목소리에서 기대감이 묻어났다.

"지금은 그 문제를 고려할 때가 아닌 것 같습니다."

나이가 꽤 들어 보이는 목소리가 들려왔다.

"한선의 다음 지령이 아직 없는 겁니까?"

아무도 대답이 없었다.

한선의 지령은 누군가 전담해 전달하는 것이 아니었다. 이 토굴에 모인 사람 중 적어도 3분의 1이 한선의 지령을 전달한 적이 있었다. 한선의 영패를 가진 이가 바로 한선의 대변인이었다. 그러나 한선의 소식을 전달한 후에는 규정에 따라 영패를 이 토굴에 두고 갔고, 다음 집회가 열릴 때 또 다른 사람의 손에 그 영패가 들려 있었다.

"이번에는 한선의 영패를 쥔 자가 없는 것입니까?"

노쇠한 목소리가 다시 침묵을 깼다.

역시나 아무 대답도 들리지 않았다.

"이상하군요. 이번에는 한선의 지령이 없는 걸까요?"

누군가 혼잣말처럼 중얼거렸다.

"한선의 지령이 없다면 일단 우리에게 닥친 다른 일을 처리해야지요."

노쇠한 목소리가 이어졌다.

"폐하 쪽의 재정이 지나치게 부족하니 다들 분담해서……."

대략 반 시진이 지나서야 토굴에 있던 사람들이 한 명씩 빠져나갔다. 장천이 마지막으로 걸어 나왔을 때 이미 어둠이 내려앉아 있었다. 토굴 입구에 있던 두 눈이 혼탁한 장님이 여전히 그곳에 앉아 있었다. 장천이 걸어나가자 그가 기침을 하며 말했다.

"다 나갔군."

장천이 의아한 눈빛으로 그를 돌아보았다. 어떻게 안에 아무도 없다는 것을 안 거지? 장님인 척한 건가? 장천은 이내 웃으며 고개를 저었다. 자신이 이 상황을 너무 예민하게 받아들이는 건 아닌가 싶었다. 앞이 안 보인다고 듣지도 못하는 것은 아니겠지.

눈앞으로 황량한 풍경이 펼쳐졌다. 장대처럼 긴 수풀이 우거져 끝없이 펼쳐지고, 구불구불 이어진 좁은 길이 아무런 생기도 없이 발밑에 누워 있었다. 등 뒤에 있던 노인은 이미 자리에서 일어나 토굴 안으로 걸어 들어갔다. 그곳은 바로 그의 집이었다. 죽간을 탁탁 치는 소리를 들으며 장천은 2리 밖에 서 있는 그의 마차를 향해 성큼성큼 발걸음을 옮겼다. 장천은 형주 파벌도 아니고 한나라 황실의 옛 신하도 아니었다. 그런 그가 황실을 돕기 위해 만든 이 비밀 모임에 들어올 수 있었던 것도 어찌 보면 특혜였다. 만약 부친이 완성 전투에서 위왕에게 패하지 않았다면 절대 올 수 없는 기회였다.

가후는 부친이 죽고 난 후부터 장천을 점점 멀리하며 장씨 집안과 선을 긋고자 했다. 참으로 우스운 일이었다. 당시 부친은 가후의 계책에 따라 조앙·조안민(曹安民)·전위를 죽였고, 조조와 철천지원수가 되었다. 그러나 한선의 말처럼 가후는 주인을 위해 충성을 다한 신하에 불과했고, 진짜 원흉은 바로 부친 장수였다.

장천은 세자 자리를 두고 싸움이 벌어졌을 때 조식의 손을 들어주었다. 중원이 안정되고 은원을 따질 때가 오면, 조조는 아니더라도 조비는 분명 장씨 집안을 가만두지 않을 것이다.

그렇다면 가만히 앉아서 죽음을 기다리느니 한번 싸워보고 죽는 편이 나았다. 다만 모반을 일으킨다 해도 그 성공률이 얼마나 높을지 확신이 서지 않았다. 하지만 오늘 비밀 집회에 모인 사람들의 치밀한 능력과 수완, 그리고 비밀에 휩싸인 한선의 존재만 있다면 인생을 건 도박을 해볼 만했다. 먼 길을 걷다 보니 장천의 몸에서 살짝 땀이 배어 나왔다. 잠시 멈춰 앞을 내다보니 멀지 않은 곳에 서 있는 마차가 보였다.

양수가 군영 문에 도착해 허리춤의 술병을 만지작거리며 또 밖으로 나가려 했다.

입구를 지키던 도백이 손을 뻗어 그를 저지했다.

"양 주부 나리, 어디로 가시려는 겁니까?"

"병영 안에만 있자니 너무 답답해서, 저 건너 산기슭에 가서 좀 앉았다 오려 하네."

도백이 난색을 표했다.

"양 주부 나리, 하후 장군의 명이십니다. 나리께서 나가시면 사람을 보내……."

"왜 나 혼자 나가 돌아다니지도 못하게 하느냐?"

양수의 입가가 일그러졌다.

"외눈박이 하후 장군이 여전히 나를 첩자라 의심하는 것이냐?"

"그것이……."

"그럼 내가 맞은편 저 산에 좀 가 있으마. 마음이 안 놓이면 함께 가서 내

목에 칼을 대고 있다가 무슨 이상한 낌새라도 느껴지면 바로 치면 될 것이 아니냐?"

"제가 어찌 감히 그럴 수 있겠습니까?"

도백이 난처해 어쩔 줄을 몰라했다.

"농담이다."

양수가 히죽 웃으며 도백의 어깨를 툭툭 쳤다.

"우리 군영에 있는 역졸 놈이 사냥감을 구워 술이랑 같이 먹자더구나. 그 김에 가볍게 노름도 한판 할 생각이다. 너도 생각 있으면 같이 가서 놀다 오자꾸나. 저쪽에 횃불을 밝힌 곳이 보이느냐? 여기서도 한눈에 보이는구나. 저기로 가면 된다. 만약 외눈박이 하후가 나를 찾거들랑 목청껏 소리를 지르거라. 저기서도 다 들을 수 있으니."

도백이 주저하는 사이 양수는 태연히 군영 문을 걸어 나갔다.

달빛이 잔잔하게 비치는 산길을 걸으며 서늘한 바람을 맞으니 머리가 좀 맑아지는 느낌이 들었다. 위왕이 이 산골짜기에 주둔한 지 벌써 한 달여가 되어가는 동안 단 한 번도 장소를 옮긴 적이 없었다. 우금·장합 등 대장군이 위왕의 군영 전방으로 수십 리 떨어진 곳에서 병력을 분산시켜 주둔하고 있어, 촉군의 급습을 걱정할 필요가 없었다. 양수는 산기슭을 따라 걸어 올라갔다. 넓게 펼쳐진 기장 밭이 마치 깊이를 알 수 없는 밤바다처럼 바람을 타고 출렁거렸다. 저 멀리 보이는 횃불을 향해 그가 천천히 걸음을 옮겼다.

관준이 모닥불을 살피다 양수를 보자 웃으며 물었다.

"술은요?"

양수가 술병을 관준의 머리통에 명중시켰다. 그는 연신 앓는 소리를 하는 관준을 쳐다보지도 않은 채 기지개를 켜고 모닥불 옆에 세상 편하게 누웠다.

관준은 머리를 문지르다 얼른 술병을 열고 한 모금 벌컥 들이마셨다.

"크, 좋은 술이네요. 비싼 돈 주고 한잔 사 먹는 황량주(黃粱酒)보다 훨씬 맛이 좋습니다."

"당연하지. 이 술은 최상급 옥로주(玉露酒)니라. 허도에서도 부귀를 누리는 자들만 마실 수 있는 술이지."

양수가 계속 말을 이어갔다.

"우리가 너무 자주 보는 것 같지 않느냐? 이 주부 나리가 자네 같은 일개 역졸과 온종일 어울려 놀면 정욱 그 늙은이가 또 의심을 하지 않겠느냐?"

"하하, 그거라면 저도 할 말이 있습니다. 최근 열흘 동안 우리가 본 건 고작 두 번뿐입니다. 그중 한 번은 제가 막사로 서신을 받으러 갔을 때였죠. 그런데 그 열흘 동안 나리는 요리사를 두 번 만나 술과 음식을 받아 드셨고, 편장 예닐곱 명과 내기 도박을 두 차례 했고, 서좌 서너 명과 네 차례 만나 술을 마셨고……."

"됐다. 그만하거라. 네가 그리 말하는 걸 듣고 있자니, 내가 정말 하루 종일 빈둥거리며 아무 의미 없이 사는 한량 같구나."

양수가 손사래를 쳤다.

"사냥감 요리는 어찌 됐느냐?"

관준이 웃으며 말했다.

"아직 못 했습니다."

"아직? 그럼 그냥 여기 앉아 둘이 술만 마셔야 하는 것이냐? 게다가 넌 고작 두 모금밖에 못 마시잖느냐?"

양수가 김이 샌 듯 말했다.

"지금 해도 안 늦습니다. 근데 나리께서 좀 도와주셔야겠습니다."

관준이 빙그레 웃으며 말했다.

"도와?"

"네. 바로 이 기장 밭에서 좀 움직이시면 됩니다."

양수가 자리에서 일어나 관준과 열 걸음 정도 떨어진 곳에 섰다. 두 사람은 허리 높이로 자란 기장을 한 움큼씩 그러모아 삭삭 소리를 내며 칼로 베어나가기 시작했다. 이제 막 땅거미가 진 뒤라 그런지, 아직 이슬이 내려앉지 않아 움직이기도 수월했다. 이곳의 기장이 다 익을 날도 머지않아 보였다. 하지만 수확할 때가 되어도 누구의 손길조차 닿지 않을 것이다. 양수는 한 달 전에 보았던 그 늙은 농부가 뜬금없이 떠올라 절로 한숨이 새어 나왔다.

"서두르지 말고 천천히 하십시오. 분명 사냥감이 나타날 겁니다. 이제 막 시작했을 뿐인데요, 뭐."

관준은 양수가 참을성이 없어 그런 거라 생각했다.

"이런 식으로 풀을 베면서 놀란 토끼가 튀어나오게 하는 거라면 나도 예전에 해본 적이 있다."

양수가 말했다.

"하지만 활과 화살도 없지 않느냐? 이러다 토끼가 나타나면 그때는 어찌 잡으려 그러느냐?"

"활과 화살요? 그런 것은 나리 같은 분들이나 쓰는 거지요."

관준이 잠시 후 다물었던 입을 다시 열었다.

"만약 이번에 조조가 패하고 돌아가면 우리 주공이 한중에서 기반을 탄탄히 다지게 될 겁니다. 그때가 돼서 제갈 선생이 동쪽으로 손오(孫吳)와 연합해 조조를 치면 조위의 붕괴도 머지않을 테지요. 그리되면 양 주부께서는 바로 대한(大漢)을 중흥시킨 공신이 되니, 그 이름이 역사에 길이 남을 겁니다."

"이름이 후대에 길이 남아? 그딴 명성은 다 시시하다."

양수가 고개를 가로저었다.

"나리는 부귀영화를 탐하시는 분처럼 안 보이십니다."

"모르는 소리."

양수가 웃어 보였다.

"크, 나리 같은 문사들이 무슨 생각을 하는지 저처럼 비천한 것들이 어찌 짐작이나 하겠습니까? 그건 그렇고, 한중 전쟁이 끝나고 나면 익주로 가실 겁니까?"

"익주는 가서 무엇 하겠느냐? 나는 허도로 돌아가야 한다."

양수가 근심 가득한 표정을 지었다.

"허도로요? 양 주부 나리, 이번에 조조가 대패해 돌아가면 분명 대대적인 숙청 작업이 있을 겁니다. 나리처럼 혐의가 있는 사람들을 모두 죽여 없애겠지요. 자신의 처지를 걱정하지 않으시는 겁니까?"

"내 처지를 걱정했다면 촉한의 첩자가 되었겠느냐? 나는 세도가 출신이고 갖은 못된 짓을 다 하는 명문세가의 자제인 셈인데, 나를 어찌할 자가 또 누가 있겠느냐?"

양수가 허리 높이로 자란 기장 밭을 왔다 갔다 했다.

"내가 하려는 일은 패하면 악명을 후세에 길이 남기게 되고, 성공한들 어떤 서책에서도 내 이름을 찾을 수 없는 그런 것이다. 부귀영화와 미색을 탐하지 않고, 덧없는 세상에서 헛된 명성에 연연하지 않으며, 가족과 목숨을 내놓아야 한다. 한마디로 모든 것을 내려놓을 수 있어야 용기를 낼 수 있는 그런 일이지. 네가 보기에 나는 영웅이냐, 아니면 미친놈이냐?"

"아무래도 미치지 않고는 영웅이 될 수 없을 것 같습니다."

관준이 길게 한숨을 내쉬었다.

"양 주부 나리, 소인은 무식해서 대단한 도리 같은 건 잘 모릅니다. 다만 우리 군의사 양무장군(揚武將軍) 법정 대인의 말씀은 늘 마음에 담아두고 있습니다."

"무슨 말인데 그러느냐?"

"천하에 친구라고 쉽게 말할 사람은 많으나, 자신을 알아주는 단 한 명의 벗을 구하기는 어렵다. 만약 양심에 부끄러울 것이 없다면 다른 사람의 평을 왜 두려워하겠는가?"

"하하, 참으로 좋은 말이로구나!"

앞쪽에서 갑자기 후다닥 소리가 들려왔다. 그 순간 기장 밭에서 검은 그림자가 툭 튀어나와 엄청 빠른 속도로 바깥을 향해 뛰어갔다.

숙!

바람을 가르는 소리와 함께 번쩍이는 무언가가 관준의 손을 떠나 기장 밭으로 날아갔다.

숙! 숙! 숙!

연이어 바람 가르는 소리가 들려오더니 이내 검은 그림자가 풀썩 쓰러졌다.

양수가 칼을 뽑아 성큼성큼 앞으로 걸어가 보니 멧돼지 한 마리가 숨이 끊어진 채 누워 있었다. 달빛을 빌려 살펴보니 멧돼지의 몸 위로 비도(飛刀)가 서너 개 꽂혀 있었다. 비도는 척후병들이 쓰는 것과 모양새가 흡사했다. 정교하지 않지만 그 날이 유난히 예리했다.

"솜씨가 좋구나."

양수가 칭찬을 했다.

"근데 칼을 왜 이리 연이어 많이 날린 것이냐? 보아하니 날린 것마다 치명상을 입히기에 충분했다."

"만일에 대비하기 위해서지요."

관준이 비도를 뽑아 멧돼지 털에 피를 닦아낸 후 허리춤에 달린 가죽 주머니에 다시 집어넣었다.

"법정 대인께서, 기회는 눈 깜짝할 사이에 사라지니 만에 하나라도 실수가 없으려면 준비를 철저히 해야 한다고 하셨습니다. 사람의 감각이 매번 정확할 수 없고, 기회 역시 한 번 놓치면 다시 되돌릴 수 없지 않습니까?"

"또 법정 타령이로구나."

양수가 웃으며 말했다.

"네가 하도 읊어대니 나도 그의 생각이 좀 듣고 싶어지는구나."

"이번 전쟁이 끝나면 얼마든지 들으실 수 있을 겁니다."

관준이 비도로 멧돼지의 뱃살을 가르고 가죽을 벗겨내기 시작했다. 예리한 칼날이 가죽과 근육 사이를 훑고 지나가자 순식간에 온전한 멧돼지 가죽이 한쪽에 펼쳐졌다.

"이제부터가 좀 어렵습니다. 내장을 꺼내야 하거든요."

관준이 말했다.

"만일 창자가 안에서 끊어지면 일이 골치 아파집니다. 근처에 물이 없어서 닦아내기가 힘들거든요."

"이보게! 종군을 하기 전에 도대체 무엇을 하며 살았는가?"

양수가 흥미로운 듯 물었다.

"저희 집이 삼 대째 백정이었습니다."

관준이 멧돼지의 배에 조심스럽게 칼끝을 찔러 넣어 길게 그은 뒤 뱃살을 벌렸다. 그는 손을 집어넣어 안을 더듬더니 단번에 모든 내장을 끄집어냈다.

"별로 어려워 보이지 않는구나."

양수가 눈을 떼지 못하며 말했다.

"그거야 제 솜씨가 워낙 좋아서 그리 보이는 것이지요. 양 주부 나리께서 하셨으면 아마 멧돼지 똥이 한가득 흘러내렸을 겁니다."

관준이 웃으며 말했다.

"하지만 군자는 손에 피를 묻히지 않는다고 하지 않습니까? 나리 같은 사대부들이야 이런 일은 거들떠보지 않을 테지요."

"그야 당연하지. 군자는 의(義)에 밝고 소인은 이(利)에 밝다고 하지 않더냐? 군자는 그리 요사한 재주 따위에 자기 손을 더럽히지 않는다."

"하나 우리 서촉 사람들은 그렇지 않습니다. 다들 능력껏 먹고살고, 기술을 가진 사람을 무시하지도 않습니다. 저희 제갈 선생만 해도 공방을 자주 들르셨는데, 뚝딱뚝딱 두드리시기만 하면 금세 재미난 걸 하나씩 만들어내고는 하셨습니다."

양수가 콧방귀를 뀌며 말했다.

"그 재미난 게 무엇이냐?"

"나중에 조조가 전쟁에서 지고 나면 제가 성도에 있는 공방을 구경시켜드리겠습니다."

"말이 나왔으니 말인데, 너는 어째서 위왕이 질 거라고 그리 확신하느냐? 기산 전투는 유우와 왕평이 내통해 서황을 공격한 덕에 승리할 수 있었다. 이제 유우는 죽었고 왕평도 떠난 마당에, 위나라 군영에 첩자가 몇 명이나 더 남아 있겠느냐? 기댈 사람이 너와 나 둘뿐 아니더냐?"

관준이 아무 말도 안 하자 양수가 계속 말을 이어갔다.

"나는 변두리나 배회하는 책사일 뿐이고, 너는 각 군영을 돌아다니는 역졸에 지나지 않는다. 우리가 무슨 능력으로 이 대전을 좌지우지할 수 있겠느냐?"

"저는 모릅니다. 하지만 법정 장군께서 우리가 이길 거라고 하셨습니다."

관준은 멧돼지 뒷다리 하나를 뜯어 어깨에 메고 모닥불을 피워둔 곳으로 걸어갔다.

"법정 대인이 무슨 근거로 그리 말하였느냐?"

"무릇 전쟁에서는 정병(正兵)으로 적과 맞서며 기병(奇兵)으로 승리를 결정짓는다. 그러므로 기병을 잘 운용하는 장수는 그 변화가 천지(天地)와 같이 무궁무진하고 강물처럼 마르지 않는다. 이렇게 말씀하셨습니다."

"또 뭐라 했느냐?"

"양 주부 나리, 조위 쪽에 훌륭한 신하와 용맹한 장수들이 넘쳐난다는 것은 이미 천하가 다 아는 사실입니다. 그들은 어떤 전쟁에서 이겼고 또 어떤 전쟁에서 졌는지, 누가 뛰어난 지략가고 누가 결단력이 뛰어난지, 누가 공격에 능하고 누가 수비에 능한지 다들 자기 손금 보듯이 훤히 꿰뚫고 있지요. 하지만 우리 서촉은 어떻습니까? 법정 장군에 대해 그쪽 사람들이 얼마나 알고 있습니까?"

양수는 고개를 가로저었다. 이 법정이 명사인 것은 아나, 그가 익주의 유장 휘하에서 무엇을 했는지 막상 말하려니 아는 것이 하나도 없었다. 정군산 전투에서 하후연을 죽이고, 기산에서 서황을 공격했다. 고작 몇 달 사이에 법정은 이미 천하를 뒤흔드는 괴력을 보여주었다. 그러나 그에 대해 제대로 알고 있는 사람이 과연 몇이나 될까? 그가 다음에 어떤 계책을 내놓을지 알아맞힐 수 있는 사람 또한 아무도 없었다.

관준은 나뭇가지를 멧돼지 다리에 끼워 불 위에 걸어놓았다. 멧돼지 다리는 모닥불 위에서 타닥타닥 소리를 내며 익어갔고, 붉은색 고기가 점점 먹음직스러운 색으로 변해갔다. 기름이 불 위로 뚝뚝 떨어지며 지글지글 소리를 냈다. 관준이 작은 천 주머니에서 소금을 꺼내 고기 위에 골고루 뿌리고 나자 구수한 고기 냄새가 가득 피어올랐다.

"적을 알고 나를 알면 백전백승이라 했지."

양수가 고기 냄새를 맡으며 말했다.

"근데 이유가 좀 억지스럽군. 법정이 위군의 다음 행보를 알아맞히고 전략 배치를 할 수야 있겠지. 하나 그가 매번 어떻게 정확할 수 있겠느냐? 지모가 어느 정도 승패의 저울을 기울게 만들 수 있겠지. 하지만 실력 차이가 확연하다면 그 어떤 지모도 결정적인 역할을 하기 힘든 법이네."

"확연한 실력 차이요? 나리, 왜 그런 말씀을 하십니까?"

"위왕은 이번에 40만 대군을 이끌고 직접 출정을 했네. 설사 기산 전투에서 3만 명을 잃었다 해도 아직 37만 명이 남아 있고, 언릉후 조창의 20만 대군이 후방을 지원하고 있지. 그런데 촉군은 어떠한가? 많아봐야 10만에 불과하네. 이것이 확연한 차이가 아니고 무엇이겠는가?"

어둠 속에서 관준은 무언가를 알고 있는 듯 묘한 미소를 지었다.

"나리, 촉군이 많아야 10만에 불과하다고 누가 그러던가요?"

양수는 순간적으로 흠칫했다. 만약 촉군이 고의로 소문을 퍼뜨린 것이라면…….

"가까운 곳에 복병을 심어놓고 먼 곳에 병력을 배치해 적을 유인하면 적을 격파하고 적장을 사로잡을 수 있다."

그가 혼잣말처럼 중얼거렸다.

이리되면 위왕의 승리는 장담할 수 없다.

"참, 듣자 하니 임치후 조식이 병력을 요청한 서신이 이미 조조의 손에 들어갔다더군요."

관준이 익은 고기를 잘라 양수에게 건넸다.

양수는 고기를 받아 들어 코를 대고 냄새를 맡아보았다. 고기 향을 맡는 순간 입안에 군침이 돌았다. 한 입 베어 물어 먹어보니 겉은 바삭하고 속은 부드러운 데다 육즙이 입안 가득 퍼졌다.

"나리께서는 허도에 계실 때 조식과 손을 잡으셨으니 어느 정도 감이 오지 않습니까? 위왕이 임치후에게 병력을 내줄 거라 보십니까?"

관준이 물었다.

"위왕의 속을 어느 누가 들여다볼 수 있겠느냐?"

양수가 술을 한 모금 먹으며 시큰둥하게 말했다.

"그럼 나리께서 보시기에 조식이 군대를 이끌고 출정하는 것이 좋은 일입니까, 나쁜 일입니까?"

"모른다."

"저는 좋은 일 같습니다. 조식은 군사 전략에 문외한이고, 자부심이 강해 남에게 지는 것을 싫어합니다. 그런 그가 번성으로 가면 조인이나 우금과 갈등을 빚겠지요. 만약 적의 수비군이 안팎으로 호응하지 못하면 관 장군이 번성을 점령하는 일이 훨씬 수월해질 겁니다."

관준이 잠시 주저하다 말을 꺼냈다.

"양 주부 나리, 나리께서는 줄곧 조식이 왕위에 오르도록 도우셨는데, 그가 번성에서 패하면 그 계획도 차질이 생길 것 같습니다."

양수가 고개를 저었다.

"내가 그리한 건 꼭 그를 위해서만은 아니다. 만약 필요하다면 그가 번성에서 죽는다 한들 또 무슨 상관이 있겠느냐?"

관준이 어안이 벙벙해져 그를 쳐다봤다.

"양 주부 나리, 그게 무슨 뜻입니까?"

양수가 씁쓸하게 웃으며 말했다.

"내가 방금 말하지 않았느냐? 너만 못 알아들은 것이다."

제5장

◆

탐색전

조비는 목간을 접으며 무거운 한숨을 내쉬었다. 병력을 요청하는 조식의 서신이 이미 한중으로 보내졌지만 부왕이 어떻게 처리했을지 아직 알 길이 없었다. 지금 그가 세자 자리에 앉아 있다고 해서 이 자리가 영원한 것도 아니었다. 형제들 중에서 노양후 조우는 그와의 관계가 가장 돈독하고, 호표기를 거느린 든든한 조력군 중 하나였다. 언릉후 조창은 부왕과 가장 가까이 있는 용맹한 무관이었다. 표면적으로 볼 때 조창은 세자 자리보다 군대를 이끌고 전장에 나가는 것에 더 관심이 많았다. 하지만 정말 큰 뜻이 없는 것인지 아니면 조용히 때를 기다리는 것인지 도통 감이 잡히지 않았다. 다행히 조창은 좌우에서 보좌하는 이가 많지 않고, 무장들 중 일부만이 그를 추종할 뿐이었다. 문신들에게도 별다른 영향력이 없으니 그저 적당히 견제만 하면 그만이었다. 문제는 조식이었다. 그는 말이 논리적이고 문장이 뛰어나며 사람을 사귀는 폭도 넓어 부왕의 총애를 한몸에 받아왔다. 한때 부왕은 그를 치켜세우며 세자 자리까지 거의 그에게 줄 것처럼 총애했다. 만약 조식이 즉흥적이고 제멋대로인 성격 탓에 연이어 실수를 저지르지 않았다면 지금 세자 자리가 누구의 것이 되었을지 미루어 짐작할 만했다.

조비의 입장에서 조식은 화근이었다.

조비는 무의식적으로 목간을 하나 집어 들었다. 번성에서 우금이 보내온 보고서였다.

관우가 밤낮으로 배를 만드는 일에 박차를 가하며 수군을 훈련시키고 있으니 조만간 번성을 포위 공격할 것으로 보였다.

현재 번성의 군사력이 부재한 상태라 성의 방어를 위해 지원군 급파가 절실한 상태였다. 그가 미간을 찌푸렸다. 지금 부왕이 조식을 도대체 어떻게 생각하고 있는 것일까? 만약 조식이 병력을 이끌고 조인과 우금의 도움을 받아 전쟁에서 이긴다면 부왕의 마음이 변하는 것은 아닐까? 조비는 이런 생각이 들자 마음이 조급해졌다. 그는 자리에서 일어나 서재 안을 왔다 갔다 하며 마음을 추스르지 못했다. 아무래도 대책을 마련해두는 편이 나을 듯싶었다.

"사마 대인께서 알현을 청하옵니다."

문 밖에서 시종이 아뢰는 소리가 들려왔다.

조비가 잰걸음으로 서안 앞으로 돌아가 아무 일 없었다는 듯 자리에 앉았다.

"들라 하라."

사마의가 서재로 들어와 아뢰었다.

"전하, 허도성 외곽에서 일어난 습격 사건은 한선의 짓이 확실하다 하옵니다. 장제가 이미 증거를 찾아냈습니다."

"그거라면 이미 알고 있네."

조비가 손을 내저었다.

"장제가 한선을 추적 수사하고 있으니, 중달은 간여할 필요 없네. 아, 조식이 부왕에게 병력을 요청하는 서신을 썼다네. 이 일을 어찌 보는가?"

사마의가 망설이며 선뜻 대답을 하지 못했다.

"전하의 뜻은……."

"그대의 생각은 어떠한가?"

"전하께서는 위왕께서 그 일을 허락할까 걱정이 되시옵니까?"

사마의가 시선을 내리며 말했다.

"사실 이 일은 전하의 생각만큼 그렇게 심각한 것이 아니옵니다."

"응?"

조비의 눈썹이 치켜 올라갔다.

"중달, 왜 그리 말하는가?"

"전하, 조식은 문인이고 성격이 자유분방해 누구의 제어도 받기를 원하지 않습니다. 행군이나 전쟁과 같은 일은 주도면밀하고 멀리 내다볼 줄 아는 그런 능력이 필요하지요. 현재 위왕은 한중에서 촉군과 대치 중이고, 장료는 합비에서 손권과 격전을 벌이고 있습니다. 더구나 형주는 실로 중원의 장벽이라 할 수 있습니다. 이런 군사적 요지를 두고, 어찌 병법에 대해아는 것이 하나도 없는 애송이에게 군권을 맡길 수 있겠는지요? 신이 보기에 위왕은 절대 동의할 리 없습니다."

조비의 마음이 조금은 위안이 되었다.

"중달의 말도 일리가 있군. 하나 부왕은 이제까지 조식을 특히 총애하시지 않았는가? 만약 옆에서 누군가 계속 참언을 올린다면……."

"설사 조식이 군대를 이끌고 전쟁터에 나간다 해도 전하께 결코 나쁜 일만은 아니옵니다."

사마의가 목소리를 높였다.

"그의 적수는 막강한 병력을 이끌고 있는 관우입니다. 이기고 싶다고 해서 이길 수 있는 상대가 아니지요. 설사 요행히 이긴다 해도 그의 성격상

다른 대장군들과 공을 다툴 것이 분명합니다. 조인은 위왕의 총애를 받고 있으니, 조식이 그와 갈등을 일으키게 되면……."

사마의는 그 뒷말을 아꼈지만 조비는 이미 그의 말뜻을 분명히 알 수 있었다. 항렬을 따져봐도 조인은 조비와 조식의 숙부뻘이었다. 조조 군영의 조씨 성을 가진 장령들은 거의 모두 그의 명령을 따랐다. 조인은 세자 자리를 두고 갈등이 빚어지는 동안 내내 분명한 태도를 보여주지 않았다. 심지어 조비가 세자에 책봉된 후에도 축하 인사조차 건네지 않았다. 그의 눈에는 오로지 위왕만 있을 뿐이고, 궁에 있는 그 사람조차 거들떠보지 않았다. 만약 조인과 조식 사이가 틀어지면 이 또한 조비에게 호재였다.

조비가 마른기침을 한 번 했다.

"그럼 중달의 생각대로 이 일은 잠시 덮어두겠네."

그가 잠시 깊이 고민하다 물었다.

"조식이 이미 부왕에게 병력을 요청한 이상, 나 또한 전쟁에 나서야 체면이 서지 않겠는가? 부왕의 시름을 덜어드린다는 명분도 있고 말일세."

사마의가 고개를 가로저었다.

"절대 그러시면 안 됩니다. 전하는 이미 세자이십니다. 물론 군대를 이끌고 가 승리하면 그 공은 전하의 것이 되겠지요. 하지만 패하면 전하와 척을 진 자들에게 전하를 공격할 구실만 줄 뿐입니다. 하물며 지금 전하는 어깨에 중임을 짊어지고 계십니다. 만약 위왕에게 전쟁에 참여할 것을 청원한 후 허도를 떠나게 되면 누가 감국의 역할을 한단 말입니까? 그 일이 그 누군가에게 절호의 기회가 되지 않겠는지요?"

조비가 고개를 끄덕였다.

"음, 중달의 말이 일리가 있군. 내 마음이 조급해져 앞뒤 상황을 따질 여력이 없네. 아, 좀 전에 말한 그 한선 건은 어찌 되어가는가?"

"전하께서 방금 장제가 조사 중이라고 하지 않으셨는지요?"

사마의의 눈빛이 반짝였다.

"음, 그들이 대략적인 가닥을 잡고 있고, 그중 의심 가는 자들 몇 명을 추려냈네."

"소신의 직언을 용서하십시오. 진주조 서조서의 효율이 그리 높지 않습니다. 일전에 정군산 전투에서 군사 기밀이 유출된 사건도 아직 범인을 제대로 밝혀내지 못했지요. 게다가 요 근래 성 외곽에서 일어난 기습 사건도 마찬가지입니다. 아무래도 그들은 한선의 적수가 아닌 듯하옵니다."

사마의가 나지막하게 말했다.

"고작 첩자 한 명에 불과할 뿐이네. 중달, 너무 복잡하게 생각하는 거 아닌가?"

조비가 이해할 수 없다는 듯 물었다.

"지난 10여 년 동안 숨어 있었지만 단 한 번도 잡힌 적이 없는 첩자이옵니다."

"그럼 중달의 생각은 무엇인가?"

"전하, 한선을 너무 쉽게 보시면 아니 되옵니다. 그 조사에 좀 더 박차를 가하고, 필요하면 장제 쪽에 사람을 더 보내 압력을 더 가하셔야 합니다."

사마의가 고개를 들어 조비를 바라보며 말했다.

조비가 선뜻 대답을 하지 못했다.

"그러지. 어찌 해야 할지 알겠네."

사마의가 자리에서 일어나 물러갔다.

조비는 자리에 앉아 한참을 고심하다 목간을 하나 집어 읽어 내려가싶더니 이내 옆으로 휙 치워버렸다. 지난 2년 동안 조식을 따르는 이들이 갈수록 줄어드는 반면에, 세자부 앞에는 찾아오는 이들이 길게 줄을 섰다. 조식은 이런 현실을 받아들일 수 없어 암암리에 계획을 세우고 세자 자리를 빼앗을 기회만 엿봤다. 다만 조식의 성격이 오만방자한 탓에 그를 좋아하고 따르는 사람이 이제는 그리 많지 않았다. 목숨 걸고 그를 따르는 자는 멀리 한중에 있는 양수와 허도에 있는 정의·정이 두 형제뿐이고…….

입구에서 돌연 잰 발자국 소리가 들려왔지만 시종의 아뢰는 소리가 없었다. 조비가 경계하는 눈빛으로 고개를 드는 순간, 곽후(郭熙)가 소반을 들고 걸어 들어왔다. 조비가 환한 미소로 그녀를 맞았다.

"어쩐 일이더냐? 또 나의 공문 처리를 도우러 온 것이냐?"

곽후가 소반을 서안 위에 놓았다. 접시에 잔뜩 솜씨를 부린 간식이 담겨 있었다.

"꿈 깨시어요. 정말 미워 죽겠다니까."

곽후가 입을 삐죽 내밀며 툴툴거렸다.

"아까 일 때문에 식사도 제대로 못 하셨잖아요? 출출하실 거 같아 간식을 좀 만들어 왔어요."

그녀가 간식 하나를 조비의 입에 넣어주며 무릎을 꿇고 앉아 조비의 다리를 두드려주었다.

"온종일 서재에 앉아 있느라 나가서 바람 한번 못 쐬셨지요? 조식은 늘 사냥도 다니고 한다던데."

조비가 미간을 좁혔다.

"조식이 자주 사냥을 나가느냐? 그건 또 어찌 알았느냐?"

곽후가 말했다.

"견 언니가 그랬어요."

그녀는 혀를 쏙 내밀며 얼른 해명을 했다.

"내가 한 말만 들으면 충분히 오해할 수도 있겠네요. 아마 견 언니도 다른 사람한테 들었을 거예요."

조비의 입가가 실룩거렸지만 아무 말도 하지 않았다.

"견 언니한테 전하께서 정무로 밥 먹을 틈도 없을 만큼 바쁘다고 말해췄어요. 온종일 이렇게 바쁜 분이 어떻게 조식처럼 한가로울 수 있겠어요? 치, 이 세자 자리가 겉으로만 그럴싸해 보일 뿐, 남모르는 곳에서 얼마나 힘들게 일하는지 누가 알겠어요?"

조비가 곽후의 머리를 가볍게 쓰다듬으며 미소를 지었다.

"특히 부왕께서 군대를 이끌고 직접 출정한 후부터 더 그렇지요. 전하께서는 한제뿐 아니라 형주 파벌 세력과 황실의 옛 신하를 감시해야 하고, 후방 부대의 군수품과 식량 조달도 해야 하잖아요? 그런데 허도의 또 누군가는 이 기회를 이용해 온갖 수단으로 전하를 모해하려 하죠. 흠, 위왕께서는 언제쯤 승리하시어 조정으로 돌아오실까요? 전하께서 너무 힘드신 거 같아서 제 마음이 너무 아프옵니다."

"나를 생각해주는 마음은 알겠으나, 내 앞에서 이간질하며 시비를 일으킬 생각은 하지 말거라."

조비가 곽후를 안아 올려 자신의 어깨에 기대게 했다.

"이런 쓸데없는 말로 견락을 험담하느라 공연히 애쓸 것 없다. 그러느니 차라리 이 산더미처럼 쌓인 공문 처리를 도와주는 편이 낫겠구나."

곽후의 얼굴이 빨개져서 입이 삐쭉 튀어나왔다.

"어쩜 제 속을 그리 훤히 들여다보시어요? 아무리 그래도, 그리 솔직히 말해버리시면 제가 어찌 얼굴을 들겠사옵니까?"

조비가 고개를 가로저었다.

"네 앞에서 솔직히 말하지 못할 것이 무엇이 있겠느냐? 설마 견락한테 또 억울한 일을 당했느냐?"

곽후가 희미하게 한숨을 내쉬었다.

"견 언니가 그저 놀리는 정도면 괜찮죠. 근데 독한 말로 신첩들을 자꾸 모욕해대니, 정말 목구멍에 생선 가시가 걸린 것처럼 사람을 난처하게 만든다니까요."

조비도 한숨을 내쉬었다. 예전에 업성을 함락했을 때 그는 견락에게 한눈에 반해 부왕의 뜻을 거스르면서까지 한사코 그녀와 혼사를 치렀다. 처음에 그는 그녀를 향한 사랑이 너무 커서 그녀의 모든 것을 받아주었다. 그러나 시간이 지날수록 견락의 성격이 현모양처와 거리가 멀다는 것을 점점 깨닫게 되었다. 만약 그저 그런 대부호 집안이라면 안주인이 제멋대로 굴어도 크게 문제될 리 없었다. 그러나 지금 그는 위나라 세자였다. 온종일 정무로 정신없이 바쁜데 무슨 여력으로 그녀의 비위를 맞춰줄 수 있겠는가? 언젠가 그가 왕위에 오르면 견락이 어떻게 천하를 품은 모후가 될 수 있을지 걱정이 앞섰다.

"견락의 성격이 안 좋은 걸 뻔히 알면서, 쓸데없이 왜 찾아간 것이냐?"

조비가 물었다.

"전하께서 견 언니의 비단을 조식에게 보내라고 하셨다면서요? 언니의 기분이 안 좋을 거 같아서 나한테 있는 그 비단 반 필을 선물로 주려고 했어요. 그런데 제 호의를 그렇게 심하게 비웃을 줄 누가 알았겠어요? 어쨌든 견 언니는 내가 무엇을 하든 다 마음에 안 들어하고 눈에 쌍심지를 켜고 본다니까요."

곽후가 나긋나긋한 목소리로 말했다.

"내가 이런 말 한다고 해서 나 대신 화풀이 해달라는 건 아니에요. 견 언니는 정실이고 세도가의 딸이니 함부로 건드릴 수 없는 존재인걸요. 지금 전하께서는 만인의 주목을 받고 계신데, 집안이 시끄러우면 사람들의 비웃음을 사게 될 거예요."

조비는 아무 말 없이 웃기만 할 뿐이었다.

곽후가 자리에서 일어나며 말했다.

"어머, 제가 또 시간을 빼앗았네요. 전하, 어서 공문을 처리하세요. 저는 먼저 돌아가서 전하께서 즐겨 드시는 야식을 좀 더 준비하고 목욕물을 데

워놓을게요. 전하, 그렇게 일만 하시다 몸이 상하시면 큰일이니, 부디 건강을 챙겨가며 하세요."

조비는 가녀린 그녀의 모습이 문 밖으로 사라질 때까지 눈으로 배웅을 했다. 그의 얼굴에서 점점 웃음이 사라지고 눈빛이 서늘하게 바뀌었다. 한참 후 그는 자리에서 일어나 아랫사람을 모두 물러나게 한 후 정청의 문을 잠갔다. 오후의 햇살이 창호지를 통해 안으로 스며들어와 조비의 얼굴을 비추었다. 그는 허공에 떠다니는 먼지를 바라보며 팔짱을 끼고 서 있었다.

"장제는 믿을 만한 것일까? 사마의를 믿어도 되는 것일까? 견락과 곽후는……."

피곤에 지친 목소리가 텅 빈 정청 안에 울려 퍼졌지만 아무런 대답도 들리지 않았다.

긴 탄식 소리와 함께 조비의 등이 힘없이 푹 수그러졌다.

주막 안은 손님들이 떠드는 소리로 시끌벅적했다. 가일은 벽에 기대앉아 김이 모락모락 피어오르는 고깃국을 여유롭게 마시고 있었다. 그의 맞은편에는 난처한 표정의 장락위위 진의가 앉아 있었다.

"가 대인, 이 일은…… 쉽지가 않네."

진의가 손을 비비며 난처한 기색을 드러냈다.

"고작 몇 사람 꽂아 넣는 일인데, 뭐가 그리 어렵다 그러시오?"

가일은 진의의 반응에도 전혀 놀라지 않았다.

"사실대로 말하자면, 내 밑에 있는 놈들은 대부분 내 말을 따르니 얼마든지 통제가 가능하네. 하지만 자네가 내 밑으로 사람을 꽂아 넣으려는 일은…… 이 일은 조필의 관할일세. 그 늙은이로 말하자면 외곬인데다 앞뒤가 꽉꽉 막혀서, 내가 나서서 아무리 좋게 말해도 자네 체면을 세워줄 인간이 아니네. 더구나 자네가 진주조의 이름을 내걸고 협박하듯 억지로 사람을 꽂아 넣으면 아마 금세 폐하께 보고를 올리고도 남을 자일세. 만약 폐하께서 우리의 죄를 물어 자네가 꽂아 넣은 자를 죽이라 하면 그때는 꼼짝없이 당할 수밖에 없네. 게다가 폐하께서 내가 진주조의 일을 돕고 있는 걸 알게 되면 이 장락위위 자리도 끝장이 날 걸세."

가일은 아무 말이 없었다. 한제가 아무리 실권을 잃었다 해도 금군 사병 몇 명 죽이려는 것조차 진주조가 막을 수 있을까? 형주 파벌 세력과 함께 한실의 옛 신하가 들고일어나기 딱 좋은 핑계를 대주는 꼴이 되는 것은 아닐까?

진의가 그를 힐끗 쳐다보며 계속 말을 이어갔다.

"만약 꽂아 넣는다 해도, 명의상으로야 내 관할이지만 조필이 나서서 자리를 배치하면 내가 막을 도리가 없네. 그자가 멋대로 술책을 부려 자리 배치를 하면 자네의 사람들은 폐하 곁에 접근도 못 한 채 한직으로 쫓겨날 걸세."

가일이 쓴웃음을 지었다.

"꼭두각시일 뿐인데, 어찌 바늘구멍 하나 들어갈 틈이 없는 것이오?"

진의는 아무 대답도 하지 못했다.

"됐소. 최근 궁 안을 드나드는 사람들 중에 의심 가는 자가 있소?"

가일이 물었다.

"의심 가는 자라면 한 사람이 있네. 최근 한제를 두 번 알현한 자가 있더군. 머문 시간은 길지 않으나 조금 이상하기는 하네."

"누구죠?"

"장천이네."

"장천? 장수의 아들? 나도 명부에서 본 적이 있소. 근데 뭐가 이상하다는 것이오? 예전에도 한제가 그를 만나지 않았소?"

"처음 장천이 한제를 알현한 후 저잣거리로 나가더니 위풍을 보자마자 뜬금없이 뺨을 쳤네."

진의가 목소리를 낮추며 말했다.

"장천이 얼마나 점잖은 사람인가? 그런 자가 먼저 위풍을 찾아가 시비를 건다는 게 영 이상한 거지."

가일의 눈이 가늘어졌다. 진자의 죽음은 위풍이 초래한 것이라고 해도 과언이 아니었다. 한실의 옛 신하가 보기에 그는 영락없는 위선자였다. 그런데 장천은 한실의 옛 신하도 아니고 형주 파벌 세력도 아니었다. 그가 위풍을 쳤다는 것은 무언가를 전달하기 위한 하나의 신호가 분명했다. 누가 그렇게 하도록 시킨 것일까? 한패가 되었다는 신호인 셈인가?

"게다가······"

진의의 눈빛이 달라졌다.

"두 번째로 한제를 알현할 때는 공교롭게도 조식도 궁 안에 있었네."

"조식이?"

가일의 목소리에서 긴장이 묻어났다.

"그가 궁에서 무엇을 했소?"

"모르지."

진의가 손을 펼치며 어깨를 으쓱해 보였다.

"내 밑에 있는 사람들은 궁전 안으로 들어갈 수 없으니, 무슨 말이 오갔는지 어찌 알겠나? 근데 확실한 건, 한제·조식·장천이 어서방(御書房)에서 거의 한 시진 동안 이야기를 나눴다는 거네."

한 시진이라······ 가일이 김이 모락모락 올라오는 고깃국을 바라보며 깊은 생각에 잠겼다. 일이 갈수록 복잡하게 얽혀들어갔다.

진의가 떠난 지 반 시진이 지난 후에야 전천이 양고기 가게 입구에 나타났다. 그녀는 가게 안에 있는 식객들을 쭉 훑어본 후 곧바로 구석에 있는 가일에게 걸어갔다.

"그 대장간에서 나온 단서 두 개는 이미 조사를 마쳤어요."

전천이 가일의 맞은편에 앉아 삶은 양고기를 집어 입에 넣었다.

가일의 젓가락이 잽싸게 그녀의 손등을 치자, 전천이 놀라 손에 집어 들었던 양고기를 국그릇 안에 떨어뜨리고 말았다. 그 순간 국물이 사방으로 튀어 올랐다.

전천이 씩씩거리며 가일을 노려봤다.

"먹는 거 가지고 쩨쩨하기는!"

"못 먹게 하는 것이 아니다."

가일이 불쾌한 기색을 드러냈다.

"최소한 손은 씻고 먹어야 하지 않느냐?"

가일이 밥상 위로 손을 뻗어 그녀의 손을 가리켰다. 얼핏 봐도 깨끗해 보이지 않는 손이었다. 그녀는 민망한 듯 히죽 웃으며 주인장에게 손 씻을 물을 가져다달라고 했다. 물이 나오자 손을 휘휘 저어 대충 씻은 후 다시 접시에 있는 양고기를 집어 들었다.

가일은 어이없다는 표정으로 고개를 가로저었다.

전천이 한쪽 입꼬리를 올리며 씩 웃었다.

"까다롭게 구시기는. 우리 유주에서는 사냥감을 잡자마자 바로 불에 구워 먹기도 하고, 풀때기나 재 같은 것도……."

"여기는 허도다."

가일이 헛기침을 한 번 하며 전천의 말을 끊었다.

"대장간에서 찾아낸 단서에 대한 조사는 어찌 되었느냐?"

"식재료에 관한 단서는 아직 진전이 없어요. 제가 사람을 데리고 허도 주변의 시전을 다 돌아보았는데, 식재료를 갑자기 그렇게 대량으로 구입해간 사람이 없었답니다. 아마 그자들이 식재료를 분산해 구입했거나 자기들이

자급자족하는 농장에서 공급받은 게 아닐까 싶어요."

"목탄은? 대장간에서 병기를 만들려면 상급의 목탄이 필요하다. 병기란 것이 자기 맘대로 아무렇게나 만들 수 있는 것이 아니다."

"그래서 허도 인근의 목탄 공급처를 쭉 둘러보았는데, 그 대장간에 공급한 기록이 하나도 없었어요."

전천이 눈을 찡긋거렸다.

"근데 제가 기막힌 소식을 좀 알아냈습니다."

"그래? 말해보거라."

"상채(上蔡)에 목탄장이 있는데, 작년 연말에 허도에서 대량의 주문을 받았답니다. 근데 운송한 선박이 영수(潁水)를 건너는 사이에 사고가 발생해서 그 배가 강에 가라앉았다지 뭡니까?"

가일의 눈이 가늘어졌다.

"대인도 느낌이 오신 것이지요?"

전천이 득의양양해 웃었다.

가일이 고개를 끄덕였다.

"중모(中牟)에 있는 한 목탄장 주인한테 들은 겁니다. 그 사람 말로는 상채의 목탄이 중모의 목탄보다 좋을 게 없다고 했어요. 게다가 상채의 목탄을 허도로 운반하려면 강을 두 번이나 건너야 해서 번거로울 뿐 아니라 운송비도 비싸지죠. 계속 자기들과 거래를 해왔던 허도의 그 대부호가 왜 갑자기 먼 곳까지 가서 목탄을 주문했는지 이해가 안 된다고도 했어요."

"배는 어디에서 침몰한 것이냐?"

가일이 물었다.

"벌써 사람을 보내 조사했지요."

전천이 대답했다.

"그러지 않고서야 이렇게 늦게 보고를 올릴 이유가 있겠습니까?"

"결과는?"

"배가 가라앉은 곳은 물살이 확실히 센 곳이었습니다. 그런데 그곳은 사람들이 가장 많이 이용하는 나루터보다 7리는 족히 떨어져 있어 목탄을 운송하는 배가 그곳에 갈 이유가 없죠."

"건졌느냐?"

"건졌지만 아무 수확이 없었어요."

전천이 마지막 남은 양고기를 꿀떡 삼키며 말했다.

"이번에는 아주 마음에 드실 만한 소식입니다. 이건 그 대장간에서 거둬들인 유일한 실마리입니다."

"그 목탄을 산 자도 알아냈느냐?"

가일이 그녀를 마주 보며 물었다.

"조식이에요."

저 멀리 양쪽 산기슭이 다 타버리고 검게 그을린 나무와 새와 짐승 시체가 도처에 깔려 있었다. 서황이 기산에서 습격을 당한 후 위왕은 서촉이 황산(荒山)에서 다시 매복하는 것을 막기 위해 군영 주위에 불을 놓아 산을 태워버렸다. 거센 불길이 온 산을 불태우며 사방 백 리 안의 나무를 하나도 남기지 않고 다 태워버렸다. 그 과정에서 깊은 산속으로 숨어들어가 살고 있던 민초조차 불에 타 숨진 채 발견되었다. 서촉 편이든 조위 편이든, 양군의 교전은 아무 죄 없는 백성들의 목숨조차 돌아볼 여유 없이 오로지 이기는 싸움에만 집중되어 있었다. 큰불이 산을 삼키는 동안 조조와 유비 중 어느 누구도 그들을 구하기 위해 나서지 않았다.

식량을 실은 수레가 구불구불한 산길을 따라 움직였다. 양수는 손깍지를 하고 덜컹거리는 수레 위에 심드렁하게 누워 어슴푸레한 하늘을 바라보고 있었다. 그의 옆으로 술병이 하나 놓여 있었다. 어깨에 칼을 걸친 허저가 갈기 검은 말을 타고 그의 곁을 지켰다. 허저는 총명하다고 할 수 없지만, 도리어 그 점이 바로 양수와 허저를 더 가깝게 만들어준 계기가 되었다. 양수는 난세를 살면서 똑똑한 사람들의 말로를 수도 없이 지켜보았다. 그래서인지 그는 때로는 좀 어수룩하게 사는 것도 나쁘지 않다는 생각이 들었다.

사람이든 일이든 가끔은 너무 바닥까지 속속들이 알려고 들 필요가 없다. 다만 애석하게도…… 아무 생각 없이 방탕하게 사는 척하는 것은 그럭저럭 가능해도, 어수룩하고 멍청한 척하는 것은 그것보다 훨씬 어려웠다.

양수는 이번 식량 호송이 선뜻 이해가 되지 않았다. 정욱이 자신과 허저에게 왜 이 일을 맡겼는지 영문을 알 수 없었다. 식량 호송과 같은 일은 주부나 위왕을 가까이서 모시는 무관이 나설 일이 전혀 아니었다. 이 늙은 여우가 대체 무슨 꿍꿍이일까? 그저 단순히 나를 골탕 먹이려고 그러는 걸까? 아니면 다른 속셈이 있는 걸까?

양수는 눈을 감은 채 허저에게 말을 걸었다.

"정욱 대인한테서 군령을 받을 때 그 노인네의 표정이 어땠나?"

허저가 고개를 갸우뚱거렸다.

"표정? 별로 신경 안 써서 모르겠는데? 근데 자네는 나무 우리에 갇혀 지내다 이렇게 나와 바람도 쐬니 좋지 않은가?"

"좋지. 엄청 좋아."

양수가 호탕하게 웃었다.

식량 호송관이 후방에서 말을 몰고 달려와 허저에게 물었다.

"장군, 날이 이미 저물었으니 일단 적당한 곳을 찾아 병영을 치고 내일 다시 출발하는 것이 어떻겠습니까?"

"여기서 포주(襃州)까지 얼마나 남았느냐?"

허저가 물었다.

"두 시진 정도 더 가면 됩니다. 다만 남은 길이 험한 산길인 데다 산적이 출몰한 적도 있어 특히 조심해야 합니다."

"계속 가자."

허저가 눈을 부릅뜨고 말했다.

"계속……."

식량 호송관이 잠시 주저하다 수레 위에 누워 있는 양수를 힐끗 쳐다보았다.

"양 주부 나리, 고작 3백 명이 식량을 실은 수레 몇십 대를 호송해 가다 습격이라도 당하면……."

"양 주부에게 물을 거 없다. 여기서는 내가 책임자니라. 출발하기 전에 하후 장군께서 무슨 일이 있어도 반드시 오늘 밤에 포주에 당도해야 한다고 신신당부를 하셨다."

허저의 결심은 아주 확고했다.

"하지만……."

식량 호송관은 이렇게 융통성 없는 사람은 처음 본다는 듯 당혹스러워했다.

"군령은 태산과 같다 하였다. 만약 명에 불복한다면 내 먼저 네 목을 칠 것이다."

허저가 칼을 뽑아 들었다.

"명에 따르겠습니다."

식량 호송관이 잔뜩 기가 죽어 물러갔다.

명청한 상관을 모시는 게 문제가 아니라 명청하고 고집까지 센 상관을 모시는 일이 더 무서운 법이었다.

"이보게, 외눈박이 하후가 자네 아비라도 되는가? 어쩜 그리 고분고분 말을 잘 듣는가?"

양수가 술을 한 모금 마시며 농을 던졌다.

허저가 주저하다 입을 열었다.

"양 주부, 자네는 똑똑하고 나는 멍청하니 당연히 생각이 다를 수밖에 없네. 어쩌면 자네는 저 식량 호송관의 말이 이치에 맞는다고 생각하겠지. 하지만 하후 장군의 관직이 저자보다 훨씬 높다네. 게다가 하후 장군이 내게 이 일을 맡기시며 '무슨 일이 있어도 반드시'라는 말을 왜 했겠는가? 어떤 상황이 닥치더라도 포주에 서둘러 도착해야 한다는 무언의 압력이었네. 사람마다 자기 생각이 있고 거기에 맞춰 판단도 하겠지. 하지만 행군이나 전쟁은 반드시 군령에 따라 행해져야 하네. 바로 앞이 절벽이라도 멈추라는 군령이 있기 전에는 무조건 가야 하는 것이지. 그러지 않고 각자 자기 생각대로 행동하면 군의 기강이 잡히겠는가?"

"알았으니 마음대로 하게. 자네가 이리도 이치에 맞게 말을 잘하는 줄 오늘 처음 알았어. 자네는 호송 부대를 이끌고 가게나. 나는 잠이나 좀 자야겠네. 아, 앞에 절벽이 나타나거들랑 꼭 알려주게. 얼결에 자네와 함께 떨어져 죽기는 싫네."

양수가 하품을 쩍 해댔다.

날은 이미 완전히 저물어 부대의 횃불이 하나둘씩 켜지기 시작했다.

허저는 머리를 긁적이며, 눈을 감고 있는 양수를 힐끗 쳐다본 채 아무 말도 하지 않았다. 양수에게 진 도박 빚이 5천 냥 가까이 되니 거의 반년 치 봉록에 버금갔다. 그런데도 양수는 단 한 번도 그 이야기를 꺼낸 적이 없었다. 양 주부로 말하자면 한 왕조의 개국공신 양희(楊喜)의 후손이고 그의 부친 양표도 태위를 지낼 만큼 명문가 자손이었다. 그런데도 그는 다른 세도가 출신 문인들과 다르게 거들먹거리지도 않고, 융통성이 없는 것도 아니었다. 장사치나 말단 관직에 있는 사람이든 왕공·대신이든 상관없이 늘 웃는 낯으로 대했고, 사람을 차별하는 법이 없었다. 그와 함께하면 늘 편하고 유쾌했다.

흠, 위왕이 그를 대하는 것이 껄끄럽지만 않으면 의형제라도 맺었을 터인데. 나중에 기회가 생기면 조식처럼 기울어져가는 나무를 부둥켜안고 있지 말라고 양수에게 충고해줄 사람을 좀 찾아봐야겠어. 시가나 지어 흥얼거리는 방탕한 공자 놈이 뭐가 좋다고 돕는 건지, 참. 콧대가 하늘까지 치솟고 자기가 천하제일인 줄 아는 놈. 보고 있으면 당장 가서 발로 한 대 뻥 차주고 싶은 놈. 온화하고 점잖은 세자 조비와 비교해봐도 조식은 천하의 바람둥이지. 듣자 하니 세자비 견락과도 그렇고 그런 사이라던데……. 허저의 입꼬리가 올라갔다. 이런 추문이야 명문세가에서 그리 드문 일도 아니었다. 하지만 세자비라면 말이 달라진다. 위왕이 죽고 나면 그녀는 장차 왕비가 될 몸이었다. 만약 왕비가 시동생과 정분이 난 사실이 들통 나면 조 씨 가문의 얼굴에 먹칠을 하는 셈이었다. 이 소문이 세자의 귀에 들어갔는지 모르겠구나, 크크! 만약 세자가 분을 이기지 못해 조식을 제거하려 한다면 이 허저가 그놈의 목을 날려주마! 예전에 업성에서 허유(許攸)를 죽였을 때도 위왕께서 그 죄를 묻지 않으셨지. 지금 조식을 죽인다고 해도 별일은 없을 것이야.

"장군! 앞에 큰 나무가 쓰러져 있어 길이 막혔습니다!"

아까의 말 많던 식량 호송관이 숨을 헐떡이며 달려왔다.

"아, 행군을 멈춰라. 내가 가서 확인해보겠다."

허저가 말에서 뛰어내려 칼을 들고 앞으로 걸어갔다.

말이 큰 나무지, 이미 며칠 전에 불에 타 흑탄으로 변해 있었다. 달빛 아래서 보니 검은 나무 위로 약간의 흰 자국이 남아 있었다. 허저가 눈을 크게 뜨고 확인해봤지만 너무 어두워 제대로 보이지 않았다.

그는 병사의 손에 들린 횃불을 빼앗아 나무를 비춰보았다. 그것은 하얀 재로 쓰인 글자였다.

"읽어보거라."

그가 옆에 있는 식량 호송관을 잡아 끌어와 걸걸한 목소리로 말했다.

식량 호송관의 떨리는 목소리가 흔들리는 불빛 속에서 울려 퍼졌다.

"허저는…… 이 나무 아래서…… 죽는다……."

이 말이 끝나기 무섭게 사방에서 횃불이 켜지고 셀 수 없이 많은 사람들이 몰려 나왔다. 촉나라 사투리가 섞인 함성과 북소리가 한데 뒤섞여 귀청이 떨어져나갈 것 같았다.

"제기랄, 매복이다."

허저는 욕설을 내뱉으며 주변 병사들에게 소리쳤다.

"멍청하게 서 있지만 말고 어서 양 주부를 깨우고, 병사를 집결시켜 식량을 지켜라!"

그사이 촉군은 이미 식량 부대 쪽으로 돌진해 들어갔고, 순식간에 접전이 벌어졌다. 양수는 매복의 침입을 알리는 소리가 들리기도 전에 이미 자리에서 벌떡 일어나 먼 곳을 응시했다. 포주의 성벽조차 보이지 않는 것으로 보아 지원병은 꿈도 꿀 수 없는 상황이었다. 사방에서 그 수를 헤아릴 수조차 없이 많은 촉군이 밀려왔다.

"이보게! 식량만 지키지 말고 어서 나가 반격을 해!"

양수가 고함을 질렀다.

허저가 크크 웃으며 말했다.

"그렇지, 이 제기랄 놈의 성질을 너무 죽이고 있었어!"

그가 말에 올라타 기병 10여 명을 이끌고 소리쳤다.

"당황하지 말고 다들 나를 따르라! 오늘이 바로 저 촉나라 놈들의 제삿날이 되게 해주겠다!"

허저가 힘껏 고삐를 흔들며 말을 몰아 앞으로 질주해 나갔다. 전투마의 포효 소리가 울려 퍼지는 가운데 번뜩이는 검광이 춤을 추듯 어지럽게 움직이며 지나가는 곳마다 피를 흩뿌렸다. 맞은편에서 촉군 수십 명이 말을 몰고 허저를 향해 몰려왔다. 허저는 호탕하게 웃으며 촉군의 무리 속으로 홀로 돌진해 들어갔고, 검광이 번뜩이는 곳마다 적군 병사가 연이어 말에서 굴러 떨어졌다. 그 기세에 밀려 촉나라 병사들이 여기저기서 물러서기 시작했고, 순식간에 겹겹이 싸인 포위가 풀리기 시작했다. 허저는 칼을 높이 들고 말을 몰아 포위망 속을 뚫고 들어갔다. 위나라 병사는 이 광경을 보며 북을 치고 함성을 질러 기세를 올렸다. 매복 공격을 당해 겁먹고 위축되어 있던 병사들의 사기가 갑자기 치솟아 올랐다. 이와 동시에 전투 상황이 역전되는 미묘한 변화가 일기 시작했다. 허저의 칼이 지나가는 곳마다 적들이 초개처럼 쓰려졌고, 더 이상 그와 대적할 자가 없었다. 그가 말을 몰고 가는 곳마다 촉나라 병사들이 앞다퉈 물러섰다.

양수는 고개를 끄덕이며 그 모습을 지켜보았다. 좁은 길에서 적을 만나면 용감한 자가 승리한다는 말이 딱 들어맞는 광경이었다. 식량 수레를 지키는 것보다 촉군을 먼저 물리쳐야 마땅했다. 그러지 않는다면 한정된 병력을 몇백 대의 수레 주위로 분산시켜야 하니, 식량도 병력도 어느 것 하나 지켜내지 못할 것이다.

바로 이때 양수는 달빛 아래 저 멀리서부터 백마 한 마리가 허저를 향해 달려오는 것을 보았다. 두 마리 말이 서로 마주 보며 빠른 속도로 달려드는 모습은 마치 활을 떠나 전속력으로 날아가는 두 개의 화살을 보는 듯했다. '쩡' 소리가 어두운 밤하늘에 울려 퍼지더니, 뒤이어 허저가 뒤로 한 걸음 물러섰다. 양수는 미간을 찌푸리며 촉군 중에 이런 명장이 또 있었는지 기억을 더듬어보았다. 그는 장검을 뽑아 들고 주위 사병들의 비호를 받으며 10여 걸음 앞으로 걸어 나갔다. 그제야 강인하고 다부진 풍채를 가진 장수의 얼굴이 제대로 보였다.

은빛 갑옷과 하얀 말, 왼손에 창을 들고 오른손에 칼을 쥔 백옥처럼 하얀 피부를 가진 사내.

양수가 나지막이 중얼거렸다.

"아뿔싸, 설마 촉나라의 명장 상산(常山)의 조운(趙雲), 조자룡(趙子龍)?"

그가 다시 앞으로 몇 발자국 걸어 나가 큰 소리로 외쳤다.

"이보게, 조심해! 조운이네!"

허저가 잠시 멈칫하다 이내 웃음을 터뜨렸다.

"하하! 통쾌하구나! 내 오늘 칠진칠출(七進七出: 적진 속으로 일곱 번 들어갔다가 일곱 번 나옴)로 유명한 장판파(長坂坡) 전투의 명장 조자룡과 한판 붙을 줄은 몰랐구나. 자, 오늘 내가 네놈의 머리통을 가져가 술이나 바꿔 먹어야겠다."

조운은 희미하게 웃을 뿐 아무 대답이 없었다.

허저는 두 다리로 말의 배를 차며 속력을 내 달려 나갔고, 검광이 번쩍하더니 허공을 갈랐다.

검광이 사라진 자리를 보니 조자룡은 몸을 살짝 옆으로 비껴 예리한 칼날을 피한 후 곧바로 반격을 가했다. 긴 창 위에 달린 붉은 술이 바람에 흩날리며 춤을 추듯 허저를 향해 날아갔다.

허저가 괴성을 지르며 칼로 허공을 가르고 조운의 창을 내쳤다. 조운이 몸을 돌리며 그 반동을 이용해 허저가 쳐낸 창을 왼손으로 던지며 창끝을 허저의 얼굴을 향해 곧장 날렸다.

허저는 몸을 눕혀 창끝을 피하며 말을 몰아 앞으로 달려 나갔다. 잠시 후 두 사람의 말이 정면으로 충돌했다.

말 두 마리가 동시에 비명을 지르며 바닥에 쓰러졌다. 허저는 몸을 옆으로 돌려 일어나며 칼을 들고 몸을 날려 조운을 향해 돌진했다.

조운은 말안장을 짚고 말에서 가볍게 뛰어 내려왔다. 허저가 곧바로 그에게 달려들어 칼을 휘두르며 조운을 베려 했다. 조운이 오른손으로 창을 들어 가슴을 향해 날아오는 칼을 쳐냈다. 이와 동시에 앞으로 나가며 왼쪽

다리를 날려 허저의 얼굴을 강타했다.

허저는 태어나서 처음 보는 창법에 경악했다. 창술은 상대와 일정한 거리를 유지해야 하지만 조운의 이 창법은 거리를 무시하니 상대의 허를 찌르기에 충분했다.

마음이 급해진 허저는 황급히 칼을 거두고 뒤로 물러섰다. 조운은 희미한 미소를 지으며 왼쪽 다리를 내리는가 싶더니 이내 허저의 등허리를 가격했다. 그 순간 허저는 이마에 핏줄이 튀어나올 정도로 끔찍한 고통 속에 숨을 들이키며 비틀비틀 뒤로 몇 발자국 물러섰다. 보아하니 조운이 장판파에서 보여준 칠진칠출이 헛소문만은 아닌 듯싶었다. 이렇듯 날듯이 뛰어다니며 펼치는 놀라운 창술은 상상도 할 수 없을 만큼 치명적이었다.

은색 갑옷을 입고 창을 든 조운이 맞은편에 서서 손을 내밀고 청하는 듯한 자세를 취했다.

"허중강(許仲康: 허저), 나의 머리를 가져가겠다고 하지 않았느냐?"

주변에 흩어져 있는 병사들은 여전히 격전 중이고, 위나라 병사의 수가 갈수록 줄고 있었다. 이번 식량 호송은 이미 물건너간 것이 확실했다. 만약 조운의 목을 베어버릴 수 있다면 그 공으로 죗값을 탕감 받을 수 있을지도 모른다. 허저의 앞뒤 안 따지는 무모한 성격이 또 뿜어져 나왔다. 제길, 죽는다 한들 뭐가 대수냐!

그가 칼을 움켜잡고 바람을 가르며 달려 나가자 붉은 술이 달린 창이 마치 독사처럼 허저의 칼을 휘감았다. 그 순간 허저는 엄청난 힘이 칼의 손잡이를 통해 전해지는 것을 느꼈다. 그의 입가에 차가운 미소가 떠오르는가 싶더니 돌연 두 손을 풀고 창을 쥔 조운의 오른팔을 단단히 움켜 힘껏 자기 쪽으로 잡아당겼다. 바로 그 순간 허저가 허공으로 튀어올라 오른쪽 무릎으로 조운의 가슴팍을 가격했다.

조운이 왼쪽 팔을 내려 허저의 무릎을 걷어냈지만, 뒤이어 허저의 오른 주먹이 그의 얼굴을 향해 날아갔다. 조운이 미간을 찌푸리며 창을 잡고 있던 손을 풀고 몸을 돌리며 아슬아슬하게 주먹을 피했다.

창이 손을 벗어났다! 허저가 바란 것이 바로 이것이었다. 허저는 속으로 쾌재를 부르며 허리춤에서 칼을 뽑아 그의 목을 베려 했다. 바로 그때 조운이 왼쪽 발로 쳐올린 흙이 허저의 얼굴에 뿌려졌다.

젠장! 허저는 욕지거리를 내뱉으며 눈을 감고 오로지 그를 향해 칼을 내리치는 데 집중했다.

칼과 창이 부딪치는 외마디 소리와 함께 허저가 휘청거리며 뒤로 물러섰고, 그의 가슴에 난 깊은 상처에서 피가 흘러나오고 있었다.

손에 들고 있던 칼은 이미 두 동강이 나 있었다. 눈을 들어보니 조운은 3척 길이의 칼을 들고 웃으며 그를 쳐다보고 있었다.

"청강검(靑釭劍)."

양수가 혼잣말처럼 중얼거리다 고개를 돌려 곁에 있는 병사들을 향해 소리쳤다.

"뭐 하느냐? 얼른 구해 오너라!"

병사 수십 명이 일제히 조운을 향해 몰려가 너 나 할 것 없이 합세해 허저를 구해내려 했다. 양수의 예상을 깨고 조운은 허저의 숨통을 끊어놓을 마음이 없는 듯 보였다. 그는 몇 발자국 뒤로 물러나 위나라 병사들이 그를 데려가도록 그냥 놔두었다.

조운이 전투마에 올라탄 후 소리쳤다.

"허저는 중상을 입고 패배했다. 우리 주공이신 유비께서는 살리는 것을 좋아하는 제왕의 덕을 갖추신 분이니, 너희가 식량을 포기하면 나 조운이 너희에게 살길을 열어줄 것이다!"

힘겹게 전투마에 올라탄 허저는 조운의 말을 듣는 순간 분을 삭이지 못한 채 극심한 통증을 참아가며 소리쳤다.

"닥쳐라! 누가 너처럼 허여멀쑥한 놈의 말을 듣는다더냐! 자, 덤벼라! 내가 다시 너를 끝까지 상대해주마!"

양수가 혀를 차며 한숨을 내쉬었다.

"이보게, 그만 물러나세. 수적으로 밀리니, 싸운다 한들 우리만 손해네."

허저가 숨을 들이마시며 분통을 터뜨렸다.

"닥치게! 지면 지고 이기면 이기는 것이지, 무슨 손해를 따진단 말인가? 양수, 날 말리지 말게! 내 저 허연 놈과 아직 승부를 내지 못했단 말이네!"

양수가 칼을 거두고 허저가 탄 말의 엉덩이를 세게 쳤다. 전투마는 놀라 앞발을 올리더니 이내 포위망 밖으로 질주했다. 양수는 철수를 외치며 병사를 이끌고 썰물처럼 전장을 빠져나갔다.

흙먼지를 가르며 말을 타고 달려가는 양수의 안색이 전에 없이 어두웠다. 일의 진행 과정이 그의 예상을 훨씬 뛰어넘은 것은 이번이 처음이었다. 정욱이 왜 그에게 식량 호송 임무를 맡겼고, 조운은 왜 직접 병사들을 이끌고 와 식량을 약탈한 것일까? 촉군의 승리가 확실한 상황에서 조운은 왜 일부러 나를 풀어준 것일까? 호생지덕(好生之德)은 그저 개 같은 소리에 불과했다. 이렇게 눈에 띄게 우리를 풀어줬는데, 정욱이 어찌 의심을 하지 않을 수 있단 말인가!

군영으로 돌아간 후 어찌해야 할꼬?

막사 안의 작은 등불이 모래로 만든 지형의 모형을 어렴풋이 비추고 있었다. 정욱이 몸을 숙여 산등성이의 형세를 자세히 들여다보았다. 허저가 부상을 입은 채 돌아왔고, 식량을 모두 약탈당해 5천 섬의 쌀이 적의 손에 넘어갔다. 유비, 유비…… 짚신이나 팔며 한심하게 살던 한실 종친이 이 정도로 세력을 확장할 줄 누가 예상이나 했겠는가? 4년 전 주공이 장로(張魯)를 굴복시켰을 때 누군가 나서서 그에게 유비를 거두라고 진언을 올렸다.

그때 주공은 "사람은 만족할 줄 몰라 괴로운 것이다. 이미 농서(隴西)를 얻었는데 어찌 촉을 얻을 생각을 또 한단 말인가?"라는 말을 하며 호랑이를 키워 화를 자초했다. 주공은 지금 무슨 생각을 하고 있을까?

"정욱, 4년 전에 우리가 바로 여기 있었던 거 기억하는가?"

뒤에서 노인의 의미심장한 웃음소리가 들려왔다.

정욱은 단지 살짝 몸을 일으킬 뿐, 여전히 침침한 눈을 부릅뜨고 지형도를 바라봤다.

"그때 내가 한중을 수복한 후 바로 우회해 돌아오는 것을 두고 조정에서 계속 의론이 분분했었지."

조조는 그때를 추억하고 싶은 듯했다.

"진군은 내가 후방의 안위를 고려해 적당한 시기에 그만둔 것이라고 했네. 화흠(華歆)은 내가 휘하 장병이 오만방자해지는 것을 피하기 위해 일부러 유비의 세력을 키웠다고 했지. 그리고 최염은…… 내가 안목이 짧아 제왕의 패업을 이루기 힘들다 했네. 결국 그는 나중에 내 손에 죽고 말았지. 정욱, 당시 자네는 왜 아무 말도 하지 않았는가?"

정욱이 탄식을 내뱉었다.

"주공도 나이가 드셨나 봅니다."

"무슨 뜻인가?"

"젊은이는 앞만 보고 걸어가지만, 나이가 들면 지난 시간을 뒤돌아보게 되지요."

"아, 자네가 그렇게 말하니 한 가지 일이 또 떠오르는군. 그해 군대를 철수하면서 양평관 문루에 칼을 하나 내려놓고 왔네. 5년 안에 이 칼로 반드시 촉중(蜀中)을 평정하겠다고 맹세했었지."

조조가 농담처럼 말했다.

"지금쯤이면 그 칼도 이미 녹이 슬어 있겠군."

"그런 일이 있었습니까? 신은 기억이 나지 않는군요."

"늙었어. 자네도 늙은 게지. 이런 재미난 일을 기억하지 못하다니 말일세. 이번에 양평관을 손에 넣게 되면 그 칼이 아직 그곳에 있는지 가봐야겠네. 음, 녹슨 칼이 이 늙은이와 참으로 잘 어울리겠군."

정욱이 몸을 돌려 등잔을 들며 말했다.

"주공, 외람되지만 하나만 여쭙겠사옵니다. 그때 왜 유비를 죽이지 않으셨습니까?"

조조는 아무런 대답도 하지 않은 채 죽간 하나를 그에게 건넸다.

"식이가 병력을 이끌고 형주로 가고 싶다며 서신을 보내왔네. 자네 생각은 어떠한가?"

정욱은 죽간을 보지도 않고 지형도 옆에 내려놓았다.

"주공, 조식 공자는 군대를 이끌고 출정할 만한 그릇이 되지 못하옵니다. 지금은 위나라의 가장 중요한 시기인 만큼, 심사숙고하시옵소서."

"한 시진 전에 이미 식이의 청을 허락했네. 천리마를 허도로 바로 보냈으니, 지금 추격한다 해도 따라잡지 못할 것이네."

정욱은 아무 말 없이 계속 지형도만 내려다봤다.

"왜 묻지 않는가?"

"주공이 그리하셨다면 그럴 만한 이유가 있는 것이겠지요."

"여러 해 전에 세자 책봉을 앞두고 가후에게 그의 생각을 물어본 적이 있었네. 그런데 한참 동안 아무 말이 없기에 물어보니, 원소와 유표를 생각하고 있었다고 하더군. 하하, 정말 재미있는 자가 아닌가?"

조조의 얼굴에 점점 수심이 차올랐다.

"환관의 후손이었던 내가 병사 5천 명을 이끌고 동탁을 제거한 뒤, 북으로 원소를 무너뜨리고 남으로 유표를 정벌하며 구주백군(九州百郡: 천하) 중에서 8할을 차지했네. 그런데 이렇게 일으켜 세운 가업을 이어받을 만한 후

손이 없으니 안타까운 노릇일세."

"주공, 신이 보기에 조비 세자께서……."

"그 아이를 치켜세우는 말을 하려거든 그만두게. 자네 손자가 세자부에 있다는 것쯤은 나도 알고 있네. 식이와 비교해도 비는 조씨 가문의 수장으로 손색이 없는 아이지. 하나, 내가 죽어야만 그 아이가 위왕이 될 수 있다는 것을 잊지 말게."

조조가 탄식을 터뜨렸다.

"식이…… 그 아이가 평범한 귀족 가문에서 태어났다면……."

"주공, 평범한 귀족 가문에서 태어나지 못한 것 또한 조식 공자의 운명이옵니다."

정욱의 이마에 식은땀이 배어 나왔지만, 그는 간언을 멈추지 않았다. 이미 조비의 배에 올라탄 이상 죽을힘을 다해 노를 저어 앞으로 나아가야 했기 때문이다.

"바로 그런 이유 때문에 그의 병력 요청을 받아들이고 즉각 번성으로 가도록 한 것이네."

조조의 목소리에 흔들림이 없었다.

"주공의 뜻은……."

정욱은 내심 깜짝 놀라며 얼른 다른 가능성을 떠올렸다.

"비가 앉아 있는 세자 자리는 내가 준 것이 아니라 스스로의 힘으로 손에 넣은 것이네. 사실 세자 자리는 나의 자손이라도 능력이 되어야 앉을 수 있고, 이미 자신의 능력으로 그 자리에 앉게 되었다면 누구도 그 결정에 불복해서는 안 되네. 일전에 식이가 자객의 공격을 받자 의론이 분분해지더니, 심지어 누군가는 비가 자신의 뜻과 다른 이들을 제거하고 내 자리를 노린다고 넌지시 일러주더군. 지금까지 내가 봐온 비는 경거망동하는 아이가 아니었네. 더구나 사마의가 옆에서 보좌를 하는데 어찌 그런 실수를 저지르겠는가? 만약 비가 식이를 제거하려 했다면 단숨에 사지로 몰아넣지 않고 고작 자객 두세 명을 보내 해결하려 했겠는가?"

조조가 자리에서 일어나 병풍 뒤로 걸어갔다. 병풍 뒤에서 아무런 감정도 섞이지 않은 담담한 목소리가 들려왔다.

"자네 말이 맞네. 지금처럼 중요한 시기에 형제의 난이라도 일어난다면 우리 조씨 가문의 근간이 흔들리게 되겠지. 식이에게 군대를 이끌고 전장에 나가도록 한 것 또한 마지막으로 그 아이에게 자신의 능력을 보여줄 기회를 준 것뿐이네. 만약 조인과 힘을 합쳐 큰 공을 세운다면 그 아이가 쓸모 있다는 것이 증명되는 거겠지. 하나 군대를 끼고 멋대로 행동하며 대세에 해를 끼친다면, 설사 관우의 칼날을 피한다 해도 조인이 가만둘 리 없을 것이네."

막사 안에 가득 찬 약 냄새가 코를 찔렀고, 화로에서는 장작이 타닥타닥 소리를 내며 타 들어갔다. 이곳의 답답하고 무거운 공기만큼이나 양수의 얼굴에도 수심이 가득했다.

"망할 뚱보 자식……."

그는 눈앞에 누워 있는 허저를 바라보며 혼잣말처럼 그를 불러봤다.

피는 멈췄지만 허저는 아직 깨어나지 못하고 있었다. 의관은 죽고 사는 것이 하늘의 뜻에 달려 있다는 말만 남긴 채 자리를 떴다.

하늘의 뜻?

하늘이 언제 눈을 뜨고 제대로 세상을 본 적이 있던가?

양수는 몸을 일으켰다. 그는 아직 처리해야 할 일이 남아 있었고, 이곳에 앉아 감상에 젖을 시간이 없었다.

양수는 막사 문을 나와 심호흡을 한 후 군영 중앙에 있는 위왕의 막사를 향해 성큼성큼 걸어갔다. 길은 길지 않았다. 양수는 흐트러짐 없는 호흡으로 서두르지 않고 오로지 한 곳을 향해 걸음을 옮겼다.

이 길의 끝에서 도대체 무엇이 나를 기다리고 있을까?

그는 그것이 무엇일지 알 수 없었다.

그저 기회는 한 번이고 생과 사는 그자의 생각에 달려 있다는 것만 알 뿐이었다.

이렇게 하는 것이 현명한 결정인지 양수도 확신이 서지 않았다. 그러나 한가하게 앉아 처분을 기다리는 것도 그의 성격과 맞지 않았다. 가만히 앉아 죽기를 기다리느니 되든 안 되든 한번 부딪쳐보는 편이 나았다.

곧 도착이다. 양수가 얼굴을 문지르며 허리춤에 찬 패검을 한쪽에 던지고 갑자기 앞을 향해 돌진했다.

"이보게. 정욱, 당신이 감히 나를 사지로 몰아넣어? 오늘 내 손에 한번 죽어보시오!"

양수가 고래고래 소리를 지르며 위왕의 막사를 향해 돌진했다.

막사까지 10여 걸음 남겨두었을 때쯤 사선 방향에서 검은 그림자 두 개가 나타나더니 단번에 양수를 제압했다.

"놔라, 이 멍청이들아!"

양수가 핏대를 세우며 쉬어터진 목소리로 소리를 질러댔다.

막사 문이 열리며 정욱이 미간을 찡그린 채 걸어 나왔다. 그는 땅바닥에서 흙먼지를 일으키며 발버둥치고 있는 양수를 보며 담담하게 말했다.

"일으켜 세우거라."

호표기가 양수를 땅에 발이 안 닿을 정도로 번쩍 들어 올렸다. 양수는 몸에 흙을 잔뜩 묻히고 머리카락은 헝클어진 채 두 다리로 정신없이 허공을 차댔다.

"어찌 죽지 않고 온 것이냐?"

정욱이 막사 앞에서 물었다.

"퉷! 당신 집안의 씨를 말리기 전에는 절대 못 죽어!"

양수가 침을 뱉으며 저주를 퍼부었다.

만약 평소였다면 정욱은 일찌감치 양수를 끌고 가라고 시켰을 것이다. 그런데 오늘 밤에 그는 그럴 마음이 전혀 없어 보였다. 양수는 막사 안에 있는 사람이 그들의 대화를 듣고 싶어 한다는 것을 알고 있었다. 그리고 이 대화가 어느 정도 자신의 생사를 결정짓게 될 것이다.

"양수, 식량을 호송하다 매복의 공격을 당한 죄를 내 아직 묻지도 않았거늘, 왜 먼저 나를 찾아온 것이냐?"

정욱이 물었다.

"내가 바보인 줄 아시오?"

양수가 서늘한 미소를 지으며 그의 말을 비웃었다.

"허저는 위왕의 근위 무사고 나는 군대를 따라온 일개 주부일 뿐인데, 식량을 호송하는 게 가당키나 합니까? 군수 물자를 책임지는 군장들이 군대에 없는 것도 아닌데, 왜 굳이 우리한테 그런 일을 시킨단 말이오? 당신이 고의로 그랬다는 것을 내가 모를 줄 아시오?"

"계속 말해보거라."

정욱은 표정에 아무런 변화가 없었다.

"우리 두 사람한테 이 일을 시킨 이상, 대인은 누가 책임자로 더 적합한지도 누구보다 잘 알고 있었소. 그런데도 한사코 하후돈의 입을 빌려 허저를 책임자로 임명하더니, 날이 저물기 전에 반드시 포주에 당도해야 한다고 신신당부까지 했소. 결국 우리는 촉군의 공격을 받았고, 제기랄, 조운까지 나타났소! 이것이 과연 우연이라 할 수 있소?"

"양 주부, 내가 고의로 서촉에 정보를 흘렸다는 것이냐?"

"대인이 아니라면 내가 그랬다는 겁니까? 설마 아직도 내가 서촉의 첩자라고 의심하는 겁니까? 유우한테 그렇게 당하고도 아직 모자랍니까? 서황과 3만 병사의 죽음조차 아무 의미가 없었나 봅니다?"

양수가 비아냥거렸다.

"나는 지금도 여전히 자네를 의심하고 있다. 하나 양 주부, 내가 자네를 의심한다 한들, 내가 허저마저 자네와 함께 죽게 했을 거라 생각하는가?"

"크크, 나를 사지로 몰아넣는 데는 당연히 다른 이유가 있겠지요."

"뭐라? 다른 이유?"

"대인의 손자가 세자 조비를 따르니 대인도 당연히 세자 편이 아닙니까? 하지만 나는 조식 공자의 사람이니, 세자 조비가 순조롭게 왕위를 잇도록 전쟁을 틈타 나를 제거하려 하는 거 아닙니까? 위왕이 아직 건재한데, 뭐가 그리 급했는지 모르겠군요."

정욱이 웃었다.

"웃을 수 있을 때 실컷 웃으십시오! 허저가 아직 깨어나지 못하고 있고 과연 깨어날 수 있을지도 모르는 판국에, 대인은 위왕의 처분이 두렵지 않습니까?"

"조운이 왜 너를 죽이지 않은 것이냐?"

정욱이 담담히 물었다.

"조운은 내가 누구인지 알고 있었소. 그저 식량을 약탈하러 온 자가 군대를 따라온 하찮은 주부 따위를 죽여서 뭐에 쓴단 말입니까? 그자가 대인처럼 사람을 갈기갈기 찢어 잘근잘근 씹어 먹는 걸 좋아하는 줄 아십니까? 하물며 당시 허저가 중상을 입었는데도 살려 보냈으니, 그럼 허저도 첩자로 의심해야 하는 거 아닙니까? 도대체 어떻게 해야 내가 서측의 첩자가 아니라는 것을 믿을 겁니까?"

정욱은 감정의 동요가 전혀 없었다.

"그래, 당초 내가 고의로 식량 호송 소식을 흘렸고, 자네와 허저를 보낸 것이 맞네. 하나 나는 남을 이용해 사람을 죽일 마음은 전혀 없었네. 그렇지 않았다면 자네 혼자 보내지, 허저까지 딸려 보냈겠는가?"

"그럼 왜 그런 것입니까?"

"유비가 이미 양평관에 도달했다는 소식을 들었네. 사실 두 사람에게 식량 호송을 맡긴 것은 이 소식이 사실인지 알아보고 싶어서였지."

"뤳! 우리가 식량 호송을 하는 걸로 유비가 양평관에 있는 걸 어떻게 증명한단 말입니까?"

"아군의 식량이 부족하다는 소문을 엿새 전에 이미 퍼뜨렸네. 자네들이 호송한 군량 외에 다른 군량도 열흘 정도 후에야 도달할 것이라 했지. 만에 하나 실수가 없도록 위왕께서 최측근 호위 무사 허저를 보낸 것이네."

"함정을 판 거란 말입니까?"

양수의 어투는 어느새 차분하게 가라앉아 있었다.

"유비가 걸려들 거라고 확신하셨습니까?"

"식량을 약탈당하면 아군의 사기에 분명 타격이 클 것이네. 이 미끼의 유혹이 외면할 수 없을 정도로 강하니, 유비는 이 소식을 의심하면서도 한번 시도해볼 테지. 다만 식량을 호송하는 책임자 허저가 평소 호치(虎癡: 바보 호랑이)로 불리던 자이니, 식량 약탈에 성공하려면 상장군을 보낼 수밖에 없었을 것이네. 지금 유비 곁에 허저와 필적할 만한 무장을 찾는다면 조운밖에 없지 않겠나? 다시 말해서 조운이 식량을 약탈하기 위해 나타난다면 유비가 양평관 부근에 있다는 것이 증명되는 셈이지."

양수는 아무 말 없이 정욱을 바라만 볼 뿐이었다.

"허저의 무공이 뛰어나기는 하나, 그저 혈기만 믿고 덤비는 것에 불과하네. 그가 이 탐색전에서 죽는 것을 원치 않기에 자네를 함께 보낸 것이네. 과연 자네는 나를 실망시키지 않았지. 자네가 나서준 덕에 허저는 부상은 당했을지언정 목숨을 건질 수 있었으니 말일세."

"이제 어떻게 할 생각입니까?"

"장합이 한 무리의 기병을 이끌고 촉군의 행색으로 조운의 군대를 뒤따르고 있네. 아마 며칠 후면 유비의 확실한 위치가 밝혀질 테지."

정욱의 목소리가 비장해졌다.

"그때가 되면 주공께서 양평관 성루에 올라 그 녹슨 칼을 다시 거두실 것이네!"

"그런 후 그 녹슨 칼로 유비의 목을 치겠군요?"

양수의 입술 끝이 올라갔다.

"뱀을 유인해 동굴 밖으로 나오게 하는 전략이라…… 참으로 교활한 술수로군요. 이리되면 내가 대인을 탓한 것이 잘못이 되는 겁니까?"

"양 주부, 군영 안에서 이리 소란을 피우다 주공의 귀에 들어가는 날이면 군법의 처벌을 피하기 어렵네. 하나 지난번 유우로 인해 억울하게 옥살이를 했고, 자네 부친 양표의 면을 생각해서 이번만큼은 자네와 잘잘못을 따지지 않기로 하지. 앞으로 처신을 잘 하도록 하게."

정욱이 뒤로 돌아 소맷자락을 떨치며 막사 안으로 들어갔다.

양수는 코를 문지르며 대수로울 거 없다는 듯 소리쳤다.

"어쨌든 하는 말마다 반박의 여지가 없으니 이번 일은 이리 넘어가주겠습니다. 하나 다음에도 또 나를 이딴 식으로 위험에 빠뜨린다면 그때는 말로 끝내지 않을 것이니, 각오하시는 게 좋을 겁니다."

뒤돌아서는 순간 경망했던 그의 표정이 순식간에 어둡게 가라앉았다. 옷이 두꺼웠기 망정이지 자칫 잘못했으면 내가 식은땀을 흘리고 있다는 걸 저 여우 같은 노인네에게 들킬 뻔했어. 잠시 위기를 넘기고 나자 양수는 남몰래 안도의 한숨을 내쉬었다. 지금 그는 죽는 것이 두려웠다. 아직 해야 할 일이 너무 많은데, 이런 곳에서 덧없이 죽을 수 없었다.

정욱은 여전히 그를 첩자로 의심하고 있었다. 양수 역시 그 점을 모르지 않았다. 만약 정욱이 의심을 거둬들였다면 그렇게 장황하게 일련의 상황을 설명할 리도 없었다. 왜 정욱은 그에게 모든 계획을 노출시킨 것일까? 설마 또 한 번 나를 시험해보려는 것일까? 그건 아니겠지……. 이번 계획이 성공하면 서촉은 주인이 사라져 사분오열하게 되어 있다. 설사 정욱이 또 한 번 나에게 덫을 놓는다 해도, 이런 중요한 정보까지 누설할 필요가 있었을까?

그렇다면 그 늙은이의 의도가 대체 뭐지?

그에게 풀리지 않는 의혹은 비단 이것만이 아니었다. 이번에 식량 호송을 따라나서면서 그는 어떤 정보도 누설하지 않았다. 관준도 허도로 서신을 전하러 갔기 때문에 군영에 남아 있지 않았다. 그렇다면 아직 접선하지 않은 또 다른 서촉 첩자가 있다는 건가? 법정이 심어둔 한 축은 유우였다. 그리고 유우가 죽고 나자 관준이 그 자리를 채웠다. 또 다른 한 축은 한선이 심어둔 첩자로, 전혀 모습을 드러내지 않은 채 철저히 신분을 숨겼고 그와 접촉도 전혀 없었다. 이런 첩자를 보통 암장(暗桩)이라고 불렀다. 이런 첩자는 정말 중요한 순간이 아니라면 절대 모습을 드러낼 리 없다.

이자가 과연 누구일까? 정욱의 계획을 알 정도라면 조조의 군영에서 막강한 지위를 가진 자가 확실했다.

됐다. 지금은 괜한 망상이나 하고 있을 때가 아니지. 관준이 허도로 서신을 전하러 가 아직 돌아오지 않았으니, 이곳의 소식을 어떻게 유비 쪽에 전하지?

혼자 위험을 무릅쓴다 해도, 어떻게 해야 유비와 선이 닿는지도 모르는데다 군영을 빠져나갈 방도조차 없다. 하지만 이 소식을 전하지 못하면 유비가……. 지금 서촉은 세 개의 파벌로 나뉘어 있다. 하나는 관우를 중심으로 한 유비의 직계 파벌이다. 나머지는 제갈량의 형주 파벌과 이엄(李嚴)의 촉계(蜀系) 파벌이다. 만약 유비가 포로로 잡히거나 죽게 되면 권력 다툼을 피하기 어렵다. 유비의 아들 유선(劉禪)이 아직 어리기 때문에 신망을 얻기 힘들고, 결국 세 파벌 간에 내홍이 일어날 확률이 매우 높아진다. 안팎으로 우환이 끊이지 않으니, 서촉은 머지않아 무너지게 될 것이다. 그렇게 되면 동오의 편으로 돌아설까? 그러기는 힘들다. 군사력·인구·재력과 지리적 위치를 감안해봤을 때 동오는 우위를 점하는 것이 하나도 없었다. 만약 서촉이 망하지 않는다면 서로 연합해 조조에 대항할 수도 있을 것이다. 하지만 서촉이 이미 망했다면 천혜의 요새 장강(長江)에만 의지해서는 절대 조조와 맞설 수 없다.

양수는 쓴웃음을 지었다. 정욱이 이 소식을 이미 입 밖에 낸 것만 해도, 위험을 무릅쓰도록 자신에게 무언의 압박을 가한 것이리라.

걷다 보니 자신도 모르게 발걸음이 군영 입구 쪽으로 향하고 있었다. 저 멀리 바라보니 경비는 그다지 삼엄해 보이지 않았다. 고작 병사 몇 명이 편하게 앉거나 누워 있었다. 이럴 때 천리마라도 있다면 너무나 수월하게 저 문을 뚫고 나갈 수 있을 것 같았다. 그런데 이 순간 문득 이런 생각이 들었다. 내가 너무 겁을 먹고 지나친 의심을 하고 있는 것은 아닐까? 지난번 유우 사건과 이번 식량 호송 사건을 거치면서 어쩌면 정욱 그 노인네는 나를 향한 의심을 이미 지워버렸을지도 모른다.

서늘한 밤바람에 옷깃을 여미며 양수는 간지러운 듯 귀를 후벼 팠다.

크크, 정욱 노친네가 나를 욕하고 있는 게 분명해. 됐고! 밖에 나가 술 마실 기분도 아닌 듯하니 돌아가서 내기 도박이나 한판 해야겠네.

양수는 호탕하게 웃으며 뒤로 돌아 자신의 막사 쪽으로 걸어갔다.

기회처럼 보이는 것들의 대부분은 함정인 경우가 많다. 노련한 여우는 위험을 알아채고 나서야 대비하는 미련한 짓을 하지 않는다. 노련한 여우는 본능적으로 위험을 감지할 수 있다. 양수는 위험을 무릅쓰고 싶지 않았다. 그는 위험의 대가가 무엇인지 너무나 잘 알고 있었다. 살얼음판 같은 이 위험한 곳에 발을 들여놓고 어떻게 요행을 바랄 수 있겠는가?

양수는 기지개를 켜며 화로의 불빛이 비추는 좁은 길을 따라 걸어갔다. 몇 발자국을 옮겼을 때, 그는 번뜩 무슨 생각이 난 듯 걸음을 멈추고 고개를 들어 까만 밤하늘을 바라봤다. 그러다 갑자기 군영의 어둡고 후미진 곳을 향해 쏜살같이 달려갔다. 그 순간 그의 뒤에서 몇 개의 그림자가 동시에 움직이더니 양수가 사라진 곳을 향해 비호처럼 날아갔다.

군영 입구의 병정들도 좀 전의 나태했던 모습은 온데간데없이, 자리에서 벌떡 일어나 문을 막아선 채 양수가 사라진 방향을 주시했다. 여기저기 어둠 속에서 외치는 소리가 들려오는가 싶더니 검은 그림자들이 밝은 곳으로 한데 집결했다. 금속의 마찰 소리가 들리고 늠름한 갑옷 차림의 무장이 걸어 나왔다.

"놓쳤느냐?"

서늘하고 묵직한 목소리에서 위엄이 전해졌다.

"하후 장군께 아뢰옵니다. 양수가 군영의 후미진 곳으로 도망치는 것을 발견했습니다. 하오나 유인책일 수 있어, 두 명만 추격을 보내고 나머지는 다시 영문(營門)으로 돌려보냈습니다."

하후돈은 무표정하게 고개를 끄덕인 후 기백과 관록이 넘치는 모습으로 자리를 지켰다.

잠시 후 양수가 병사들에게 붙잡힌 채 밀치락달치락하며 걸어왔다.

그가 이죽거리며 말했다.

"쳇! 과연 외눈박이 하후 장군이셨군. 군영 안에서 그렇게 한참 동안 어슬렁거렸는데, 이렇게 많은 자들이 나를 따라다닌 줄은 몰랐군."

"밤이 이미 깊었는데, 어딜 가려 했는가?"

하후돈의 서늘한 목소리가 들려왔다.

"측간을 찾았소."

양수가 콧구멍을 후벼 파며 말했다.

"갑자기 왜 뛰어갔지?"

"급해서 그랬소."

"호분위가 소리치며 불렀는데도 왜 멈추지 않았는가?"

"뒤에서 큰 소리로 뭐라 뭐라 하는데 뭔 소리인지 잘 들리지도 않고, 다들 볼일이 급해 측간에 먼저 가려고 그리 난리를 치나 했소이다. 나도 볼일이 급해 죽겠는데 새치기를 당할 수 없으니 뛰어야지 별 수 있습니까?"

양수가 실실 쪼개며 말했다.

"하후 장군, 설마 내가 이 큰 군영 안에서 길이라도 잃을까봐 정욱 대인이 이리 사람을 붙여주신 겁니까?"

하후돈이 몇 걸음 다가와 칼을 뽑아 들더니 양수의 목에 가져다 댔다.

"양수, 내가 네놈의 목을 못 벨 거라 생각하느냐?"

양수가 칼날을 피해 고개를 기울이며 웃었다.

"지금 나더러 어쩌라는 것이오? 장군을 끌어안고 살려달라고 애원이라도 해야 합니까? 크크, 사실 그러고도 싶지만, 내 며칠 동안 몸을 씻지 못해 악취가 진동하는 데다 벼룩까지 한몸처럼 살고 있으니 장군한테 옮겨갈까 싶어 참겠소."

하후돈은 그의 이죽거림에도 전혀 흔들림이 없었다.

"양수, 경박하기 그지없는 네놈이 이리 대범할 줄은 미처 몰랐구나. 내 너를 크게 잘못 보았다."

"이런, 어련하시겠습니까? 하후 장군의 눈이 한쪽밖에 없으니 그리 보이는 것도 정상이지요."

하후돈은 그런 말에도 눈썹 하나 까딱하지 않으며 칼을 거두어 칼집에 꽂았다.

"양수, 너를 죽이지 않을 것이니, 가서 술을 마시든 도박을 하든 맘대로 하거라."

하후돈은 그 말을 남긴 채 바로 호분위에게 해산을 지시했다.

양수는 목을 어루만지며 말했다.

"평소 군기 잡느라 혈안이 되신 분이 어찌 나한테만 선심을 쓰십니까?"

하후돈은 고개조차 돌리지 않고 손을 내저으며 지체 없이 자리를 떴다.

양수는 아무 말 없이 밤하늘을 올려다보았다. 하지만 자욱한 안개가 시선을 가로막았다.

"안개가 자욱하구나……."

양수는 혼잣말을 했다.

"불길한 징조로다."

그는 막사로 들어와 마음을 가라앉히고, 기름등 불빛에 의지해 침대 앞에 앉았다. 허저는 여전히 혼수상태에 빠져 거친 숨소리만 내뱉을 뿐이었다. 양수는 허리춤에 찬 술병을 꺼내 힘없이 한 모금 들이키며 한숨을 내쉬었다.

"망할 뚱보 놈."

조조 군영의 정보를 전하지 못했으니 유비의 생사는 하늘의 뜻에 맡길 수밖에 없었다. 양수는 또 한 모금 들이키며 하염없이 허저를 바라보았다. 보아하니 정욱의 이번 식량 호송 작전은 일거양득의 계책이었다. 만약 서촉이 이번 식량 호송을 알면서도 약탈을 하지 않았다면 정욱은 당연히 양수를 의심했을 것이다. 정황상 식량 호송 대오에 양수가 끼여 있다는 것을 알고 습격을 포기한 것으로 판단되기 때문이다. 만약 그랬다면 정욱은 그 핑계로 양수의 목을 벨 수도 있었다. 하지만 서촉은 조운이 이끄는 부대를 매복시켜 습격했고, 이로써 정욱은 유비가 양평관 근처에 있을 거라는 확신을 얻게 되었다. 서촉의 경계심이 느슨했던 것일까? 아니면 이 미끼의 유혹이 너무 강했던 것일까? 어쩌면 후자일지도 모른다. 군대의 군량은 무슨 일이 있어도 절대 바닥을 드러내서는 안 된다. 만약 이번 식량 약탈로 인해 조조군의 군량을 대지 못한다면 조위는 군대를 철수할 수밖에 없다. 그렇게 되면 조조군의 사기가 바닥까지 떨어지게 되고, 서측은 바로 이 틈을 이용해 추격전을 벌이며 대승을 거두게 될 것이다. 아마도 유비는 이것이 함정일 수 있다는 것을 알면서도 한번 해볼 수밖에 없었을지 모른다. 하지만 애석하게도 이번 시도 때문에 그는 자신의 근거지를 적에게 노출시키고 말았다. 더구나 정욱은 장합을 보내 조유을 뒤따르게 했다. 장합은 진중하고 치밀한 성격이라, 별다른 사고가 없는 한 이미 유비의 소재지를 파악했을 가능성이 높다. 설마 유비의 운명이 여기까지란 말인가?

양수는 땅이 꺼져라 한숨을 내쉬며 술을 벌컥벌컥 들이켰다.

세상을 다스리는 도리가 변하고 인심도 예전 같지 않은데, 여전히 인의로는 권력을 정복할 수 없는 것일까? 만약 한나라의 권력이 조위의 손에 넘어간다면 5백 년 가까이 이어온 인(仁)·의(義)·예(禮)·지(智)·신(信)의 오상지덕(五常之德)이 결국 세상 사람들에게 잊힐까 두렵구나. 장차 천하의 백성은 강한 권력을 가진 자가 천하를 얻는 것이 하늘의 이치라고 여기며 살겠지. 그리되면 인자(仁者)·지자(智者)·현자(賢者)는 모두 허세를 부리는 데쓰는 장식품이 되겠구나.

5백 년 동안 진 시황제(始皇帝) 영정(嬴政)부터 시작해 전한 태조 유방(劉邦), 후한 세조 유수(劉秀)는 물론 찬탈을 했던 왕망조차 유학(儒學)을 국교(國敎)로 삼았다. 그러나 위왕 조조는 어떠한가? 크크, 난세의 간웅 조조가 발표한 구현령(求賢令)만 봐도 유가는 그 어디에도 존재하지 않는다. 그가 유재시거(唯才是擧)를 내걸고 오로지 재능만 보고 인재를 등용한다지만, 이는 결국 미래를 위해 필요한 재능이 있다면 유교적으로 부도덕한 사람도 기꺼이 등용할 수 있다는 말과 같다. 그의 치국의 도를 지탱하는 것은 명백히 법가(法家)였다. 만약 조위가 천하의 권력을 잡는다면 5백 년을 이어온 유가의 전통은…… 설마 정말 변혁이 일어나려는 것일까?

역사의 전환점이 설마 지금 바로 이 시점이란 말인가?

역사라…… 하하하! 양수는 고개를 들어 허공을 향해 허탈한 웃음을 터뜨렸다. 그는 술을 또 한 모금 들이켰고, 약간의 취기를 느꼈다. 그는 여러 해 전에 독설가 예형(禰衡)과 역사에 대해 이야기를 나눈 적이 있었다. 그때 예형은, 역사란 사람들의 입맛에 맞게 꾸미는 창기(娼妓)에 불과하다고 말했다. 이기면 왕이 되고 지면 역적이 되는 것처럼, 지금까지 역사는 승리자가 써내려가는 이야기였다. 어쩌면 상(商)나라 주왕(紂王)은 그렇게까지 패악무도한 자가 아닐지도 모르고, 주(周)나라 무왕(武王)은 알려진 것처럼 용맹하고 영명한 왕이 아닐 수도 있다. 당시 그는 이 관점을 두고 예형과 목에 핏대를 세우며 얼굴까지 시뻘개져서 논쟁을 벌였다. 그런데 지금 와서 생각해보니 그의 말에도 일리가 있었다. 역사는 한 가지 일을 각자의 입맛에 맞게 왜곡하고 각색하는 과정에 불과했다. 그렇다 보니 시간이 흐를수록 원래의 모습이 모호해져 알아볼 수 없게 되어버린다. 얼마나 많은 사람과 일이 도도하게 흐르는 역사의 혼탁한 물결 속에서 뜻조차 펼치지 못한 채 사라져갔을까?

역사의 진짜 모습은 과연 어떤 것일까? 지금의 황제 유협은 전대의 황제들과 비교해 명군(明君)이라 부를 만했다. 하지만 황실의 권력은 이미 다른 사람 손에 넘어갔으니, 힘없는 황제가 과연 무엇을 할 수 있겠는가? 몇 차례 궁중 반란이 일어나기도 했지만 모두 실패로 끝났고, 지금은 황제 자리마저도 위태로워졌다. 만약 위왕 조조가 황위를 빼앗아 간다면 아마도 역사책에서 그는 어리석고 무능한 황제로 기록될 것이다.

게다가 위왕 조조는 공융·최염·변양(邊讓)·순욱·예형을 죽였고…… 무수히 많은 유가의 명사들이 그의 손에 목숨을 잃었다. 이런 식으로 패권을 잡은 자가 인의로 천하를 세우고자 하는 유가를 추앙할 리 없다. 만약 조조가 천하를 손에 넣는다면 유가는 사도(邪道)로 전락할 것이고, 공자·맹자와 같은 성인도 사도의 무리로 폄하될지 모른다.

지금 약해진 한나라 황실 세력을 다시 일으켜 세우려면 서촉의 유비에게 기댈 수밖에 없다. 이 귀 큰 도적놈이 진짜 황실의 핏줄인지 아닌지, 인의·도덕을 숭상하는 진짜 유가의 후손인지, 그런 것은 상관없다. 이미 그가 한나라 종친의 깃발을 내건 이상, 그는 반드시 유가의 기치를 끝까지 밀고 나갈 수밖에 없다. 그가 조조를 물리치고 허도로 입성해 암암리에 한제를 폐위시키고 그 자리를 차지한다 해도 그 뿌리는 유학이어야 한다. 결국 그의 모든 행동을 정당화시키는 근거가 한나라의 중흥이기 때문이다.

유학이 천하의 뿌리가 될 수 있다면 누가 천하를 다스리든 무슨 상관이란 말인가?

양수는 다시 술을 입에 대보지만 술병은 어느새 비어 있었다.

세상 사람들은 나를 방탕하고 경박한 사람이라 말하지. 술과 도박을 좋아하며 약삭빠르고 잘난 체하기 좋아하는 양 주부! 심지어 혼사마저도 여자 쪽에서 알아서 물리게 만들었지.

그의 얼굴에 악동처럼 장난스러운 미소가 떠올랐다.

만약 백 년이 지난 후에 누군가 먼지 켜켜이 쌓인 사료를 뒤적이다 나의 진짜 모습을 알아낼 단서라도 발견하면 어쩐다? 깜짝 놀라 뒤로 자빠지는 건 아니겠지?

허도, 진주조.

"위왕이 이제 늙어서 정신이 어찌 된 겁니까?"

가일이 손에 든 서신을 보며 분을 삭이지 못했다.

"조식이 군대를 이끌고 번성으로 가서 관우를 친단 말입니까? 저러다 관우가 허도를 단숨에 치고 들어오면 어쩝니까?"

장제는 미간을 찌푸린 채 침묵을 지켰다.

"좀 전에 이 사실을 알았을 때, 내 눈을 의심했다네. 오죽하면 직접 가서 위왕의 필적이 맞는지 확인까지 해봤다네. 지금쯤 조식도 회신을 받았을 테니, 득의양양해 출정을 준비 중일 테지."

가일이 주위를 살핀 후 나지막이 말했다.

"대인, 우리가 몰래 손을 좀 써야 하지 않을까요?"

"지금 나라 안팎으로 많은 일이 벌어지고 있는 때가 아닌가? 우리 같은 사람은 이럴 때일수록 경거망동하지 말고 살얼음판을 걷듯 항상 촉각을 곤두세우고 조심해야 하네."

장제가 고개를 가로저었다.

"대인, 비상시국인 만큼 비상 대책이 필요한 것이지요."

가일이 말했다.

"진의에게 듣자 하니 조식이 요즘 들어 연거푸 한제를 알현한다고 하더 군요. 게다가 전천도 대장간에서 쓰인 목탄을 그가 사들였다는 사실을 확 인했습니다. 그가 무엇을 하려는지 이제 너무나 확실하지 않습니까? 그런 자가 군대를 이끌고 번성으로 간다면……."

장제가 한숨을 내쉬었다.

"후계자 싸움에 자칫 잘못 휘말려들면 가문이 몰락하는 수가 있으니, 절 대 이런 일에 휘말리면 안 되네. 우리의 주공은 조비나 조식이 아니라 바로 위왕이네. 이 점을 명심하게. 위왕이 조식의 출정을 허락한 이상, 우리가 간여할 일이 아니네. 우리는 오로지 한선에게 집중하세. 곽홍이 소식을 하 나 보내왔는데, 장천이 좀 전에 유향원(留香苑)으로 갔다 하더군. 자네가 시 간이 나면 좀 가보도록 하게."

"유향원요? 기루 말입니까?"

가일이 눈살을 찌푸리며 말했다.

"좋은 곳이지요."

"몇 사람을 대동하고 가도록 하게. 만에 하나 무슨 일이 생기면 위험해질 수 있으니."

"그건 아니 되옵니다. 호분위를 데리고 가면 더 눈에 띄니, 금세 알아챌 겁니다."

가일이 잠시 고심하다 묘안을 떠올렸다.

"정 그렇다면 전천을 데려가는 건 어떨까요? 음…… 남장을 시키면 될 것 같습니다."

"그것도 좋겠군."

장제가 고개를 끄덕였다. 그는 걱정은 되면서도 허도성에서 누가 감히 진주조 관원을 공격할까 싶었다.

장제의 방에서 나온 가일은 오른쪽에 있는 사마의의 방을 힐끗 쳐다보았다.

아무도 없었다.

세자의 오른팔인 그가 요즘 들어 무슨 일로 그리 바쁜지, 진주조에 코빼기도 보이지 않고 있었다. 조식이 출정을 하는 마당에…… 가장 좌불안석인 인물은 누가 뭐래도 세자 조비일 테지. 그렇다면 사마의가 무슨 묘책이라도 바친 건가? 참으로 기대가 되는군.

가일은 상방으로 성큼 걸어 들어갔다. 때마침 전천이 탁자 앞에 앉아 두꺼운 목간을 들여다보고 있었다.

전천은 인기척을 느꼈는지 고개를 들어 가일을 쳐다봤다.

"예전 사건 일지를 보고 있는데, 이리저리 꼬인 사건들이 어찌나 많은지 머리에 쥐가 다 날 지경입니다."

"가자, 할 일이 있다."

가일이 말했다.

"네?"

전천이 믿기지 않는다는 듯 되물었다.

"지금 저한테 함께 나가자고 하신 겁니까?"

"시끄럽고! 어서 서두르거라."

"뭐지? 얼마 전까지만 해도 나를 못 믿겠으니 믿도록 만들어보라고 하지 않으셨습니까?"

전천이 기지개를 켜며 도전적인 눈빛으로 가일을 쳐다봤다.

"지금 나에게 같이 가자고 하는 건 같이 갈 사람이 없어서인가요, 아니면 나를 믿는다는 신호인가요?"

"일단 혐의는 벗은 셈 치자꾸나."

가일이 곁눈질로 힐끗 옆을 보다 돌연 자신의 결정이 후회스러워졌다.

"그렇다면 이제 대인께서도 나를 동료로 받아주시는 겁니까?"

"그런 셈이지."

"그럼 말만 그리 하지 마시고 행동으로도 동료로 대접해주셔야 하는 거 아닙니까?"

전천이 잔뜩 들떠 한껏 욕심을 부렸다.

"가고 싶지 않으면 여기 계속 남아 사건 일지나 보고 있거라."

가일이 소맷자락을 뒤로 쳐 넘기며 문을 향해 걸어 나갔다.

그러자 전천이 자리에서 벌떡 일어나 다급하게 소리쳤다.

"가요! 갈 테니까 기다려봐요! 음, 드디어 나가서 바람 좀 쐬게 생겼네. 참, 좀 전에 사건 일지 더미에서 대인이 처리한 사건을 몇 개 봤어요. 서좌들이 대인의 사건 해결 능력을 왜 그리 높이 치켜세우는지 이해가 되더라고요. 석양에서의 귀신 소동만 봐도……."

"가서 옷을 갈아입고 오거라."

가일이 그녀의 말을 끊었다.

전천은 입고 있는 흰색 옷을 내려다보며 이해할 수 없다는 듯 물었다.

"아니, 왜요? 내가 보기에 아무 문제가 없는데요?"

"남자 옷으로 갈아입거라."

가일의 입가에 희미한 미소가 떠올랐다.

"남장요? 왜죠?"

"기루에 갈 것이다."

유향원은 성의 동쪽 번화가에 자리 잡고 있지만, 위치가 그리 좋은 편은 아니었다. 길게 쭉 뻗은 시끌벅적한 거리를 끝까지 걸어가 다시 골목을 몇 개 돌고 또 돌아야 그곳에 도착할 수 있었다. 그 앞에 딱 도착하면 검붉은 색의 외관이 눈에 확 들어오고, 크기는 진주조보다 조금 더 컸다. 입구에도 사람이 북적이지 않아 안으로 안내하는 사람조차 나와 있지 않았다. 만약 내막을 잘 모르는 사람이라면 이곳이 누군가의 집이려니 생각했을지도 모른다. 상인 같은 차림새의 한 사람이 가일의 곁을 스쳐 지나가며 나지막이 속삭였다.

"장천의 마차가 반 시진 전에 막 떠났습니다."

곽홍이 심어놓은 사람이었다.

가일이 사방을 둘러보며 전천에게 지시를 내렸다.

"맞은편 저 주막으로 가서 기다리고 있거라. 내가 먼저 들어가보고 갈 터이니."

"왜 또 못 들어가게 하십니까? 이럴 거면 절 왜 데려오신 겁니까?"

전천이 투덜거리며 가일을 노려보다 머리를 삐딱하게 기울이고 유향원 간판을 쳐다봤다.

"게다가…… 난 아직 기루에 들어가본 적이 없단 말이에요."

"만에 하나 안에서 무슨 일이 벌어져도 들어오지 말고 바로 진주조로 달려가 장제 대인에게 알려야 한다."

가일이 손을 뻗어 그녀의 머리를 툭툭 치려다, 아니다 싶었는지 어깨로 방향을 바꿨다.

"분명 아무 일도 없을 터이니 안심하고 주막에 가서 고기나 사 먹고 있거라."

가일이 뒷짐을 지고 유향원 안으로 걸어 들어갔다.

뜻밖에도 기루 안에는 사람이 한 명도 없이 사방이 적막했다. 가일은 잠시 주저하다 마음을 다잡고 주위를 살펴보았다. 기둥이나 대들보에 채화(彩畵) 같은 화려한 장식도 없어, 마치 책방에 들어와 있는 듯한 착각을 불러일으켰다. 가일은 그런 생각을 떨쳐내듯 고개를 흔들었다. 이 기루의 주인은 나름 신경을 썼겠지만 지나치게 허세를 부린 느낌을 지울 수 없었다. 기루는 기루일 뿐인데, 이런 외진 곳에 있는 것도 모자라 책방처럼 꾸며놓으니 들어서는 순간 흥이 깨질 판이었다.

시동(侍童)처럼 보이는 아이가 고개를 숙인 채 종종걸음으로 나왔다. 그런데 입을 여는 순간 여자 목소리가 들려왔다.

"죄송합니다. 오늘은 손님을 받지 않습니다."

가일이 고개를 삐딱하게 기울이며 눈앞의 사람을 쳐다보았다. 딱 봐도 나이 어린 소녀였다. 열서너 살 정도 되는 예쁘장한 소녀가 시동 차림을 하고 있으니 나름 묘한 분위기를 풍겼다. 손님을 안 받는다…… 그냥 돌아가면 헛걸음을 한 꼴이 될 터인데.

그는 일부러 거칠고 무례하게 행동하며 말했다.

"손님을 안 받아? 그러면서 문은 왜 열어놓은 것이냐? 주인 어디 있느냐? 주인 나오라고 하거라! 이 나리께서 오늘 노래가 듣고 싶다 전하거라."

소녀는 그를 뜨내기 장사치라고 생각했는지, 비웃듯 말했다.

"이곳에 처음 오셔서 유향원의 규칙을 잘 모르시는 것 같습니다."

가일이 거침없이 안으로 걸어 들어가 왼쪽에 있는 탁자 앞에 앉아 눈을 가늘게 뜨고 물었다.

"허, 이깟 기루에도 규칙이 있다는 것이냐? 어디 말해보거라."

"이 허도성에서 돈만 있다고 해서 우리 유향원의 아씨들을 볼 수 있는 것이 아닙니다. 저희 주인 어르신께서 우리 유향원은 다른 기루와 다르다고 하셨지요. 이곳에 오는 손님은 왕공·귀족이 아니면 문인들이세요. 돈 냄새나 풍기는 그런 분들은 받지 않으니 돌아가주세요."

"그 말은, 내가 바로 돈 냄새나 풍기는 그런 부류란 말이더냐?"

가일이 짐짓 화난 척을 했다.

소녀는 대놓고 사람을 무시하며 말했다.

"손님의 차림새를 보니 온몸에 돈 냄새가 진동할 정도도 못 되는군요. 지금 얼마나 가지고 계신가요? 이곳이 아무 나부랭이나 막 오고 그런 곳으로 보이세요?"

가일이 자리에서 일어나 호통을 쳤다.

"네 이년! 나이도 어린 계집종 주제에 말 같지도 않은 소리를 잘도 나불대는구나. 주인 나오라고 해라!"

그의 말이 떨어지기 무섭게 뒤에 있는 병풍 쪽에서 푸른 옷을 입은 종복이 걸어 나왔다. 그는 가일을 힐끗 보더니 미간을 찌푸리며 말했다.

"공자께서 지금 안에서 이야기를 나누고 계시는데 왜 이리 소란한 것이냐? 지화(知畵)야, 이자 때문이냐?"

소녀는 지원군이 생기자 허리에 손을 올리고 빳빳하게 고개를 쳐들고 말했다.

"들었습니까? 당장 꺼지세요! 우리 공자께서 나오시면⋯⋯."

"공자? 공자는 개뿔! 누가 속을 줄 아느냐!"

가일이 큰소리로 허세를 부렸다.

"어린 년이 감히 그 천한 입을 놀려 나를 모욕했으니, 내 이 유향원을 박살내주마!"

"어머, 허세 좀 작작 부리세요!"

소녀가 입을 가리고 웃으며 그를 비웃었다.

"좀 있다 손발이 부러지고 그 혀가 잘려나간 뒤에도 그런 말을 할 수 있을지 두고 보죠."

푸른 옷의 종복이 바로 탁자 위로 뛰어올라 가일을 향해 몸을 날렸고, 그의 팔이 움직이는 순간 검광이 번쩍였다. 가일이 눈을 치켜떴다. 백주 대낮에 허도성 안에서 종복 따위가 감히 칼을 휘두를 거라고 상상조차 해본 적이 없었다. 그는 옆으로 슬쩍 피하며 종복의 어깨를 붙잡고 다른 손으로 비수를 빼앗았다.

그는 비수를 이리저리 살펴보았다. 무게감이 있고 꽤나 정교하게 만들어진 것으로 보아 장인이 아주 좋은 철로 만든 것이 분명했다. 이런 비수는 부호나 귀족도 아닌 종복 따위가 지닐 수 있는 것이 아니었다. 게다가 거드름을 피우는 말투로 봐서 장천 쪽 사람은 아닌 듯했다. 가일의 머릿속에 문득 한 가지 의심이 스쳐 지나갔다. 이 유향원에 장천이 있는 건가? 곽홍의 하수인이 잘못 본 것은 아닐까? 아니면 내가 곽홍에게 당한 것인가?

종복은 너무나 쉽게 비수를 빼앗기자 화가 치밀어 올라 손가락을 펼쳐 가일의 눈동자를 찌르려고 덤벼들었다. 가일은 코웃음을 치며, 더 이상 봐주지 않고 주먹으로 그의 아래턱을 있는 힘껏 가격했다. 뼈가 으스러지는 소리와 함께 종복이 휘청거리며 그대로 바닥에 대자로 뻗어 누웠다.

"이 허도성 안에서 마음에 안 든다고 감히 칼을 빼 들고 사람을 죽이려 들다니, 이 나라의 법도가 그리 우스워 보이느냐?"

가일이 바닥에 누워 신음하는 종복에게 다가가 물었다.

"네놈의 주인이 누구냐? 그자 역시 이렇게 눈에 뵈는 게 없는 것이냐?"

종복이 대답을 하기도 전에 옆에 있던 소녀가 쏜살같이 병풍 뒤로 뛰어갔다. 가일이 따라 들어가려는 순간 병풍 뒤에서 예닐곱 명의 사내가 한꺼번에 몰려 나왔다.

"골치 아프게 생겼네."

가일이 얕게 한숨을 내뱉으며 뒤로 두어 걸음 물러섰다.

지화도 그 뒤를 따라 나왔다. 그녀는 얼굴이 상기될 정도로 흥분해 손가락으로 가일을 가리켰다.

"저자를 죽여요!"

종복 두 명이 비수를 뽑아 들고 가일을 향해 달려들었다. 가일이 탁자까지 물러서서 두 사람이 바로 코앞에 닥칠 때까지 기다렸다가, 오른손으로 탁자를 짚고 발을 날려 한 사람을 치고 바로 몸을 돌려 팔꿈치로 두 번째 종복의 가슴을 가격했다. 아주 짧은 순간에 두 사람이 바닥에 나뒹굴었다.

지금 여기는 난리가 났는데, 전천 그 바보가 분명 알아채고 진주조로 알리러 갔겠지? 방금 입구에서 누군가 사람이 죽는다고 소리를 치며 달려간 것 같은데? 관아에 알리러 간 건가? 그건 그렇고, 이 종복 놈들의 솜씨가 꽤나 악랄하구나. 장천이 진짜 이 유향원에 있는 건가? 무슨 짓을 벌이기에 나오지 못하는 거지? 그렇다면 더 난리를 치며 싸우는 게 좋겠군. 허도위가 개입하면 장천도 안 나오고 못 배기겠지.

그가 눈을 가늘게 뜨고 무덤덤하게 말을 뱉었다.

"여기는 도위부에서 아주 가까운 편이지. 내 경험상 도성 안에서 싸움이 났다고 도위부에 말이 들어가고 나서 선향 한 대 태울 시간이면 달려오더구나."

"허도위가 오기를 기다려? 크크, 꿈도 야무지시네!"

지화가 이를 갈며 말했다.

"뭐 해요? 어서 해치워요!"

"나이도 어린 계집이 악랄하기가 이루 말할 수 없구나."

가일이 고개를 내저었다. 그는 비수를 쥐고 몇 발자국 걸어 나가 바닥에 선을 그은 후 느긋하게 말했다.

"선향 한 대를 태울 시간 안에 어디 이 선을 넘어와보거라!"

종복 한 명이 섬뜩한 웃음을 지으며 말했다.

"네놈 혼자 우리 네 명을 상대할 수 있다고?"

그가 기세등등하게 선을 넘으려는 순간 가일이 이미 손을 뻗었다.

종복의 손이 순식간에 잡혀 뒤로 꺾이더니 어느 순간 바닥에 내동댕이쳐졌다. 뒤이어 가일이 오른손을 들자 검광이 번쩍이더니 종복의 오른손에 칼이 꽂혔다.

종복은 손바닥이 바닥에 박히자 고통스러운 비명을 질러댔고, 공포에 질린 채 꼼짝도 하지 못했다.

가일은 천천히 몸을 일으키며 눈앞에 있는 종복들에게 미소를 띠며 말했다.

"다음은 누구냐?"

가일의 시선이 닿자 종복들은 자기도 모르게 뒷걸음질을 쳤다. 다들 평소 싸우는 데 이골이 난 몸이지만, 이렇게 빠르고 정확한 솜씨는 지금껏 본 적이 없었다.

지화는 겁에 질린 낯빛으로 소리를 질러댔다.

"덤벼요! 고작 한 명이라고요! 저런 놈 하나 못 죽이면 공자께서 가만 두실 거 같아요?"

그러자 종복 세 명이 한꺼번에 달려들었다. 가일이 가장 앞에 있는 놈의 무릎을 발로 차자 '빠각' 소리와 함께 바닥에 쓰러지더니 무릎을 잡고 신음 소리를 내뱉었다. 또 한 명의 종복이 가일을 찌르기 위해 칼을 휘둘렀다.

가일은 몸을 모로 세워 피하며 오른손 팔꿈치로 그의 목을 가격했다. 세 번째 종복의 긴 칼이 가일의 오른팔 쪽에서 치고 들어오려는 찰나 가일이 급히 몸을 돌렸고, 그와 동시에 칼이 허공을 갈랐다. 가일이 주먹을 날려 종복을 치려는 순간 검광이 번쩍 하며 날아가더니 종복의 심장을 관통해 들어갔다.

고개를 돌려보니 전천이 식식거리며 뛰어 들어왔다.

"하마터면 큰일 날 뻔했네요."

"네가 왜 들어왔느냐?"

가일이 이상하게 여기며 물었다.

전천은 진주조에 알리지 않고 혼자 들어와 가일에게 칼을 겨눈 자를 죽인 것이었다. 만약 이 유향원에 고수가 숨어 있다면 진주조의 두 교위는 오늘 이곳에서 걸어 나가지 못할지 모른다.

"이렇게 사람이 많은데 혼자 어떻게 상대해요?"

전천의 얼굴이 긴장한 탓에 빨갛게 달아올라 있었다.

"어떡할까요? 치고 들어가요? 아니면 도망쳐요?"

지금 그들을 가로막고 서 있는 사람은 열서너 살짜리 지화밖에 없었다. 그녀는 허리에 양손을 얹고 입술을 깨물며 분을 참지 못했다.

"도망을 쳐요? 어디까지 도망칠 수 있을 거 같나요? 허도를 벗어나기도 전에 우리 공자께서 당신들을 갈기갈기 찢어 죽이고 일가를 멸족시킬 거예요!"

가일은 일단 시작했으면 끝장을 보라고 했던 장제 대인의 말이 떠올랐다. 설사 눈앞에 서 있는 이 계집종이 장천의 사람이라 한들 무슨 상관인가? 진주조가 언제 이런 명문세가를 두려워해본 적이 있던가?

가일이 몸을 날려 순식간에 지화의 목을 조이면서 싸늘한 목소리로 말했다.

"나는 일개 무사라 여자를 귀히 여겨야 한다는 말 따위 알지 못한다. 아직 나이도 어린 계집이 이리 악랄해서야……."

"그 손 놓아라!"

귓가에 노기에 찬 목소리가 들려왔다. 고개를 돌려보니 장천이 노기충천하여 걸어왔고, 그의 뒤에 놀랍게도 조식이 서 있었다.

두 사람의 시선이 마주치자 장천이 순간적으로 너무 놀라 가일의 이름을 입 밖에 냈다.

"진주조의 가일?"

그 순간 가일의 눈썹이 올라갔다. 장천과 나는 일면식도 없는데 어떻게 나의 이름을 안단 말인가? 내가 허도를 떠나 지낸 지 3년이 되었고, 다시 돌아온 지 고작 몇 개월밖에 되지 않았다. 지금 허도성 안에 교위 관직을 단 무장만 해도 무려 이삼백 명이나 되는 마당에, 장천이 어찌 나의 이름을 알고 있을 수 있지?

"진주조?"

조식이 성가시다는 듯 진주조의 이름을 되풀이했다.

"어찌, 어디를 가든 네놈들이 눈앞에 알짱대는 것이냐? 나의 형님께서 나를 미행하라 시킨 것이냐?"

가일은 절도 있게 두 손을 모으고 허리를 굽혀 인사를 올렸다.

"나리께 아뢰옵니다. 소관은 그저 이 기루가 좋다는 친구의 말을 듣고 지나가는 길에 한번 들러본 것뿐이옵니다. 나리를 방해할 생각은 전혀 없었습니다."

조식은 바닥에 쓰러져 있는 종복들을 보며 고개를 가로저었다.

"내 사람들을 네가 저리 만든 것이냐?"

가일이 고개를 숙이며 말했다.

"소관은 저기 있는 지화 낭자와 말다툼을 좀 벌이고 있었습니다. 그런데 갑자기 칼을 든 사내들이 나타나 소관의 목숨을 위협하니 어쩔 수 없이 반격을 한 것뿐이옵니다."

"거짓말! 당신이 먼저 유향원을 때려부수겠다고 했잖아!"

지화라는 계집이 손을 허리에 얹고 이를 갈며 소리쳤다.

"어쨌거나 너희들이 먼저 덤볐잖아!"

전천이 끼어들어 꾸짖었다.

"어른들이 말하는데 어디서 어린 계집이 끼어들어!"

"공자, 저 미친 여자가 진복(陳福)을 죽였어요!"

지화가 조식에게 고자질을 했다.

조식이 잠시 고심하다 입을 열었다.

"가…… 일? 맞느냐? 솔직히 나는 너희 진주조가 썩 마음에 들지 않는다. 너희들이야 나의 형님께서 키우시는 충직한 개들에 불과하지. 어쨌든 이번 일은 나의 수하가 먼저 공격을 한 이상, 이 일에 대해 더 이상 문제 삼지 않겠다. 당장 꺼지거라."

가일의 눈이 가늘어졌다. 저자가 무슨 꿍꿍이지? 그가 무슨 말을 꺼내려는 순간 입구에서 말발굽 소리가 들려왔다. 허도위 사람들이 도착한 것이 분명했다. 도백 한 명이 말에서 뛰어내려 칼을 들고 안으로 달려 들어오다 비틀거리며 멈춰 섰다. 그의 뒤를 따라 몰려오던 병사 10여 명도 일제히 문 앞에 멈춰 섰다. 잠시 주저하던 도백이 조식에게 달려가 허리를 굽히고 절을 올렸다.

"나리, 여기는 어쩐 일로……."

"자네는 나와 진주조 중 누구를 도우러 온 것인가?"

조식이 뒷짐을 지고 물었다.

"그것이……."

도백은 난처한 듯 조식과 가일을 번갈아 보며 눈치를 봤다.

"누구의 미움도 사고 싶지 않은 것 같으니 당장 꺼지게."

"명을 따르겠나이다."

도백이 약삭빠르게 말귀를 알아듣고 뒤돌아 나갔다.

가일은 도백이 그냥 나가자 큰 소리로 웃으며 말했다.

"소인이 멍청해서 그러니, 나리께서 뭘 하려는 건지 툭 터놓고 말씀해보시지요."

조식이 코웃음을 쳤다.

"뭐라?"

"허도에 사는 사람들은 다들 나리를, 오만하기가 하늘을 찌르고 하찮은 원한이라도 반드시 갚는 분으로 알고 있더군요. 저처럼 하찮은 응양교위 하나가 나리의 수하 예닐곱 명을 다치게 한 데다 그중 한 명을 죽게 만들었습니다. 그런데도 이렇게 아무 일 없다는 듯 소관을 풀어주시는 겁니까? 이건 제가 듣던 소문과 너무 다르군요."

조식이 기가 찬 듯 웃었다.

"가일이라고 했느냐? 참으로 재미있는 자로군. 사람들이 다들 나를 오만하기가 하늘을 찌르고 하찮은 원한이라도 반드시 갚는다 하더라고? 틀린 말은 아니군. 내가 바로 그런 사람이지. 하나, 내 비록 도량이 좁다 하지만 시정의 부랑배는 아니니라. 오늘 네놈이 먼저 공격을 했다면 진주조든 뭐든 네가 살아서 이곳을 걸어 나가게 하지 않았을 테지. 하나 오늘은 내 수하들이 먼저 문제를 일으킨 것이니 잘잘못을 따지지 않을 것이다. 그러니 내 눈앞에서 당장 사라지거라!"

"소관은……."

"참으로 끈질긴 놈이로구나. 내가 일개 교위와 이따위 입씨름이나 하고 있어야겠느냐?"

조식이 뒤돌아 방으로 돌아가려 했다.

"나리! 이 수하들을 어찌 처리하실 생각이십니까?"

가일이 목소리를 높여 물었다.

"참으로 오지랖도 넓은 놈이군. 당연히 나의 관저로 데려가 치료를 해줄 것이다. 모든 잘잘못을 떠나, 내 밑에 있는 자들을 모른 체할 수야 없겠지."

말이 끝나기도 전에 조식의 모습은 이미 병풍 뒤로 사라지고 없었다.

장천은 가일을 힐끗 쳐다보다가 얼른 그 뒤를 따랐다. 지화는 여전히 분이 안 풀리는 듯 이를 꽉 깨물고 발을 동동거리다 종종걸음으로 따라 들어갔다.

가일이 돌아서며 전천을 잡아끌고 서둘러 유항원을 빠져나왔다.

"조식도 썩 잘생긴 편은 아니네요. 혼탁한 세상에 풍류를 아는 귀공자 어쩌고저쩌고 하더니 별거 없었네."

전천이 웃으며 말했다.

"너는 돌아가거라. 나는 가볼 곳이 있다."

가일이 말했다.

"왜 또 먼저 가라 하십니까? 뭐 하시게요?"

전천이 툴툴거리며 말했다.

"쳇, 내가 속을 줄 아십니까? 나를 보내놓고 혼자 뭔가 하려는 것이죠?"

"너는 진주조로 돌아가서 오늘 일어난 일을 장제 대인에게 보고하거라. 나는 일을 좀 처리하고 바로 가마."

"마음대로 하세요."

전천이 눈을 흘기며 가일의 어깨를 툭툭 쳤다.

"실력이 딸리면 조심이라도 좀 하세요. 혼자 허세 부리지 말고요. 팔 하나 잘려나간 다음에 울어봐야 소용없다니까요?"

가일이 웃으며 다른 골목 입구로 방향을 바꿔 걸어갔다.

일각이 지난 후 가일은 이미 유향원 맞은편에 있는 찻집에 앉아 있었다. 그는 전천과 헤어진 후 뒤따라오는 자를 따돌리고 뒷문으로 들어와 창가 자리에 앉았다. 그는 차를 시킨 후 창 밖으로 보이는 유향원을 주시했다. 한 시진이 지나자 날이 저물어 밖이 어둑어둑해졌지만, 아무런 움직임도 포착되지 않았다. 이쯤 되자 가일은 조금씩 초조해지기 시작했다. 그의 시선이 유향원 입구를 지나 더 먼 곳으로 향했다. 그곳에 거지 한 명이 바닥에 무릎을 꿇고 앉아 구걸을 하고 있고, 더 앞쪽으로 길모퉁이를 돌면 장사꾼이 좌판을 깔고 떡을 팔고 있었다. 이들 모두가 곽홍이 심어놓은 사람들이었다. 그들은 진주조 밀정보다 훨씬 그럴싸해, 정체가 쉽게 발각될 리 없어 보였다.

유향원에서 나온 뒤부터 가일은 이상한 낌새를 감지했다. 장천이 자신을 알고 있다거나, 조식이 자신을 대하는 태도와 유향원의 반응 등 모든 것이 심상치 않았다.

그래서 그는 곽홍의 수하를 유향원 주위에 심어두고 자신은 찻집 2층에 앉아 동정을 살폈다. 가일은 유향원 안에 무언가 비밀이 숨겨져 있다고 직감했다. 하지만 조식이 아직 안에 있는 이상 함부로 쳐들어가 수색할 수도 없는 노릇이었다. 당장은 기다리는 수밖에 없지만, 언제까지 기다려야 할지 난감할 노릇이었다.

그때 거리 끝에서 마차 한 대가 천천히 다가오는 것이 보였다. 가일은 눈을 가늘게 뜨고 석양빛에 의지해 마차를 유심히 살펴보았다. 마차는 별다른 장식이 없어 그다지 눈에 띄지 않았다. 작은 창에 대나무 발을 늘어뜨려 그 안에 누가 탔는지 제대로 보이지 않았다. 마차는 유향원 앞에서 멈춰 섰다. 마부가 뛰어내려 사방을 둘러보며 주위를 살핀 후 안을 향해 도착을 알리고 마차 앞에 섰다.

그런데 마차가 멈춰 선 위치가 꽤나 절묘해서, 가일의 시야에서는 유향원 입구의 상황을 제대로 볼 수 없었다. 유향원 안에서 종복 차림의 두 장정이 걸어 나와 마차 앞뒤에 서서 주위를 살폈다. 뒤이어 두 사람이 또 나와 마차에 올라타려는 움직임이 포착되었다. 마차 맞은편에 있는 거지와 떡장수의 움직임이 전혀 없는 것으로 보아 상황을 제대로 보지 못한 것이 분명했다. 가일의 눈이 가늘어졌다.

별안간 유향원에서 10여 장(丈) 떨어진 골목에서 붉은색 말 한 마리가 질주해 왔다. 그 뒤로 소녀 한 명이 헐레벌떡 뛰어오며 정신없이 소리를 질러댔다.

"비켜요! 비켜! 말이 놀랐어요! 비켜!"

유향원 입구에 있던 사람들이 깜짝 놀라 어찌할 바를 몰라하는 사이 말은 이미 그 앞까지 달려갔다. 문 앞에 서 있는 두 사람과 말이 거의 충돌할 때쯤 안에서 무명옷 차림의 건장한 사내가 달려나와 말을 발로 차 마차 쪽으로 밀어냈다.

대단한 솜씨군! 감탄이 절로 나는 솜씨였다. 그런데 문득 이런 생각이 들었다. 조식 곁에 저런 고수가 있는데 왜 아까는 나오지 않았지? 말이 쓰러지고 나자 소년이 달려와 털썩 주저앉으며 말을 살펴보았다. 뒤이어 소년은 대성통곡을 하며 자리에서 일어나 자신의 말을 살려내라는 듯 무명옷 사내의 다리를 부여잡았다.

사내는 귀찮은 듯 소년을 밀쳐내며 주먹을 휘두르려 했다. 그때 조식과 장천이 걸어 나왔다. 조식이 몇 마디 하자 사내는 소년을 향해 은자를 몇 개 던져주고 가보라는 손짓을 했다. 뒤이어 조식과 장천은 다시 유향원으로 들어갔고, 좀 전에 나온 두 사람도 따라 들어갔다.

찻잔을 쥔 가일의 손이 부들부들 떨리고 있었다. 뜨거운 찻물이 튕겨 올라 그의 손목을 적셨지만 그 또한 전혀 느끼지 못했다.

"엄청난 것을 봐버렸군……."

그가 혼잣말처럼 중얼거렸다.

그는 자리에서 일어나 탁자 위에 찻값을 올려놓은 후 삿갓을 집어 머리에 쓰고 잰걸음으로 찻집을 나섰다. 이런 소문이 돌고 있다는 것은 알았지만, 직접 눈으로 그 사실을 확인하니 그 충격이 쉽게 가시지 않았다. 거리가 너무 멀어 내가 잘못 본 것일까?

거리는 여전히 한산해 오가는 사람도 별로 없었다. 가일은 골목 모퉁이를 돌아 벽에 기대 조용히 누군가를 기다렸다. 얼마 후 소년의 목소리가 모퉁이 쪽에서 들려왔다.

"나리, 물어보실 거라도 있으십니까?"

"따라붙은 자는 없었느냐?"

"네. 소인이 일부러 골목을 돌고 돌아 왔는데, 따라붙은 자는 없었사옵니다."

"유향원에서 나온 그 두 사내를 알아보았느냐?"

"아뇨. 근데 대관 나리들 같았습니다."

"그래, 못 알아봤다니 됐다. 오늘 너는 아무것도 못 본 것이다. 앞으로 그 자들을 또 본다 해도 너는 처음 보는 사람처럼 굴어야 한다. 알겠느냐?"

"네."

"앞서 나온 종복 차림의 두 사람 말고 중간에 나온 두 사람은 어떻게 생겼느냐? 좀 마르고 키가 작아 보이던 그 두 사람 말이다."

"나리, 그 두 사람은 남장만 했을 뿐이지 여자가 확실합니다. 게다가 그중 한 명은 엄청 예뻤어요."

가일은 한숨만 내쉴 뿐 아무 말이 없었다.

소년이 계속 말을 이어갔다.

"그 엄청 어여쁜 여자는 서른이 조금 넘어 보였고, 다른 여자는 열몇 살 정도로 보였습니다. 제가 이 거리에서 10년 넘게 살다 보니 유향원의 아가

씨들 중 모르는 얼굴이 없거든요. 근데 그 두 사람은 지금까지 한 번도 본 적이 없습니다. 딱 봐도 유향원에서 일하는 여자가 아니라 아주 부잣집 마나님처럼 보였어요."

"어째서 그리 생각하느냐?"

"나이 어린 여자는 우쭐거리며 성질이 못돼 보이는 것이 계집종이 분명하고, 예쁘게 생긴 여자는 손가락이 희고 고운 데다 행동도 기품이 넘치는 게 부잣집 마나님이 확실합니다. 근데 그런 귀한 분이 왜 기루에 오신 건지……"

가일이 소년의 말을 끊었다.

"서른이 넘은 그 여인은 얼굴형이 계란처럼 갸름하더냐? 혹시 오른쪽 눈썹 끝에 작은 점이 있지 않더냐?"

"네, 맞습니다. 나리, 설마 그 여자를 아십니까?"

"너는 알 거 없다."

가일의 말투가 무겁게 가라앉았다.

"오늘 너는 아무것도 못 봤다. 아니, 오늘 이곳에서 아무 일도 일어나지 않았다. 알겠느냐?"

소년은 도대체 무슨 일이 일어난 건지 궁금해하며 쉽게 대답을 하지 못했다.

가일이 다시 입을 열었다.

"오늘 밤 운래(運來) 도박장으로 주인장을 찾아가 곽홍이 보냈다고 하거라. 그럼 그자가 너에게 천 냥을 줄 터이니 그 돈을 들고 바로 수춘(壽春)으로 떠나면 된다."

소년이 주저하며 말했다.

"소인은 허도에서 여러 해 동안……"

가일이 호통을 쳤다.

"닥쳐라! 네가 내 말을 알아들었든 아니든, 내일 이후로 너를 허도에서 다시 보게 된다면 그 자리에서 네 목을 칠 것이다! 알아들었느냐?"

"……네."

가일이 나지막이 말했다.

"네가 사고무친이라 허도성에 일가친척이 하나도 없다고 들었다. 일단 천 냥을 들고 가 수춘에서 자리를 잡거라. 어려운 일이 생기면 도박장 주인에게 서신을 보내도록 하고, 절대 허도에 발을 들여놓아서는 안 된다. 또한 네가 허도성에서 10여 년 동안 살았다는 사실도 절대 입 밖에 내서는 안 된다. 알겠느냐?"

"그러겠습니다."

소년이 시무룩한 목소리로 대답했다. 그는 자신이 엄청난 일에 휘말려 들어간 것을 그제야 이해한 듯했다.

가일은 뒤돌아 골목 깊은 곳으로 걸어갔다. 골목을 나가 오른쪽으로 돌면 큰길이 나오고, 다시 왼쪽으로 돌아 조금만 더 가면 진주조였다. 이 소식을 장제 대인에게 알리면 어떻게 처리할까? 아마 그냥 마음속에 묻어두겠지? 이런 일은 평범한 집안에서 일어났다 해도 엄청난 파장을 몰고 올 사건이었다. 하물며 이 일이 조조 가문에서 일어났다면? 그는 쓴웃음을 지으며 고개를 가로저었다. 무언가 새로운 소식을 얻기 위해 벌인 일이었는데, 이런 뜨거운 감자를 손에 쥐게 될 줄 누가 알았겠는가?

서른 살 언저리의 그 여인은 바로 세자비 견락이었다.

호분위 두 명이 창을 들고 서서 외부인의 접근을 철저히 경계했다. 그들로부터 다섯 장 정도 떨어진 곳에 문이 굳게 닫힌 서조서가 있었다.

"확신할 수 있는가?"

장제가 미간을 찌푸리며 말했다.

"대인, 제가 비록 위왕의 연회에서 세자비를 본 것이 전부지만, 어찌 그런 천하 미색을 보고 잊을 수 있겠습니까? 비록 3년 전이지만 아직도 그얼굴을 기억하고 있을 만큼 인상이 깊었습니다. 더구나 유향원에서 나온그 여인의 오른쪽 눈썹 끝에도 작은 점이 있었습니다. 세상에 이렇게 비슷한 천하 미색이 둘일 수 있겠습니까?"

"참으로 어리석은 세자비로구나!"

장제가 고개를 가로저었다.

가일이 말했다.

"세자가 온종일 정무로 바쁘다 보니 여인에게 마음을 쓸 시간이 있었겠습니까? 임치후 조식은 외모도 준수하고 남자다운 성격 아닙니까? 더구나시와 부에도 일가견이 있으니, 여인이 마음을 빼앗길 만큼 매력적으로 보이기에 충분합니다. 세자비도 그런 매력에 넘어간 것이겠지요. 대인, 이 일을 세자에게 알려야 할까요?"

장제가 대답했다.

"집안의 허물을 밖으로 드러내는 일이네. 자네를 죽여 입을 막을 거라는생각은 못 하는가?"

가일이 잠시 주저하다 말을 꺼냈다.

"돌아오는 길에 계속 고민을 해봤습니다. 오늘 오후에 본 것은 조식이 견락을 만나는 정도의 간단한 문제가 아닌 듯싶습니다. 대인, 만약 조식과 견락이 유향원에서 사통을 하기 위해 만난 거라면 장천은 왜 거기 있었던 걸까요? 이 문제를 생각해보셨습니까?"

"그 말은……."

"며칠 전 한제가 장천을 불러들였고, 그때도 조식이 같이 있었습니다. 만약 장천이 이미 한제의 편에 서게 된 거라면 조식은 어찌 봐야 합니까?"

"조식? 조씨 집안의 사람이 설마 한제의 편에 서겠는가?"

"만약 세자로 책봉될 희망이 사라졌다면, 그 치욕을 견디지 못해 한제의 힘을 빌려서라도 조비를 무너뜨리려 하지 않을까요?"

장제가 한참을 고심하다 물었다.

"조식이 왜 이런 황당한 일을 벌였는지 여부를 떠나, 이 허도성 안에서 그의 마음을 움직일 정도의 능력을 가진 자가 과연 누구란 말인가?"

"아마도 그 사람일 겁니다."

"한선?"

장제의 얼굴이 급속도로 어두워졌다.

"정말 자네의 추측이 맞다 치세. 그럼 조식이 자객의 습격을 당한 것은 어찌 설명할 것인가?"

가일이 망설임 없이 대답했다.

"만약 조식이 한선과 일찌감치 손을 잡았다면 그 모든 의문이 쉽게 풀립니다. 정군산의 군사 기밀이 외부로 새어 나간 것도 조식이 미리 한선에게 알리면서 유비에게 전달될 수 있었습니다. 허도성에서 우리를 공격하고 흔적도 없이 사라진 자들 역시 아마 조식의 군장들일 겁니다."

"이 모든 것은 자네의 추측일 뿐이네. 증거가 없어."

가일이 고개를 끄덕였다.

"이렇게 무거운 죄명을 후야에게 씌우게 되면 어떤 결과가 초래되는지 생각해본 적 있는가?"

장제가 정색을 했다.

"게다가 그 후야는 바로 세자 자리싸움에서 밀려난 조식이네."

"일가가 몰살되기밖에 더 하겠습니까?"

가일이 대수롭지 않다는 듯 말했다.

"다행히 저는 부모님을 모두 잃었고, 이제 남은 건 저 하나밖에 없사옵니다."

"자네가 그리 생각한다 해도, 진주조는……."

"저도 잘 압니다."

가일이 말했다.

"만약 실패하면 대인은 아무것도 모르는 것입니다. 모든 죄는 제가 다 받겠습니다."

"어떻게 하려고 그러는가?"

"대인께서 세자와 제가 만날 자리를 마련해주십시오."

장제가 한참을 침묵하다 결심한 듯 대답했다.

"알겠네."

가일이 정좌하고 예를 갖췄다.

"감사드립니다, 대인."

제6장

◆

장기판의 말

"정욱이 계속 나를 의심하고 있는데, 너와 이리 자주 만나는 것도 감시하고 있지 않을까 싶구나."

양수가 보리밭에 누워 하늘에 뜬 별을 바라보았다.

"일전에도 말씀드리지 않았습니까? 나리께서는 평소에 하도 사건·사고를 일으키고 다니는 데다 만나는 사람도 한두 명이 아니라, 저 하나쯤 눈에 띄지도 않습니다."

관준이 말했다.

"더구나 저도 엄청 조심하며 움직이고 있으니 걱정 마십시오. 적어도 지금까지는 의심의 눈초리를 받아보지 못했습니다. 크크, 설사 그렇다 해도 뭐, 죽기밖에 더 하겠습니까?"

"죽는 게 두렵지 않느냐?"

"두렵지 않기는요? 엄청 두렵습니다. 하지만 이 세상에는 사는 것보다 더 중요한 일도 있는 것이니까요."

양수는 아무 말 없이, 이미 저세상 사람이 된 유우를 떠올렸다.

"어찌 너희 서측에는 하나같이 죽고 싶어 환장한 미치광이들만 있는 것이냐?"

"우리 같은 미치광이들이 있어서 서측이 강적을 만나고도 이길 수 있는 것 아니겠습니까?"

"됐다. 높은 자리에 있는 권력자는 늘 대의라는 명분으로 백성을 현혹하고 자신을 위해 기꺼이 목숨을 바치도록 만들지. 너희는 도대체 언제까지 그리 어리석게 살 것이냐?"

"크크, 양 주부 나리, 우리 서측은 다릅니다. 우리가 무지렁이 백성이라 해도 그 죽음이 가치 있고 헛되지 않을 거라 했습니다. 비록 일개 첩자에 불과하지만 내가 죽게 되면 내 가족은 부역을 면제받게 될 거고, 나라에서 살길을 열어주기로 했습니다. 게다가 내 고향에 영웅비도 세워질 겁니다."

양수는 아무런 반박도 하지 않았다.

"하나 애석하게도…… 장합이 이미 유비의 군영을 덮쳤을 것이다."

"양 주부 나리, 왜 그리 확신하십니까?"

"얼마 전에 네가 허도로 갔을 때 정욱의 계획을 알게 되었다. 그때 위험을 무릅쓰고라도 군영을 빠져나가 서신을 전하려 했지만 입구에서부터 저지를 당해 그럴 수 없었다. 이제 열흘이나 흘러 이렇게 자유로이 군영을 드나들도록 내버려두는 것을 보면, 위왕이 이미 유비의 소재지를 파악하고 대군을 집결시켜 공격을 한 거겠지."

"조운 장군이 있으니 장합 따위는 걱정할 거 없습니다."

"조자룡이 장판파 전투에서 칠진칠출의 신출귀몰한 능력으로 이름을 날렸다 해도, 어찌 한 사람의 용맹함에 기대 수만의 군대를 상대할 수 있겠느냐? 너의 자신감은 도대체 어디서 오는지 모르겠구나."

양수가 미간을 찌푸리며 말했다.

"설마…… 양평관에 대군을 매복시키고 조운이 군량을 약탈한 작전이 모두 연환계였단 말이냐?”

“나리, 정욱이 계책을 부려 우리 주공이 있는 곳을 알아내려 한 것만 봐도 자신들의 병력이 절대적으로 우세하다 착각해서 그런 거 아니겠습니까? 바위로 계란을 치든 계란으로 바위를 치든, 결론은 둘 중 하나겠지요.”

“누가 계란이고 누가 바위일지 지금은 말하기 힘들 듯싶구나.”

양수가 고개를 가로저었다.

“전투에서 연이어 두 번 이겼다고 해서 법정을 무슨 신처럼 떠받들고 있는 것이냐? 이런 식의 밑도 끝도 없는 신뢰가 가장 무서운 법이지. 인간은 신이 아니다. 인간이라면 누구나 실수를 하게 되어 있지.”

“크크, 양 주부 나리는 참 걱정도 팔자십니다. 우리 서촉은……. ”

“네놈이 오늘 돌아와 아직 소식을 모르는 게지. 듣자 하니 이번에 양평관을 습격할 때 장합의 부대 만 명은 선봉일 뿐이고, 총사령관은 하후돈이었다. 그가 거느린 병력이 얼마인지 아느냐? 무려 8만이야. 유비 쪽은 얼마나 되느냐?”

관준이 놀란 눈으로 물었다.

“그렇게나 많습니까?”

“자네는 정욱이 법정의 연환계에 걸려들었다고 여기겠지. 하나 여우 같은 정욱이 적의 계략을 역이용할 줄 누가 알겠는가?”

양수의 표정이 무거워졌다.

“전쟁터는 한 치 앞도 알 수 없는 곳이네. 설사 적을 알고 나를 안다 해도 백전백승을 장담하기 힘든 것이 바로 전쟁이네.”

두 사람 사이에 무거운 침묵이 흘렀다.

한참 후 관준이 먼저 입을 열었다.

“나리, 정말 궁금해서 그러는데, 군영에서 누군가와 접촉하신 적 없으십니까?”

"누구 말이냐? 한선의 밀정을 말하는 것이냐? 없다. 너와 유우 외에 누구와도 연락이 닿은 적 없다. 가끔은 그 밀정이라는 자가 정말 존재하는지 의심스럽더구나."

"당연히 존재하지요."

관준이 웃으며 말했다.

"정군산 전투에서도 그가 군사 기밀을 한선에게 넘긴 덕에 우리 주공에게 전달된 겁니다."

"그래? 이 밀정이 나와는 접촉을 하지 않지만, 그런 중요한 시기가 되면 꼭 나타나 유비 쪽에 소식을 전하는 것이냐?"

"아마 그럴 겁니다."

양수가 갑자기 벌떡 일어나 손차양을 만들고는 산비탈 아래를 내려다봤다.

달빛 아래서 흙먼지를 일으키며 군영 문을 향해 질주하는 말이 보이고, 붉은색 각기(角旗: 방위를 표시하던 큰 깃발)가 바람에 펄럭펄럭 소리를 내며 휘날렸다.

"승전보로구나."

양수가 말했다.

"보아하니 하후돈이 이겼군."

관준이 억지웃음을 지으며 말했다.

"그럴 리가요? 군심을 안정시키려고 저러는 겁니다."

"그리 억지 부려봐야 소용없다. 지금 확인해봐야 할 건 유비가 아직 살아 있는지 여부다."

양수가 일어나 옷에 묻은 흙먼지를 털었다.

"결과가 어찌 됐든 이것만은 꼭 명심하게. 우리는 누구를 위해 사는 게 아니라네. 예로부터 의를 위해 목숨을 바친 영웅은 적어도, 주인을 위해 목숨으로 보답하는 멍청이는 차고도 넘쳐났지. 충(忠)이라는 것은 사람이 아니라 도(道)에 바쳐야 하는 것이네."

"그…… 그게 무슨 말인지 도통 모르겠습니다."

관준의 목소리가 가라앉아 있었다.

"우리 같은 무지렁이 백성은 대단하신 분에게 모든 희망을 걸 뿐이지요. 그분들만이 우리의 운명을 바꿔줄 수 있다고 믿으니까요."

"하나 그런 대단한 인물은……"

양수가 희미하게 한숨을 내쉬었다.

"보통 다들 냉혹하고 잔인하지. 그런 자들이 무지렁이 백성들의 목숨 따위를 신경이나 쓰겠느냐?"

하후돈은 첫 번째 전투에서 큰 승리를 거두었다. 그의 손에 장익(張翼)이 무너지고 장저(張著)가 중상을 입었으며 촉군 2천 명이 죽었다. 만약 조운이 한수를 따라 진을 치고 쇠뇌를 설치해 추격군을 향해 쏘아 올리지 않았다면 유비의 머리통은 이때 이미 하후돈의 손에 잘려나갔을 것이다. 다행히 유비가 죽지 않아 위군은 전략상 절대적 우위를 점하지 못했다. 그렇다면 이제 어떻게 되는 거지? 하후돈의 대군이 승세를 타고 계속 남하할까? 조조가 지금까지 해온 방식대로라면 그렇게 하지 않을까?

양수는 기름등 심지의 불만 돋우고 이내 두 눈을 감았다.

난세의 간웅이 벌이는 일은 늘 허를 찌르는 법이지.

"양 주부 나리! 나리! 정욱 대인께서 긴급히 전략 회의를 여신다고 빨리 모셔오라 하셨습니다."

막사 밖에서 연락병의 다급한 목소리가 들려왔다.

"알겠다."

드디어 때가 왔구나. 어쩌면 이 기회에 남은 30여만 명의 위군을 모조리 쓸어버릴 수 있을지도 모르겠구나.

그는 마른기침을 한 번 하며 기름등을 끄고 걸어 나갔다. 밖으로 나가니 달이 휘영청 떠 있고 선선한 밤바람까지 불어와 산책하기에 더할 나위 없이 좋은 밤이었다.

연락병의 뒤를 따라 일각 정도 걸어가자 군사 회의가 열리는 막사가 보였다. 양수의 생각은 이미 깔끔하게 정리가 된 상태였다. 그는 자신이 이미 조조의 마음을 사로잡는 데 성공했다고 생각했다. 설사 전략 회의에 조조가 없다고 해도 여기서 나온 말은 정욱의 입을 통해 그의 귀에 들어갈 것이다.

연락병이 막사 문을 열고 양수에게 들어가라는 손짓을 했다.

기름등이 하나 밝혀진 공간 안에 딱 한 사람이 앉아 있었다.

양수는 그 자리에서 멈춰 섰다.

정욱 외에 다른 책사의 모습은 찾아볼 수 없었다.

"정욱 대인, 이렇게 야심한 밤에 긴급 군사 회의를 소집한다는 핑계로 절 불러내서 뭘 하려 하신 겁니까? 설마 술이나 마시며 회포를 풀자는 것은 아니시지요? 다만 제가 남색이 아니라는 것은 알아두셨으면 좋겠군요."

등불 아래서 정욱이 부드럽게 웃으며 입을 열었다.

"현질(賢姪: 조카에 대한 높임말), 위왕께서 임치후 조식의 출정을 이미 허락 하셨네. 이제 그가 번성으로 가 우금을 돕게 되겠지. 이 일을 알고 있었는가?"

"물론이지요. 제가 네다섯 통의 서신을 그분께 보내 위왕께 출정을 요청하라 거듭 권했단 말입니다. 크크, 일이 성사되었다니, 제 공이 참으로 큽니다."

"그렇다면 번성과 관련해서 생각해둔 것이라도 있는가?"

양수는 정욱을 삐딱하게 쳐다보며 자리에 앉았다.

"정욱 대인, 왜 그런 걸 묻고 그러십니까? 한중 쪽을 신경 써야 할 때 아니십니까? 대인이 한중에 온 후 연이어 전투에서 패해놓고 부끄럽지도 않으십니까?"

"역시나 자네의 언변은 거침이 없군. 하나 방금 하후돈 쪽에서 그나마 승전보를 알려왔으니 조금이나마 면이 섰네. 비록 작은 승리에 불과하나 이 또한 이긴 것은 이긴 것이지."

"이겨요? 촉군 2천 명을 죽이고 장익과 장저를 물리치면 뭐 합니까? 유비의 머리통조차 가져오지 못한 것도 승리라 할 수 있습니까?"

양수가 코를 후벼댔다.

"군량 5천 섬을 빼앗기고 허저를 지금까지도 깨어나지 못하게 만들어놓았습니다. 이런 큰 대가를 치르고도 고작 촉군 2천 명을 죽이고 허접한 군장 몇 명 다치게 한 걸 승리라고 떠벌리시는 겁니까? 대인의 얼굴이 어찌날이 갈수록 두꺼워지시는 듯합니다?"

"양 현질."

정욱의 말투는 여전히 부드러웠다.

"이 일로 자네와 입씨름을 하려고 이리 부른 것이 아니네. 임치후 조식이 곧 군대를 이끌고 번성으로 출발할 것이네. 그래서 위왕께서 자네에게 계책이 있는지 물어보라 하시더군. 자네에게 좋은 계책이 있다면 그를 따라 번성으로 보내줄 수도 있네."

양수는 순간 머릿속이 복잡해졌다. 정욱이 번성과 관련된 계책을 물어볼 거라고 상상조차 해본 적이 없었다.

만약 조식을 따라 멀리 번성까지 간다면 당연히 진지를 지키고 꼼짝도 하지 않을 것이다. 전쟁에서 제일의 전법은 적의 계책을 깨뜨리는 것이니, 동오와 서촉 간의 갈등을 한바탕 크게 이용하는 것이 좋다. 원래 형주는 동오가 호시탐탐 노리던 땅이었다. 그런데 유비가 그 땅을 먼저 빼앗아 요 몇 년 동안 갈등이 끊이지 않았다. 관우는 성격이 강하고 자부심이 강해 동오와의 사이가 내내 좋지 않았다. 유비가 남군(南郡)을 손권에게 넘겨주라고 허락했지만, 관우는 남군을 접수하기 위해 손권이 보낸 관원들을 모두 국경 밖으로 쫓아냈다.

양측의 틈이 갈수록 벌어지고 있는 상태에서 약간의 도발만 하면 손권이 형주를 협공하게 부추길 수 있었다. 그리되면 번성의 포위가 바로 풀리게 된다. 유비는 야심이 커서 줄곧 중원을 노려왔다. 그러나 손권의 야심은 기껏해야 자기 땅을 지키는 것에 불과하다. 설사 손권이 형주를 점령한다 해도 크게 문제될 것은 없다. 반면에 유비가 물자와 식량이 풍부한 형주를 잃게 된다면 전력에 크게 차질이 빚어지니 결코 좋은 일이 아니었다.

"왜 그러는가? 번성 전투에 대해 고심해본 적이 없는가?"

정욱의 눈빛이 반짝였다.

"없습니다. 위왕께서 저에게 녹봉을 두 배로 주시는 것도 아닌데, 제가 왜 그런 고민을 하겠습니까?"

양수가 기가 차다는 듯 웃으며 대답했다.

"그러신가? 나는 현질이 워낙 머리가 비상하고 말재주도 뛰어나, 설사 번성 전투에 관심이 없었다 해도 뭐라고 한마디 해줄 거라 생각했네. 이리 솔직하게 인정할 줄은 몰랐군."

정욱이 말했다.

"좋은 계책이 없다 하나, 자네가 번성에 가고 안 가고는 아무래도 별개의 문제겠지?"

"쳇! 내가 대인의 집에서 키우는 개도 아닌데, 가란다고 갈 것 같습니까? 어차피 번성도 대군이 주둔하는 곳이라 여기와 별반 차이도 없습니다. 여기서는 전쟁에 패하면 도망이라도 칠 수 있지만, 거기는 꼼짝 없이 붙잡혀야 되는 곳 아닙니까? 만에 하나 그 시뻘건 얼굴의 관운장이 성을 포위하는 날이면 도망치고 싶어도 못 치는 곳이지요."

"정 그렇다면, 그만 돌아가보시게."

정욱이 가도 좋다는 손짓을 했다.

양수는 어깨를 으쓱거리며 막사를 걸어 나왔다. 정욱이 왜 갑자기 이런 이도 저도 아닌 질문을 하는 것이지? 나의 신분을 의심하고 한중 밖으로 내보내려는 것인가? 그럴 리 없다. 정욱의 성격으로 볼 때 증거를 찾아 죽일 때까지 어떻게든 나를 곁에 두려 할 것이다. 크크, 내 아버지가 한나라 황실의 인맥 넓은 중신이 아니었다면 그는 아마도 일찌감치 위왕을 등에 업고 나를 죽였을지 모른다.

그런데 위왕은 조식에게 희망을 걸고 있는 것일까?

번성이라······.

크크, 그곳에 가서 뭐 하겠는가? 정말 조식을 도와 관우를 치라고? 이곳에 남는 편이 훨씬 낫지. 운이 좋으면 유비를 도와 한중에서 조조를 무너뜨릴 수 있을 테니. 그때가 되면 유비는 옹주(雍州)와 양주를 수복하는 김에 대오를 정비해 중원으로 치고 들어오겠지.

양수는 돌연 소름이 쫙 끼쳤다. 만약 내가 한중에서 해야 할 중요한 일 때문에 이곳에 남아야 한다는 집착이 강하지 않았다면, 조식의 책사답게 격앙된 목소리로 그를 따라나서겠다고 강력히 요구했어야 마땅했다. 사실 며칠 전 하후돈이 나의 뒤를 밟았던 그날 밤만 봐도 정욱은 나를 향한 의심이 더욱 깊어진 게 분명해. 지금 또 이런 함정을 파는 걸 보면 그 의심에 확신이 든 거야.

어쩌면 그 병풍 뒤에 조조가 앉아 있었겠구나! 그것도 모르고, 나의 말과 행동거지가 참으로 미련했어. 양수는 고개를 가로저었다. 한중에 남고 싶은 생각이 너무 강해 평소의 그답지 않게 말한 것이 후회스러웠다. 그건 그렇고, 지난번에도 느꼈지만 이 조조 군영 안에 관준 말고 또 다른 첩자가 숨어 있는 게 확실한데, 누구지? 분명 꽤나 높은 신분의 첩자일 것 같은데,

지금까지 한 번도 나와 선이 닿은 적이 없단 말이지. 도대체 누구지?

양수는 가슴속의 답답한 응어리를 토해내려는 듯 숨을 깊게 들이마셨다 내뱉었다.

막사로 가는 내내 그는 정욱이 한중에 대해 물어볼 거라고 생각했었다. 한중의 형세에 관해서라면 그의 머릿속에 이미 그림이 다 그려져 있었다. 장합과 하후돈이 작은 승리를 거뒀지만, 유비가 죽지 않은 이상 철수가 답이었다.

만약 유비가 죽었다면 서촉의 우두머리가 사라진 셈이니, 조조는 그 기세를 타고 반드시 남하해 한중을 탈환하고 성도를 칠 것이다. 그러나 지금은 고작 작은 승리를 얻은 것에 불과했고, 유비의 원기를 크게 해치지 못했다. 그렇다면 이곳에 남아 대치하느니 일찌감치 장안으로 돌아가는 편이 나았다. 설사 한중을 유비에게 넘긴다 해도, 이번 승리는 군대를 철수하기에 가장 좋은 기회였다.

촉군은 이번 패배로 무모한 추격을 할 리 없고, 위군은 승리를 거뒀기 때문에 철군을 한다 해도 군의 사기에 영향을 받지 않는다.

양수의 계획은 바로 조조가 철군을 할 때 유비와 내통하고 매복을 심어 37만 위군을 지옥으로 보내는 것이었다.

다만 지금 정욱의 의심과 경계가 심한 데다 계속해서 함정을 파고 감시를 하는 통에 철군 노선을 알아내기 쉽지 않았다.

양수는 허리춤에서 술병을 꺼내 한 모금 들이켰다. 비록 서촉 군의사 무위장군의 직책을 가지고 있지만 지금까지 별로 한 일이 없었다. 서촉과 손을 잡은 지 벌써 8년이었다. 이 8년 동안 양수가 한 일은 조위에 불만을 품은 대신들의 명단과 그다지 중요하지 않은 정보를 제공한 것이 전부였다.

양수는 서촉에서 자신과 같은 장기판의 말을 사방에 둔 것이 아닌지 의심스러웠다. 그들은 평소에는 한량처럼 지내며 남의 의심을 피하다 때가 되면 적장을 죽이는 실수로 둔갑하게 될 것이다. 조식은 세자 싸움에서 밀려난 후 서촉 군의사와의 관계를 더 강화했다. 양수가 군대를 따라 한중으로 오자 바로 직접 연락을 주고받을 수 있도록 연락병을 심어둘 정도였다. 유우·관준은 서촉 군의사에서 실력을 인정받은 인물들이 분명했다. 유우의 목숨은 서황이 이끄는 위군 3만 명의 목숨과 맞바꿨다. 하지만 그의 죽음으로 양수의 혐의를 벗겨주려 했던 목적은 성공하지 못했다. 정욱은 후각이 발달한 사냥개답게 한 번 물면 절대 놓는 법이 없었다.

그렇다면 내가 정욱의 눈엣가시가 된 마당에 이 군영에 남아 무엇을 할 수 있지? 설마 "내가 천하를 저버릴지언정 천하가 나를 저버리진 못할 것이다"라고 했던 조조의 말을 받들기 위해 정확한 증거도 없는 상태에서 나를 죽이려들 것인가?

허도, 진주조.

곽홍이 삿갓을 벗어 탁자 위에 올려놓고 무표정하게 가일을 쳐다봤다. 요즘 들어 그는 집에서 한 발자국도 나오지 않은 채 칩거했다. 그러다 진주조의 밀령을 받고 나서야 어쩔 수 없이 마차를 타고 이곳에 왔다. 예전에 강호를 누비며 해결사 노릇을 하던 협객의 삶은 점점 멀어져갔다.

문 밖 출입만 거의 하지 않을 뿐, 그는 허도성에서 무슨 일이 벌어지고 있는지 모두 꿰차고 있었다. 요 며칠 사이 진주조의 작전에 투입되었던 그의 제자가 천 냥을 들고 흔적도 없이 사라졌다. 하지만 곽홍은 아무것도 묻지 않고 그 일을 묻어두었다. 진주조에서 입을 다문 이상 그가 알면 안 되는 일이 분명했다. 곽홍은 진주조에 남아 있는 2천여 명의 명단을 본 후부터 늘 행동거지를 조심했고, 알면 안 되는 일에 전혀 간여하지 않았다. 이것이 바로 꼭두각시의 본분이었다.

"곽 대협, 임치후가 거느리는 자들에 대해 아는 게 있는가?"

가일의 말 속에 살기가 숨어 있는 듯했다.

"임치후? 조식?"

곽홍은 내심 놀라며 그 이름을 떠올리다 이내 고개를 가로저었다.

"소인처럼 천하를 떠도는 협객 따위가 어찌 후부의 높으신 분을 알 수 있겠소?"

"대협이 그 높으신 분과 무슨 사이인지 진주조가 알 바 아니네. 하나 임치후 관저에 사는 그 형주 출신의 요리사가 자네와 호형호제하는 사이가 아닌가?"

가일이 웃는 듯 아닌 듯 알 수 없는 표정으로 물었다.

"역시 그랬군. 곽 대협, 무슨 일이 이리 공교로운지 모르겠네. 진주조에서 자네를 이리 귀찮게 할 생각은 아니었으나, 아무리 찾아봐도 자네만 한 적임자가 없더군."

곽홍은 아무 말이 없었다.

"곽 대협, 진주조는 그저 자네와 호형호제하는 그자와 술이나 마시며 허심탄회하게 얘기를 나누고 싶은 것뿐이라네."

"그런 다음은 어쩔 것이오? 만약 위왕이 조식에게 세자 자리를 넘겨주려고 하면 독이라도 타서 죽이라 시킬 것이오?"

곽홍이 가일을 노려보았다.

가일이 웃음을 터뜨렸다.

"곽 대협, 생각이 어찌 또 그리로 튀는 것인가? 입만 열었다 하면 멸문지화의 죄를 자초하는 얘기로군. 안심하게. 진주조가 자네와 그자를 위험하게 하지 않을 터이니. 하물며 세자께서는 속이 그리 좁거나 악랄하신 분이 아니네."

"그럼 왜 그를 만나려 하는 것이오?"

"아직 모르네. 일단 그자와의 만남을 주선해주게."

"모른다?"

곽홍이 가일을 보다 그 소식을 떠올렸다.

"조식이 곧 조인과 함께 군대를 이끌고 남하해 번성으로 간다고 들었소. 그가 허도를 떠나는 마당에 내 아우가 무엇을 할 수 있다는 것이오?"

"궁금한 게 참으로 많군. 자네는 그저 내 소식만 기다리면 되네."

"알고 보니 진주조는 세자 편에 서 있었군."

곽홍은 고개를 들지 않았다.

"자네 역시 지금은 세자 쪽 사람이네."

가일이 웃어 보였다. 그는 곽홍의 오해에 대해 전혀 개의치 않았다.

"가능한 한 빨리 약속을 잡아주게나. 단, 이 일은 반드시 기밀에 부쳐야 하네."

곽홍은 자리에서 일어나 문으로 걸어가다가 자기도 모르게 쓴웃음을 지었다.

"천하를 누비며 의를 위해 살아온 내가 이런 보잘것없는 일을 하며 남의 하수인 노릇이나 하고 있다니, 참으로 기가 막히는군."

"곽 대협, 누구나 하고 싶은 일을 하며 자유로운 삶을 바라겠지. 하나 사람이 살다 보면 어쩔 수 없이 하게 되는 일도 있는 것이라네."

곽홍을 막 보내고 나자 하인이 저녁상을 차려 내왔다. 보리밥, 소고기 완자탕과 채소볶음이 차려진 밥상이었다. 가일은 관복을 벗고 한가로이 앉아 젓가락을 집어 들었다. 채소볶음을 한 젓가락 집으려는 찰나, 문이 '쾅' 소리를 내며 열리더니 전천이 뛰어 들어왔다.

"와! 와! 이것 봐! 왜 혼자 방에 숨어서 밥을 먹는 겁니까? 왜 다른 사람들이랑 같이 안 먹는 건데요?"

전천이 닭다리를 쥔 손을 뻗어 삿대질하듯 흔들어댔다.

가일은 언짢은 기색을 드러내며 전천을 힐긋 노려봤다.

"전 교위, 아무리 그래도 교위이자 여인의 몸인데, 어찌 하루 종일 호분위나 서좌들과 한데 섞여 지내는 것인가? 체통을 좀 지키게."

전천이 기가 막힌 듯 가일을 쳐다봤다.

"뭐라고요? 그 사람들이랑 밥도 먹지 말라는 겁니까? 유주에서는⋯⋯."

"여기는 허도네."

"그렇게 거드름을 피우면 안 피곤해요?"

전천이 그의 말을 신경도 쓰지 않은 채 자리에 털썩 주저앉더니 소고기 완자탕에서 시선을 떼지 못했다.

"완전 맛있어 보여요."

가일이 탄식을 내뱉으며 소고기 완자탕을 그녀에게 건넸다.

"한선 사건을 해결하고 나면 세자께 다른 곳으로 보내달라 청해보거라."

"여기도 완전 좋아요. 앞에 계신 분 말고는 아무도 뭐라 하는 사람이 없다니까요?"

전천이 닭다리를 소고기 완자탕에 담갔다 먹으며 그 맛을 음미했다.

"몸놀림은 잽싸서 그럭저럭 쓸모는 있다마는, 아무래도 여인이다 보니⋯⋯."

"여인이 어때서요? 설마 여인이라면 천하제일의 미색이라 불리는 대교(大喬: 손책의 부인)와 소교(小喬: 주유의 부인) 같아야 한다고 생각하는 건 아니죠?"

전천이 눈을 부릅뜨며 반박을 했다.

"신헌영(辛憲英)이나 왕이(王異)처럼 위풍당당한 여장부들도 있다고요!"

가일은 그저 웃기만 할 뿐 아무 말이 없었다.

전천은 그 모습에 더 화가 치밀었다.

"왜 웃어요? 지금 나 무시하는 거죠?"

가일이 눈 딱 감고 쓴소리를 했다.

"너 정도의 실력이라면 유비에게 시집갔던 동오의 손상향을 좀 보고 배워도 좋을 것 같구나. 그 여인 역시 재주가 뛰어나고 강인하며 용맹하지. 신헌영이나 왕이 되기에는 너의 머리가 받쳐주지 않는 데다, 자기 속내를 숨길 줄 모르니 꿈도 꾸지 말거라."

전천이 아무 말 없이 씹다 남은 닭다리 반쪽을 접시에 조용히 내려놓더니 보리밥이 든 사발을 가일에 면상에 냅다 엎으며 배꼽을 잡고 웃어댔다.

가일은 분을 삭이며 얼굴에 붙은 밥알을 떼어냈다.

"듣기 싫은 말 좀 했다고 지금처럼 이렇게 앞뒤 안 가리고 덤비는 네가 과연 신헌영이나 왕이 될 수 있겠느냐? 넌 역시 진주조를 나가는 편이 백 배 천 배 낫다."

전천이 뿌루퉁한 표정으로 버럭 소리를 질렀다.

"상관 말아요!"

가일이 고개를 절레절레 흔들었다.

"좀 있다 갈 곳이 있는데, 같이 갈 테냐?"

"요즘 들어 왜 자꾸 날 끼고 나가길 좋아하는 걸까요?"

"내가 없는 틈을 타 쓸데없이 혼자 돌아다니다가 죽기라도 하면 어쩌겠느냐?"

"흥, 난 절대 그럴 일 없거든요? 그쪽 걱정이나 하세요. 근데 어디 갈 건데요?"

"세자부."

조필은 몸을 숙인 채 문을 걸어 나왔다. 그는 석정(石亭)에 앉아 폐허처럼 변해버린 화원을 안타까운 시선으로 바라봤다. 화원은 그리 크지 않았지만 일손이 부족해 오랜 세월 돌보는 이가 없었다. 예전에 심어둔 귀한 초목들은 이미 잡초 더미에 파묻혀버렸고, 화원 어느 곳에서도 예전의 아름다웠던 모습을 찾아볼 수 없었다.

4백 년을 이어온 한나라의 영광은 이미 퇴색한 지 오래였다. 그러나 조필은 이것이 한나라의 마지막이라고 절대 믿지 않았다. 왕망이 권력을 찬탈하고 세운 나라는 고작 16년 만에 막을 내렸고, 그 뒤를 이어 광무제 유수가 새로운 세상을 열었다. 그러나 한나라는 무제 유철(劉徹)이 제위에 오른 이후 이미 모든 학파를 물리치고 유가의 학술만을 존중할 것을 천명했다. 3백여 년이 흘러 유교의 기본 덕목인 삼강오륜(三綱五倫)과 군군신신(君君臣臣: 임금은 임금다워야 하고 신하는 신하다워야 한다)이 일찌감치 사람들 마음속에 깊이 뿌리내렸다. 조필은 고작 몇십 년간 난세가 이어졌다고 해서 인·의·예·지·신이며 황제의 정통성 같은 것이 잊혔을 거라고 믿지 않았다.

지금의 황제 폐하께서는 재사(才思)가 민첩하고 모진 고초를 겪으며 성장하신 분이지. 이런 분이 다시 천하를 다스리게 된다면 분명 명군이 되실 것이다. 지금은 아직 때를 못 만난 것이니, 만약 한선의 계획이 순조롭게……

등 뒤에서 발자국 소리가 들려오자 조필이 황급히 뒤로 돌아섰다. 그는 황제와 황후가 화원으로 걸어 들어오는 것을 보자마자 헛기침을 한 번 하고 앞으로 나아가 격식을 갖춰 예를 올렸다.

"조 대인, 이제 나이도 있으신데 이런 번거로운 예까지 행할 필요는 없으십니다."

황후 조절이 환한 미소를 지으며 부드럽게 말했다.

조필이 고개를 가로저었다.

"마마, 이 궁중 예의는 고조 황제께서 천하를 평정했을 때 숙손통(叔孫通) 대인이 제정한 것으로, 4백 년을 거쳐……"

"거기까지."

유협이 못 당하겠다는 듯 고개를 저었다.

"조 애경, 지난 일은 더 이상 듣고 싶지 않소. 오늘은 날씨도 좋고 해서 황후와 산책 겸 나온 것뿐인데, 무슨 일이 있소?"

"소신, 폐하께 아뢸 일이 있사옵니다."

"말해보시오."

"폐하, 긴한 일이옵니다."

조필이 여전히 고개를 들지 않고 말했다.

유협이 어쩔 수 없다는 듯 조절에게 눈짓을 보내자 조절이 살포시 웃으며 말했다.

"그럼 두 분이 정사를 논하세요. 저는 곽후가 사람을 시켜 정과를 몰래 보내왔다고 해서 가보려고 해요."

조절이 멀리 가고 나자 조필이 그제야 허리를 펴고 대통 하나를 유협의 소매에 집어넣었다.

유협이 미간을 찌푸리며 물었다.

"또 그의 소식인가?"

"네."

"일면식도 없는 자는 그리 믿으면서, 어찌 조절은 그리 경계하는가?"

유협이 탐탁지 않은 듯 말했다.

"황후도 결국은 조씨 가문의 사람이옵니다."

"지난날 조가의 세 자매가 입궁할 때부터 경은 이들을 의심하기 시작했지. 이 정도로 세월이 흘렀는데, 다른 두 여인은 몰라도 조절의 됨됨이에 대해 아직도 모르는 것이오?"

유협이 이해할 수 없다는 듯 말했다.

"폐하, 소신이 한선을 믿는 이유는 그가 지난 몇 년 동안 우리를 위해 많은 일을 해줬기 때문입니다. 그 모든 것이 폐하에게 유리한 일들이었지요. 하오나 황후 마마는 무엇을 했는지요?"

유협이 한참을 고심하다 말을 꺼냈다.

"내가 황제 자리에 이리 오래 앉아 있을 수 있었던 게 어쩌면 황후 덕일 수도 있다는 생각은 해본 적 없소?"

조필이 고개를 가로저었다.

"폐하, 소신의 직언을 용서해주시옵소서. 소신도 마마가 선한 분이라는 것을 잘 아옵니다. 하오나 조씨 가문에 아무런 힘을 쓰지 못하시지요. 일전에 궁중의 재정이 부족해 힘들 때도 마마께서 조비를 설득해봤지만, 결국 아무 소득이 없었습니다. 하물며 마마가 황후의 신분이라 해도, 결국 피는 물보다 진한 법이지요. 만약 이런 대사의 꼬리가 밟히게 된다면 마마께서 조씨 가문의 몰락을 그냥 모른 체 보고만 계실 수 있겠는지요? 소신이 마마를 속이고 경계하는 것 역시 다 그분을 위한 일이옵니다."

유협은 아무 말도 할 수 없었다.

조필이 무릎을 꿇으며 말했다.

"폐하께서는 한나라의 중흥을 책임질 막중한 임무를 짊어지고 계시니, 만사에 신중을 기하셔야 하옵니다. 더구나 제왕은 사사로운 남녀의 정에 발목이 묶이면 안 되는 존재이십니다. 그 옛날 고조께서 추격병을 따돌리기 위해 세 번이나 혜제(惠帝)와 노원(魯元) 공주를 수레 아래로 밀어 떨어뜨렸습니다. 또한 초나라 패왕 항우(項羽)가 자신의 부친인 태공을 인질로 잡고 협박하자 아버지를 삶아 죽이고 국 한 그릇 나눠달라 대답했지요. 이런 모진 마음이 있었기에 한나라 4백 년의 기반을 다질 수 있었던 것입니다. 제왕은……."

"그만하게. 다 알아들었네."

유협이 조필의 말을 끊었다.

"그만 일어나시게."

조필은 꼼짝도 하지 않은 채 바닥에 더 넙죽 엎드렸다.

"폐하, 이제 한실을 위해 외롭게 싸우는 옛 신하도 얼마 남지 않았습니다. 어쩌면 이번이 한실을 일으켜 세울 수 있는 마지막 기회가 될지도 모르옵니다. 폐하, 이 강산과 종묘사직을 위해서라도 부디 철혈 군주가 되어주시길 간청하옵니다. 버려야 할 것은 버리시고 희생해야 할 것은 희생시키셔야 합니다. 저희의 피를 뿌려서라도 전하께서 천하를 얻기 위해 걸어갈 길을 열어드릴 것이옵니다. 비록 폐하께서 천하에 군림하는 그날까지 우리가 살 수 없다 해도, 몸을 가루로 만들고 뼈를 부숴서라도 그 길을 깔아드릴 것입니다."

유협은 백발이 성성한 조필의 머리카락을 보며 눈가가 촉촉해졌다. 그가 돌아서며 들릴 듯 말 듯 얕은 한숨을 내쉬었다. 이런 장면을 몇 번이나 보았던가? 건안 4년 거기장군(車騎將軍) 동승(董承)이 허리띠에 쓴 밀조를 받아 조조를 암살하려 했지만 실패했지. 이때 동승·오자란(吳子蘭)·종집(種輯) 왕자복(王子服)의 삼족이 몰살당했다. 당시 동승의 여식 동 귀인은 회임을 이유로 용서를 빌었지만 조조는 눈 하나 까딱하지 않고 그녀를 능지처참했다. 건안 19년 황후 복수가 남동생 도정후(都亭侯) 복전(伏典)을 시켜 비밀리에 조조를 죽이려 했지. 하지만 조조가 그 사실을 알게 되면서 복씨 가문 백여 명의 목을 베고 화흠을 시켜 황후와 두 황자까지 죽었다. 건안 23년 사직 위황과 소부 경기도……

그만! 그만! 이런 케케묵은 옛일을 떠올린들 무슨 소용이란 말인가? 한나라의 황제로서 너무나 많은 이들의 희망이 이 어깨를 짓누르고 있구나. 지난 몇 년 동안 시체로 산을 이루고 피가 바다를 이루었다. 하지만 한나라를 다시 일으켜 세우는 일이 가능할 것인가? 내가 이 한나라의 마지막 황제가 되는 것은 아닐까?

유협은 고개를 가로저었다. 그래, 조필의 말이 맞구나. 적어도 아직 한 번의 기회가 남아 있다. 이 자리에 앉아 있는 이상 이 자리에서 할 수 있는 일을 해야겠지. 이 세상의 수많은 일은 옳고 그름이 아니라 하느냐 하지 못하느냐에 승패가 달려 있을 뿐이다. 내가 이곳에 있는 한 선택은 하나뿐이다.

저 멀리서 황후 조절이 칠기로 만든 찬합을 들고 걸어오고 있었다. 유협은 조필에게 일어나라는 손짓을 하며 조절을 향해 몸의 방향을 틀었다.

"조 대인, 중요한 보고는 다 마치셨나요?"

조절이 입을 가리고 살포시 웃으며 말했다.

"별거 아니었소. 옛날 얘기까지 꺼내며 자중하고 나라를 위해 힘써달라 어찌 잔소리를 해대던지. 하하!"

유협이 웃으며 농담을 건넸다.

"조 애경이 얼마나 고리타분한지 모른다오."

"어머, 폐하. 그리 말씀하시면 아니 되시어요. 조 대인이 저를 별로 안 좋아해도, 얼마나 훌륭한 관리신데요."

"음. 나도 아오."

유협이 고개를 돌려 화원 밖으로 걸어가고 있는 조필을 바라보며 나지막이 말했다.

"애석하게도 내가 좋은 황제가 아니라오."

조절이 시선을 내리고 생각에 잠긴 듯하다 이내 손에 든 칠기 찬합을 들어 올리며 말했다.

"자, 폐하, 이거 좀 드셔보세요."

"뭐요?"

"아까 말씀드리지 않았습니까?"

그녀가 웃으며 예쁘게 눈을 흘겼다.

"곽후가 몰래 보내온 정과인데, 하나 먹어보니 정말 달고 맛있어요."

"곽후라면, 조비의 비가 아니오? 하하, 이런 거는 여인들이나 좋아하는⋯⋯."

조절이 대추 정과를 하나 집어 유협에 입에 넣어주며 그의 품에 기댔다.

"하나 드셔보세요. 저도 오랜만에 먹어봤는데 정말 맛있어요. 곽후가 모처럼 마음에 드는 일을 했네요. 제가 세자부에서 그 인색한 세자비랑 크게 한판 싸우고 난 후부터 틈만 나면 이런 것들을 궁으로 보내오고 있거든요."

유협은 조절의 어깨를 끌어안으며 미안한 마음을 드러냈다.

"내 그대에게 마음고생을 시키고 욕을 보인 것 같소."

조절이 그의 손을 툭 치며 웃었다.

"저는 황후가 아니옵니까? 마땅히 할 일을 한 것인데, 그런 말은 가당치 않사옵니다."

유협은 웃으며 조절을 더 세게 안아주었다.

미안하오. 어쩌면 앞으로 한나라 황실의 영광을 되찾기 위해 그대 조씨 가문의 구족을 멸해야 할지도 모르겠소.

가일이 전천을 데리고 세자부의 바깥 대청에 서서 하염없이 세자를 기다렸다.

이미 한 시진이 지난 터라, 전천은 지루함을 견디지 못해 사방을 두리번거리더니 심지어 쭈그리고 앉아 바닥에 깔린 호피를 만지작거렸다. 가일은 세자가 그의 인내심을 시험해보기 위해 이러는 것일지도 모른다는 생각이 들었다. 큰일을 이루려면 이런 것쯤은 문제될 것도 없었다.

세자부는 꽤나 소박해 보였다. 흰색 벽, 백양나무 가구, 검은 천으로 만든 주렴 등 하나같이 화려함과는 거리가 멀었다. 유일하게 눈에 들어오는 것이 있다면 바로 벽에 걸린 두 폭의 긴 비단 장식이었다. 그 위에 가의(賈誼)의 「과진론(過秦論)」과 반고(班固)의 「양도부(兩都賦)」가 쓰여 있었다.

이 두 편은 가일도 읽어본 적이 있는 글이었다. 그러나 비단의 색이 고르지 않고 글자체에 개성이 넘치는 것으로 보아 진품이 아닐까 하는 생각이 얼핏 들었다. 이것이 진품이라면 전답 천 묘(畝: 1묘는 667제곱미터)를 사고도 남을 만큼의 가치가 있었다.

가일은 자기도 모르게 임치후 조식을 떠올렸다. 그의 저택에 들어가보지 못했지만, 남의 입을 통해 그 모습을 들어본 적은 있었다. 임치후의 저택은 마치 신선이 사는 곳처럼, 방을 장식하는 비단조차 색이 곱고 부드러운 최상급의 촉금(蜀錦)을 사용했다. 특히 내실 앞에 늘어뜨린 주렴은 크기가 똑같은 수백 개의 남월(南越) 진주알을 엮어 만들었다. 그런데 이런 화려한 저택 안에 한 폭의 글씨와 그림도 걸려 있지 않아 사람들의 탄식을 자아냈다. 조식처럼 천하제일의 문필가가 사는 집 안 곳곳이 화려하고 경박하기만 할 뿐, 깊이 있는 운치가 전혀 느껴지지 않았다. 누군가 그 이유를 묻자 조식은 그저 웃으며 요순(堯舜) 시대 이후로 그의 저택에 걸어둘 자격이 될 만한 글과 그림이 아직 없어서라고 말했다. 비범한 재능을 타고났으니 오만해지는 것도 이해는 가지만, 이 정도의 오만은 거의 정신병에 가까웠다.

상황이 이렇다 보니 민심은 자연히 조비에게 더 쏠리게 되었다. 어쩌면 그의 이런 모습도 가식일지 모른다. 위선자가 소인배보다 더 대접 받는 것이 이 세상 이치였다.

드디어 위엄이 느껴지는 발자국 소리가 들려오고, 세자 조비가 병풍을 돌아 걸어 나왔다. 그는 그 자리에 그대로 서 있는 가일과 바닥에 웅크리고 앉아 호랑이 머리를 만지작거리고 있는 전천을 바라보며 웃어 보였다.

"자, 어려워하지 말고 어서들 앉게."

가일은 걸음을 옮기려다 순간 멈춰 섰다. 다리에 경련이 일면서 엄청난 고통이 몰려왔다. 그는 이를 꽉 물고 가장 가까운 의자 앞까지 걸어갔지만 전천이 냉큼 그 자리에 앉아버렸다. 가일은 내심 한숨을 내뱉으며 어쩔 수 없이 좀 더 떨어진 곳에 있는 의자를 향해 걸어가야 했다.

뻣뻣하게 걸어가는 가일의 움직임을 눈치 챈 듯 조비의 미소가 더 짙어졌다.

"정무를 처리하느라 너무 바빠 두 사람이 와 있는 것을 잊고 있었지 뭔가? 고생이 많았네."

전천이 자리에서 일어나 조비에게 예를 행하며 투덜거렸다.

"세자 전하, 먼저 물 한잔부터 주실 수 없으시옵니까? 목이 말라 죽을 지경이옵니다."

조비가 웃으며 두 사람을 위해 물을 따라주었다.

전천이 몸을 숙여 잔을 받아들고 단숨에 벌컥 들이켰다. 그러나 가일은 꼼짝도 하지 않았다.

조비가 웃으며 물었다.

"가 교위는 왜 안 마시는가?"

가일이 차분한 목소리로 말을 꺼냈다.

"장제 대인께서 늘 말씀하시기를, 세자 전하께서는 너그럽고 인정이 많으시며 특히 아랫사람에게 잘 대해주신다고 하셨습니다. 장 대인께서 세자부에 올 때면 전하께서 늘 동오에서 올라온 최상급 차를 내어 주셨다더군요. 오늘 전하께서 소관을 위해 이리 직접 차를 따라주시니 어찌 영광이 아니겠사옵니까? 하오나 소관의 찻잔에 들어 있는 것은 그저 맹물일 뿐 찻물이 아니군요."

전천이 가일에게 연신 눈짓을 하며 그를 말렸다.

"지금 미쳤어요? 세자 전하 앞에서 무슨 말을 하는 거예요?"

조비가 괜찮다고 손짓을 하며 미소를 지어 보였다.

"그러니까 가 교위는 동오 차를 꼭 마셔야겠다는 건가?"

가일이 고개를 가로저었다.

"소관은 꼭 마셔야 한다는 것이 아니라 마시고 싶은 것뿐이옵니다."

조비가 고개를 돌려 벽에 걸려 있는 비단을 쳐다보았다.

"가 교위, 좀 전에 이 비단 천에 쓰인 글을 보고 있던 것 같은데, 어떤가? 읽어본 적이 있는가?"

가일이 대답했다.

"세자 전하께 아뢰옵니다. 소관이 읽어본 적은 있사오나 잘 아는 것은 아니옵니다."

조비가 웃으며 물었다.

"그렇다면 자네는 이 두 편의 글 중 어느 것이 좋다고 생각하는가?"

이 두 편의 글은 예로부터 전해 내려오는 작품으로 어느 쪽이 더 낫다고 말할 수 없을 만큼 나름의 개성과 장점을 가지고 있었다. 대학자들 사이에서도 논쟁이 끊이지 않는 마당에, 일개 무관이 함부로 대답할 일이 아니었다.

가일은 잠시 주저하다 입을 열었다.

"소관은「과진론」을 더 좋아합니다."

조비의 눈빛이 살짝 흔들렸다. 그는 가일이 세상에 더 잘 알려진「양도부」를 선택할 거라고 예상했었다. 조비가 그 이유를 물었다.

"가 교위, 왜「과진론」을 택한 것인가?"

가일이 대답했다.

"예전에 부친께서 숙공과 친분이 깊으셨는데, 두 분이「과진론」에 대해 말씀하시는 걸 들은 적이 있습니다. 그때 숙공께서「과진론」을 평하시며 하신 말씀이 너무 인상 깊어 아직도 기억에 남습니다."

"무슨 말이었는가?"

"'진나라 사람들은 자신을 슬퍼할 겨를도 없었고 후세 사람들이 그들을 슬퍼했는데, 후세 사람들이 슬퍼하면서도 그것을 거울로 삼지 않는다면 그들의 후세 사람들 역시 그들을 슬퍼할 것이다'라고 하셨습니다."

"진나라 사람들은 자신을 슬퍼할 겨를도 없었고 후세 사람들이 그들을 슬퍼했는데, 후세 사람들이 슬퍼하면서도 그것을 거울로 삼지 않는다면 그들의 후세 사람들 역시……."

조비는 얼굴에서 웃음기를 거둔 채 이 말을 되풀이했다.

두 사람 사이에 긴 침묵이 이어진 후 조비가 자리에서 일어나 곧장 후당으로 걸어갔다.

전천이 혀를 내밀며 가일에게 다가갔다.

"그거 좀 봐요. 분별없이 굴더니 결국 세자의 화를 자극했잖아요? 방금 멋모르고 할 말 안 할 말 다 해대더니, 이제 어쩌실 거예요?"

가일도 아무 말 없이 자리에서 일어나 후당 쪽으로 걸어갔다.

전천이 기가 막힌 듯 그를 불렀다.

"이봐요! 지금 뭐 하자는 거예요?"

가일이 뒤돌아보며 웃어 보였다.

"당연히 세자 전하를 보러 가는 거지. 넌 여기서 좀 기다리고 있거라."

전천이 입을 삐쭉거렸다.

"쳇, 가요, 가! 가서 세자께 욕이나 진탕 얻어 드세요."

병풍을 돌아 전청(前廳)으로 걸어가니 조비가 석정(石亭)에 서서 화원에 가득 핀 모란을 바라보고 있었다. 가일의 발걸음 소리가 들리자, 조비는 고개조차 돌리지 않고 물었다.

"가 교위, 이 화원에 가득 핀 모란을 보니 어떤가?"

때는 이미 5월이라, 모란이 거의 져버리고 초록색 가지만이 남아 있을 뿐이었다. 위왕이 모란을 특히 좋아해 세자도 좋아한다고 하던데, 어쩐다? 만약 나도 모란을 좋아한다고 하면 너무 뻔한 답이 될 터인데. 가일은 잠시 고심하다 대답했다.

"세자 전하, 비록 모란이 꽃 중의 왕이라 불리고 화려하며 위엄과 품위를 갖추고 있는 꽃이나, 조금은 세속적인 느낌을 주기도 하옵니다."

"그래? 그럼 가 교위는 어떤 꽃을 좋아하는가?"

"세자 전하, 소관은 꽃을 좋아하지 않사옵니다."

조비가 뒤로 돌아 아무 표정 없이 가일을 바라봤다.

"가 교위, 참으로 예상 밖의 대답을 하는군."

"소관은 일개 무관인지라 화초에 별다른 흥미가 없사옵니다."

조비가 웃었다.

"건안 21년에 가 교위가 석양에서 술을 진탕 마신 날 술자리에 있던 누군가가 꽃 얘기를 시작했지. 그때 그가 모란의 종류며 꽃 색깔에 대해 흥미진진한 이야기를 쏟아냈네. 그러자 가 교위가 코웃음을 치며 이렇게 말했지. 대장부라면 무예를 익히고 학문을 닦아 나라를 위해 힘을 써야지, 온종일 화초나 들여다보며 살다간 아무 짝에도 쓸모없는 사람이 될 거라고 말일세. 가 교위, 그때 일이 기억나는가?"

가일이 침을 꿀꺽 삼키며, 하마터면 위험할 뻔했던 좀 전의 순간을 떠올렸다. 만약 별 생각 없이 자신도 꽃을 좋아한다고 대답했다면 말과 생각이 다른 소인배로 낙인찍혔을지 모른다.

그랬다면 나는 지금쯤 세자부에서 쫓겨나고 말았겠지.

조비가 계속 말을 이어갔다.

"너무 개의치 말게. 장제에게서, 자네가 나에게 알릴 중대한 일이 있다고 들었네. 그래서 자네가 오기 전에 자네에 대해 미리 조사를 해두었지. 이런 거야 우리 진주조에서 늘 해오던 것이니, 자네도 이해해줄 거라 믿네."

"물론이옵니다."

"그런데 자네는 왜 전천을 데리고 온 건가?"

"세자 전하, 전천은 위왕께서 징벽(徵辟)한 자이옵니다."

조비의 표정이 미묘하게 변했다.

"좀 더 알아듣게 말해보게."

"전천이 소관과 세자부에 왔으니 위왕께서도 소관이 이곳에 온 것을 아시게 될 겁니다. 법도에 따라 소관과 같은 아랫사람이 세자 전하께 어떤 일을 직접 아뢸 수가 없습니다. 그럼에도 소관이 이리되도록 청한 것은 딱 한 가지 이유 때문이옵니다. 소관이 이미 세자 편에 서 있다는 것을 위왕께 알리는 것이지요."

"이렇게 할 필요까지 있는 것이냐? 하잘것없는 일개 진주조 속관이 누구 편에 섰는지를 부왕께서 궁금해하신다고 생각하느냐?"

가일이 고개를 숙이며 말했다.

"위왕께서 어찌 생각하실지 소관도 알 수 없습니다. 하오나 소관의 입장에서 볼 때 이 일은 아주 중요합니다. 이것은 소관의 자리와 목숨을 걸 만큼, 더 이상 물러설 곳이 없다는 것을 의미하옵니다."

"도대체 나에게 하고 싶은 말이 무엇인가?"

"세자 전하, 이곳에서 말해도 괜찮겠사옵니까?"

"들어도 되는 사람은 들을 것이고, 들어선 안 되는 사람은 이곳에 들어올 수 없다."

"세자 전하, 금년 봄에 임치후가 자객의 공격을 받았던 사건을 기억하십니까?"

"물론이네. 그 사건은 아직 실마리를 찾지 못하고 있지 않은가? 설마 진주조에서 단서를 찾아낸 건가?"

"소관은 이 일이 임치후 조식이 직접 벌인 일이라고 의심하고 있습니다."

조비가 돌아서며 한마디 내뱉었다.

"무엄하다."

"위풍은 천하의 명사로 원래부터 한실의 옛 신하들과 사이가 가까웠던 자입니다. 그러다 훗날 상황이 불리해지자 갑자기 태도를 바꿔 황당한 일들을 연이어 벌였습니다. 금년 초봄에 그는 친한 벗이었던 진자가 술에 취해 조정을 모욕했다고 고발했고, 전하께서 일벌백계하라 명을 내리셨지요. 이 일을 기억하시는지요?"

"기억하네. 그래서 어쨌다는 건가?"

"임치후 조식이 자객의 공격을 받았을 때 자객이 사용한 우전(羽箭)이 바로 위풍 집안에서 쓰는 것이었습니다."

"장제가 한선의 음모라 하지 않았느냐?"

"지난달 위풍은 아무 이유 없이 시전에서 장천으로부터 뺨을 한 대 맞았습니다. 그 후 제가 심어둔 하수인을 통해, 한제가 그다음 날 장천을 불러들였고 그와 함께 궁에 들어간 인물이 바로 임치후 조식이라는 걸 알게 되었습니다. 세 사람이 궁에서 한 시진 동안 밀담을 나누었더군요. 그리고 이번 달 유향원에서 또 조식과 장천을 봤습니다."

"도대체 무슨 말이 하고 싶은 건가?"

"조식이 아무래도 이미 한선·한제 쪽과 한편이 된 듯하옵니다."

"어찌 이런 일이."

조비는 이 말이 쉽게 믿어지지 않았다.

"조씨 가문의 자손이자 제후로 봉해진 아우가 어찌 자신의 앞길을 스스로 망치는 일을 한단 말인가?"

가일은 마음을 다잡고 모든 것을 털어놓기로 했다.

"세자 전하, 조식은 전하께 복수를 하려는 것입니다. 줄곧 자신이 최고라고 믿으며 살다 세자 자리싸움에서 밀려났으니, 자존심이 무너지고 증오와 분노만이 남았을 겁니다. 게다가 위왕께서 돌아가신 뒤 전하께서 왕위에 등극하시면 그 참담한 심정을 어찌 견뎌내겠는지요? 그러니 전하를 세자 자리에서 끌어내릴 수만 있다면, 설사 자신에게 그 자리가 돌아오지 않는다 해도 기꺼이 모든 것을 감내할 것입니다.”

조비가 돌연 노하여 호통을 쳤다.

“무엄하다! 지금 우리 형제의 관계를 이간질하는 것이냐?”

“전하! 제왕가의 후계자 싸움은 이제까지 어느 한쪽이 죽기 전에는 절대 끝난 적이 없사옵니다! 전하께서 연민의 정으로 이 문제를 바라보신다면, 아마도 그때가 되었을 때 죄인으로 전락할 사람은 전하가 되실 겁니다! 더구나…….”

가일이 고개를 들고 조비의 두 눈을 똑바로 쳐다보며 말했다.

“견락 세자비의 일을 아시는지요?”

조비가 고개를 돌리더니 이상할 정도로 차분한 어조로 물었다.

“형제 사이를 이간질하는 것도 모자라, 이제는 세자비를 중상모략하려는 건가?”

“전하, 세자비께서 남장을 하고 유향원에서 조식을 만나셨습니다.”

“언제지?”

“바로 조식과 장천이 밀회를 갖던 그때입니다.”

“하, 자네의 그 말은, 장천도 알고 있다는 건가?”

“장천도 아는 것을 전하께서 어찌 모르실 수 있겠는지요? 소관이 암암리에 조사해보니, 세자비는 작년부터 각종 평계를 대며 빈번히 세자부를 빠져나가셨더군요. 소관은 세자 전하께서 이상한 낌새를 전혀 채지 못하셨을 거라 생각하지 않습니다.”

조비의 목소리가 차가웠다.

“내가 알고 있다고 생각하면서 자네는 왜 굳이 그 사실을 나한테 알리려는 것이냐?”

“소관도 알고 있다는 사실을 전하께 알려드리고 싶었습니다.”

가일은 이 말을 꺼내기가 결코 쉽지 않았다.

"전하께서 이 일을 알고도 참고 계신 건 말하기 힘든 고충이 있기 때문이겠지요. 만약 전하께서 하기 힘드시다면 소관이 대신 나설 수 있을 것 같사옵니다. 소관이 임치후 저택에 하수인을 심어두었습니다."

조비가 웃는 듯 아닌 듯 알 수 없는 표정으로 가일을 돌아봤다.

"비록 장제에게서 자네 칭찬을 수없이 듣기는 했으나, 이리 예상 밖의 인물일 줄은 몰랐군. 집안의 추문부터 손을 대는 것이 확실히 사건을 푸는 지름길이 될 수 있겠지. 다만 자네는 내가 자네를 죽여 입을 막을 거라는 두려움은 없는가? 결국 견락의 이 일은 아는 자가 적을수록 좋을 테지."

"소관은 지금껏 살면서 함부로 입을 놀린 적이 없사옵니다."

"이 일을 누가 또 아는가?"

가일은 장제를 떠올렸지만 한 치의 주저함도 없이 대답했다.

"저만 알고 있습니다."

"사실 견락에게 무슨 잘못이 있겠는가? 재주 있는 사내와 아름다운 여인이 서로 끌리는 것이야 당연지사인 것을."

조비가 자조 섞인 웃음을 터뜨렸다.

"만약 우리가 조씨 가문에서 태어나지 않았다면 견락을 아우에게 양보할 수도 있었겠지."

조비의 말투가 돌연 담담해졌다.

"하나 내 아우의 욕심이 끝이 없구나. 미인을 탐하는 것도 모자라 이 강산까지 손에 넣고자 하는 것인가? 부왕께서 수십 년 동안 모진 고초를 겪으며 다진 기반을, 형수를 탐하고 세상을 기만한 자의 손에 맡겨 무너뜨릴 수야 없겠지."

가일이 아무 말 없이 조비의 말에 귀를 기울였다.

"가 교위, 사실 견락이 그리 나쁜 사람은 아니라네. 좋은 물건이 생기면 동서에게 나눠주는 것을 늘 좋아했지. 하하, 둘 사이가 참으로 돈독해. 요새는 조식이 군대를 이끌고 출정한다는 것을 알고 최상품 금로주(金露酒)를 한 동이 보낼 준비를 하고 있다네. 가 교위, 내 아우가 출정을 하기 전에 이 술을 마실 수 있게 방법을 생각해보게. 아니지, 마시게 하는 것뿐 아니라 술이 동이 날 때까지 다 마셔버리게 해야 하네."

가일의 얼굴이 창백해졌다.

"소관, 무슨 말씀인지 알겠사옵니다!"

조비가 돌연 웃음을 터뜨렸다.

"뭘 알겠다는 건가? 내가 술 한 동이를 다 마시게 하라는 건, 딱 거기까지네. 너무 앞서가지 말게."

가일은 자신이 제대로 들은 것인지 다시 물어보고 싶었지만 선뜻 입을 열지 못했다.

조비가 목소리를 높이며 말했다.

"한나라 법률을 보면 이런 조항이 나오네. 대군이 출정할 때 사령관이 군기를 위반하면 바로 파면하라."

가일이 가볍게 한숨을 내쉬며 대답했다.

"소관, 명을 따르겠나이다."

세자부에서 나온 후 가일의 마음은 한결 가벼워졌다.

위험을 무릅쓴 만큼 기대 이상의 수확도 거둬들였다. 세자의 인정을 받았으니 그의 직계가 된 셈이고, 억울하게 죽은 부친의 존재가 다시 거론되었다.

세자부를 나오기 직전에 세자는, 시간이 흐르고 나면 그때의 방법이 결코 옳지 않았다는 것을 발견할 때가 있다는 묘한 말을 건넸다. 그는 모든 일은 사람이 처리하는 것이니, 천자가 바뀌면 신하도 바뀌듯 언젠가는 잘못을 바로잡을 여지가 생기게 된다고 했다. 얼핏 들으면 뜬금없어 보이지만, 가일은 그것이 바로 부친에 관한 말임을 바로 알아들을 수 있었다. 가일의 부친은 오래전 사마의의 모함으로 독직과 전횡의 죄를 뒤집어쓴 채 능지처참을 당했다. 만약 세자의 권세에 기대 부친의 청렴한 명성을 되찾을 수 있다면 더 바랄 것이 없었다. 그 당시에는 사마의를 무너뜨리지 못했지만, 이제 언젠가 그렇게 만들 수 있다는 희망이 생겼다.

"자꾸 실실 쪼개는 거 보니까, 설마 세자가 첩으로 받아주겠대요?"

전천이 두 손을 머리 뒤로 깍지 끼고 거드름을 피우며 말했다.

가일이 고개를 돌려 그녀를 힐끗 쳐다보았다. 기분이 좋아서인지, 그녀의 모습이 무척 귀여워 보이기까지 했다. 그는 품에서 정교하게 만들어진 작은 도자기 병을 꺼내 그녀에게 건넸다.

"받거라."

전천이 의심스러운 눈초리로 도자기를 받아 귓가에 대고 흔들어보았다.

"뭐예요?"

"세자께서 주신 최상 등급의 동오 녹차다."

전천이 시시하다는 듯 그를 힐끗 노려봤다.

"이봐요, 아직도 나를 진주조에서 쫓아내고 싶은 건 아니죠? 왜 또 혼자 세자를 만나고 돌아온 건데요?"

"나는 너와 다르다. 나는 원래부터 진창이라 이런 진흙탕 싸움이 벌어지는 곳이 딱 어울리지. 하지만 너는 여자의 몸으로 왜 칼에 피를 묻혀야 하는 이런 일을 계속하려는 것이냐?"

"쳇, 그게 다 위왕이……."

"위왕 핑계 대지 말거라. 위왕이 너를 징벽한 것은 단지 네가 전주의 딸이기 때문이었다. 전주는 벼슬길에 오를 기회가 여러 번 있었지만 누차 거절했다 들었다. 너도 그랬으면 됐을 일이다. 내가 보기에 위왕이 너를 징벽한 것은 그저 명사의 후손에게 형식적으로 길을 열어준 것에 불과했다. 그가 너에게 내린 관직만 봐도 알 만한 일이지. 진주조에서 교위라는 관직은 너의 시작이자 아마 끝이 될 것이다. 벼슬길이나 부귀영화 같은 것에 전혀 연연하지 않는 네가 왜 진주조에 들어왔는지 도무지 이해가 안 되는구나."

전천이 눈을 깜박이며 말했다.

"얘기가 아주 길어요. 그래도 들어보실래요?"

"들어나 보자꾸나."

전천의 목소리가 조금은 가라앉아 있었다.

"그때 우리 가족은 전란을 피해 유주로 도망을 갔어요. 제 아버지 전주는 명성이 좀 있다 보니 어디 가든 쓰임을 받았죠. 유주의 관리 나리와 유지나 무관들이 모두 아버지를 함부로 대하지 못했어요. 아버지가 살아 계시는 동안 우리 집안에 골치 아픈 일이 일어난 적이 한 번도 없었죠. 그런데 아버지가 돌아가시고 나자, 크크, 그렇게 굽실거리던 자들이 하나같이 다 등을 돌리고 세금과 부역이 점점 무거워지기 시작했어요. 착실하게 살던 친지들은 영문도 모른 채 소송에 휘말려 알거지가 되었죠. 나중에는 제 사촌 오라버니가 관청 사람이랑 싸움이 붙어 실수로 사람을 죽였는데, 결국 극형에 처해지고 말았어요. 이쯤 되자 집안 어르신들은 조정에서 일하는 사람이 없어서 다들 무시당하고 사는 거라고 한탄을 하셨어요. 허울뿐인 관직이라도 있어야 억울한 일을 당하지 않고 살겠다 싶었던 거죠."

가일이 한숨을 내쉬었다.

"아마 이런 이유 때문에 그때 집안 어르신들이 상의 끝에 돈을 모아 관직을 사자는 이야기가 나왔어요. 근데 몇 년 동안 세금이며 소송으로 나간 돈이 적지 않다 보니 다들 사정이 여의치 않았죠. 때마침 위왕이 명사의 후손을 징벽한다는 방이 붙었어요. 내가 여자이기는 했지만, 돈이 드는 것도 아니니 한번 해보자는 심정으로 징벽에 응한 거예요."

전천이 콧등을 찡긋거리며 웃었다.

"그 후 장안에서 위왕이 저를 보시더니 깜짝 놀라셨죠. 여자가 올 줄은 생각지도 못하신 거죠. 어쨌든 위왕의 초현령(招賢令)에는 명사의 후손을 징벽한다고만 쓰여 있지 남녀의 구분을 두겠다는 말은 없었으니, 누구 탓을 하겠어요? 위왕이 웃으며 어떤 관직을 원하느냐고 물었어요. 그래서 제가, 사람들이 가장 무서워 벌벌 떠는 그런 관직이 무엇이냐고 물었죠."

"그거야 당연히 진주조지."

가일도 웃었다.

"내 아버지가 조정을 도와 오환을 평정하는 데 큰 공을 세웠지만 안타깝게도 내 오라버니는 일찍 죽었고, 아버지도 벼슬길에 오르는 것을 계속 거절하셨죠. 그러니 위왕은 어쩔 수 없이 나를 진주조에 보내줄 수밖에요. 그후 유주로 보내졌고 소신교위라는 관직에 봉해졌어요."

"그 후에는?"

"그 후요? 유주에 도착하니 그 높으신 분들이 문턱이 닳도록 나를 찾아와 만나기를 청하던걸요? 진주조 소신교위의 힘이 그렇게 셀 줄이야! 큭! 관직이 그리 높은 것은 아니었지만 정탐과 감시를 하고 정보를 캐내 체포할 수 있는 권한이 내 손에 주어진 셈이니, 다들 어떻게 안 무서워하겠어요? 두 달 동안 유주에서 내 손으로 잡아들인 탐관오리들이 한 무더기였죠. 어쩌나 통쾌하던지!"

"그러다 사적인 복수를 위해 공권력을 휘두른다고 모함을 받을 수도 있었다. 그런 게 두렵지도 않았느냐?"

가일은 미간을 찌푸렸다. 나도 사마의를 그렇게…….

"쳇, 전에도 말했지만, 내가 거침없고 솔직하다고 해서 바보는 아니라고요. 사람을 죽이려면 당연히 빼도 박도 못할 만큼 확실한 증거가 있어야죠. 가 교위도 그때 감옥에서 위풍을 협박해서 황금 백 냥을 뒤로 챙겼잖아요? 한나라 법대로 처리한다면 그쪽도 벌써 목이 달아났을 거예요. 알고 계시죠?"

"허허, 그때 받은 황금 백 냥 중 30냥은 장락위위 진의에게 주었고, 50냥은 진자의 부인 최정에게 주었고, 20냥은 진주조 호분위와 서좌들에게 나눠주었다. 나는 그중 단 한 푼도 쓰지 않았느니라."

"가 교위께서 쓰고 안 쓰고는 상관없어요. 어쨌든 협박해 남의 재물을 받아낸 혐의가 있고 그 액수가 황금 백 냥을 넘으면 법에 따라 참형에 처해지죠."

"한나라 법률을 줄줄 꿰차고 있는 듯 보이는구나?"

"물론이지요."

"대단하구나."

가일은 세자가 전천을 그에게 보낸 것이 다른 깊은 뜻이 있어서가 아니라, 단지 그녀가 유주의 관원들을 모두 죽여버릴까봐 걱정이 앞서서 그런 것이 아닐까 싶었다.

가일이 고개를 들어 하늘을 바라보았다. 휘영청 밝은 달빛이 적막한 거리를 비추는 가운데, 불어오는 바람에 그의 옷섶이 나부꼈다.

어둠 속에서 거의 아무 소리도 들리지 않았다. 동굴 안에 있는 사람이 모두 이미 죽은 것은 아닌지 착각이 들 정도였다. 장천이 마른 입술을 축이며 방금 전 그 사람의 목소리가 다시 들리기를 기다렸다.

"한중 쪽에서 조조가 곧 철군을 하려 합니다."

중후한 목소리가 들려왔다.

"한선의 계획이 도대체 무엇입니까? 조조가 허도로 돌아오면 더 이상 무슨 희망이 있겠습니까?"

"우리는 계획이 무엇인지 알 필요가 없습니다. 우리가 무엇을 해야 할지만 알면 됩니다."

나이가 들어 보이는 목소리였다.

"계획을 모르니 멍청한 꼭두각시가 된 느낌이 자꾸 듭니다. 다들 한 배에 탔는데도 누가 기밀을 누설할까 두려워하는 겁니까?"

누군가 신랄한 목소리로 불평을 터뜨렸다.

"계획을 아는 자가 적을수록 좋습니다."

"허허, 때가 되었을 때 우리가 어떻게 죽는지도 모르고 죽게 하지는 말아야지요."

"황제 폐하를 위해 희생하는 것도 우리의 복입니다."

날카로운 목소리가 코웃음을 치며 더 이상 아무 말도 하지 않았다.

"조식이 이제 곧 군대를 이끌고 남쪽으로 갑니다. 그가 허도를 떠나기 전에 계획을 시작해야 합니다. 다들 이 기간에 특별히 행동과 말을 조심하세요. 듣자 하니 진주조에서 최근 궁에 출입이 잦은 사람을 감시하기 시작했다더군요. 그만큼 중요한 시기이니 문제가 생기지 않도록 다들 조심해야 합니다."

"진주조 따위가 뭐 대수라고 그럽니까? 그자들이 지난 몇 달 동안 알아낸 게 있기나 합니까? 하하, 쓸모없는 집단일 뿐입니다."

"경거망동하면 안 됩니다."

우려 섞인 연로한 목소리가 들려왔다.

"아무래도 다들 조심하는 편이 좋습니다. 이번에 진주조에 심어둔 우리 쪽 밀정의 보고가 아니었다면 일이 이 정도로 순조롭게 풀리지 않았을 겁니다. 더구나 진주조에서 암암리에 무언가를 계획하고 있는 듯한 느낌이 듭니다."

장천이 어둠 속에서 입을 열었다.

"지금 진주조에 우리 이름이 거의 다 적힌 명단이 들어가 있습니다. 그자들이 지금 아무 움직임이 없다는 건 그럴 만한 명분이나 핑계 거리가 없기 때문이죠."

"그렇다면 우리가 전부 공개된 게 아닙니까?"

날카로운 목소리가 들려왔다.

"사실 따지고 보면 조정에 남은 한실의 옛 신하와 형주 파벌 세력이 우리이니, 그 명단에 이름이 들어가는 건 당연합니다. 하지만 우리가 무엇을 언제 하려는지 진주조는 절대 알 리 없으니 걱정할 것 없습니다. 우리가 먼저 움직이면 그들에게 기회는 없습니다."

연로한 목소리가 모두의 불안을 잠재우며 화제를 돌렸다.

"조식이 며칠 안에 군대를 이끌고 남하할 것이니, 그가 허도를 떠나기 전에 한선 쪽에서 분명 움직임이 있을 겁니다."

장천은 조식과 이미 접촉이 있었지만 여전히 걱정이 가시지 않았다.

"말이 나와서 하는 말인데, 조식은 도대체 믿을 만한 자입니까? 어쨌든 그는 조씨 가문의 핏줄 아닙니까?"

"하하, 그런 왕공 자제들은 오만방자만 할 뿐, 멍청하기가 이루 말할 수 없지요. 그자는 조비를 세자 자리에서 끌어내리는 것만 생각할 뿐, 우리가 무엇을 하려는지 전혀 모릅니다. 이미 한선의 손아귀에 놀아나는 꼭두각시에 불과합니다."

제7장

◆

술책

"망할 뚱보 놈아! 어찌 정신이 들자마자 술과 고기를 끼고 사는 것이냐? 의원이 당분간 아무 거나 먹지 말라고 알려주지 않더냐?"

양수가 막사 기둥에 기대서서 건들거리며 한소리를 했다.

칼에 베인 허저의 상처 위로 흰색 천이 칭칭 동여매져 있고, 그 위로 핏자국이 희미하게 배어 나왔다. 허저는 기름기가 좔좔 흐르는 족발과 술을 양손에 든 채 먹고 마시느라 정신이 없었다.

"보아하니 위왕이 네놈을 엄청 위하더구나. 네가 혼수상태일 때 여러 차례 보러 오셨다."

양수가 술을 한 모금 마셨다.

허저가 목구멍으로 돼지고기를 꿀꺽 삼키다 말고 놀란 눈을 떴다.

"나같이 멍청한 놈이 죽으면 죽는 거지, 괜히 그분까지 놀라게 했군. 아무래도 가서 용서를 좀 빌어야겠네."

"지금까지 밤낮없이 위왕의 곁을 지키며 생사를 넘나들었는데, 그 정도 대접은 받아야지. 고작 그 정도로 걸핏하면 감동하는 짓은 하지 말게. 없어

326

보이니까."

양수가 허저를 힐긋 쳐다보았다.

"이보게 양 주부, 위왕께서 어디 우리 같은 놈이랑 같은가? 그분은 만인 지상의 큰 인물이시네. 그런 분이 나 같은 놈을 보러 오셨다면 내가 그분께 죄를 지은 게 맞네. 온종일 그리 바쁘신데 나 때문에 신경을 쓰시게 하면 되겠는가?"

"계속 처먹기나 하게, 망할 뚱보 놈. 쯧쯧, 평생을 노예로 살다 갈 놈."

"크크, 그게 바로 내 본분이지. 양 주부, 자네는 그 오만한 콧대 때문에 계속 승진을 못 하는 것일세. 그러니 그 성질 좀 죽이고……."

양수가 그릇에서 족발을 집어 허저에게 던졌다.

"공자께서 밥 먹을 때와 잠잘 때는 말을 하지 말라고 하셨지. 먹을 거면 먹기나 할 것이지, 뭔 쓸데없는 말이 그리 많은가?"

이미 며칠이 지났는데도 아무런 움직임이 없었다. 정욱이 그를 의심하며 뒤를 캐던 그때 이후 분명 움직임이 있을 거라고 예상했다. 그런데 요 며칠 이상할 정도로 아무 일 없이 지내게 될 줄은 꿈에도 생각지 못했다. 그렇다고 혐의를 벗게 될 거라는 허황된 기대는 하지 않았다. 정욱처럼 후각이 예민한 사냥개는 한 번 문 사냥감을 절대 놓지 않는다. 이 늙은이가 대체 무슨 생각을 하는 거지? 내가 마각을 드러내기를 기다리고 있는 건가? 무조건 조심하기 위해서 양수는 요 며칠 관준과의 연락도 선을 지키며 접촉을 자제했다. 어차피 그는 보내야 할 서신이 많았기 때문에, 갑자기 관준과의 접촉을 끊는 것이 오히려 더 의심을 살 수 있었다.

이제 곧 조식이 조인과 함께 군대를 이끌고 번성으로 가 관우와 싸우게 될 것이다. 이것은 분명 좋은 일이다. 한선의 진두지휘 아래 조비와 조식은 이미 철저히 대립하고 있고, 위왕이 죽기만 하면 두 형제 사이에 한바탕 진흙탕 싸움이 벌어질 테지. 그 전에 조식의 세력을 다지는 것이 가장 중요하고, 군권을 장악할 수 있다면 그보다 더 좋을 수 없을 것이다. 더구나 이번 한중 전투가 나의 예상대로 흘러간다면 위왕 역시 죽을 날이 머지않았다.

막사 문이 걷히고 갑옷 차림의 장군이 걸어 들어왔다. 그는 양수를 향해 고개를 까딱해 인사를 한 후 곧장 허저 곁으로 가서 앉았다. 허저가 당황한 나머지 족발과 술병을 아무렇게나 내동댕이치고 몸을 굽혀 절을 올렸다.

"장 장군께서 여기는 어인 일이십니까?"

장합이 손을 내저었다.

"성치도 않은 몸으로 인사치레할 것 없네."

양수가 조롱 섞인 말투로 물었다.

"장합 장군은 선봉 부대를 이끄시는 분이 아니십니까? 그런 분이 촉중의 깊숙한 곳으로 쳐들어가지 않고 어찌 이곳 군영으로 돌아오신 겁니까? 일전에 정군산 전투에서 패하고 이제 힘이 다 빠지신 겁니까? 짚신 파는 그 귀 큰 도적놈을 아직 잡지도 않았는데, 벌써 지치셨나?"

장합이 고개를 가로저으며 불쾌한 기색을 드러냈다.

"양 주부가 있다는 걸 미리 알았으면 호치(虎癡: 허저의 별명)는 다음에 보러 왔을 거네."

양수가 소리 내 웃으며 대꾸했다.

"하하, 장군께서 닭 잡을 힘도 없는 이런 유생 따위를 두려워한다는 말씀이십니까?"

"자네가 두려운 게 아니라 그 입이 두려운 거지. 자네 양씨 가문은 대대손손 공후를 지내고 다들 위엄이 넘치며 행동거지가 점잖거늘, 유독 자네만……."

"제 부친도 늘 이 못난 아들을 혼내셨지요. 장 장군, 시간이 남으면 제가 그분의 친아들이 맞는지 조사를 좀 해주시는 것도 좋을 듯합니다."

"지금 대체 무슨 소리를 하는 건가?"

328

장합이 난감한 표정으로 한숨을 내쉬었다.

"크크, 농담입니다. 장 장군이 돌아왔으니, 그 외눈박이 하후도 돌아온 겁니까?"

"하후 장군은 돌아오는 중이니, 아마 며칠 지나면 도착할 걸세. 그건 왜 묻는가? 하후 장군에게 볼일이라도 있는 건가?"

"하, 무슨 볼일이 있겠습니까? 하후 장군이 돌아오면 또 도끼를 들고 바보처럼 군영을 순찰하려들 것 아닙니까? 그리되면 술도 도박도 맘껏 못 하니 그게 아쉬워서 그러지요."

"그걸 걱정한 것이었군."

장합은 웃어야 할지 말아야 할지 기가 막힐 뿐이었다.

"하후 장군은 잠시 군영으로 돌아오지 못할 거라 들었네."

"왜 안 옵니까? 위왕에게 바칠 어여쁜 여인네라도 찾으러 갔답니까?"

양수가 실실 웃으며 화를 부추겼다.

"이보게, 양 주부! 어찌 그런 말을 하는가!"

허저가 더는 참지 못하고 끼어들었다.

"내가 없는 말이라도 한 건가? 자네가 위왕의 숙위(宿衛)를 맡았으니, 위왕이 한 그런 일들을 누구보다 잘 알 것 아닌가?"

허저는 얼굴이 새빨개져 아무 말도 하지 못했다.

"양 주부, 화는 입에서 나온다고 했으니 말조심하게. 하후 장군은 양주에 들러 오느라 돌아오지 못하는 것이네."

"양주에 뭐 하러 갔답니까?"

"위왕의 명이네. 위왕께서 무도(武都)의 백성을 부풍(扶風)과 천수(天水) 일대로 이주시키라 하셨네."

"그 일을 외눈박이 하후가 직접 처리하러 갔단 겁니까?"

양수가 눈을 부릅뜨며 물었다.

"그럼 누가 유비와 싸운단 말입니까? 장군입니까?"

장합은 하고 싶은 말이 있는 듯했지만 입 밖에 내지 않았다.

"나 같은 패장이 무슨 자격으로 그 전투에 나가겠는가? 하후 장군도 백성을 이주시키는 일을 관장할 뿐, 구체적인 일은 수하에게 다 맡기고 돌아올 것이네."

"그렇다면 외눈박이 하후도 열흘 정도는 지나야 돌아올 수 있겠군요. 장 장군, 오늘 밤 시간이 되면 나와 함께 술판이나 벌이는 건 어떻습니까?"

양수가 실실 웃으며 그를 꼬였다.

"됐네."

장합이 연신 손을 내저었다.

"나는 아직 처리할 일이 있네."

그가 허저를 향해 공수를 했다.

"이보게, 다음에 또 들를 테니 몸조리 잘 하게."

그는 양수를 피하기라도 하듯 얼른 막사를 빠져나갔다.

양수는 허저를 힐끗 쳐다보다, 아직도 허리를 굽혀 절을 올리고 있는 그 모습에 화가 나 엉덩이를 발로 걷어차버렸다.

"꼬락서니 하고는! 장군이 무슨 자네 아버지라도 되는가? 족발까지 집어던지고, 참 가관이더군!"

허저가 바닥에 떨어져 있는 족발을 집어 들어 옷에 쓱쓱 문지르더니 다시 한입 베어 물었다.

"쯧쯧."

양수가 고개를 저으며 혀를 찼다.

허저는 바보처럼 헤벌쭉 웃으며 말끝을 흐렸다.

"장 장군은 천하제일의 명장이잖나? 우리 같은 일개 근시관(近侍官: 왕을 가까이 모시는 호위 무사)은……"

"닥치고 그 족발이나 뜯게. 자네 자신을 그렇게 낮추며 사는 게 지겹지도 않은가?"

양수는 눈을 감았다. 장합이 돌아왔고 하후돈도 돌아온다. 돌아가는 모양새를 보아하니 내 추측대로 위왕이 한중에서 철수하려는 게 분명하군. 그가 하후돈을 무도로 보내 백성 이주를 진두지휘하게 한 걸 보면, 상방곡(上方谷) 방향으로 철군할 가능성이 가장 높지. 하지만 이건 단지 내 추측일 뿐 확실하지가 않다. 지금 정욱이 감시를 하는 통에 정보를 모으기도 쉽지 않으니, 이를 어쩐다? 지금 같은 상황이라면 누구한테 뭘 묻는 순간 호표기한테 잡혀갈 판이니 위험 부담이 너무 크다. 하지만 이렇게 좋은 기회를 허무하게 놓칠 수야 없지. 방법은 한 가지다. 직접 정보를 얻어낼 수 없다면, 단서를 찾아내 그 답을 유추해내야겠지.

모닥불이 타닥타닥 소리를 내며 타오르고, 나뭇가지에 꿰인 닭이 노릇노릇하게 익어갔다.

양수는 나뭇가지로 불속을 이리저리 휘저어 화력을 분산시키며 무료하게 앉아 있었다. 이 시각 관준은 서신을 모아둔 막사 안에서 각 부대로 보낼 군령들을 찾느라 여념이 없었다. 확실한 철수 노선을 직접적으로 알아낼 수 없다면 각 부대로 보내는 군령을 통해서라도 정보를 찾아내야 했다.

대군의 이동과 배치는 절대 단번에 우르르 움직일 수 있는 것이 아니었다. 어느 부대가 선봉과 후미를 맡을지, 식량 확보와 군수 물자는 어느 부대가 책임질지 미리 논의하고 부대 배치를 새로 짜야 한다. 그래서 부대의 동향을 파악하면 철군 노선을 대략적으로 분석해 믿을 만한 정보를 캐낼 수 있다.

지금 상황에서 이보다 안전한 방법은 없었다. 이곳은 문을 지키는 병사도 없는 데다, 관준 같은 역졸이 드나든다고 해서 하나도 이상할 것이 없었다. 일단 들어는 갔으니 그 이후의 일은 관준의 운에 맡길 수밖에 없었다.

두 눈을 감은 양수의 얼굴 위로 모닥불의 붉은 불빛이 드리워졌다.

춘추전국시대에 백가쟁명(百家爭鳴)이 일어났다. 당시 성인(聖人)은 대접조차 받지 못한 채 세상을 떠돌아야 했다. 훗날 진나라 왕 영정이 천하를 제패한 후 시황제가 되어 분서갱유(焚書坑儒)를 단행했다. 그는 법가 정치가 이사(李斯)를 승상으로 발탁하고 이법위교(以法爲敎: 법으로 가르침을 삼다)와 이리위사(以吏爲師: 법관을 스승으로 삼다)를 전파했다. 이는 가혹한 형벌과 법률로 나라를 다스리기 위한 것이었다. 그 결과 천하가 동요하고 진나라는 2대를 넘기지 못하고 멸망했다. 뒤이어 고조 유방이 군사를 일으켜 초(楚)나라 패왕 항우를 참살하고 천하를 손에 넣었다. 무뢰배 출신의 유방은 말 위에서 세상을 얻었다며 유교 경전 무용론을 펼쳤다. 다행히 당시 유학자 육가(陸賈)는 책을 저술해 진시황이 천하를 잃게 된 이유에 대해 논하며 감계로 삼도록 했다. 어쩌면 그가 황제 앞에서 경전을 강조한 덕에 유방은 유학의 중요성을 인식하기 시작했다. 고조 유방이 회남(淮南)에서 산동(山東)을 지나며 매우 성대하게 공자의 제사를 지냈고, 공자의 9대손 공등(孔騰)을 봉사군(奉祀君)으로 봉해 제왕이 공자에게 제를 올리는 효시를 열었다. 비록 훗날 문제(文帝)와 경제(景帝) 시기에 도가의 무위이치(無爲而治: 아무것도 하지 않고 능히 다스림) 사상을 받들었지만, 유학은 이미 민간에서 추앙받기 시작했다. 무제에 이르러 유학은 마침내 국교로 받아들여졌다.

지난 3백 년 동안 유학의 전성기를 구가했거늘, 어찌 이제 와서…….

양수는 무거운 한숨을 내쉬었다. 지금은 민심이 흔들리고 도덕이 사라졌으며 삼강오륜은 잊힌 지 오래다. 아들이 아비를 죽이고 신하가 군주를 위협하는 일도 심심치 않게 일어나고 있다. 군벌 중 가장 세력이 강한 조조는 또 어떤가? 그야말로 유가를 숭상하지 않는 법가적 통치 방법을 견지하는 인물이다. 만약 이대로 조조가 천하를 손에 넣는다면 또 한 명의 진시황이 탄생하는 것이 아닌가?

양수는 자리에서 일어나 검게 그을린 나뭇가지를 쥐고 두어 걸음을 걸어 나가보았다. 주위는 온통 어둠에 잠긴 기장 밭이었다.

문득 발밑의 부드러운 땅의 감촉을 느끼는 순간, 그는 무언가를 쓰려는 듯 나뭇가지를 땅에 가져다 댔다.

잠시 후 그는 입가에 희미한 미소를 띠며 나뭇가지를 던져버리고 성큼성큼 자리로 돌아갔다.

"⋯⋯엷은 구름에 싸인 달처럼 아련하고, 흐르는 바람에 눈이 날리듯 가벼우니⋯⋯."

견락이 비단 천에 쓰인 시를 들여다보며 얼굴이 빨개진 채 마음이 혼란스러웠다.

"낙아, 내가 지은 시가 마음에 드느냐?"

조식이 미소를 지으며 견락을 바라봤다.

"⋯⋯이걸⋯⋯ 이걸 정말 절 위해 쓰신 겁니까?"

"음. 하지만 아직 완성된 것이 아니란다."

조식이 미간을 살짝 찌푸렸다.

"아직 완벽하지 않은 느낌이라 이곳저곳 손볼 곳이 꽤 되는구나."

"내가 본 중에 가장 훌륭한걸요."

견락이 비단을 접어 조심스럽게 소맷자락 안에 넣었다.

"오늘이 출정이죠?"

조식의 얼굴에서 미소가 싹 걷히고, 내키지 않는 표정으로 고개를 끄덕였다.

"응, 오늘이다. 이럴 생각으로 부왕께 서신을 쓴 것이 아닌데, 이리 쉽게 군대를 내어주실 줄 누가 알았겠느냐? 이번에 가면 언제 돌아올 수 있을지 모르겠구나."

"이건 좋은 일이잖아요? 당신이 병권을 잡으면 조비가 감히 건드릴 수 있겠어요?"

견락이 입을 삐죽거렸다.

"이번에 큰 공을 세워서 위왕의 눈에 들면 세자 자리에 오를 수 있을 거예요."

"그게 그리 쉬운 일이더냐?"

조식이 웃었다.

"하나 내가 세자가 되면 나의 세자비는 네가 될 거라고 약속하마."

견락이 부끄러워하며 고개를 숙였다.

조식은 술잔에 술을 가득 부었다.

"세자부에 귀하게 보관하고 있는 금로주가 있다는 걸 진즉에 들어 알고 있었다만, 실제로 마시게 될 줄은 몰랐구나. 낙아, 이것을 나에게 선물로 보내자고 했을 때 조비가 기꺼이 내주었느냐?"

"기꺼이 내주기는요? 내가 사마의 앞에서 싫은 소리 몇 마디 했더니 그제야 어쩔 수 없이 가져다주라고 했어요."

견락이 잠시 주저하다 말을 꺼냈다.

"그런데 얼마 전 유향원에서 있었던 그 일이 정말 우연이었을까요? 어떻게 진주조 사람이 나간 지 얼마 안 돼 갑자기 놀란 말이 튀어나올 수가 있죠? 아무래도 조비가 나를 의심하고 있는 것 같아요. 얼마 전부터 내가 어디에 가는지 일거수일투족을 감시하는 느낌이 들어요. 곽후도 계속 내 옆에 붙여두어 아무 데도 못 나다니게 하고 있어요."

조식의 눈빛이 흔들렸다.

"그때…… 장천에게 뒷조사를 시켰지만 그 아이를 찾아내지 못해 일이 흐지부지 끝나고 말았지. 조비가…… 설마 날 감시하는 것은 아니겠지?"

334

견락이 코웃음을 쳤다.

"그럴 배짱도 없는 사람이에요. 하루 종일 웃는 낯짝을 보노라면 속이 터져요. 무능하기가 이루 말할 수 없는걸요. 오늘은 내가 정색을 하고 한마디 해서 얻어낸 기회니 의심 따위 하지도 못할 거예요. 시동생이 출정을 나가는데 동서를 찾아가지 않는 것도 예법에 어긋나는 거 아니겠어요?"

조식이 미소를 지으며 술잔을 들어 한 번에 들이마셨다.

견락은 갑자기 무슨 생각이 떠오른 듯 물었다.

"얼마 전에 나한테 부탁했던 인신은 도대체 뭐에 쓰려고 그런 거예요?"

조식이 고개를 가로저으며 의미심장한 미소를 지었다.

"내가 오늘 군대를 이끌고 떠난 후 며칠이 지나면 이 허도성 안이 발칵 뒤집히고 조비는 무능한 세자로 낙인이 찍히게 되겠지. 그때가 되면 부왕이 진노하여 그를 세자 자리에서 끌어내릴 것이다. 좋은 구경거리가 생길 테니 두고 보거라."

견락이 술을 또 가득 따랐다.

"그렇게 하면 부왕이 당신을 의심하지 않을까요?"

조식이 호탕하게 웃으며 고개를 저었다.

"그때쯤 나는 번성으로 가고 있을 텐데, 나를 어찌 의심한단 말이냐?"

"당신이 허도에 없는데 누가 그 일을 하죠? 정의·정이 형제가요? 그렇게 융통성 없고 고지식한 자들이 그런 큰일을 해낼 수 있을까요?"

조식의 표정에 자신감이 넘쳐났다.

"이번 일에 내 쪽 사람은 단 한 명도 움직이지 않을 것이다. 그러니 나중에 조사를 한다 해도 나를 의심할 만한 증거를 찾을 수 없게 되지."

"무슨 말인지 하나도 모르겠어요."

조식이 조심스럽게 말을 꺼냈다.

"한선이라고, 들어봤느냐?"

"그게 뭔데요?"

조식은 정신이 몽롱해지는 것을 느끼며 웃기만 할 뿐 아무 말이 없었다. 하하, 과연 금로주가 다르기는 하구나. 고작 몇 잔 마셨을 뿐인데 이리 허공을 떠다니는 듯한 기분이니 말이지. 눈앞의 견락이 점점 요염하게 그를 유혹하는 것만 같았다.

그는 한 손으로 견락의 희고 매끄러운 어깨를 잡으며 손에 든 술잔을 또 비웠다.

"자, 낙아, 너도 술잔을 채우거라. 우리 같이 마시자꾸나."

견락이 웃으며 말했다.

"적당히 드세요. 좀 있으면 조인과 함께 출정을 해야 하는데, 취하기라도 하면……."

"취해?"

조식이 한바탕 큰소리로 웃어댔다.

"나의 주량을 너도 잘 알지 않느냐? 고작 이렇게 작은 금로주 한 동이에 취할 사람으로 보이느냐?"

그가 술잔을 견락의 입술에 가져다 댔다.

"좋은 술과 아름다운 여인을 옆에 두고도 맘껏 품에 안고 마시지 못한다면 그게 무슨 인생이라 할 수 있겠느냐?"

가일이 마차에 앉아 손가락으로 두꺼운 가림막을 살짝 들어올려 그 틈새로 임치후 저택의 움직임을 감시했다. 대군이 이미 성 밖에 집결해 있고, 백관들도 그를 배웅하기 위해 기다리고 있었다. 오로지 군대를 이끌고 출정할 임치후 조식만이 모습을 드러내지 않고 있었다. 조인이 이미 세 차례나 사람을 보내 재촉했지만 조식은 여전히 감감무소식이었다.

작전은 성공한 것이 확실했다. 가일의 입가에 희미한 미소가 떠올랐다.

조식에게 아무 일도 일어나지 않았다면, 미치지 않고서야 이런 일을 벌일리 없었다. 저 멀리서 급히 달려오는 말발굽 소리가 들려오는가 싶더니 갑옷을 차려입은 무장의 모습이 보였다. 조인이었다. 그가 직접 조식을 부르러 왔다.

가일이 가림막을 내리자 마차 안이 순식간에 어둠 속에 묻혀버렸다. 그가 벽을 가볍게 세 번 두드리자 마차가 서서히 움직이기 시작했다.

"정신을 혼미하게 만드는 그 약이 도대체 무엇이오? 이 정도면 정말 그 효과가 엄청난 거 아니오?"

곽홍이 어둠 속에서 물었다.

"마비산(麻沸散)이네."

"마비산?"

"화타(華陀)라는 명의가 만든 약이지. 이 약을 마시면 칼로 배를 갈라도 고통을 느끼지 못한다지? 조식은 오늘 깨어나지 못할 것이네. 크크, 조인이 그를 기다려줄 위인도 아니고, 곧 이 일을 위왕에게 알리겠지. 군대를 이끌고 번성으로 간다? 대군이 움직이기도 전에 부사령관이 술에 만취해 뻗었으니, 이런 자를 위왕이 용서할 거라 보는가?"

"그럼, 저 집 요리사로 일하는 제 아우는……."

"걱정 마시게, 곽 대협. 자네 아우는 진주조의 지시에 따라 며칠 전에 마비산을 술잔에 묻혀놨을 뿐, 그 금로주에는 손끝 하나 대지 않았네. 더구나 마비산은 술에 녹아도 무향무취인 데다 그 증상도 술에 취한 것과 별반 다르지 않지. 술은 세자비가 들고 갔으니, 조식이 의심을 해봤자 세자를 의심하지 자네 아우를 의심하겠는가?"

곽홍은 아무 말이 없었다.

가일이 손을 뻗어 그의 어깨를 토닥였다.

"곽 대협, 자네 마음이 편하지 않다는 걸 잘 아네. 하지만 이런 날도 곧

끝날 것이네."

"끝이라 했소? 그게 무슨 말이오?"

"기밀이니 더는 알려들지 말게."

어둠 속에서 가일의 눈동자가 반짝였다.

"자네는 이런 날들이 그리 오래가지 않을 거라는 사실만 알아두게."

가일은 이번 일을 조사하며 직감으로 알아챌 수 있었다. 진주조가 10여 인을 밤낮으로 정보를 캐내고 분석한 결과 모든 것이 분명해졌다. 여러 정황상 조식은 이미 한제와 한편에 섰고, 그들에게 다리를 놓아준 자는 십중팔구 한선이었다.

한제, 한나라 황실의 옛 관료, 형주 파벌 세력은 조조를 무너뜨리고 한나라를 다시 일으켜 세우려는 세력이 분명했다. 그리고 조식은 조비를 세자 자리에서 끌어내리는 일에 혈안이 되어 있었다. 이들과 조식 사이에는 서로에게서 얻어낼 것이 분명 존재했다. 물론 근본적인 이익이야 서로 충돌하겠지만, 나약하고 무능한 집단이 살아남으려면 방법은 하나밖에 없다. 끌어모을 수 있는 모든 힘을 한데 뭉쳐 공동의 적에 대응해야 한다.

지금 이들은 이 길의 어디쯤에서 갈림길이 나타날지 생각할 여력이 없었다.

조식이 자객의 습격을 당했던 사건도 위왕이 조비를 의심하게 만들기 위해 한선의 주도로 짜낸 고육책에 불과했다. 진자 부인을 미끼로 진주조를 공격한 것도 한선이 진주조의 추적을 피하기 위해 벌인 일이었다.

한선…… 한선은 대체 누구일까? 그는 한제·조식·유비를 하나로 연결시키며 적지 않은 일을 도모해왔다. 그가 벌인 일의 결과를 보면 한나라 황실에 유리한 일들이 대부분이었다. 만약 그가 한제에게 충성했다면 한제는 그의 진면목을 알고 있어야 한다. 그러나 그는 지난 10여 년 동안 단 한 번도 정체를 들킨 적이 없었다. 진의 쪽에서 들어온 정보에 따르면 한제도 한선이 누구인지 모르는 듯했다. 이렇게 긴 세월을 적진에 숨어 그렇게 많은 일을 한 자다. 단지 한나라 황실을 도왔을 뿐이라면 지나치게 조심스러운 면이 없지 않았다.

가일은 며칠 전에 본 목간 하나를 떠올리지 않을 수 없었다. 그 목간을 보니 한선이라는 이름은 전국시대에 이미 출현한 적이 있는 듯하다고 쓰여 있었다. 귀곡자(鬼谷子)·방연(龐涓)·손빈(孫臏)…… 가일은 대충 읽어 내려가다 이내 목간을 덮었다. 다들 이미 몇백 년 전에 죽은 사람들이고, 한선은 아직 살아 있었다. 의심할 것 없이 동명이인이 분명했다.

마차 밖에서 탕탕 치는 소리가 들려왔다. 이미 정해진 암호였다. 가일이 가림막을 들추고 밖을 내다보니 말을 타고 속도를 맞춰 움직이는 전천이 보였다.

"어떻게 됐느냐?"

"조인이 노기충천해서 임치후의 집 안으로 들어갔어요. 보아하니 조식이 술 먹고 뻗은 게 확실해요. 저기요, 난 좀 이해가 안 가네요. 그 공자께서 술을 마셔 인사불성이 됐으면 이불에 싸서라도 마차에 집어넣어 일단 번성으로 보내면 되는 거 아닌가요?"

가일의 호탕한 웃음소리가 들려왔다.

"대군의 출정이 무슨 네가 살던 마을에서 사냥이라도 나가는 건 줄 아느냐? 출정 전에 치르는 의식이 제례부터 시작해 한두 가지가 아니다. 그뿐인 줄 아느냐? 몇만 명의 병사가 성 밖에 도열해 있는데 출정을 앞둔 부사령관이 술에 취해 일어나지 못하고 있다면, 세상에 이런 웃음거리가 어디 있겠느냐?"

전천이 눈을 흘겼다.

"남의 재앙을 보고 기뻐하는 꼴이 참 유치하시네요."

가일이 민망한 듯 미소를 거두며 헛기침을 했다.

"그러고 있지 말고, 성 밖으로 가서 상황이나 좀 보거라. 나는 먼저 곽 대협을 데려다주고 가마."

그가 가림막을 내리자 바로 곽홍의 한숨 소리가 들려왔다.

"가 교위, 우리가 이렇게 하는 게 옳은 것인지 확신이 안 서오. 이렇게 비열한 짓은 처음이라, 영……."

"곽 대협."

가일이 조금은 성가신 듯 그의 말을 끊었다.

"군자는 이루고자 하는 일이 있다면 수단과 방법을 가리지 말아야 하네. 무슨 일이든 수단과 과정이 아니라 결과가 중요한 법이지. 결과가 옳다면 그 수단이 무슨 상관이겠는가?"

조비는 이미 소식을 전해 들었다. 이 순간 그의 마음은 무척 평온했다. 그는 대청 앞에 엎드려 있는 사마의를 힐끗 보며 담담하게 말했다.

"내가 이리했네."

"전하, 어리석은 일을 하셨습니다."

사마의가 나지막이 직언을 올렸다.

"이리하면 위왕의 의심만 받게 되실 겁니다. 가일이 자신의 장래를 위해 전하를 미혹해 위험에 빠뜨린 것이니, 당장 그자를 죽이시옵소서!"

"이것은 가일의 생각이 아니네."

조비의 목소리가 무겁게 가라앉았다.

"자네와 가일 사이에 원한이 있다는 걸 나도 아네. 하지만 가일의 일 처리 방식이 내 마음에 딱 들더군. 앞으로도 두 사람은 동료가 아닌가? 그러니 사사로운 원한 때문에 괜한 불협화음을 일으키지 않기를 바라네."

"신은 그리 못 하옵니다."

조비는 잠시 아무 말이 없었다.

"조식을 이곳에 남겨둔 건 단지 그가 병권을 잡는 게 두려워서가 아니라 그보다 더 중요한 문제 때문이었네. 지금 허도성 안에서 한제·한선·조식이 이미 힘을 합쳐 무언가 대사를 도모하고 있네. 만약 장제 쪽에서 나서서 순조롭게 그들을 일망타진할 수 있다면 이보다 더 좋은 일이 또 어디 있겠는가? 그때가 돼서 조식이 번성에 있다면 어떻게 그의 죄를 물을 수 있겠는가? 나의 아우는 나를 말에서 끌어내리기 위해 혈안이 되어 있네. 심지어 한제의 힘을 빌리는 어리석은 짓까지 하는군. 하지만 한제가 천하를 손에 넣으면 우리 조씨 가문이 살아남을 수 있을 거 같은가?"

"전하, 조인이 조식을 허도에 남겨둔 채 군대를 이끌고 먼저 출발했습니다. 이 소식이 한중에 계신 위왕의 귀에 들어가면 전하께서 가장 먼저 의심을 받게 되십니다."

사마의가 목소리를 낮췄다.

"듣자 하니…… 조인이 조식의 집으로 직접 찾아갔을 때 조식과 견락이 함께 잠들어 있는 것을 보았고……."

조비의 표정이 싸늘하게 변했다.

"중달, 조인이 그 사실을 위왕에게 보고할 거라고 보는가?"

"아닙니다. 조인이 그 사실을 위왕에게 알리고자 했다면 분명 전하를 먼저 찾아왔을 테지요. 어찌 됐든 견락은 세자비가 아니옵니까?"

조비가 침묵했다. 지금 견락은 임치후 부인이 직접 데리고 와 있는 상태였다. 그녀는 견락이 자신과 술을 마시다 취한 거라고 말을 둘러댔다. 하, 정말이지 현모양처가 따로 없군. 남편이 집안의 다른 여자와 사통을 했는데 아무 일 없다는 듯 그의 죄를 덮어주는 것인가?

"조인이 본 것을 내가 부왕께 아뢸 생각이네."

"전하, 그리하시면 도리어 화를 더 키울 수 있습니다."

"왜 그리 말하는가?"

"위왕께서는 조식이 술 취한 일에 대해 철저하게 조사를 시키실 겁니다. 이럴 때일수록 전하께서는 침묵을 지키시는 것이 좋습니다. 위왕께서는 자신의 야심을 위해 많은 것을 감내하며 그 자리에 오르신 분이십니다. 그런 분이, 자신이 직접 알아낸 진실과 다른 사람의 입을 통해 들은 진실 중 어느 쪽을 믿을 거라 생각하십니까?"

조비가 주저하며 사마의의 충언에 잠시 흔들리는 모습을 보였다.

사마의가 계속해서 물었다.

"세자 전하, 견락을 어찌하실 생각이신지요?"

"당연히 세자비 노릇이나 하며 아무 일 없었던 듯 살게 할 생각이네. 그 정도의 아량은 베풀어야겠지."

조비가 담담하게 말했다.

사마의가 무슨 말을 꺼내려다 이내 주저했다.

"전하, 소신이 이 말씀을 드려야 할지 모르겠습니다."

"중달, 우리 둘 사이에 못 할 말이 뭐가 있어 그러는가? 어서 말해보게."

"요 몇 년 동안 전하께서 무언가를 계획하고 계시지 않으셨는지요?"

사마의가 조비의 눈을 보며 말했다.

"진주조는 위왕이 만든 곳입니다. 비록 전하의 관할에 속하지만 결국 전하의 직속 부서는 아니지요. 하물며 진주조가 만들어진 이래 세운 공이 적지 않은데도 한선을 체포하는 일만큼은 유독 별다른 성과를 거두지 못했습니다. 전하께서도 진주조가 한선 사안을 조사할 때 별다른 관심을 두지 않으셨지요. 평소 전하가 해오던 방식이 아니셨습니다."

"계속 말해보게."

조비의 눈이 가늘어졌다.

"소신과 오질(吳質)·진군·주삭(朱鑠)은 세상이 알아주는 전하의 사인방입니다. 하지만 지난 2년 동안 전하께서는 저를 제외한 세 사람을 거의 찾지 않으셨습니다."

"그래서, 하고자 하는 말이 무엇인가?"

"한선·한제·조식, 심지어 위왕까지 모두를 염두에 두고 계신 것이라면, 진주조는 그저 전하의 명분일 뿐이고 진짜 장수를 잡을 말은 오질과 진군이옵니까?"

조비는 침묵하며 무표정하게 사마의를 쳐다봤다.

사마의는 전혀 두려워하지 않았다. 그의 시선은 조비에게 머무는 것 같기도 하고 그보다 더 먼 곳을 보는 것도 같았다.

한참 후 조비의 호탕한 웃음소리가 들려왔다.

"중달, 생각이 너무 많은 것 같소."

"소인의 무례를 용서하시옵소서."

조비가 미소를 지으며 말했다.

"이렇게 하세. 조만간 연회를 열 생각이네. 조우와 오질도 부르고, 가일도 오라고 하세. 그 기회에 자네와 가일의 오랜 원한도 풀어버리면 앞으로 함께 일하기 훨씬 수월해지겠지."

멀리서 야경을 도는 소리가 들려왔다. 조식은 자리에서 일어나려 발버둥을 쳤다. 그는 힘겹게 눈을 뜨고 흐릿한 눈빛으로 주위를 둘러봤다. 어둠이 완전히 내려앉은 대청에 아무도 보이지 않았다. 그의 품안에 견락의 체향이 아직 남아 있는 듯했다. 그가 탁자를 잡고 비틀거리며 자리에서 일어났다. 아직 술이 덜 깬 듯, 머리가 터질 듯 아프고 온몸에 힘이 하나도 남아 있지 않았다.

보아하니 대군이 출정할 때를 넘기고도 남은 시각이었다. 조식은 어지럽혀진 바닥을 보며 자기도 모르게 분노가 치밀어 술잔을 벽에 집어던져 산산조각을 냈다. 그 금로주가 이렇게까지 독한 술일 줄 상상조차 하지 못했다. 고작 한 동이를 마셨을 뿐인데, 이 정도로 취해 모든 것이 엉망진창이 되어버렸다. 곁에서 시중을 들던 자 중 누구도 그를 말리지 않았으니, 하나같이 쓸모없는 것들이 아닌가! 그의 마음이 점점 더 초조해졌다. 한중에 있는 부왕이 이 사실을 알게 되면 노발대발하시겠지?

조인, 이 망할 놈! 이렇게 술에 취해 일어나지를 못하면 출정을 좀 미루면 될 것을, 굳이 오늘 출발해 나를 웃음거리로 만들다니! 그가 노기충천해 고함을 질렀다.

"여봐라! 다들 어디 있느냐!"

아무런 대답도 들리지 않았다.

집 안 전체가 고요했다.

서늘한 밤바람이 대청으로 불어 들어와 촛불마저 꺼지니, 스산하고 음침한 기운까지 감돌았다. 조식은 한기에 몸을 부르르 떨며 비틀비틀 문 쪽으로 걸어갔다. 바로 그때 구석에서 흰옷을 입고 흰색 비단으로 얼굴을 가린 자가 눈에 들어왔다.

조식이 떨리는 목소리로 물었다.

"누구냐?"

그자는 아무런 대답 없이 조식을 바라보며 희미하게 탄식을 내뱉었다.

조식이 두려움에 휩싸여 갈라진 목소리로 소리를 질렀다.

"다들 죽었느냐? 여봐라! 거기 누구 없느냐?"

그 순간 번뜩이는 긴 칼이 독사처럼 조식의 목에 와 닿았다.

"닥치시오! 중당에 있던 자들은 모두 죽었소."

"죽어?"

조식의 낯빛이 창백해졌다.

"네놈 짓이냐?"

"내가 아니라 조인이오."

"조인? 그놈이 왜 내 사람들을 죽인단 말이냐?"

"나는 한선의 사람이오."

백의검객이 칼을 거두며 영패를 보여주었다.

조식은 뒤로 주춤 물러서 달빛에 의지해 영패를 확인했다. 구리로 만든 둥근 영패 속 그림을 보니, 나뭇잎이 다 떨어진 가지에 매미 한 마리가 앉아 있었다.

"무엄하다!"

조식이 소리쳤다. 그가 한선의 사람인 이상 저자세로 나갈 필요가 전혀 없었다.

"이리 밤늦은 시각에 나타나 무례하게 굴다니, 내가 너희와의 관계를 끊어도 상관없다는 것이냐?"

백의검객이 어둠속으로 다시 물러서며 나지막이 말했다.

"조조는 천하를 손에 넣기 위해 살아온 간웅이오. 그의 아들 조비는 음흉하고 교활하며, 조창은 용맹하고 과감하고, 조우는 어질고 유능하다 할 만하오. 크크, 조조의 아들 중에 그대처럼 독선적인 멍청이가 있을 줄이야!"

조식이 격앙된 목소리로 반박하려 했지만, 이내 그가 말을 가로막았다.

"그대는 조인이 왜 집 안에 있는 사람들을 죽여야 했는지조차 모르는 것이오?"

조식이 차가운 미소를 지었다.

"네놈이 상관할 일이 아니다. 내가 그런 분별력조차 없을 것 같으냐?"

"분별력?"

백의검객이 그를 힐책했다.

"분별력이 있다고 했소? 그렇다면 대군의 출정식을 앞두고 왜 술에 만취해 깨어나지 못한 것이오? 그리 분별력이 있다면서 왜 대낮에 세자비를 끼고 잠을 잔 것이오? 조인이 왜 대청에 있던 하인들을 죽였을 것 같소? 그게

다 당신의 체면 때문이었소! 이런 추문이 세상에 퍼지면 조씨 가문의 수치
가 될 테니 말이오!"

조식은 너무 격노하고 기가 막혀 도리어 웃음이 새어 나왔다.

"네가 무슨 자격으로 나를 가르치려드는 것이냐?"

"후야."

백의검객이 정신을 차리라는 듯 그에게 물었다.

"당신의 평소 주량이 꽤나 세다고 알고 있소. 그런데 왜 오늘따라 고작
술 한 동이에 정신을 잃었다 생각하시오? 혹 이상하다는 생각이 전혀 안
들었소?"

조식의 눈동자가 흔들렸다. 금로주를 오늘 처음 마셔보는데 그렇게 독
한 줄 누가 알았겠는가? 아니지, 그렇다면 이자의 말뜻은…… 설마 이 술
에 약을? 그게 말이 되는가? 이 술은 견락이 직접 가져왔고 같이 마시기까
지 했는데, 어떻게 문제가 생길 수 있단 말인가? 설마 조비 그 멍청한 놈
이…….

"한선은 누군가 술에 마취약을 넣었을 거라고 의심하고 계시오. 그 누군
가는 아마도 견락일 겁니다."

조식이 코웃음을 쳤다.

"낙은 나에게 해코지를 할 사람이 아니다."

"만약 견락이 마취약을 풀었다면 그녀가 당신에게 넘긴 인신의 진위 여
부도 의심해봐야 하오. 우리가 거사를 일으키기 전에 이 일부터 분명히 해
둬야 할 것 같소."

"한선에게 안심하라 전하게. 낙은 이 일과 아무 상관이 없네. 내가 정말
그런 일을 당했다면, 그 멍청한 조비 놈이 사마의가 하라는 대로 한 것이겠
지. 낙은 절대 그런 일을 할 사람이 아니네."

백의검객은 아무 말이 없었지만, 그렇다고 해서 조식의 말에 완전히 동

의하는 것도 아니었다. 물론 조식도 모든 사람이 다 의심스러웠다. 하지만 그는 견락마저 의심하고 싶지 않았다.

한제는 궁 안의 재정과 수많은 사유 때문에 조비를 탐탁지 않게 생각하고 있었다. 조비 또한 한제를 대하는 불손한 태도가 조조보다 더하면 더했지 결코 덜하지 않았다.

한제는 그의 야심이 한실에 닿아 있다는 두려움을 느꼈다. 한실의 대신들은 한선을 통해 조식과 손을 잡았고, 허도성에서 한 차례 난을 일으킬 모의를 했다. 그들은 조비를 세자 자리에서 끌어내리고 대신 조식을 앉힐 계획을 세웠다. 이를 위해 조식이 해야 할 일은 조비의 인신을 훔쳐 성문을 열어주는 것뿐이었다. 성문이 열리면 황실 대신들의 옛 부하들이 성안으로 들어와 불을 지르고 약탈을 하게 될 것이다. 이 일이 성공하면 조식은 세자가 되고, 두 가지 요구 조건만 들어주면 되었다. 바로 궁의 재정적 지원을 강화하고, 죽는 날까지 황제 자리를 탐하지 않아야 한다.

이 계획은 조식에게 유리했다. 한선은 성문이 열리자마자 바로 성문을 지키는 관병들을 전부 죽일 것이다. 그렇게 되면 조비의 인신을 본 사람이 단 한 명도 남아 있지 않게 된다. 일의 성패를 떠나 조식은 손해 볼 것이 하나도 없었다.

"그 정도 담으로 무슨 일을 하겠다는 건지."

조식이 하품을 해댔다.

"고작 성문을 열고 불을 지르는 것뿐인데, 뭐 대단한 일을 한다고 하루 종일 의심이나 해대고 사소한 것에 이리 혼비백산하는 꼴이라니."

백의검객이 싸늘한 표정으로 자신이 온 이유를 알려주었다.

"당신은 군대를 이끌고 출정할 기회를 놓쳤소. 그렇다면 거사 당일에도 허도에 있게 되겠지. 그래서 오늘 계획이 변경되었다는 걸 알려주러 왔소."

"이렇게 갑자기 계획이 바뀌었다는 것이냐?"

조식은 살짝 당황한 표정을 드러냈다.

"당신과 조비는 겉으로야 별문제가 없어 보이지만, 둘의 불화를 모르는 이가 없소. 이번에 당신이 출정을 할 수 없게 된 것도 조비 때문일 가능성이 아주 높지. 한선은 거사 당일에 당신이 허도에 있으면 이 일에 참여한 증거가 없다 해도 공범으로 몰릴 위험이 높다 했소. 그리되면 세자 자리마저 조창에게 넘어갈지 모르오."

조식이 주저하다 물었다.

"그럼 나더러 어쩌라는 것인가?"

"허도에 큰불이 났을 때 세자부로 가서 함께 성을 돌며 불을 끄자고 청하시오. 그때가 되면 성으로 들어온 우리 쪽 옛 신하들이 혼란을 틈타 그를 죽일 것이오."

조식이 고개를 세차게 흔들었다.

"아니 될 말! 아무리 조비와 사이가 안 좋다 해도 내 손으로 형제를 죽일 정도까지는 아니네."

"그럼 가만히 앉아 죽기만 기다리겠소? 진나라 때부터 지금까지 후계자 싸움에서 밀려난 자의 최후가 좋았던 적이 별로 없었소. 설사 조비가 사사로운 정에 이끌려 봐주고자 해도, 아우가 우리와 손을 잡고 성에 불을 지르고 사람을 죽이면서까지 자신을 세자 자리에서 끌어내리려고 한 걸 알면 어쩔 것 같소? 그래도 당신을 그냥 풀어줄 거라 생각하시오? 조비가 그렇게 한다 해도 사마의나 오질이 그냥 둘 리 없겠지. 강동의 패주 손책 같은 영웅도 문객 세 명의 손에 죽었소. 지난 일을 거울삼아 똑같은 과오를 저지르지 않기를 바라오."

조식은 아무 말이 없었다.

"또한 견락은 어쩔 것이오? 조비가 죽지 않으면 그녀도 살아남기 힘들 것이오."

조식이 검객이 서 있는 어두운 곳을 향해 이를 꽉 물며 말했다.

"알겠네. 그쪽의 뜻대로 하지. 언제 움직이면 되는가?"

"한선을 기다려야 하오."

"뭐라?"

"한선 쪽에서, 서북에서 조만간 큰일이 일어날 것이니 허도의 난은 반드시 그 후가 되어야 한다고 했소."

"부왕이 계신 한중을 말하는 것이냐?"

"아마 그럴 것이오."

"아마?"

조식이 힐난하듯 되물었다.

"한선의 사람이라면서 고작 이 정도의 소식조차 제대로 모른다는 건가?"

"모든 계획은 변수가 작용하게 마련이오. 형세가 변하면 계획도 변할 수밖에 없소. 더구나 후야 같은 성격이라면 너무 많은 정보를 알려주는 게 득이 될 리 없어 보이오."

조식은 그 말에 화가 나기보다 머릿속이 복잡해졌다.

"한선은…… 대체 누구인가? 늘 비밀리에 일을 처리하고, 지금까지 진짜 모습을 드러낸 적이 없다더군. 나도 비록 한선을 몇 번 만난 적이 있지만, 늘 중간에 병풍이 쳐져 있었지. 그런데 들려오는 목소리가 늘 달랐네. 어떤 때는 어린 여자아이의 목소리가 들리기도 하더군."

"어쨌든 우리는 그분의 소식을 기다려야 하오. 그때까지 절대 경거망동해서는 아니 되오."

"얼마나 기다려야 하는가?"

"기다리다 보면 결국 원하는 것을 얻게 될 테니, 조급해할 것 없소."

백의검객이 대청을 걸어 나갔다.

"기다리는 시간이 무료하다 해도, 후야가 갖게 될 그것을 생각하면 그럭저럭 견딜 만할 것이오."

양수는 관준이 훔쳐낸 군사 정보를 조합해 분석한 후 자신의 생각이 맞았다는 것을 확신했다. 조조는 무도·상방곡으로 북상해 농서·천수를 지나 장안으로 철수하는 퇴로를 이미 짜두었다. 하후돈은 백성의 이주를 위해 이미 북상했고, 서촉의 추격 부대에 맞서기 위해 견벽청야(堅壁淸野: 적의 공격에 대비해 성벽을 다지고 들판의 곡식을 모두 거두어들여 적의 군량 조달을 미리 차단하는 전술)를 준비했다.

관준은 날이 밝기 전에 서둘러 군영을 빠져나가, 양수가 찾아낸 조조군의 퇴로를 비밀 연락책에게 전달했다. 그가 군영을 빠져나간 후 한 시진도 되지 않아 대군의 북상을 알리는 군령이 군영 전체에 전달되었다. 그런데 양수는 이 과정이 자꾸 신경 쓰였다. 군영 전체가 퇴각하는 과정이 지나치게 체계적으로 이루어지고 있었다. 군영에 있는 물건들 중 가져가야 할 것, 태워야 할 것, 남겨둬야 할 것을 분류해 각각 책임자를 두고 일사불란하게 움직였다. 게다가 구역별 주둔지의 퇴각 순서조차 이미 정해져 있었다. 심지어 누가 누구와 함께 움직여야 하는지조차 상황에 맞춰 합리적으로 안배를 해두었다.

양수와 같은 문관 직책의 관원은 이날 오후에 철수를 시작했고 장합이 호송을 맡았다. 가는 내내 장합은 고의든 아니든 자꾸 양수의 시야에서 멀지도 가깝지도 않은 거리를 유지하며 따라붙었다. 정욱의 특별한 관심은 여전히 계속되고 있었다. 크크, 내가 눈치가 빠르기에 망정이지, 관준을 통해 조조군의 철수 정보를 전달하지 못했다면 지금쯤 똥 마려운 강아지처럼 안절부절못했을 테지. 양수는 기분이 좋아져 허리춤에 찬 술병을 꺼내 한 모금 들이켰다. 지금 군대의 철수 노선은 그의 예상과 딱 맞아떨어졌다.

며칠 안에 조조의 머리통이 촉군의 손에 들려 있을 것이다. 37만 명의 목숨이라……. 양수는 두 눈을 감았다. 오래전에 천하를 떠돌며 배움을 구할 때 한 사냥꾼을 따라 산에 들어간 적이 있었다. 그때 산속에서 사냥꾼이 독사에게 왼팔을 물렸다. 그러자 그는 칼을 쥐고 한 치의 주저도 없이 자신의 왼팔을 잘라냈다. 양수는 믿을 수 없는 참혹한 광경에 입을 다물지 못했다. 그러자 사냥꾼은, 팔을 잘라내야 할지 말아야 할지 고민하는 사이 독이 온몸으로 퍼져 목숨까지 잃게 되니 팔 하나로 끝낼 수 있을 때 잘라내야 한다고 했다. 그렇게 그는 팔 하나를 잘라내는 고통과 자신의 목숨을 맞바꿨다. 옳은 길로 가기 위해서라면 누군가의 희생이 따라야 한다. 유학이 흥성하고 왕공·귀족과 백성이 도덕과 예의를 다시 떠받드는 그런 날이 온다면 37만 명의 죽음은 충분히 가치가 있는 것이다.

양수는 고개를 들어 구불구불한 산길을 따라 걸어가는 대열을 바라봤다. 아무런 말소리도 들리지 않는 가운데, 갑옷과 무기가 부딪히는 소리만이 끊임없이 들려왔다. 예전에 허저는 이 소리를 듣고 있으면 힘이 솟고 자부심이 느껴진다고 했다.

양수는 묵직한 기장 이삭을 들어 올리며 안타까워하던 허저의 모습을 또 떠올리며 탄식을 내뱉었다. 이제 며칠 후면 이들 중 대부분이 타향에서 뼈를 묻게 되겠지. 어쩌면 나도 그들 중 한 명이 되어 있을 것이다. 그래도 억울해하지 말거라. 너희의 죽음 덕에 후손들은 더 이상 무기를 들지 않아도 될지 모르니 말이다.

위왕의 막사.

정욱은 꼼짝 않고 한쪽에 서서 시선을 내린 채 침묵을 지켰다. 상석에 앉은 위왕도 허도에서 보내온 서신을 받아 든 후 반 시진 가까이 아무 말도 하지 않고 있었다. 부사령관 조식이 대군의 출정을 앞두고 술에 만취해 깨어나지 못했다. 조인은 몇 차례 사람을 보내 그를 재촉하다 더는 참지 못하고 직접 집 안으로 들어가 조식을 만났다. 그리고 얼마 후 그가 조식의 하인들을 여럿 죽였고, 그곳을 나와 먼저 군대를 이끌고 출정 길에 올랐다. 서신의 내용을 정리하자면 대충 이랬다.

조인이 대청에서 대체 무엇을 봤는지에 대해서는 단 한 마디도 쓰여 있지 않았다. 조비와 진주조에서 보내온 서신에도 그런 내용은 찾아볼 수 없었다. 단지 반 시진 전에 허도성 위왕부에서 보내온 서신에만 조식과 세자비의 사통이 의심된다는 내용이 간단하게 언급되어 있었다. 그런데 조식은 지금까지도 서신조차 보내오지 않았다. 그렇다면 이 서신들이 이곳으로 오고 있을 때 조식은 여전히 견락을 껴안은 채 인사불성이 되어 있었다는 얘기였다.

"썩은 나무에는 조각을 할 수 없다 했지."

위왕이 얕은 한숨을 내뱉었다.

정욱은 여전히 고개를 숙인 채 생각에 잠겨 있었다. 조식의 이번 일은 그에게 불리할 것이 없었다. 하지만 이 일이 세자와 연관되어 있을지도 모른다는 의심을 쉽게 떨쳐버릴 수 없었다.

"어떻게 생각하는가?"

위왕의 시선이 정욱에게 가 닿았다.

"주공은 어찌 보십니까?"

정욱이 나지막이 되물었다.

"혹 자네 손자가 비(丕)의 밑에서 일을 하고 있어서 지금 말을 아끼는 것인가?"

조조가 정욱을 보며 웃었다.

정욱은 그 말에 허리를 더 깊이 숙였다.

"신이 어찌 감히 그러겠나이까? 주공께서는 이 일이 세자가 덫을 놓은 거라고 생각하시옵니까? 이치대로라면 임치후가 병권을 갖게 될까 두려워 세자께서 방해를 했을 수 있겠지요. 주공, 이 일의 진상을 명백히 밝히고 싶으시다면 진주조에 철저한 조사를 명하시는 것이 좋을 듯하옵니다."

"진주조?"

조조가 고개를 흔들었다.

"진주조는 동조서와 서조서로 나뉘어 있지 않은가? 동조서의 수장 사마의는 이미 비의 편에 서 있고, 서조서의 수장 장제는 아직 비에게 넘어가지 않았지. 하나 그의 수하 가일은 이제 확실히 비의 사람이 되었네."

정욱이 목젖이 꿈틀댔지만 더 이상 아무 말도 하지 않았다.

"내가 식이에게 기대가 너무 컸나 보네."

조조가 말했다.

"만약 그 아이 혼자 인사불성이 되도록 마신 거라면 안하무인의 방탕한 성정을 탓할 수밖에. 하나 비가 놓은 올가미에 걸려든 거라면 그 아이가 얼마나 어리석고 무지한지를 보여준 것이네. 내 어찌 그런 아이에게 조씨 가문의 뒤를 맡길 수 있겠는가?"

"주공, 신의 직언을 용서하시옵소서. 임치후는 문인으로서 더할 나위 없이 훌륭하고 재능이 뛰어나나, 딱 거기까지이옵니다. 그는 좋은 왕야도 될 수 없고 더 나아가 좋은 황제가 될 재목이 아니옵니다."

"황제?"

조조가 코웃음을 쳤다.

"어찌 말이 또 그쪽으로 튀는가? 자네들은 정말이지 틈만 나면 어떻게든 말을 에둘러 나에게 황제 자리에 오르라 말하는군."

"주공께서는 천하를 종횡무진하며 전란을 평정하고 도탄에 빠진 백성들을 구하셨으니, 진시황 영정에 견주어도 모자람이 없으십니다. 위나라가 태평성대를 누리고 백성은 마음 편히 생업에 종사할 수 있으니, 이 또한 한나라 문제와 경제의 업적에 버금가는……"

"그만하게."

조조가 손을 내저으며 정욱의 말을 잘랐다.

"내가 늙었다고 판단력까지 흐려진 것은 아니니, 그런 아첨으로 말 돌릴 생각은 하지 말게. 허도의 일은 비가 알아서 처리하게 내버려두세. 이제 식이 다시 문제를 일으킨다 해도 판세를 뒤엎을 수 없을 것이네."

조조의 표정이 좀 전과 달리 엄숙해졌다.

"양수 쪽은 준비가 잘 되어가고 있는가?"

"안심하셔도 됩니다. 양수와 관준은 이미 저희 손바닥 안에 들어와 있습니다."

조조가 고개를 들고 자조적인 웃음을 내뱉었다.

"내가 유비를 정말 얕잡아 봤네. 그 옛날 유비가 나에게 의탁했을 때 자네는 이미 그자의 의중을 간파하고 그를 죽여 후환을 없애라고 했지. 그런데 그때 곽가가 나서서, 인재를 모아야 할 때에 유비를 죽이면 천하의 인재를 어찌 내 곁에 불러들일 수 있겠느냐고 했지. 그 말에 결국 호랑이를 산으로 돌려보낼 수밖에 없었네."

"세상 사람들은 모두 여포를 성을 셋이나 가진 종놈이라 욕하지만, 유비는 일곱 명의 지방 호걸 세력에 빌붙은 자였습니다. 세상 사람이 주공을 일컬어 잔인하고 야심에 눈이 멀었다고 말하지만, 유비는 몇 차례 전란 중에 처와 첩은 물론 자식까지 내팽개친 자이옵니다. 세상 사람은 모두 원술을 한나라를 훔친 죄인이라 말하지만, 유비는 한실 종친의 깃발을 내걸고 영토를 할양해 점거했으며……."

"정욱, 유비를 깎아내리려고 한다면 그리 말할 수도 있겠지. 물론 그는 한실의 종친이라 하나 짚신을 팔아 근근이 먹고 살던 자에 불과했네. 난세에 군웅이 할거해 천하를 손에 넣으려 하니 그 또한 큰 뜻을 품었으나, 제후가 회맹해 동탁을 토벌할 때만 해도 그의 실력은 아주 보잘것없었네. 누가 봐도 제후라 불릴 만한 자가 아니었지. 제후로서 갖추어야 할 위엄·신망·재력·식량·인맥·근거지 등 어느 것 하나 받쳐주는 것이 없었네. 하지만 몇십 년이 흐른 후 그때 세상을 호령하던 제후는 몇 명 남지 않았지만, 유비는 형주·익주를 차지하고 풍요로운 땅으로 만들었네. 이것만 봐도 그는 훌륭한 왕이라 불릴 자격이 충분하네.”

조조는 두 눈을 감았다.

“그를 비난하는 그런 말도 따지고 보면 그렇지. 큰일을 이루려는 자가 그런 사소한 것에 연연해서야 되겠는가?”

“주공의 말이 맞습니다.”

조조는 잠시 고심하다 입을 열었다.

“양수를 죽이고 난 후 그 부친 양표를 찾아가 그리 된 연유에 대해 상세히 들려주도록 하게. 양씨 가문의 체면을 생각해서라도 그 아들이 무슨 일을 저질렀는지 세상 사람들이 알게 해서는 안 되네. 양씨 가문은 대대손손 나라를 위해 충성을 바쳐온 명문가가 아닌가? 그 명성이 원소의 집안을 압도할 정도였지. 재능도 뛰어나고 영리한 자가 왜 그런 짓을 했는지, 참으로 안타까울 뿐이네.”

날이 이미 저물어 부대는 산간의 평지에 병영을 세웠다. 양수는 산기슭에 서서 먼 곳을 내려다봤다. 그의 눈에 보이는 것은 전부 울창한 나무뿐이었다. 철군을 시작한 지 사흘이 흐르는 동안 별다른 이상 징후는 포착되지 않았다. 계획대로라면 앞으로 길어야 이틀 후에 위군은 운명의 날을 맞게 될 것이다. 계획의 성공을 코앞에 두고 있었지만, 양수는 왠지 모르게 계속 마음이 불안했다. 관준이 하루 전에 군영으로 돌아왔지만, 장합이 항상 따라붙는 통에 그와 접선할 기회를 내기 힘들었다.

양수가 오른손을 허리춤에 찬 칼에 걸치고 사방을 둘러보았다. 그의 눈빛이 순간 흔들렸다. 무언가 상황이 심상치 않게 돌아가고 있었다. 각 부대 간에는 늘 천리마가 오가며 소식을 전하기 마련인데, 유독 이 부대만 다른 부대와의 접촉이 거의 없이 그저 행군만 계속할 뿐이었다. 더구나 지난 사흘 동안 병영을 친 곳에서도 앞선 부대가 머물렀던 흔적을 찾아볼 수 없었다. 관례대로라면 대군이 행군을 할 때 부대 간의 거리가 비교적 멀기 때문에 앞선 부대가 머물렀던 곳에 다음 부대가 다시 병영을 치기 마련이었다. 주변의 지형과 지세를 고려해 병영을 치기에 적합한 곳이 한정되어 있고, 목재나 인력을 절약하기 위해서였다.

그렇다면 내가 속해 있는 이 부대는 홀로 북상을 하고 있다는 것인가? 양수가 고개를 들어 끝없이 펼쳐진 숲의 바다를 바라보았다. 혹 함정인가? 그가 쓴웃음을 지었다. 이것이 정말 함정이라면 엄청난 웃음거리가 되겠구나.

양수는 잠시 고심하다 마른 나뭇가지를 줍기 시작했다. 얼마 후 그는 나뭇가지를 한 아름 모아 공터를 찾아 움직였다. 그는 나뭇가지를 세 무더기로 나눠 쌓아둔 후 칼을 뽑아 풀을 베었다. 무성하게 자란 풀을 칼로 베어 내는 일이 생각처럼 녹록지 않아 손이 자꾸 날카로운 풀에 베이고 피가 새어 나왔다. 그렇게 풀을 베어 나뭇가지 위에 덮고 나서야 양수는 손에 묻은 피를 닦아내고 화절자(火折子: 불 붙이는 도구)를 꺼내 들었다. 잠시 후 세 줄기의 연기가 피어오르기 시작했다.

이것은 그와 관준만이 아는 신호였다. 일단 멀리 떨어져 있는 군영에서 세 줄기의 연기가 피어오르면 긴급 상황이 발생했다는 의미였고, 보는 즉시 군영을 떠나야 한다.

지금 양수는 관준이 이 연기의 의미를 제대로 알아채기만 바랄 뿐이었다. 만약 그가 군영을 도망쳐 나가 유비 쪽에 갈 수 있다면 아직 희망이 있었다.

"양 주부, 막사로 돌아가 좀 쉬게나."

언제부터인지 모르겠지만 장합이 그의 뒤에 서 있었다.

뒤돌아서는 양수의 표정이 전에 없이 평온해 보였다. 그는 장합에게 깍듯이 예를 차리며 허리를 숙여 절을 올렸다.

"장 장군, 내가 끝까지 아무것도 모를 거라 생각하셨습니까?"

장합이 웃으며 말했다.

"양 주부, 그게 무슨 말인가?"

"이렇게 속고 있는 줄도 모르고 희희낙락거리며 철군 길에 올랐군요."

"양 주부, 좀 알아듣게 말해보게."

"우리가 가는 곳은 상방곡이지만, 위왕은 어디로 가고 있습니까? 진창산입니까?"

장합의 얼굴에서 갑자기 웃음기가 싹 사라졌다.

"과연 총명하기가 천하제일이라더니, 그 말이 거짓은 아니었군. 단 사흘 만에 위왕의 작전을 간파했으니 말이네."

"내가 위왕과 정욱을 과소평가했군요. 그들이 의심스러운 사람을 발견하고도 그냥 놔두고 사방을 맘대로 돌아다니게 할 리 없겠지요. 무슨 수를 써서라도 죽이고 보는 자들이라는 것을 잠시 잊고 있었습니다."

장합이 앞으로 다가오더니 양수의 허리춤에 있는 칼을 뽑아 들었다. 양수는 아무런 반격도 하지 않았다. 그는 자신이 절대 장 장군의 적수가 될 수 없다는 것을 누구보다 잘 알고 있었다.

"나를 이용해 거짓 정보를 적에게 전달하게 한 뒤 촉군의 주력 부대를 따돌리고 안전한 퇴로를 확보했군요. 적의 계책을 이용해 적을 물리치는 작전답습니다. 하나 적이 경계할 것을 염려해 이렇게 만 명에 가까운 대군의 틈에 끼워 넣고 북상을 시키는 것은 신중하다 못해 조금은 과하다 생각지 않으십니까?"

장합은 양수의 칼을 뽑아 들고 탄성이라도 확인하듯 칼날을 구부려 팅겨보았다.

그는 장검을 손에 쥐고 의미심장하게 말했다.

"자네 말고도 또 한 명의 첩자가 있다는 걸 정욱 대인이 알고 있네."

양수가 입꼬리를 치켜 올렸다. 그 말은 관준이 아직 정체를 들키지 않았다는 것인가?

장합이 고개를 가로저었다.

"그 역졸을 말하는 게 아니네. 물론 그 역졸도 자네처럼 빈틈없이 감시를 받고 있지."

양수가 한숨을 내쉬었다. 그렇다면 장합이 말한 그자는 나와 전혀 선이 닿아 있지 않은 밀정이 확실했다.

"위왕과 정욱은 그 밀정이 자네처럼 주부나 서좌 같은 문신이고, 만여 명 중에 섞여 있을 거라고 의심하고 있네. 그래서 그들이 자네를 감시하라고 나를 보냈고, 하후돈과 함께 북상하라 명했네. 자네들을 죽이면 그 밀정이 그 소식을 전하게 될 테니, 그리할 수는 없었겠지."

"내가 그간 그자들을 과소평가했군. 그들이 이 정도까지 알아냈을 줄이야, 크크."

양수가 쓴웃음을 지었다.

"장 장군, 보아하니 제가 죽어도 억울할 건 없겠군요."

"자네를 데리고 북상하는 것은 유비의 공격을 막고 그 밀정의 정체가 드러나게 만들려는 거네."

"아무래도 조조와 정욱이 크게 실망할 일만 남은 것 같은데, 이를 어쩐다? 크크, 그 밀정은 지금까지 나와 한 번도 접촉을 한 적이 없습니다. 이제는 나도 그자가 누구인지 궁금하군요."

장합이 양수를 쳐다보다 돌연 한 마디 한 마디 힘을 주어 어떤 말을 건넸다.

"인내할 줄, 알아야, 뜻을, 이룬다."

양수는 큰 충격에 휩싸인 채 무의식적으로 곧바로 그 뒤 구절을 이어나갔다.

"마음이, 없으면…… 근심 걱정도, 없다. 당신이?"

"그렇네. 내가 바로 그 밀정이네."

저 멀리 산기슭에서 피어오르는 세 줄기의 연기를 보며 관준은 손에 든 죽통을 떨어뜨렸다. 그는 그 즉시 뒤돌아 마구간으로 걸어갔다. 주부 나리의 정체가 발각이 난 것인가? 그럼 위군의 철수와 관련된 정보는 과연 사실일까? 만약 그게 가짜라면, 37만 명의 위군이 손가락 사이로 모래 빠져나가듯이 도망치는 걸 빤히 눈 뜨고 봐야 하는 건가? 어찌 됐든 일단 이 소식부터 전하고 보자.

관준은 전투마의 고삐를 풀고 애써 미소를 지으며 군영 문을 향해 걸어갔다. 그는 평소 군사 서신을 전하러 나갈 때와 별반 차이 없이 걸으며 결코 서두르지 않았다. 지금 누군가 자신을 감시할지도 모르는 상황이라, 이런 중요한 시기일수록 아무리 조심해도 지나치지 않았다.

들쭉날쭉 세워진 막사를 쭉 지나고 나자 저 앞에 문이 보였다. 관준의 걸음걸이가 느려지고 웃음기마저 점점 사라져갔다. 저 문을 지나야 소식을 전할 희망이 생긴다. 이 소식만 전하면 주공께서 제때 군사력을 재배치하실 수 있을지도 모른다.

"관준, 어디 가는가?"

관준이 고개를 돌리자 우역사에서 함께 일하는 역졸이 보였다.

"아, 급하게 전할 서신이 있어 서둘러 가는 길일세."

관준이 계속 걸어가며 대답했다.

"급한 서신?"

역졸이 의심스러운 듯 그를 쳐다봤다.

"오전에 우역령(郵驛令) 대인께서 오늘부터 서신 왕래를 모두 금지시키지 않았나? 그런데 갑자기 무슨 서신을 보낸단 말인가?"

"그러게 말일세."

관준이 고개를 절레절레 흔들었다.

"나리들이 시키시면 우리 같은 일개 역졸이 무슨 힘이 있겠는가? 가라면 가야지."

"자네가 정말 고생이 많군."

그 순간 관준을 보고 있던 역졸이 놀란 눈을 치켜떴다.

관준이 고개를 돌리자 호분위 한 무리가 자신을 향해 몰려오는 모습이 눈에 들어왔다. 그는 곧바로 말에 올라타 고삐를 흔들며 군영 문을 향해 돌진했다.

"문을 닫아라! 저자를 막아라!"

호분위의 군관이 고함을 지르며 명을 내렸다. 문 옆을 지키던 병졸들은 민첩하게 움직이며 신속하게 목책을 옮겼다. 관준은 계속 말을 몰고 달리며 칼을 뽑아 들고 말의 엉덩이를 찔렀다. 그 순간 말이 고통스러운 비명을 지르며 활시위를 벗어난 화살처럼 문을 향해 돌진했다.

문 입구에 있던 병졸들은 황급히 몸을 낮추고 창을 세워 달려오는 말을 찌를 준비를 했다. 관준은 고삐를 늦추고 두 손으로 말의 목을 단단히 쥐고 말 등 위로 올라앉았다. 눈 깜짝할 사이에 말이 병졸들의 대오를 무너뜨리며 지나갔고, 관준은 그 틈을 타 말 등에서 뛰어올라 목책을 뛰어넘었다. 그는 바닥에 떨어져 몇 바퀴를 구른 뒤 간신히 자리에서 일어나 비틀거리며 남쪽으로 도망쳤다.

호분위가 달려왔을 때는 이미 모든 상황이 끝난 뒤였다. 군관은 아수라장이 된 군영 문 입구를 바라보며 미간을 찌푸린 채 활과 화살을 집어 들었다. 그가 오른팔로 활을 잡고 왼손으로 활시위를 당기자 활과 화살이 만월처럼 휘었다. 화살 끝이 점점 멀어져가는 관준의 등을 향했다. 군관은 얕게 호흡을 내뱉으며 활시위를 놓았다.

화살이 허공을 뚫고 날아갔다.

호분위들은 선혈이 낭자한 말을 옆으로 밀치고 바닥에 쓰러져 신음하고 있는 병졸을 발로 차며 멀어져가는 관준을 잡기 위해 달려나갔다.

관준은 죽을힘을 다해 바닥에서 일어나 이를 꽉 깨물고 다리에 박힌 화살을 뽑아냈다. 그는 호분위들이 달려오는 것을 보며 허리춤을 더듬어 검은색 비도를 찾았다.

휙!

한 줄기 검은 빛이 그의 손을 벗어나 호분위를 이끌고 온 군관을 향해 날아갔다. 하지만 비도는 군관의 갑옷에 맞고 튕겨 나가며 고작 하얀 흔적만을 남겼을 뿐이었다.

휙! 휙! 휙!

관준은 손에 쥔 비도를 날려봤지만 갑옷에 튕겨 나오는 소리만이 들려올 뿐이었다.

"제길, 하나도 못 죽인 건가? 손해 보는 장사를 한 셈이군."

관준이 쓴웃음을 지으며 고개를 들자 서늘한 칼날이 석양빛을 등지고 그를 향해 내리꽂히는 것이 보였다.

"당신이 한선의…… 밀정이었습니까?"

양수가 믿을 수 없다는 듯 장합을 쳐다봤다.

장합이 고개를 끄덕였다.

"그럴 리가 없습니다, 절대!"

양수가 고개를 가로저었다.

"정말 당신이 한선의 밀정이라면, 정군산 전투에서 군사 기밀을 누설한 자가 바로 당신이란 겁니까? 하후연이 죽은 후 당신과 서황이 군대를 진두 지휘하지 않았습니까? 그런데 왜 혼란을 틈타 촉군이 강을 건너 장안으로 곧장 가도록 돕지 않았습니까? 왜 서황과 함께 한수에서 진을 짜고 유비를 막은 겁니까?"

"밀정은 할 수 있는 일과 해서는 안 되는 일이 분명하게 나뉘어 있네. 모든 일을 촉군 편에 서서 한다면, 나 같은 밀정이 얼마나 오래 적진에 숨어 있을 수 있겠는가?"

장합이 담담하게 자신의 입장을 들려주었다.

"자네도 방금 말했듯이, 하후연은 죽었지만 서황은 아직 살아 있지 않았나? 서촉이 한수를 건너게 돕는 일은 서황이 버티고 있는 한 성공을 장담할 수 없었네. 설사 서황을 피해 촉군이 한수를 건넌다 해도 조조의 40만 대군을 쫓아가 맞서 싸워야 하지 않는가? 유비의 목적은 조조의 주력군을 섬멸하는 것이지, 성을 함락하고 땅을 차지하는 이해득실을 따지는 것이 아니었네."

장합이 계속 말을 이어갔다.

"하후연이 죽고 난 후 조조 쪽이든 허도의 진주조든 나와 서황을 의심하기 시작했지. 만약 그때 내가 조금이라도 주저하는 기색을 드러냈다면 이목이 이미 달아났을 것이네. 정욱은 군영에 밀정이 숨어 있다는 걸 눈치 챘지만, 그게 나라고 생각지 못하고 있을 걸세. 그러니 나에게 자네를 감시하라 명한 것이겠지. 그리 용의주도하고 노련한 늙은 여우조차 촉군의 피를 손에 묻힌 내가 군영 속 밀정일 거라고 상상조차 하지 못하고 있네."

양수가 쓴웃음을 지었다.

"당신이 한선의 밀정이지 촉군이 아니라는 것을 모르기 때문이겠지요."

"역시 양 주부의 눈은 정확하군."

양수가 잠시 침묵하다 다시 입을 열었다.

"그렇다면 장군은 나를 구하러 온 게 아니로군요."

장합이 고개를 끄덕였다.

"양 주부, 과연 똑똑한 사람답게 상황 파악이 빠르군."

"저를 죽이러 오셨군요."

장합이 주먹을 감싸 쥐고 예를 차렸다.

"양 주부, 자네의 머리를 바치시게."

양수는 아무 말 없이 산기슭 아래 자리한 군영을 바라봤다. 지금 그곳에서는 작은 소란이 일어나고 있었다. 관준은 장기판에 놓인 말에 불과했고, 나 역시 마찬가지겠지.

"위왕은 내가 전달한 거짓 정보에 유비가 걸려들었으니, 이 37만 대군을 안전하게 철수시킬 수 있다고 여기겠군요. 자신의 곁을 지키는 오자양장(五子良將: 장료·악진·우금·장합·서황) 중 하나가 한선의 밀정 노릇을 하며 조조군의 군사 기밀을 빼돌리고 있다는 걸 모른 채 말입니다. 그래서 한선이 일부러 조조에게 놀아나는 척, 유비가 속았다고 여기게 한 거였군요. 장 장군, 조조의 진짜 철군 노선을 유비는 이미 손에 넣었을 겁니다."

"억울한 죽음이 아니라 다행이네."

양수가 두 눈을 감았다.

"반간계를 이용한 반간계라…… 쳇, 뭘 또 이렇게까지 복잡하게 구는 것인지. 장 장군, 한 가지 궁금한 것이 있습니다. 이런 사실을 왜 나한테 다 알려주는 겁니까? 내가 죽는 게 두려워 판을 뒤집고 모든 걸 조조에게 알릴지도 모른다는 생각은 안 해보셨습니까?"

"이것은 한선의 뜻이네. 양 주부는 남달리 영민하고 자존심이 강하니, 의도적으로 거짓 기밀을 누설해 상대가 착각을 하게 만들 수도 있다 하셨지.

그리되면 의심 많은 조조는 주저하게 될 것이고, 그로 인해 생각이 바뀌게 되면 유비의 매복 전술이 물거품이 되고 마는 거네."

장합이 계속 말을 이어갔다.

"자네가 모든 사실을 조조에게 고할 수도 있겠지…… 하나 한선은 그럴 가능성이 없다 하시더군. 양 주부는 어리석은 충신이 되느니 도의를 위해 목숨을 바칠 것이라 하셨네. 유교의 명맥을 잇기 위해 지난 몇십 년 동안 방탕하고 제멋대로 사는 척하며 자신의 본모습을 숨겨온 자네가 어찌 죽음 따위를 두려워하겠는가?"

양수가 고개를 숙이고 나지막이 물었다.

"한선은 도대체 누구입니까?"

장합은 아무 말 없이 몸을 비켜 세우고 가자는 손짓을 했다.

"양 주부, 군영으로 데려다주겠네."

"군영에서 죽음을 기다리란 말입니까?"

"정욱이 오늘 오후에 이곳에 당도했네. 대대로 친분이 있는 집안의 자손인 만큼, 무슨 일이 있어도 마지막 가는 길을 배웅해야 한다더군."

"하하, 참으로 치밀하고 끈질긴 자로군요. 끝까지 나한테서 밀정의 정보를 캐내려는 거겠지요."

양수는 옷에 묻은 흙을 털어내며 웃었다.

"내가 어떻게 해야 할지 알고 있습니다."

막사 안은 대낮처럼 환하게 불이 밝혀져 있었다.

정욱이 앞에 놓여 있는 술잔에 술을 가득 채웠다. 술을 따르는 동안 불빛 아래 호박색 술이 술잔 안에서 잔잔한 물결을 일으켰다.

"세질, 이 술은 위왕이 하사하신 아주 귀한 금로주라네."

양수가 술잔을 들고 단번에 들이켰다.

"자, 자! 가득 채워보십시오."

"세질, 이 술잔에 독이라도 타 있으면 어쩌려고 그리 겁도 없이 들이켜는가?"

"어차피 찾아올 죽음인데, 두려울 게 뭐가 있겠습니까?"

정욱이 고개를 저으며 다시 술잔을 가득 채웠다.

"어쩌면 자네에게 살길을 열어줄 수도 있네."

"무슨 좋은 수가 있는지 들어나 보지요."

양수가 삐딱하게 웃었다.

"군영에 밀정이 또 한 명 있네."

"이런, 그걸 알아내셨다니, 감축드립니다."

"그 밀정이 누구인지 알려줄 수 있겠는가?"

"하! 한선이 누구냐고 물을 줄 알았더니, 고작 그 밀정이 궁금하셨던 겁니까?"

"세질, 한선이 누군지 아는가?"

정욱이 눈썹을 치켜 올렸다.

"당연히 알지요. 알고 싶으십니까?"

"세질, 한선과 밀정에 관한 일을 내게 자세히 말해주면 자네의 목숨만은……."

"아뇨. 저는 그럴 마음이 없습니다."

양수가 비열한 웃음을 터뜨렸다.

"자, 이제 저를 어쩌실 겁니까? 먼저 주리를 틀 것입니까? 아니면 인두로 지지시려나?"

정욱은 낯빛 하나 바꾸지 않았다.

"세질, 사실 아주 오래전부터 나는 자네가 첩자라고 의심해왔네. 하지만 조식의 막료인 자네가 아무리 유별나다 해도 조위를 배신하고 유비에게 붙었다는 게 영 이해가 안 가더군."

"조식은 시부에 출중한 재주를 가지고 있을지 몰라도 정치에는 백치에 가까운 자지요. 여우 같은 조비보다 훨씬 쥐고 휘두르기 쉬우니 당연히 그를 선택한 것뿐입니다."

"무엇을 위해서인가? 부귀영화도 누릴 만큼 누리고 있고, 권력과 허명에 연연해하지도 않는 자네가 아닌가? 도대체 무엇을 위해 촉한의 첩자가 된 것인가? 설마 한나라 황실의 정통을 위해서인가?"

양수가 술잔을 들고 입안에 털어 넣었다.

"유가의 전통을 위해서라고 하면 믿으시겠습니까?"

정욱이 정색을 했다.

"자세히 말해보게."

양수가 술병을 들어 직접 술잔에 따랐다.

"나는 어느 누구의 강산을 지키려는 것이 아니라 경학과 유교의 도를 계승해나가기를 원했을 뿐입니다. 한나라 시대는 유학을 받들고 유교의 경전을 연구하며 4백 년 동안 그 꽃을 피웠습니다. 그런 한나라가 우매했던 지난 몇 대의 제왕들 탓에, 외척이 권력을 독점하고 환관이 정치에 간여하며 민심이 들끓기 시작하더군요. 다행히 지금의 천자는 영명하고 담력과 식견이 남다르니, 한나라 황실을 다시 일으켜 세우고 화(火)로써 덕을 삼아 민심을 돌리실 분이시지요. 그때가 되면 유교의 도가 반드시 천하를 다시 일으켜 세우고……."

"그게 이유라고 하기에는 참으로 억지스러운 궤변일세."

정욱이 고개를 가로저었다.

양수는 개의치 않고 웃으며 말을 이어갔다.

"춘추전국시대에 백가쟁명이 일어나 많은 학자들이 각자의 주장을 마음껏 펼치게 되었습니다. 겉으로야 학문과 사상의 찬란한 꽃을 피우며 문화의 최고 황금기를 누리는 것처럼 보였지만, 실상은 별별 이론이 무성해 사회적 혼란이 극에 달한 시기이기도 했지요. 이 강대한 세력을 가진 화하(華夏: 중국)는 땅이 넓고 인구가 넘쳐나는 곳입니다. 만약 이런 곳에서 학파가 난립한다면 하나의 사물을 두고도 다양한 견해가 나오게 마련이지요. 회남왕(淮南王) 유안(劉安)이 만든 두부에 얽힌 이야기만 놓고 봐도 그렇지 않습니까? 남방과 북방의 입맛이 달라, 두부를 만들 때 남쪽 지방에서는 설탕을 넣고 북쪽 지방에서는 소금을 넣어 만들었지요. 그러다 보니 서로 자기 지역의 두부가 제대로 된 두부라고 싸움이 붙었고, 백 년이 지나도록 그 맛을 두고 설전이 오고 있습니다.”

꽤나 단순하고 얄팍한 비유라 코웃음을 칠 만도 했지만, 어찌 된 일인지 정욱의 표정이 점점 무겁게 가라앉았다. 그가 계속 말해보라는 듯 고개를 끄덕였다.

“똑같은 사물일지라도 학파마다 바라보는 관념도 견해도 다른 법입니다. 배움이 얕은 백성은 자신의 생각이나 견해가 없으니 권력을 잡은 자의 명을 따를 수밖에 없습니다. 춘추전국시대만 봐도 백 리가 멀다 하고 법이 다르고, 심지어 제후국마다 문자·화폐·계량이 모두 다르지 않았습니까? 이런 상황은 천하가 혼란하고 각 파벌이 난립하면서 초래된 것이기도 합니다. 사람 사이의 분쟁, 나라 간의 분쟁이 모두 이로 인해 생기게 되지요. 진시황 영정이 제위에 올라 법가의 도를 신봉하고 이사를 재상으로 기용하고 나서야 이런 혼란스러운 국면이 끝나게 되었습니다.

그러나 안타깝게도 영정은 분서갱유를 실시하고 가혹한 형벌과 법으로 나라를 다스렸지요. 백성에게 무엇을 하면 안 되는지만 알려주고, 왜 그래야 하는지를 알려주지 않은 겁니다. 백성을 부릴 수는 있지만, 그 이유를 알게 할 필요는 없다고 여긴 겁니다. 백성이 우매해지니 가혹한 형벌과 법의 잣대를 가져다 댄들 근본적인 교화가 될 리 없었고, 백성의 반발은 점점 더 거세질 수밖에요. 진나라는 2대를 거치는 동안 반란과 정벌전이 그치지 않았고, 결국 15년밖에 그 명맥을 유지할 수 없었습니다.

그 후 한 고조가 흰 뱀을 죽이고 대의를 일으키며 진나라를 대신하게 되지요. 문제와 경제 때까지 도가 학파를 숭상하고 황로(黃老)의 도가 사상을 받들며 휴양생식(休養生息: 조세를 경감하여 백성들의 경제력을 넉넉하게 함)의 정책을 채택했습니다. 그때 천하는 점점 풍요로워졌고 인구가 늘어났지만, 백성은 예와 악을 모르고 윤리는 해이해졌지요. 권세를 믿고 횡포를 부리는 군벌 세력이 즐비하고 황친·제후가 판을 치며 백성을 수탈하고 삶의 터전을 무너뜨렸습니다. 그런 상황에서 무위이치(無爲而治: 아무것도 하지 않아도 다스려진다)를 받들던 문제와 경제는 어찌 했습니까? 가의는 군벌 세력을 탄압하라 했고, 조조(晁錯)는 제후들을 약화시키라고 간언을 올렸지요. 하지만 두 황제는 가의와 조조를 연이어 유배 보내고 참형에 처했습니다. 그렇다면 한사코 타협과 양보로 일관했던 결과는 무엇이었지요? 오왕(吳王) 유비(劉濞)가 주축이 되어 일으킨 7국의 난이었습니다.

무제가 즉위한 후 유학자 동중서(董仲舒)를 중용했으며, 모든 학파를 물리치고 유가의 학술만을 존중하기 시작합니다. 그 결과 선진(先秦) 시대 이래로 스승이 말하는 도리가 다르고, 사람들의 의론이 서로 다르고, 제자백가가 연구하는 방향이 각기 다른 상황이 벌어지게 됩니다. 그 결과 무제가 즉위한 후 백성의 삶은 풍요로워지고 영토를 확장했습니다. 흉노(匈奴)를 무찌르고, 동쪽으로 조선(朝鮮)을 병합했으며, 남쪽으로 백월(百越)을 평정하고……"

"또한 자신의 친아들을 죽였지."

정욱이 냉정한 목소리로 양수의 말을 끊었다.

"세질, 자네의 영민함을 누가 따르겠는가? 하나 그 또한 편협한 생각이라네."

"무제가 태자를 죽인 것은 간신들에게 현혹당한 탓이지요. 그것이 유교의 도와 무슨 상관이 있다는 것입니까?"

양수는 계속해서 논쟁을 펼치려 했다.

"자네가 유가의 도야말로 천하를 통치하는 왕도라고 여기는 이상, 나는 자네와 아무짝에도 쓸모없는 논쟁을 하고 싶지 않네. 그런데 무슨 근거로 한나라 황실이 천하를 다스려야 유가의 도를 계속 숭상할 거라고 생각하는가?"

"황건적의 난이 일어난 지 이미 35년의 세월이 흘렀습니다. 그사이 천하는 군웅이 할거하고 제후 간의 영토 싸움이 벌어지며, 이제 조조·손권·유비가 천하를 나눠 갖는 형상이 되었지요. 지금 조조와 손권이 숭상하는 치국의 도가 유학이라고 생각하십니까? 조조는 뼛속 깊이 법가를 숭상하고 있으니 폭군 진시황과 다를 바 없는 자지요. 강동의 손권은 서역에서 들어온 불교가 활개를 치게 놔두었습니다! 만약 조위나 동오가 한나라를 대신한다면 유교는 그 명맥조차 사라질 겁니다. 인륜과 도덕이 사라진 채 천하가 통일된다 한들, 얼마 안 가 지난 4백 년 동안 본 적이 없는 무질서와 혼란이 계속되다 결국 천하가 분열되어 흩어지고 말 것입니다!"

양수는 술병을 집어 들고 술을 벌컥벌컥 마셔댔다.

"내 말이 과하다거나 걱정을 사서 하는 거라고 보십니까? 내가 미치광이처럼 보일 수도 있겠지요. 창창한 앞날은 물론 부와 미색을 마다하고 이런 허무맹랑한 것을 위해 목숨과 명예를 바치고자 한다니 말입니다."

정욱은 한참을 침묵하다 입을 열었다.

"이런 식으로 하늘의 뜻을 거역하는 것이 영웅이라고 생각하는가? 내 눈에 비친 자네는 그저 큰소리나 쳐대는 미치광이에 불과하네."

"공자가 계속 집 잃은 개로 불린다 해도 상관없고, 세상 사람이 나를 이해할 수 없다 해도 그러라지요. 나 또한 그들의 이해 따위 바란 적이 없습니다."

"그렇다면 자네는 대체 무엇을 위해 이러는 것인가?"

"정도를 위해, 천하와 창생을 위해 이러는 겁니다."

정욱이 고개를 가로저었다.

"지금의 천하는 이미 세 개의 세력으로 나뉘어 있네. 그중 위왕의 세력이 가장 크지. 만약 변수가 생기지 않는다면 몇 년 후에 천하는 위왕의 차지가 될 것이네. 자네는 한제를 도와 천하를 되찾고 싶겠지만, 사람이 어찌 하늘의 뜻을 거스를 수 있겠는가? 애써봤자 사마귀가 앞발을 들어 수레를 막는 격일 뿐이네. 천하의 대세가 돌변해 유비가 중원을 차지한다 해도, 한제가 계속 황제 노릇을 하도록 놔둘 것 같은가? 한나라 황실의 종친들은 또 어떠한가? 호해(胡亥)와 부소(扶蘇)는 친형제였지만 황위를 위해 서로를 잔인하게 죽였네. 형제끼리도 이렇거늘, 하물며 황숙인 유비가 자신이 장악한 천하를 조카의 손에 순순히 넘겨줄 거라 보는가? 결국 항우의 손에 죽은 진왕(秦王) 자영(子嬰)의 말로를 그대로 답습할 것이네."

양수가 고개를 가로저었다.

"내가 그걸 어찌 모르겠습니까? 나는 두 사람 중 누가 황제가 돼도 전혀 개의치 않습니다. 한제든 유비든 누구라도 황제가 되면 한나라 황실의 혈통이 이어지겠지요. 한나라 황실이 대권을 잡기만 한다면 유교는 반드시 다시 흥성하게 될 겁니다. 적출이니 정통이니 이런 것들은 내가 알 바 아닙니다. 설사 유비가 허도성에 들어와 한제를 죽인다 한들, 둘 중 하나만 살아서 그 자리에 앉으면 되는 거지요."

정욱의 쓴웃음을 지었다.

"양 현질, 자네라는 사람은……."

그렇지만 정욱은 뒷말을 잇지 못한 채 두 눈을 감고 고개만 가로저을 뿐이었다.

막사 문이 열리고 하후돈이 걸어 들어와 들고 있던 머리통을 양수 앞에 휙 던졌다.

양수는 미간을 찌푸리며 다시 술을 벌컥 들이켰다.

"물어보셨습니까?"

하후돈의 목소리가 얼음장처럼 차가웠다.

정욱은 고개를 가로저었다.

"설사 안다 한들 말할 리 없겠지."

"그럼 죽이는 수밖에요."

하후돈이 말했다.

양수가 자리에서 일어나 관준의 머리통을 집어 옆구리에 끼며 담담하게 말했다.

"하후 장군, 앞장서십시오."

하후돈은 남은 한쪽 눈으로 한동안 양수를 노려보다 조롱기 섞인 목소리로 한마디 했다.

"사내다운 배포로구나."

양수가 고개를 젖히고 호탕하게 웃으며 막사를 걸어 나가다 뒤돌아 물었다.

"정 대인, 혹 위왕이 나를 죽인 후 나의 부친께 어떤 핑계를 댈 거라 하더이까?"

"계륵이네."

"계륵?"

정욱이 탁자 위에 있는 죽간을 집어 들며 정색을 했다.

"위왕과 유비는 한중에서 한 치의 양보도 없이 대치 중이네. 오늘 밤 위왕이 저녁 식사로 닭백숙을 드시다 계륵을 보고 불현듯 떠오르는 생각이 있으셨지. 한창 마음속으로 이런저런 생각을 하고 있을 때 하후돈 장군이 막사로 들어와 야간 암구호를 정해달라 청했고, 위왕은 무심코 입에서 나오는 대로 '계륵'이라 답했네. 하후 장군이 암구호를 하달 받고 나오는 길에 행군주부(行軍主簿) 양수와 마주쳤고, 그는 암구호가 계륵이라는 것을 듣자마자 부하 병사들에게 행장을 꾸려 철수할 준비를 하라 이르네. 하후 장군이 그 소식을 전해 듣고 크게 놀라 왜 행장을 꾸리라 하느냐고 물었지. 그러자 양수가 이리 답하네. '오늘 밤 암구호를 듣는 순간 위왕께서 며칠 안에 철수하리라는 걸 알았습니다. 계륵은 먹자니 별로 먹을 것이 없고 버리자니 아까운 그런 것이지요. 이곳 한중이 바로 그렇습니다. 지키자니 유비를 못 당하겠고, 버리고 물러서자니 아까운 곳이지요. 이곳에서 얻을 것이 없다면 빨리 철수하는 것이 차라리 나으니, 내일 위왕께서 분명 철수를 명하실 것입니다. 그래서 닥쳐 허둥대느니 미리 행장을 꾸리라는 것입니다.' 위왕께서 이 말을 듣고 크게 진노하시어, 군심을 어지럽힌 죄로 양수를 처형하라 명하셨네."

양수는 허공을 바라보며 콧등을 문지르고 말했다.

"참으로 허술하기 짝이 없는 이유로군요. 그런 말을 제 부친이 과연 믿을 거라 보십니까?"

"자네 부친이 믿고 안 믿고는 그다음 문제일세. 어쨌든 자네의 선조 양희는 초나라 패왕 항우를 주살한 개국공신이고, 양씨 가문은 4백 년 동안 훌륭한 신하들을 배출해낸 명문가가 아닌가? 위왕께서도 양씨 가문의 체면을 세워주려 하시네."

정욱이 탄식을 내뱉었다.

"양 현질, 참으로 안타깝구나. 지난번 군사 회의에서 자네가 계륵이라는 말을 꺼내며 자신의 소견을 거침없이 말했던 것을 기억하는가? 그 말을 전해 들은 위왕께서 연신 무릎을 치며 감탄을 하셨네. 천하가 알아주는 영민한 머리를 가진 자네가 어찌 적으로 돌아선 것인지."

"길이 다르니 함께할 수 없는 것이지요."

양수가 웃으며 막사를 나가 군영 문을 향해 걸어갔다. 횃불이 환히 밝혀진 곳에 단두대를 대신해 말뚝이 박혀 있었다. 그 옆에 서 있는 뚱뚱한 그림자가 눈에 들어왔다. 허저였다.

양수는 웃음기를 거두고 담담하게 허저를 향해 고개를 까딱했다.

"자네가 왔군."

"위왕께서…… 자네가 첩자라며 나더러 자네의 목을 베라 하셨네."

허저가 얼굴에 흘러내리는 땀을 닦아냈다.

"여섯 시진을 말을 타고 달려 방금 이곳에 도착했네. 양 주부, 뭐가 잘못된 건가? 지난번처럼 누가 자네를 모함한 것인가? 말만 하게. 내가 당장 가서 그자를 베어버릴 테니!"

"그 말이 맞네. 내가 바로 첩자네."

양수가 홀로 말뚝 앞으로 걸어가 앉았다.

"시작하게."

"이게 말이 되는가? 어떻게 자네가 첩자라는 건가? 자네는 돈에 환장한 그런 사람이 아니었단 말일세!"

허저가 울부짖듯 소리쳤다.

"망할 뚱보 놈. 자네는 나에 대해 전혀 모른다고 내 누누이 말했거늘, 그걸 눈치 못 챈 자네가 멍청한 거지. 내가 자네와 함께 스스럼없이 지낸 것도 다 정보를 캐내기 위한 것이었네."

"나는 안 믿네!"

"제발 그 머리라는 걸 좀 써보게. 내가 왜 몸을 낮추고 자네와 계속 붙어 있으려고 했겠나? 그 시간에 여자나 끼고 술이나 마시며 노름이나 진탕 하며 놀 수도 있었는데 말일세."

허저는 말없이 옆에 서 있는 장합의 눈치를 보며, 더는 아무 말도 하지 못했다.

양수는 말뚝으로 시선을 돌렸다. 바로 그곳에 메뚜기 한 마리가 앉아 있었다.

"군자는 위험한 곳을 가까이하지 않는다는 말을 아는가?"

양수가 나지막이 말했다. 그는 입술을 오므리며 숨을 내뱉어 메뚜기가 놀라 날아가게 만들었다. 파다닥 소리와 함께 작은 생명체가 어두운 허공 속으로 날아가 점점 멀어져갔다.

그가 관준의 머리통을 말뚝 옆에 내려놓은 뒤 자신의 뺨을 말뚝 나이테 위에 대고 담담하게 말했다.

"망할 뚱보 놈, 그만 치게!"

허저가 거칠고 투박한 목소리로 분통을 터뜨렸다.

"날 속일 생각 하지 말게!"

양수는 두 눈을 감았다. 위왕이 허저를 보낸 건 나와 허저 사이에 확실한 선을 그으려는 것이겠지. 물론 위왕은 허저의 충성심을 절대적으로 믿었다. 하지만 최측근 호위 무사가 첩자와 이렇게 오래 함께 허물없이 지내면서도 조금의 의심조차 하지 않았다면 이 또한 직무 유기였다.

허저에게 형 집행을 맡긴 것도 경종을 울리기 위한 것이었다.

"망할 뚱보 놈, 뭘 꾸물거리는 건가?"

양수가 한숨을 내쉬었다.

"빨리 치게. 나를 위해서, 그리고 자네를 위해서."

장합이 헛기침을 하며 앞으로 걸어 나왔다.

"허저, 시간이 다 되었네. 위왕의 군령을 위배하지 말게."

허저가 장합과 양수를 번갈아 쳐다보다 마침내 이를 꽉 깨물고 칼을 들었다.

양수는 목을 말뚝 위에 대며 허저를 쳐다보았다.

"이보게, 내가 죽고 나면 술과 닭고기를 무덤 앞에 놔주게. 저승길에 술이나 벗 삼아 가게 말일세!"

"양 주부, 위왕이 내게 자네의 목을 베라고 한 이상, 나는 그 명을 따를 것이네."

허저가 큰 소리로 맹세를 했다.

"하나 걱정 말게. 자네의 원수가 누구인지 알게 되는 날, 이 허저가 그 일가의 목을 다 베어주겠네!"

날카로운 칼이 허공을 가르는 순간, 뜨거운 피가 뿜어져 나오며 밝은 달빛이 선홍색으로 물들어버렸다. 양수의 머리가 말뚝 위에서 떨어지며 피에 젖은 땅 위로 굴러갔다. 부릅뜬 두 눈의 초점 잃은 시선은 즐비하게 서 있는 깃발을 넘어 끝을 알 수 없는 밤하늘에 닿아 있었다.

제8장

◆

소용돌이에 휩싸인 허도

임치후 저택에는 여전히 고요한 정적만이 감돌았다. 지난번 조인이 대청에서 10여 명의 하인을 죽인 후부터 조식이 부르기 전에는 누구도 대청 근처에 얼씬거리지 않았다.

오늘 밤도 역시 마찬가지였다. 조식은 정의가 사람을 시켜 보내온 목간을 받아 들었다. 그리고 잠시 후 그의 분노에 찬 욕설과 물건이 와장창 깨지는 소리가 바깥대청까지 들려왔다. 하인들은 두려움에 벌벌 떨며 문 옆에 숨기 바빴고, 누구도 안으로 들어가볼 엄두를 내지 못했다.

대청 안에 있는 물건들이 바닥에 어지럽게 나뒹굴고, 조식은 기둥에 기대 녹초가 된 것처럼 주저앉아 있었다. 그에게서 멀지 않은 바닥에 죽간 하나가 떨어져 있었다. 좀 전에 정의가 보내온 한중 소식이었다.

양수가 죽다니…….

조식은 이런 상황을 상상조차 하지 못했다. 양씨 가문은 대대손손 이어져 내려온 명문가로, 그들에게 신세를 진 관리들이 천하에 두루 퍼져 있었다. 이런 이유 때문에 위왕조차 양수를 함부로 건드릴 수 없었다. 그런데 서신에는 '계륵' 사건 때문에 위왕이 양수를 죽였다고 분명히 쓰여 있었다.

　관용조차 베풀지 않고 어찌 이리 쉽게 죽인단 말인가!

　그는 깊은 한숨을 내뱉었다. 내가 술에 취해 출정을 가지 못하니 부왕께서 나의 오른팔을 자르셨구나. 아무래도 부왕의 실망이 이미 돌이킬 수 없는 지경까지 간 것이겠지.

　그 순간 두려움과 상실감이 한꺼번에 몰려왔다. 그는 기둥을 짚으며 비틀거리듯 자리에서 일어나 칠흑처럼 어두운 바깥으로 시선을 돌렸다. 그의 입가가 씰룩거리며 눈가가 촉촉해졌다. 이제 그와 함께 시를 읊고 공리공론을 늘어놓으며 세상을 논할 자가 더는 없을 것이다. 그는 유일한 벗을 떠나보냈다.

　조식은 핏발 선 눈으로 그 슬픔을 홀로 견뎌냈다.

　오늘은 세자 조비가 가연(家宴)을 베푸는 날이었고, 가일도 초대를 받았다. 게다가 조비는 사람을 보내 특별히 당부의 말을 전했다. 가연에 오는 지체 높은 집안의 자제들이 대부분 집안 여인네들을 데리고 오기 때문에 가일도 그렇게 하는 것이 좋겠다는 내용이었다.

　가일은 장제 대인의 동의를 구한 후 전천을 데려가기로 결정했다. 전천은 주연에 가야 한다는 말에 흥분을 감추지 못했다. 하지만 가일이 내민 화려하고 치렁치렁한 비단옷을 본 순간, 그녀의 입이 떡 벌어져 다물어질 줄을 몰랐다. 진주조에서 늘 남장을 하고 돌아다니는 데 익숙했고, 가끔 여자옷을 입어도 무명옷이 전부였다.

　가일이 옷을 내밀며 한참 동안 설득하느라 진땀을 뺐지만 전천은 요지부동이었다. 그녀가 이 옷을 입지 않겠다고 하는 이유는 간단했다. 입는 방법을 몰랐다. 가일은 주연에 가야 할 시간이 다가오자 급한 마음에 어쩔 수 없이 진금기로 달려가 전천의 치장을 도와달라고 청했다.

전천이 걸어 나오는 모습을 보는 순간, 가일은 멍해진 표정으로 그녀에게서 시선을 떼지 못했다.

까만 머리카락을 둥글게 틀어 올리고 그 위에 청옥 비녀를 꽂으니 양갓집 규수라 해도 손색이 없었다. 작은 얼굴에는 곱게 화장을 한 듯 버들잎처럼 둥근 눈썹과 반짝이는 눈동자, 작고 앙증맞은 코, 미소를 짓듯 양 끝이 살짝 말려 올라간 얇고 붉은 입술이 꽃보다 아름다웠다.

맞춘 옷처럼 몸에 딱 맞는 비단옷 목선이 높지 않아 안에 받쳐 입은 분홍색 비단 저고리가 살짝 보이며 흰 피부를 더 도드라져 보이게 했다. 옅은 푸른색 끈으로 허리를 묶어 날씬한 몸매가 더 호리호리해 보였다.

가일이 장난스럽게 웃으며 말했다.

"이렇게 차려입으니 그나마 좀 봐줄 만하구나."

전천은 옷이 영 마음에 안 드는 듯 퉁명스럽게 말했다.

"옷 하나 입는 데 일각도 더 걸린 것 같아요. 다음에 이런 일이 또 생기면 다시는 나한테 부탁하지 말아요."

가일이 연신 고개를 끄덕였다.

"그럼, 그럼. 내 이번 달 봉록의 절반을 뚝 떼서 사례비로 주마."

"그 정도는 돼야죠."

전천이 흡족한 듯 턱짓을 하며 한 발자국 성큼 내딛다 휘청거리며 그대로 넘어졌다.

뒤에 있던 부인이 얼른 그녀를 잡아주며 입을 가리고 웃었다.

"낭자가 이런 옷을 처음 입어보네요. 이 옷은 치마가 길고 치렁거려서 걸을 때 두 손으로 치마 앞을 좀 들어줘야 해요."

전천이 자리에서 일어나며 치맛자락을 종아리까지 들어 올리고 건성건성 대답을 했다.

"알았어요. 자, 얼른 가기나 해요. 세자비 보러 가야죠."

전천은 긴 치마 때문에 말을 탈 수 없는 데다 가마도 타기 싫다고 버텼다. 가일은 어쩔 수 없이 그녀와 함께 걸어서 세자부로 가야 했다. 세자부에 도착했을 때쯤 날은 이미 저물어 완전히 어두워졌다. 하인이 달려나와 절을 올리며 두 사람을 맞아주었다.

"가일 대인과 전천 낭자 되시옵니까? 저를 따라오십시오."

전천은 자신을 부른 호칭이 영 마음에 안 드는지 불만에 가득 찬 표정으로 투덜거렸다. 가일은 기분이 좋은 듯 그녀의 팔을 툭 치며 세자부로 들어가자는 신호를 보냈다.

세 개의 문이 나 있는 입구로 들어가 구불구불 이어진 회랑을 지나자 마침내 정원이 모습을 드러냈다. 세자부의 정원은 40여 개의 탁자를 배열해 놓아도 될 만큼 공간이 넓었다. 보아하니 초대한 사람이 대부분 온 듯했다. 상석에 앉아 있던 조비가, 가일이 들어오는 것을 보자 모두를 향해 두 사람을 소개했다.

"자, 내가 소개를 좀 하겠소. 이 두 사람은 진주조의 가일 대인과 전천 대인이오. 요즘 두 대인이 한선과 관련된 사건을 수사 중이라 하오. 그래서 고생이 참 많다오."

정원에 있는 사람들이 앞다투어 주먹을 모아 쥐고 인사를 하는 통에 가일도 연신 답례를 하느라 정신이 없었다. 고개를 돌리니 전천이 멍하니 옆에 서 있는 것이 보였다. 가일이 민망한 듯 얼른 그녀를 잡아끌고 주안상 앞에 가서 앉았다.

뒤이어 손님이 몇 명 더 들어왔다. 다들 새로 들어온 이들과 잘 아는지, 조비가 소개를 하지 않았는데도 서로 인사를 나누며 웃음꽃을 피웠다.

가일은 탁자 위에 놓인 술잔을 집어 들고 마시는 척하며 조심스레 주위를 살폈다. 세자부에서 열리는 주연이라 화려하고 꽤나 격식을 차릴 거라고 생각했지만, 막상 와보니 다들 편하게 웃고 떠들며 어울리고 있었다. 가일은 눈을 가늘게 뜨고 정원에 있는 사람을 하나하나 관찰했다. 조비의 왼쪽 상석에 앉아 있는 자는 그의 아우이자 호표기를 진두지휘하는 노양후 조우였다. 과연 들리는 소문대로 조우와 조비는 확실히 사이가 좋아 보였다. 조우 옆으로 조비의 사인방이 나란히 앉아 있었다. 진주조 동조연 사마의, 군사좨주(軍師祭酒) 진군, 조가령(朝歌令) 오질, 중령군(中領軍) 주삭…….

"저 사람이 바로 세자비 견락이에요?"

전천이 가일의 소맷자락을 당기며 조심스럽게 물었다.

"완전 예뻐요."

그 순간 가일의 눈빛이 살짝 흔들렸다. 조비 옆에 있는 여인은 세자비 견락이 아니었다. 가일은 기억을 더듬어보려 애썼다. 진주조에서 저 여인의 초상화를 본 적이 있는데, 이름이…… 곽후? 이런 가연이라면 당연히 세자비 견락을 대동하고 나와야 하는 것 아닌가? 왜 다른 비를 이 자리에 데리고 나온 거지?

다시 주위를 돌아보니 이곳에 온 손님은 대부분 여자 권속을 한 명씩 데리고 와 있었다. 가일은 문득 세자의 의중이 궁금해졌다. 세자가 견락을 데리고 오지 않은 것도 어쩌면 자신의 생각을 은연중에 드러내기 위해서가 아닐까? 그렇다면 세자는 이제 조식과 완전히 등을 돌리게 되는 것인가? 이런 생각을 하다 보니 자기도 모르게 가슴이 벅차올랐다. 이번 가연에 초대된 사람들은 모두 조비가 신임하는 자들이다. 내가 그 명단에 포함되어 있다는 것은 정식으로 조비의 사람이 되었다는 것이 아닐까?

가일은 이런 생각에 골몰하느라 누가 옆에 와 있는지도 알아채지 못했다. 그는 누군가 어깨를 툭 치자 그제야 고개를 돌렸고, 그의 시선이 닿는 곳에 오질이 있었다.

가일은 얼른 두 주먹을 모아 쥐고 인사를 올렸다.

"그렇게 격식 차릴 것 없네. 다들 허물없이 지내는 사이인데, 인사치레

따위가 뭐가 중요하겠는가?"

오질이 격의 없이 술 주전자를 들고 자기 잔에 술을 가득 따랐다.

"자네가 석양에서 돌아온 후부터 줄곧 한선을 조사하고 있다고 들었네."

"위왕의 명이라……."

"눈 깜짝할 사이 반년이 흘렀는데도 수사에 별 진전이 없군."

오질이 그 말을 하며 씩 웃었다. 그 모습은 마치 남의 불행이 재미있기라도 한 듯 비꼬는 모양새처럼 보이기도 했다.

전천이 눈을 부릅뜨며 반박을 했다.

"진주조에서 알아서 하니, 대인이 신경 쓰실 일이 아니옵니다."

"오호, 어린 계집의 입이 꽤나 매섭구나."

오질이 성긴 턱수염을 쓸어내리며 말했다.

"네 부친이 나를 숙부라 부르라고 하지 않더냐?"

전천이 의심스러운 듯 그를 쳐다봤다.

"어떻게…… 제 부친을 아십니까? 대인에 대해 한 번도 들어본 적이 없습니다."

"어린 딸에게 그런 말을 했겠느냐? 그 얘기는 그만 됐으니, 너는 내 자리로 가서 내가 데려온 저 여인과 이야기나 나누고 있거라. 나는 가 대인과 할 말이 있다."

전천이 오질을 흘겨보며 잔뜩 성이 난 표정으로 자리를 피해주었다.

가일이 궁금한 듯 물었다.

"전천 대인의 집안과 친분이 있으십니까?"

"친분? 그 거드름 피우는 고집불통 노인네는 보는 것만으로도 짜증이 확 나는 존재지."

오질이 자리에 앉아 두 다리를 쭉 뻗으며 말했다.

"가 아우, 한선에 관한 수사가 지지부진한 마당에 견락의 일이라도 밝혀냈으니, 그야말로 운이 따른 셈이군."

가일은 그저 웃으며 고개를 끄덕일 뿐 아무런 반응도 하지 않았다. 오질은 상대방의 신경을 긁드리는 말을 거침없이 해대는 인물로 유명했다. 하지만 그는 그런 단점을 상쇄하고도 남을 만큼 두뇌 회전이 빨랐다. 조비와 조식이 세자 자리를 놓고 싸울 때, 조비가 열세에 놓일 때마다 그가 기묘한 계책을 내놓아 위기를 기회로 바꾸어놓았다.

"자네가 오늘 이 연회에 초대받았다는 건 세자가 자네를 다른 눈으로 보기 시작했다는 증거지. 앞으로 무슨 일이 생기면 이 형님을 찾게."

오질이 웃으며 한마디 덧붙였다.

"물론 나도 아우를 찾을 일이 생길 테니, 그때 가서 딴청 피우지 말게."

"오 대인, 명심하겠습니다."

"특히 늙은 개 사마를 조심하게."

오질이 잔을 들며 저 멀리서 눈이 마주친 사마의를 향해 잔을 부딪치는 시늉을 했다.

"언제라도 저자에게 맞설 때가 오면 이 형님에게 말만 하게. 내가 도울 테니."

"소인이 어찌 사마 대인에게……."

"마음에도 없는 소리! 자네 부친을 모함한 자가 바로 사마의 아닌가? 그걸 알면서도 복수를 안 하겠다는 건가?"

오질이 눈을 흘기며 못마땅한 표정으로 가일을 쳐다봤다.

가일은 아무 말도 하지 않았다. 오질·사마의는 모두 조비의 막료이며, 진군·주삭과 함께 사인방으로 불리는 자들이었다. 그런데 오질의 말을 들어보니 사마의와 사이가 별로 안 좋은 듯했다.

"흥, 지금 경계하는 것인가? 젊은 사람들은 쓸데없이 걱정이 많아 탈이야. 내 말 잘 듣게. 저 늙은 개 사마의는 악랄하고 음흉하기가 이루 말할 수 없지. 나는 진즉부터 저자가 마음에 들지 않았네. 자네가 사마에게 맞서고자 한다면 언제라도 나를 찾게."

오질이 가일의 어깨를 다시 툭 쳤다.

"또 하나, 앞으로 사마가 자네에게 무슨 말을 하든 절대 믿지 말게. 저 늙은 개는 속을 감추고 남을 속이는 데 재주를 타고났거든. 저자의 손에 놀아나고 죽은 이들이 어디 한둘인가? 다들 저자의 말에 감동해 눈물 콧물 다 흘리다 계략에 걸려들고 말지."

오질이 그 말을 한 후 자리에서 일어나 사마의를 향해 소리쳤다.

"중달! 내가 이 아우에게 다음에 날 좋으면 함께 동성(東城)에 새로 연 기루에 놀러 가자고 말해두었소. 그날은 형님이 한턱 내십시오!"

사마의는 오질의 이런 태도에 이미 익숙한 듯 무심하게 그저 고개만 끄덕였다.

가일이 난감한 표정으로 멀리 있는 전천을 힐긋 쳐다보았고, 그 순간 전천도 그를 흘겨보고 있었다. 이 오 대인도…… 상대하기 쉽지 않겠어.

연회에 초대된 사람들은 대부분 서로 잘 아는 사이라 술잔을 부딪치며 오랜만에 회포도 풀고 즐거운 시간을 보내고 있었다. 반면에 가일은 신분도 낮고 아는 사람도 없는 터라 오질이 가고 난 후 말을 걸어주는 이가 아무도 없었다. 가일은 술을 몇 잔 마시고 가무를 감상한 후 자리에서 일어나 산책을 나섰다.

가일은 시끌벅적한 연회 자리를 벗어나 꽃과 수풀이 드리워진 오솔길을 따라 걷다 연못가에서 멈춰 섰다. 그는 한백옥(漢白玉)으로 만든 난간에 기대서 수면을 내려다봤다. 애석하게도 날이 어둡고 주위의 불빛이 희미해 아무것도 제대로 보이지 않았다.

"좀 전에 오질이 뭐라고 하던가?"

뒤에서 사마의의 목소리가 들려왔다.

"대인께서 신경 쓰실 일이 아닙니다."

가일은 고개조차 돌리지 않고 차갑게 대꾸했다.

"자네 부친이 억울하게 죽었다고 생각하는 건가? 내가 일부러 자네 부친을 모함한 거라고 믿는 건가?"

"제 부친이 어떤 분이신지는 누구보다 제가 잘 압니다. 그러니 대인께서 무슨 말을 해도 제 귀에 들어오지 않습니다."

"어릴 때부터 집안이 가난했기 때문에 자네 부친이 청렴했을 거라고 믿는 건가? 그렇다면 진주조에 들어와서도 왜 자네 부친에 관한 사건 기록을 찾아보지 않았지?"

사마의가 담담하게 말을 이어갔다.

"그럴 용기가 없었겠지. 자네가 생각했던 사실과 진주조의 사건 기록이 다를까봐 겁이 났을 거네. 그렇다면 내가 알려주지. 자네 부친이 관직에 있을 때 관할 지역의 세도가들을 모함하고 죄를 뒤집어씌워 유배를 보내고 그들의 재산을 몰수했네. 그렇게 모은 돈이 자그마치 수십만 냥이 될 걸세. 자네는 이것이 다 소문이라고 여기겠지만, 진주조에 빼도 박도 못할 증거들이 잔뜩 쌓여 있네. 자네 부친이 왜 그렇게 많은 돈을 탐했는지, 그리고 그 돈이 왜 한 푼도 남아 있지 않은지 아는가? 그 안에는 엄청난 비밀이 숨어 있네."

가일은 아무 말도 하지 않은 채 무의식적으로 손이 허리춤으로 향했다. 하지만 장검은 없었다. 세자부에 들어올 때 이미 칼을 입구에 풀어놓은 터라, 그의 몸에 무기는 하나도 남아 있지 않았다.

"자네 부친은 그 돈을 모두 한제에게 바쳤네."

사마의의 목소리는 느긋하면서도 차분했다.

"위왕이 한제를 옆에 끼고 천하를 호령한 순간부터 그는 꼭두각시에 불과했네. 당연히 한제는 자신의 처지를 받아들일 수 없었을 거고, 걸핏하면 정변을 시도했지. 결국 위왕은 황실 재정을 대폭 삭감해 무언의 경고를 하며 그의 발목을 잡았네. 돈이 없으니 군대를 양성하거나 세력을 키울 수도 없어졌고, 자연히 자신의 분수를 깨닫게 되었을 테지. 그런데 자네 부친 같은 한실의 옛 신하들은 가만히 앉아 황실의 몰락을 지켜볼 수 없었네. 그래서 자네 부친은 아직 실권을 잡고 있는 한실의 옛 신하들과 세도가들을 무너뜨리고 그들의 돈을 빼앗기 시작했지.

당시 위왕이 내게 이 사건 조사를 맡겼을 때, 자네 부친 같은 한실의 옛 신하를 무려 아홉 명이나 잡아들였네. 그런데 웃기는 게 뭔지 아나? 한나라 법률은 사병을 모으고 반역을 모의한 죄인의 일가를 몰살하고 재산을 몰수하도록 정하고 있네. 그런데 당시 위왕이 자비를 베풀어 그 아홉 명만 참수하는 것으로 일을 마무리 짓도록 하셨네. 그 후 많은 사람이 나를 손가락질하며 위왕의 권력에 기대 자신과 뜻을 달리하는 이들을 제거했다고 비난했지. 이런 질책을 받으면서도 나는 지금까지 단 한 마디도 변명을 하지 않았네. 진실을 알 리 없는 그자들의 후손을 곤란하게 하고 싶지 않아서였지.

며칠 전 세자께서 자네와의 오랜 원한을 풀라 명하시더군. 그래서 어쩔 수 없이 자네에게 이 말을 하는 것이네. 지금 당장 내가 한 말을 자네가 믿든 안 믿든 상관없네. 당시 이 사건을 처리했던 사람들을 찾아가 물어보거나 진주조에 가서 사건 일지를 보면 내 말이 사실이라는 걸 알게 되겠지. 하나 오질은 음흉하고 악랄한 자라는 걸 명심하게. 저자는 지금까지 무슨 일을 하든 여지를 남겨둔 적이 없네. 요즘 들어 오질·진군·주삭이 세자와 무언가를 모의하고 있으니, 자네 같은 사람은 특히 조심해야 할 걸세. 자칫 장기판의 말로 이용당할 수도 있으니 말이네."

가일은 결국 참지 못하고 비꼬아 물었다.

"이런, 사마 대인은 세자의 최측근이자 책사가 아니십니까? 그런데 세자께서 대인도 모르는 일을 모의하고 계신다는 겁니까?"

"삼마동조(三馬同槽: 세 마리의 말이 한 구유에서 먹이를 먹는다는 뜻으로, 정권 찬탈 음모를 꾸미는 것)네."

사마의의 목소리가 점점 멀어져갔다.

"위왕은 이 꿈을 꾼 후 나를 필요로 하면서도 계속 경계했지. 만약 세자가 후계자 싸움에서 나를 필요로 하지 않는다면……."

그의 뒷말이 밤바람에 흩어져 제대로 들리지 않았다.

가일은 한참을 그 자리에 그대로 서서 움직일 줄을 몰랐다. 그는 사마의의 말이 사실인지 아닌지 알아보고 싶지도 않고 그럴 용기도 없었다. 사마의의 말이 사실로 밝혀지면 그때는 어떻게 살아야 하지?

"여기 있었던 거예요?"

등 뒤에서 전천의 뾰로통해진 목소리가 들려왔다.

"말도 없이 사라져서 이런 컴컴한 데 숨어 있으면 어떡해요? 내가 한참을 찾아 돌아다녔잖아요?"

"나를 왜 찾았느냐?"

가일이 돌아서며 웃는 낯으로 전천을 쳐다보았다.

"도망쳐 나온 거예요. 저 여자들은 하는 말이 전부 다 얼굴 꾸미고 치장하는 얘기뿐이에요. 더 듣고 있느니 차라리 돌아가서 잠이나 자는 편이 낫겠어요."

"세자가 우리를 초대해 온 자리라, 도중에 나가는 건 예가 아니다."

가일이 연회 장소로 다시 돌아갔다. 결국 전천도 입을 삐죽거리며 내키지 않는 걸음으로 그를 쫓아갔다.

두 사람이 자리로 다시 돌아오자 조비가 농담을 건넸다.

"두 사람만 어디 가서 무슨 얘기를 하다 오는 건가?"

옆에서 곽후도 웃으며 한마디 거들었다.

"전하도 참, 가 대인과 전 대인은 정말 잘 어울리는 선남선녀가 아니오니까? 두 사람이 혼인을 할 사이일지도 모르지요."

가일이 어찌 대답해야 할지 난처해하는 사이, 전천이 말도 안 된다는 듯 반박을 했다.

"아닙니다. 저희 둘은 그런 생각을 해본 적도 없습니다."

"가 대인은 전 대인에게 마음이 있을지도 모르지요?"

곽후가 입을 가리며 웃었다.

가일은 연회장을 곁눈질로 살폈다. 아니나 다를까, 다들 하던 일을 멈추고 그의 대답을 기다리고 있었다. 이것은 세자가 맺어주는 혼담이었다. 가일은 이런 혼담을 바로 거절했다가 세자의 체면에 누가 될까 두려웠다.

그는 결심을 굳히고 턱을 한 번 힘껏 끄덕이며 말했다.

"세자비께서 혼담을 넣어주시기를 청하옵니다."

연회장 안에 한바탕 환호성이 터져 나왔고, 조비는 술잔을 들고 기대에 찬 눈빛으로 이쪽을 바라봤다.

전천은 그제야 정신이 돌아온 듯 가일 쪽으로 고개를 돌리며 분통을 터뜨렸다.

"뻔뻔해도 정도가 있죠!"

가일이 목소리를 낮춰 속삭였다.

"그런 얘기는 나중에 하고, 일단 장단을 맞추거라."

전천이 알쏭달쏭한 표정을 지으며 더 이상 아무 말도 하지 않았다.

곽후가 조비의 눈치를 살피다 이내 결심한 듯 입을 열었다.

"그렇다면 내가 중매를 서도록 하겠어요. 조만간 길일을 잡아 두 사람에게 혼담을 넣을 테니 기다리세요."

가일이 머리를 숙여 절을 올렸다.

"세자비께 감사 인사 드리옵니다!"

조비가 손을 내저으며 호탕하게 웃었다.

"오늘 이런 기쁜 일까지 생기다니……, 다들 술잔을 들고 거하게 한잔 마시세!"

연회석에서 누군가 속삭이는 목소리가 들렸다.

"저 가 대인은 아무리 봐도 낯이 익지 않은데, 도대체 어디서 일하는 사람이오?"

"진주조 교위라네."

"교위? 쳇, 뭔 복을 타고나서 세자비가 혼담까지 넣어주는 건지."

"복은 무슨! 가 교위 옆에 앉아 있는 저 여자 안 보이는가? 얼굴만 예쁘지 아무것도 모르는 멍청이에다 하는 짓도 제멋대로더군. 가 교위가 저리 웃고는 있지만 지금쯤 속이 타 들어갈 걸세."

이 말은 듣고 싶지 않아도 가일과 전천의 귀에 저절로 들어왔다. 불같은 성격의 전천이 자리에서 벌떡 일어나 따지려들자 가일이 얼른 그녀를 주저앉혔다.

"여기가 세자부라는 걸 잊지 말거라. 연회가 끝나고 나가서 저자들을 발로 차든 뭘 하든 네 맘대로 해도 되지만, 여기서는 안 된다."

전천은 씩씩거리며 자리에 앉아 따져 물었다.

"이게 뭐 하자는 겁니까? 연회에 같이 가자고 해서 적선하는 셈 치고 와줬더니, 나를 시집까지 보내실 생각이십니까?"

가일이 고개를 숙여 전천을 바라보았다. 목선을 따라 하얗고 매끄러운 피부가 그의 마음을 자극했다. 사실 전천은 꽤나 아름답고 괜찮은 여자였다. 비록 가끔 제멋대로 굴 때도 있지만, 어찌 됐든 명문가의 여식이기도 했다. 게다가 전천은 비교적 단순하고 속이 훤히 들여다보이는 성격이라, 견락처럼 뒤로 무슨 짓을 할지 모르는 여자들보다 백 배 천 배는 나았다.

갑자기 고개를 돌린 전천은 자신의 가슴에서 시선을 떼지 못한 채 멍하니 바라보고 있는 가일을 보자 버럭 화를 냈다.

"뭘 봐요!"

동굴 안에 침묵이 흐르고, 사람들의 무거운 숨소리만 들려올 뿐이었다. 장천은 어둠 속에 앉아 동굴에서 시도 때도 없이 들려오는 발자국 소리에 귀를 기울였다. 이번 회합에 참여한 인원은 지난번보다 훨씬 많았고, 이 모임을 알고 있는 거의 모든 사람이 온 듯 보였다. 한선의 비밀 지령을 받은 후부터 장천의 마음은 진정이 되지 않았다. 이미 한제와 조식을 잇는 다리를 놓았지만 아직 반란이 일어나지 않고 있었다. 모반을 꾀할 때 가장 경계해야 할 것이 바로 지연이었다. 시간이 길어질수록 정보가 새어 나갈 가능성이 커지기 때문이었다. 특히 유향원에서 진주조 관원과 문제가 일어난 후 뒤이어 말 한 필이 견락의 마차로 달려든 사건뿐 아니라, 그 뒤로도 영문을 알 수 없는 사소한 일들이 몇 차례 벌어졌다.

장천은 자신의 신분이 이미 폭로된 것은 아닌지 의심이 들기 시작했다.

그러나 진주조는 아직까지 그를 수사망에 포함시키지 않고 있었다.

"양수가 죽었습니다."

노쇠한 목소리가 쥐죽은 듯 고요한 침묵을 깼다. 하지만 다들 이미 알고 있는 듯, 동굴 안에는 별다른 소동이 벌어지지 않았다.

"양수라면…… 조식의 사람이기는 하나 이제까지 우리 모임에 한 번도 들어온 적이 없으니 별일은 없을 겁니다."

"한선이 전해 온 소식에 따르면 양수는 단독으로 서촉과 연락을 했다더군요. 조식조차 그가 서촉의 첩자인지 몰랐다고 하니, 그자의 죽음이 우리 거사를 망칠 일은 없을 겁니다."

"어떻게 아무런 관계가 없다 말할 수 있습니까?"

노쇠한 목소리가 다시 들려왔다.

"한선의 계획을 성사시키려면 어느 정도 조식의 도움이 필요합니다. 지금 조조가 고작 계륵을 평계로 양수를 죽였다는 건, 조식이 이미 완전히 조조의 눈 밖에 났다는 것이 아니고 무엇이겠습니까? 조조의 총애를 잃었으니 그의 입지는 점점 좁아질 거고, 그때가 되면 아무것도 기댈 수 없어집니다. 어쩌면 우리까지 연루될지도 모르지요. 만약 한선이 계속해서 움직일 계획이 없다면……."

"한선의 명입니다."

낯선 목소리가 들리고, 뒤이어 그의 손에 든 한선의 영패가 희미한 불빛 아래 모습을 드러냈다. 이 사람은 검은 복면을 하고 있었고, 군인 출신이라도 되는 듯 체격이 건장했다.

불빛이 바로 사라지고, 낯선 사내의 목소리가 다시 들려왔다.

"다들 집으로 돌아가 무기를 준비하고 내일 자정 전후에 장정들을 집결시킨 후 성에 불이 나기를 기다리십시오. 이 신호가 떨어지면 비단 주머니에 들어 있는 지령에 따라 행동에 옮기시면 됩니다."

"비단 주머니? 그게 뭡니까?"

날카로운 목소리가 들렸다.

"비단 주머니는 내일 황혼 무렵에 각자의 집으로 전달될 것입니다. 다들 그 어떤 소문도 새어 나가지 않게, 단 한순간도 방심하지 마십시오."

"폐하는 어찌합니까? 내일 거사가 일어나면 폐하는 누가 지킵니까? 개도 급하면 담을 뛰어넘는다는데, 조비가 궁으로 쳐들어가지 못하게 해야 합니다."

"대인, 그런 걱정은 안 하셔도 됩니다. 궁 쪽은 조필 대인께서 이미 다 손을 써놓으셨습니다."

낯선 목소리가 잠시 숨을 고르고 결연하게 목소리를 높였다.

"내일이면 우리 대한 왕조의 4백 년 영광이 되살아날 것입니다. 바로 내일 여러분의 힘으로 기울어가는 한실을 다시 일으켜 세워주십시오!"

연회가 끝난 후에도 세자는 가일과 전천을 따로 남게 해 술을 더 마시며 이야기를 나누었다. 두 사람은 세자비에게 생년월일과 본적을 다 알려주고 나서야 자리를 뜰 수 있었다. 세자부를 나왔을 때 두 사람 다 어느 정도 취기가 오른 상태였다.

가일은 세자비의 이런 갑작스러운 혼담이 살짝 당황스러웠지만, 크게 개의치 않았다. 사실 이런 식의 혼담이 그의 입장에서 보면 가문의 영광이 될 수도 있는 일이었다.

그는 전천의 옆모습을 쳐다보며 묘한 감정에 휩싸였다. 지난 몇 년 동안 진주조에서 살다시피 하며, 혼인에 대해 전혀 생각해본 적이 없었다.

그러나 전천이 진주조에 들어온 후, 아마도 비슷한 환경에 처한 탓에 그녀에게 특별한 감정을 가진 것은 사실이었다. 어쩌면 세상의 모진 풍파를 다 겪다 보니 이렇게 바보처럼 단순한 그녀에게 마음이 흔들렸을지도 모른다.

전천이 얼굴이 빨개져서 미간을 좁히며 버럭 화를 냈다.

"왜 자꾸 그런 요상한 눈빛으로 쳐다보는 건데요?"

가일이 웃으며 대답했다.

"걱정 말거라. 세자비가 혼담을 넣는다 해도 부모의 허락을 받아야 하는 일이다. 너는 조실부모했지만 집안 어른들이 계시지 않느냐? 이 혼인이 마음에 들지 않으면 그분들의 반대를 핑계 삼으면 된다. 그러면 세자비도 더는 너를 곤란하게 못 하실 거다."

전천이 잠시 멍한 표정을 짓다 이내 고개를 숙이며 기어들어가는 목소리로 말했다.

"그게…… 싫다는 게 아니라……."

가일이 살며시 웃으며 말했다.

"그럼 좋다는 것이로구나? 내 쪽은 걱정할 거 없다. 부모님도 일찍 돌아가셔서 숙공께만 알리면 된다."

"누가 그쪽한테 시집간다고 그래요!"

전천이 부끄러운 듯 버럭 화를 내며 가일을 발로 차려는 시늉을 했다.

가일은 피하지도 않은 채 그대로 서서 칠흑처럼 어두운 하늘을 올려다봤다.

"난세에 살다 보면 조금은 현실적인 고민들을 하게 되지. 네가 정말 일가를 살리기 위해 관리가 되었다 해도, 이 일이 맞지 않고 재미도 없다면 왜 다른 방법을 생각해보지 않느냐?"

"무슨 방법요?"

전천이 고개를 갸우뚱하며 물었다.

"네게 힘이 되어줄 관직에 있는 사내에게 시집을 가는 건 어떻겠느냐?"

전천이 눈을 깜빡거리며 물었다.

"장제 대인을 말하는 겁니까?"

가일이 순간 휘청거리다 하마터면 넘어질 뻔했다.

전천은 속없이 웃으며 가일의 속을 긁었다.

"그러고 보니 장제 대인은 누구보다 관직도 높고 훨씬 점잖고 듬직하죠. 네네, 아주 좋은 생각이네요. 제가 심각하게 고민해볼게요."

가일은 이 어이없는 상황 앞에서 웃어야 할지 울어야 할지 기가 막힐 뿐이었다.

"전 교위, 우리는 세자비가 혼담을 넣은 사이라는 걸 잊지 말거라. 더구나 장 대인의 눈에 너처럼 제멋대로인……."

전천의 표정이 그제야 확 바뀌더니 손을 들어 가일의 이마에 꿀밤을 한 대 먹였다.

"지금 누구한테 제멋대로라고 하는 거예요? 유주에 살 때만 해도 우리 일가 사람들이 나만 보면 활발하고 귀엽다고 칭찬이 늘어졌었다고요!"

가일은 자신의 이마만 문지르며 아무런 반박도 하지 않았다.

"그놈의 손이 참으로 맵기도 하구나. 나중에 가죽 모자라도 하나 사서 쓰든지 해야지, 원!"

전천의 눈이 반짝이며 표정이 환해졌다.

"살 필요 없어요. 얼마 전에 토끼 한 마리 사냥해서 그 가죽으로 모자를 하나 만들어놨거든요. 내가 그걸 선물로 줄게요!"

가일이 의심스러운 눈빛으로 그녀를 쳐다봤다.

"갑자기 왜 선심을 쓰고 그러느냐?"

전천이 뒷짐을 지며 말했다.

"근데 좀 기다려야 해요. 모자를 다 만들기는 했는데 아직 염색을 하지 못했거든요."

"염색? 무슨 색으로 염색을 하려고 그러느냐?"

"녹색요. 호호……."

가일이 기가 막혀 한숨을 내쉬었다.

"녹색 모자는 바람이 났다는 표시가 아니더냐? 여인네가 어찌 그런 말을 입에……."

그가 돌연 말을 멈추고 눈을 가늘게 뜨며 매섭게 골목을 살폈다. 골목 끝에 한 사람이 서 있었다. 비단옷과 얼굴을 가린 복면까지 온통 하얀색 일색이었다. 뒷짐을 지고 어둠 속에 서 있는 모습이 흡사 풍류 넘치고 호방한 세도가의 공자처럼 보였다.

전천이 고개를 갸우뚱거리며 의혹에 찬 눈빛으로 골목 안의 사내를 주시했다.

"저 사람 좀 이상한데……."

가일은 왠지 모를 살의를 느꼈다. 그는 칼의 손잡이를 잡으며 오른손으로 전천을 끌어당겼다.

"소인은 진주조 가일이라 하오. 그쪽은 어느 댁 뉘시오?"

"이미 알고 있는 이름일세. 아, 내 이름은 알 필요 없네. 어차피 자네는 곧 죽게 될 테니."

"참으로 자신만만하군."

가일이 허리춤에서 칼을 뽑아 들었다.

"자네는 내 상대가 못 되네. 하물며 술까지 꽤 마셨으니 더 그렇겠지."

사내는 이 말을 하며 앞으로 걸어 나왔다.

"나를 죽이려는 이유가 무엇이냐?"

"그거라면 자네가 찾아야겠지. 자네가 오늘 살아남을 수 있다면 말일세."

전천이 발을 동동거리며 분통을 터뜨렸다.

"뭘 자꾸 상대하고 그래요? 당장 가서 죽여버려요!"

그녀가 몸을 움직이며 가일이 미처 막을 새도 없이 앞으로 뛰쳐나갔다.

그 순간 가일은 어쩔 수 없이 그녀를 막기 위해 앞으로 나갈 수밖에 없었다.

상대가 되지 않았다. 가일은 이를 본능적으로 알 수 있었다. 적과 대치한 순간에도 태연자약할 수 있다는 건 고수가 아니면 절대 불가능했다. 절대적인 실력 차가 없다면 절대 도달할 수 없는 경지였다.

전천이 이미 앞으로 달려 나가며 주먹을 휘둘렀다. 하지만 사내는 발걸음만 살짝 옮기는 것으로 대수롭지 않게 그녀의 공격을 피했다. 전천은 그 기세를 틈타 몸을 돌리며 사내의 정면으로 오른발을 날렸다. 다음 순간 '뚝' 소리가 들리더니 사내가 전천의 발목을 잡고 꺾었다.

"북방에 아름다운 여인이 있으니 세상에 둘도 없는 절세미인이라는 시 구절이 생각나는구나."

사내가 미소를 지으며 그녀를 쳐다봤다.

"이렇게 아름다운 여인이 진주조에서 썩고 있다니 안타깝구나."

그 말이 떨어지기 무섭게 그의 손에 힘이 들어가더니 '으드득' 소리와 함께 전천의 발목이 완전히 꺾여버렸다. 고통을 참아내느라 전천의 이마에서 식은땀이 새어 나왔다. 하지만 그녀는 이를 꽉 깨물며 신음 소리조차 내지 않았다.

"과연 명사의 후손답게 기개가 있구나."

사내가 손을 움직이자 또 한 번 '우드득' 소리가 들려왔다. 전천의 얼굴이 고통으로 일그러지고 입술에서 피가 흘러나왔다.

"그녀를 풀어줘라."

가일이 칼을 뺀며 얼음장 같은 목소리로 그를 저지했다.

"너의 무술 실력이 제아무리 뛰어나도, 진주조에 소속된 관원을 건드리고도 무사할 거라 생각하느냐?"

"진주조?"

사내의 입가에 희미한 미소가 떠올랐다.

"거사가 성사된 후에도 진주조가 허도에 남아 있을지 모르겠구나."

"한선의 사람이냐? 아니면 한제? 설마 동오나 서촉 사람인가?"

가일이 천천히 걸음을 옮기며 앞으로 나아갔다.

사내는 아무 말 없이 전천을 한쪽으로 밀쳐냈다.

전천은 뒤로 몇 발자국 물러서다 무릎이 꺾여 바닥에 주저앉고 말았다. 고개를 치켜든 그녀의 얼굴에 분노가 가득 차 있었다.

"움직이지 마!"

가일이 고함을 질렀다.

그러나 이미 늦었다. 전천이 벌떡 일어나 마치 죽기를 각오한 사람처럼 사내를 향해 달려들어 손에 쥔 칼을 뺐었다.

사내는 전혀 당황하는 기색 없이 옆으로 약간 비껴 서며 그녀의 칼끝을 피했다.

"칼을 쓰는 솜씨는 좋으나 빠르지가 않구나."

그의 목소리에서 감정의 동요조차 느껴지지 않았다.

서늘한 검광이 어두운 하늘을 갈랐다.

다음 순간, 바닥에 쓰러진 전천은 온몸의 힘이 빠른 속도로 빠져나가는 느낌을 받았다.

"개자식!"

가일이 고함을 치며 칼을 들고 흰옷의 사내를 향해 달려들었다.

사내가 뒤로 두어 걸음 물러나는가 싶더니 텅 소리와 함께 그의 칼집이 가일의 칼날을 막아냈다. 사내가 몸을 살짝 움직이는 순간, 검광이 번쩍이며 핏빛이 다시 비쳤다.

가일은 배가 서늘해지는 느낌을 받았다. 그리고 다음 순간 그의 몸에서 뜨거운 피가 뿜어져 나왔다. 그는 벽에 기대 거친 숨을 몰아쉬었다.

몇 발자국 앞에 전천이 쓰러져 있고, 그녀의 새하얀 치마는 이미 새빨간 피로 물들어 있었다. 가일은 지금 이 모든 것이 꿈만 같았다. 좀 전까지 세자부에서 혼담이 오갔는데, 지금은 두 사람 다 칼에 찔려 생사를 넘나들고 있었다. 가일은 떨리는 손으로 칼을 잡고 숨을 깊이 들이마셨다 뱉으며 사내의 공격에 맞설 준비를 했다.

사내가 전천 곁으로 걸어가 그녀를 내려다보며 말했다.

"아름다운 여인일수록 그 피도 눈부시게 아름답구나. 내년 이맘때쯤 이 여인이 죽은 자리에 이렇게 아름다운 국화꽃이 피어날지 모르겠구나."

"닥쳐라!"

가일의 목소리가 갈라졌다.

"도망가요…… 어서……."

전천의 희미한 목소리가 밤하늘에 흩어졌다.

"사람은 누구나 죽게 마련이지."

사내가 몸을 돌리며 가일에게 말했다.

"사람은 본래 나약한 존재가 아니더냐? 특히 난세를 만나면 더욱 그렇지. 하나 내가 아는 이들 중 대다수는 어리석게도 밑도 끝도 없는 자신감으로 자신만은 죽음을 피해 갈 거라고 믿더구나. 하나 어쩌겠느냐? 죽음은 이렇게 갑자기 닥치는 것을."

그가 칼을 뽑아 들고 가일을 향해 다가왔다.

"너는 준비가 되었느냐? 이 여인의 저승길이 외롭지 않게 해주어야지."

"덤벼라!"

가일이 소리치며 칼을 들고 달려들었다.

"너무 약하군."

그 말이 떨어지기도 전에 검광이 이미 눈앞에서 번쩍였다.

가일은 몸을 숙여 가까스로 칼을 피했다. 하지만 사내는 순식간에 칼의 방향을 바꿔 손잡이로 가일의 등을 내리쳤다. 가일은 선혈을 뿜어내며 비틀비틀 앞으로 걸어 나가다 그대로 바닥에 쓰러졌다.

가일은 칼에 몸을 의지해 가까스로 일어섰다.

"예전에 진자의 저택 후원에 나타난 적이 있었느냐?"

"그렇다."

사내는 뒷짐을 지고 그 자리에 선 채 희미한 미소를 지었다.

"백의검객?"

가일이 쓴웃음을 뱉었다.

"바로 나네."

가일이 벽을 짚으며 한 걸음씩 전천을 향해 다가가 그녀의 목을 짚어보았다.

맥박이 희미하게 뛰고 있었다.

그는 뒤돌아 백의검객을 향해 말했다.

"너의 목표는 당초 내가 아니었느냐? 그러니 나를 죽이고 이 여인을 보내주게."

"진주조 사람도 부탁이라는 걸 할 줄은 몰랐군. 무슨 근거로 내가 그 부탁을 들어줄 거라 생각하는가?"

가일이 새빨간 피를 몇 차례 토해냈다.

"그렇다면 이 여인의 목숨과 무엇을 맞바꾸면 되겠느냐?"

백의검객이 놀란 눈으로 가일을 쳐다봤다.

"듣자 하니 진주조 관원은 수사를 위해서라면 살육도 마다하지 않는다던데, 어찌 가 교위는 여자 하나에 그리 약한 모습을 보이는가?"

가일이 전천의 배를 만지니 피가 이미 옷을 적실 만큼 흐르고 있었다. 그가 탄식을 내뱉으며 참담한 눈빛으로 허공을 올려다봤고, 그의 입가에 희미한 미소가 떠올랐다.

"생사의 기로에서도 웃을 수 있다니, 속물은 아닌 셈이군."

백의검객이 달빛을 받으며 가일을 향해 걸어왔다.

가일은 이미 살 희망을 포기한 듯 전천 옆에서 꼼짝도 하지 않았다. 그의 눈빛과 호흡은 점점 차분하게 변해갔다.

더 이상 살고자 몸부림치지 않는 사냥감에 흥미를 잃은 사냥꾼처럼 검객의 눈빛이 살짝 흔들렸다.

바로 그 순간 가일이 돌연 움직였다. 검광이 옆으로 선을 그으며 어두운 밤하늘에 번뜩이더니 마치 활을 떠난 화살처럼 검객을 향해 날아갔다. 걸음을 멈춘 백의검객의 표정이 굳었다.

가일은 혼자 살기보다 같이 죽기를 결심했다.

두 개의 칼이 부딪치는 소리와 함께 하얀 불꽃이 눈송이처럼 튀며 까만 밤하늘 위에 떠올랐다 순식간에 사라졌다.

가일은 검객의 움직임조차 제대로 보지 못했지만, 칼이 두 동강이 나는 것만큼은 두 눈으로 분명히 보았다.

검객의 눈에서 찬사의 빛이 떠올랐다.

"생사의 기로에서야 물아양망(物我兩忘: 우주와 자신, 객관과 주관을 다 극복한 성인의 경지)의 경지에 오른 검술을 보여주다니, 참으로 애석하구나."

가일은 아무 말 없이 고개를 돌려 저 멀리 피를 흘리며 쓰러져 있는 전천을 바라보았다.

그때 백의검객이 칼을 거두며 담담하게 말했다.

"나오너라."

가일이 의혹에 찬 눈빛으로 그를 쳐다보며 귀를 기울여봤지만, 바람 소리 외에는 들리지 않았다. 백의검객이 일부러 술수를 부리는 거라고 생각할 때쯤 어둠 속에서 익숙한 목소리가 들려왔다.

"소문으로만 듣던 대단하신 백의검객이 저잣거리 왈패들이나 하는 짓을 하고 있을 줄 몰랐군."

백의검객이 웃으며 대답했다.

"설마 진주조의 장제 대인은 아니시겠지?"

장제가 어둠 속에서 걸어 나왔다.

"내가 바로 장제네. 누가 감히 앞날이 창창한 나의 부하들을 해치라 명을 내린 것이냐?"

"지금 와서 그런 것이 다 무슨 소용이겠소? 장 대인이 제 발로 이리 찾아와줬는데, 내가 그냥 돌려보낼 거 같소?"

백의검객이 몸을 돌렸다.

"장 대인, 아침에 도를 깨달으면 저녁에 죽어도 좋다는 공자의 말을 벗 삼아 잘 가시오."

장제는 아무 말 없이 손짓을 했고, 그의 등 뒤로 횃불이 하나둘씩 켜지며 골목 전체를 비췄다.

"저 정도로 나를 상대하겠다?"

백의검객이 고개를 가로저었다.

"장 대인, 고작 수십 명의 호분위가 자신을 지켜줄 거라 여기시오?"

"비록 50명이라 해도 자네를 포위하기에 충분하네. 50명의 목숨으로 자네를 상대하고 나면 3백 명의 호분위와 백 명의 우림기가 당도할 테지, 백의검객이 일당백이라는 소문이 사실인지, 이 두 눈으로 확인해볼 기회가 생겼군."

백의검객은 아무 말이 없었다. 장제는 그가 주저하고 있다는 것을 알아챘다.

"지금 가겠다면 붙잡지는 않겠네. 하나 끝까지 남아 싸우겠다면 자네의 목숨을 내놓아야 할 것이네."

"나를 놓아주시겠다? 그쪽 부하를 위해 복수조차 하지 않고?"

"내 눈에 자네는 그저 칼에 불과하네. 복수를 하려면 칼 쥔 자를 찾아내야겠지."

"과연 진주조 수장다운 생각이오."

백의검객이 고개를 끄덕이며 말했다.

"그럼 이만."

그가 소맷자락을 뒤로 떨쳐내며 눈 깜짝할 사이에 벽을 뛰어넘어 사라졌다.

장제는 그제야 안도하며 잰걸음으로 가일에게 다가갔다. 가일이 손을 내저으며 비틀거리는 걸음으로 전천 곁으로 다가가 주저앉았다.

전천은 창백해진 안색으로 희미하게 몸을 떨고 있었다. 그녀의 상처에서 피가 계속 흘러나와 바닥이 붉은빛으로 홍건해졌고, 횃불 아래 반사된 핏빛이 유난히 눈을 자극했다. 가일은 아무 말 없이 전천의 어깨를 들어올려 그녀의 머리를 자신의 무릎 위에 올려놓았다.

"약."

가일은 머리조차 돌리지 않고 손을 뻗었다.

"……이미 가망이 없네."

"약."

가일의 한쪽 팔이 피비린내가 진동하는 밤하늘 아래 걸려 있었다.

장제는 탄식을 내뱉으며 금창약이 든 병을 가일에게 건넸다. 가일은 입으로 병뚜껑을 열고 약 가루를 상처 부위에 뿌렸고, 저녁 바람을 타고 황색 가루가 바람에 날려 흩어졌다. 희미한 기침 소리와 함께 전천이 힘겹게 눈을 뜨며 초점 잃은 눈빛으로 가일을 바라봤다.

"죽지만 말거라."

가일이 옷자락을 찢어 상처 부위를 동여맸다.

"……오늘 밤…… 왜 이렇게 어둡죠?"

가일이 전천의 시선이 닿는 곳을 향해 고개를 돌렸다. 그곳에는 훤한 횃불이 어두운 거리와 호분위들을 비추고 있었다.

"아무 말도 말거라."

가일이 잠긴 목소리로 나지막이 말했다.

"추워요. 유주에 있을 때처럼 너무 추워."

"그만 말하거라."

가일이 금창약을 상처 위에 얹으며 눈시울을 붉혔다.

"나한테 장가올 거라고 했죠?"

전천의 입가에 띤 어렴풋한 미소가 통증을 이겨내지 못하고 이내 사라졌다.

"그만 말하래도."

가일의 목소리가 떨려왔다.

"모자 얘기는 진짜예요. 내가 만든 모자를 선물로 줄게요. 아주 따뜻할 거예요…… 너무 피곤해요. 자고 싶으니, 나 좀 꼭 안아줘요……."

"그만, 그만 말하래도."

"내가 자다 안 깨어나면 꼭 기억해줘요…… 세자비가 넣은 혼담을 절대…… 시치미 떼면 안 돼요…… 그랬다간……."

전천의 목소리가 점점 작아지더니 짙은 어둠 속에 파묻혀버렸다.

가일은 그 자리에 꼼짝도 하지 않은 채 그저 전천을 품에 꼭 끌어안고 있을 뿐이었다.

그렇게 한참이 지난 후 그가 돌연 잠꼬대라도 하듯 작은 소리로 중얼거렸다.

"아무 말도 하지 말거라……."

사방에 정적이 흐르는 가운데 횃불이 타닥타닥 소리를 내며 타는 소리만이 가끔 들려올 뿐이었다.

전천의 몸은 이미 차갑게 식어 있었다.

진주조.

콩알만큼 작은 등불의 불빛이 흔들리며 두 사람의 얼굴에 빛과 그림자가 일렁거렸다. 장제가 자리에서 일어나 거의 타 들어간 심지를 갈았다. 그는 안타까운 눈빛으로 멍하니 앉아 있는 가일을 바라봤다.

"먼저 가서 좀 쉬게."

가일은 깊은 생각에서 막 깨어난 듯 흠칫 놀라며 무표정하게 대답했다.

"괜찮습니다."

"그렇다면…… 세자가 자네에게 사람을 보냈는데, 잠시 만나보겠는가?"

장제가 물었다.

"대인께서 대신 전해주십시오. 저는 가벼운 외상만 입었을 뿐, 별 탈이 없다고 말입니다."

"그럼세. 아, 전천은 날을 잡아 묻어주도록 하세."

가일의 눈빛이 갑자기 흔들렸다.

"대인."

"말해보게."

"전천은 허도성 안에 일가친척이 한 명도 없습니다. 제가 그녀를 위해 상주가 되도록 허락해주십시오."

"그건 도리에 맞지 않네. 그녀의 친지들이 동의하지 않을 걸세."

"만약 제가 부탁만 안 했어도 세자부에 갈 리 없었고, 죽지도 않았을 사람입니다."

가일의 목소리가 차분하면서도 단호했다.

"알겠네. 그녀의 친지들에게 내가 잘 말해보겠네."

"대인, 소관이 염치없는 부탁을 하나 더 드릴까 합니다."

"말해보게."

"대인께서 세자비에게, 소관이 전천과 있었던 혼담을 수락한다고 전해주십시오."

"……전천은 이미 죽었네."

"그녀와 혼인을 할 것입니다."

장제는 잠시 말을 잇지 못했다.

"그러세. 이 일은 내가 맡아 처리하겠네."

가일이 가라앉은 목소리로 물었다.

"대인, 백의검객은 누구입니까?"

"모르네."

"우리 진주조에서 모르는 자도 있습니까?"

"워낙 신출귀몰한 자라 그의 신분을 아는 자가 아무도 없다네. 다만 그가 지금까지 누군가의 부탁을 받고 암살을 한 것만큼은 확실해 보이네. 10여 년 동안 딱 여섯 번이었고, 그때마다 아무런 단서도 남기지 않았지. 전천과 자네가 당한 습격이 바로 일곱 번째였네."

"아직 결정적인 단서를 찾아낸 것도 아닌데, 이렇게 나를 죽여 입막음을 해야 할 만큼 궁지에 몰린 자가 누구일까요?"

"아마 그런 것과는 전혀 상관이 없을 걸세. 내일 저녁이면 큰일이 벌어질 테니, 오늘 밤 자네를 공격해 먼저 진주조의 시선을 돌리고 혼란에 빠뜨리려는 거네."

"내일 밤에요?"

"오늘 자네와 전천이 연회에 갔을 때 진의와 곽홍이 찾아왔었네. 그들이 수집한 정보를 분석해보니 한선이 내일 밤 거사를 일으킬 가능성이 높더군. 내가 이미 이 상황을 세자께 알렸고, 그분께서 가능한 한 빨리 포위망을 좁히라 이르셨네. 만약 자네만 괜찮다면 오늘 하루 푹 쉬고 내일 밤 이 일에 나서주게."

가일이 고개를 가로저었다.

"하오나 대인, 지금 우리가 쥐고 있는 패가 많지 않습니다. 고작 조식·장천·조필 정도지요. 한선이 누구인지 아직 전혀 감도 잡지 못하고 있지 않습니까?"

"이제 더는 기다릴 수 없네. 위왕이 이미 허도로 돌아오고 있지 않은가? 허도성이 엄청난 혼란에 휩싸인다면 세자 자리를 보전하기 힘들어지네. 그 자들 말고도 우리에게는 한실의 옛 신하와 형주 파벌 세력의 명단이 있지 않은가?"

장제가 목소리를 더 낮췄다.

"세자의 뜻은, 설사 실수로 죽이는 한이 있어도 절대 놓쳐서는 안 된다는 것이네."

날이 아직 밝지 않아 길에는 쥐새끼 한 마리 보이지 않았다.

곽홍은 국밥집 앞에 서서 굳게 닫혀 있는 문을 어이없다는 눈빛으로 바라봤다. 그는 가일의 급한 전갈을 받자마자 약속 장소로 부리나케 달려왔다. 그런데 막상 와보니 정작 급전을 보낸 가일은 코빼기도 보이지 않았다.

그는 고개를 가로저으며 다시 돌아갈 채비를 했다. 바로 그때 맞은편 술집 이층에 불이 켜지는 것이 보였다. 그는 잠시 주저하다 술집의 문을 살짝 밀어보았다. 잠그지 않고 닫아만 둔 상태였다. 곽홍은 화절자를 꺼내 불을 붙인 후 불빛에 의지해 더듬더듬 이층으로 올라갔다. 가일이 한가운데 자리에 앉아 그를 기다리고 있는 것이 보였다.

"대인께서 어제 습격을 받았다 들었는데, 상처는 좀 어떠시오?"

그가 화절자의 불을 불어 끄며 가일의 맞은편에 가서 앉았다.

"큰 부상은 아니고, 그저 가벼운 외상에 불과하네."

불빛 아래로 보이는 가일의 안색이 창백했다. 딱 봐도 그의 말처럼 가벼운 외상 정도는 아닌 듯싶었다.

"대인이 이리 깊은 밤에 나를 보자 한 연유가 무엇이오?"

"내일 밤 안전한 곳으로 가 숨어 있게."

"뭐라 했소?"

곽홍이 놀란 눈으로 그를 쳐다봤다.

"내일 밤 뭔가 큰일이 일어날 것이네."

곽홍은 잠시 아무 말도 하지 않았다. 예삿일이 아니라는 것을 눈치 챈 이상, 더 이상 추궁할 필요조차 없었다.

"내게 무슨 부탁할 거라도 있소?"

가일이 이렇게 중요한 소식을 미리 알려주고 살길을 열어준 이상, 그에

상응하는 대가가 있기 마련이었다.

"말이 통하는군."

가일이 고개를 끄덕였다.

"일 잘하는 쓸 만한 자 몇 명 찾아서 내일 아침 이곳에서 내 명을 기다리라 해주게."

"그런 자라면 진주조에도……."

"누구를 믿어야 할지 나도 이제 자신이 없네."

가일이 쓴웃음을 지었다.

곽홍은 그의 말이 무엇을 의미하는지 금세 알아챘다. 그는 가일의 눈빛에 담긴 고통과 적막한 감정을 읽어낼 수 있었다.

아침 해가 산꼭대기로 떠오르며 밤새 달려온 군대를 밝게 비추어주었다. 흔들리는 말 위에 앉아 있는 조조의 얼굴에 지친 기색이 역력했다. 양수가 죽었으니 가짜 정보로 유비를 오래 속이기 힘들었다. 촉군의 추격을 막기 위해 조조는 밤낮으로 쉬지 않고 길을 재촉했다. 이번 한중 전투는 꽤나 순조롭지 못했다. 유비와 승패를 서로 나눠 갖기야 했지만, 원래 목표였던 한중 점령을 달성할 수 없었다. 군대를 철수하고 나면 남겨둔 하후돈에게 희망을 걸어볼 수밖에 없었다. 단지 양주의 병력만 가지고 유비의 공격을 막아낼 수 있을지도 확신이 서지 않았다. 가능하다면 이 37만 명의 병사 중 일부를 이곳에 남겨두는 편이 나았다. 그러나 전황이 너무 긴박하게 돌아가고 있고, 형주에 있는 관우의 움직임이 심상치 않았다.

"주공, 이틀만 더 가면 장안 땅을 밟을 수 있을 겁니다."

정욱의 얼굴에도 피곤한 기색이 가득했다.

조조는 고개만 끄덕한 후 바로 화제를 바꿨다.

"양수가 죽기 전에 한 말을 어떻게 생각하는가?"

"총명하기가 천하제일이라더니, 천하제일 가는 멍청이기도 하더이다. 제자백가라는 것이 모두 터무니없이 허황되고 과장된 것들에 지나지 않지요. 몇백 년 동안 왕이 될 자는 자연히 자신의 이익에 맞아떨어지는 학파를 이용하고 숭상해왔습니다. 우매한 백성은 그저 배불리 먹고 근심 없이 살 수만 있다면 세상의 이치나 정도가 무엇인지, 황실의 정통이 무엇인지 전혀 개의치 않을 존재들입니다."

"나도 그리 생각했었네."

조조가 잠시 고심하다 입을 열었다.

"하나 어느 학파를 나라의 근간으로 삼을지에 대해 나는 이제껏 진지하게 생각을 해본 적이 없네. 정욱, 내 기억에 자네가 원래 따랐던 학파가 도가 아니었나?"

"네, 사람은 땅을 본받고, 땅은 하늘을 본받으며, 하늘은 도를 본받고, 도는 자연을 본받는다고 했지요."

조조가 고개를 내저었다.

"도가에서 중시하는 건 청정무위(淸靜無爲: 마음을 비우고 순리를 따른다)이고, 이는 치국에 전혀 도움이 되지 않으니……."

그가 돌연 무언가 생각난 듯 고개를 홱 돌려 정욱을 보며 물었다.

"양수를 너무 일찍 죽인 감이 있지 않은가?"

"주공, 왜 그런 말씀을 하십니까?"

"양수라면 그렇게 순순히 죽으러 갈 자가 아니네. 어떻게 해서든 상대를 교란시키고 갔겠지."

"어차피 죽게 될 걸 알았으니, 아무것도 의미가 없다고 생각했을 수 있습니다."

"아니네. 양수는 똑똑하고 자만심과 승부욕이 강한 자일세. 이렇게 빨리 정체가 들통날 줄 몰랐다 해도, 곧 죽게 된다는 걸 안 이상 순순히 내 뜻대로 되게 놔둘 자가 아니지. 하물며 한선이 누구인지 허도 쪽에서 보내온 소식이 없고, 군영에 숨어 있는 또 다른 밀정도 아직 찾아내지 못했네."

"주공께서 의심하시는 것이⋯⋯."

"양수는 일부러 죽은 것일지도 모르네."

"그럴 리가요? 그놈이 어떻게 자기 목숨을⋯⋯."

"유가에 살신성인(殺身成仁: 자신의 몸을 희생하여 인을 이룸)이라는 가르침이 있지 않은가?"

조조의 안색이 어두워졌다.

그때 대오 앞쪽에서 말 한 필이 빠른 속도로 달려와 눈 깜짝할 사이에 그들 앞에 섰다. 병사가 말에서 뛰어내려 보고를 올렸다.

"위왕께 아뢰옵니다. 전군(前軍)에서 30리 밖에 있는 촉군 대오를 발견했습니다!"

정욱이 깜짝 놀라 즉각 명을 내렸다.

"전군에게 행군을 멈추고 다시 동태를 살피라 이르거라!"

그는 말 머리를 돌리며 옆에 있는 교위에게 명했다.

"척후병을 풀어 신속하게 주변 적의 상황을 염탐하라 이르라!"

조조가 고개를 가로저으며 허탈한 웃음을 터뜨렸다.

"양수가 과연 인재는 인재로구나. 자신의 목숨으로 나의 37만 대군과 맞바꾸려 한 것인가?"

정욱의 이마에서 식은땀이 새어 나왔다.

"주공, 신의 죄를 용서하옵소서. 신이 양수와 그 밀정을 너무 얕잡아 봤나이다."

"자책할 것 없네. 세상에 완벽한 사람이 어디 있겠는가? 가세, 같이 가서 앞쪽의 동태를 살펴보세."

"주공, 그건 안 됩니다. 지금 하후돈과 장합이 모두 이곳에 없고, 고작 조홍(曹洪)과 조진(曹眞)만 있는 상황에서 그리하시면…….”

“괜찮네. 천하의 명장인 내가 있지 않은가?”

조조가 말을 몰고 앞으로 나아갔다.

정욱은 어쩔 수 없이 그 뒤를 따를 수밖에 없었다.

반 시진 정도 지났을 무렵 조조는 이미 고지대에 도착해 촉군을 내려다보고 있었다. 이 광활한 골짜기에서 촉군은 이미 대오를 짜고 적과의 대전을 앞두고 힘을 비축하는 중이었다. 촉군의 병력은 대략 20여만 명쯤 되어 보였고, 병기의 종류에 따라 크고 작은 방진(方陣: 병사들을 네모꼴로 배치하는 진형)으로 분리되어 있었다. 방진 간에는 한 치의 어긋남도 없이 일사불란하게 딱 맞춰 연결되어 있고, 전군의 진형이 마치 초승달 모양처럼 보였다. 양 옆이 활 모양으로 휘어져 있어 중간이 움푹 파인 모양새였다.

“이것은…….”

정욱이 얼른 앞으로 나와 놀란 듯 말을 잇지 못했다.

“언월진(偃月陣)이군. 병법을 잘 아는 자의 솜씨일세. 아군이 좁은 산길을 종렬로 빠져나가야 하니 병력을 집중해 적진으로 돌진할 방도가 없네. 이 언월진이 마치 주머니처럼 산길의 출구를 에워싸고 있으니 말일세. 우리를 일망타진하려들다니, 이자의 배포가 참으로 크도다!”

정욱은 모략에 능하나 전투 대형에 대해 전혀 아는 바가 없어 주저하듯 물었다.

“주공, 그렇다면 대군을 후퇴시키는 것이 어떨는지요?”

“전쟁터에서 군대를 후퇴시키는 것은 병법에서 가장 금기시하는 것이네. 우리가 지금 방향을 돌리면 군심이 크게 흔들리고 사기가 떨어지게 되겠지. 이럴 때 촉군이 틈을 타 추격해 오면 결국 병사들이 사방으로 도망쳐 뿔뿔이 흩어지고 말 것이네.”

정욱은 더 이상 아무 말도 하지 못했다.

"그러고 보니 정군산 전투는 시작에 불과했군. 촉군의 병력이 고작 10만 이고 민심이 흔들리고 있다는 미끼로 저들이 낚으려고 했던 건 나와 이 수십만 대군이었어. 촉군의 법정과 허도의 한선이 손을 잡고 엄청난 판을 하나 짰군."

말 한 필이 또 그들을 향해 쏜살같이 달려왔다. 병사가 말에서 내려 바닥에 무릎을 꿇고 보고를 올렸다.

"하후 장군이 소식을 전해 오셨습니다. 양주 무위(武威)의 안준(顔俊), 장액 (張掖)의 화란(和鸞), 주천(酒泉)의 황화(黃華), 서평(西平)의 국연(麴演)이 동시에 모반을 일으켜 관원을 죽이고 성을 점령했다고 합니다. 장합 장군이 이미 여러 방면으로 병력을 파견해 난을 평정했고, 유비에 대항하기 위해 병력을 배치해야 할지 위왕의 결정을 청하옵니다."

조조가 말을 몰고 두어 걸음 나아가다 웃으며 말했다.

"앞뒤로 적의 공격을 받고 있는 상황이 적벽대전 때와 좀 비슷하구나. 다행히 창(彰)이의 20만 지원군도 곧 도착할 테니 질 리야 없겠지."

석양이 이미 지고 어둠이 남아 있던 빛마저 집어삼키기 시작했다. 가일은 성벽에 서서 땅거미가 내려앉은 궁성을 멀리 내다보았다. 오늘 밤 어느곳을 집중 수비해야 할지 판단이 서지 않았지만, 황궁을 감시하는 것만큼은 잘못된 선택일 리 없었다.

궁 안에 있는 장락위위 진의와 안팎으로 호응해 감시를 하고 있으니 무슨 큰 문제가 생길 리 없었다.

허도성의 성문 열 곳은 성문교위 조례가 지키며 일찌감치 한 시진 전에 이미 봉쇄를 해두었다. 세자의 인신 없이 성문을 나가는 것 자체가 불가능했다.

가일과 장제는 호분위를 각각 5백 명과 2천 명 거느리고 있고, 조우의 휘하에 호표기 천 명이 있었다. 또한 허도위의 무장 병사 3천 명, 세자부의 철갑 친위병 3천 명까지 합치면 만 명 가까운 정예 부대가 모아진 셈이다. 허도성 안뿐 아니라 허도성 인근 그 어디에서도 이 정예 부대에 필적할 병력은 찾아보기 힘들었다.

이제 만반의 준비가 된 듯 보였다.

그러나 가일의 마음은 계속해서 알 수 없는 무기력감에 빠져들었다.

어젯밤 백의검객과 맞닥뜨린 후부터 그는 이상한 낌새를 챘고, 결국 누구도 믿지 못하게 되어버렸다.

그는 허도의 이 어지러운 판국 속에서 자신이 도대체 어떤 역할을 맡고 있는 것인지 의심이 들기 시작했다. 어쩌면 이 일의 진상이 그가 예상했던 것보다 훨씬 복잡할 거라는 생각마저 들었다. 한선은 대체 누구일까? 허도성 밖에서 진주조를 습격한 그 병사들은 도대체 어디에 숨어 있는 거지? 그리고 이런 문제들이 어렴풋이 하나의 답을 향해 있는 듯했다. 그리고 그 답은 그를 통째로 흔들어놓을 만큼 충격적이었다.

전천……

전천을 떠올리자 가슴 한구석이 아려왔다. 진주조에 온 후로 동료들의 죽음을 수도 없이 봤지만, 전천의 죽음은 그의 마음속에서 쉽게 지워지지 않았다. 지금 이 순간에도 그는 그녀의 덜렁대고 제멋대로였던 모습, 유치하게 거드름 피우던 모습, 사랑스럽게 코를 찡긋거리던 모습, 입을 삐쭉이며 화를 내던 모습이 너무도 보고 싶었다.

가일은 길게 한숨을 내쉬며 마음을 다잡았다. 지금은 이런 감상에 젖어 있을 때가 아니었다.

살아남은 자만이 죽은 자의 제사에 갈 자격이 있었다.

어둠이 마지막 남은 석양빛마저 완전히 삼켜버리고 나자, 허도성 어딘가에서 불길이 치솟아 올랐다. 그 불길은 성벽 위에서도 훤히 보일 만큼 빠른 속도로 퍼져 나갔다. 등유를 부어 불을 낸 것이 틀림없었다.

시작된 것인가? 가일이 알기에 그 불길이 일어난 곳은 장천의 저택이었다. 그곳이라면 이미 허도위 사람을 보내놨기 때문에 장천이 무슨 큰 문제를 일으키기 힘들었다. 뒤이어 짧은 시간 안에 스무 곳이 넘는 곳에서 불길이 치솟아 올랐다.

가일이 고개를 가로저었다.

"배포 한번 크구나. 다들 죽으려 작정을 한 것인가?"

"대인, 저희는……."

도위 한 명이 마음이 다급해진 듯 입을 열었다.

"좀 더 기다리거라."

가일은 궁성 쪽을 바라보며 고개를 저었다.

조식은 만감이 교차하는 표정으로 세자부 앞에 멈춰 섰다. 그에게도 이곳의 주인이 될 기회가 있었다. 그 기회를 잡았다면 이곳에 연금되어 있는 견락을 포함해 모든 것이 그의 차지가 되어 있었으리라. 하지만…… 운명의 장난일까? 아니면 하늘이 나를 시기해서? 그것도 아니면 내가 화를 자초한 것인가? 그가 쓴웃음을 지으며 뒤에 있는 마차를 힐끗 쳐다보았다. 그 마차 바닥에 백의검객이 숨어 있었다. 그가 조비를 유인해 데리고 나오는 순간 그 자리에서 조비를 죽일 자였다.

문이 열리자 조비의 사인방 중 하나인 주삭이 그를 맞았다.

"후야, 안으로 드시지요. 전하께서 줄곧 기다리고 계셨습니다."

주삭이 고개를 숙이며 예를 갖췄다.

조식이 탐탁지 않은 눈빛으로 그를 바라봤다.

"나 같은 후야를 세자가 어찌 줄곧 기다린단 말인가? 주 장군, 입은 삐뚤어져도 말은 똑바로 하라 했네."

주삭은 아무 말 없이 몸을 숙이고 길을 안내했다. 세자부에는 정적이 흘렀다. 허도성 안 사방에서 불길이 일어나고 있지만 이곳은 여전히 아무런 동요가 없었다. 조식은 자기도 모르게 긴장감이 등줄기를 타고 내려오는 것을 느꼈다. 이 계획이 정말 한선이 예상한 대로 흘러가줄까? 내가 정말 조비를 대신할 수 있을까? 견락…… 견락은 또 어찌 될 것인가?

"후야, 들어가시지요."

주삭이 조식을 중청으로 안내한 후 몸을 숙이고 물러갔다.

조식이 헛기침을 하며, 등을 돌린 채 서 있는 조비를 향해 공수를 했다.

"형님, 제가 왔소이다."

조비가 미소를 지으며 뒤돌아섰다.

"잘 왔다. 앉거라."

"필요 없습니다. 지금 성안 여기저기서 불길이 일고 도적들이 들끓더군요. 그래서 그것을 어찌 처리해야 할지 형님께 가르침을 청하러 왔소이다."

"걱정 말거라. 성안에 허도위도 있고, 진주조와 조우의 호표기도 있지 않느냐? 이 정도 일로 우리가 마음 쓸 거 없다."

조비가 앞으로 걸어 나와 조식의 손을 잡아끌었다. 그러고는 탁자 앞으로 데리고 갔다.

"앉거라. 우리 형제가 한 성에서 살아도 함께 밥을 먹어본 지가 오래더구나. 내 특별히 금로주도 준비해두었으니 마음껏 마시려무나."

금로주…… 조식이 고개를 치켜들었지만 조비의 얼굴에서 아무런 표정도 읽을 수 없었다. 그가 우물거리며 말을 꺼냈다.

"그날 내가 술이 약해서……. 견락과는 아무 일도 없었습니다."

조비가 웃으며 손바닥을 쳤다.

"술을 들이거라!"

문밖에서 무장을 한 호분위 10여 명이 술과 음식을 순서대로 내왔다. 얼마 후 이들은 상을 다 차리고 나자 아무 말 없이 차례로 물러갔다.

조비가 일어나 조식의 술잔에 술을 따랐다.

"마시거라. 이번 술에는 마비산이 없을 터이니."

조식은 김이 모락모락 올라오는 음식을 바라보다, 그 순간 화가 치밀어 올랐다. 그날 그가 마신 금로주에 과연 문제가 있었다. 그는 상을 뒤엎고 싶은 마음을 간신히 억누르며 술잔을 들어 벌컥 들이켰다. 견락이 조비의 손에 있으니 그를 세자 자리에서 끌어내기 전에는 절대 문제를 일으킬 수 없었다.

"네가 어릴 때부터 쭉 나를 따르지 않았다는 것을 안다."

조비가 술잔을 입에 대며 가볍게 한 모금 마셨다.

"너는 나보다 풍채도 좋고 재능과 문재가 뛰어나다고 생각하겠지. 그래서 왜 부왕이 세자 자리를 나에게 주셨는지 더 이해가 가지 않을 것이다."

"나는 그런 생각을 해본 적이 없소. 형님도 참 별생각을 다 하시오."

조식이 쓰디쓴 술을 또 한 번 벌컥 들이켰다.

"우리에게 아우가 또 있었던 걸 기억하느냐?"

"아우요?"

"여섯 살 때 코끼리를 배에 실어 그 무게를 알아냈던 아우 말이다."

"충(沖)이 말이오?"

"그래. 기분 나쁘게 들릴 수도 있겠지만, 너의 재능은 그 아이만 못하다. 그 아이가 지금까지 살아 있었다면 문재 역시 그 아이를 따라잡을 수 없었을 테지. 부왕께서 그 아이를 세자로 세우겠다고 누차 말씀하실 만큼 똑똑한 아이였다. 하지만 안타깝게도……."

"안타깝게도 고작 열세 살 때 병으로 죽고 말았죠. 형님, 지금 옛날이야기나 하고 있을 때가 아닙니다. 성 곳곳에서 큰불이 일어나……."

"상관없다. 활활 타오르도록 잠시 내버려두어라."

조비가 의미심장한 눈빛으로 손을 내저었다.

"충이가 죽었을 때 부왕께서 그 아이의 불행한 죽음이 우리에게는 호재가 될 거라고 말씀하신 적이 있었지. 맞는 말이다. 위왕의 아들로 태어나 왕위를 탐하지 않는 자가 몇이나 되겠느냐?"

조식이 짐짓 태연한 척 술잔을 들었다.

"형님, 지금 형님이 세자 자리에 계신데, 누가 감히……."

"네가 견락을 좋아하고 그녀도 같은 마음이라는 것을 안다."

조비가 웃으며 말했다.

"우리가 평범한 가문에서 태어났다면 형으로서 두 사람이 맺어지도록 도와줄 수도 있었겠지."

조식이 황급히 변명을 했다.

"형님, 그런 말도 안 되는 소문을 믿으시면 안 됩니다. 아우가 어찌 형수님에게 다른 마음을 품겠습니까? 절대 그런 일은 없습니다."

"건안 9년 견락이 우리 집안에 들어왔을 때부터 건안 17년까지 두 사람은 서로에게 마음이 있었지만 선을 넘지 않았다. 그러다 건안 18년 6월 취방각(醉芳閣)에서 처음 밀회를 가졌지."

조식은 너무 놀라 얼굴이 하얗게 질리며 술잔을 바닥에 떨어뜨리고 말았다.

조비는 담담하게 일어나 술잔을 집어 조식의 손에 쥐여주며 다시 술을 가득 부었다.

"좋은 술이 눈앞에 있는데, 어찌 그 맛을 보고 싶지 않겠느냐?"

조식은 어찌할 바를 모른 채 술을 한입에 털어넣었다.

"건안 18년부터 건안 24년까지 6년 동안 두 사람은 서른아홉 번의 밀회를 가졌고, 그중 열일곱 번이 최근 2년에 사이에 이루어졌다. 그리 정이 깊은데도 일가를 이뤄 살 수 없다니, 두 사람을 생각하면 그저 미안한 마음이 드는구나."

조식은 입안이 소태처럼 쓰게 느껴졌다.

"형님, 그 일에 책임을 묻고 벌을 내리시려면 이 아우에게만 하십시오. 낙은 아무 잘못이 없습니다."

"형제는 수족과 같고 여자는 옷과 같다 했지."

조비가 고개를 가로저었다.

"우리는 친형제인데 내가 어찌 너를 벌할 수 있겠느냐? 다만 너는 타고난 천성이 자유분방하고 미색과 좋은 술을 밝히니 부왕께서 일구신 이 강산을 돌볼 재목이 되지 못한다. 그래서 내가 견락이 선물로 가져간 금로주에 마비산을 좀 넣었느니라. 이 형의 고충을 이해할 수 있겠느냐?"

조식은 얼굴이 창백해진 채 아무 말도 하지 못했다.

"네가 미인을 원한다면 주겠다. 하나 이 강산은 그럴 수 없으니, 다시는 나에게 맞서지 말거라."

"형님……."

"정의 같은 자들이 계속 네 옆에 붙어 너를 부추긴 것을 알고 있다. 자신의 부귀영화를 위해 우리 형제의 불화를 부추겼으니, 참으로 극악무도한 자들이 아니더냐? 지금 허도에 난 불도 그자들의 소행이 아니더냐?"

조비가 고개를 가로저었다.

"이렇게 하자꾸나. 어차피 불이 난 이상 부왕께 알릴 수밖에 없다. 그때 그자들이 너를 협박해 그런 일을 벌인 거라고 하면 어떻겠느냐?"

조식이 벌떡 일어났다.

"안 됩니다. 그들이 옆에서 나를 보좌해온 것은 맞지만, 이 일과는 전혀 무관합니다."

"그자들이 아니라면 대체 누구란 말이냐?"

조비의 낯빛이 등불 뒤로 가렸다.

"그건 한…… 저도 모릅니다."

"알겠다. 하나 어찌 됐든 이 일은 속죄양이 필요하다. 비록 우리가 여러 해 동안 갈등이 깊었지만, 결국 피는 물보다 진하다는 한 형제가 아니더냐? 이 형은 부왕께서 너를 감옥에 가두는 것만은 보고 싶지 않구나."

조비가 자리에서 일어섰다.

"그렇다면 네 말대로 함께 나가 성을 좀 둘러보도록 하자. 불길이 점점 더 거세지고 있는데, 감국인 세자가 세자부 문조차 나가지 않고 있을 수야 없겠지."

조식은 자리에서 일어났다. 그러고는 넋을 놓은 채 조비의 뒤를 따라 문으로 걸어갔다.

그는 자신과 견락의 관계를 조비가 처음부터 알고도 여러 해 동안 숨겨 왔을 거라고 상상조차 하지 못했다. 만약 세자 자리를 두고 싸울 때 이 일을 들춰냈다면 자신을 한 방에 보내버릴 수 있는 엄청난 패가 될 수 있었다. 그런데도 조비는 왜 그 사실을 알면서도 덮은 걸까?

조식이 생각의 갈피를 잡지 못하는 사이 어느새 문 앞에 도착해 있었다. 주삭이 문을 열려는 순간 조식은 정신이 번쩍 난 듯 황급히 그를 말렸다.

"잠깐! 문을 열면 안 된다!"

"왜 열면 안 된다는 것이냐?"

조비가 돌아보며, 그 속을 알 수 없는 표정으로 물었다.

조식의 머릿속이 혼란스러웠다.

"밖이…… 밖이 너무 어수선하니 그냥 여기 있는 것이 좋을 것 같아 그러오."

어찌 됐든 조비는 한 뱃속에서 나온 핏줄이었다. 비록 세자 자리를 두고 갈등을 빚어왔지만, 그를 죽일 정도의 원한은 없었다. 하물며 조비를 죽인다고 해서 자신이 세자가 되리라는 보장도 없었다. 조창뿐 아니라 다른 형제들도 염두에 두어야 했다.

"이상하구나. 아까까지만 해도 함께 성을 돌아보자고 하지 않았느냐?"

조비가 뒷짐을 지고 조식을 바라보았다.

"그게…… 생각해보니 아무래도 세자부에 있는 편이 더 안전할 거 같아 그럽니다. 어쨌든 밖에는 허도위와 진주조 사람들이 있으니……."

"우유부단한 것도 좋은 습관은 아니니라. 하나 오늘 밤은 그런 성격도 그리 나빠 보이지 않는구나."

조비는 주삭에게 문을 열라 눈짓을 보냈다. 문을 열자 조식이 타고 온 마차가 여전히 문 앞에 대기 중이었다.

조비가 돌연 물었다.

"지금 걱정이 되느냐?"

조식이 억지로 웃어 보였다.

"그…… 그게 무슨 말인지……."

조비의 목소리가 냉혹하게 변했다.

"설마 조금도 걱정이 안 되는 것이냐? 네 마차 밑에 숨어 있는 저 백의검객이 갑자기 달려들어 나를 죽이려 하는데도?"

궁성의 북문 밖에서, 자세히 보지 않으면 알아채지 못할 정도로 옅은 연기가 피어올랐다. 가일은 묵직한 갑옷의 매무새를 고쳤다. 갑옷 비늘의 모서리 부분이 상처와 마찰해 계속 자극을 주고 있었다.

"대인, 궁성 북문에서 신호가 왔습니다!"

곁에 있던 도위가 다시 한번 그 사실을 일깨워주었다.

"알고 있다. 좀 더 기다리거라."

가일은 머리에 투구를 썼다.

"더 말입니까?"

도위가 제대로 들은 게 맞는지 의심스러운 듯 그를 바라봤다.

"더 기다리거라."

신호가 분명했다. 가일이 눈을 가늘게 뜨고 그 옅은 연기를 주시했다. 본래 그는 일단 누군가 궁문을 나서면 그곳 궁문에서 바로 연기를 피워 신호를 보내기로 진의와 약조를 했었다. 지금 상황을 보아하니 누군가 북문을 빠져나간 것이 확실했다. 지금 허도성 안은 사방이 불길에 휩싸여 민심이 어수선하고 사방이 아수라장이었다. 바로 이런 때 궁성을 나가려는 자는 과연 누구일까? 한선의 계획이 도대체 무엇인지 모르지만, 한 가지 확실한 건 허도성 안을 아비규환으로 만드는 것 이상의 무언가가 분명히 있다는 점이었다.

한실의 옛 신하와 형주 파벌 세력은 자기 집에 불을 지른 후 자신의 신분을 감출 생각도 하지 않은 채 하인들을 데리고 나와 성의 사방에 불을 붙이고 다녔다. 하늘과 땅이 뒤집어질 만큼 엄청난 일을 모의하지 않는 이상, 빠져나갈 여지를 남겨두지 않고 이렇게 극단적으로 행동할 리 없었다.

가일은 자기도 모르게 몸서리가 쳐졌다. 어젯밤 세자부에서 나와 진주조로 가는 길에 백의검객의 습격을 받지 않았다면 그는 지금도 안갯속을 헤매듯 이 일의 진실에 접근조차 하지 못했을지 모른다. 죽음의 문턱까지 가보고서야 비로소 그에게 보이는 것들이 있었다. 바로 어젯밤 백의검객의 칼끝이 전천을 찌르던 그 순간, 어떤 생각이 불현듯 머릿속에 떠올랐다.

이 정도로 뛰어난 무공을 지닌 고수가 대체 누구지?

하얀 비단 천으로 얼굴을 가린 것만 봐도 자신의 정체를 드러내고 싶지 않은 것이 분명하다. 하지만 백의검객이 마음만 먹으면 나와 전천을 모두 죽일 수 있는 상황이었다. 그렇다면 어차피 죽을 자들을 상대로 굳이 얼굴을 가릴 필요가 있었을까?

그게 아니라면 백의검객은 내가 죽지 않을 것도, 그리고 장제가 곧 올 거라는 사실도 이미 알고 있었다는 말이 된다.

나는 세자부에서 나와 진주조로 돌아가는 길에 습격을 당했다. 백의검객이 줄곧 나를 감시하다 기회를 엿봐 불시에 습격을 했는데 결정적인 순간에 장제가 나를 구하러 와주는 기막힌 우연이 과연 존재할까? 하물며 시간과 장소까지 정확하게 알아내고 호분위 50명까지 대동하고 나타났다. 장제는 늦도록 내가 오지 않아 걱정이 되어 나와봤다고 변명을 했다. 하지만 그 말이 사실이라면 두백 한 명이나 두위 몇 명 정도만 데리고 오면 될 일이었다.

그리고 얼마 전 허도성 외곽에서 진주조를 습격하고 흔적도 없이 사라진 자들도 풀리지 않는 의문이었다. 한선이 제아무리 주도면밀해도 몇백 명의 사람을 단서 하나 남기지 않고 사라지게 만드는 것이 가능할까? 전천이 사건 현장을 다시 찾았을 때 그곳에 남은 모든 흔적과 정황은 그들이 성으로 돌아왔다는 것을 말해준다고 했다. 그때만 해도 한실의 옛 신하와 형주 파벌 세력이 키우는 사병이나 집안의 장정일 거라고 의심했었다. 하지만 조사 과정에서 이 가능성은 배제되었고, 그 후 이 몇백 명에 대한 그어떤 실마리도 찾지 못했다.

가일은 고개를 들고 쓴웃음을 뱉어냈다. 사실 모든 문제의 답은 대부분 눈앞에 있는 경우가 많다. 다만 그것을 인식하지 못할 뿐이었다.

"대인, 장제 대인께서 이미 5백 명을 이끌고 궁성 북문으로 추격을 가셨습니다. 우리는 얼마나 더 때를 기다려야 하는 겁니까?"

도위가 마음이 급한 듯 다시 물었다.

"기다려라."

가일의 목소리가 무겁게 가라앉았다.

장천은 궁성 북문을 돌아보며 마음이 씁쓸했다. 오늘 아침 한선은 비단주머니를 보내 몸놀림이 빠른 장정 30명과 빠른 말 60필을 준비해 궁성 북문으로 가 접선하라는 지령을 내렸다. 지금 허도성 사방에 불길이 치솟아 아수라장이 되고 그 혼란을 틈타 조비를 암살하는 것은 단지 허울뿐인 계획에 불과했다. 한선의 진짜 목적은 허도성에서 나가려는 그 사람을 돕는 것이었다. 동굴에서 비밀 모의를 하던 한실의 옛 신하와 형주 파벌 세력은 모두 주의를 돌리기 위해 쓰다 버릴 패였다.

장천이 이끈 50여 명의 병사는 모두 무장을 한 채 성을 순찰하는 허도위의 깃발을 내걸고 있었고, 그 뒤로 마차 한 대가 따라갔다. 분명 그 사람이 마차에 타고 있을 것이다. 지금 이 순간 조식은 세자부에 도착했을까? 만약 조비를 속이는 데 성공해 함께 세자부를 나섰다면 그 백의검객이 이미 두 사람을 죽였을 테지. 조식 역시 버리는 패였다. 한선은 조식을 등에 업고 거사를 이룰 생각 따위는 전혀 없었다. 지금 조식의 역할은 세자 자리다툼을 기화로 조비의 시선을 다른 데로 돌리는 것에 불과했다.

기병대가 궁성을 떠나 큰길을 따라 움직였다. 그사이 사방에서 불길이 하늘 높이 치솟고 비명과 울음소리로 아수라장이 되어버린 그곳에서 백성들이 불을 끄기 위해 안간힘을 쓰는 모습이 눈에 들어왔다. 장천의 입에서 저절로 한숨이 새어 나왔다. 거사를 이루기 위해 도대체 얼마나 많은 사람이 죽어나가야 하는가? 진주조의 의심을 사지 않기 위해서 장천은 가족들을 미리 다른 곳으로 피신시킬 수도 없었다. 지금 그는 하늘이 그들에게 살길을 열어주기만 바랄 뿐이었다.

한선의 지시는 기마대를 이끌고 성의 북쪽에 있는 영녕문(永寧門)으로 가 접선을 하라는 것이었다. 가는 길은 이상하리만치 순조로웠다. 도중에 불을 지르는 무리들과 맞닥뜨렸지만, 다들 기마대를 보자 바로 길을 열어주었다. 바로 옆으로 스쳐 지나간 허도위 병사, 진주조의 호분위, 조우의 호표기들 중 누구 하나 걸음을 멈추고 물어보는 이가 없었다. 이들은 불을 지른 자들을 체포하고 불을 끄는 데만 정신이 팔려 있었다.

반 시진이 되지 않아 기마대는 이미 영녕문 앞에 도달했다. 그러나 장천의 예상을 깨고 성문은 굳게 닫혀 있었고, 입구에 있는 병사 50여 명은 지나치게 경계를 하며 사방의 망을 봤다. 장천의 기마대가 나타나자 수문도위가 큰 소리로 물었다.

"누구냐?"

분명 무언가 잘못되어가고 있다. 접선하기로 한 자가 아직 안 온 것인가? 장천은 마음을 가다듬고 이 상황에 대처했다.

"우리는 허도위 사람이네. 대인의 명을 받아 중요한 일로 성을 나가고자 하니, 장군이 사정을 좀 봐주시게."

"대인, 인신이 찍힌 백서가 있소?"

도백이 물었다.

"인신?"

장천의 머릿속이 복잡해졌다.

"세자부의 명이오. 성에 변고가 생기면 성을 나가는 자는 반드시 인신이 찍힌 백서를 가지고 와야 하오. 그렇지 않으면 그 어떤 이유를 막론하고 죽음을 면치 못할 것이오!"

도백이 칼을 뽑아 들고 소리쳤다.

"대인, 다시 묻겠소. 인신이 찍힌 백서가 있으시오?"

장천은 상황이 심상치 않게 돌아가자 일단 이 위기부터 모면해볼 요량으로 큰소리를 쳤다.

"물론 있네. 내 꺼내 보여줄 테니 잠시만 기다리시게."

그가 몸을 굽혀 백서를 꺼내는 시늉을 했다. 바로 그때 등 뒤로 흙바람을 일으키며 달려오는 추격병의 모습이 보였다.

장천이 말고삐를 흔들며 다급하게 외쳤다.

"다들 나를 따라 돌진하라!"

다음 순간 말 울음소리와 함께 서른 필의 말이 시위를 떠난 화살처럼 성문을 향해 쏜살같이 달려나갔다.

기병이 돌진하니, 창을 든 병사들이 없다면 그 기세를 막을 방도가 없었다. 장천은 맞은편에 칼과 방패를 든 병사가 고작 50명뿐이니, 한 번의 돌격으로 이들을 뚫고 나갈 수 있을 거라 자신했다. 성문 앞까지만 달려나가 쇠사슬을 끊고 철로 된 빗장을 잘라내 문을 열면 아무도 그들을 막을 수 없었다. 조금만 더 가면 바로 성문이었다. 그런데 바로 그때 '탕, 탕, 탕!' 소리와 함께 흙먼지가 일어나며 바닥에서 굵은 밧줄이 튀어올랐다.

장천이 위기를 직감하는 순간, 말이 비명을 지르며 앞발이 꺾인 채 꼬꾸라졌다. 하늘과 땅이 빙글빙글 돌며 꽤 긴 시간이 흘렀다고 느꼈을 때쯤, 자신의 몸이 바닥에 떨어지는 소리가 들렸다. 그리고 뒤이어 요란스러운 발자국 소리가 귓가에 울렸다. 장천이 어떻게든 일어나려고 발버둥을 치는 사이, 여러 개의 칼이 이미 그의 목에 들어왔다.

"시간을 딱 맞춰 왔군. 장 대인, 일어나게."

어둠 속에서 자신을 향해 다가오는 손이 하나 보였다. 자세히 보니 진주조의 장제였다.

"장 대인, 성공을 눈앞에 두고 실패했다 여기는 것인가?"

장제가 웃으며 물었다.

"천자께서 마차에 타고 계시는데, 감히 무례를 범하는 것이냐?"

장천이 겁에 질린 속내를 숨긴 채 강한 척 허세를 부리며 소리쳤다.

"정말인가?"

장제가 부하에게 명을 내렸다.

"마차를 열어 장 대인이 처자식을 버려가며 무엇을 끌고 왔는지 한번 보여드려라."

호분위가 마차의 주렴을 거두자 그 안에 잔뜩 겁에 질린 어린 환관이 타고 있었다.

"폐하가 아니었다고?"

장천이 아연실색하며 물었다.

"한제는 대인의 마차를 탄 적이 없네."

장제는 그와 눈길조차 마주치지 않고 말을 이어갔다.

"대인은 다른 이들과 마찬가지로 버려진 패에 불과하네."

"나 역시 이용만 당하고 버려진 패란 말인가?"

장천의 목소리가 갈라졌다.

"그걸 대인은 이미 알고 있었다는 건가? 내가 이용만 당하는 패에 불과했다면, 왜 나를 여기까지 추격해 온 것인가?"

"내가 대인을 추격하지 않으면 진짜 황제께서 어찌 안심하고 문을 나서시겠는가? 장 대인, 오늘 밤 무대에서 자네의 역할은 이걸로 끝이 났군. 이제 여기서 다른 사람의 공연이나 잘 지켜보게."

진의가 궁성 북문에서 피운 연기는 가짜였다. 설사 북문에서 누군가 나갔다 해도 절대 그 사람일 리 없었다.

진의는 단지 진주조의 시선을 다른 데로 돌리기 위해 이렇게 한 것뿐이었다.

그의 예상대로 진의는 한선의 첩자였다. 아마 가일과 만나던 그때 이미 그들에게 매수되었을 것이다.

가일은 궁성에 정탐꾼을 심어놓은 것에 만족했을 뿐, 진의가 한선의 첩자일 거라고 상상조차 하지 못했다. 나는 황실의 정통성에 별로 관심이 없지만, 대대손손 궁성의 금위를 지낸 동군의 진씨 집안이 어찌 그렇게 쉽게 매수될 수 있었을까?

진자 부인 최정이 넘긴 지도가 내 손에 들어오자 장제는 조식을 암살하려던 자객을 잡기 위해 군대를 이끌고 성 외곽으로 나갔다. 이것이 그들이 짠 첫 번째 판이었다. 뒤이어 나는 황제를 알현하고 나온 후 진주조가 한선의 계략에 걸려든 사실을 깨닫고 장제를 지원하러 나갔다 습격을 당했다. 이것이 두 번째 판이었다. 두 번의 판이 모두 의심을 할 수조차 없을 만큼 치밀하게 연결되어 있었다.

그런데 매복해 있던 그 정규군이 종적도 없이 사라진 것만은 아무리 머리를 쥐어짜도 답이 나오지 않았다.

하지만 진의가 첩자라는 것을 알아채고 나자 다른 문제들까지 저절로 해결이 되었다.

그 군병들은 바로 궁의 금위였다. 궁문을 지키는 장락위위 진의라면 금위군을 움직이는 것이 가능했다. 게다가 가일은 며칠 밤을 새워가며 조사한 끝에 성의 남쪽 영풍문(永豊門)을 지키는 수문도위가 진의의 오랜 부하라는 사실을 밝혀냈다. 그렇게 그날 밤 진주조를 습격한 병사 5백 명이 어떻게 성 외곽에 나타났다 흔적도 없이 사라졌는지 완벽한 답이 나왔다.

다만 장제가 여기서 어떤 역할을 했는지는 여전히 의문으로 남았다.

불꽃이 밤하늘에 솟아올라 어둠 속에서 붉은빛을 내다 빠르게 사라졌다.

가일은 궁성 네 개 문에 곽홍의 사람을 심어두고 누군가 궁을 나가면 각기 다른 색의 불꽃으로 신호를 보내기로 미리 작전을 짜두었다.

붉은색은 궁성 남문을 의미했다. 과연 누군가 또 궁을 나가고 있었다.

궁성 남문에서 성을 나가려면 성 남쪽의 영풍문으로 가야 했다.

가일은 자리에서 일어나 아까 그 도위에게 호분위 2백 명을 이끌고 먼저 지름길을 통해 영풍문으로 가라 명했다. 그리고 자신은 남은 호분위 3백 명을 데리고 원래 길을 따라 추격을 했다. 가일은 말에 올라 기병 10여 명과 먼저 출발했다. 그는 전속력으로 추격 길에 올랐다. 비록 한제를 실은 마차가 사람들의 시선을 피하려면 속도를 빨리 낼 수 없다는 것을 알지만,

가일은 한시도 지체할 수 없었다. 그는 가능한 한 빨리 진의를 잡아 그의 입을 통해 듣고 싶은 말이 있었다.

전투마가 허도성의 길을 따라 질주하는 동안 가일은 아수라장이 된 거리에서 정신없이 오가는 사람을 피하기 위해 말고삐를 쥐고 최대한 조심을 했다. 성안 상황은 이미 어느 정도 통제가 되었고, 불길도 잦아들고 있었다. 하인들을 데리고 나와 사방에 방화를 하던 한실의 옛 신하와 형주 파벌 세력들도 대부분 체포되었다.

다행히 사전에 준비를 해둔 덕에 이 정도였지, 안 그랬다면 사태가 걷잡을 수 없이 커졌을지 모른다.

말을 타고 움직일수록 갑옷이 아물었던 상처를 계속 자극했다. 가일은 그 상처가 다시 벌어졌다는 것을 직감적으로 알 수 있었다. 상처에서 흘러나온 피가 땀과 합쳐서 쓰라린 통증을 일으켰다. 그는 살짝 숨이 차기 시작했다. 이것은 체력이 한계치를 향해 가고 있다는 징조였고, 앞으로 얼마를 더 버틸 수 있을지 장담하기 힘들었다.

그는 이마에 맺힌 땀을 닦아내며 애써 마음을 다잡았다.

진의는 한선의 밀정이고, 조식은 한선의 내통자고, 양수는 한선의 버리는 패고, 장천은 한선의 미끼였다.

그렇다면 그 백의검객은?

장제, 장 대인은?

가일은 고개를 저으며 풀리지 않는 의문을 머릿속에서 떨쳐내려고 노력했다.

그는 자신이 추리해낸 답을 감히 믿을 수 없었다. 그는 그 사람이 이렇게까지 하려는 이유가 도무지 이해가 가지 않았다.

저 멀리 진의의 마차 대오가 보였다. 고작 대여섯 필의 말과 마차 두 대가 전부였다. 진의와 한제가 가장 신임하는 조필이 보였다. 마차 하나에는 한제 유협이, 다른 하나에는 황후 조절이 타고 있는 것이 분명했다.

가일은 말을 몰고 대오의 앞으로 달려가 멈춰 서며 외쳤다.

"진 대인, 이렇게 늦은 밤에 어디로 가는 것이오?"

진의의 얼굴이 순간 긴장하며 경직되었다.

"가 교위, 노부모님께서 중병에 걸려 의원으로 가는 길이라네."

"의원으로? 진 대인, 이리 가면 성을 나가는 방향이오."

"가 교위는 모르겠지만, 내 부모님이 걸린 이 병이 성을 나가야 치료를 받을 수 있다네."

"아? 그런 괴이한 병이 있소? 도대체 어떤 병인지 직접 좀 봐야겠소."

가일이 말을 몰고 마차 쪽으로 가려 했다.

진의가 등 뒤에 찬 긴 창을 들어 올리며 서늘한 목소리로 그를 막았다.

"가 교위, 길을 비키게."

가일이 말을 멈추며 아무 말 없이 진의를 바라봤다. 그는 곧 당도할 추격부대를 기다리고 있었다. 지금 그는 부상이 악화돼 진의의 상대가 될 수 없었다. 그와 함께 온 기병 10여 명만으로 진의 쪽 대여섯 명을 잡아둘 수 있을지도 장담하기 힘들었다. 한제와 황후를 호위하는 무사라면 궁중 금위 중 최고 실력자들이 분명했다.

"진 대인, 군수 자리가 마음에 안 드오? 그럼 자사는 어떻소? 위왕 쪽에 내가 잘 말해보리다."

가일은 수하들이 마차를 포위하는 것을 보자 조금은 안심이 되었다.

"퉷, 역적의 무리들이 어디서 함부로 지껄이느냐! 우리가 고위 관직과 녹봉 따위에 흔들려 대의를 버릴 것 같더냐!"

조필이 허리에 찬 장검을 뽑아 들며 가일을 향해 고함을 쳤다.

"이런, 조 대인이 계신 줄 모르고 무례를 범했군요."

가일이 공수를 했다.

"듣자 하니 대인의 충의가 하늘을 찌른다 하던데, 어찌 폐하를 궁으로 돌려보내지 않고 여기서 이러고 계시는지요? 여기서 싸움이라도 나서 폐하의 옥체가 상하기라도 하면 어찌합니까?"

"시끄럽다!"

조필이 버럭 소리를 질렀다.

진의는 아무 말 없이 창끝을 가일에게 겨누며 말을 몰고 달려왔다. 가일은 칼을 뽑아 막으려 했지만, 상처에 극심한 통증이 일며 오른팔을 들 수조차 없었다. 절체절명의 순간, 가일은 어쩔 수 없이 말안장에서 구르듯 뛰어내려 쏜살같이 위기를 피해 도망쳤다.

진의는 가일을 쫓지 않고 창을 휘두르며, 길을 가로막고 있는 호분위 두 명을 향해 곧장 달려갔다. 과연 장락위위답게 호분위 두 명쯤은 그의 적수가 아니었다. 그들은 서너 번 맞붙다 결국 말에서 떨어지고 말았다. 가일이 막 몸을 일으키려는 사이, 마차 부대는 이미 포위를 뚫고 성문을 향해 달려갔다.

"추격해야 합니까?"

호분위 한 명이 물었다. 마차는 점점 속도를 높이고 있었다.

"지금은 때가 아니다. 다시 추격해봤자 목숨만 잃게 될 것이다."

가일이 몸을 움직이려는 순간 극심한 통증이 찾아왔다. 젠장, 상처만 아니었어도……

그가 쓴웃음을 지으며 이를 꽉 깨물고 말에 올라탔다. 그나저나 지름길을 달려 성문으로 간 호분위 2백 명은 도착을 했는지 모르겠구나. 이제 사람을 보내 장제 대인에게 보고를 올려야 하나? 아니면 세자 전하에게? 그 두 사람 중 대체 누구를 믿어야 하지? 가일의 입에서 내뿜는 숨결이 점점 뜨거워지고, 피비린내가 어렴풋이 나는 듯했다. 심장이 마치 튀어나오기라도 할 것처럼 미친 듯이 뛰었다. 가일은 아직 쓰러질 때가 아니라는 일념으로 죽을힘을 다해 버티고 있었다. 그는 끝까지 이 일을 자기 손으로 해결해, 전천이 죽어서라도 편히 눈을 감게 해주고 싶었다.

우리의 인생처럼 길도 걷다 보면 언젠가 그 끝이 나오기 마련이다. 마침내 영풍문이 그의 눈앞에 나타났다. 성문은 이미 호분위가 장악했고, 바닥에 시체 몇십 구가 여기저기 널브러져 있었다. 수십 명의 호분위가 마차를 포위한 채 활시위를 팽팽히 당기고 있었다. 진의와 조필은 이미 말에서 내려 마차 앞을 지키며 사방을 에워싼 호분위를 막막한 눈빛으로 바라봤다.

가일이 말에서 미끄러지듯 내려, 칼을 지팡이 삼아 힘겹게 앞으로 걸어갔다. 상처에서 새어 나온 피가 이미 옷을 적시고 땀과 함께 흘러내렸다. 가일은 어지러움을 느끼면서, 자신의 몸 상태가 한계치에 다다랐다는 것을 직감했다.

"진 대인, 이리 겹겹이 포위가 된 마당에, 최후의 발악이라도 해보겠다는 것이오?"

진의가 고개를 가로저었다.

"가 대인, 우리는 한나라 황실을 위해 죽는 것이 일생일대의 영광이라 여기며 살아왔네. 자네들은 우리를 이해할 수 없을 테지. 비록 자네의 사람됨이 좋다 하나, 길이 다르니 함께할 수 없는 것을 어찌하겠는가? 이것이 자네와 이생에서 보는 마지막이 되겠군."

"진 대인, 왜 하필 몰락해가는 왕조를 위해 자신을 희생하려드는 것이오? 이렇게 죽는 게 무슨 영광이란 말이오?"

"진의, 이 늙은이가 먼저 가보겠네."

조필이 패검을 목에 대고 웃으며 말했다.

"다음 생에 다시 보세!"

강렬한 빛이 번뜩이며 스쳐 지나간 곳에서 뜨거운 피가 뿜어져 나오며 조필의 수염을 붉게 물들였다.

가일이 한숨을 내쉬며 고개를 절레절레 흔들었다.

높이 치솟은 음습한 성벽 위로 초승달이 서서히 떠오르는 가운데 진의가 창을 쥐고 담담하게 말했다.

"가 대인, 허도에서 다시 만나 자네와 내가 적이라는 것을 안 순간부터 나는 반드시 이겨야겠다는 신념을 가져본 적이 없었네. 그저 목숨 걸고 싸우겠다는 결심만 했지."

진의가 고함을 치며 창을 들고 호분위를 향해 돌진했다.

"장락위위 진의가 나가신다!"

"쏴라!"

호분위 도위가 손을 휘두르자 화살이 비처럼 쏟아졌다.

화살 여러 대가 진의의 갑옷 위에 날아가 박혔다. 진의는 피를 토하며 비틀거리다 하마터면 바닥에 주저앉을 뻔했다. 그는 간신히 몸을 버티고 한 손으로 바닥을 짚으며 힘겹게 걸음을 옮겼다. 상처에서 피가 흘러나와 바닥에 뚝뚝 떨어졌고, 그가 걸을 때마다 점점이 떨어진 핏자국이 긴 선처럼 이어졌다.

"쏴라!"

화살이 다시 활시위를 떠나 진의의 가슴을 뚫었다. 진의는 휘청거리는 몸짓으로 간신히 버티고 서 있을 뿐, 눈앞의 모든 광경이 흐릿해졌다. 그는 비틀거리며 몇 발자국을 더 걷다 결국 바닥에 풀썩 쓰러지고 말았다.

가일은 호분위의 부축을 받으며 마차 앞으로 다가가 갈라진 목소리로 알렸다.

"폐하, 궁으로 모시겠습니다."

아무런 대답이 없었다.

가일은 돌연 불길한 예감에 휩싸였다. 그는 끌채에 의지해 힘껏 몸을 앞으로 내밀며 칼로 주렴을 들어 올렸다.

비었다.

마차는 비어 있었다.

가일은 복부에 강한 일격을 받은 것처럼 마차에서 떨어지며 바퀴 옆에 쓰러졌다. 호분위가 다른 마차로 뛰어가 확인해봤지만 역시 비어 있었다.

가일은 망연자실한 채 주위를 둘러보다 멀지 않은 곳에 누워 있는 진의의 시체를 보았다. 그제야 그가 입은 새 갑옷이 눈에 들어왔다. 가일은 눈을 가늘게 뜨고 갑옷에 새겨진 작은 글자에 초점을 맞췄다. 그 글자는 예전에 그가 다른 물건에서 봤던 것과 똑같았다.

"그였구나."

가일이 쓴웃음을 지었다.

"그가 한제를 데려간 것인가? 그렇다면 한선은 대체 누구지?"

가일이 남아 있는 힘을 다해 명을 내렸다.

"도위, 병력을 나눠 허도의 성문 열 곳으로 보내 누구라도 성을 나가는 자는 당장 체포하고, 반항하면 이유를 막론하고 죽이라는 세자의 명을 전하게! 자네는 따로 병력을 이끌고 세자부와 진주조로 가서 세자와 장 대인을 찾아 전하게. 내 쪽은 실패했고 한제가 이미 실종되었으니, 추가 병력을 동원해 성을 샅샅이 뒤져서라도 위풍을 찾아내야 한다고 말일세."

도위가 바로 병사를 이끌고 빠른 속도로 자리를 떴다.

가일은 마차 바퀴에 기대 힘겹게 숨을 몰아쉬며, 자신의 생명이 점점 꺼져가는 것을 느꼈다. 그는 입가에 흘러나온 피를 닦아내며 기막힌 자신의 처지에 허탈한 웃음을 터뜨렸다.

"이틀 동안 저승 문턱을 두 번이나 연이어 밟는 걸 보니 살기는 다 글렀나보구나."

그의 몸이 점점 차가워졌지만 의식은 갈수록 또렷해졌다. 지난날이 주마등처럼 스쳐 지나가고, 그는 자신의 죽음이 다가오고 있음을 직감했다.

어둠 속에서 등불을 밝힌 것처럼, 거의 반년 동안 그를 괴롭히며 도무지 풀리지 않던 의문들이 불빛 속에서 점차 흔적도 없이 사라졌다.

뒤이어 산처럼 무거운 어둠이 무겁게 그를 짓눌렀다.

"형님, 무, 무슨 말씀이십니까? 백의검객이라니요?"

조식은 당황한 듯 말을 더듬거렸다.

"왜, 놀랐느냐?"

조비가 손짓을 하자 마차가 움직였지만, 백의검객의 모습은 보이지 않았다.

"형님, 무슨 말씀을 하시는지 도통 모르겠습니다."

조식의 등줄기를 따라 식은땀이 흘렀다.

"주삭, 문을 닫게."

조비가 돌아서며 웃어 보였다.

"네 말이 맞다. 성안에 허도위와 진주조가 있는데 나까지 나설 필요가 없을 듯하구나. 역시 세자부에 있는 게 더 안전하겠지. 우리는 들어가서 술이나 마시자꾸나."

조식은 어쩔 수 없이 조비를 따라 다시 중정으로 돌아갔다. 자리에 앉자마자 그의 안색이 창백하게 변했다. 그의 맞은편에 백의검객이 뒷짐을 지고 서 있었다.

"네…… 네가…… 어떻게 여기 들어온 것이냐?"

"내가 소개를 좀 해야겠구나."

조비가 웃으며 말했다.

"이 백의검객은 내게 검술을 가르쳐주신 사부님이시지. 대검사(大劍師) 왕월(王越)이시다."

"왕월?"

조식은 의심스러운 눈빛으로 왕월을 힐끗 쳐다보았다. 저자가 낙양성에서 검술관을 차려 제자를 받았다는 당대의 검술 종사라고? 내 집에 왔던 그 백의검객과 어찌 저리 비슷하단 말인가?

"임치후, 그간 무고하셨는지요?"

왕월이 허리를 숙여 예를 올렸다.

목소리! 목소리조차 똑같아! 조식이 크게 놀라며 소리쳤다.

"저자는 한선의 사람이오! 저자가 형님을 죽이려 하오!"

왕월이 호탕하게 웃는 가운데 조비가 가볍게 고개를 가로저었다.

"저분은 내 사부이거늘, 어찌 나를 죽일 수 있겠느냐?"

조식이 소리쳤다.

"저자를 내 집에서도 본 적이 있습니다. 내게 한선의 영패를 보여주었소! 형님이 문 밖으로 나가는 순간 저자가 기다렸다 형님을 죽이려 했단 말입니다."

조비가 탄식을 내뱉었다.

"너는 문재가 아주 뛰어나지. 그 방면에서 나는 너를 따라잡을 수가 없구나. 하나 잔머리는 뛰어난지 몰라도 마음이 독하지 못하니, 후계자 싸움에서 너는 절대 나를 이길 수 없다."

"무슨…… 의미인지?"

"네가 좀 전에 문 앞에서 주저하지 않고 한사코 나를 데리고 거리로 나가려 했다면 그 백의검객이 분명 공격을 해왔겠지. 하나 그 순간 죽게 될 사람은 내가 아니라 바로 너였다."

조식이 아연실색하여 자리에서 일어나 왕월과 조비를 번갈아 쳐다봤다.

"지금쯤 한제는 이미 궁을 나갔을 테지?"

조비가 왕월을 향해 말했다.

"왕월 사부, 성의 동쪽으로 한번 갔다 와주셔야겠습니다."

왕월이 고개를 끄덕인 후 자리를 떴다.

조식은 자신의 귀를 의심하며 말까지 더듬거렸다.

"설마…… 한제를 죽이려는 것이오?"

조비가 술잔을 가득 채우며 담담하게 웃었다.

"내가 이야기를 하나 들려주마. 오늘 밤 우리 둘이 회포를 한번 풀어보는 것도 좋겠지."

성의 동쪽, 안정문(安定門).

위풍이 명마 조홍마(棗紅馬)를 타고 앞에서 달려갔고, 그 뒤로 하인 행색의 두 사람이 뼈가 앙상하게 드러난 말을 타고 따라갔다. 세 사람이 성문 앞에 도착하자 위풍이 말에서 뛰어내려 여유롭게 웃으며 성문도위 앞으로 달려갔다.

"대인, 다들 바쁘신가 보네? 내가 성을 좀 나갔다 와야 하는데 사정을 좀 봐주시게."

성문도위가 얼른 예를 갖췄다.

"위 대인, 무슨 일로 성을 나가려고 하시는지요?"

"내가 방금 세자부에서 나오는 길이라네. 성에 불이 나 아수라장이 되지 않았는가? 그래서 세자께서 나에게 성 밖 군영에 보낼 전언을 부탁하셨다네."

"대인께 군영에 보낼 전갈을요? 그거라면……."

성문도위는 약간 의심스러운 눈초리를 보냈다. 비록 위풍이 세자 편으로 돌아섰고 한실 옛 신하와 형주 파벌 세력에게 버림을 받았다 하나, 이런 중요한 일이라면 세자부나 진주조 사람을 시켜야 하는 것 아닌가?

"지금 세자 쪽에 사람이 부족해 이런 일을 시킬 만한 사람이 없다네. 사실 이 전갈이 그리 중요한 것은 아니네. 군영에 있는 하후상(夏侯尙) 장군에게 허도성 인근의 동정을 살피고 난리를 틈타 도적 무리가 성을 공격하는 것을 막으라는 전언이네."

위풍이 이 말을 하며 품에서 백서를 하나 꺼내 들었다.

"아, 내 정신 좀 보게. 이건 세자의 인신이 찍힌 백서네. 오늘 밤 성을 나가려면 이것이 있어야 한다고 하시더군."

성문도위가 백서를 받아 든 후 자신의 품 안에서 또 다른 백서를 꺼내 각각의 인신을 반으로 접어 비교했다. 인신의 모양이 완전히 똑같이 맞물리고 모양이 같은 것으로 보아 세자의 인신이 확실했다.

"이 인신 백서를 안 가져왔으면 큰일날 뻔했네."

위풍이 웃으며 품에서 은자가 든 주머니를 꺼내 도위에게 건넸다.

"수고가 많은데, 이걸로 술이나 좀 사 먹게나."

"대인, 이러지 않으셔도 되는데……."

성문도위는 사양하는 척하며 주머니를 받아 들더니 병사들에게 손짓을 했다.

"인신이 일치한다. 문을 열어라!"

끼익끼익 소리와 함께 도르래가 움직이고, 문 앞을 가로막은 천근에 달하는 철판을 매단 줄이 감겨 올라갔다. 위풍은 병사들이 육중한 문을 다 열 때까지 기다렸다 하인 두 명을 이끌고 성문을 나섰다.

세 사람은 아무 말 없이 계속 앞으로 달려갔다. 성문이 어둠 속에 완전히 사라지고 나서야 위풍은 말에서 뛰어내려 두 명의 하인 쪽으로 달려가 무릎을 꿇었다.

"폐하, 좀 전에는 상황이 급박하여 신이 무례를 범했나이다. 부디 용서해주시옵소서."

유협의 차분한 목소리가 들려왔다.

"괜찮네. 위 애경, 얼마나 더 가야 하는가?"

"다시 10여 리만 더 가면 농가가 하나 나오는데, 그곳에 마차를 준비해 두었습니다. 마차에만 올라타시면 지름길을 이용해 4, 5일 정도면 업성에 도착할 것이고, 우리 쪽 사람이……."

"우리가 업성에 도착할 수 있겠는가?"

유협의 얼굴에 수심이 가득했다. 아니, 그것은 아무런 열의도 없는 그런 무기력한 모습에 더 가까웠다.

위풍이 몰래 한숨을 내쉬었다. 몇십 년 동안 꼭두각시로 살아온 세월이 그 영명했던 군주를 이리 망가뜨려놓았구나.

"폐하, 신의 직언을 용서하시옵소서. 이 일은 누구도 뒷일을 장담할 수 없사옵니다. 하오나 조정의 옛 신하들이 폐하를 위해 목숨 걸고 만들어낸 단 한 번의 기회입니다. 지금 이 순간 폐하께서 약해지시면 그들의 희생이 전부 물거품이 되옵니다."

유협은 그 말에 다시금 마음을 다잡는 듯했다.

"만약 한나라를 다시 일으켜 세울 수 있다면, 진의·조필·장천…… 짐은 이들의 공덕을 영원히 마음속에 깊이 새겨둘 것이네. 위 애경, 짐이 자네의 오명도 벗겨주겠네. 오늘 밤 이 일을 위해 자네가 감수한 그 억울한 사정을 내 어찌 모르겠는가?"

위풍이 대답을 하려는 순간, 황후 조절이 고개를 돌려 허도성을 물끄러미 바라보며 유협에게 말을 걸었다.

"폐하, 한나라가 다시 중흥할 수 있을까요?"

위풍의 표정이 차갑게 변했다. 처음 계획을 세웠을 때만 해도 유협만 데리고 성을 나오려고 했다. 그러나 출궁을 할 때 유협이 한사코 조절을 데려가야 한다고 고집을 부렸다. 위왕에게 화를 당할까 걱정된다는 이유가 가장 컸다. 오는 내내 위풍은 긴장의 끈을 놓을 수 없었다. 조절이 무슨 소리라도 내서 세 사람의 마각이 드러날까 조마조마했다.

유협은 애련한 눈빛으로 조절을 바라봤다.

"지난 여러 해 동안 황후가 참 고생이 많았소."

"사실 궁에서 지내는 것도 그리 나쁘지 않았어요. 서로 헐뜯고 배척하며 암투가 끊이지 않는 지난 세월, 폐하야말로 정말 힘드셨을 거예요."

"마마."

위풍이 입을 열었다.

"폐하는 유씨 가문의 혈통이자 황실의 정통이신 진짜 천자십니다. 어찌 세력을 이용해 권력을 잡고 나라를 훔친 그런 도적놈의 협박을 받을 수 있단 말입니까? 이 천하는 원래부터 유씨의 것이었고, 누구도 감히 농간을 부려 비열한 수단으로 훔쳐 갈 수 없습니다."

이때 어둠 속에서 중후한 목소리가 들려왔다.

"위풍, 우리 조씨 가문이 나라와 정권을 뺏은 도적이라 말하는 건가? 그렇다면 자네들의 한 고조는 어찌 되는 거지? 당초 그는 패현(沛縣) 출신의 술 좋아하는 필부이자 소인배에 불과했지. 유방 등의 무뢰배가 진나라를 빼앗은 것이네. 나의 부왕께서는 천하를 제패했고, 형님은 큰 공을 세우셨네. 유협은 즉위 후 30여 년 동안 나의 부왕과 형님이 없었다면 아마 일찌감치 죽어서 묻힐 곳조차 없었을 테지. 이 점만 봐도 부왕께서는 황제라 칭해도 전혀 손색이 없는 분이시네!"

위풍이 칼을 뽑아 들며 외쳤다.

"누구냐?"

횃불이 어둠을 밝히자 백여 명의 기병이 모습을 드러냈다. 그들의 앞에 서 있는 장수가 서늘한 목소리로 대답했다.

"나는 노양후 조우다. 너희는 꼼짝없이 붙잡혔다!"

위풍이 칼을 들고 조절을 향해 돌진하며 분노에 차 소리쳤다.

"내 칼을 받아라!"

조절은 멍하니 칼끝만 바라보며 꼼짝도 하지 못했다. 칼끝이 거의 눈앞까지 왔을 무렵, 돌연 또 다른 칼 하나가 그 칼을 가로막으며 위풍의 칼이 두 동강이 나고 말았다. 뒤이어 검광이 번뜩이더니 위풍의 이마 위로 피가 흘러내렸다. 백의검객은 검을 다시 칼집에 집어넣으며 너무나 기품 있는 동작으로 조절이 말에서 내리도록 도와주었다.

"마마, 놀라게 해드려 죄송합니다. 세자께서 제게 마마를 호위하라는 특명을 내리셨습니다."

유협이 쓴웃음을 지었다.

"절아…… 정말 나와 같이 가고 싶지 않았던 것이냐?"

조절이 고개를 저었다.

"폐하, 제가 아니어요."

유협이 말에서 내려 수풀 속에 쓰러져 있는 위풍을 부축해 일으켰다. 위풍의 머리가 힘없이 푹 수그러졌고, 입에서 피가 흘러나와 유협의 옷을 붉게 물들였다.

"폐하, 신은 더 이상……."

미약한 그의 목소리가 밤바람을 타고 흔적도 없이 흩어져버렸다.

유협은 아무 말 없이 수풀 위에 앉아 업성 쪽을 바라보았다. 그의 품에 안긴 위풍의 호흡이 서서히 잦아들었다.

"폐하, 궁으로 돌아가시지요."

조우가 앞으로 걸어가 회궁을 재촉했다.

"이게 대체 어찌 된 일인지 말해줄 수 있겠는가? 왜 한선의 계획을 그대들이 전부 다 알고 있는 것인가? 한선이 그대들의 편으로 돌아선 건가?"

조우가 유협을 부축하도록 부하들에게 손짓을 했다.

"폐하, 옷을 갈아입으셔야 할 것 같습니다."

"필요 없네."

"옷에 피가 묻은 채 성에 들어가면 보기에 좋지 않습니다."

유협이 나지막이 말했다.

"이것은 한나라 마지막 충신의 뜨거운 피가 아닌가? 나는 괜찮네."

"폐하, 궁으로 돌아가요."

조절이 유협의 곁으로 다가와 그를 부축했다.

"이제 우리는 아무 욕심 부리지 말고 그렇게 살면 돼요. 이런 살육이나 음모, 배신 따위는 한나라와 함께 사라지라고 해요."

"아니 되오. 아직 대답을 듣지 못했소. 한선이 누구인가? 그가 왜 그대들의 편에 선 것인가? 그가 이 혼란을 계획한 것인가? 그가 연계되어 있지 않다면 이런 야반도주도 할 이유가 없었겠지. 이렇게 많은 사람을 죽일 필요도 없었을 거네! 그는 모두를 위해 기회를 주었지만, 결국 그것을 위해 너무 많은 이들을 죽음으로 몰아넣었네! 조필·진의·위풍…… 그리고 죽어서도 눈을 감지 못하는 한실의 옛 신하들까지. 조우, 어서 말해보게!"

"폐하, 이번 야반도주는 처음부터 속임수였습니다."

조우는 무표정하게 유협을 바라보며 말했다.

"한선은 내 형님 조비였습니다."

밤이 이미 깊어 상에 차려진 음식도 식은 지 오래였다.

조식은 바늘방석에 앉은 것처럼 불안의 연속이었다. 그는 오늘 밤 도대체 무슨 일이 일어난 것인지, 조비가 왜 이토록 평온할 수 있는지 도무지 이해가 가지 않았다. 그가 아는 것은 고작 조비가 조씨 가문을 배신하려던 자신의 음모를 알고 있었다는 것뿐이었다. 조비가 모든 사실을 위왕에게 보고했을까? 위왕이 나에게 어떤 처분을 내릴까?

중청 밖에서 다급한 발자국 소리가 들려오더니 오질이 달려 들어왔다. 그는 조비의 귓가에 대고 나지막한 목소리로 몇 마디 전한 후 바로 자리를 떴다.

조비는 내심 안도의 한숨을 내쉬며 다 식은 음식을 집어 입에 넣었다.

"형님…… 아까 이야기를 해주겠다고 하지 않으셨소?"

조식이 조심스럽게 물었다.

조비가 웃으며 대답했다.

"아, 해줄 이야기가 있었지. 네가 듣고 싶어 안달이 난 듯하니, 이제 좀 할 마음이 생기는구나. 어쨌든 이 이야기의 결말이 방금 마무리되었다.

작년에 태의령 길본이 반란을 일으켰다가 주살된 후 한실의 옛 신하와 형주 파벌 세력은 물론 불만을 품은 자들까지 단번에 자신의 분수를 깨닫게 되었지."

조비가 주삭에게 조식의 술잔을 채우라고 눈짓을 보냈다.

"하나 그것 또한 표면적인 눈가림에 불과했다는 걸 내가 어찌 모르겠느냐? 이 허도성은 뜨거운 감자와 같았지. 김이 모락모락 나서 맛은 있어 보이지만 막상 먹었다가는 너무 뜨거워 입을 데게 된다. 이 세자 자리는 쉽게 얻은 것도 아니고, 이 자리를 지켜내는 것도 쉽지 않구나. 나는 어떻게 해야 왕이 되는 길에 놓인 그 걸림돌을 전부 없앨 수 있을지 늘 고민해왔지. 다행히 시류를 타지 못하고 한실의 마지막 충신이 되려는 자들이 내게 그 답을 주더구나. 부왕은 정벌 전쟁으로 이런 일을 돌아볼 겨를이 없으시지. 그러니 세자로서 당연히 부왕의 근심을 덜어드려야 옳지 않겠느냐?"

조식은 눈앞의 조비를 놀란 눈으로 쳐다보았다. 그는 마치 전혀 다른 사람 같았다. 그가 알고 있던 유약하고 멍청한 조비가 아니었다. 예전에 사냥터에서 차마 어미 사슴을 죽이지 못하고, 성문도위가 막아선다고 순순히 되돌아왔던 그 조비는 온데간데없었다.

조비는 술잔을 들어 한 모금 삼켰다.

"진주조가 만들어진 지 10여 년이 되었으니, 이 허도성에서 내 눈을 속일 수 있는 것이 무엇이 있겠느냐? 한데 그들의 허튼소리를 곧이듣는 이가 또 있더구나. 위풍·진의·조필·장천·왕안·왕등·송계…… 이들이 끊임없이 장광설을 늘어놓으며 유협이 다시 천하에 군림하도록 만들려 했지. 심지어 허도성 밖에 있는 한 동굴에서 비밀리에 모임을 갖기도 했더구나. 동굴? 동굴 속으로 숨어 들어가면 비밀이 영원할 거라고 생각한 것인가? 허도성 백 리 밖까지 누가 감히 진주조의 감시를 벗어날 수 있겠느냐? 그들은 한선이 죽지 않았다고 생각했고, 한선의 지시를 기다렸지. 그래서 내가 그들에게 한선이 되어주었다!"

"형님이…… 한선이라고요?"

조식은 너무 놀라 목소리조차 제대로 내기 힘들었다.

"나는 한선이 아니다. 진짜 한선은 결코 존재하지 않지."

조비가 말했다.

"만약 한사코 한선이 있다고 말하고 싶다면 네 곁에 있는 주삭일 수도 있고, 오질이나 진군일 수도 있겠지."

"도대체 어찌 된 일입니까? 그 말은, 지금까지 모습을 드러내지 않고 한제와 나를 연결시켜주었던 한선이 사실은……."

"가짜였다. 길본이 한선이든 한선이 죽었든 상관없이, 작년에 반란이 일어난 후 한선은 소식이 끊겼지. 지난날 한선의 행적을 보면 한 번도 모습을 드러내지 않은 채 영패로 증표를 삼아왔다. 길본이 죽었을 때 그의 몸에서도 한선의 영패가 나왔지. 그 영패를 보는 순간, 그것만 있으면 내 계획을 실행하는 데 별 어려움이 없겠다 싶었다. 그래서 황실 신하들의 신임을 얻기 위해 아주 조심스럽게 움직였지. 우리 중 누구도 모습을 드러내지 않고 늘 다른 장소, 다른 사람을 통해 지령을 전달해왔다.

오만하고 고집스러운 음모자일수록, 비밀리에 움직이는 일일수록 도리어 한 치의 의심도 없이 믿게 되어 있거든. 그래서 우리는 아주 구체적인 계획을 세웠다. 하나 이 계획이 그리 순조롭지만은 않았지. 그 많은 주도면 밀한 자들과 함께 판을 짜는 것이니, 어쩌면 당연한 일이었다. 거의 모든 사람이 우리가 정한 방향으로 가지 않고 돌발 상황이 계속 이어지는 탓에 일일이 대처하는 것도 만만치 않았다. 지난번 성 밖에서 진주조를 습격했던 일도 그중 하나였지. 비록 오질을 포함한 세 사람이 무소불위의 한선이 되어 움직였다 해도, 그들이 진짜 뭐든 할 수 있는 존재는 아니지 않느냐? 결국 우리는 구체적인 계획보다 방관자가 되어야 한다는 것을 깨닫게 되었지. 우리는 판을 짜기만 하고 옆에서 그 판이 어떻게 만들어지는지 보면 그것으로 충분했다. 우리는 때가 되어 너희를 우리가 원하는 방향으로 밀어 넣으면 그만이었지.

너와 한제·양수·장천·위풍·진의·조필이 움직이고, 심지어 진주조까지 움직이더니, 결국에는 사마의마저 그 판에 끼어들고 싶어 하더구나. 사실 나는 이 계획을 포기하고 싶은 마음이 여러 번 들었다. 판이 너무 커지니 내가 부리는 사람만으로 대처하기 버거워지더구나. 늘 전전긍긍하며 살얼음판을 걷는 듯한 기분이랄까? 다행히 나는 끝까지 버틸 수 있었고, 오늘 밤 너희의 움직임은 모두 내가 예상했던 대로였다.

오늘 밤 첫 번째 제물은 한실의 옛 신하와 형주 파벌 세력이었다. 허도성에 경비가 삼엄하니 인력을 충분히 동원하지 못하면 아무런 파문도 일으킬 수 없었을 것이다. 위풍·진의·조필은 이 점을 누구보다 잘 알고 있었지. 이들은 거사를 일으키기로 결심한 이상 희생이 뒤따른다는 것도 알았으니, 비밀 모임을 이용해 잘못된 정보를 전달할 수밖에. 이들은 한실의 옛 신하와 형주 파벌 세력이 오늘 밤 성안에 불을 지르기만 하면 한제에 충성하는 군대가 성문도위와 결탁해 허도로 치고 들어올 거라 여겼을 테지. 애석하게도 허도성 안은 조씨 일가가 단단히 틀어쥐고 있는 병력이 무려 만 명에 가깝고, 허도 주변 부대의 장수들 중 조씨 가문에 충성하지 않을 자가 또 누가 있겠느냐? 한제는 물론 위풍 일당도 이 점을 잘 알고 있었다. 그렇다면 남은 방법은 허도를 도망쳐 나가는 것뿐이었겠지. 허도를 도망쳐 나가려면 먼저 성안을 혼란에 빠뜨려야 한다. 그래서 한선의 비단 주머니를 건네받은 자들이 오늘 밤 장정들을 이끌고 성안에 불을 지르고 다녔지. 그렇게 이들은 한제가 천하를 되찾기 위한 첫 번째 제물이 되어주었다. 60여 가문과 무려 3천여 명의 시체가, 한제가 성을 빠져나가는 길을 깔아준 셈이로구나.

두 번째 제물은 바로 너다. 너는 위풍 일당이 고작 나 하나 죽이는 것에 만족하고 너를 세자 자리에 앉혀줄 거라고 진심으로 믿었느냐? 참으로 순진하구나. 이들은 우리 형제가 서로 싸우는 것을 더 바라는 자들이다. 크크, 이들은 천하제일의 자객이 필요했겠지? 그래서 우리가 왕월을 추천해주었다. 이전부터 왕월은 나의 지시를 받아 백의검객이라는 이름으로 움직였고, 여러 차례 임무를 수행해왔다. 그런 대단한 명성을 가진 자를 살수로 두게 되었으니 다들 기뻐했을 테지. 그래서 이들은 한선과 상의해서 너를 시켜 나를 밖으로 끌어내 암살할 계획을 세우게 된 것이다. 이 작전이 성공했다면 허도성은 공황 상태에 빠져 제대로 된 추격조차 할 수 없었겠지.

세 번째 제물은 장천이다. 장천은 위풍을 중심으로 한 이들의 핵심 범주 안에 들어가본 적이 단 한 번도 없었다. 그러나 그의 신분은 이들을 통해 알게 모르게 진주조로 흘러 들어갔고, 겉으로 드러난 미끼가 되어주는 역할을 해주었지. 불쌍한 장천은 이 일을 계기로 한제가 천하에 군림하는 것을 도와 공을 세운 신하가 될 수 있다고 생각했을 테지. 위풍 일당은 진주조의 장제와 가일을 늘 견제해왔다. 이 두 사람의 추적 조사 속도가 빠르지만 조건이 지극히 한정되어 있다 보니 진상에 접근하기 쉽지 않았지. 하지만 이미 사건의 윤곽을 잡고 있는 상황이었다. 그 가일이라는 자는 모두의 예상을 깨고 유향원까지 조사할 정도로 주도면밀했다. 그리고 그곳에서 너와 견락의 밀회를 발견했고, 장천을 보게 되었지. 위풍은 진주조에서 이미 한제와 너, 장천이 한배를 탔다고 결론 내린 사실을 알게 되었고, 걱정이 이만저만이 아니었다. 진주조의 빈틈없는 수사가 목을 조여오면 너와 꾸민 일들이 발각되는 것도 시간문제였으니 말이다. 그래서 그들은 장천을 미끼로 삼은 것이다. 가짜 마차로 진주조의 시선을 분산시켰고, 적어도 진주조의 장제를 속이는 데는 성공했다. 하나 위풍은 여전히 안심이 되지 않았다. 그는 진주조의 사마의만큼은 지금까지 사건 수사에 참여하지 않았으니 걱정할 필요가 없다고 여겼다. 다만 장제의 촉각과 능력은 그의 부하 가일에 미치지 못했지. 그래서 그의 근심은 결코 만만치 않은 가일에게 집중되었다. 특히 내가 가일을 연회에 초대했다는 것을 안 순간, 그는 선수를 치는 게 유리하다고 판단했지. 그런데 바로 이 부분에서 그는 치명적인 실수를 저지르고 말았다. 그가 한선에게 백의검객을 보내 가일을 죽여달라고 청한 것이지. 위풍은 백의검객이 내 사람이라는 것을 몰랐던 거다.

이 요구를 듣는 순간 나 역시 무척 놀랄 수밖에 없었다. 만약 가일을 죽이면 진주조에 심각한 타격을 주게 되지 않겠느냐? 그리되면 사마의가 다시 이 사안을 도맡아 수사하겠다고 나설 것이고, 나는 그의 청을 거절할 도리가 없겠지. 사마의 같은 늙은 여우가 그 뛰어난 후각으로 한선을 찾고자 한다면 나에게 수사망을 좁혀오는 것도 시간문제겠지. 그렇다고 가일을 죽이지 않으면 위풍의 의심을 사지 않겠느냐? 이 문제로 고심을 하다 생각해낸 것이 바로 가연이었다. 그곳에 가일을 초대했고 여자 권속을 데려와야 한다고 조건을 달았지. 그래서 전주의 외동딸 전천이 죽게 된 것이다. 사실 전천이 죽을 때에 맞춰 무사들을 보내 가일을 살려둘 구실을 만들 생각이 었지. 그런데 공교롭게도 장제가 먼저 호분위를 이끌고 나타났더구나. 그 덕에 이번 작전이 누구의 의심도 사지 않고 아주 완벽하게 끝이 났다. 백의검객이 실패했다는 소식을 들었으니 위풍 일당의 입지가 좁아졌겠지. 그자들은 진주조의 수사망을 피해 또 하나의 미끼를 던졌다.

진의와 조필이 네 번째 제물이 된 것이지. 위풍은 한제를 데리고 성의 동쪽 문으로 나갔고, 진의와 조필은 텅 빈 마차 두 대를 이끌고 성의 남쪽 문으로 나갔다. 성의 남쪽 영풍문의 성문도위는 진의의 옛 부하였고, 그가 진의를 도왔지. 그리고 위풍은 세자부의 인신을 가지고 있었다. 내 추측대로라면 그 인신은 이들이 너를 통해 세자부에서 훔쳐낸 것이 맞겠지. 만약 진주조가 이들의 작전을 간파하지 못했다면 진의·조필·위풍과 한제는 한곳에서 만나 함께 업성으로 도망쳤을 것이다. 하나 진주조 가일이 모두의 바람을 물거품으로 만들어버렸지. 성에 불이 났을 때 그는 곽홍의 사람을 궁성 사방 문에 잠복시키고 진의와 조필이 나가는 순간 불꽃을 피워 신호를 보내도록 했더군.

그래서 네 개의 제물이 모두 제사상에 올라가게 되었다. 위풍은 한제와 황후를 데리고 순조롭게 성의 동쪽 문을 나섰을 테지. 그때 그의 기분이 어땠을지 생각해보았느냐? 거사를 성공시켰다는 기쁨이었을까, 아니면 거사를 위해 목숨을 바친 이들에 대한 슬픔이었을까? 어쨌든 그때까지만 해도 그는 자신의 운명을 몰랐겠지. 지난 반년 동안 온갖 치욕을 견뎌내며 오로지 이날만을 위해 살아온 자신의 바람이 물거품이 될 줄 상상이나 했겠느냐? 좀 전에 오질이, 한제와 황후가 이미 허도로 돌아오고 있다고 전하더구나.”

조비가 말을 멈추고 술잔을 입에 가져다 댔다. 갑자기 공허하고 쓸쓸한 기분이 그를 휘감았다. 그가 술잔을 다시 내려놓으며 상을 가볍게 두드렸다. 잠시 후 주삭이 안으로 뛰어 들어왔다.

“가일이 성 남쪽에서 혼절해 쓰러졌다는 것이 확실한가?”

“네. 가일이 계책에 걸려든 걸 알아챈 후 호분위를 성문으로 보내고 세자와 장제에게 상황을 보고하도록 했습니다.”

"위기가 닥쳐도 흔들림이 없으니, 참으로 대성할 인물이로군."

조비가 옅은 미소를 띠었다.

"진군에게 사람을 데리고 가서 가일이 죽었는지 확인해보라 전하게. 만약 죽지 않았다면 바로 보내버리도록."

주삭이 명을 받들고 바로 문을 향해 걸어갔다.

조식은 등골이 오싹해졌다. 지금 눈앞의 조비는 그가 지난 몇십 년 동안 알고 지내던 형이 아니었다. 그는 일말의 자비조차 허락하지 않을 만큼 잔인하고 악랄했다. 조식은 앞에 놓인 술잔을 들고 단번에 들이켰다.

"후원에 있는 나무에 매미 한 마리가 높이 올라앉아, 사마귀가 바로 뒤에 있는 줄도 모르고 슬피 우는구나. 사마귀는 몸을 잔뜩 움츠리고 매미를 노리느라 그 뒤에서 자기를 노리는 까치가 있다는 것조차 모르도다. 아마도 나는 형님만 못하여 세자 자리를 놓고 싸울 때부터 어리석게 굴었던 것이 겠지요."

"가일은 죽일 수밖에 없는 자다. 아무리 뛰어난 인재라 해도 말이다. 그는 성정이 올곧고 거침없는 자이기도 하다. 그때 보니 가일은 전천에게 꽤나 호감이 있더구나. 나중에 내가 전천을 죽게 만들었다는 사실을 알게 되면 무슨 짓을 할지 누가 알겠느냐?"

조비가 술을 단숨에 들이켰다.

"아주 사소한 위험이라도 눈에 띄는 순간, 가능한 한 빨리 그 싹을 뿌리째 뽑아버려야 한다."

"그렇다면 나는 언제 죽일 작정입니까? 오늘 나에게 이리 말이 많은 걸 보니, 그동안 그 화를 억누르고 사느라 꽤나 힘드셨겠소? 이렇게 엄청난 판을 짜고 왕이 되는 길에 걸림돌이 되는 것들을 모조리 제거해버렸으니, 그동안 눈엣가시였던 내가 놀라는 모습을 보는 게 참으로 재미있겠소?"

"과연 내 형제답게 내 생각을 아주 잘 알고 있구나."

조비는 포식자처럼 거만한 웃음을 지어 보였다.

"두 동강이를 쳐서 죽일 것이오, 아니면 능지처참을 해서 거리에 내걸 것이오?"

조식이 체념한 듯 물었다.

"뭐든 좋으니 하고 싶은 대로 하시오. 하나 형제의 정을 생각해 내 마지막 부탁 하나만 하리다."

"말해보거라."

"견락을 놔주시오."

"모질지 못한 놈."

조비가 고개를 가로저었다.

"걱정 말거라. 부왕이 살아 계신 한 결코 견락은 물론 너도 죽이지 않을 것이니."

"왜입니까?"

"부왕이 죽기 전까지 나는 여전히 세자가 아니더냐? 세자의 폐위 역시 부왕의 말 한마디에 달려 있는 것이겠지. 너를 죽이면 형제를 죽인 잔인무도한 폭군의 악명이 나를 따라다닐 테니, 지금까지 쌓아온 어질고 너그러운 나에 대한 평가가 한순간에 물거품이 되고 말겠지. 하물며 세자 후보에서 세 번째 순위였던 조창이 너로 인해 한 단계 올라서게 되니, 득보다 실이 더 크지 않겠느냐? 그러니 너는 계속 살아줘야겠다."

조식이 쓴웃음을 지었다.

"참으로 주도면밀하오. 그렇게 사는 것이 피곤하지도 않소?"

"그 정도도 힘들다면 세자가 될 자격이 없는 것이겠지. 그런 자가 어찌 위왕이 될 수 있겠느냐?"

조비는 돌연 의미심장하게 웃으며 다음 말을 꺼냈다.

"또 어찌 황제가 될 수 있단 말이냐!"

조식의 표정이 차갑게 굳었다.

"그렇다면 나는 형님이 천하에 군림할 그날까지 살아 있어야겠군요."

"안심하거라. 그리 오래 기다리게는 안 할 테니. 밤이 이미 깊었으니 그만 돌아가 쉬도록 하려무나. 오늘 밤 우리 형제가 손을 잡고 위풍 일당의 모반을 무력화했으니 부왕께서도 무척 기뻐하실 것이다."

"부왕……"

조식이 고개를 가로저었다.

"줄곧 이 생각이 머리를 떠나지 않더군요. 형님이 말한 그 가짜 한선들이 한제와 위풍의 신임을 얻게 만든 계기가 무엇이었소?"

"무슨 생각을 하는 것이냐?"

"금년 정월에 정군산 전투에서 패하고 하후연이 죽은 이유가 한선이 아군의 군사 기밀을 빼돌리고 잘못된 정보를 퍼뜨린 탓이라 들었소."

"무슨 말을 하고 싶은 것이냐?"

"한중 쪽 군영에도 형님의 사람을 심어둔 것이 아니었소? 정군산 전투의 패배가 어쩌면 한제와 위풍 일당이 한선을 한 치의 의심도 없이 믿게 만든 계기가 된 것이오? 그럼 그 뒤 서황이 중상을 입은 것도 한선의 작전이었겠군요. 이제 또 무슨 일을 벌일 작정이시오?"

"그런 말을 내가 한 적이 있느냐?"

"없습니다."

"그렇다면 네가 감히 함부로 추측을 했단 말이겠구나?"

조비가 서늘한 시선으로 조식을 쳐다봤다.

"그런 생각을 하다니, 너도 꽤나 좋은 머리를 가진 것이겠지. 하나 천하 제일의 비상한 머리를 가졌던 양수의 말로를 기억해야 할 것이다."

"제가 잘못 알고 있었나 봅니다."

조식이 뒤돌아서서 문을 향해 걸어갔다.

"잠깐!"

조비의 목소리가 등 뒤에서 들려왔다.

조식이 걸음만 멈췄을 뿐 돌아보지 않았다.

"내가 너를 죽이고 싶지 않아도, 중원이란 곳이 너를 가만둘지 모르겠구나. 너도 알다시피, 너의 그 자유분방하고 제멋대로인 성격 탓에 노여움을 품은 사람들이 어디 한둘이더냐? 너를 죽여서라도 후환을 없애고 싶어 하는 이들도 적지 않지. 어느 날 내 측근이 너를 죽이라고 충언을 한다면 내 어떤 평계를 대야 하겠느냐?

며칠 전 불현듯 이 시가 떠오르더구나."

"가르침을 주시지요."

"콩깍지를 태워 콩을 삶으니, 콩이 가마솥에서 울고 있구나. 원래 한 뿌리에서 나왔거늘, 서로 볶기를 어찌 그리 급한가?"

조비가 호탕하게 웃으며 말했다.

"돌아가서 잘 외워두어라. 때가 되면 크게 쓸모가 있을 것이다."

제9장

◆

의외의 인물

가일이 깨어났다.

사방이 어두웠다. 그 절망적인 어둠 속에서 아무것도 느껴지지 않았다.

그는 어깨를 조심스럽게 움직여보았다. 누군가 그의 육중한 갑옷을 벗기고 널찍한 이불 위에 눕힌 듯했다. 몸에서 짙은 약초 냄새가 진동했고, 상처는 하얀 천으로 감겨 있었다. 진주조가 아니었다. 진주조 군의관이라면 절대 이런 식으로 상처를 동여맬 리 없었다. 더구나 진주조에 이런 장소가 있을 리 만무했다.

가일은 두 손으로 침상 위를 더듬어보았다. 감촉이 아주 좋은 이불 외에 다른 물건은 만져지지 않았다. 그는 두 팔로 지탱을 하며 자리에서 일어나 앉아 마른기침을 한 차례 했다.

"가 교위, 깨어나셨나요?"

여인의 목소리였다.

"여기는 허도가 맞습니까?"

가일이 물었다.

여인의 대답은 들리지 않고, 발자국 소리만 점점 멀어지고 있었다. 가일은 어둠 속에서 잠시 앉아 있었지만, 눈은 여전히 어둠에 적응하지 못한 채 아무것도 보이지 않았다.

"내가 장님이 된 것은 아니겠지?"

그가 혼잣말처럼 중얼거렸다.

차분한 발자국 소리가 점점 가까워지고, 어둠 속에서 익숙한 목소리가 들려왔다.

"장님이 된 게 아니라 여기 빛이 없어서 그렇다네."

"빛이 없어요?"

"그렇네. 이곳은 빛이 없는 지하거든."

"제가 얼마나 혼수상태에 있었습니까?"

"길지 않았네. 이틀 밤낮 정도."

"이곳은…… 허도에서 멀지 않은 곳이 분명합니다."

"왜 그렇게 생각하지?"

"당신은 진주조 주관 중 한 분이십니다. 이곳이 허도에서 너무 멀리 떨어진 곳이라면 오가는 것이 쉽지 않을 테니까요."

어둠 속에서 불빛이 번쩍이며 기름등이 켜졌다. 흔들리는 불빛 속에서 그 사람의 얼굴이 드러났다. 장제였다.

"목소리를 듣고 바로 알았습니다. 줄곧 의심을 했었죠. 한선이 도대체 세자인지, 아니면 장 대인인지 말입니다. 이제야 모든 것이 확실해졌군요."

가일이 침대 위에 편하게 앉았다.

"누가 한선이라 생각하는가?"

"세자가 바로 한선입니다. 하지만 장 대인께서 나를 구해주실 줄은 생각지도 못했습니다. 그러고 보니 장 대인은 세자의 사람이 아닌 게 확실해졌고, 세자가 저를 죽이려들었겠군요."

"계속 말해보게."

장제는 옅은 미소를 지으며 가일의 맞은편에 앉았다.

"사실 허도에 와서 이 사건을 맡았을 때부터 늘 무언가 앞뒤가 안 맞는 느낌이 따라다녔습니다."

가일은 혀를 내밀어 마른 입술을 축였다.

"하지만 사건이 연이어 일어나다 보니 그것이 무엇인지 생각할 여력조차 없더군요. 그날 세자부에서 열린 연회를 마치고 나온 후에야 그것이 무엇인지 또렷이 알게 되었습니다. 바로 한선에 대한 조비의 태도였죠. 한선은 허도성 안에 있는 가장 위협적인 첩자이자 정군산 전투를 패하게 만든 직접적인 원흉이기도 합니다. 그렇다면 조비는 그를 철저히 수사해 정체를 밝혀내야만 했죠. 더구나 한선이 허도성 안에서 거사를 모의하고 있다는 걸 알았다면 하루라도 빨리 그를 찾아내 음모를 저지하고 사태의 확대를 막았어야 했습니다.

그런데 그는 진주조의 한 개 조서(曹署)에만 한선의 수사를 전담시키지 않았습니까? 사마의도 여러 차례 수사에 참여하겠다고 요청했지만 계속 거절을 당했다 들었습니다. 세자부에서 사마의가 제게 이런 말을 하더군요. 세자가 그를 필요로 하면서도 경계한다고요. 이 말을 듣는 순간 의심과 우려를 지울 수 없었지요. 그래서 고민해봤습니다. 세자가 왜 사마의를 굳이 한선 수사에서 제외시키려는 것인지 말입니다. 세자는 사마의가 한선을 찾아낼까봐 두려웠던 겁니다. 반면에 장 대인과 저는 수사 과정에서 장천·조필·조식과 한실의 옛 신하들이 결탁한 사실을 밝혀냈지만 실질적인 성과는 거두지 못했지요. 도리어 한선에게 한 방 먹고 호분위의 병력만 잃고 말았습니다. 만약 평소대로라면 우리는 이 사건에서 배제되거나 적어도 엄한 문책을 당해야 했습니다. 그런데 세자는 진주조에 병력을 보충해주는 것으로 이 사건을 마무리 지었지요. 누가 봐도 이치에 맞지 않는 처사였습니다. 그는 우리의 수사 속도가 늦어지는 것을 더 좋아했고, 영원히 한선을 찾아내지 못하길 바랐던 겁니다.

조식과 견락의 사통 사실을 조비에게 알려줬을 때도 그의 반응은 아주 예상 밖이었습니다. 조비는 마치 다 알고 있었다는 듯 그다지 놀라는 기색도 없더군요. 그러면서도 나를 연회에 초대해 자신의 파벌이 되었다는 것을 은연중에 암시했습니다. 너무 경솔한 행동이었죠. 조비는 아우와 세자비의 사통을 알면서도 지난 수년 동안 그 사실을 숨기고 기회를 엿봐왔던 자입니다. 그런 자가 그렇게 쉽게 사람을 믿는다는 것이 가능할까요?

하지만 당시 저는 그의 사람이 되었다는 사실에 흥분해 이 사실을 간과했습니다.

연회가 끝난 후 진주조로 돌아가는 길에 나와 전천은 백의검객의 습격을 받았습니다. 그런데 너무 강하더군요. 저는 그자의 적수조차 될 수 없었습니다. 그때 문득 이런 고수를 움직이는 자가 누구일지 궁금해지더군요. 정체를 들키고 싶지 않아 복면을 썼으니, 세속을 떠나 은거하던 고수는 아닐 거라고 확신이 들었습니다. 그렇다면 속세에서 가장 검술 실력이 뛰어난 고수는 손가락에 꼽을 정도고, 그중 한 명이 왕월이었지요. 왕월은 조비의 무술 사부이니, 그날 밤 저의 행적을 너무나 쉽게 알아냈을 겁니다.

이날이 전환점이 되어 저는 한선에 관한 모든 사건을 처음부터 끝까지 정리해봤습니다. 올해 들어서 한선이 한 모든 일이 조식을 겨냥하고 있었지만, 그 와중에 한 가지 공통점이 발견되었죠. 조위를 통틀어 봤을 때 한선은 독버섯 같은 존재가 맞습니다. 그러나 조비에게 한선은 전혀 두려운 존재가 아니더군요. 정군산 전투의 패배로 조비와 줄곧 사이가 좋지 않았던 하후연이 죽었고, 위왕이 한중으로 직접 대군을 이끌고 가면서 허도성 전체가 조비의 천하가 되어버렸지요. 뒤이어 한선이 허도에 나타나 한제, 조식, 한실의 옛 신하, 형주 파벌 세력과 조비에게 불만을 가진 자들을 한데 모아 음모를 계획하기 시작합니다. 이 음모가 성공하면 조비는 치명상을 입게 되지만, 실패하면 그의 모든 적을 일망타진하는 절호의 기회를 얻게 됩니다. 한중 쪽에서 조식이 가장 신임하는 막료 양수를 죽여버렸고, 위왕이 전쟁에서 또 패하면 조위 장병들의 사기가 바닥을 치고 민심이 동요하게 됩니다. 이런 위기가 닥친 마당에 위왕이 세자 교체를 고려할까요? 그래서 저는 한 가지 결론을 얻어냈습니다. 한선은 조비의 사람이거나 조비 본인입니다."

"음, 완전히 들어맞는다고 할 수 없지만 대체로 꽤 설득력이 있군."

장제가 고개를 끄덕였다.

"자네가 혼수상태에 빠지기 전에 사방 성문으로 호분위를 보내고 나와 세자에게 위풍을 찾으라고 알려주었지. 자네는 진의의 금선탈각(金蟬脫殼: 매미가 허물을 벗듯이 감쪽같이 몸을 빼 도망침) 계략을 어떻게 알아챈 건가? 위풍이 한제를 데리고 도망쳤다는 사실은 또 어떻게 알았는가?"

"대인도 성 밖 교외에서 우리를 습격했던 자들을 기억하실 겁니다. 그때 우리는 이들의 흔적조차 찾지 못했지요. 그야말로 하늘에서 뚝 떨어진 것처럼 나타났다 흔적도 없이 사라졌습니다. 어제 문득 이런 생각이 들더군요. 그동안 진의를 내 사람이라 여긴 탓에 딱 한 군데를 수사 과정에서 제외시켰더군요. 궁성에도 금위군 8백 명이 있다는 걸 생각 못 했던 겁니다. 그리고 장락위위 진의가 바로 이 8백 명의 금위군을 움직이는 힘을 가지고 있었던 거죠. 게다가 영풍문의 수문도위는 진의의 옛 부하였습니다. 그래서 5백 명이라는 많은 병사들이 군복을 갈아입고 깃발을 바꿔 드는 것만으로도 소리 소문 없이 성문을 나갔다 들어올 수 있었던 겁니다.

위풍이 이 사건에 연루되어 있다는 사실을 깨닫게 된 건 진의가 입고 있던 갑옷이 결정적인 역할을 해주었죠. 조식이 자객의 습격을 받았을 때 저희가 현장에서 발견한 화살은 아주 질 좋고 잘 만들어진 화살이었습니다.

그리고 화살 끝에 '위' 자가 쓰여 있었죠. 추적 조사를 해보니 그것이 위풍의 저택에서 나왔다는 것이 밝혀졌습니다. 그런데 진의가 입고 있던 그 갑옷에 똑같은 글자가 새겨져 있더군요. 조비는 궁의 재정을 인색하게 관리했고, 황실은 풍족한 것과 거리가 먼 생활을 하고 있었습니다. 최소한의 재정으로 의식주를 해결했고, 금위군의 행색도 거지꼴을 간신히 면하는 정도더군요. 그런 자들이 무슨 돈이 있어 무기와 갑옷을 만들겠습니까? 그런데 한실의 옛 신하와 형주 파벌 세력은 여전히 상당한 재산을 가지고 부귀영화를 누리고 있었습니다. 그럼에도 이들은 대놓고 궁을 지원하거나 무기를 만들어 궁으로 보내지 못했을 겁니다. 그래서 이들은 이런 것들을 할 또 하나의 장소가 필요했던 겁니다. 저희가 찾아냈던 대장간을 기억하십니까? 그곳이 바로 이들이 무기와 갑옷을 만드는 곳이었을 겁니다.

하지만 이곳을 누가 운영했을까요? 제가 찾아낸 답은 바로 위풍입니다. 위풍은 지난 2년 사이 갑자기 성격이 변해버렸죠. 천하를 떠들썩하게 할 만큼 재능이 뛰어난 인재가 무슨 이유 때문인지 돌연 친구를 팔아먹고 부귀영화에 집착하는 소인배가 되어 있었습니다. 대인께서는 그자가 죽는 게 두려워 그러는 거라고 하셨지요? 저도 처음에는 그리 생각했습니다. 그런데 진의의 갑옷에 새겨진 그 글자를 보는 순간 불현듯 깨닫게 되었지요. 위풍이 그렇게 한 것은 자신을 한제와 대립각에 두고 누구의 의심도 받지 않는 상황에서 대장간을 운영하기 위해서였습니다.

위풍이 한실의 옛 신하와 형주 파벌 세력에게 비열한 소인배로 매도당할수록 그는 더 안전해질 수 있었던 겁니다. 조식이 자객의 습격을 받은 사건에서 한선이 그에게 죄를 뒤집어씌우고 모함한 덕에 진주조의 경계가 느슨해졌던 겁니다. 그렇게 한 번 혐의에서 배제된 사람이 다시 수사 선상에 올라오는 경우는 거의 없죠. 그래서 허도에서 난이 일어났던 그날 밤 위풍은 한제를 데리고 도망치기에 더할 나위 없이 좋은 적임자가 될 수 있었습니다."

가일이 잠시 말을 멈추고 숨을 깊이 몰아쉬었다.

"다 말했는가?"

장제가 물었다.

"더 있습니다. 여기서 두 가지 의문점이 남습니다. 하나는 유향원에서 장천의 행적을 추적 조사하기 전부터 대인은 조식과 견락의 관계를 알고 있었습니까? 또 하나는 저와 전천이 왕월의 습격을 받았을 때 대인이 호분위 50명을 이끌고 저를 구하러 와주신 게 우연의 일치였습니까?"

"자네는 내가 지난 10여 년 동안 진주조에서 일하며 본 사람들 중 가장 똑똑한 사람이네. 비록 경험은 부족하지만, 아직 젊으니 앞으로가 더 기대되는 일꾼이네."

장제가 따뜻한 신뢰의 눈빛으로 가일을 바라보았다.

"대인께서는 이 혼탁한 허도 안에서 어떤 역할을 맡고 계셨습니까?"

장제가 잠시 고심하다 결심한 듯 입을 열었다.

"자네가 혼수상태에 빠져 있던 며칠 동안 참 많은 일이 있었네. 한중에서 철수하던 위왕은 촉군 주력 부대의 공격을 받았지. 다행히 언릉후 조창의 지원 덕에 포위망을 뚫었지만 타격이 너무 컸지. 위왕은 어쩔 수 없이 장안에 주둔하며 유비의 공격에 대비해 군사를 정비해야 했네. 허도 쪽은 세자 조비가 위풍 일당의 모반 사건을 해결하고 한실의 옛 신하와 형주 파벌 세력 등 167명을 제거하며 모두 4,124명을 주살했네. 조비는 위풍이 수년 동안 숨어 있던 첩자 한선이라고 발표했지. 또한 이번에 한선의 모반 음모를 해결한 신하들의 공을 치하하기 위해 성대하게 연회를 열고 상을 내렸다네. 그뿐 아니라 자네와 전천의 장례식까지 성대하게 치러주었네."

"장례요?"

"그렇다네. 조비가 성의 남쪽으로 사람을 보내 마차 옆에서 자네의 시신을 확인했지. 비록 머리는 없었지만 체구가 비슷했고, 관복과 진주조의 요패가 결정적인 증거가 되어주었다네. 조비는 자네가 죽었다고 단정 지었고, 머리는 한실의 옛 신하들이 분풀이용으로 베어 갔을 거라 여겼네."

"그러면 저는 이미 죽은 사람입니까?"

"그렇다네."

"대인이 저를 구하셨습니까? 왜죠?"

장제는 담담하게 웃으며 나지막이 말했다.

"가일, 자네가 보기에 내가 한선 같은가?"

가일은 어둠 속에서 장제를 물끄러미 바라보며 고개를 끄덕이다 이내 가로저었다.

"맞네. 내가 한선이네. 하지만 나 역시 한선이 아니지."

장제가 말했다.

가일의 호흡이 가빠졌다. 그는 자신을 진정시키기 위해 애를 썼다.

"장 대인, 자세히 말씀해주십시오."

"얼마 전에 자네가 이런 말을 한 적이 있네. 진주조에서 지난 사건을 정리할 때, 전국시대에도 한선에 대한 기록이 있었다고 말이지. 하지만 몇백 년 전의 일이고, 귀곡자 문하에서 일어난 손빈과 방연의 은원이 얽힌 사건이었네. 그래서 자네는 단지 이름만 같을 뿐이라고 여겼네. 사실 그 한선이 바로 지금의 한선이네."

"말도 안 됩니다. 한 사람이 어떻게 몇백 년을 살 수 있단 말입니까?"

"정확히 말해서 한선은 사람이 아니라 조직이네."

장제의 모습이 어둠 속에 잠긴 채 그의 담담한 목소리만 들려왔다

"이 일은 9백 년 전으로 거슬러 올라가야 하네. 주(周) 평왕(平王)이 동쪽으로 천도해 낙읍(雒邑)에 도읍을 정했었지. 표면적으로야 주나라 종묘사직의 연속이었지만 그 권세는 이미 사라지고 없었네. 그때 천하는 사분오열하고

제후 사이에 전쟁과 살육이 끊이지 않았지. 귀족과 권문세가가 하루아침에 몰락하는 일도 비일비재했지. 그때 제후국 중에서 비교적 세력이 약했던 귀족들이 자신을 지키기 위해 연합하기 시작했네. 처음에는 각 가문의 자원과 정보를 공유하고 단지 멸문지화를 피하는 데 그 의미를 두었지. 그러다 시간이 지나면서 이들은 서로의 관계 때문에 간혹 가문의 몰락을 겪기도 했지만, 대다수 가문의 세력이 서서히 강해지기 시작했네. 심지어 한 나라의 조정 방침을 통제할 정도로 막강한 세력을 갖기도 했지. 이것이 바로 한선의 원형이네."

가일이 고개를 가로저었다.

"너무나 황당한 이야기 아닙니까? 한선이 가문들의 결합으로 만들어진 조직이라면, 왜 몇백 년이 지난 지금까지도 이 비밀이 밝혀지지 않은 거죠? 모든 가문에 소속된 그 많은 사람들의 입을 어찌 다 막을 수 있단 말입니까?"

"워낙 은밀하게 움직이는 조직이다 보니 자신의 가문이 한선의 조직원이라는 사실조차 아는 이가 극히 적은 탓이겠지. 내가 한선을 위해 일한 지도 이미 스무 해가 되어가네. 하지만 한선이 도대체 어느 가문으로 조직되었는지 나도 아직 모른다네. 내가 본 적이 있는 한선의 사람도 고작 한 명뿐이었네."

"말도 안 됩니다. 대인의 말이 사실이라면 조비가 심혈을 기울여 짠 판이 처음부터 끝까지 한선의 주도 하에 있었다는 겁니까? 한선이 왜 이렇게한단 말입니까? 단지 조비를 황제 자리에 앉히기 위해서입니까?"

"내가 지금 해줄 수 있는 말은 이것뿐이네. 한선의 이익은 천하의 세력이 셋으로 나뉘어 있을 때 가장 커진다는 것이지."

"천하가 셋으로 나뉘었을 때요? 지금 조위는 이미 심한 타격을 입었습니다. 만약 유비와 손권이 계속 연합하고, 형주 관우가 난을 일으키면……."

"그럴 리 없네. 지금 한선이 하는 모든 것이 조위에게 불리하네. 조위가 셋으로 나뉜 세력 중 가장 강하기 때문이지. 정세에 조금이라도 변화가 생기면 한선이 다시 나서서 힘의 균형을 맞춰줄 것이네. 세 나라의 세력 균형이 더 이상 필요 없다고 한선이 여기기 전까지 누구도 천하를 통일할 수 없다고 믿네. 손권·유비·조조 셋 다 말일세."

"군웅이 할거해 각축을 벌이는 이 일은 한 치 앞도 알 수 없는, 생사를 건 싸움입니다. 그런데 지금 대인의 그 말은 마치 어린아이의 장난처럼 들리는군요."

"어린아이의 장난이 아니라 권력과 이익의 장난이네. 천하를 얻는 싸움의 승패는 예측하기 힘들어 보이지만, 사실 두 가지 요소로 결정되는 법이네. 하나는 돈과 식량이고, 또 하나는 인재지. 돈과 식량은 세상의 절반이 한선에게 있고, 인재라면 그 나름의 방식이 있네."

"무슨 방법입니까?"

"그들은 우수한 인재를 늘 눈여겨보다 다양한 방법으로 끌어들여 그림자로 삼고 있네."

"그림자라……."

가일이 돌연 웃음을 터뜨렸다.

"대인, 나를 구해주고 이런 놀라운 사실을 들려주는 이유가 설마 그것 때문입니까?"

"여불위(呂不韋)·장량(張良)·진평(陳平)도 해낸 일을 자네가 할 수 없다는 것인가? 어쨌든 자네는 이미 죽은 사람이네."

"제가 거절한다면요?"

"자네는 똑똑한 사람이지. 9백 년 동안 지켜온 한선의 비밀을 어찌 외부인이 알도록 그냥 내버려둘 수 있겠는가? 곽가와 주유가 정말 모두 병으로 죽었다 생각하는가?"

가일이 한참을 침묵하다 물었다.

"왜 한선을 조직의 이름으로 정한 겁니까?"

"매미는 땅속에서 굼벵이로 7년을 살다 땅 위에서 매미로 고작 열흘을 살고 가네. 더 오래 살고 싶으면 어둠과 적막 속에서 더 오랜 시간을 견뎌 내야 하지."

그것은 죽음과도 같은 적막이었다.

장제가 나지막이 말했다.

"사마의가 아직 살아 있네."

장제는 품에서 꾸러미 하나를 꺼내 탁자 위에 놓았다.

"잘 생각해보게. 자네는 이미 죽은 몸이니, 시간은 많네."

그가 일어나 조용히 밖으로 나갔고, 방 안에는 다시 무거운 침묵이 찾아왔다.

한참 후 가일이 손을 뻗어 꾸러미를 열어보았다. 그 안에 있는 평범한 모양의 가죽 모자를 본 순간 그의 눈가가 촉촉해졌다. 그는 떨리는 손으로 모자를 집어 뺨에 가져다 댔다.

"거짓말 아니고, 정말 모자를 만들었어요…… 아주 따뜻할 거예요…… 선물로 줄게요…….

……너무 피곤해서 좀 잘래요. 꼭 안아주세요…….

내가 안 깨어나면…… 기억해요…… 세자비의 혼담을…….

어길 생각 하지 말아요…… 안 그러면……."

전천…….

어디서 왔는지 불나방 한 마리가 유일한 불빛을 향해 홀린 듯 날아갔다. 뜨거운 열기에 날개가 타버리고 불나방은 금세 기름등 안으로 떨어졌다. 불나방의 몸통이 순식간에 기름에 잠기고, 날개에 붙은 불이 화르르 타오르기 시작했다.

밤이 이미 깊었다.

사마의는 술에 약간 취한 모습으로 자신의 침실로 들어갔다. 그는 세자부에서 열린 연회에 갔다 방금 집으로 돌아왔다. 위풍의 모반 사건이 이미 마무리되었고, 죽어야 할 자와 죽지 말아야 할 자 할 것 없이 모두 죽여버렸다. 이 사건을 거치면서 조비는 그에 대한 경계심을 조금이나마 푼 듯 보였다.

공을 치하하는 연회 자리에서 오질은 사마의의 어깨를 치며, 그가 서촉의 제갈량과 닮았다고 비웃었다. 둘 다 천하에 이름을 날렸지만 권모술수와 계략에 재능이 없었기 때문이다. 조비 역시 정무를 처리하는 그의 천부적 능력을 인정하면서도 권모술수와 계략은 아직 한 수 아래라고 말할 정도였다. 위풍 사건에서 사마의는 그 어떤 낌새도 채지 못했다. 심지어 세자에게, 존재하지도 않는 한선을 추적 조사하게 해달라고 청을 넣기까지 했다. 그 후 이 일은 세자 파벌 세력 사이에서 그를 조롱거리로 전락시켰다.

하지만 사마의는 개의치 않았다. 때로는 그런 조소가 경계보다 나았다.

사마의가 방문을 걸어 잠그고 등불을 불어 껐다. 그는 어둠 속에서 잠시 앉아 있다가 서가 쪽으로 걸어가 위에 있는 목각을 가볍게 돌렸다. 그러자 서가가 소리 없이 옆으로 열리며 사람이 옆으로 몸을 돌려 들어갈 정도의 공간이 만들어졌다.

사마의가 안으로 들어가 불을 붙이니 아주 작은 밀실이 드러났다.

그가 그 안에 있는 서안 앞에 앉아 기름등을 밝히고 옆에 있는 나무 상자를 집어 들었다.

나무 상자의 뚜껑이 열리자 그 안에 동으로 만든 둥그런 영패가 열두 개 놓여 있었다.

사마의가 그중 하나를 꺼내 손에 쥐고 이리저리 만지작거렸다.

그것은 나뭇잎이 다 떨어진 가지 위에 매미 한 마리가 정교하게 새겨진 영패였다.

"누가 한선이 없다더냐?"

어둡고 좁은 밀실 안에서 음산한 목소리가 오래도록 사라지지 않았다.

〈제1권 끝〉

삼국지 첩보전 제1권 정군산 암투

펴낸날	초판 1쇄 2020년 3월 10일

지은이	허무
옮긴이	홍민경
펴낸이	심만수
펴낸곳	(주)살림출판사
출판등록	1989년 11월 1일 제9-210호

주소	경기도 파주시 광인사길 30
전화	031-955-1350 　　팩스 031-624-1356
홈페이지	http://www.sallimbooks.com
이메일	book@sallimbooks.com

ISBN	978-89-522-4187-0 　04820
ISBN	978-89-522-4191-7 　04820 (전 4권)

이 도서의 국립중앙도서관 출판시도서목록(CIP)은 서지정보유통지원시스템 홈페이지
(http://seoji.nl.go.kr)와 국가자료공동목록시스템(http://www.nl.go.kr/kolisnet)에서
이용하실 수 있습니다.(CIP제어번호: CIP2020006793)

책임편집·교정교열 **이재황 서상미**